HEYNE

Das Buch

Marty Strauss scheint endlich einmal Glück zu haben. Der langjährige Häftling wird von einem der reichsten Männer der Welt, dem Unternehmer Joseph Whitehead, aus dem Gefängnis geholt und zu dessen Leibwächter gemacht. Das Leben unter einer Art gnädiger Diktatur auf Whiteheads Landgut ist schließlich angenehmer als der Alltag hinter Gefängnismauern.

Doch langsam bricht der Terror über den Wirtschaftsmagnaten – und damit auch über seinen Bodyguard – herein. Mamoulian, ein Mann aus der Vergangenheit und ›ein Geschöpf, das möglicherweise nicht einmal real war‹, fordert alte Spielschulden ein. Dabei steht ihm ein Kerl namens *Rasierklingenesser* zur Seite, der schnell klarstellt, dass es die Schuldeneintreiber ernst meinen.

Der Einbruch des Schreckens in die scheinbar sichere Umgebung ist nicht mehr aufzuhalten …

Der Autor

Clive Barker wurde 1952 in Liverpool geboren. Neben seinen zahlreichen Romanen, von denen u. a. *Hellraiser, Candyman, Cabal* und *Lord of Illusions* verfilmt wurden, hat er Kurzgeschichten und Drehbücher verfasst und als Illustrator, Regisseur, Filmproduzent und Computerspiel-Entwickler gearbeitet. Er gilt neben Stephen King und Dean Koontz als erfolgreichster Autor der fantastischen Literatur. Clive Barker lebt in Los Angeles.

Im Wilhelm Heyne Verlag lieferbar:

Imagica (01/9408)
Stadt des Bösen (01/9595)
Das Sakrament (01/10626)
Das Haus der verschwundenen Jahre (01/12317)
Galileo (01/13187)

CLIVE BARKER

SPIEL DES VERDERBENS

Roman

Aus dem Englischen
von Joachim Körber

Vollständig überarbeitet
von Werner Bauer

WILHELM HEYNE VERLAG
MÜNCHEN

HEYNE ALLGEMEINE REIHE
Nr. 01/13532

Titel der Originalausgabe
THE DAMNATION GAME

Umwelthinweis:
Das Buch wurde auf
chlor- und säurefreiem Papier gedruckt.

Taschenbucherstausgabe 5/2002

Wilhelm Heyne Verlag GmbH & Co. KG, München
Printed in Norway 2002
Umschlagillustration: www.babbarammdass.de
Umschlaggestaltung: Nele Schütz Design, München
Satz: Pinkuin Satz und Datentechnik, Berlin
Druck und Bindung: AIT, Trondheim

ISBN 3-453-21086-7
http://www.heyne.de

Für J. R. G.

Danksagung

Mein Dank gebührt Mary Roscoe, die unermüdlich arbeitete, um dieses Manuskript abzutippen, und die dennoch genügend Zeit fand, dabei eine Unmenge zutreffender Kritik zu üben; ebenso David T. Cunningham, der eine Anzahl späterer Ergänzungen tippte. Unter den Lesern, deren Enthusiasmus und Einsichten von unschätzbarem Wert waren, muss ich Julie Blake, John Gregson und Vernon Conway danken. Dankbar bin ich auch Douglas Bennett, der einen unvergesslichen Gefängnisrundgang für mich arrangierte, sowie Alasdair Cameron, der zwei Schauspiele in Auftrag gab, damit mir die Spaghetti nicht ausgingen, während ich dieses Buch schrieb. Und nicht zuletzt geht mein Dank an Barbara Boote und Nann du Sautoy von Sphere Books.

»Doch nicht befreit, obzwar beherrscht wie Sklaven,
Von Zufall, Tod und Unbeständigkeit.«

Mary Wollstonecraft Shelley:
Frankenstein oder Der entfesselte Prometheus

ERSTER TEIL

Terra Incognita

»Die Hölle ist für jene, die geleugnet;
Zu finden dort, was sie gepflanzt, gesät,
Ein See der Räume, und ein Wald des Nichts,
Dort wandern sie, und ohne Unterlass
Sie flehen nach Substanz.«

William Butler Yeats: *Das Stundenglas*

1 An dem Tag, als der Dieb die Stadt durchquerte, war die Luft wie elektrisiert, erfüllt von der Gewissheit, dass er nach so vielen Wochen der Frustration heute Abend endlich den Kartenspieler finden würde. Es war kein einfacher Weg. Fünfundachtzig Prozent von Warschau waren dem Erdboden gleichgemacht worden, entweder durch das monatelange Mörserbombardement, das der Befreiung der Stadt durch die Russen vorangegangen war, oder durch das Zerstörungsprogramm, das die Nazis vor ihrem Rückzug durchgeführt hatten. Verschiedene Stadtteile waren mit einem Fahrzeug praktisch unpassierbar, denn Geröllberge versperrten die Straßen; selbst in den zugänglicheren Stadtteilen waren die einstmals eleganten Fassaden der Häuser gefährlich verfallen, die Grundmauern baufällig.

Aber im Verlauf der drei Monate, die er jetzt seinem Gewerbe nachging, hatte der Dieb sich daran gewöhnt, durch diese urbane Wildnis zu navigieren. Tatsächlich bereitete ihm die desolate Pracht Freude: die Umrisse der Häuser durch den Staub hindurch, der sich noch immer aus der Stratosphäre herabsenkte, fliederfarben getönt, die Plätze und Parkwege so unnatürlich still; das Gefühl, das er hatte, wenn er hier umherstreifte, dass so das Ende der Welt aussehen musste. Bei Tage blieben immerhin einige Orientierungspunkte – einsame Schildpfosten, die im Lauf der Zeit entfernt werden würden –, anhand derer er seine Route kartografieren konnte. Das Gaswerk neben der Poniatowskibrücke war immer noch zu erkennen, ebenso der Zoo am gegenüberliegenden Flussufer; der Uhrturm des Zentralbahnhofs stand immer noch, doch die Uhr war längst verschwunden; diese und eine Hand voll andere, pockennarbige Tribute an Warschaus städtische Schönheit hatten überlebt, ihre bebende Präsenz war selbst für den Dieb ergreifend.

Dies war nicht sein Zuhause. Er hatte kein Zuhause, hatte seit einem Jahrzehnt keines mehr gehabt. Er war ein Nomade, ein Plünderer, und eine kurze Zeit lang bot Warschau genügend Beute, ihn hier zu halten. Bald schon, sobald er sich von den Anstrengungen seiner jüngsten Wanderungen erholt hatte, würde die Zeit kommen weiterzuziehen. Doch während die ersten Anzeichen des Frühlings die Luft erfüllten, verweilte er hier und genoss die Freiheit der Stadt.

Selbstverständlich lauerten Gefahren hier, aber wo lauerten die bei einem Mann seines Berufes nicht? Und die Kriegsjahre hatten seine Gabe der Selbsterhaltung zu solchem Glanz poliert, dass ihn nur wenig einschüchtern konnte. Er war hier sicherer als die tatsächlichen Bewohner Warschaus, die wenigen verwirrten Überlebenden des Holocaust, die allmählich in die Stadt zurückkehrten, nach verlorenen Heimstätten suchten, nach verlorenen Gesichtern. Sie wühlten im Schutt oder standen an Häuserecken, lauschten der Totenklage des Flusses und warteten darauf, dass die Russen sie im Namen von Karl Marx zusammentrieben. Jeden Tag wurden neue Barrikaden errichtet; das Militär rang dem Durcheinander langsam, aber systematisch eine gewisse Ordnung ab, indem es die Stadt unterteilte, wie es nach und nach mit dem ganzen Land geschehen würde. Den Dieb hinderten das Ausgehverbot und die Kontrollstellen freilich nur wenig. In den Nähten seines maßgeschneiderten Mantels bewahrte er Ausweispapiere jeglicher Art auf – manche gefälscht, die meisten gestohlen –, und eines davon würde schon passen, egal welche Situation sich ergäbe. Was ihnen an Glaubwürdigkeit fehlte, das machte er mit Schlagfertigkeit und Zigaretten wieder wett, denn er besaß beides im Überfluss. Mehr brauchte ein

Mann nicht – in dieser Stadt, in diesem Jahr –, um sich als Herr der Schöpfung zu fühlen.

Und was für eine Schöpfung! Hier musste kein Appetit, keine Neugier unbefriedigt bleiben. Die profundesten Geheimnisse von Leib und Seele waren jedermann zugänglich, der den Wunsch verspürte, sie zu sehen; sie wurden zu Spielen gemacht. Erst in der vergangenen Woche hatte der Dieb von einem jungen Mann reden gehört, der das uralte Spiel Becher und Kugel (jetzt siehst du sie, jetzt nicht mehr) spielte, wobei er jedoch mit an Wahnsinn grenzender Verschlagenheit stattdessen drei Eimer und den Kopf eines Babys nahm.

Dies war das Äußerste, war doch das Kind tot, und die Toten leiden nicht mehr. Es waren jedoch auch andere ›Vergnügungen‹ in der Stadt käuflich zu erwerben, Vergnügungen, die den Lebenden als Rohstoff dienten. Für diejenigen mit dem Verlangen und der Möglichkeit, den Preis zu zahlen, hatte ein Geschäft mit Menschenfleisch begonnen. Die Besatzungsarmee, nicht mehr länger vom Kampf abgelenkt, hatte den Sex wiederentdeckt, und damit war Profit zu machen. Mit einem halben Laib Brot konnte man sich eines der Flüchtlingsmädchen kaufen – viele so jung, dass sie kaum Brüste hatten, die man liebkosen konnte –, das man in der schützenden Dunkelheit benützen und wieder benützen konnte; ihre Beschwerden blieben ungehört oder wurden mit einem Bajonett zum Schweigen gebracht, sobald sie ihren Charme verloren. Solch beiläufiger Völkermord wurde in einer Stadt, wo zehntausende gestorben waren, ganz einfach übersehen. Innerhalb von ein paar Wochen – zwischen einem Regime und dem nächsten – war alles möglich: Keine Tat wurde als strafbar angesehen, keine Verworfenheit war tabu.

Im Bezirk Zoliborz war ein Knabenbordell eröffnet worden. Hier konnte man unter Knaben von sechs bis sieben Jahren an aufwärts wählen, die allesamt wegen Unterernährung anziehend schlank waren und so eng, wie ein Kenner es sich nur wünschen konnte. Unter den Offizieren war es außerordentlich populär, aber zu teuer für die unteren Ränge, hatte der Dieb murmeln hören. Lenins Lehre von der Freiheit der Entscheidung erstreckte sich, so schien es, nicht nur auf Päderastie.

Verschiedene Sportarten ließen sich noch leichter betreiben. Hundekämpfe waren in jener Jahreszeit eine populäre Attraktion: Heimatlose Köter, die in die Stadt zurückkehrten, um sich am Fleisch ihrer Herren gütlich zu tun, wurden gefangen, auf Kampfstärke gefüttert und dann bis zum Tod aufeinander gehetzt – ein abstoßendes Schauspiel, doch sein Wetteifer trieb den Dieb immer wieder zu den Kämpfen. Eines Nachts machte er einen ansehnlichen Gewinn, indem er Geld auf einen kleinen, aber listigen Terrier setzte, der einen Hund, welcher dreimal so groß wie er selbst war, besiegte, indem er ihm die Hoden abbiss.

Und wenn der Wunsch nach Hunden oder Knaben oder Frauen mit der Zeit nachließ, standen andere Unterhaltungen zur Verfügung.

In einem behelfsmäßigen Amphitheater, das aus dem Schutt der Bastion der Heiligen Maria ausgehoben worden war, hatte der Dieb einen unbekannten Schauspieler gesehen, der im Alleingang Goethes *Faust,* Teil 1 und 2, aufgeführt hatte. Obwohl das Deutsch des Diebes alles andere als perfekt war, hatte die Darbietung einen dauerhaften Eindruck bei ihm hinterlassen. Die Geschichte war ihm hinreichend vertraut, sodass er dem Geschehen folgen konnte – der Pakt mit Mephisto, die Diskussionen, die Zaubertricks, und dann, während die angedrohte Verdammnis näher rückte, Verzweiflung und Entsetzen. Viele der Dialoge waren unverständlich, aber die Besessenheit des Schauspielers von seiner Doppelrolle – im einen Augenblick Verführer, im nächsten Verführter – war so eindrucksvoll, dass der Dieb sich aufgewühlt entfernte.

Zwei Tage später war er erneut hingegangen, um sich das Schauspiel nochmals anzusehen oder wenigstens mit dem Darsteller zu sprechen, aber es gab keine Wiederholung mehr. Die Begeisterung des Schauspielers für Goethe war als Pro-Nazi-Propaganda interpretiert worden; und so hatte der Dieb den Mann von einem Telegrafenmast hängend vorgefunden. Er war nackt. Seine bloßen Füße waren angefressen worden, Vögel hatten die Augen ausgepickt, der ganze Körper war von Schusslöchern durchbohrt. Dieser Anblick versöhnte den Dieb. Er sah es als Beweis dafür, dass die gemischten Gefühle, welche der Darsteller erweckt hatte, unbillig waren; wenn dies das Los war, welches seine Kunst ihm beschert hatte, dann war der Mann eindeutig ein Halunke und Scharlatan gewesen. Sein Mund stand offen, aber die Vögel hatten auch seine Zunge herausgerissen, nicht nur die Augen. Kein Verlust.

Davon abgesehen gab es weitaus lohnendere Zerstreuungen. Die Frauen, die der Dieb nehmen oder lassen konnte, und die Knaben entsprachen nicht seinem Geschmack, aber das Spielen liebte er, das war schon immer so gewesen. Also ging er wieder zu den Hunderennen und versuchte sein Glück mit einer Promenadenmischung. Und wenn nicht dorthin, dann zu einem Würfelspiel in irgendeiner Baracke oder – in völliger Verzweiflung – zu einem gelangweilten Wachtposten, mit dem er um die Geschwindigkeit einer vorbeiziehenden Wolke wettete. Methode und Umstände kümmerten ihn selten, denn ihm lag nur am Spiel. Dies war sein einziges wahres Laster: die Begierde, die zu befriedigen er zum Dieb geworden war. Vor dem Krieg hatte er in Kasinos in ganz Europa gespielt; Black Jack war sein Spiel, auch dem Roulette war er nicht abgeneigt. Nun schaute er zurück auf jene Jahre, durch den Schleier hindurch, welchen die Jahre vor ihnen ausgebreitet hatten, und erinnerte sich an die Wettstreite so, wie er sich nach dem Aufwachen an Träume erinnerte: als etwas Unwiederbringliches, das mit jedem Atemzug weiter entglitt.

Dieses Gefühl des Verlustes änderte sich jedoch, als er von dem Kartenspieler hörte – Mamoulian nannten sie ihn –, der angeblich niemals ein Spiel verlor, der in dieser trügerischen Stadt kam und ging wie ein Geschöpf, das möglicherweise nicht einmal real war.

Aber nach Mamoulian wurde alles anders.

2

Das waren die Gerüchte; und viele dieser Gerüchte enthielten nicht einmal ein Fünkchen Wahrheit. Nichts weiter als von gelangweilten Soldaten erzählte Lügen. Der militärische Verstand, hatte der Dieb herausgefunden, war zu Erfindungen fähig, die haarsträubender waren als die eines Dichters, und tödlicher.

Als er von einem meisterhaften Kartenspieler hörte, der aus dem Nichts auftauchte, jeden Möchtegern-Spieler zu einem Spiel herausforderte und unweigerlich gewann, argwöhnte er, dass diese Geschichte eben genau das sei: eine Geschichte. Aber etwas an der Art, wie sich diese apokryphe Geschichte hartnäckig hielt, gab zu Erwartungen Anlass. Sie verschwand nicht, um von einer noch unglaublicheren Geschichte ersetzt zu werden. Sie tauchte wiederholt auf – bei den Unterhaltungen der Männer während der Hundekämpfe, im Klatsch, in Graffiti. Mehr noch, die Namen änderten sich zwar, doch die hervorstechenden Fakten blieben von einem Bericht zum nächsten dieselben. Der Dieb begann zu argwöhnen, dass die Geschichte doch ein Fünkchen Wahrheit enthalten könnte. Vielleicht gab es einen brillanten Spieler, der irgendwo in der Stadt operierte. Aber selbstverständlich nicht völlig unbesiegbar; niemand war das. Doch der Mann war sicherlich etwas Besonderes – wenn er denn existierte. Die Gespräche über ihn waren stets von einer Vorsicht gekennzeichnet, die etwas von Ehrerbietung an sich hatte; Soldaten, die behaupteten, ihn beim Spiel gesehen zu haben, sprachen von seiner Eleganz, seiner fast hypnotischen Ruhe. Wenn sie von Mamoulian spra-

chen, waren sie Bauern, die vom Edelmann sprachen, und der Dieb – der niemals die Überlegenheit eines Menschen anerkannte – fügte seinen Gründen, weshalb er den Kartenspieler aufsuchen wollte, den Eifer hinzu, diesen König vom Thron zu stoßen.

Abgesehen von dem allgemeinen Bild, das sich durch bloße Gerüchte machen ließ, gab es noch einige Besonderheiten. Er wusste, er musste einen Mann finden und verhören, der diesem Musterexemplar tatsächlich am Spieltisch gegenübergesessen hatte, bevor er damit anfangen konnte, Wahrheit und Spekulation voneinander zu trennen.

Es kostete zwei Wochen, einen solchen Mann zu finden. Sein Name war Konstantin Wassiliew, Zweiter Leutnant, von dem man sagte, er habe alles, was er besaß, an Mamoulian verloren. Der Russe war breit wie ein Bulle; der Dieb fühlte sich zwergenhaft neben ihm. Aber während manche großen Männer über einen Geist verfügen, der ausreichend scheint, ihre Anatomie auszufüllen, schien Wassiliew fast leer zu sein. Wenn er jemals eine solche geistige Regsamkeit besessen hatte, so war sie nun dahin, denn in der gewaltigen Hülle befand sich ein zerbrechliches, nervöses Kind.

Es erforderte mehr als eine Stunde guten Zuredens, den größten Teil einer Flasche Wodka vom Schwarzmarkt und eine halbe Packung Zigaretten, Wassiliew dazu zu bringen, mehr als einsilbige Antworten zu geben, aber als die Offenbarungen dann endlich kamen, kamen sie wie ein Sturzbach, die Bekenntnisse eines Mannes am Rande des völligen Zusammenbruchs. Selbstmitleid klang aus seinen Reden heraus, und auch Zorn – aber größtenteils der Gestank von Angst. Wassiliew war ein Mann, der Todesängste litt. Der Dieb zeigte sich gehörig beeindruckt: nicht wegen Tränen und Verzweiflung, sondern wegen der Tatsache, dass Mamoulian, der gesichtslose Kartenspieler, diesen Hünen gebrochen hatte, der ihm gegenüber auf dem Boden saß. Unter dem Vorwand von Trost und freundlichen Ratschlägen lockte er aus dem Russen jede winzige Information heraus, die der Mann bieten konnte, wobei er ständig nach einem bedeutsamen Detail suchte, um Fleisch und Blut aus der Schimäre zu machen, der er nachjagte.

»Du sagst, dass er immer gewinnt?«

»Immer.«

»Welche Methode hat er? Wie betrügt er?«

Wassiliew, der die kahlen Dielen des Fußbodens betrachtete, sah auf.

»Betrügen?«, fragte er ungläubig. »Er betrügt nicht. Ich habe mein ganzes Leben lang Karten gespielt, mit den Besten und den Schlechtesten. Ich habe jeden Trick gesehen, den ein Mensch versuchen kann. Und ich sage dir jetzt, dass er sauber war.«

»Selbst der beste Spieler verliert ab und zu einmal. Die Gesetze der Wahrscheinlichkeit …«

Ein Ausdruck unschuldiger Belustigung huschte über Wassiliews Gesicht, und für einen Augenblick sah der Dieb den Menschen, welcher vor dem Zufall der geistigen Gesundheit diese Festung bewohnt hatte.

»Die Gesetze der Wahrscheinlichkeit gelten nicht für ihn. Ist dir das nicht klar? Er ist nicht wie du oder ich. Wie könnte ein Mann immerzu gewinnen, ohne Macht über die Karten zu haben?«

»Das glaubst du?«

Wassiliew zuckte mit den Achseln und sank wieder zurück. »Für ihn«, sagte er, in seinem völligen Schrecken beinahe besinnlich, »ist Gewinnen Schönheit. Wie das Leben selbst.«

Die leeren Augen betrachteten wieder die rohen Dielen des Fußbodens, während der Dieb die Worte in seinem Verstand Revue passieren ließ: *»Gewinnen ist Schönheit. Wie das Leben selbst.«* Das waren seltsame Worte und sie erfüllten ihn mit Unbehagen. Bevor er sich jedoch in ihre Bedeutung hineinarbeiten konnte, beugte sich Wassiliew dichter zu ihm, sein Atem war angsterfüllt, seine riesige Hand packte den Ärmel des Diebes, während er sprach:

»Ich habe um die Versetzung gebeten, haben sie dir das gesagt? In ein paar Tagen werde ich fort sein und keiner wird sich einen Reim darauf machen können. Ich werde Orden bekommen, wenn ich heimkehre. Darum versetzen sie mich: weil ich ein Held bin, und Helden bekommen, was sie verlangen. Dann werde ich fort sein und er wird mich niemals finden.«

»Warum sollte er das wollen?«

Eine Hand ballte sich zur Faust und Wassiliew zog den Dieb zu sich heran. »Ich schulde ihm das Hemd, das ich am Leib trage«, sagte er, »wenn ich bleibe, dann wird er mich umbringen. Er hat schon andere umgebracht, er und seine Spießgesellen.«

»Er ist nicht allein?« Der Dieb hatte sich den Kartenspieler stets als einen Mann ohne Begleitung vorgestellt und ihn damit tatsächlich nach seinem Ebenbild erschaffen.

Wassiliew schnäuzte sich die Nase in die Hände und lehnte sich auf dem Stuhl zurück; dieser knirschte unter seinem Gewicht.

»Wer weiß, was an diesem Ort wahr oder falsch ist, hm?«, fragte er mit wässrigen Augen. »Ich meine, wenn ich dir sagen würde, er hat einen Toten bei sich, würdest du mir glauben?« Er beantwortete seine eigene Frage mit einem Kopfschütteln. »Nein, du würdest denken, dass ich verrückt bin …«

Einst, dachte der Dieb, war dieser Mann der Gewissheit fähig gewesen, des Handelns, vielleicht sogar des Heldentums. Nun war jede dieser edlen Eigenschaften verschwunden, der Held zu einem schluchzenden Waschlappen geworden, der Unsinn stammelte. Innerlich zollte er der Brillanz von Mamoulians Sieg Beifall; er hatte Helden immer gehasst.

»Eine letzte Frage …«, begann er.

»Du möchtest wissen, wo du ihn finden kannst.«

»Ja.«

Der Russe starrte seinen Daumen an und seufzte tief.

Dies alles war so ermüdend. »Was gewinnst du, wenn du mit ihm spielst?«, fragte er, und wieder antwortete er sich selbst. »Nur Demütigung. Vielleicht den Tod.«

Der Dieb stand auf. »Dann weißt du nicht, wo er ist?«, fragte er und wollte die halbe Packung Zigaretten einstecken, die zwischen ihnen auf dem Tisch lag.

»Warte.« Wassiliew griff nach der Packung, bevor sie sich außerhalb seiner Reichweite befand. »Warte.«

Der Dieb legte die Zigaretten wieder auf den Tisch und Wassiliew bedeckte sie mit einer Besitz ergreifenden Hand. Er sah zu seinem Verhörer auf, während er sprach.

»Als ich das letzte Mal von ihm hörte, war er nördlich von hier. Beim Muranowskiplatz. Kennst du den?«

Der Dieb nickte. Es war keine Gegend, die er gern besuchte, aber er kannte sie. »Und wie kann ich ihn finden, wenn ich dort bin?«

Diese Frage schien den Russen zu verwirren.

»Ich weiß nicht einmal, wie er aussieht«, fügte der Dieb hinzu, damit Wassiliew begriff.

»Du musst ihn nicht finden«, antwortete Wassiliew, der nur zu gut begriff. »Wenn er mit dir spielen will, dann wird er dich finden.«

3 In der nächsten Nacht – der ersten vieler solcher Nächte – hatte der Dieb begonnen, nach dem Kartenspieler zu suchen. Obwohl man bereits April schrieb, war es in diesem Jahr noch bitterkalt. In sein Zimmer in dem teilweise zerstörten Hotel, das er bewohnte, kam er taub vor Kälte, Frustration und – auch wenn er sich selbst das kaum eingestand – Furcht zurück. Die Gegend um den Muranowskiplatz war eine Hölle innerhalb der Hölle. Viele der Bombeneinschläge hatten die Kanalisation aufgerissen, der Gestank war unverkennbar. Feuergruben, in denen hingerichtete

Einwohner verbrannt wurden, loderten hin und wieder auf, wenn eine Flamme einen von Gas aufgeblähten menschlichen Leichnam fand oder auch nur eine Schicht menschlichen Fetts. Jeder Schritt in diesem neu entstandenen Land war ein Abenteuer, selbst für den Dieb. Der Tod lauerte hier in zahllosen Verkleidungen, er saß am Rand eines Kraters und wärmte sich die Füße in den Flammen, oder er stand wie wahnsinnig inmitten der Zerstörung wie bei einem lachenden Spiel in einem Garten.

Ungeachtet der Angst kehrte er bei mehreren Gelegenheiten in den Bezirk zurück, doch der Kartenspieler wich ihm aus. Und mit jedem gescheiterten Versuch, mit jedem Ausflug, der mit einer Niederlage endete, betrieb der Dieb seine Suche entschlossener; in seinem Denken begann dieser gesichtslose Kartenspieler so etwas wie die Faszination einer Legende anzunehmen. Diesen Mann in Fleisch und Blut zu sehen, seine körperliche Existenz in derselben Welt zu bestätigen, die er, der Dieb, bewohnte, wurde zu einem Glaubensbekenntnis, einem Mittel, durch das er hoffentlich seine eigene Existenz bestätigen konnte.

Nach eineinhalb Wochen des fruchtlosen Suchens ging er zurück, um Wassiliew ausfindig zu machen. Der Russe war tot. Seinen Leichnam hatte man – mit von einem zum anderen Ohr aufgeschlitzter Kehle – erst am Tag zuvor gefunden. Er trieb mit dem Gesicht nach unten in einem der Abwasserkanäle, welche die Armee in Wola säuberte; und er war nicht allein. Mit ihm hatte man drei weitere Leichen gefunden, alle auf dieselbe Weise ermordet, alle waren angezündet worden und brannten lodernd wie Feuerschiffe, während sie auf einem Fluss voller Exkremente den Tunnel entlangtrieben. Einer der Soldaten, der sich in der Kanalisation aufgehalten hatte, als die Flottille angetrieben wurde, berichtete dem Dieb, es habe ausgesehen, als würden die Leichen in der Dunkelheit schweben. Einen atemlosen Augenblick lang schien es sich um die stetige Annäherung von Engeln zu handeln.

Doch dann folgte das Entsetzen. Sie hatten die brennenden Leichen gelöscht, ihr Haar, ihre Rücken, dann hatten sie sie herumgedreht; das von einer Fackel erhellte Gesicht Wassiliews hatte einen verwunderten Ausdruck gehabt, wie ein Kind, das Ehrfurcht vor einem tödlichen Zauber empfindet.

Seine Versetzungspapiere waren am selben Nachmittag eingetroffen.

Diese Papiere schienen tatsächlich die Ursache eines administrativen Irrtums zu sein, der Wassiliews Tragödie mit einer komischen Note besiegelt hatte. Nachdem man die Leichen identifiziert hatte, begrub man sie in Warschau, abgesehen von der des Zweiten Leutnants Wassiliew, dessen Kriegsauszeichnungen nach einer weniger oberflächlichen Behandlung verlangten. Pläne wurden diskutiert, den Leichnam nach Mütterchen Russland zu überführen, um ihm in seinem Heimatort ein Staatsbegräbnis zuteil werden zu lassen. Aber irgendjemand, der auf die Versetzungspapiere stieß, ging davon aus, dass sie für den toten Wassiliew galten, nicht für den lebenden. Die Leiche verschwand unter mysteriösen Umständen. Niemand übernahm die Verantwortung; der Leichnam war schlicht und einfach zu einem anderen Stützpunkt abtransportiert worden.

Wassiliews Tod steigerte die Neugier des Diebes eher noch, denn Mamoulians Arroganz faszinierte ihn. Er war ein Aasfresser, ein Mann, der von den Schwächen anderer lebte, den der Erfolg so übermütig gemacht hatte, dass er diejenigen, die ihm in den Weg gerieten, ermordete – oder in seinem Namen ermorden ließ. Der Dieb wurde erwartungsvoll nervös. Wenn er schlafen konnte, dann wanderte er in seinen Träumen über den Muranowskiplatz. Dieser war von einem Nebel erfüllt, welcher etwas Lebendem glich, das sich jeden Augenblick teilen würde, um den Kartenspieler zu enthüllen. Er kam sich vor wie ein Verliebter.

4

Heute Nacht war die Decke der schmutzigen Wolken über Europa aufgebrochen: Blasses Blau breitete sich weiter und weiter über seinem Kopf aus. Nun, gegen Abend, war der Himmel über ihm völlig klar. Im Südwesten schwollen gewaltige Kumuluswolken, deren Blumenkohlköpfe ocker- oder goldfarben getönt waren, mit Donner an, aber der Gedanke an ihren Zorn versetzte ihn lediglich in Aufregung. Heute Nacht war die Luft elektrisch geladen, deshalb würde er den Kartenspieler finden, da war er ganz sicher. Er war heute Morgen bereits mit dieser Gewissheit aufgewacht.

Als der Abend zu dämmern begann, machte er sich auf in nördlicher Richtung, dem Platz entgegen, und er dachte kaum daran, wohin er ging, so vertraut war ihm der Weg. Zwei Wachtposten passierte er, ohne angesprochen zu werden; die Selbstsicherheit seines Ausschreitens genügte als Parole. Heute Nacht war er unvermeidlich. Sein Platz hier, wo er die aromatische, von Fliedergeruch erfüllte Luft atmete, war uneinnehmbar. Er spürte die Statik in den Härchen auf seinem Handrücken und er lächelte. Er sah einen Mann, der etwas Unkenntliches in Händen hielt, zu einem Fenster emporschreien und er lächelte. Nicht weit entfernt floss die Weichsel, von Regen und Schmelzwasser angeschwollen, brüllend dem Meer entgegen; er selbst fühlte sich nicht weniger unwiderstehlich.

Die Kumuluswolken verloren ihre goldene Färbung; das kristallene Blau dunkelte der Nacht entgegen.

Als er sich dem Muranowskiplatz näherte, flackerte etwas vor ihm, ein Windhauch strich an ihm vorüber, und plötzlich war die Luft voll weißer Konfetti. Ob hier heute Nacht eine Hochzeit stattfand? Eines der wirbelnden Teilchen landete auf seiner Braue und er nahm es weg. Es war kein Konfetti, es war ein Blütenblatt. Er zerdrückte es zwischen Daumen und Zeigefinger. Aromatisches Öl quoll aus dem zerquetschten Gewebe hervor.

Auf der Suche nach der Quelle ging er noch ein paar

Schritte um eine Ecke herum auf den eigentlichen Platz, und dort entdeckte er einen von Blüten überquellenden Baum, der in der Luft zu schweben statt im Boden verwurzelt zu sein schien; die Schneekrone war vom Sternenlicht erhellt, der Stamm in Schatten gehüllt. Der Dieb hielt den Atem an, schockiert angesichts von so viel Schönheit, und ging darauf zu, wie er sich einem wilden Tier nähern würde, äußerst behutsam, damit es nicht erschrak und das Weite suchte. Etwas drehte ihm den Magen um, allerdings nicht Ehrfurcht vor den Blüten, nicht einmal Nachwirkungen der Freude, die er auf dem Weg hierher empfunden hatte – das alles verblasste. Hier, auf diesem Platz, ergriff ein anderes Gefühl von ihm Besitz.

Er war ein Mann, der sich so an Grausamkeiten gewöhnt hatte, dass er sich längst als gefühllos betrachtete. Warum stand er dann aber hier, wenige Schritte von dem Baum entfernt, grub die makellos manikürten Fingernägel ängstlich ins Fleisch der Handballen und trotzte dem Baum, auf dass dieser sein Schimmern offenbaren möge? Hier gab es nichts zu fürchten, nur Blütenblätter in der Luft, Schatten am Boden. Dennoch atmete er flach und hoffte gegen alle Erwartung, seine Furcht möge unbegründet sein.

»Komm schon«, murmelte er, »wenn du mir etwas zu zeigen hast, ich warte.«

Nach dieser stummen Aufforderung geschah zweierlei. Hinter ihm fragte eine gutturale Stimme auf Polnisch: »Wer sind Sie?« Einen Sekundenbruchteil durch die Überraschung abgelenkt, wandte er den Blick von dem Baum ab, und in diesem Augenblick löste sich eine Gestalt unter den blütenübersäten Zweigen und huschte einen Moment ins Licht der Sterne.

Im trügerischen Halbdunkel war der Dieb nicht sicher, was er sah: vielleicht ein körperloses Gesicht, das ausdruckslos in seine Richtung starrte, das Haar abgesengt. Einen grindigen Kadaver, so breit wie der eines Bullen. Wassiliews gewaltige Hände.

Alles oder nichts von alledem; und die Gestalt wich bereits wieder in den Schatten hinter dem Baum zurück, der verletzte Kopf strich dabei durch die Zweige. Ein Regen von Blütenblättern fiel auf die kohlschwarzen Schultern.

»Haben Sie nicht gehört?«, fragte die Stimme in seinem Rücken. Er starrte weiter unter den Baum, kniff die Augen zu Schlitzen zusammen und versuchte, Substanz von Illusion zu unterscheiden. Aber der Mann, wer immer er gewesen sein mochte, war verschwunden. Natürlich konnte es nicht der Russe gewesen sein, dagegen sprach die Vernunft. Wassiliew war tot, war mit dem Gesicht nach unten in der Jauche eines Abwasserkanals gefunden worden; sein Leichnam durfte bereits unterwegs sein zu einem weit entfernten Außenposten des Russischen Reiches. Er war nicht da, er *konnte* nicht da sein! Dennoch verspürte der Dieb den übermächtigen Drang, den Fremden zu verfolgen, um ihm auf die Schulter zu klopfen, damit er sich umdrehte und er ihm ins Gesicht sehen und bestätigen konnte, dass er nicht Konstantin war. Doch zu spät – die Fragende hinter ihm hatte seinen Arm fest umklammert und verlangte nach einer Antwort. Die Zweige des Baums hatten aufgehört zu zittern, die Blütenblätter aufgehört zu fallen, der Mann war fort.

Seufzend wandte sich der Dieb zu der Fragestellerin um.

Die Gestalt vor ihm lächelte ein Willkommen. Es war eine Frau, zu der die raue Stimme gehörte, die in eine ihr zu große, von einem Strick gehaltene Hose gekleidet, ansonsten aber nackt war, ihr Kopf rasiert, die Zehennägel lackiert. Dies alles nahm er mit Sinnen wahr, die durch den Schock unter dem Baum und vom Vergnügen an ihrer Nacktheit geschärft waren. Die schimmernden Halbkugeln ihrer Brüste waren makellos: Er spürte, wie sich seine Fäuste öffneten und die Handflächen vom Verlangen kribbelten, sie zu berühren. Aber vielleicht war die Bewunderung, die er ihrem Körper zollte, zu unverblümt. Er sah ihr wieder ins Gesicht, um festzustellen, ob sie immer noch lächelte. Sie lächelte noch, aber diesmal verweilte sein Blick auf ihrem Gesicht, und er bemerkte, dass das, was er für ein Lächeln gehalten hatte, eine dauernde Verzerrung war. Ihre Lippen waren weggeschnitten worden, Zahnfleisch und Zähne lagen bloß. Auf den Wangen hatte sie grässliche Narben, Überbleibsel von Wunden, die die Sehnen durchtrennt und einen Krampf verursacht hatten, welcher ihren Mund offen hielt. Ihr Anblick stieß ihn ab.

»Willst du …?«, begann sie.

Wollen?, dachte er, und seine Augen sahen wieder auf die Brüste. Ihre beiläufige Nacktheit erregte ihn, ungeachtet der Verstümmelung ihres Gesichts. Die Vorstellung, sie zu nehmen, ekelte ihn – diesen lippenlosen Mund zu küssen war mehr, als ein Orgasmus wert war –, doch wenn sie sich ihm anbot, würde er zugreifen, zum Teufel mit dem Ekel.

»Willst du …?«, begann sie erneut mit diesem nuschelnden Zwitter einer Stimme, weder weiblich noch männlich. Sie hatte Schwierigkeiten, ohne die Unterstützung von Lippen Worte zu formen, dennoch brachte sie schließlich auch den Rest der Frage heraus: »Willst du die Karten?«

Er hatte sie völlig missverstanden. Sie hatte keinerlei Interesse an ihm, weder sexuell noch sonst wie; sie war nichts weiter als eine Botin. *Mamoulian war hier.* Möglicherweise so nahe, dass er hätte hinspucken können; vielleicht beobachtete er ihn in diesem Augenblick.

Doch die verwirrten Empfindungen in ihm beeinträchtigten das Hochgefühl, welches er in diesem Moment hätte verspüren sollen. Anstatt Triumph bedrängte ihn ein Kopf voll widerstreitender Eindrücke: Blüten, Brüste, Dunkelheit; das Gesicht des verbrannten Mannes, welches sich ihm zu kurz zugewendet hatte; Lust, Angst; ein einziger Stern, der zwischen Wolken hervorbrach. Ohne darüber nachzudenken, was er sagte, antwortete er: »Ja. Ich will die Karten.«

Sie nickte, wandte sich von ihm ab und sah an dem Baum vorbei, dessen Zweige noch wippten, wo der Mann, der nicht Wassiliew gewesen sein konnte, sie berührt hatte, und überquerte den Platz. Er folgte ihr, gelang es ihm doch damit, das Gesicht der Botin zu vergessen, wenn er die Anmut ihres barfüßigen Dahinschreitens betrachtete. Sie schien nicht darauf zu achten, worauf sie trat; nicht einmal strauchelte sie, trotz Glas, Steinen und Granatsplittern auf dem Boden.

Sie führte ihn zu den Überresten eines großen Hauses an der anderen Seite des Platzes. Das verwüstete, einstmals eindrucksvolle Äußere stand nach wie vor; sogar die Türöffnung existierte noch, aber keine Tür mehr. Hinter ihr konnte man den Schein eines Freudenfeuers flackern sehen. Geröll aus dem Inneren ergoss sich durch die Tür und versperrte die untere Hälfte, wodurch die Frau und der Dieb gleichermaßen gezwungen waren, sich zu ducken und mühsam ins eigentliche Haus einzudringen. In der Dunkelheit blieb der Ärmel seines Mantels an etwas hängen, der Stoff riss. Sie wandte sich nicht um, um festzustellen, ob er verletzt sei, obwohl er lautstark fluchte; stattdessen ging sie einfach weiter voran, über die Berge von Geröll und herabgefallenen Dachziegeln, während er hinter ihr herstolperte und sich dabei lächerlich und ungeschickt vorkam. Im Licht des Freudenfeuers konnte er die Größe des Inneren erkennen; dies war einst ein prächtiges Haus gewesen. Er hatte jedoch wenig Zeit für seine Studien, denn die Frau war bereits am Feuer vorbei und ging eine Treppe hinauf. Schwitzend folgte er ihr. Das Feuer knackte; er drehte sich zu ihm um und erblickte jemanden dahinter, der sich schützend jenseits der Flammen hielt.

Während er hinsah, legte der Feuerwächter neues Brennholz nach, sodass ein Funkenschauer gen Himmel stob.

Die Frau ging die Treppe hinauf. Er eilte hinter ihr her, sein Schatten – den das Feuer warf – zeichnete sich riesig an der Wand ab. Sie befand sich auf der obersten Treppenstufe, als er gerade die Hälfte hinter sich hatte, und nun glitt sie durch eine zweite Tür und war verschwunden. Er folgte ihr, so rasch es ging, und stürzte ihr durch dieselbe Tür nach.

Der Schein des Feuers verirrte sich wohl kaum in dieses Zimmer, das er betreten hatte, und anfangs kostete es ihn Mühe, überhaupt etwas zu erkennen.

»Schließen Sie die Tür«, bat jemand. Er brauchte ein paar Augenblicke, um zu erkennen, dass die Bitte ihm gegolten hatte. Er drehte sich etwas herum, suchte nach der Klinke, stellte fest, dass es keine gab, und zog die Tür in quietschenden Angeln zu.

Nachdem er dies getan hatte, sah er wieder in das Zimmer. Die Frau stand zwei oder drei Meter vor ihm, ihr ständig belustigtes Gesicht ihm zugewendet, ihr Lächeln eine graue Sichel.

»Ihr Mantel«, sagte sie und streckte die Hände aus, um ihm herauszuhelfen. Nachdem sie das getan hatte, trat sie ihm aus dem Weg, und er konnte das Ziel seiner langen Suche erkennen.

Es war jedoch nicht Mamoulian, der zuerst seine Blicke auf sich zog, sondern das geschnitzte, hölzerne Altarteil, welches hinter ihm in die Wand eingelassen war – ein gotisches Meisterwerk, das selbst in der Dunkelheit golden und blau und scharlachrot leuchtete. Kriegsbeute, dachte der Dieb; das macht der Mistkerl also mit seinem Vermögen. Nun betrachtete er die Gestalt vor dem Triptychon: Ein einziger, in Öl getränkter Docht brannte rauchend auf dem Tisch, an dem er saß. Das Licht, das er auf das Gesicht des Diebes warf, war hell, flackerte jedoch.

»So, Pilger«, sagte der Mann, »hast du mich gefunden. Endlich.«

»Ohne Zweifel haben *Sie* mich gefunden«, antwortete der Dieb; es war so gekommen, wie Wassiliew es vorhergesagt hatte.

»Du machst gern das eine oder andere Spiel, habe ich gehört. Stimmt das?«

»Warum nicht?« Er bemühte sich, so nonchalant wie möglich zu klingen, wenngleich ihm das Herz in der Brust mit doppelter Geschwindigkeit schlug. Nun, da er sich dem

Kartenspieler gegenübersah, fühlte er sich bemitleidenswert unvorbereitet. Schweiß klebte sein Haar an die Stirn; Staub war auf seinen Händen, Schmutz unter den Fingernägeln: Ich muss aussehen, dachte er verlegen, wie der Dieb, der ich bin.

Im Gegensatz dazu bot Mamoulian ein Bild der Makellosigkeit. Nichts an der ernsten Kleidung – schwarze Krawatte, grauer Anzug – deutete auf einen Profitmacher hin; er, diese Legende, sah mehr wie ein Börsenmakler aus. Sein Gesicht wie auch der Anzug wirkten unbußfertig gewöhnlich, die straffe, feinporige Haut durch die unvorteilhafte Ölflamme wächsern. Er schien um die sechzig zu sein, die Wangen waren ein wenig eingefallen, die Nase lang und aristokratisch, die Brauen geschwungen und hoch. Der Haaransatz war bis zum Hinterkopf zurückgewichen, was blieb, war weiß und flaumig. Aber seine Haltung drückte weder Gebrechlichkeit noch Erschöpfung aus, denn er saß aufrecht auf seinem Stuhl, seine geschickten Hände breiteten ein Kartenspiel mit liebevoller Vertrautheit aus und schoben es wieder zusammen. Nur seine Augen entsprachen dem Traum, den der Dieb von ihm gehabt hatte. Kein Börsenmakler hatte jemals so nackte Augen gehabt. So kalte, gnadenlose Augen.

»Ich hoffte, dass du kommen würdest, Pilger. Früher oder später«, sagte er. Sein Englisch war akzentfrei.

»Komme ich zu spät?«, fragte der Dieb, halb scherzend.

Mamoulian legte die Karten nieder. Er schien die Frage durchaus ernst zu nehmen. »Wir werden sehen.« Er machte eine Pause, bevor er sagte: »Du weißt natürlich, dass ich um sehr hohe Einsätze spiele.«

»Ich habe es gehört.«

»Wenn du jetzt aufgeben möchtest, bevor wir anfangen, hätte ich vollstes Verständnis dafür.« Der Vorschlag wurde ohne den leisesten Hauch von Ironie vorgebracht.

»Möchten Sie nicht, dass ich spiele?«

Mamoulian presste die dünnen, trockenen Lippen zusammen und runzelte die Stirn. »Ganz im Gegenteil«, sagte er. »Ich möchte sogar sehr, dass du spielst.«

Darin lag eine Andeutung von Pathos – oder nicht? Der Dieb war nicht sicher, ob das ein unmerklicher Ausrutscher war oder subtilste Theatralik. »Aber ich habe wenig Mitleid für die ...«, fuhr er fort, »die ihre Schulden nicht einlösen.«

»Sie meinen den Leutnant«, riet der Dieb.

Mamoulian sah ihn an. »Ich kenne keinen Leutnant«, sagte er tonlos. »Ich kenne nur Spieler, wie mich selbst. Ein paar sind gut, die meisten aber nicht. Sie kommen alle hierher, um ihre Kräfte zu messen, wie du auch.«

Er hatte das Spiel wieder aufgenommen, und nun bewegte es sich in seiner Hand, als würden die Karten leben. Zweiundfünfzig Falter, die im flackernden Licht tanzten, jeder ein klein wenig verschieden vom anderen. Sie waren beinahe abstoßend schön; ihre glänzenden Oberflächen waren das Makelloseste, was der Dieb seit Monaten zu Gesicht bekommen hatte.

»Ich möchte spielen«, sagte er und trotzte dem hypnotischen Wechsel der Karten.

»Dann setz dich, Pilger«, sagte Mamoulian, als hätte die Frage nie zur Diskussion gestanden.

Fast geräuschlos hatte die Frau einen Stuhl hinter ihn gestellt. Während er sich setzte, begegnete der Blick des Diebes dem Mamoulians. War in diesen humorlosen Augen etwas, das ihm ein Leid wünschte? Nein, nichts. Es gab nichts zu fürchten.

Er murmelte einen Dank für die Einladung, dann knöpfte er die Manschetten auf und krempelte die Ärmel zurück, um freie Hand beim Spielen zu haben. Nach einer Weile begann das Spiel.

ZWEITER TEIL

Asyl

»Der Teufel ist keineswegs das Schlimmste, das man sich denken kann; ich würde mich lieber mit ihm befassen als mit vielen Menschen. Er erfüllt seine Übereinkünfte weitaus zuverlässiger als mancher Schwindler auf Erden. Um der Wahrheit die Ehre zu geben, wenn eine Zahlung fällig wird, so erscheint er pünktlich auf die Minute, Schlag zwölf, nimmt sich seine Seele und kehrt in die Hölle zurück, wie ein guter Teufel. Er ist nichts anderes als ein Geschäftsmann, wie es recht und billig ist.«

J. N. Nestroy: *Höllenangst*

I

Vorsehung

5 Nachdem er sechs Jahre seiner Strafe in Wandsworth abgesessen hatte, war Marty Strauss daran gewöhnt zu warten. Er wartete, bis er sich jeden Morgen waschen und rasieren konnte; er wartete, bis es Essen gab; er wartete, bis er aufs Klo musste; er wartete auf die Freiheit. All das Warten. Selbstverständlich war das alles Teil der Strafe; ebenso wie das Gespräch, zu dem er an diesem trostlosen Nachmittag bestellt worden war. Doch während ihm das Warten mittlerweile leicht fiel, taten die Gespräche das nie. Er verabscheute das bürokratische Rampenlicht: seine Akte, die vor Disziplinarstrafen überquoll, die Milieustudien, die psychiatrischen Gutachten; die Art, wie man alle paar Monate entkleidet vor einem Anstaltsmenschen stand, während dieser einem erzählte, was für eine erbärmliche Kreatur man doch sei. Das schmerzte sehr, und er wusste, dass er sich niemals davon erholen würde; niemals würde er die heißen Zimmer vergessen, die vom Geruch von versteckten Andeutungen und zerstörten Hoffnungen erfüllt waren. Von ihnen würde er ewig träumen.

»Treten Sie ein, Strauss.«

Das Zimmer hatte sich nicht verändert, seit er das letzte Mal hier gewesen war; auch der Mann hinter dem Schreibtisch hatte sich nicht verändert. Sein Name war Somervale, und es gab genügend Gefangene in Wandsworth, die allnächtlich beteten, er möge zu Staub zerfallen. Heute saß er nicht allein hinter dem Tisch mit der Plastikoberfläche.

»Setzen Sie sich, Strauss.«

Marty musterte Somervales Besucher: kein Angestellter der Haftanstalt. Der Anzug war zu geschmackvoll, die Fingernägel zu fein manikürt. Er schien in mittleren Jahren zu sein, von kräftiger Statur, und seine Nase war ein klein wenig schief, als sei sie einst gebrochen und unsachgemäß wieder zusammengesetzt worden.

Somervale stellte ihn vor.

»Strauss. Dies ist Mr. Toy.«

»Hallo«, sagte Marty.

Das braun gebrannte Gesicht erwiderte seinen Blick; es hatte einen Ausdruck unverblümter Bewunderung. »Schön, Sie zu sehen«, sagte Toy.

Sein scharfer Blick verriet mehr als nur beiläufige Neugier, aber was – überlegte Marty – gab es zu sehen? Ein Mann mit Zeit auf den Händen und auf dem Gesicht; ein durch zu wenig Übung und zu schlechtes Essen schlapp gewordener Körper; ein schlampig gestutzter Schnurrbart; ein Augenpaar, das vor Langeweile glasig geworden war. Marty kannte jede abgestumpfte Einzelheit seiner Erscheinung. Und dennoch sahen die hellblauen Augen ihn offenbar fasziniert an.

»Ich denke, wir sollten zum Geschäft kommen«, sagte Toy unvermittelt zu Somervale. Er legte die Hände mit den Handflächen nach unten auf die Tischplatte. »Wie viel haben Sie Mr. Strauss erzählt?«

Mr. Strauss. Die Anrede kam ihm vor wie eine fast vergessene Höflichkeit.

»Ich habe ihm gar nichts erzählt«, antwortete Somervale.

»Dann sollten wir am Anfang beginnen«, sagte Toy. Er lehnte sich auf dem Stuhl zurück, ohne die Hände von der Tischplatte zu nehmen.

»Wie Sie wünschen«, erwiderte Somervale, der sich eindeutig für eine längere Rede aufwärmte. »Mr. Toy …«, begann er.

Aber weiter kam er nicht, denn sein Gast unterbrach ihn.

»Dürfte ich?«, sagte Toy. »Ich kann die Situation vielleicht besser zusammenfassen.«

»Wie es beliebt«, knurrte Somervale. Er suchte in seiner Jackentasche nach einer Zigarette und verbarg sein Missfallen kaum.

Toy achtete nicht auf ihn, sein asymmetrisches Gesicht sah weiter unverwandt zu Marty.

»Mein Arbeitgeber …«, begann Toy, »… ist ein Mann namens Joseph Whitehead. Ich weiß nicht, ob Ihnen das etwas sagt?« Er wartete die Antwort nicht ab, sondern fuhr fort: »Wenn Sie noch nichts von ihm gehört haben, dann sind Sie doch zweifellos mit der Whitehead Corporation vertraut, die er gründete, eine der größten pharmazeutischen Firmen in Europa …«

Der Name brachte leise eine Glocke in Martys Kopf zum Erklingen, er assoziierte einen Skandal. Aber die Erinnerung war vage, und er hatte keine Zeit, länger darüber zu grübeln, denn Toy fuhr ungebremst fort.

»… obwohl Mr. Whitehead mittlerweile die sechzig überschritten hat, leitet er die Firma immer noch selbst. Sie müssen wissen, er ist ein Selfmademan, und er hat seiner Schöpfung sein Leben verschrieben. Allerdings hat er beschlossen, nicht mehr so sehr *im Rampenlicht* zu stehen wie früher …«

Plötzlich sah Strauss im Geist ein Titelfoto vor sich: ein Mann, der die Hand gegen ein Blitzlicht hielt; ein privater Augenblick, den ein lauernder Paparazzo zum öffentlichen Verzehr festgehalten hatte.

»… Er meidet das öffentliche Leben fast völlig, und seit seine Frau gestorben ist, bringt er der gesellschaftlichen Arena keinerlei Sympathien mehr entgegen …«

Als Begleitung bei der ungewünschten Aufmerksamkeit

erinnerte Strauss sich an eine Frau, deren Schönheit selbst in dem unvorteilhaften Licht ihn erstaunt hatte. Wahrscheinlich die Frau, von der Toy sprach.

»… Stattdessen beschloss er, seine Firma aus dem Rampenlicht zu entfernen und sich in seiner Freizeit mit sozialen Fragen zu beschäftigen, darunter die Überfüllung der Gefängnisse und der generelle Verfall des Strafvollzugs.« Die letzte Bemerkung war zweifellos gezielt und sie traf Somervale mit tödlicher Treffsicherheit.

Er drückte die halb gerauchte Zigarette energisch in dem Blechaschenbecher aus und warf dem anderen Mann einen säuerlichen Blick zu.

»Als der Zeitpunkt gekommen war, sich einen neuen persönlichen Leibwächter zu suchen …«, fuhr Toy fort, »… war es Mr. Whiteheads Entschluss, sich einen geeigneten Kandidaten unter den Männern auszusuchen, deren Entlassung wegen guter Führung anstand, anstatt zu den üblichen Agenturen zu gehen.«

Mich kann er nicht meinen, dachte Strauss. Die Vorstellung war zu prächtig – und zu lächerlich. Und doch, wenn Toy nicht deshalb hier war, wozu dann das ganze Palaver?

»Er sucht einen Mann, dessen Strafe sich dem Ende nähert. Einen, der es seiner und auch meiner Meinung nach verdient, die Gelegenheit zu bekommen, die Wiedereingliederung in die Gesellschaft mit einem Job im Rücken beginnen zu können – sowie ein wenig Selbstachtung, die damit verbunden ist. Ihr Fall wurde mir empfohlen, Martin. Ich darf Sie doch Martin nennen?«

»Für gewöhnlich Marty.«

»Fein, also Marty. Frei heraus, ich will Ihnen keine allzu großen Hoffnungen machen. Ich spreche außer mit Ihnen noch mit einer ganzen Reihe von Kandidaten, und gegen Abend könnte ich zu dem Ergebnis kommen, dass überhaupt keiner geeignet ist. Vorerst würde ich nur gern wissen, ob Sie an einer solchen Möglichkeit interessiert wären, wenn sie Ihnen offen stünde.«

Marty begann zu lächeln. Nicht nach außen, sondern innerlich, wo Somervale ihm nichts anhaben konnte.

»Verstehen Sie, was ich sage?«

»Ja. Ich verstehe.«

»Joe ... Mr. Whitehead ... braucht jemanden, der sich völlig seinem Wohlergehen widmet; der tatsächlich lieber das eigene Leben riskieren würde, als zuzulassen, dass seinem Boss etwas zustößt. Mir ist klar, dass das viel verlangt ist.«

Marty zog die Brauen hoch. Es *war* viel, besonders nach der sechseinhalbjährigen Lektion in Selbstvertrauen, die er in Wandsworth erhalten hatte. Toy erkannte Martys Zögern rasch.

»Das stört Sie«, sagte er.

Marty zuckte unmerklich mit den Achseln. »Ja und nein. Ich meine, so etwas ist noch nie von mir verlangt worden. Ich möchte Ihnen keinen Mist erzählen, als wäre ich wirklich scharf drauf, für jemanden umgebracht zu werden, denn das bin ich nicht. Ich würde Sie belügen, wenn ich das sagen würde.«

Toys Nicken ermutigte Marty zum Weitersprechen. »Das war eigentlich alles«, sagte er.

»Sind Sie verheiratet?«, fragte Toy.

»Getrennt.«

»Wenn ich fragen dürfte: Ist die Scheidung eingereicht?«

Marty verzog das Gesicht. Er verabscheute es, darüber zu reden. Das war *seine* Wunde; er musste sie pflegen und versorgen. Kein Mitgefangener hatte die Geschichte je aus ihm herauslocken können, nicht einmal während der nächtlichen Beichten morgens um drei, die er mit seinem vorigen Zellengenossen hatte erdulden müssen, bevor Feaver gekommen war, der von nichts anderem sprach als von Essen und Frauen. Aber jetzt musste er etwas sagen. Wahrscheinlich hatten sie die Einzelheiten ohnedies irgendwo aktenkundig gemacht. Toy wusste möglicherweise mehr darüber, was Charmaine trieb und mit wem, als er selbst. »Charmaine und ich …« Er versuchte, seine widerstreitenden Gefühle in Worte zu kleiden, brachte aber außer einem groben Bekenntnis nichts zuwege. »Ich glaube kaum, dass eine große Chance besteht, wir beide könnten wieder zusammenkommen, wenn es das ist, worauf Sie hinauswollen.«

Toy entging der verletzte Tonfall von Martys Stimme nicht; Somervale auch nicht. Zum ersten Mal, seit Toy den Ring betreten hatte, zeigte der Beamte ein Interesse an dem Gespräch. Er will mir zusehen, wie ich mich um den Job bringe, dachte Marty; er konnte die Erwartung deutlich in Somervales Gesicht sehen. Verdammt, diese Befriedigung wollte er ihm nicht gewähren.

»Aber kein Problem«, sagte Marty leichthin. »Und wenn doch, dann ist es meines. Ich gewöhne mich noch an die Tatsache, dass sie nicht da sein wird, wenn ich rauskomme. Mehr gibt es dazu nicht zu sagen.«

Jetzt lächelte Toy, ein liebenswürdiges Lächeln. »Wirklich, Marty«, sagte er, »ich möchte nicht herumschnüffeln. Ich möchte nur gewährleisten, dass Sie alle Konsequenzen der Situation erfassen und verstehen. Wenn Mr. Whitehead Sie einstellt, dann müssten Sie auf seinem Anwesen leben, und es wäre eine notwendige Vereinbarung des Vertrages, dass Sie dieses ohne Mr. Whiteheads oder meine ausdrückliche Einwilligung nicht verlassen. Mit anderen Worten, Sie würden nicht in völlige Freiheit entlassen werden. Ganz und gar nicht. Sie könnten das Anwesen als eine Art von Gefängnis betrachten. Es ist wichtig für mich, von irgendwelchen Banden zu wissen, die bewirken könnten, dass Sie eine solche Vereinbarung allzu leicht übertreten.«

»Ja, ich verstehe.«

»Weiterhin, wenn Ihre Beziehung zu Mr. Whitehead aus irgendwelchen Gründen nicht zufriedenstellend ausfällt; oder wenn Sie der Meinung sind, der Job wäre nicht angemessen, dann, fürchte ich …«

»… müsste ich hierher zurück und meine Reststrafe absitzen.«

Es folgte eine peinliche Pause, in der Toy leise seufzte. Es dauerte jedoch nur einen Augenblick, bis er das Gleichgewicht wiedererlangt hatte, dann steuerte er das Gespräch in eine völlig neue Richtung.

»Da sind noch ein paar Fragen, die ich Ihnen gerne stellen würde. Sie haben geboxt, nicht?«

»Etwas. Vor einer Weile ...«

Toy sah ihn enttäuscht an. »Sie haben es aufgegeben?«

»Ja«, antwortete Marty. »Aber ich habe noch eine Weile mit dem Gewichtstraining weitergemacht.«

»Haben Sie irgendeine Ausbildung in Selbstverteidigung? Judo? Karate?«

Marty überlegte, ob er lügen sollte. Aber was hätte das für einen Zweck? Toy hätte lediglich die Schläger von Wandsworth befragen müssen. »Nein«, sagte er.

»Schade.«

Martys Magen schrumpfte zusammen. »Aber ich bin gesund«, sagte er. »Und stark. Und ich kann lernen.« Er stellte fest, dass sich von irgendwoher ein unerwünschtes Zittern in seine Stimme geschlichen hatte.

»Ich fürchte, wir wollen keinen, der lernen kann«, sagte Somervale, der den Triumph in seiner Stimme kaum unterdrücken konnte.

Marty beugte sich über den Tisch und versuchte, Somervales egelartige Präsenz zu verdrängen. »Ich kann den Job erledigen, Mr. Toy«, beharrte er. »Ich *weiß*, dass ich es kann. Geben Sie mir einfach eine Chance ...«

Das Zittern war verschwunden, sein Magen war ein Akrobat. Es war besser, jetzt aufzuhören, bevor er etwas sagte, was ihm womöglich noch Leid tat. Aber die Worte und die Gefühle kamen einfach weiter.

»Geben Sie mir eine Gelegenheit zu beweisen, dass ich es kann. Das ist nicht viel verlangt, oder? Und wenn ich es verpatze, dann ist es *meine* Schuld, klar? Nur eine Chance, mehr verlange ich nicht.«

Toy betrachtete ihn mit so etwas wie Mitleid. War es

demnach vorbei? Hatte er sich bereits entschieden – eine falsche Antwort und alles ist verdorben –, nahm er bereits im Geiste die Aktentasche und drückte Somervale die Akte *Strauss, M.* in die feuchte Hand, damit sie wieder zwischen zwei vergessenen Galgenvögeln abgeheftet wurde?

Marty biss sich auf die Zunge und lehnte sich auf dem unbequemen Stuhl zurück, wo er den Blick auf seine zitternden Hände richtete. Er brachte es nicht über sich, die zerschlagene Eleganz von Toys Gesicht anzusehen, nicht jetzt, nachdem er sich so sehr bloßgestellt hatte. Toy würde in ihn hineinsehen, o ja, zu all dem Schmerz und dem Sehnen, und das konnte er nicht ertragen.

»Bei Ihrer Verhandlung …«, sagte Toy.

Was nun? Warum verlängerte er die Qual noch? Er wollte einfach nur in seine Zelle gehen, wo Feaver auf der Bank sitzen und mit seinen Puppen spielen würde, wo eine vertraute Langeweile herrschte, in die er sich flüchten konnte.

Aber Toy war noch nicht fertig; er wollte die Wahrheit, die ganze Wahrheit, und nichts anderes.

»Bei Ihrer Verhandlung haben Sie ausgesagt, Ihre Hauptmotivation für die Beteiligung an dem Überfall war, dass Sie erhebliche Spielschulden bezahlen wollten. Ist das korrekt?«

Marty hatte seine Aufmerksamkeit von den Händen weg auf seine Schuhe konzentriert. Die Schnürsenkel waren offen und lang genug, einen doppelten Knoten zu machen, aber er hatte nie die Geduld für komplizierte Knoten aufbringen können. Er zog einfache Knoten vor. Wenn man einen Knoten öffnen wollte, dann zog man daran und – wie durch Zauber – er war verschwunden.

»Ist das korrekt?«, fragte Toy noch einmal.

»Ja, es ist korrekt«, sagte Marty ihm. Er war bis hierher gegangen, warum sollte er die Geschichte nicht zu Ende bringen? »Wir waren zu viert und hatten zwei Waffen. Wir haben versucht, einen Geldtransport zu knacken. Die Sache ging schief.« Er sah von den Schuhen auf. Toy betrachtete ihn durchdringend. »Der Fahrer bekam einen Schuss in den Magen. Er starb später. Das steht doch alles in den Akten, oder nicht?« Toy nickte. »Und das mit dem Wagen? Steht das auch in den Akten?« Toy antwortete nicht. »*Er war leer*«, sagte Marty. »Wir hatten uns von Anfang an geirrt. Das verfluchte Ding war leer.«

»Und Ihre Schulden?«

»Hm?«

»Ihre Schulden bei Macnamara? Sind die immer noch offen?«

Der Mann fing wirklich an, Marty auf die Nerven zu gehen. Was kümmerte es Toy, wenn er hier und da jemandem ein paar Scheine schuldete? Dies war nichts weiter als mitfühlende Täuschung, damit er einen Rückzieher machen und dabei das Gesicht wahren konnte.

»Antworten Sie Mr. Toy, Strauss«, sagte Somervale und wandte sich dann an Toy.

»Was bedeutet das für Sie?«

»Interesse«, sagte dieser unverblümt.

»Ich verstehe.« Zum Teufel mit seinem Interesse, dachte Marty, sollte er daran ersticken. Sie hatten ein hinreichendes Geständnis bekommen, mehr würde es nicht geben.

»Kann ich jetzt gehen?«, fragte er und sah auf. Nicht zu Toy, sondern zu Somervale, der hinter Zigarettenrauch grinste und zufrieden war, dass das Gespräch zum Desaster geworden war.

»Ich glaube schon, Strauss«, sagte er. »Wenn Mr. Toy keine weiteren Fragen mehr hat.«

»Nein«, sagte Toy mit toter Stimme. »Nein; ich bin zufrieden.«

Marty stand auf und wich dabei Toys Blick aus.

Das kleine Zimmer war voll hässlicher Geräusche. Die Stuhlbeine, die am Boden knirschten, das hässliche Krächzen von Somervales Raucherhusten.

Toy packte seine Unterlagen zusammen. Es war alles vorbei.

Somervale sagte: »Sie können gehen.«

»Es war mir ein Vergnügen, Sie kennen zu lernen, Mr. Strauss«, sagte Toy zu Martys Rücken, und Marty drehte sich um und erwartete nicht, den anderen Mann lächeln und ihm zum Abschied die Hand hinhalten zu sehen. *Es war mir ein Vergnügen, Sie kennen zu lernen, Mr. Strauss.*

Marty nickte und schüttelte ihm die Hand.

»Danke, dass Sie mir Ihre Zeit geopfert haben«, sagte Toy.

Marty schloss die Tür hinter sich und begab sich in Begleitung von Priestley, dem Aufseher, in seine Zelle zurück. Keiner sprach ein Wort.

Marty beobachtete die Vögel, die vom Dach herunterflogen und auf den Querstangen landeten, um nach Leckerbissen Ausschau zu halten. Sie kamen und gingen, wie es ihnen gefiel, fanden Nischen, in denen sie nisten konnten, nahmen ihre Unabhängigkeit als gegeben. Er beneidete sie um nichts. Und wenn doch, dann war dies ganz bestimmt nicht der Zeitpunkt, es zuzugeben.

6

Dreizehn Tage vergingen, und er hörte nichts mehr von Toy oder Somervale. Nicht, dass Marty damit gerechnet hätte. Die Chance war vertan; die letzten Möglichkeiten hatte er damit verspielt, dass er sich geweigert hatte, über Macnamara zu sprechen. Auf diese Weise hatte er gehofft, sich selbst von vornherein jeden Grund zur Hoffnung zu nehmen. Was ihm nicht gelungen war. So sehr er sich auch bemühte, die Unterhaltung mit Toy zu vergessen, er konnte es nicht. Die Begegnung hatte ihn gründlich aus dem Gleichgewicht gebracht, und seine Instabilität war ebenso schmerzhaft wie ihre Ursache. Er glaubte, mittlerweile die Kunst der Gleichgültigkeit gelernt zu haben, auf dieselbe Weise, wie Kinder lernen, dass heißes Wasser verbrüht: durch schmerzhafte Erfahrung.

Davon hatte er genug gehabt. Während der ersten zwölf Monate seiner Strafe hatte er gegen alle und jeden gekämpft, mit denen er es zu tun gehabt hatte. In diesem Jahr hatte er weder Freunde gefunden noch irgendeinen Eindruck auf das System hinterlassen; für seine Unannehmlichkeiten erntete er nichts weiter als Blutergüsse und Ärger. Im zweiten Jahr war er, durch Niederlagen eines Besseren belehrt, mit seinem Privatkrieg in den Untergrund gegangen; er hatte mit Gewichtstraining und Boxen angefangen und sich auf die Herausforderung konzentriert, einen Körper aufzubauen und zu stählen, der ihm dienlich sein würde, wenn die Zeit der Heimzahlung gekommen war. Aber in der Mitte des dritten Jahres hatte ihm die Einsamkeit einen Strich durch die Rechnung gemacht: ein Schmerz, den keine noch so große selbst auferlegte Strafe (Muskeln, die Tag für Tag bis zur Schmerzgrenze und darüber hinaus angestrengt wurden) verbergen konnte. In diesem Jahr schloss er einen Waffenstillstand, mit sich selbst und seiner Einkerkerung. Es war ein unbehaglicher Friede, aber von da an wurde es besser. Er fing sogar an, sich in den hallenden Fluren heimisch zu fühlen, und in der Zelle, und in der schrumpfenden Enklave seines Kopfes, wo die angenehmsten Erlebnisse mittlerweile nur noch ferne Erinnerungen waren.

Das vierte Jahr hatte neue Schrecken gebracht. In diesem Jahr war er neunundzwanzig geworden; die Dreißig ragte vor ihm auf, und er erinnerte sich noch gut daran, wie sein jüngeres Selbst, mit genügend Zeit vor sich, Männer seines Alters als verbraucht abgetan hatte. Das war eine schmerzliche Erkenntnis, und die alte Klaustrophobie (nicht hinter Gittern gefangen, sondern hinter seinem eigenen Leben) meldete sich nachdrücklicher denn je, und mit ihr eine neue Tollkühnheit. In diesem Jahr erwarb er seine Tätowierungen: einen scharlachroten und blauen Blitzstrahl auf dem linken Oberarm, und ›USA‹ auf dem rechten Unterarm. Kurz vor Weihnachten hatte Charmaine ihm geschrieben und vorgeschlagen, dass eine Scheidung vielleicht das Beste wäre, und er hatte sich nichts daraus gemacht. Wo lag der Sinn? Gleichgültigkeit war der beste Schutz. Wenn man Niederlagen eingestand, war das Leben ein Federbett. Im Licht dieses Wissens war das fünfte Jahr ein Kinderspiel. Er konnte sich Dope beschaffen; er hatte die Verschlagenheit eines erfahrenen Knastbruders; er hatte jedes verdammte Ding, abgesehen von seiner Freiheit, und auf die konnte er warten.

Und dann war Toy gekommen, und obwohl er sich nach Kräften bemühte zu vergessen, dass er den Namen dieses Mannes jemals gehört hatte, überdachte er die halbe Stunde des Gesprächs immer wieder in Gedanken, begutachtete jeden Wortwechsel in allen Einzelheiten, als könne er ein Goldkörnchen der Prophetie zutage fördern. Selbstverständlich war das ein vergebliches Unterfangen, was aber die Wiederholungen nicht verhinderte, und der Prozess wurde auf seine Weise fast beruhigend. Er erzählte es keinem; nicht einmal Feaver. Es war sein Geheimnis: das Zimmer; Toy; Somervales Niederlage.

Am zweiten Sonntag nach der Begegnung mit Toy kam Charmaine zu Besuch. Das Gespräch war die übliche Katastrophe; wie ein Telefongespräch über den Atlantik hinweg – der ganze Zeitplan wurde durch die Sekunde Verzögerung zwischen Frage und Antwort durcheinander gebracht. Es war nicht das Murmeln anderer Unterhaltungen in dem Zimmer, das alles verdarb, es war einfach so, dass alles von vornherein verdorben war. Diese Tatsache ließ sich nicht mehr umgehen. Seine frühen Versuche der Plünderung hatte er längst aufgegeben. Nach kühlen Fragen hinsichtlich der Gesundheit von Verwandten und Freunden ging es unvermittelt zu den harten Fakten der Trennung.

In früheren Briefen hatte er ihr geschrieben: *Du bist wunderschön, Charmaine. Ich denke in der Nacht an dich, ich träume ständig von dir.*

Aber dann hatte ihr Bild an Kontur verloren – und seine

Träume, ihr Gesicht und ihren Körper unter sich zu haben, hatten aufgehört –, und obwohl er in den Briefen noch eine Weile den Schein wahrte, fingen seine Liebeserklärungen an, geheuchelt zu klingen, und so hatte er aufgehört, derlei Intimitäten zu schreiben. Es kam ihm pubertär vor, ihr zu sagen, dass er an ihr Gesicht dachte; was anderes würde sie sich vorstellen, als dass er schwitzend in der Dunkelheit lag und an sich selbst herumspielte wie ein zwölfjähriger Junge?

Er wollte nicht, dass sie das dachte.

Vielleicht, im Nachhinein, war das ein Fehler gewesen. Vielleicht hatte der Verfall ihrer Ehe da angefangen, als er sich lächerlich vorkam und aufhörte, Liebesbriefe zu schreiben. Aber hatte nicht auch sie sich verändert? Selbst jetzt betrachteten ihre Augen ihn mit unverhohlenem Argwohn.

»Flynn lässt Grüße ausrichten.«

»Oh. Gut. Du triffst dich mit ihm, nicht?«

»Ab und zu.«

»Wie geht es ihm?«

Sie zog es vor, nicht ihn, sondern die Uhr anzusehen, worüber er froh war. Es gab ihm die Möglichkeit, sie zu studieren, ohne sich aufdringlich vorzukommen. Wenn sie ihre Züge entspannte, fand er sie immer noch attraktiv. Aber er hatte, glaubte er, mittlerweile perfekte Kontrolle über seine Gefühle ihr gegenüber. Er konnte sie ansehen – ihre durchscheinenden Ohrläppchen, ihren geschwungenen Nacken – und sie leidenschaftslos betrachten. Das wenigstens hatte ihn das Gefängnis gelehrt: nicht das zu wollen, was er nicht haben konnte.

»Oh, es geht ihm gut …«, antwortete sie.

Er brauchte einen Augenblick, bis er sich wieder orientiert hatte; von wem redete sie? O ja: Flynn. Ein Mann, der sich niemals die Finger schmutzig machte: Flynn der Kluge; Flynn der Pfundskerl.

»Er lässt dich grüßen«, sagte sie.

»Du sagtest es«, erinnerte er sie.

Wieder eine Pause; die Unterhaltung wurde mit jedem ihrer Besuche peinlicher. Für ihn nicht so sehr wie für sie. Sie schien jedes Mal, wenn sie ein einziges Wort ausspie, ein Trauma durchzumachen.

»Ich war wieder beim Scheidungsanwalt.«

»Ach, ja.«

»Anscheinend läuft alles glatt. Sie sagten, die Papiere würden nächsten Monat fertig sein.«

»Was muss ich tun, sie nur unterschreiben?«

»Nun ... er sagte, wir müssten uns über das Haus und alle unsere gemeinsamen Besitztümer unterhalten.«

»Gehört dir.«

»Aber es ist doch deins, nicht? Ich meine, es gehört uns beiden. Und wenn du herauskommst, wirst du eine Bleibe brauchen, und Möbel und alles.«

»Möchtest du das Haus verkaufen?« Wieder eine peinliche Pause, als stünde sie zitternd davor, etwas ungleich Bedeutenderes zu sagen als die Banalitäten, die dann herauskommen würden.

»Tut mir Leid, Marty«, sagte sie dann.

»Was?«

Sie schüttelte den Kopf; ein unmerkliches Schütteln. Ihr Haar glänzte.

»Weiß nicht.«

»Das ist nicht deine Schuld. Nichts ist deine Schuld.«

»Ich kann nicht anders ...«

Sie verstummte und sah zu ihm auf, und unvermittelt sah sie im Drängen ihrer Furcht viel lebendiger aus – war es das, *Furcht*? – als während der zahlreichen hölzernen Unterhaltungen, die sie in diesem oder einem anderen überfüllten Besuchszimmer gehabt hatten. Ihre Augen verschwammen, als ihre Tränen emporzusteigen begannen.

»Was ist denn?«

Sie starrte ihn an: Die Tränen quollen weiter.

»Char... was ist denn?«

»Es ist alles vorbei, Marty«, sagte sie, als würde ihr die

Tatsache zum ersten Mal bewusst werden; aus, zu Ende, leb wohl.

Er nickte. »Ja.«

»Ich möchte nicht …« Sie verstummte, legte eine Pause ein, versuchte es erneut. »Du darfst nicht mir die Schuld geben.«

»Ich gebe dir nicht die Schuld. Ich habe dir nie die Schuld gegeben. Himmel, du warst hier, nicht? Die ganze Zeit. Ich hasse es, dich an diesem Ort zu sehen, weißt du. Aber du bist gekommen; du warst da, wann immer ich dich brauchte.«

»Ich dachte, alles würde gut werden«, sagte sie und redete, als hätte er überhaupt nichts gesagt. »Wirklich. Ich dachte, du würdest bald herauskommen – und wir könnten es wieder einrenken, weißt du. Wir hätten noch das Haus und alles. Aber in den letzten Jahren ist einfach alles zusammengefallen.«

Er betrachtete sie in ihrem Leid und dachte: Ich werde das niemals vergessen können, denn ich bin dafür verantwortlich, und ich bin der elendste Scheißkerl auf Gottes Erde, denn sieh nur, was ich getan habe. Am Anfang hatte es natürlich Tränen gegeben, und Briefe von ihr voller Schmerz und halb versteckter Vorwürfe, aber dieses herzzerreißende Elend, das sie nun zur Schau stellte, ging viel tiefer. Zum einen kam es nicht von einer einundzwanzigjährigen, sondern von einer erwachsenen Frau; und es beschämte ihn zutiefst, daran zu denken, dass er es bewirkt hatte, es beschämte ihn auf eine Weise, die er längst hinter sich zu haben glaubte.

Sie schnäuzte sich die Nase in ein Papiertaschentuch, das sie aus ihrer Handtasche holte.

»Alles ist so schrecklich durcheinander«, sagte sie.

»Ja.«

»Ich möchte nur Klarheit haben.«

Sie warf einen flüchtigen Blick auf die Uhr, zu kurz, um die Zeit abzulesen, und stand auf. »Ich gehe jetzt besser, Marty.«

»Verabredung?«

»Nein …«, antwortete sie, eine allzu offensichtliche Lüge, die zu kaschieren sie keinerlei Anstrengung unternahm. »Vielleicht gehe ich später einkaufen. Danach geht es mir immer besser. Du kennst mich doch.«

Nein, dachte er. Ich kenne dich nicht. Wenn ich dich einst kannte, und dessen bin ich mir längst nicht mehr sicher, dann warst du eine andere, und die fehlt mir, bei Gott. Er zwang sich aufzuhören, denn dies war kein Weg, Abschied von ihr zu nehmen, das wusste er von früheren Besuchen. Der Trick bestand darin, kalt zu sein, mit einer formellen Note zu enden, damit er in seine Zelle zurückgehen und sie bis zum nächsten Mal vergessen konnte.

»Ich möchte, dass du verstehst«, sagte sie. »Aber ich glaube, ich habe es nicht besonders gut erklärt. Alles ist ein verdammtes Durcheinander.«

Sie sagte nicht auf Wiedersehen: Die Tränen flossen wieder, und er war sicher, dass sie, durch das Gerede der Anwälte, befürchtete, sie könnte es sich im letzten Augenblick anders überlegen – aus Schwäche, Liebe oder beidem –, und indem sie davonging, ohne sich noch einmal umzudrehen, schloss sie diese Möglichkeit aus. Besiegt ging er in seine Zelle zurück. Feaver schlief. Er hatte sich eine Vulva, die er aus einem seiner Magazine ausgeschnitten hatte, mit Speichel an die Stirn geklebt, eine seiner Lieblingsgewohnheiten. Sie klaffte – als drittes Auge – über seinen geschlossenen Lidern und starrte ohne Hoffnung auf Schlaf ins Leere.

7 »Strauss?«

Priestley stand unter der offenen Tür und sah in die Zelle hinein. Neben ihm hatte ein Scherzbold an die Wand geschrieben: »*Wenn du geil bist, dann tritt gegen die Tür. Eine Fotze wird kommen.*«

Das war ein bekannter Scherz – er hatte denselben Gag,

oder einen ähnlichen, an zahllosen Zellenwänden gesehen –, aber nun, während er Priestleys feistes Gesicht ansah, erschien ihm die Assoziation der Begriffe – der Feind und das Geschlechtsteil einer Frau – obszön.

»Strauss?«

»Ja, Sir?«

»Mr. Somervale möchte Sie sehen. Gegen fünfzehn Uhr fünfzehn. Ich komme Sie abholen. Seien Sie um zehn nach fertig.«

»Ja, Sir.«

Priestley drehte sich um.

»Können Sie mir sagen, worum es geht, Sir?«

»Woher, zum Teufel, soll ich das wissen?«

Somervale wartete um Viertel nach drei im Gesprächszimmer. Martys Akte lag auf einem Tisch, die Haltekordel war noch zugeknotet. Daneben lag ein unbeschriebener, bauschiger Umschlag. – Somervale selbst stand an dem Panzerglasfenster und rauchte. »Kommen Sie herein«, sagte er. Keine Aufforderung, sich zu setzen, und er wandte sich auch nicht vom Fenster ab.

Marty schloss die Tür hinter sich und wartete. Somervale stieß geräuschvoll Rauch durch die Nasenlöcher aus.

»Was meinen Sie, Strauss?«, sagte er.

»Ich bitte um Verzeihung, Sir?«

»Ich sagte: Was erwarten Sie? Raten Sie.«

Marty konnte nicht folgen, und er fragte sich, ob er verwirrt war oder Somervale. Nach einer Ewigkeit sagte Somervale: »Meine Frau ist gestorben.«

Marty überlegte, was er darauf erwidern sollte. Aber Somervale ließ ihm keine Zeit, eine Antwort zu formulieren, sondern ließ den ersten vier Worten fünf weitere folgen: »Sie lassen Sie raus, Strauss!«

Er stellte die nackten Tatsachen nebeneinander, als gehörten sie zusammen, als glaube er, die ganze Welt habe sich gegen ihn verschworen.

»Werde ich mit Mr. Toy gehen?«, fragte Marty.

»Er und der Rat sind der Meinung, Sie sind ein angemessener Kandidat für den Job auf Mr. Whiteheads Anwesen«, sagte Somervale. »Muss man sich mal vorstellen.« Er erzeugte einen tiefen Laut in der Kehle, der ein Lachen hätte sein können. »Sie werden selbstverständlich unter strengster Beobachtung bleiben. Nicht durch mich, aber durch meinen Nachfolger, wer immer das sein mag. Und ein Schritt vom Weg ab …«

»Ich verstehe.«

»Das bezweifle ich.« Somervale zog an der Zigarette, drehte sich aber immer noch nicht um. »Ich frage mich, ob Ihnen überhaupt klar ist, was für eine Freiheit Sie damit erreichen.«

Marty wollte sich seine wachsende Euphorie nicht durch derartiges Geschwätz vermiesen lassen. Somervale war besiegt; sollte er reden.

»Joseph Whitehead mag einer der reichsten Männer Europas sein, aber er ist auch einer der exzentrischsten, wie ich gehört habe. Gott weiß, worauf Sie sich eingelassen haben, aber ich sage Ihnen, Sie könnten nur zu bald feststellen, dass das Leben hier drinnen weitaus angenehmer war.«

Somervales Worte verdampften; seine sauren Trauben fielen auf taube Ohren. Entweder aufgrund von Erschöpfung oder weil er spürte, dass er sein Publikum verloren hatte, gab er seinen verächtlich machenden Monolog fast ebenso schnell auf, wie er ihn begonnen hatte, und wandte sich vom Fenster ab, um dieses missliche Geschäft, so schnell er konnte, hinter sich zu bringen. Marty nahm die Veränderung des Mannes schockiert zur Kenntnis. In den Wochen, seit sie einander zuletzt begegnet waren, war Somervale um Jahre gealtert; er sah aus, als habe er die dazwischen liegende Zeit mit Zigaretten und Kummer überlebt. Seine Haut glich schimmligem Brot.

»Mr. Toy wird Sie am kommenden Freitagnachmittag am

Tor abholen. Das ist der dreizehnte Februar. Sind Sie abergläubisch?«

»Nein.«

Somervale reichte Marty den Umschlag. »Alle Einzelheiten sind da drinnen. In den nächsten Tagen werden Sie einer medizinischen Untersuchung unterzogen, und jemand wird kommen, um Ihre Position vor der Begnadigungskommission zu vertreten. Ihretwegen werden Vorschriften abgebogen, Strauss. Gott weiß, warum. Allein in Ihrem Flügel gibt es ein Dutzend Kandidaten, die mehr wert sind.«

Marty öffnete den Umschlag, überflog rasch die dicht beschriebenen Seiten und steckte ihn in die Tasche.

»Mich werden Sie nicht mehr sehen«, sagte Somervale, »wofür Sie, da bin ich sicher, hinreichend dankbar sein werden.«

Marty ließ nicht den Schatten einer Reaktion über sein Gesicht huschen. Seine vorgebliche Gleichgültigkeit schien einen Vorrat unbenutzten Abscheus in Somervales übermüdetem Verstand zu zünden.

Seine schlechten Zähne waren zu sehen, als er sagte: »Wenn ich Sie wäre, Strauss, dann würde ich Gott danken. Ich würde Gott von ganzem Herzen danken.«

»Wofür … Sir?«

»Aber ich nehme nicht an, dass Sie viel Platz für Gott haben, oder?«

Die Worte enthielten Schmerz und Verachtung zu gleichen Teilen. Marty konnte nicht anders, als sich Somervale allein in einem Doppelbett vorzustellen; ein Mann ohne Frau, und ohne den Glauben daran, sie jemals wieder zu sehen; unfähig zu weinen. Und dem ersten folgte rasch ein zweiter Gedanke: dass Somervales Herz aus Stein, das mit einem schrecklichen Schlag gebrochen worden war, sich von seinem eigenen gar nicht so sehr unterschied. Sie waren beide harte Männer, sie hielten beide die Welt auf Distanz, während sie in ihrem Inneren private Kriege ausfochten. Beide endeten dadurch, dass die Waffen, die sie geschmiedet hatten, um ihre Feinde zu besiegen, gegen sie selbst gerichtet wurden. Es war eine abstoßende Erkenntnis, und wäre Marty nicht aufgeregt durch die Nachricht von seiner Entlassung gewesen, hätte er wohl kaum gewagt, so zu denken. Aber sie war da. Er und Somervale, zwei Echsen gleich, die im selben stinkenden Schlamm lagen, schienen plötzlich wie Zwillinge zu sein.

»Was denken Sie, Strauss?«, fragte Somervale.

Marty zuckte mit den Achseln. »Nichts«, sagte er.

»Lügner«, sagte der andere. Er nahm die Akte und ging damit aus dem Besucherzimmer, wobei er die Tür hinter sich offen ließ.

Marty rief Charmaine am darauf folgenden Tag an und erzählte ihr, was geschehen war. Sie schien sich zu freuen, was eine Erleichterung war.

Als er den Hörer auflegte, zitterte er, fühlte sich aber prächtig.

Die letzten Tage in Wandsworth erlebte er mit anderen Augen, so jedenfalls schien es. Alles am Gefängnisleben, woran er sich gewöhnt hatte – die beiläufige Grausamkeit, das ewige Anpöbeln, die Machtspiele, die Sexspiele –, das alles schien ihm wieder neu zu sein, so wie vor sechs Jahren.

Selbstverständlich waren es verschwendete Jahre. Nichts konnte sie zurückbringen, nichts konnte sie mit sinnvollen Erfahrungen erfüllen. Der Gedanke deprimierte ihn. Er hatte so wenig, womit er in die Welt hinausgehen konnte. Zwei Tätowierungen, einen Körper, der schon bessere Zeiten gesehen hatte, Erinnerungen an Wut und Verzweiflung. Die vor ihm liegende Reise würde er mit leichtem Gepäck antreten.

8

In der Nacht, bevor er Pentonville verließ, hatte er einen Traum. Während der Jahre seiner Gefangenschaft war sein Nachtleben nichts gewesen, worüber man viel Aufhebens hätte machen müssen. Die feuchten Träume von Charmaine hatten bald aufgehört, ebenso seine exotischeren Fantasien, als wolle sein Unterbewusstsein, mitleidig aufgrund seiner Inhaftierung, es vermeiden, ihn mit Träumen von der Freiheit zu peinigen. Ab und zu erwachte er mitten in der Nacht, und sein Kopf schwamm in Bildern, aber die meisten seiner Träume waren so sinnlos und alltäglich wie sein waches Leben. Aber dieser war ein völlig neues Erlebnis.

Er träumte von einer Art Kathedrale, einem unvollendeten, möglicherweise unvollendbaren Meisterwerk mit Türmen und Treppen und hoch strebenden Zinnen, zu unermesslich, um in der wirklichen Welt zu existieren – die Schwerkraft hätte es verhindert –, aber hier, in seinem Kopf, Ehrfurcht gebietende Wirklichkeit. Es war Nacht, als er darauf zuschritt, unter seinen Füßen knirschte der Kies, die Luft roch nach Nektar, und aus dem Inneren konnte er Gesang vernehmen. Ekstatische Stimmen, ein Knabenchor, dachte er, wortlos an- und abschwellend. In der samtenen Dunkelheit ringsum waren keine Menschen zu sehen: keine begleitenden Touristen, welche dieses Wunder bestaunten. Nur er und die Stimmen.

Und dann flog er auf wundersame Weise.

Er war schwerelos, der Wind erfasste ihn, und er stieg mit atemberaubender Geschwindigkeit an der steilen Außenwand der Kathedrale empor. Er flog, so schien es, nicht wie ein Vogel, sondern paradoxerweise wie ein Fisch in der Luft. Wie ein Delfin – ja, das war er –, die Arme manchmal dicht an die Seiten gepresst, manchmal durchpflügte er die blaue Luft, wenn er emporstieg, ein glattes, nacktes Ding, welches über den Dachziegeln und an den Türmen entlangsegelte, seine Fingerspitzen strichen den Tau vom Mauerwerk und wischten Regentropfen von den Regenrinnen. Er konnte sich nicht daran erinnern, jemals etwas so Angenehmes geträumt zu haben. Das Ausmaß der Freude war fast zu viel, und er erwachte verblüfft.

Mit aufgerissenen Augen fand er sich in der erzwungenen Hitze der Zelle wieder, Feaver in der Koje unter ihm masturbierte. Die Koje wiegte sich rhythmisch, mit zunehmender Geschwindigkeit, und Feaver kam mit einem erstickten Grunzen zum Höhepunkt.

Marty versuchte die Wirklichkeit zu verdrängen und sich wieder seinem Traum hinzugeben. Er schloss die Augen und versuchte das Bild zur Rückkehr zu zwingen, er sagte: *Komm schon, komm schon* zu der Dunkelheit. Einen erschütternden Augenblick kehrte der Traum wieder: Aber diesmal war es nicht Triumph, es war Entsetzen, und er stürzte aus hundert Meilen Höhe vom Himmel, und die Kathedrale raste auf ihn zu, die Türme schärften sich im Wind als Vorbereitung auf sein Kommen …

Er schüttelte sich wach und beendete den Sturz damit vorzeitig. Den Rest der Nacht lag er wach und starrte zur Decke empor, bis eine trübe Düsternis – das erste Licht der Dämmerung – sich durch das Fenster ergoss, um den neuen Tag anzukündigen.

9

Kein verschwenderischer Himmel begrüßte seine Entlassung, nur ein gewöhnlicher Freitagnachmittag, auf der Trinity Road herrschte das übliche Treiben.

Toy erwartete ihn im Empfangsflügel, als Marty von seiner Zelle heruntergebracht wurde. Aber er musste noch länger warten, während die Beamten ein Dutzend bürokratische Rituale aufführten, seine Habseligkeiten überprüft und zurückgegeben und die Entlassungspapiere unterschrieben und gegengezeichnet wurden. All diese Formalitäten dauerten fast eine Stunde, bis sie schließlich das Tor öffneten und sie beide ins Freie hinausließen.

Mit wenig mehr als einem begrüßenden Handschlag führte Toy ihn über den Vorhof des Gefängnisses, wo ein dunkelroter Mercedes parkte, dessen Fahrerseite besetzt war.

»Kommen Sie, Marty«, sagte er und öffnete die Tür. »Es ist zu kalt, um lange zu verweilen.«

Es *war* kalt: Der Wind war schneidend. Aber die Kälte konnte seine Freude nicht einfrieren. Er war ein freier Mann, bei Gott! Vielleicht nur frei innerhalb sorgfältig umrissener Grenzen, aber das war immerhin ein Anfang. Außerdem ließ er alles, was mit dem Gefängnis zu tun hatte, hinter sich: den Kübel in der Ecke der Zelle, die Schlüssel, die Nummern. Nun musste er sich nur der Entscheidungen und Gelegenheiten würdig erweisen, die ihn von hier fortgebracht hatten.

Toy hatte bereits Schutz auf der Rückbank des Autos gesucht.

»Marty«, rief er nochmals und winkte mit der behandschuhten Hand. »Wir sollten uns beeilen, sonst werden wir beim Verlassen der Stadt in den Stau geraten.«

»Ja, ich komme …«

Marty stieg ein. Das Wageninnere roch nach Politur, nach abgestandenem Zigarrenrauch und Leder: luxuriöse Gerüche.

»Soll ich den Koffer in den Kofferraum tun?«, fragte Marty.

Der Fahrer drehte sich hinter dem Steuer um.

»Sie haben hinten genügend Platz«, sagte er. Ein Westinder, nicht in Chauffeurslivree gekleidet, sondern in eine abgewetzte Fliegerjacke aus Leder, der Marty von oben bis unten ansah. Er lächelte nicht zur Begrüßung.

»Luther«, sagte Toy, »das ist Marty.«

»Legen Sie den Koffer auf den Beifahrersitz«, sagte der Fahrer; er beugte sich hinüber und öffnete die Beifahrertür. Marty stieg aus und legte den Koffer samt dem Plastikbeutel mit seinen Habseligkeiten auf den Beifahrersitz neben eine aufgeschlagene Zeitung und eine abgegriffene Ausgabe des *Playboy,* dann stieg er zu Toy auf den Rücksitz und schlug die Tür zu.

»Sie müssen sie nicht so zuschlagen«, maulte Luther, aber Marty hörte die Bemerkung kaum. Nicht viele Knastbrüder werden vor den Toren von Wandsworth mit einem Mercedes abgeholt, dachte er, vielleicht bin ich diesmal auf die Füße gefallen.

Der Wagen schnurrte vom Tor weg und bog links in die Trinity Road ein.

»Luther ist seit zwei Jahren bei uns«, sagte Toy.

»Drei«, verbesserte ihn der andere Mann.

»Tatsächlich?«, antwortete Toy. »Also drei. Er fährt mich und Mr. Whitehead, wenn er nach London reist.«

»Das tut er nicht mehr.«

Marty begegnete dem Blick des Fahrers im Spiegel.

»Waren Sie lange in diesem Scheißhaus?«, fragte der Mann und stieß damit ohne eine Spur des Zögerns zu.

»Lange genug«, antwortete Marty. Er wollte nicht versuchen, etwas zu verbergen; das wäre sinnlos. Er wartete auf die nächste unausweichliche Frage: Weswegen waren Sie drinnen? Aber sie kam nicht. Luther konzentrierte seine Aufmerksamkeit, offenbar zufrieden gestellt, wieder auf die Straße. Marty war froh, dass er das Thema fallen lassen konnte. Er wollte nichts weiter, als diese schöne neue Welt vorbeiziehen lassen und alles in sich aufnehmen.

Die Menschen, die Fassaden der Geschäfte, die Werbeplakate, er war gierig auf alle Einzelheiten, so trivial sie sein mochten.

Er klebte mit den Augen am Fenster. Es gab so viel zu sehen, und doch wurde er den Eindruck nicht los, dass alles künstlich war, als wären die Menschen auf der Straße und in den anderen Autos Schauspieler, die alle angeheuert worden waren und ihre Rollen fehlerfrei spielten. Sein Verstand, der sich bemühte, sich an den Informationsfluss zu gewöhnen – an jeder Seite ein neues Panorama, an jeder

Ecke eine andere Parade, die vorüberzog –, weigerte sich einfach, ihre Realität anzuerkennen. Das alles war eine Bühnenschau, sagte ihm sein Gehirn, alles erfunden.

Diese Menschen benahmen sich, als hätten sie ohne ihn gelebt, als wäre die Welt weitergegangen, während er eingesperrt war, und ein kindlicher Teil von ihm – der Teil, der sich versteckt glaubte, wenn er selbst die Augen schloss – konnte sich nicht vorstellen, dass jemand überhaupt lebte, wenn er es nicht sehen konnte.

Sein Verstand sagte ihm selbstverständlich etwas anderes. Was auch immer seine verwirrten Sinne vermuteten, die Welt war älter geworden, und wahrscheinlich auch erschöpfter, seit er und sie einander zuletzt begegnet waren. Er würde sich aufs Neue mit ihr vertraut machen müssen: lernen, wie ihre Natur sich verändert hatte; ihre Etikette, ihre kritischen Stellen, ihr Potenzial für Vergnügungen neu erleben.

Sie überquerten den Fluss auf der Wandsworth Bridge und fuhren durch Earl's Court und Sheperd's Bush über den Westway. Es war Freitagnachmittag, der Verkehr dicht; Pendler, die darauf brannten, nach Hause zu gelangen, ins Wochenende. Er starrte den Fahrern der Autos, die sie überholten, unverblümt in die Gesichter, versuchte, ihre Berufe zu erraten oder die Aufmerksamkeit von Frauen zu erwecken.

Mit jeder Meile ließ das seltsame Gefühl, welches er anfangs empfunden hatte, allmählich nach, und als sie die M 40 erreichten, wurde er des Spektakels langsam müde. Toy war in einer Ecke der Rückbank zusammengesunken, die Hände hatte er im Schoß liegen.

Luther war damit beschäftigt, durch ständige Überholmanöver schneller voranzukommen.

Nur ein Ereignis verlangsamte ihr Vorankommen. Zwanzig Meilen vor Oxford blinkten blaue Lichter auf der Fahrbahn, und von hinten näherte sich ihnen das Heulen einer Sirene, was auf einen Unfall hindeutete. Die Prozession der

Autos wurde langsamer, gleich einer Schlange von Trauernden, die verweilen, um einem Toten im Sarg die letzte Ehre zu erweisen.

Ein Auto war auf dem nach Osten führenden Zubringer ins Schleudern geraten, hatte die Leitplanke durchbrochen und war frontal mit einem entgegenkommenden Lastwagen zusammengeprallt. Alle in westliche Richtung führenden Fahrbahnen waren versperrt, entweder durch Wrackteile oder durch Polizeiautos, und so waren die Fahrer gezwungen, schroffe Ausweichmanöver zu riskieren, um an der Unfallstelle vorbeizukommen. »Was ist denn passiert, können Sie etwas sehen?«, fragte Luther, dessen Aufmerksamkeit zu sehr darauf konzentriert war, an dem winkenden Polizisten vorbeizukommen, um selbst hinzusehen. Marty beschrieb ihm die Szene, so gut er konnte.

Ein Mann, dem Blut über das Gesicht strömte, als habe jemand ein Ei mit blutigem Dotter auf seinem Kopf aufgeschlagen, stand, vom Schock hypnotisiert, inmitten des Chaos. Hinter ihm hatte sich eine Gruppe – Polizisten und gerettete Fahrgäste gleichermaßen – um das wie eine Ziehharmonika zusammengedrückte Vorderteil des Autos versammelt, um mit jemandem zu sprechen, der darin eingeklemmt war. Die Gestalt war zusammengesunken und bewegungslos. Als sie vorüberfuhren, wandte sich eine der Zuschauerinnen, deren Mantel entweder von ihrem eigenen Blut oder dem des Fahrers getränkt war, von dem Fahrzeug ab und begann zu applaudieren. Jedenfalls interpretierte Marty ihr Händeklatschen so. Als Applaus. Es war, als leide sie unter derselben Täuschung, der er noch vor wenigen Minuten erlegen war – dass alles eine peinlich genaue, geschmacklose Illusion sei, die jeden Augenblick ihr willkommenes Ende erleben würde. Er wollte sich zum Fenster hinausbeugen und ihr sagen, dass sie sich irrte; dass dies die wirkliche Welt war – langbeinige Frauen, kristallener Himmel und das alles. Aber das würde sie morgen selbst wissen, nicht? Dann blieb ihr noch genügend Zeit für

Kummer. Im Augenblick jedenfalls klatschte sie, und sie klatschte immer noch, als die Unfallstelle hinter ihnen zurückblieb.

II

Der Fuchs

10 Asyl war, wie Whitehead wusste, ein trügerisches Wort. In einem Sinne bedeutete es eine Bleibe, einen Ort der Zurückgezogenheit, der Sicherheit. Aber man konnte es auch anders interpretieren: als Irrenhaus, als Loch, in dem gebrochene Seelen begraben wurden. Das war, erinnerte er sich, ein semantischer Trick, nicht mehr. Aber warum kam ihm die Doppeldeutigkeit dann so oft in den Sinn?

Er saß in dem zu gemütlichen Sessel neben dem Fenster, wo er nunmehr eine ganze Jahreszeit voller Abende gesessen und zugesehen hatte, wie sich die Nacht über den Rasen senkte, wo er, ohne seinem Grübeln viel Form zu verleihen, darüber nachgedacht hatte, wie eines zum anderen wurde; wie schwierig es war, sich an irgendetwas festzuhalten. Das Leben war eine zufällige Angelegenheit – diese Lektion hatte Whitehead schon vor Jahren von seinem Meister gelernt, und er hatte sie niemals vergessen. Ob man für seine guten Taten belohnt oder bei lebendigem Leib gehäutet wurde, oblag alles dem Zufall. Es war sinnlos, sich an ein System von Zahlen oder an eine Gottheit zu klammern; im Endeffekt zerfielen sie alle zu Staub. Das Glück war dem hold, der bereit war, alles auf einen einzigen Wurf zu setzen.

Er hatte das getan. Nicht einmal, sondern zu Beginn seiner Laufhahn viele Male, als er noch an den Fundamenten seines Imperiums baute. Und dank seines außergewöhnlichen sechsten Sinns, der Fähigkeit, das Rollen der Würfel vorauszuahnen, hatten sich die Risiken fast immer ausgezahlt. Andere Firmen hatten ihre Berater: Computer, welche das Risiko bis zur zehnten Stelle errechneten, Ratgeber, die die Börsen in Tokio, London und New York verfolgten, aber sie alle wurden von Whiteheads Instinkten überflügelt. Wenn es auf den *Augenblick* ankam, darauf, den Zusammenprall von Zeit und Gelegenheit zu erkennen, der eine gute Entscheidung in eine großartige verwandelte, eine gewöhnliche Übernahme in einen Coup, dann war keiner dem alten Whitehead überlegen, und das wussten all die klugen jungen Männer in den Büros der Firma. Joes mündlicher Rat wurde immer noch eingeholt, bevor eine bedeutende Expansion geplant oder ein Vertrag unterschrieben wurde.

Er vermutete, dass seine absolute Autorität in gewissen Kreisen auf Missfallen stieß. Zweifellos gab es jene, die der Meinung waren, er sollte seine Position völlig aufgeben und den Universitätsabgängern mit ihren Computern das Geschäft überlassen. Aber Whitehead hatte diese Gabe, diese einzigartige intuitive Fähigkeit, durch Zufall erlangt; es wäre närrisch gewesen, sie brachliegen zu lassen, wenn er sie dazu benutzen konnte, das Rad zu beeinflussen. Davon abgesehen hatte der alte Mann ein Argument, dem die jungen Schnösel nichts entgegenzusetzen hatten: Seine Methode funktionierte. Er hatte nie eine richtige Ausbildung erhalten; sein Leben vor der Berühmtheit war, sehr zur Enttäuschung der Journalisten, ein unbeschriebenes Blatt, aber er hatte die Whitehead Corporation aus dem Nichts aufgebaut. Ihr Schicksal, ob gut oder schlecht, lag ihm immer noch vordringlich und voll Hingabe am Herzen.

Heute Nacht jedoch war kein Platz für Hingabe, während er in diesem Sessel (einem Sessel, in dem man sterben konnte, hatte er oft gedacht) am Fenster saß.

Heute gab es nur Unbequemlichkeit: die Beschwerden des alten Mannes.

Wie sehr er das Altern verabscheute! Es war kaum erträglich, so *reduziert* zu sein. Nicht, dass er krank gewesen wäre, doch ein Dutzend kleinerer Leiden verschworen sich gegen sein Wohlbefinden, sodass kaum ein Tag ohne ein Ärgernis verging – ein Geschwür am Mund, eine wund gescheuerte Stelle zwischen den Gesäßbacken, die teuflisch juckte – und seine Aufmerksamkeit auf seinen Körper lenkte, wenn die Notwendigkeit des Selbstschutzes sie anderswo erforderlich gemacht hätte. Der Fluch des Alters, dachte er, war Zerstreutheit, und er konnte sich den Luxus, seinen Gedanken freien Lauf zu lassen, nicht leisten. Es war gefährlich, über Juckreiz und Geschwüre nachzudenken. Sobald sein Denken abschweifte, würde ihm jemand die Kehle aufschlitzen. Das sagte ihm sein Unbehagen: *Lass dich nicht einen Augenblick lang ablenken; denke nicht, dass du in Sicherheit bist, alter Mann, denn ich habe eine Botschaft für dich: Das Schlimmste kommt noch.*

Toy klopfte einmal, bevor er das Arbeitszimmer betrat.

»Bill ...«

Whitehead vergaß einen Augenblick den Rasen und die herankriechende Dunkelheit, während er sich seinem Freund zuwandte.

»... Ihr seid hergekommen.«

»Selbstverständlich sind wir hergekommen, Joe. Sind wir zu spät?«

»Nein, nein. Keine Probleme?«

»Alles bestens.«

»Gut.«

»Strauss ist unten.«

Im düsteren Lichtschein ging Whitehead zum Tisch und goss sich ein Glas Wodka ein. Bisher hatte er sich mit dem Trinken zurückgehalten; nun war ein Schluck angemessen, um Toys wohlbehaltene Rückkehr zu feiern. »Möchtest du auch einen?«

Es war ein Ritual, und auch die Antwort gehörte zu diesem Ritual: »Nein danke.«

»Du gehst in die Stadt zurück?«

»Nachdem du dich mit Strauss unterhalten hast.«

»Es ist zu spät für das Theater. Warum bleibst du nicht, Bill? Geh morgen zurück, wenn es hell ist.«

»Ich habe Geschäfte«, sagte Toy und gestattete sich beim letzten Wort die leiseste Andeutung eines Lächelns. Auch das war ein Ritual, eines von vielen, zwischen den beiden Männern. Toys Geschäfte in London, die, wie Whitehead wusste, nichts mit der Firma zu tun hatten, wurden nicht weiter hinterfragt; wie immer.

»Wie ist dein Eindruck?«

»Von Strauss? So wie beim ersten Gespräch. Ich glaube, er ist der Richtige. Und wenn nicht, dort, wo er herkommt, gibt es noch genügend andere.«

»Ich brauche jemanden, der sich nicht so leicht einschüchtern lässt. Es könnte hier sehr unangenehm werden.«

Toy gab ein unverbindliches Grunzen von sich und hoffte, die Unterhaltung über dieses Thema würde nicht weitergehen. Er war nach einem Tag des Wartens und Umherfahrens müde und wollte sich nun auf den Abend freuen; jetzt war nicht der Zeitpunkt, dieses Thema noch einmal zu besprechen.

Whitehead hatte das leer getrunkene Glas wieder auf den Tisch gestellt und war ans Fenster zurückgegangen. Es wurde nun zunehmend dunkler im Zimmer, und als der alte Mann dastand und Toy den Rücken zukehrte, wurde er von den Schatten in eine Art Monolith verwandelt. Nach dreißig Jahren in Whiteheads Dienst – drei Jahrzehnten, in denen kaum ein böses Wort zwischen ihnen gefallen war – sah Toy Whitehead immer noch voll Ehrfurcht, wie einen Potentaten mit der Macht über Leben und Tod über ihn. Er machte immer noch eine Pause, um sich zu sammeln, bevor er sich in Whiteheads Gegenwart begab; er fand immer noch Spuren des Stotterns, das ihn befallen hatte, als sie einander zum ersten Mal begegnet waren. Er hielt das für eine legitime Reaktion. Der Mann war *Macht*, mehr Macht, als er selbst jemals hoffen konnte zu besitzen, mehr, als er jemals besitzen wollte: Und sie saß mit täuschender Leichtigkeit auf Joe Whiteheads breiten Schultern. In all den Jahren ihres Zusammenseins, sei es bei Konferenzen oder in Sitzungssälen, hatte er Whitehead niemals nach dem richtigen Wort oder der angemessenen Geste suchen sehen. Er war schlichtweg der selbstsicherste Mann, den Toy jemals kennen gelernt hatte: sich bis ins Mark seines überlegenen Wertes bewusst, seine Fähigkeiten so geschult, dass er einen Mann mit einem einzigen Wort bezwingen, dessen Leben vernichten, sein Selbstvertrauen erschüttern und seine Karriere ruinieren konnte.

Toy hatte zahllose Male gesehen, wie das geschah, und nicht selten mit Männern, die er für besser als sich selbst erachtete. Was die Frage aufwarf (die er sich sogar jetzt stellte, während er Whiteheads Rücken betrachtete): Warum verbrachte der große Mann seine Tage mit ihm? Vielleicht war es einfach Geschichte. War es das? Geschichte und Sentimentalität.

»Ich überlege, ob ich den Pool draußen füllen lassen soll.«

Toy dankte Gott, dass Whitehead das Thema gewechselt hatte.

Kein Gespräch über die Vergangenheit, wenigstens heute Abend nicht.

»... Ich schwimme nicht mehr draußen, nicht einmal im Sommer.«

»Setz Fische aus.«

Whitehead wandte den Kopf ein wenig zur Seite, um zu sehen, ob Toy lächelte. Er deutete einen Scherz niemals durch den Tonfall seiner Stimme an. Und Whitehead wusste, es war einfach, die Sensibilität des Mannes zu beleidigen, wenn man lachte, obwohl kein Scherz beabsichtigt war, oder umgekehrt. Toy lächelte nicht.

»Fische?«, sagte Whitehead.

»Vielleicht Zierkarpfen. Nennt man sie nicht Koi? Herrliche Geschöpfe.« Toy liebte den Pool. Nachts war er von unten beleuchtet, und die Oberfläche bewegte sich in mesmerisierenden Wirbeln, das Türkis konnte einen regelrecht verzaubern. Wenn die Luft kühl war, gab das erwärmte Wasser einen dunstigen Atem von sich, der sechs Zoll über der Oberfläche hinwegschmolz. Der Pool war einer seiner Lieblingsplätze, obwohl er nicht gern schwamm. Er war nicht sicher, ob Whitehead das wusste, doch Papa wusste die meisten Dinge, hatte er festgestellt, ob sie je ausgesprochen worden waren oder nicht.

»Du magst den Pool«, stellte Whitehead fest.

Da: der Beweis. »Ja. Sehr.«

»Dann werden wir ihn behalten.«

»Aber nicht nur, um …«

Whitehead hob die Hand, um weitere Diskussionen zu verhindern; offensichtlich freute es ihn, dieses Geschenk machen zu können.

»Wir behalten ihn«, sagte er. »Und du kannst Koi darin aussetzen.«

Er nahm wieder im Sessel Platz.

»Soll ich die Rasenscheinwerfer einschalten?«, fragte Toy.

»Nein«, sagte Whitehead. Das sterbende Licht vom Fenster badete seinen Kopf in Bronze, ein später Medici vielleicht, mit den tief in den Höhlen liegenden, müden Augen, dem weißen Bart und Schnurrbart, beide extrem kurz geschnitten, die ganze Konstruktion scheinbar zu schwer für die Säule, die sie stützte. Bewusst, dass sich sein Blick in den Rücken des alten Mannes bohrte und Joe das sicherlich spüren würde, schüttelte Toy die Lethargie des Zimmers ab und zwang sich zu handeln.

»Nun … soll ich Strauss holen, Joe? Möchtest du ihn sehen?«

In der zunehmenden Dunkelheit brauchten die Worte eine Ewigkeit, das Zimmer zu durchqueren. Mehrere Herzschläge lang war Toy sich nicht einmal sicher, ob Whitehead ihn gehört hatte.

Dann sprach das Orakel. Keine Prophezeiung, eine Frage.

»Werden wir überleben, Bill?«

Die Worte wurden so leise gesprochen, dass sie eben noch vernehmlich waren, von Staubkörnern transportiert, von seinen Lippen geweht.

Toys Stimmung sank. Wieder das alte Thema: das Lied der Paranoia.

»Ich höre immer mehr Gerüchte, Bill. Sie können nicht alle grundlos sein.«

Er sah immer noch zum Fenster hinaus. Krähen kreisten über dem etwa eine halbe Meile vom Rasen entfernten Wald. Beobachtete er sie? Toy bezweifelte es. In letzter Zeit hatte er Whitehead oft so gesehen, in sich selbst versunken, während er die Vergangenheit mit seinem geistigen Auge betrachtete. Es war eine Vision, zu der Toy keinen Zugang hatte, aber er konnte Joes momentane Ängste erraten – immerhin war er schon in den ersten Jahren dabei gewesen. So sehr er den alten Mann auch verehrte, es gab da gewisse Bürden, die er niemals mit ihm teilen konnte oder wollte. Er war nicht stark genug; im Grunde seines Herzens war er immer noch der Boxer, den Whitehead vor drei Jahrzehnten als Leibwächter eingestellt hatte. Heute trug er selbstverständlich einen Maßanzug für vierhundert Pfund, und seine Nägel waren immer sorgfältig manikürt, seine Manieren bestens. Aber sein Verstand war derselbe geblieben, abergläubisch und zerbrechlich. Die Träume, welche die Großen träumten, waren nichts für ihn. Und ihre Albträume ebenso wenig.

Wieder stellte Whitehead die verfluchte Frage: »Werden wir überleben?«

Diesmal fühlte Toy sich verpflichtet zu antworten. »Alles ist bestens, Joe, das weißt du doch. Die Profite sind in fast allen Bereichen gestiegen …«

Aber Ausflüchte wollte der alte Mann nicht hören und Toy wusste das. Er ließ seine Worte ausklingen, und es kehrte eine Stille ein, die nach seinem Verstummen peinlicher denn je wirkte. Toy, der den Blick wieder fest auf Whitehead gerichtet hatte, blinzelte nicht, und in seinen Augenwinkeln begann die Dämmerung, die das Zimmer eingehüllt hatte, zu flackern und zu kriechen. Er ließ die Lider sinken, sie knirschten fast über die Augäpfel. Muster tanzten in seinem Kopf (Räder, Sterne und Fenster), und als er die Augen endlich wieder öffnete, hatte die Nacht das Innere des Zimmers endgültig in ihrem Würgegriff.

Die Bronzestatue hatte sich nicht gerührt. Aber sie sprach, und die Worte schienen aus Whiteheads Eingeweiden zu kommen, von Furcht beschmutzt.

»Ich habe Angst, Billy«, sagte er. »Ich habe in meinem ganzen Leben noch nie solche Angst gehabt wie jetzt.«

Er sprach langsam, ohne die leiseste Betonung, als verabscheue er die Melodramatik seiner Worte und als wolle er sie nicht noch zusätzlich steigern: »All die Jahre habe ich ohne Angst gelebt; ich habe fast vergessen, wie das ist. Wie behindernd sie ist. Wie sie die Willenskraft schwächt. Ich sitze nur hier, tagein, tagaus. Eingesperrt in diesem Ort, mit den Alarmanlagen, den Zäunen, den Hunden. Ich betrachte den Rasen und die Bäume …«

Er beobachtete sie also *doch*.

»… und früher oder später beginnt das Licht sich zu verdunkeln.«

Er verstummte: ein langes, tiefes Schweigen, abgesehen von den fernen Krähen.

»Die Nacht selbst kann ich ertragen. Sie ist nicht angenehm, aber wenigstens unzweideutig. Die Dämmerung ertrage ich nicht, dann bricht mir der kalte Schweiß aus. Wenn das Licht schwindet und nichts mehr real ist, nichts mehr solide. Nur Formen, Dinge, die einst eine Gestalt hatten …«

Es war ein Winter voll solcher Abende gewesen: farbloser Dunst, der Entfernungen auslöschte und Geräusche abtötete; Wochen voll unsicheren Lichts, wenn sorgenschwere Morgendämmerung zu sorgenschwerer Abenddämmerung wurde, ohne einen Tag dazwischen. Zu wenig frostklirrende Tage wie heute; nur ein entmutigender Monat nach dem anderen.

»Ich sitze jetzt jeden Abend hier«, sagte der alte Mann. »Das ist etwas, das ich mir selbst auferlege. Ich sitze nur hier und sehe zu, wie alles ausgelöscht wird. Ich *trotze* ihm.«

Toy konnte die umfassende Natur von Papas Verzweiflung spüren. So war er vorher noch niemals gewesen, nicht einmal nach Evangelines Tod.

Drinnen und draußen war es fast völlig dunkel; ohne die eingeschalteten Rasenscheinwerfer war der Boden stockfinster. Aber Whitehead saß immer noch da, dem schwarzen Fenster zugewandt, und sah hinaus.

»Natürlich ist noch alles da«, sagte er.

»Was?«

»Die Bäume, der Rasen. Wenn morgen die Dämmerung hereinbricht, werden sie warten.«

»Ja, natürlich.«

»Weißt du, als Kind habe ich geglaubt, jemand würde in der Nacht kommen und die Welt fortnehmen, und am folgenden Morgen würde er zurückkommen und sie wieder aufrollen.«

Er regte sich in dem Sessel; seine Hand griff an den Kopf. Es war unmöglich zu sehen, was er tat. »Die Dinge, an die wir als Kinder glauben: Sie werden wir nicht mehr los, nicht wahr? Sie warten nur ab, bis die Zeit gekommen ist und wir wieder anfangen, an sie zu glauben. Es ist dieselbe Stelle, Bill. Verstehst du? Ich meine, wir denken, wir bewegen uns, wir werden stärker, wir werden klüger, dabei stehen wir immerzu auf derselben Stelle.«

Er seufzte und drehte sich zu Toy um. Licht von der Tür, die Toy ein wenig offen gelassen hatte, fiel ins Zimmer.

Selbst auf diese Entfernung konnte Toy in dem spärlichen Licht erkennen, dass Whiteheads Wangen tränenverschmiert waren.

»Du machst jetzt besser das Licht an, Bill«, sagte er.

»Ja.«

»Und bring Strauss herauf.«

Aus seiner Stimme war nichts von seiner Beunruhigung herauszuhören. Aber Joe war ein Fachmann darin, seine Gefühle zu verbergen, das wusste Toy schon lange. Er konnte die Jalousien seiner Augen herunterlassen und seine Lippen versiegeln, und anschließend hätte nicht einmal ein Gedankenleser herausfinden können, was er dachte. Das war eine Fähigkeit, welche er mit verheerender Wirkung in Sitzungssälen demonstriert hatte: Niemand wusste jemals, in welche Richtung der alte Fuchs springen würde. Diese Technik hatte er wahrscheinlich beim Kartenspielen gelernt. Das, und wie man warten musste.

11

Sie waren durch das elektrische Tor von Whiteheads Anwesen in eine andere Welt gefahren. Zu beiden Seiten des Kieswegs erstreckten sich makellose Rasenflächen; weiter rechts befand sich ein Wäldchen, das hinter einer Reihe von Zypressen verschwand, während sie sich dem Haus selbst näherten. Als sie ankamen, war es bereits Spätnachmittag, aber das weiche Licht steigerte den Zauber des Hauses nur noch. Das Hauptgebäude war allerdings weniger spektakulär, als Marty erwartet hatte; nur ein großes, georgianisches Landhaus, solide, aber nüchtern, mit modernen Anbauten, die sich vom Hauptbau aus erstreckten. Sie fuhren am Haupteingang mit einer von Säulen gesäumten Veranda vorbei zu einem Nebeneingang, wo Toy ihn in die Küche bat.

»Stellen Sie Ihr Gepäck ab und trinken Sie etwas Kaffee«,

sagte er. »Ich werde kurz zum Boss gehen. Machen Sie es sich gemütlich.«

Als er zum ersten Mal, seit er Wandsworth verlassen hatte, allein war, fühlte Marty sich unbehaglich. Hinter seinem Rücken war die Tür offen, es gab keine Schlösser an den Fenstern, keine Wachmänner patrouillierten vor der Küchentür. Es war paradox, aber er fühlte sich ungeschützt, beinahe verwundbar. Nach ein paar Minuten stand er vom Tisch auf und schaltete das Neonlicht ein (die Nacht senkte sich rasch herab, und hier gab es keine automatischen Schalter), dann schenkte er sich eine Tasse Kaffee aus der Thermoskanne ein. Er war stark und etwas bitter, richtig aufgekocht, vermutete er, anders als das verwässerte Gesöff, an das er gewöhnt war.

Es dauerte fünfundzwanzig Minuten, bis Toy zurückkam und sich für die Verspätung entschuldigte. Er sagte ihm, dass Mr. Whitehead ihn jetzt empfangen wolle. »Lassen Sie das Gepäck hier«, sagte er. »Luther wird sich darum kümmern.«

Toy führte ihn aus der Küche, die ein Teil des Anbaus am Hauptgebäude war. In den Fluren herrschte Halbdunkel, dennoch war Marty überall erstaunt. Das Haus war ein Museum. Gemälde bedeckten die Wände vom Boden bis zur Decke; auf den Tischen und Regalen standen Vasen und Keramikfiguren, deren Glasur glänzte. Es blieb jedoch keine Zeit, etwas eingehender zu betrachten. Sie gingen durch ein Labyrinth von Fluren, und mit jeder Biegung wurde Martys Orientierungssinn mehr verwirrt, bis sie das Arbeitszimmer erreichten. Toy klopfte, öffnete die Tür und schob Marty hinein.

Da er wenig mehr zur Verfügung gehabt hatte als eine halb vergessene Fotografie, war das Bild, das Marty sich von seinem neuen Arbeitgeber gemacht hatte, weitgehend Spekulation – und vollkommen falsch. Wo er Gebrechlichkeit erwartet hatte, fand er Robustheit. Wo er die Exzentrizität eines Einsiedlers erwartet hatte, fand er ein runzliges, fein geschnittenes Gesicht, das ihn bereits während er das Arbeitszimmer betrat mit Gründlichkeit und Humor studierte.

»Mr. Strauss«, sagte Whitehead. »Willkommen.«

Die Vorhänge hinter Whitehead waren immer noch offen, und jenseits des Fensters wurde plötzlich das Flutlicht eingeschaltet, welches das stechende Grün des Rasens in einem Umkreis von gut zweihundert Metern erhellte. Das unvermittelte Auftauchen der Grasnabe glich einem Taschenspielertrick, aber Whitehead achtete gar nicht darauf. Er kam auf Marty zu. Ein großer Mann, und ein Großteil seiner Masse bestand mittlerweile aus Fett, dennoch ruhte das Gewicht scheinbar mühelos auf seinem Körper. Er machte keineswegs einen linkischen Eindruck. Die Anmut seines Gangs, die fast geölte Beweglichkeit seines Arms, den er Marty entgegenstreckte, der feste Griff der Finger, das alles deutete darauf hin, dass der Mann in Frieden mit seiner Physis lebte.

Sie schüttelten einander die Hände. Entweder war Marty heiß oder der alte Mann kalt: Marty kreidete sich den Irrtum auf der Stelle selbst an. Ein Mann wie Whitehead war niemals zu warm oder zu kalt; er kontrollierte seine Körpertemperatur mit derselben Mühelosigkeit, mit der er seine Finanzen kontrollierte. Hatte Toy während der kurzen Unterhaltung im Wagen nicht die Bemerkung fallen lassen, dass Whitehead in seinem ganzen Leben noch nicht ernsthaft krank gewesen war? Nun, da Marty ihm von Angesicht zu Angesicht gegenüberstand, konnte er das glauben. Nicht einmal der Hauch einer Blähung konnte die Eingeweide dieses Mannes belästigen.

»Ich bin Joseph Whitehead«, sagte er. »Willkommen im Asyl.«

»Danke.«

»Einen Drink? Um zu feiern.«

»Ja, bitte.«

»Was denn?«

Plötzlich wurde Martys Verstand leer und er öffnete den

Mund wie ein gestrandeter Fisch. Es war Toy, der zum Glück vorschlug: »Scotch?«

»Das wäre fein.«

»Für mich das Übliche«, sagte Whitehead. »Kommen Sie und setzen Sie sich, Mr. Strauss.«

Sie nahmen Platz. Die Stühle waren gemütlich, keine Stilmöbel, wie die Tische auf den Fluren, sondern funktionelle, moderne Möbelstücke. Das ganze Zimmer war in diesem Stil eingerichtet: Es war ein Arbeitszimmer, kein Museum. Die wenigen Bilder an den dunkelblauen Wänden schienen für Martys ungeübtes Auge kaum älteren Datums als die Möbel zu sein; sie waren groß und ungestüm. Das augenfälligst aufgehängte – und das repräsentativste – trug die Signatur *Matisse* und zeigte eine gallige rosa Frau auf einem gallig gelben Sofa.

»Ihr Whisky.«

Marty nahm das Glas, das Toy ihm hinhielt.

»Wir haben Luther ein paar neue Kleidungsstücke für Sie kaufen lassen; sie sind oben in Ihrem Zimmer«, sagte Whitehead zu Marty. »Nur ein paar Anzüge, Hemden und so weiter, damit Sie zurechtkommen. Später werden wir Sie vielleicht allein einkaufen schicken.« Er trank sein Glas Wodka leer, bevor er fortfuhr. »Geben sie den Gefangenen immer noch einen Anzug mit, oder haben sie das aufgegeben? Schmeckt nach Armenhaus, nehme ich an. Wäre in dieser erleuchteten Zeit nicht gerade taktvoll. Die Leute könnten anfangen zu denken, man wäre Verbrecher aus Notwendigkeit ...«

Marty war sich nicht sicher, was dieses Gerede bedeuten sollte: Machte der Mann sich über ihn lustig? Der Monolog ging weiter, wobei der Grundtenor durchaus freundlich war, und Marty versuchte, Ironie von tatsächlichen Überzeugungen zu trennen. Es war schwierig. In den wenigen Minuten, während er Whitehead zuhörte, wurde ihm ins Gedächtnis zurückgerufen, wie ungleich subtiler draußen alles war. Verglichen mit der blumigen, gepflegten Ausdrucksweise dieses Mannes war selbst der schlaueste Unterhalter in Wandsworth ein Amateur.

Toy drückte Marty einen zweiten großen Whisky in die Hand, aber der bemerkte es kaum. Whiteheads Stimme war hypnotisierend und seltsam beruhigend. »Toy hat Ihnen Ihre Pflichten erklärt, oder nicht?«

»Ja, ich denke schon.«

»Ich möchte, dass Sie sich in diesem Haus zu Hause fühlen, Strauss. Machen Sie sich damit vertraut. Es gibt einen oder zwei Orte, zu denen Sie keinen Zutritt haben, die wird Toy Ihnen zeigen. Bitte halten Sie sich an diese Beschränkungen. Der Rest des Anwesens steht Ihnen zur freien Verfügung.«

Marty nickte und kippte den Whisky; er rann wie Quecksilber seine Kehle hinab.

»Morgen ...« Whitehead stand auf, der Gedanke blieb unvollendet, und ging ans Fenster zurück. Das Gras sah aus, als wäre es frisch gemalt worden. »... werden wir um das ganze Anwesen gehen, Sie und ich.«

»Fein.«

»Wir werden sehen, was es zu sehen gibt. Ich werde Sie Bella und den anderen vorstellen.«

Es gab noch weiteres Personal? Toy hatte sie nicht erwähnt, aber es war wohl zwangsläufig, dass es noch andere gab: Wachen, Köche, Gärtner. Wahrscheinlich quoll das Haus über von Angestellten.

»Kommen Sie morgen zu mir, dann können wir weiterreden, ja?« Marty trank den Rest seines Scotch, und Toy bedeutete ihm, dass er aufstehen solle. Whitehead schien plötzlich das Interesse an ihnen beiden verloren zu haben. Seine Bewertung war vorbei, wenigstens heute, seine Gedanken waren bereits anderswo, während er zum Fenster hinaussah, zu dem leuchtenden Rasen.

»Ja, Sir. Morgen.«

»Aber bevor Sie kommen ...«, sagte Whitehead und drehte sich zu Marty um.

»Ja, Sir.«

»Rasieren Sie sich den Bart ab. Man könnte annehmen, Sie hätten etwas zu verbergen.«

12

Toy führte Marty kurz durch das Haus und versprach ihm einen ausführlicheren Rundgang, wenn die Zeit nicht so sehr drängte, bevor er ihn mit nach oben nahm. Er brachte Marty in ein langes, geräumiges Zimmer im obersten Stock, an der Seite des Hauses.

»Das ist Ihres«, sagte er.

Luther hatte Koffer und Plastiktüte auf das Bett gestellt; ihr abgerissenes Äußeres passte nicht zu dem eleganten Zimmer. Es war, wie das Arbeitszimmer, zeitgemäß möbliert.

»Momentan ist es noch ein wenig kahl«, sagte Toy. »Machen Sie damit, was Sie wollen. Wenn Sie Fotos haben …«

»Eigentlich nicht.«

»Nun, wir sollten etwas an die Wände bekommen. Hier sind ein paar Bücher«, er nickte zum anderen Ende des Zimmers, wo mehrere Regale unter der Last von Folianten ächzten, »aber die Bibliothek unten steht Ihnen zur Verfügung. Ich werde Ihnen alles nächste Woche zeigen, wenn Sie sich ein wenig eingewöhnt haben. Außerdem ist dort ein Videogerät, und hier oben noch mal eines. Übrigens, Joe interessiert sich nicht besonders dafür, also bedienen Sie sich ungeniert.«

»Klingt gut.«

»Links gibt's ein kleines Ankleidezimmer. Wie Joe sagte, werden Sie dort ein paar neue Kleidungsstücke finden. Ihr Badezimmer liegt hinter der anderen Tür. Dusche und so weiter. Ich denke, das war alles. Ich hoffe, Sie finden es angemessen.«

»Prächtig«, sagte Marty. Toy sah auf die Uhr und wandte sich ab, um zu gehen.

»Bevor Sie gehen …«

»Problem?«

»Kein Problem«, sagte Marty, »gütiger Himmel, kein Problem. Ich wollte Ihnen nur sagen, wie dankbar ich bin …«

»Geschenkt.«

»Aber das bin ich«, beharrte Marty; seit der Trinity Road hatte er versucht, eine Gelegenheit zu finden, seine Rede loszulassen. »Ich bin *sehr* dankbar. Ich weiß nicht, wie und warum Sie sich für mich entschieden haben, aber ich weiß es zu schätzen.«

Toy schien durch diese Zurschaustellung von Gefühlen ein wenig peinlich berührt, aber Marty war froh, dass er es gesagt hatte.

»Glauben Sie mir, Marty, ich hätte mich nicht für Sie entschieden, wenn ich nicht der Meinung wäre, dass Sie der Aufgabe gewachsen sind. Nun sind Sie hier. Es liegt an Ihnen, das Beste daraus zu machen. Ich werde selbstverständlich hier sein, aber künftig werden Sie mehr oder weniger auf sich allein gestellt sein.«

»Das ist mir klar.«

»Dann will ich Sie jetzt in Frieden lassen. Ich sehe Sie Anfang nächster Woche. Übrigens, Pearl hat Ihnen in der Küche etwas zu essen gemacht. Gute Nacht.«

»Gute Nacht.«

Toy ließ ihn allein. Er setzte sich auf das Bett und öffnete den Koffer. Die schlecht verpackten Kleider rochen nach Gefängnisdesinfektionsmittel, er wollte sie nicht herausnehmen. Stattdessen wühlte er sich auf den Grund des Koffers, bis seine Hände Rasiermesser und Rasierschaum fanden. Dann zog er sich aus, ließ die muffigen Kleider zu Boden fallen und ging ins Badezimmer. Es war geräumig, voller Spiegel und verführerisch beleuchtet. Frisch gewaschene Handtücher hingen über einer Heizung. Es gab eine Dusche, eine Badewanne und ein Bidet: Waschgelegenheiten im Überfluss. Was immer hier mit ihm passieren würde, sauber würde es sein. Er schaltete das Licht über dem Spiegel ein und legte das Rasierzeug auf einem Glasregal über dem Becken ab. Dann fiel ihm auf, dass er sich nicht mit der Suche hätte abmühen müssen: Toy, oder vielleicht Luther, hatte ein vollständiges Rasierset für ihn hergerichtet; Rasierklinge, Rasierwasser, Schaum, Aftershave. Alles ungeöffnet, neuwertig; alles wartete nur auf ihn. Er betrachtete sich selbst im Spiegel; diese intime Selbstbetrachtung, die man von Frauen erwartet, die Männer aber selten ausführten, es sei denn in verschlossenen Badezimmern. Die Sorgen des Tages zeigten sich in seinem Gesicht; die Haut war blass, die Tränensäcke unter den Augen aufgequollen. Wie ein Mann, der nach einem Schatz sucht, suchte er in seinem Gesicht nach Spuren. Stand seine Vergangenheit hier geschrieben, fragte er sich, in allen abscheulichen Einzelheiten? Vielleicht zu tief eingeätzt, um ausgelöscht werden zu können?

Er brauchte etwas Sonne, daran konnte kein Zweifel bestehen, und Training an der frischen Luft. Von morgen an, nahm er sich vor, würde ein anderer Wind wehen. Er würde täglich laufen, bis er so fit war, dass man ihn nicht mehr erkennen konnte. Zu einem richtigen Zahnarzt würde er auch gehen. Sein Zahnfleisch blutete verdächtig oft, an ein oder zwei Stellen wich es von den Zähnen zurück. Er war stolz auf seine Zähne: Sie waren ebenmäßig und kräftig, wie die seiner Mutter. Er probierte sein Lächeln im Spiegel aus, aber es hatte viel von seinem einstigen Strahlen verloren. Auch das würde er üben müssen. Er war wieder in der großen, weiten Welt; und mit der Zeit galt es vielleicht, eine Frau mit diesem Lächeln zu erobern.

Dann verlagerte er seine Aufmerksamkeit vom Gesicht zum Körper. Ein Fettring überlagerte die Muskeln seines Unterleibs: Er hatte gut sechs Kilo Übergewicht. Daran würde er arbeiten müssen, also auf seine Diät achten und trainieren, bis er wieder die achtzig Kilo hatte, die er vor seiner Einweisung nach Wandsworth gehabt hatte. Abgesehen von den überflüssigen Pfunden hatte er jedoch einen recht guten Eindruck von sich. Vielleicht schmeichelte ihm das gedämpfte Licht, aber das Gefängnis schien ihn nicht radikal verändert zu haben. Er hatte noch sein volles Haar, keine Narben – abgesehen von den Tätowierungen und einer kleinen Verletzung links neben dem Mund; er war nicht bis zu den Augäpfeln voll Dope. Vielleicht gehörte er *doch* zu den Überlebenden.

Seine Hand war zu den Lenden geglitten, während er sich studierte, und er spielte an sich, bis er halbwegs einen Steifen hatte. An Charmaine hatte er dabei nicht gedacht. Wenn Lust in seiner Erregung mitspielte, dann war sie rein narzisstisch. Viele der Knastbrüder, mit denen er zusammen gewesen war, hatten ihren sexuellen Appetit mühelos mit Zellengenossen stillen können, aber Marty hatte diese Vorstellung nie zugesagt. Nicht aus einem Gefühl des Ekels für diesen Akt heraus – obwohl er den auch empfand –, sondern weil ihm diese Unnatürlichkeit aufgezwungen wurde. Auch das war ein Beispiel dafür, wie das Gefängnis einen Mann demütigte. Stattdessen hatte er seine Sexualität verdrängt und seinen Schwanz mehr oder weniger ausschließlich zum Pissen benutzt. Nun, während er wie ein eitler Heranwachsender damit spielte, überlegte er, ob das verdammte Ding überhaupt noch zu gebrauchen war. Er trat unter die lauwarme Dusche und seifte sich von Kopf bis Fuß mit einer nach Zitrone riechenden Seife ein. An einem Tag voller Freuden kam ihm dies als das möglicherweise Beste vor. Das Wasser war stimulierend, als stünde er in einem Frühlingsregen. Sein Körper begann zu erwachen. Ja, das war es, dachte er; ich war tot und jetzt bin ich wieder zum Leben erwacht. Er war im Arschloch der Welt begraben gewesen, in einem derart tiefen Loch, dass er gedacht hatte, er würde niemals wieder daraus hervorkriechen können, aber, verdammt, er *hatte* es geschafft. Er *war* draußen. Er duschte sich ab, dann gönnte er sich eine Wiederholung des Rituals, aber diesmal ließ er das Wasser wesentlich heißer und härter prasseln. Das Badezimmer füllte sich mit Dampf, Tropfen spritzten gegen die Kacheln.

Als er heraustrat und den Wasserstrahl abstellte, summte sein Kopf von der Hitze, von Whisky und Müdigkeit. Er trat vor den Spiegel und rieb mit einer Faust den Beschlag weg. Das Wasser hatte seinen Wangen Farbe gegeben, das Haar klebte ihm wie eine braun-goldene Mütze am Kopf. Er würde es wachsen lassen, beschloss er, solange Whitehead keine Einwände erhob; vielleicht würde er es auch ein wenig frisieren lassen. Mittlerweile aber gab es Dringenderes zu tun, nämlich den verurteilten Schnurrbart zu entfernen. Besonders begeistert war er nicht. Es hatte mehrere Wochen gedauert, sich den Schnurrbart wachsen zu lassen, und er hatte die üblichen geistlosen Bemerkungen über sich ergehen lassen müssen, während er es tat. Aber wenn der Boss ihn mit nacktem Gesicht wollte, wer war er, dem zu widersprechen?

Whiteheads Bemerkung zu diesem Thema hatte sich mehr nach einem Befehl als nach einer Frage angehört.

Trotz des bestens gefüllten Schranks im Bad (von Aspirin bis zu den Mitteln gegen Geschlechtskrankheiten war alles vorhanden) gab es keine Schere, und er musste die Barthaare gründlich einschäumen, damit sie so weich wurden, dass er sich direkt mit der Rasierklinge darüber hermachen konnte. Die Klinge protestierte, und seine Haut ebenfalls, aber Strich für Strich wurde die Oberlippe wieder sichtbar, und der so langsam gewachsene Schnurrbart fiel in kleinen Büscheln ins Waschbecken, wo er in den Abfluss hinuntergesaugt wurde. Er brauchte eine halbe Stunde, um die Sache zu seiner Zufriedenheit zu erledigen.

Als er fertig war, war der Dampf aus dem Badezimmer gewichen, und lediglich fleckenweise verhinderte der Beschlag, dass er etwas sehen konnte. Er betrachtete sein Gesicht im Spiegel. Seine nackte Oberlippe war rosa und verwundbar, und die Vertiefung in der Mitte seltsam überperfekt geformt, aber seine plötzliche Nacktheit war kein so übler Anblick.

Zufrieden wischte er die Überreste seines Schnurrbarts von den Seiten des Waschbeckens, schlang ein Handtuch um seine Blöße und ging ins Schlafzimmer zurück. In der zentralgeheizten Wärme des Hauses war er praktisch schon trocken, keine Veranlassung mehr, sich abzutrocknen. Müdigkeit und Hunger kämpften in ihm, während er auf der Bettkante saß. Unten wartete Essen auf ihn, wie Toy gesagt hatte. Nun, vielleicht sollte er sich einfach auf das jungfräuliche Laken zurücklehnen, den Kopf auf dem wohlriechenden Kissen, und eine halbe Stunde die Augen schließen, bevor er nach unten ging, um etwas zu essen. Er löste das Handtuch und legte sich auf das Bett, zog die Decke über sich, und während er das tat, schlief er ein. Er träumte nicht; und wenn doch, dann schlief er zu tief, um sich daran zu erinnern.

Nach wenigen Augenblicken war es Morgen.

13

Wenn er die Geografie des Hauses nach einem kurzen Rundgang in der vorherigen Nacht vergessen hatte, so bedurfte es lediglich eines guten Geruchssinns, ihn in die Küche zu führen. Schinken brutzelte, frischer Kaffee wurde aufgebrüht. Am Herd stand eine rothaarige Frau.

Sie wandte sich von ihrer Arbeit ab und nickte. »Sie müssen Martin sein«, sagte sie; ihre Stimme hatte einen leicht irischen Akzent. »Sie sind spät dran.«

Er sah zur Uhr an der Wand. Es war wenige Minuten nach sieben.

»Sie haben einen herrlichen ersten Tag.«

Die Hintertür der Küche war offen; er durchquerte den Raum, um den Tag zu begutachten. Er *war* herrlich; ein klarer Himmel. Frost zuckerte den Rasen. In der nebligen Ferne konnte er vage etwas erkennen, das Tennisplätze zu sein schienen, und dahinter eine Baumgruppe.

»Übrigens, ich bin Pearl«, verkündete die Frau. »Ich koche für Mr. Whitehead. Sie sind hungrig, oder?«

»Jetzt, da ich hier unten bin, schon.«

»Wir hier legen großen Wert auf das Frühstück. Es ist etwas, das einen auf den Tag vorbereiten sollte.« Sie war emsig damit beschäftigt, Speck von der Pfanne auf der Kochplatte zum Herd zu transportieren. Die Arbeitsplatte neben dem Herd war voller Lebensmittel: Tomaten, Würste, Scheiben dunklen Puddings. »Dort drüben ist Kaffee. Bedienen Sie sich.«

Die Kaffeemaschine zischte und blubberte, während er sich Kaffee einschenkte, dasselbe dunkle, aber aromatische Gebräu, das er schon am Vorabend gerochen hatte.

»Sie werden sich daran gewöhnen müssen, sich in der Küche selbst zu bedienen, wenn ich nicht hier bin. Ich wohne nicht hier, sondern komme und gehe.«

»Wer kocht für Mr. Whitehead, wenn Sie nicht da sind?«

»Gelegentlich macht er das selbst. Aber Sie werden ihm zur Hand gehen müssen.«

»Ich kann kaum Wasser kochen.«

»Dann werden Sie es lernen.«

Sie drehte sich zu ihm um, in einer Hand hielt sie ein Ei. Sie war älter, als er zuerst gedacht hatte: vielleicht fünfzig.

»Machen Sie sich deswegen keine Gedanken«, sagte sie. »Wie hungrig?«

»Sehr.«

»Ich habe gestern Abend eine kalte Platte gerichtet.«

»Ich bin eingeschlafen.«

Sie schlug ein Ei in die Pfanne, dann ein zweites, während sie sagte: »Mr. Whitehead hat keinen ausgefallenen Geschmack, außer bei seinen Erdbeeren. Er wird keine Soufflees erwarten, keine Bange. Das meiste ist im Gefrierschrank nebenan. Sie müssen nichts weiter tun, als es auspacken und in den Mikrowellenherd schieben.«

Marty sah sich in der Küche um und nahm die Ausstattung in sich auf: Küchenmaschine, Mikrowellenherd, elektrisches Messer. Hinter ihm an der Wand befand sich eine Reihe von Fernsehmonitoren, die ihm vorher nicht aufgefallen waren. Bevor er sich jedoch nach ihnen erkundigen konnte, versorgte Pearl ihn mit weiteren gastronomischen Einzelheiten. »Er bekommt oft mitten in der Nacht Hunger, das hat Nick jedenfalls gesagt. Wissen Sie, er hat so einen merkwürdigen Zeitplan.«

»Wer ist Nick?«

»Ihr Vorgänger. Er hat uns vor Weihnachten verlassen. Ich konnte ihn ganz gut leiden, aber Bill sagte, er hätte etwas zu lange Finger gehabt.«

»Verstehe.«

»So was kann man vorher nie sagen, nicht? Ich meine, er …« Sie brach mitten im Satz ab und verfluchte insgeheim ihre voreilige Zunge, aber sie verbarg ihre Verlegenheit, indem sie die Spiegeleier aus der Pfanne auf den Teller gleiten ließ, wo sie schon andere leckere Sachen aufgehäuft hatte.

Marty beendete den Gedanken laut für sie: »Er sah nicht wie ein Dieb aus; wollten Sie das sagen?«

»So habe ich es nicht gemeint«, beharrte sie und trug den Teller von der Anrichte zum Tisch. »Vorsicht, der Teller ist heiß.« Ihr Gesicht hatte die Farbe ihres Haars angenommen.

»Schon gut«, sagte Marty zu ihr.

»Ich mochte Nick«, wiederholte sie. »Wirklich. Ich habe eines der Eier zerlaufen lassen. Tut mir Leid.«

Marty sah auf den vollen Teller. Tatsächlich war einer der Dotter zerlaufen und floss um eine gegrillte Tomate herum.

»Sieht prächtig aus«, sagte er mit echtem Appetit, dann begann er zu essen. Pearl füllte seine Tasse neu, suchte eine für sich, füllte diese ebenfalls und setzte sich zu ihm.

»Bill spricht sehr lobend von Ihnen«, sagte sie.

»Ich war nicht sicher, ob ich einen so guten Eindruck auf ihn gemacht habe.«

»O doch«, sagte sie. »Sogar sehr. Teilweise natürlich, weil Sie geboxt haben. Er war selbst einmal Profiboxer.«

»Wirklich?«

»Ich dachte, das hätte er Ihnen gesagt. Vor dreißig Jahren. Bevor er für Mr. Whitehead arbeitete. Möchten Sie etwas Toast?«

»Wenn Sie welchen haben.«

Sie stand auf und schnitt zwei Scheiben Weißbrot ab, die sie in den Toaster schob. Bevor sie dann zum Tisch zurückkehrte, zögerte sie einen Augenblick. »Tut mir wirklich Leid«, sagte sie.

»Wegen des Eis?«

»Weil ich Nick und das Stehlen erwähnt habe ...«

»Schließlich habe ich gefragt«, sagte Marty. »Außerdem haben Sie Recht, vorsichtig zu sein. Ich bin ein ehemaliger Sträfling. Eigentlich nicht einmal ein ehemaliger. Ich könnte zurückwandern, wenn ich einen falschen Schritt tue« – er verabscheute es, das zu sagen, als würde allein das Aussprechen der Worte die Möglichkeit realer machen –, »aber ich werde Mr. Toy nicht im Stich lassen. Und mich selbst auch nicht. Okay?«

Sie nickte, offensichtlich erleichtert, dass es keine Verstimmung zwischen ihnen gab, dann nahm sie wieder Platz und trank ihren Kaffee. »Sie sind nicht wie Nick«, sagte sie. »Das sehe ich schon jetzt.«

»War er seltsam?«, fragte Marty. »Glasauge oder so etwas?«

»Nun, er war nicht ...« Sie schien diese neue Richtung des Gesprächs zu bedauern, noch bevor sie richtig begonnen hatte. »Kein Thema«, sagte sie ausweichend.

»Nein. Erzählen Sie weiter.«

»Nun, soweit ich weiß, hatte er Schulden.«

Marty versuchte, nicht mehr als gelindes Interesse zur Schau zu stellen. Aber in seinen Augen musste etwas zu sehen gewesen sein, vielleicht ein Aufflackern von Panik, denn Pearl runzelte die Stirn.

»Was für Schulden?«, fragte er beiläufig.

Der Toast schnellte aus dem Toaster und lenkte Pearls

Aufmerksamkeit auf sich. Sie stand auf, holte die Scheiben und brachte sie an den Tisch zurück. »Bitte entschuldigen Sie, dass ich sie mit den Fingern angefasst habe«, sagte sie.

»Danke.«

»Ich weiß nicht, wie hoch die Schulden waren.«

»Nein, ich meine nicht wie hoch, ich meine … woher kamen sie?« Klang es nach einem beiläufigen Gespräch, überlegte er, oder konnte sie an der Art, wie er die Gabel umklammerte, oder am plötzlichen Nachlassen seines Appetits erkennen, dass die Frage einige Bedeutung besaß? Aber er musste sie stellen, ganz gleich, was sie denken mochte.

Sie überlegte einen Augenblick, bevor sie antwortete. Als sie es dann tat, klang so etwas wie Straßenecken-Klatsch aus ihrer gedämpften Stimme heraus; was immer nun kam, sollte ein Geheimnis zwischen ihnen beiden bleiben. »Er kam zu jeder Tageszeit hier herunter und telefonierte. Jedes Mal sagte er mir, er rufe Leute aus der Branche an – wissen Sie, er war Stuntman oder so was –, aber ich bekam bald genug mit, dass er Wetten abschloss. Ich vermute, die Schulden kamen daher. Vom Wetten.«

Irgendwie hatte Marty die Antwort vorher gekannt. Sie führte natürlich zu einer weiteren Frage: War es nur ein Zufall, dass Whitehead zwei Leibwächter eingestellt hatte, die beide in ähnlichen Stadien ihres Lebens Spieler gewesen waren? Beide – so schien es jetzt – aus Hobby *Diebe*? Toy hatte nie viel Interesse an diesem Aspekt von Martys Leben bekundet. Aber vielleicht standen alle wissenswerten Fakten in der Akte, die Somervale immer bei sich gehabt hatte: psychologische Gutachten, Gerichtsprotokolle, alles. Toy musste nicht nach dem Grund fragen, der Marty zum Diebstahl verleitet hatte. Er versuchte, das Unbehagen abzuschütteln, das er plötzlich empfand. Was, zum Teufel, spielte es für eine Rolle? Schnee von gestern; inzwischen war er geläutert.

»Fertig mit dem Frühstück?«

»Ja, danke.«

»Noch Kaffee?«

»Ich hole ihn schon.«

Pearl nahm den Teller weg und schob das ungegessene Essen auf einen zweiten Teller. »Für die Vögel«, sagte sie, danach begann sie Geschirr, Besteck und Pfannen gleichermaßen ins Spülwasser zu geben. Marty füllte seine Kaffeetasse nach und sah ihr beim Arbeiten zu. Sie war eine attraktive Frau; reif in ihren mittleren Jahren.

»Wie viel Personal hat Whitehead insgesamt?«

»*Mr.* Whitehead«, sagte sie und korrigierte ihn damit sanft. »Personal? Nun, ich bin hier. Ich komme und gehe, wie schon gesagt. Und dann ist da selbstverständlich noch Mr. Toy.«

»Er wohnt auch nicht hier, richtig?«

»Er bleibt über Nacht, wenn hier Sitzungen stattfinden.«

»Ist das regelmäßig?«

»O ja. Im Haus finden zahlreiche Treffen statt. Ständig kommen und gehen Leute. Darum achtet Mr. Whitehead so sehr auf Sicherheit.«

»Fährt er oft nach London?«

»Nicht mehr«, sagte sie. »Früher ist er viel herumgereist. Nach New York oder Hamburg oder sonst wohin. Aber jetzt nicht mehr. Jetzt hält er sich ständig hier auf und lässt den ganzen Rest der Welt zu sich kommen. Wo war ich stehen geblieben?«

»Personal.«

»O ja. Früher wimmelte es hier von Personal. Sicherheitsleute, Diener, Zimmermädchen. Aber dann machte er eine sehr misstrauische Phase durch. Er glaubte, jemand könnte ihn vergiften oder im Bad ermorden. Daher hat er sie alle entlassen; einfach so. Er sagte, er wäre mit wenigen zuverlässigen Kräften glücklicher; mit denjenigen, denen er vertrauen kann. Auf diese Weise musste er nicht von Leuten umgeben sein, die er nicht kennt.«

»Er kennt mich nicht.«

»Vielleicht noch nicht. Aber er hat Menschenkenntnis; eine bessere als jeder andere, den ich kenne.«

Das Telefon klingelte. Sie nahm ab.

Er wusste, Whitehead musste am anderen Ende sein. Pearl machte einen ertappten Eindruck.

»Oh … ja. Das ist meine Schuld. Ich habe geredet und geredet. Auf der Stelle.« Der Hörer wurde rasch aufgelegt. »Mr. Whitehead erwartet Sie. Sie beeilen sich besser. Er ist bei den Hunden.«

14

Die Hundezwinger befanden sich hinter einer Gruppe von Schuppen – früher vielleicht einmal Stallungen –, etwa zweihundert Meter vom Hauptgebäude entfernt. Eine ausgedehnte Ansammlung von Hütten aus Gipssteinblocks und Maschendrahtzaungattern, offensichtlich rein funktionell erbaut, ohne einen Gedanken an architektonische Planungen; es war insgesamt eine Beleidigung für das Auge.

Im Freien war es kühl, und während er auf dem Weg zu den Zwingern das frostknirschende Gras überquerte, bedauerte Marty sehr bald, dass er hemdsärmelig gegangen war. Aber Pearls Stimme hatte drängend geklungen, und er wollte Whitehead – nein, er musste lernen, seinen neuen Arbeitgeber als *Mr.* Whitehead zu sehen – nicht länger warten lassen, als er es ohnehin schon getan hatte. Der große Mann schien jedoch über sein spätes Eintreffen nicht erzürnt zu sein.

»Ich dachte, wir könnten uns heute Morgen die Hunde ansehen. Und dann vielleicht einen Rundgang über das Grundstück, ja?«

»Ja, Sir.«

Er war in einen schweren, schwarzen Mantel gekleidet, dessen Pelzkragen seinen Kopf umhüllte.

»Mögen Sie Hunde?«

»Soll ich aufrichtig sein, Sir?«

»Gewiss.«

»Nicht besonders.«

»Sind Sie gebissen worden oder Ihre Mutter?« Die Andeutung eines Lächelns funkelte in den blutunterlaufenen Augen.

»Keiner von uns beiden, soweit ich mich erinnern kann, Sir.«

Whitehead grunzte. »Nun, Sie werden die Meute gleich kennen lernen, Strauss, ob Ihnen das passt oder nicht. Es ist wichtig, dass sie Sie kennen. Sie sind darauf abgerichtet, Eindringlinge in Stücke zu reißen. Wir wollen doch nicht, dass sie einen Fehler machen.«

Eine Gestalt war aus einem der größeren Schuppen herausgekommen, sie hatte eine Würgekette in der Hand. Marty musste zweimal hinsehen, um festzustellen, ob es sich um einen Mann oder um eine Frau handelte. Das kurz geschorene Haar, der schäbige Anorak und die Halbstiefel deuteten auf einen Mann hin; aber etwas in der Form des Gesichts entlarvte diese Illusion.

»Das ist Lillian. Sie versorgt die Hunde.«

Die Frau nickte einen Gruß, ohne auch nur in Martys Richtung zu sehen.

Bei ihrem Erscheinen waren mehrere Hunde – riesige, zottige Schäferhunde – aus den Hütten herausgekommen und in den umzäunten betonierten Auslauf gerannt, wo sie durch den Maschendraht nach ihr schnupperten und ein Willkommen winselten.

Sie versuchte erfolglos, sie zum Schweigen zu bringen; aus dem Willkommenswinseln wurde ein Bellen, dann stellten sich ein paar auf die Hinterbeine, mannshoch am Draht, und wedelten aufgeregt mit den Schwänzen. Das Bellen wurde noch schlimmer. »Seid still«, fuhr sie die Tiere an, und das Bellen erstarb fast auf der Stelle. Ein Männchen jedoch, das größer war als die anderen, blieb auf zwei Beinen am Zaun stehen und verlangte Aufmerksamkeit, bis Lillian ihren Lederhandschuh auszog, die Hand durch den Draht steckte und ihn an der zotteligen Kehle kraulte.

»Martin hier hat Nicks Stelle übernommen«, sagte Whitehead. »Von jetzt an wird er immer hier sein. Ich dachte, er soll die Hunde kennen lernen und die Hunde ihn.«

»Klingt sinnvoll«, sagte Lillian ohne viel Enthusiasmus.

»Wie viele sind es?«, fragte Marty.

»Ausgewachsene? Neun. Fünf Männchen und vier Weibchen. Das ist Saul«, sagte sie und meinte damit den Hund, den sie immer noch streichelte. »Er ist der älteste und größte. Das Männchen dort in der Ecke ist Hiob, einer von Sauls Söhnen. Augenblicklich geht es ihm nicht besonders gut.«

Hiob lag halb in einer Ecke des Zwingers und leckte sich mit einiger Hingabe die Hoden. Er schien zu spüren, dass er zum Zentrum der Aufmerksamkeit geworden war, denn er sah einen Augenblick von seiner Toilette auf. In dem Blick, mit dem er sie bedachte, lag alles, was Marty so sehr an seiner Rasse verabscheute: die Bedrohung, die Verschlagenheit, die kaum unterdrückte Verachtung vor ihren Herren.

»Die beiden Weibchen dort drüben …«

Zwei Hunde trabten an der Länge des Zwingers auf und ab.

»… sind Dido, das ist die leichtere, und Zoe, das ist die dunklere.« Es war seltsam, diese Tiere bei solchen Namen genannt zu hören, irgendwie schien es völlig unangemessen. Sicherlich verabscheuten sie die Namen, die ihnen die Frau gegeben hatte, vielleicht verspotteten sie sie hinter ihrem Rücken.

»Kommen Sie hier herüber«, sagte Lillian und rief Marty, als sei er einer aus ihrem Rudel. Und er folgte ihr, wie einer von ihnen. »Saul, das ist ein Freund«, sagte sie zu dem Tier hinter dem Zaun. »Kommen Sie näher«, sagte sie zu Marty, »von dort kann er Sie nicht riechen.«

Der Hund hatte sich auf alle viere niedergelassen; misstrauisch näherte sich Marty dem Drahtzaun.

»Keine Angst. Gehen Sie zu ihm hin, lassen Sie sich ordentlich beschnuppern.«

»Sie mögen keine Angst«, sagte Whitehead. »Ist es nicht so, Lillian?«

»Das ist richtig. Wenn sie das an einem riechen, dann wissen sie, sie haben einen. Dann sind sie gnadenlos. Sie müssen sich ihnen entgegenstellen.«

Marty näherte sich dem Hund. Dieser sah interessiert zu ihm auf, Marty erwiderte den Blick.

»Versuchen Sie nicht, ihn niederzustarren«, riet Lillian. »Das macht einen Hund aggressiv. Lassen Sie ihn nur Ihren Geruch aufnehmen, damit er Sie kennt.«

Durch den Zaun schnupperte Saul an Martys Beinen und im Schritt, sehr zu Martys Unbehagen. Dann entfernte er sich, anscheinend zufrieden.

»Ganz gut«, sagte Lillian. »Das nächste Mal ohne Zaun. Nach einer Weile werden Sie mit ihm auskommen.« Sie freute sich über Martys Unbehagen, dessen war er sicher. Aber er sagte nichts, sondern er folgte ihr in den größten der Schuppen.

»Nun müssen Sie Bella kennen lernen«, sagte sie.

Im Inneren der Zwinger war der Gestank von Desinfektionsmitteln, abgestandenem Urin und Hunden überwältigend. Lillians Eintreten wurde wieder mit Bellen und Pfoten-an-den-Zaun-Legen begrüßt. Der Schuppen hatte einen Mittelgang, rechts und links davon befanden sich Käfige. In zweien hockte jeweils ein einzelnes Tier, beides Hündinnen, eine beachtlich kleiner als die andere. Lillian spulte die Einzelheiten ab, während sie an den Käfigen vorbeigingen – die Namen der Hündinnen, ihre Stellung in dem inzestuösen Stammbaum. Marty hörte sich alles an, was sie sagte, und vergaß es augenblicklich wieder. Sein Verstand war mit anderen Dingen beschäftigt. Es war nicht nur die Nähe der Hunde, die ihn nervte, sondern auch die erstickende Vertrautheit dieses Interieurs. Der Mittelgang, die Zellen mit den Betonböden, die Decken, die nackten Glühbirnen: Das alles erschien ihm so vertraut wie ein Zuhause. Deshalb begann er die Hunde in einem neuen Licht zu sehen; er erkannte eine neue Bedeutung in Hiobs unheilvollem Blick, als dieser von seiner Waschung aufsah, und verstand besser, als Lillian oder Whitehead das jemals konnten, wie diese Gefangenen ihn und seine Rasse sehen mussten.

Marty blieb stehen und sah in einen der Käfige; nicht aus einem besonderen Interesse heraus, sondern einfach nur, um sich auf etwas anderes als die Angst zu konzentrieren, die er in dieser klaustrophobischen Hütte empfand.

»Wie heißt dieser Hund?«, fragte er.

Der Hund im Käfig stand an der Tür; ein beachtliches Männchen, wenn auch nicht so groß wie Saul.

»Das ist Laurousse«, antwortete Lillian.

Der Hund sah freundlicher aus als die anderen, und Marty überwand sein Missbehagen und ließ sich in dem schmalen Korridor auf die Absätze nieder, wobei er zögernd eine Hand in Richtung des Käfigs streckte.

»Er wird Ihnen nichts tun«, sagte sie.

Marty legte die Finger an den Draht. Laurousse beschnupperte sie abschätzend; seine Nase war feucht und kalt.

»Guter Hund«, sagte Marty. »Laurousse.«

Der Hund begann mit dem Schwanz zu wedeln, er war glücklich, von diesem schwitzenden Fremden beim Namen genannt zu werden.

»Guter Hund.«

Hier unten, dichter bei den Decken und dem Stroh, war der Geruch von Exkrementen und Fell noch intensiver. Aber der Hund war entzückt darüber, dass Marty auf seine Ebene herabgekommen war, deshalb versuchte er, ihm durch den Draht hindurch die Finger zu lecken. Marty spürte, wie der Enthusiasmus des Hundes die Angst in ihm auflöste. Er war weit davon entfernt, ihm wehtun zu wollen, sondern zeigte stattdessen unbändige Freude. Erst jetzt bemerkte er, dass Whitehead ihn genauestens studierte. Der alte Mann stand ein paar Schritte links von ihm, sein massiger Leib versperrte fast den gesamten Durchgang zwischen den Käfigen, und betrachtete ihn eingehend. Marty stand verlegen auf, ließ den Hund winselnd und wedelnd unter sich zurück, und folgte Lillian weiter die Reihe der Käfige entlang. Die Hundehüterin sang gerade ein Loblied auf ein weiteres Mitglied ihrer Meute, und Marty konzentrierte sich auf ihre Worte.

»... und dies ist Bella«, verkündete sie. Ihre Stimme war weicher geworden; sie klang verträumt, was vorher keineswegs so gewesen war. Als Marty den Käfig erreichte, in den sie deutete, wusste er, warum.

Bella lag halb, halb saß sie im Maschendrahtschatten im hinteren Teil des Käfigs, wie eine schwarzschnauzige Madonna auf einem Bett aus Decken und Stroh, an jeder ihrer Zitzen saugte ein blindes Hundebaby. Als er sie ansah, verflogen Martys Vorbehalte, was die Hunde anbetraf.

»Sechs Welpen«, verkündete Lillian so stolz, als wären es ihre eigenen Kinder, »alle kräftig und gesund.«

Mehr noch als kräftig und gesund – sie waren schön; dicke Kugeln der Zufriedenheit, welche sich in der Behaglichkeit des Mutterschoßes aneinander kuschelten. Es schien unvorstellbar, dass derart verwundbare Geschöpfe zu stahlgrauen Lords wie Saul oder zu argwöhnischen Rebellen wie Hiob heranwachsen konnten.

Bella, die einen Fremden in der Gruppe der Besucher wahrnahm, stellte die Ohren auf. Ihr Kopf war herrlich proportioniert, Schwarz- und Goldtöne verschmolzen in ihrem Fell mit prächtigem Effekt, im kargen Licht wirkten ihre braunen Augen wachsam und dennoch sanft. Sie war so *vollendet*, so vollkommen sie selbst. Die einzige Empfindung in ihrer Gegenwart – die sich Marty bereitwillig eingestand – war Ehrfurcht.

Lillian sah durch den Zaun und stellte Marty die Mutter der Mütter vor.

»Das ist Mr. Strauss, Bella«, sagte sie. »Du wirst ihm hin und wieder begegnen. Er ist ein Freund.«

Lillians Stimme war frei von der herablassenden Haltung einer Babysprache. Sie sprach zu der Hündin wie zu einer Gleichgestellten, und Marty stellte fest, dass er sich, trotz seiner anfänglichen Unsicherheit gegenüber der Frau, für sie zu erwärmen begann. Liebe war nichts, was man mühelos erlangen konnte, das wusste er aus eigener Erfahrung. In welcher Form sie auch kam, es empfahl sich stets, sie zu respektieren. Lillian liebte diese Hündin – ihre Anmut, ihre Würde. Es war eine Liebe, die er schätzen konnte, auch wenn er sie nicht völlig verstand.

Bella schnupperte in der Luft und schien zufrieden mit dem, was sie von Marty wahrnahm. Lillian wandte sich widerstrebend von dem Käfig ab und Marty zu.

»Im Lauf der Zeit wird sie sich gewiss an Sie gewöhnen. Sie ist eine großartige Verführerin, wissen Sie. Eine großartige Verführerin.«

Hinter ihnen grunzte Whitehead wegen dieses sentimentalen Unsinns. »Sollen wir uns jetzt das Grundstück ansehen?«, schlug er ungeduldig vor. »Ich glaube, wir sind hier fertig.«

»Kommen Sie wieder, wenn Sie sich eingewöhnt haben«, sagte Lillian. Ihr Verhalten war längst nicht mehr so frostig, seit Marty Anerkennung für ihre Aufgabe gezeigt hatte, »dann werde ich sie für Sie ihre Übungen machen lassen.«

»Danke. Das werde ich.«

»Ich wollte, dass Sie die Hunde sehen«, sagte Whitehead, während sie den Zwinger hinter sich ließen und schnellen Schrittes über den Rasen zum Grenzzaun gingen. Aber das war nur einer der Gründe für den Besuch, wie Marty verdammt genau wusste. Whitehead hatte die Vorstellung als deutliche Mahnung an das eingefädelt, was hinter Marty lag. Dorthin würde er zurückkehren, wenn er vor Joseph Whitehead keine Gnade fand. Nun, er hatte die Lektion gelernt. Er würde für den alten Mann durch brennende Reifen springen, statt wieder in den Gewahrsam von Korridoren und Zellen zurückzukehren. Dort gab es nicht einmal eine Bella, keine erhabene und geheime Mutter, die im Herzen von Wandsworth verborgen war. Nur verlorene Männer, wie er selbst einer war.

Der Tag wurde allmählich wärmer; die Sonne ging auf, ein hellgelber Ballon, der über den Schuppen schwenkte; der Reif auf dem Rasen schmolz. Zum ersten Mal bekam Marty einen Eindruck von der Größe des Anwesens. Er konnte Wasser sehen, einen See oder vielleicht einen Fluss, der zwischen Bäumen hindurchschimmerte. An der Westseite des Hauses standen Reihen von Zypressen, die auf Wege hindeuteten, möglicherweise Springbrunnen; an der anderen Seite befand sich ein stufenförmig angelegter Garten, welcher von einer Steinmauer begrenzt wurde. Es würde Wochen dauern, bis er einen Überblick über das gesamte Anwesen hatte.

Sie hatten den doppelten Zaun erreicht, der um das ganze Gut herum verlief. Beide Zäune waren gut drei Meter hoch und von scharfen Stahlspitzen gekrönt, die sich nach unten bogen, einem möglichen Eindringling entgegen, diese wiederum waren mit geschlungenem Stacheldraht versehen. Die gesamte Konstruktion summte fast unhörbar mit elektrischer Ladung. Whitehead betrachtete sie mit eindeutiger Zufriedenheit.

»Eindrucksvoll, was?«

Marty nickte. Auch dieser Anblick weckte Erinnerungen.

»Bietet eine Menge Sicherheit«, sagte Whitehead.

Beim Zaun wandte er sich nach links und begann daran entlangzugehen. Die Unterhaltung – wenn man es so nennen konnte – ging in einer Reihe von einsilbigen Bemerkungen einzig von ihm aus, als sei er zu ungeduldig, sich mit der normalen elliptischen Struktur von Gesprächen aufzuhalten. Er warf einfach Feststellungen oder Bruchstücke von Sätzen hin und erwartete, dass Marty sich, so gut er konnte, einen Reim darauf machte.

»Kein perfektes System: Zäune, Hunde, Kameras. Haben Sie die Monitore in der Küche gesehen?«

»Ja.«

»Dieselben habe ich oben. Die Kameras beobachten alles, Tag und Nacht.« Er deutete mit dem Daumen auf eine der Flutlichtlampen, die daneben montiert waren. An jedem zehnten Pfosten befand sich eine Kamera. Sie drehten sich hin und her wie die Köpfe mechanischer Vögel.

»Luther wird Ihnen zeigen, wie man sie nacheinander abruft. Haben ein kleines Vermögen gekostet, aber ich bin trotzdem nicht sicher, ob sie mehr sind als Kosmetik. Diese Leute sind keine Narren.«

»Sie hatten Einbrüche?«

»Nicht hier, doch im Londoner Haus andauernd. Das war natürlich, als ich noch *sichtbarer* war. Der gnadenlose Magnat, Evangeline und ich in jedem Skandalblatt, die offene Kloake der Fleet Street; ich kann mich ihrer Faszination nie entziehen.«

»Ich dachte, Sie besaßen eine Zeitung?«

»Haben Sie über mich gelesen?«

»Nicht direkt, ich …«

»Glauben Sie den Biografien nicht oder den Klatschspalten, nicht einmal dem *Who is Who*. Sie lügen. Ich lüge …«, führte er das Deklinieren weiter, offenbar von seinem eigenen Zynismus angeregt, »er, sie oder es lügen. Schmierer. Schmutzwühler. Verachtenswert, die ganze Bande.«

Wollte er das mit diesen tödlichen Zäunen von sich fern halten: Schmutzwühler? Eine Festung gegen eine Welle von Skandalen und Unflat? Wenn ja, dann war es ein aufwändiger Weg, dagegen vorzugehen. Marty fragte sich, ob nicht vielleicht monströse Egozentrik der wahre Grund war. War die Hemisphäre so sehr am Privatleben von Joseph Whitehead interessiert?

»Woran denken Sie, Mr. Strauss?«

»An Zäune«, log Marty und bewies damit Whiteheads frühere Ausführungen.

»Nein, Strauss«, verbesserte Whitehead ihn. »Sie denken sich: Worauf habe ich mich nur eingelassen, eingesperrt mit diesem Irren?«

Marty spürte, dass ein Verneinen sich wie ein Schuldbekenntnis anhören würde. Er sagte nichts.

»Ist das nicht die allgemeine Meinung, wenn es um mich geht? Der gescheiterte Plutokrat, der sich in die Einsamkeit flüchtet? Sagen sie das nicht über mich?«

»Etwas in der Art, ja«, antwortete Marty schließlich.

»Und dennoch sind Sie gekommen?«

»Ja.«

»Selbstverständlich sind Sie gekommen. Sie dachten sich, so verschroben ich auch sein mag, nichts kann so schlimm sein als weitere Zeit hinter verriegelten Türen, ist es nicht so? Und Sie wollten *heraus*. Um jeden Preis. Sie waren verzweifelt.«

»Selbstverständlich wollte ich heraus. Das würde doch jeder wollen.«

»Ich bin froh, dass Sie das zugeben, denn dieser Wunsch verleiht mir beachtliche Macht über Sie, meinen Sie nicht auch? Sie werden es nicht wagen, mich zu hintergehen. Sie müssen sich an mich klammern, wie die Hunde sich an Lillian klammern, nicht nur, weil sie ihre nächste Mahlzeit bedeutet, sondern weil sie ihre Welt ist. Sie müssen mich zu *Ihrer Welt* machen, Mr. Strauss; mein Schutz, meine geistige Gesundheit, meine unbedeutendste Bequemlichkeit muss in jedem wachen Augenblick vordringlich in Ihrem Verstand sein. Wenn das der Fall ist, dann verspreche ich Ihnen Freiheiten, von denen Sie sich niemals hätten träumen lassen. Die Art von Freiheiten, die nur das Geschenk sehr reicher Männer sind. Wenn nicht, dann werde ich Sie ins Gefängnis zurückschicken und dafür sorgen, dass Ihr Führungszeugnis für alle Zeiten passé ist. Verstanden?«

»Verstanden.«

Whitehead nickte.

»Dann kommen Sie«, sagte er. »Gehen Sie an meiner Seite.«

Er wandte sich um und ging weiter. An dieser Stelle schwang der Zaun sich um einen Ausläufer des Wäldchens herum, und anstatt ins Unterholz zu stapfen, schlug Whitehead vor, sie sollten ihren Rundgang abkürzen, indem sie direkt auf den See zugingen. »Für mich sieht ein Baum wie der andere aus«, bemerkte er. »Sie können später hierher kommen und sich umsehen, so lange Sie wollen.« Sie gingen jedoch lange genug am Waldrand entlang, dass Marty einen Eindruck bekam, wie dicht der Wald war. Die Bäume waren nicht systematisch gepflanzt worden, es handelte sich hier um kein von der Forestry Commission verwaltetes Gebiet. Sie standen dicht beisammen, die Äste ineinander verschlungen, eine Mischung von Pinien und einer Vielfalt anderer Bäume, die alle miteinander um den vorhandenen Raum kämpften. Nur ab und zu, wenn eine Eiche oder eine Linde in dieser frühen Jahreszeit noch blätterlos dastand, segnete Licht von oben das Unterholz. Er beschloss, nochmals hierher zurückzukehren, bevor der Frühling den Anblick lieblicher machen würde.

Whitehead zwang Martys Gedanken wieder zur Aufmerksamkeit. »Von jetzt an erwarte ich, dass Sie die meiste Zeit so nahe sind, dass ich Sie jederzeit rufen kann. Ich möchte Sie nicht den ganzen Tag lang bei mir haben – aber ich möchte wissen, dass Sie da sind. Ab und zu, und nur mit meiner ausdrücklichen Erlaubnis, wird Ihnen gestattet, allein zu gehen. Können Sie fahren?«

»Ja.«

»Nun, an Autos besteht hier kein Mangel, also werden wir schon etwas für Sie finden. Dies entspricht nicht immer den Richtlinien des Begnadigungsausschusses. Ihre Empfehlung war, dass Sie hier sechs weitere Monate in einer Art Probehaft untergebracht werden sollten. Aber, offen gesagt, ich sehe keinen Grund, weshalb man verhindern sollte, dass Sie Ihre Lieben besuchen – zumindest dann, wenn andere Leute hier sind, die sich um mein Wohlbefinden kümmern.«

»Danke. Ich weiß das zu schätzen.«

»Ich fürchte jedoch, augenblicklich kann ich Ihnen keine Freizeit gewähren. Ihre Anwesenheit hier *ist* erforderlich.«

»Probleme?«

»Mein Leben ist ständig bedroht, Strauss. Ich – oder besser gesagt, mein Büro – bekommt jeden Tag hasserfüllte Briefe. Die Schwierigkeit besteht darin, den Irren, der aus Spaß Dreck an öffentliche Persönlichkeiten schreibt, vom tatsächlichen Attentäter zu unterscheiden.«

»Warum sollte Sie jemand ermorden wollen?«

»Ich bin einer der reichsten Männer außerhalb Amerikas. Ich besitze Firmen, die zehntausende Menschen beschäftigen; mir gehören so große Landflächen, dass ich sie zu Fuß in der mir noch verbleibenden Zeit nicht durchqueren könnte, selbst wenn ich jetzt damit anfangen würde; mir gehören Schiffe, Kunstgegenstände, Pferde. Es ist leicht, eine Ikone aus mir zu machen, zu denken, dass für alle Menschen, die guten Willens sind, der Friede auf Erden anbrechen wird, sobald meine Person erst einmal ausgeschaltet ist.«

»Ich verstehe.«

»Angenehme Träume«, sagte er verbittert.

Die Geschwindigkeit ihres Vorankommens hatte sich verlangsamt. Der große Mann schien jetzt atemloser als vor einer halben Stunde zu sein. Wenn man ihm zuhörte, war es einfach, sein Alter zu vergessen. Seine Meinung hatte den absoluten Anspruch der Jugend. Kein Platz für die Kompromissbereitschaft späterer Jahre, für Nachgiebigkeit oder Zweifel.

»Es wird Zeit, dass wir zurückgehen«, sagte er.

Der Monolog war endlich verstummt und Marty verspürte keinen Wunsch zu weiteren Unterhaltungen. Und auch keine Energie. Whiteheads Stil – mit seinen unvermittelten Abschweifungen und Themenwechseln – hatte ihn erschöpft. Er musste sich mit der Pose des aufmerksamen Zuhörers vertraut machen, er musste sich einen Gesichtsausdruck zurechtlegen, den er präsentierte, wenn diese Ausführungen begannen, und den musste er beibehalten, musste lernen, an den angemessenen Stellen wissend zu nicken und Plattitüden zu murmeln, wenn der Redefluss des anderen zum Erliegen kam. Es würde seine Zeit dauern, aber er würde schon eine Methode finden, mit Whitehead zurechtzukommen.

»Dies ist meine Festung, Mr. Strauss«, verkündete der alte Mann, während sie sich dem Haus näherten. Es sah nicht besonders befestigt aus. Die Backsteinfassade war zu anheimelnd, um abweisend zu wirken. »Ihre einzige Aufgabe besteht darin, mich zu beschützen.«

»Wie meine eigene Person.«

»Wie Ihre, Mr. Strauss.«

Hinter dem Haus hatte einer der Hunde zu bellen angefangen; das Solo wurde rasch zum Chor.

»Fütterungszeit«, erklärte Whitehead.

15

Marty musste mehrere Wochen auf dem Anwesen leben, bis er den Rhythmus von Whiteheads Haushalt völlig begriff; er ähnelte einer Art gnädiger Diktatur, denn jeder Tag war durch und durch von Mr. Whiteheads Plänen und Launen bestimmt. Wie der alte Mann ihm bereits am ersten Tag gesagt hatte: Für ihn war das Haus ein Schrein. Seine Anbeter kamen täglich herbeigeströmt, um den Saum seiner Meinung zu küssen. Einige der Gesichter erkannte er: Industriekapitäne; zwei oder drei Minister der Regierung (von denen einer erst kürzlich sein Amt in Unehren verlassen hatte; kam er hierher, überlegte Marty, um Vergebung oder Vergeltung zu erbitten?); Gelehrte, Wächter der öffentlichen Moral – viele kannte Marty vom Sehen, wusste ihre Namen aber nicht, mit vielen konnte er überhaupt nichts anfangen. Er wurde keinem vorgestellt.

Ein- oder zweimal pro Woche kam es vor, dass er gebeten wurde, im Zimmer zu bleiben, während eine Unterredung stattfand, aber meistens musste er sich nur in Rufweite aufhalten. Wo auch immer er sich befand – für die meisten Gäste war er unsichtbar. Sie beachteten ihn nicht oder behandelten ihn so, als gehörte er zum Mobiliar. Anfangs ärgerte ihn das; es schien, als hätte jeder im Haus einen Namen, außer ihm. Mit der Zeit jedoch freute er sich über seine Anonymität, denn es wurde nicht von ihm verlangt, seine Meinung zu allem abzugeben, daher konnte er seinen Gedanken freien Lauf lassen und musste nicht befürchten, jeden Augenblick in die Unterhaltung einbezogen zu werden. Es war gut, dachte er, mit den Sorgen dieser allmächtigen Leute nichts zu tun zu haben; deren Leben wirkte, so dachte er, erschwindelt und künstlich. In so vielen Gesichtern sah er jenen Ausdruck, den er von seinen Jahren in Wandsworth kannte: das ständige Aufreiben wegen unbedeutender Kleinigkeiten, wegen ihres Platzes in der Hierarchie. In diesen Kreisen mochten die Regeln zivilisierter sein als in Wandsworth, aber die Kämpfe, begriff er, waren im Grunde genommen dieselben. Alles Machtkämpfe der einen oder anderen Art. Er war froh, dass er damit nichts zu tun hatte.

Außerdem hatte sein Verstand wichtigere Themen, über die er nachdenken musste. Zunächst einmal war da Charmaine. Er hatte angefangen, wahrscheinlich mehr aus Neugier denn aus Leidenschaft, oft an sie zu denken. Er fragte sich, wie ihr Körper nach acht Jahren aussah. Rasierte sie immer noch den dünnen Haarstreifen, der von ihrem Schamhaar bis zum Nabel verlief? Roch ihr frischer Schweiß immer noch so durchdringend? Er fragte sich auch, ob sie den Sex immer noch so liebte wie einst. Sie hatte mehr freizügigen Appetit nach dem körperlichen Akt gezeigt als jede andere Frau, die er gekannt hatte; das war einer der Gründe gewesen, weswegen er sie geheiratet hatte. War das immer noch so? Und wenn, mit wem stillte sie ihren Hunger? Diese und ein Dutzend andere Fragen, die sie betrafen, überdachte er immer wieder im Geiste, und er versprach sich, dass er bei der ersten sich bietenden Gelegenheit zu ihr gehen und sie besuchen würde.

Im Laufe der Wochen verbesserte sich seine körperliche Verfassung. Die strikte Abfolge von Übungen, die er am ersten Abend für sich festgelegt hatte, begann als Folter, aber nach ein paar Tagen gequälter und schmerzender Muskeln fingen die Anstrengungen an, Früchte zu tragen. Er stand jeden Morgen um fünf Uhr dreißig auf und unternahm einen einstündigen Lauf um das Anwesen herum. Nachdem er eine Woche dieselbe Route gelaufen war, änderte er den Kurs, was ihm ermöglichte, neben dem Training auch gleich das Gut kennen zu lernen. Es gab viel zu sehen. Der Frühling hatte noch nicht richtig begonnen, aber erste Anzeichen waren zu sehen. Krokusse begannen sich zu zeigen, auch die ersten Triebe der Narzissen. An den Bäumen platzten hier und da dicke Knospen auf, die ersten Blätter entrollten sich. Er brauchte fast eine Woche, um das ganze Anwesen zu erforschen und um herauszufinden, wie alles zusammenhing; jetzt hatte er einen mehr oder weniger guten Überblick über die einzelnen Teile. Er kannte den See, das Schwanenhaus, den Swimming-Pool, die Tennisplätze, die Zwinger, das Wäldchen und den Garten. Eines Morgens, als der Himmel außergewöhnlich klar war, hatte er das gesamte Gelände umrundet, immer am Zaun entlang, auch dort, wo dieser an das Wäldchen grenzte. Nun bildete er sich ein, das Anwesen ebenso gründlich zu kennen wie jeder andere auch, einschließlich des Besitzers.

Es war ein Vergnügen; nicht nur das Entdecken und die Freiheit, meilenweit laufen zu können, ohne jemanden, der einem die ganze Zeit über die Schulter sah, sondern auch das Wiedererleben verschiedener Naturschauspiele. Er stand gern früh auf, um den Sonnenaufgang zu sehen, und es war beinahe, als würde er laufen, nur um ihn zu erleben, als wäre die Dämmerung nur für ihn da, ein Versprechen von Licht und Wärme und kommendem Leben. Den Fettring um die Taille verlor er bald, seine natürlichen Proportionen kamen wieder zum Vorschein: der waschbrettflache Bauch, auf den er als junger Mann so stolz gewesen war und den er für immer verloren wähnte. Muskeln, die er fast vergessen hatte, bildeten sich wieder aus. Anfangs machten sie ihr Vorhandensein lediglich durch Schmerzen bewusst, dann aber erwachten sie zu einem gesunden, durchtrainierten Leben. Er schwitzte Jahre der Frustration aus und duschte sie fort und das erleichterte ihn. Er war sich seines Körpers wieder als eines Systems bewusst, dessen Teile zusammengehörten, dessen Gesundheit von Ausgeglichenheit und respektvoller Behandlung abhing.

Falls Whitehead die Veränderungen seines Verhaltens oder seines Körpers überhaupt zur Kenntnis nahm, gab er zumindest keinen Kommentar dazu ab. Aber Toy, der einmal zu einem seiner Besuche von London herkam, bemerkte die Veränderung sofort. Marty stellte an Toy gleichfalls eine Veränderung fest, allerdings zum Schlechteren. Er wagte nicht, ihm zu sagen, wie erschöpft er aussah; Marty war der Meinung, ihre Beziehung lasse eine solche Vertraulichkeit nicht zu. Er hoffte nur, dass Toy nicht an etwas Ernstem litt. Sein eingefallenes, einst breites Gesicht deutete darauf hin, dass etwas an den Eingeweiden des Mannes fraß; die Leichtigkeit seines Schritts, die Marty auf seine Jahre im Ring zurückgeführt hatte, war ebenfalls verschwunden.

Außer Toys Verfall gab es noch andere Geheimnisse hier. Zum einen war da eine Sammlung: die Werke großer Meister, die die Korridore des Allerheiligsten säumten. Niemand beachtete sie. Seit Monaten, vielleicht seit Jahren, waren ihre Oberflächen nicht mehr abgestaubt worden, zusätzlich zu dem leicht vergilbten Lack wurden sie durch eine Staubschicht verunstaltet. Marty hatte nie besonders viel für Kunst übrig gehabt, aber wenn er sich Zeit nahm, diese Bilder zu betrachten, fand er Gefallen an ihnen. Zugegeben, viele davon – besonders die Porträts und religiösen Werke – sagten ihm nicht besonders zu, denn sie zeigten keine Menschen oder Ereignisse, die er kannte. Aber in einem schmalen Flur im Erdgeschoss, der zu dem Anbau führte, welcher Evangelines Gemächer beherbergt hatte und wo sich heute Sauna und Solarium befanden, entdeckte er zwei Gemälde, die seine Fantasie anregten. Es waren beides Landschaften desselben anonymen Künstlers, und ihrem Standort nach zu urteilen, waren es keine großen Kunstwerke. Aber die seltsame Mischung realer Szenerie – Bäume und kurvenreiche Straßen unter blauen und gelben Himmeln –, verbunden mit völlig der Fantasie entsprungenen Einzelheiten – ein Drache mit fleckigen Flügeln, der über der Straße einen Mann verschlang; ein Schwarm Frauen, die über einem Wäldchen schwebten, eine ferne, brennende Stadt –, diese Verbindung von Wirklichem und Unwirklichem war so superb gemalt, dass Marty immer wieder zu diesen beiden Bildern ging, und jedes Mal, wenn er sie betrachtete, fand er neue fantastische Kleinigkeiten in einem Dickicht oder einem Hitzeflimmern.

Die Bilder waren nicht das Einzige, das seine Neugier weckte. Das Obergeschoss des Hauptgebäudes, wo Whitehead eine Suite hatte, war ihm völlig versperrt, und er war mehr als einmal versucht hinaufzuschlüpfen, wenn er wusste, der alte Mann war anderweitig beschäftigt, um sich in dem verbotenen Gelände umzusehen. Er vermutete, dass Whitehead das Obergeschoss als Aussichtspunkt benutzte, von wo er das Kommen und Gehen seiner Leute überwachte. Damit ließe sich auch das andere Geheimnis wenigstens teilweise erklären: das Gefühl, beobachtet zu werden, das er hatte, wenn er seine Runden lief. Aber er widerstand dem Wunsch, herumzuschnüffeln. Das war wahrscheinlich mehr, als sein Job wert war.

Wenn er nicht arbeitete, verbrachte er viel Zeit in der Bibliothek. Da er neugierig war, was sich in der Welt tat, las er dort die neuesten Ausgaben von *Time*, der *Washington Post*, der *Times* sowie verschiedene andere Zeitungen – *Le Monde*, *Frankfurter Allgemeine Zeitung*, *New York Times*, die Luther brachte. Er durchblätterte sie auf der Suche nach Neuigkeiten, manchmal nahm er sie mit nach unten in die Sauna, um sie dort zu lesen. Und wenn er die Zeitungen satt hatte, konnte er unter tausenden von Büchern wählen, zu seinem Entzücken nicht alle einschüchternde Folianten. *Davon* gab es selbstverständlich auch jede Menge, die gesammelten Klassiker der Weltliteratur, aber daneben fand er in den Regalen auch abgegriffene, zerlesene Taschenbuchausgaben von Science-Fiction-Romanen mit grellen, reißerischen Umschlagbildern. Marty begann sie zu lesen, wobei er zuerst nach denen mit den vielversprechendsten Umschlagbildern griff. Und dann war da noch das Video. Toy hatte ihn mit einem Dutzend Kassetten voller Sternstunden des Boxens versorgt, die Marty systematisch betrachtete, wobei er berühmte Siege noch einmal miterlebte. Er konnte den ganzen Abend dasitzen und sich die Kämpfe ansehen und Ehrfurcht angesichts der Ökonomie und Anmut der großen Kämpfer empfinden. Der stets aufmerksame Toy hatte auch ein paar Pornokassetten mitgeliefert, die er Marty mit einem verschwörerischen Lächeln und dem Rat übergab, sie nicht alle auf einmal anzusehen. Es handelte sich um Kassetten ohne zusammenhängende Geschichten, anonyme Paare oder Dreiergruppen, die in den ersten dreißig Sekunden ihre Kleidung ablegten und binnen einer Minute zur Sache kamen. Nichts Anspruchsvolles, aber sie erfüllten ihren Zweck, denn, wie Toy wohl erraten hatte, Training, frische Luft und gutes Essen wirkten wahre Wunder an Martys Libido, wie Toy wohl erkannt hatte. Aber die Zeit würde kommen, wo Selbstbefriedigung vor einem Videoschirm nicht mehr ausreichend sein würde. Marty träumte in zunehmendem Maße von Charmaine: eindeutige Träume, die alle im Schlafzimmer von Nummer sechsundzwanzig spielten. Die Frustration machte ihm Mut, und als Toy das nächste Mal kam, bat er, ob er sie nicht besuchen dürfe. Toy hatte versprochen, den Boss danach zu fragen, aber bisher war noch nichts dabei herausgekommen; vorerst musste er sich mit Bändern und dem einstudierten Stöhnen und Grunzen zufrieden geben.

Systematisch begann er den Gesichtern, die regelmäßig im Haus erschienen, Namen zuzuordnen, Whiteheads vertrautesten Ratgebern. Selbstverständlich war Toy regelmäßig dabei. Und dann gab es noch einen Anwalt namens Ottaway, ein schlanker, gut gekleideter Mann um die vierzig, gegen den Marty eine Abneigung fasste, als er ihn zum ersten Mal reden hörte. Ottaway sprach mit dem Gebaren eines Rechtsverdrehers, das Marty aus erster Hand kannte: stets verhohlen und zweideutig. Es rief unangenehme Erinnerungen in ihm wach.

Dann war da noch ein Mann namens Curtsinger, ein nüchtern gekleidetes Individuum mit einem abscheulichen Geschmack, was Krawatten anbelangte, und einem noch schlimmeren, wenn es um Parfüms ging. Er erschien häufig in Ottaways Begleitung, schien aber weitaus umgänglicher zu sein. Er gehörte zu den wenigen, die tatsächlich von Martys Anwesenheit im Raum Notiz nahmen – für gewöhnlich mit einem knappen, eckigen Nicken. Einmal, als ein Geschäft gefeiert wurde, das gerade getätigt worden war, hatte Curtsinger eine große Zigarre in die Tasche von Martys Jackett gesteckt; danach hätte Marty ihm alles verziehen.

Das dritte Gesicht, das regelmäßig an Whiteheads Seite auftauchte, war das rätselhafteste von den dreien: ein dunkelbrauner Troll von einem Mann namens Dwoskin. Wenn Toy Brutus war, so war er Cassius. Seine makellosen, hellgrauen Anzüge, die sorgfältig zusammengelegten Taschentücher, die Präzision all seiner Bewegungen – alles deutete auf einen Zwangscharakter hin, dessen Rituale der Sauberkeit dazu dienen sollten, einen Gegenpol zu seiner exzessiven physischen Erscheinung zu bilden. Aber an dem Mann war noch mehr: ein unterschwelliges Verströmen von Gefahr, das Marty nach seinen Jahren in Wandsworth sehr ernst nahm. Eigentlich war es bei den anderen auch so. Unter Ottaways kaltem Äußeren, unter Curtsingers Zuckerguss befanden sich Männer, mit denen – wie Somervale das immer ausgedrückt hatte – nicht gut Kirschen essen war.

Anfangs tat Marty diese Empfindungen als Voreingenommenheit der Unterschicht ab; ein Niemand misstraut den Reichen und Einflussreichen prinzipiell. Aber je mehr Treffen er miterlebte, je mehr erhitzte Debatten er sich anhörte, desto überzeugter wurde er, dass ihr Verhalten einen kaum verhohlenen Beigeschmack von Täuschung, selbst von Kriminalität hatte. Vieles von dem, was sie sagten, verstand er kaum – die Feinheiten des Aktienmarkts waren ein Buch mit sieben Siegeln für ihn –, aber das zivilisierte Vokabular konnte die essenzielle Strömung nicht völlig übertünchen. Sie interessierten sich für die Mechanismen der Täuschung, wie man das Gesetz und den Markt gleichermaßen manipulieren konnte. Ihre Gespräche strotzten von Bemerkungen über Steuerschwindel, wie man über Tochtergesellschaften verkaufen konnte, um die Preise künstlich zu verteuern, wie man Plazebos als Wunderheilmittel verpackte. Ihre Haltung drückte keinerlei Entschuldigung aus; im Gegenteil, das Gerede von illegalen Manövern, von ge- und verkauften politischen Verbündeten, wurde positiv gewertet. Und Whitehead war der König unter diesen Manipulatoren. In seiner Gegenwart waren sie unterwürfig; ohne ihn waren sie ruchlos, wenn sie um die Position kämpften, die ihm am nächsten war. Er konnte sie mit einer halb erhobenen Hand zum Schweigen bringen, und das tat er ausgiebigst. Jedes seiner Worte wurde andächtig aufgenommen, als käme es von den Lippen eines Messias. Diese Charade amüsierte Marty gewaltig. Aber wenn er die Faustregel anwendete, die er in Wandsworth erfahren hatte, musste er annehmen, dass Whitehead – um solche Bewunderung zu verdienen – noch viel schrecklicher gesündigt haben musste als seine Anhänger. Was das Täuschen anbelangte, so zweifelte er nicht an Whiteheads Fähigkeiten. Er hatte seine Überzeugungskraft bereits selbst erlebt.

Aber im Lauf der Zeit brannte die andere Frage noch leuchtender in ihm: War er auch ein Dieb? Und wenn nicht, was *war* sein Verbrechen?

16

Anmut, lernte sie begreifen, während sie den Läufer aus ihrem Fenster beobachtete, ist alles; das war zwar nicht alles, aber doch das Beste von dem, was sie so entzückte, wenn sie ihn beobachtete. Sie kannte seinen Namen nicht, aber sie hätte sich danach erkundigen können. Es war ihr lieber, ihn anonym zu haben, einen in einen grauen Sportanzug gekleideten Engel, dessen Atem beim Laufen ein Nebelwölkchen an seinen Lippen war. Sie hatte Pearl von einem neuen Leibwächter reden hören und vermutete, dass er das war. Spielte es wirklich eine Rolle, wie sein Name lautete? Solche Einzelheiten konnten sich nur schädlich auf ihre Mythengestaltung auswirken.

Es war eine schlimme Zeit für sie, aus vielerlei Gründen, und an diesen niedergeschlagenen Vormittagen, wenn sie nach schlaflosen Nächten am Fenster saß, war der Anblick des Engels, der über den Rasen lief oder zwischen den Zypressen auftauchte, ein Anblick, an den sie sich klammerte, ein Omen bevorstehender besserer Zeiten. Sein regelmäßiges Erscheinen war etwas, worauf sie sich verlassen konnte, und wenn sie gut schlief und ihn am Morgen verpasste, verspürte sie den ganzen Tag hindurch ein Gefühl des Verlusts und nahm sich besonders fest vor, ihr Rendezvous mit ihm am nächsten Morgen unbedingt einzuhalten.

Aber sie konnte es nicht über sich bringen, ihre Sonnenschein-Insel zu verlassen, so viele gefährliche Klippen zu überwinden, um dorthin zu gelangen, wo er war. Selbst ihm ihre Anwesenheit im Haus zu signalisieren wäre ein zu großes Risiko gewesen. Sie fragte sich, ob er das Zeug zu einem guten Detektiv hatte. Wenn ja, dann hatte er ihre Anwesenheit im Haus vielleicht bereits durch eine schlaue Kalkulation herausgefunden – vielleicht hatte er ihre Zigarettenstummel im Spülbecken der Küche gesehen oder ihren Geruch in einem Zimmer wahrgenommen, das sie Sekunden vor ihm verlassen hatte. Vielleicht brauchten Engel, weil sie göttlich waren, aber auch keine solchen Hinweise. Vielleicht *wusste* er einfach, ohne Hinweise, dass sie da war, dass sie hinter dem Himmel am Fenster stand oder sich an eine versperrte Tür presste, wenn er pfeifend den Flur entlangging.

Es wäre sinnlos, ihn anzusprechen, selbst wenn sie den Mut aufbringen würde. Was hätte sie ihm zu sagen? Nichts. Und wenn er einmal, unweigerlich, seufzend seinen Ärger über sie kundtäte und ihr den Rücken kehrte, dann wäre sie in einem Niemandsland verloren, isoliert von dem einzigen Ort, wo sie sich sicher fühlte, der Sonnenschein-Insel, die aus einer reinen, weißen Wolke zu ihr kam, dem Ort der für sie blutenden Mohnblüten.

»Du hast nichts gegessen«, keifte Pearl. Eine vertraute Beschwerde. »Du wirst uns noch dahinsiechen.«

»Bitte lass mich, ja?«

»Du weißt, ich werde es ihm sagen müssen.«

»Nein, Pearl.« Carys warf Pearl einen flehenden Blick zu. »Sag ihm nichts. Bitte. Du weißt, wie er sein kann. Ich werde dich hassen, wenn du etwas sagst.«

Pearl stand mit dem Tablett unter der Tür, ihr Gesicht drückte Missbilligung aus. Sie hatte nicht die Absicht, sich dieser Bitte oder dieser Erpressung zu fügen. »Versuchst du wieder zu verhungern?«, fragte sie ohne Mitleid.

»Nein. Ich habe nur keinen großen Hunger, das ist alles.«

Pearl zuckte mit den Achseln. »Ich verstehe dich nicht«, sagte sie. »Die meiste Zeit siehst du wie eine Selbstmörderin aus. Heute ...«

Carys lächelte strahlend.

»Es ist dein Leben«, sagte die Frau.

»Bevor du gehst, Pearl ...«

»Was?«

»Erzähl mir von dem Läufer.«

Pearl sah nachdenklich drein. Es sah dem Mädchen nicht ähnlich, Interesse an hausinternen Dingen zu zeigen. Sie blieb hier oben, hinter verschlossenen Türen, und träumte. Aber heute war sie hartnäckig.

»Derjenige, der jeden Morgen läuft. Im Sportanzug. Wer ist er?«

Was konnte es schaden, es ihr zu sagen? Neugier war ein Anzeichen von Gesundheit, und von beidem hatte sie zu wenig.

»Sein Name ist Marty.«

Marty. Carys erprobte den Namen in ihrem Kopf und er passte ausgezeichnet zu ihm. Der Name des Engels lautete Marty.

»Marty was?«

»Ich kann mich nicht erinnern.«

Carys stand auf. Das Lächeln war verschwunden. Sie hatte diesen verbissenen Ausdruck, den sie stets bekam, wenn sie etwas sehr stark wollte; ihre Mundwinkel waren nach unten gezogen. Ein Ausdruck, den sie mit Mr. Whitehead gemeinsam hatte und der Pearl einschüchterte. Carys wusste das.

»Du kennst mein Gedächtnis«, sagte Pearl entschuldigend. »Ich erinnere mich nicht an seinen Nachnamen.«

»Und wer ist er?«

»Der Leibwächter deines Vaters; er hat Nicks Stelle übernommen«, antwortete Pearl. »Anscheinend ist er ein ehemaliger Strafgefangener. Raub mit Gewaltanwendung.«

»Tatsächlich?«

»Und ohne gesellschaftliche Umgangsformen.«

»Marty.«

»Strauss«, sagte Pearl plötzlich triumphierend. »Martin Strauss; so heißt er.«

Da: Er hatte einen Namen, dachte Carys. Jemandem einen Namen zu geben hatte eine primitive Macht. Man konnte eine Person damit handhaben. Martin Strauss.

»Danke«, sagte sie, aufrichtig zufrieden.

»Warum wolltest du das wissen?«

»Ich habe mich nur gefragt, wer er ist. Die Leute kommen und gehen.«

»Nun, ich glaube, der bleibt«, sagte Pearl und verließ das Zimmer. Als sie die Tür schloss, sagte Carys: »Hat er noch einen zweiten Vornamen?«

Aber Pearl hörte sie nicht mehr.

Es war seltsam, zu denken, dass der Läufer ein Gefangener gewesen war, in gewisser Weise immer noch einer war, der immerzu um das Grundstück herumlief, reine Luft einatmete, Wolken ausatmete und beim Laufen die Stirn runzelte. Vielleicht verstand er, besser als der alte Mann oder Toy oder Pearl, was es hieß, auf der Sonnenschein-Insel zu sein und nicht zu wissen, wie man von dort fortkonnte. Oder, schlimmer, es zu wissen, es aber niemals zu wagen, aus Angst, niemals in die Sicherheit zurückkehren zu können.

Nun kannte sie seinen Namen und seine Verbrechen, aber die Romantik seiner morgendlichen Läufe wurde dadurch nicht beeinträchtigt. Sein Anblick war immer noch überwältigend, aber nun sah sie das Gewicht seines Körpers, wo sie vorher nur die Leichtigkeit seines Schrittes gesehen hatte.

Nach einer Ewigkeit der Unentschlossenheit kam sie zu dem Ergebnis, dass es nicht genügte, ihn anzusehen.

Je durchtrainierter er wurde, desto höhere Anforderungen stellte Marty bei seinen morgendlichen Läufen an sich. Der Kreis, den er lief, wurde größer, aber inzwischen legte er die größere Strecke in derselben Zeit zurück wie früher die kurze. Manchmal lief er in den Wald, um sein Training zu würzen und ohne auf Unterholz und Zweige zu achten; aus seinem regelmäßigen Lauf wurde eine willkürliche Abfolge von Sprüngen und Sprints. Auf der anderen Seite des Waldes befand sich der Weiher, und wenn er in Stimmung war, verweilte er ein paar Augenblicke dort. Da gab es Reiher, bisher hatte er drei gesehen. Bald kam die Nistzeit, und dann würden sie sich sicher paaren. Er fragte sich, was dann aus dem dritten Vogel wurde? Würde er davonfliegen? Die vor ihm liegenden Wochen würden es ihm verraten.

Eines Tages faszinierte ihn die Weise, wie Whitehead ihn aus dem Obergeschoss des Hauses beobachtete, und er verlangsamte seinen Schritt, als er vorbeikam, und hoffte, sein Gesicht sehen zu können. Aber der Beobachter war zu vorsichtig, um sich erwischen zu lassen.

Dann, eines Morgens, wartete sie beim Schwanenhaus auf ihn, als er sich auf dem Rückweg zum Haus befand, und er wusste auf der Stelle, dass er sich geirrt hatte, dass es nicht der alte Mann war, der ihm nachspioniert hatte. Das war der vorsichtige Beobachter am oberen Fenster. Es war noch nicht Viertel vor sieben am Morgen und die Luft war kühl. Wie er an der Rötung ihrer Wangen und der Nase abschätzen konnte, musste sie schon eine Weile auf ihn gewartet haben. Ihre Augen waren glänzend durch die Kälte.

Er blieb stehen und stieß wie eine Zugmaschine Dampf aus.

»Hallo, Marty«, sagte sie.

»Hallo.«

»Sie kennen mich nicht?«

»Nein.«

Sie zog ihren Dufflecoat enger um sich. Sie war mager und schien bestenfalls zwanzig zu sein. Ihre Augen, so dunkelbraun, dass sie auf drei Schritte Entfernung fast schwarz wirkten, waren wie Krallen in ihm verankert. Das gerötete Gesicht war offen und ohne Make-up. Sie sah, dachte er, hungrig aus. Er sah, dachte sie, gierig aus.

»Sie sind diejenige von oben«, mutmaßte er.

»Ja. Es hat Ihnen doch nichts ausgemacht, dass ich Ihnen nachspioniert habe, oder?«, fragte sie arglos.

»Warum sollte es?«

Sie streckte eine schlanke Hand ohne Handschuh zum Schwanenhaus hin. »Wunderschön, nicht?«, sagte sie.

Bisher war das Bauwerk für Marty nicht einmal interessant gewesen, nichts weiter als ein Markstein, nach dem er seinen Lauf ausrichten konnte.

»Eines der größten Schwanenhäuser in England«, sagte sie. »Wussten Sie das?«

»Nein.«

»Waren Sie jemals drinnen?«

Er schüttelte den Kopf.

»Ein bizarrer Ort«, sagte sie und führte ihn um das fassförmige Gebäude herum zur Tür. Sie hatte einige Mühe, sie aufzustoßen, denn das feuchte Wetter hatte das Holz anschwellen lassen. Marty musste sich bücken, um ihr zu folgen. Drinnen war es noch kälter als draußen, und er erzitterte, denn der Schweiß auf Stirn und Brust kühlte ab, da er nun nicht mehr lief. Aber es war, wie sie versprochen hatte, bizarr: ein einziger runder Raum mit einem Loch in der Decke, durch das die Tiere herein- und hinauskonnten. Die Wände waren mit quadratischen Löchern gesäumt, wahrscheinlich Nistplätzen, die in perfekten Reihen – wie Fenster von Mietskasernen – vom Boden bis zur Decke verliefen. Alle waren leer. Dem Fehlen von Exkrementen und Federn auf dem Boden nach zu urteilen, war das Gebäude seit Jahren nicht mehr benutzt worden. Die Verlassenheit verlieh ihm eine melancholische Atmosphäre; die einzigartige Architektur machte es nutzlos, abgesehen von dem Zweck, für den es ursprünglich erbaut worden war. Das Mädchen war über den Boden aus festgestampfter Erde gegangen und zählte die Runde der Nistnischen von der Tür an. »Siebzehn, achtzehn …«

Er betrachtete ihren Rücken. Im Nacken war ihr Haar unregelmäßig geschnitten. Der Mantel, den sie trug, war ihr zu groß. Er vermutete, dass es nicht einmal ihr eigener war. Wer war sie? Pearls Tochter?

Sie hatte aufgehört zu zählen. Nun griff sie mit der Hand in eine der Öffnungen und gab einen leisen Laut der Entdeckung von sich, als ihre Finger etwas berührten. Es war ein Versteck, erkannte er. Sie war im Begriff, ihm ein Geheimnis anzuvertrauen. Sie drehte sich um und zeigte ihm ihren Schatz.

»Ich hatte es vergessen, bis ich wieder hereinkam«, sagte sie, »was ich hier versteckt habe.«

Es war ein Fossil, besser gesagt, das Bruchstück von einem, ein spiralförmiges Schalentier, welches auf dem Grund eines urzeitlichen Meeres gelegen hatte, bevor die Welt grün geworden war. In den Vertiefungen, die sie streichelte, hatte sich Staub angesammelt. Marty durchfuhr der Gedanke, während er zusah, wie intensiv sie sich mit diesem Stück Gestein abgab, dass dieses Mädchen möglicherweise ihre fünf Sinne nicht beisammenhatte. Aber der Gedanke verschwand, als sie ihn ansah; ihre Augen waren zu klar und willensstark. Wenn sie Irrsinn in sich hatte, dann wissentlich, einen Strang Verrücktheit, den sie gerne beibehielt. Sie grinste ihn an, als wisse sie, was er dachte: Verschlagenheit und Charme standen ihr zu gleichen Teilen im Gesicht geschrieben.

»Gibt es keine Schwäne hier?«, fragte er.

»Nein, nicht, seit ich hier bin.«

»Nicht einmal ein paar?«

»Wenn es nur ein paar sind, dann sterben sie im Winter. In einem vollen Schwanenhaus halten sie sich gegenseitig warm. Aber wenn es nur eine Hand voll sind, dann erzeugen sie nicht genügend Wärme. Sie erfrieren.«

Er nickte. Es war irgendwie schade, dass das Gebäude leer stand. »Man sollte es wieder füllen.«

»Ich weiß nicht«, sagte sie. »Mir gefällt es so.«

Sie schob das Fossil wieder in das Versteck.

»Jetzt kennen Sie meinen geheimen Ort«, sagte sie, und die Verschlagenheit war verschwunden; sie war nur noch Charme. Er war bezaubert.

»Ich kenne Ihren Namen gar nicht.«

»Carys«, sagte sie. Nach einem Augenblick fügte sie hinzu: »Das ist walisisch.«

»Oh.«

Er konnte nicht anders, er musste sie anstarren. Plötzlich schien sie verlegen zu werden, sie eilte rasch zur Tür und ging geduckt hinaus an die frische Luft. Es hatte zu regnen angefangen, ein leichter März-Nieselregen. Sie zog die Kapuze ihres Dufflecoats über, er die seines Sportanzugs.

»Vielleicht zeigen Sie mir den Rest des Geländes?«, sagte er und war nicht sicher, ob das die angemessene Frage war, aber er wollte nicht, dass die Unterhaltung hier ohne die Möglichkeit eines weiteren Zusammentreffens endete. Sie gab einen unverbindlichen Laut als Antwort. Ihre Mundwinkel waren nach unten gezogen.

»Morgen?«, fragte er.

Diesmal antwortete sie überhaupt nicht. Stattdessen ging sie auf das Haus zu. Er folgte ihr mit dem Wissen, dass ihre Unterhaltung völlig versiegen würde, wenn er nicht einen Weg fand, sie am Leben zu erhalten.

»Es ist seltsam, in einem Haus zu sein, ohne jemanden zu haben, mit dem man reden kann«, sagte er.

Das schien eine Saite zum Klingen zu bringen.

»Es ist Papas Haus«, sagte sie einfach. »Wir leben nur darin.«

Papa. Sie war also seine Tochter. Nun erkannte er den Mund des alten Mannes in ihrem, die nach unten gezogenen Mundwinkel, die bei ihm so stoisch aussahen, bei ihr jedoch traurig.

»Erzählen Sie es niemandem«, sagte sie.

Er nahm an, sie meinte ihr Zusammentreffen, drang aber nicht weiter in sie. Es gab bedeutendere Fragen zu stellen, wenn sie nicht davonlief. Er wollte sein Interesse an ihr deutlich machen, aber ihm fiel nichts ein, was er hätte sagen können. Die plötzliche Veränderung ihres Tempos, von der sanften, elliptischen Unterhaltung zu diesem Stakkato, verblüffte ihn.

»Alles in Ordnung?«, fragte er.

Sie drehte sich zu ihm um und unter der Kapuze schien sie beinahe in Trauer zu sein. »Ich muss mich beeilen«, sagte sie. »Ich werde gebraucht.«

Sie beschleunigte ihren Schritt und deutete lediglich mit der Haltung ihrer Schultern an, dass er zurückbleiben sollte. Er gehorchte und ging langsamer, ließ sie ohne einen Blick zurück oder ein Winken ins Haus zurückkehren.

Aber anstatt in die Küche zu gehen, wo er sich Pearls Geschwätz anhören müsste, während er frühstückte, lief er über den Rasen zurück, machte einen weiten Bogen um das Schwanenhaus, ging zum Grenzzaun und bestrafte sich mit einer weiteren Runde um das Gelände. Als er durch den Wald lief, richtete er den Blick unwillkürlich zu Boden und suchte nach Fossilien.

17

Zwei Tage später, gegen elf Uhr dreißig abends, wurde er zu Whitehead gerufen.

»Ich hätte gern hier in meinem Arbeitszimmer ein paar Worte mit Ihnen gesprochen«, teilte er Marty mit.

Das Arbeitszimmer, in dem sich mehr als ein halbes Dutzend Lampen befanden, lag fast völlig im Dunkeln. Nur die Leuchte am Schreibtisch war eingeschaltet, und die warf ihr

Licht ausschließlich auf einen Stapel Papiere. Whitehead saß in dem Ledersessel neben dem Fenster, auf dem Tisch daneben standen eine Flasche Wodka und ein beinahe leeres Glas. Er drehte sich nicht um, als Marty eintrat, sondern sprach ihn einfach von seinem Aussichtspunkt über dem von Flutlicht erhellten Rasen an.

»Ich glaube, es wird Zeit, dass ich Ihnen etwas mehr Freiheit lasse, Strauss«, sagte er. »Bisher haben Sie Ihre Sache großartig gemacht. Ich bin zufrieden.«

»Danke, Sir.«

»Bill Toy wird morgen Nacht hier sein, und Luther ebenfalls, daher böte sich dann eine Gelegenheit für Sie, nach London zu gehen.«

Es war fast auf den Tag acht Wochen her, seit er das Anwesen betreten hatte, und hier kam nun das erste schüchterne Signal, dass seine Position gesichert war.

»Ich habe Luther ein Fahrzeug für Sie herrichten lassen. Reden Sie mit ihm darüber, wenn er hier ist. Und dort auf dem Schreibtisch ist ein wenig Geld für Sie …«

Marty sah zum Schreibtisch; dort lag tatsächlich ein Stapel Banknoten.

Er zögerte.

»Nur zu, nehmen Sie es.«

Marty juckte es gehörig in den Fingern, aber es gelang ihm, seine Begeisterung zu beherrschen.

»Damit können Sie Benzin und eine Nacht in der Stadt bezahlen.«

Marty zählte die Banknoten nicht, er faltete sie einfach zusammen und steckte sie in die Tasche.

»Danke, Sir.«

»Dort liegt auch eine Adresse.«

»Ja, Sir.«

»Nehmen Sie sie. Der Laden gehört einem Mann namens Halifax. Er versorgt mich auch außerhalb der Jahreszeit mit Erdbeeren. Könnten Sie bitte meine Bestellung abholen?«

»Selbstverständlich, Sir.«

»Das ist die einzige Besorgung, die Sie für mich machen müssen. Wenn Sie Samstagvormittag zurück sind, steht Ihnen die restliche Zeit zur freien Verfügung.«

»Danke.«

Whiteheads Hand griff nach dem Wodkaglas, und Marty dachte, er werde sich zu ihm umdrehen, doch das tat er nicht. Das Gespräch war anscheinend vorbei.

»Ist das alles, Sir?«

»Alles? Ja, ich glaube schon. Sie nicht?«

Es war Monate her, seit Whitehead zum letzten Mal nüchtern zu Bett gegangen war. Er hatte Wodka als Beruhigungsmittel genommen, als die nächtlichen Schrecken begonnen hatten; anfangs nur ein oder zwei Glas, um die Angst zu dämpfen, dann hatte er allmählich die Dosis erhöht, da sich sein Körper daran gewöhnt hatte und immun geworden war. Betrunken zu sein bereitete ihm kein Vergnügen; er hasste es, seinen kreisenden Kopf auf das Kissen zu legen und die Gedanken in seinen Ohren heulen zu hören. Aber die Angst fürchtete er noch mehr.

Nun, während er den Rasen betrachtete, schlich ein Fuchs über die Schwelle des Flutlichts und starrte zum Haus herüber; das grelle Licht bleichte sein Äußeres. Er stand völlig still, die Augen, in denen sich das Licht spiegelte, glühten in dem geneigten Kopf. Er wartete nur einen Augenblick. Plötzlich schien er Gefahr zu wittern – möglicherweise die Hunde –, wirbelte herum und war verschwunden. Lange nachdem er fort war, betrachtete Whitehead noch immer die Stelle, wo er gestanden hatte, und hoffte, dass er zurückkommen würde, um eine Weile seine Einsamkeit mit ihm zu teilen. Doch das Tier hatte in dieser Nacht wohl andere Dinge zu erledigen.

Einst war auch er ein Fuchs gewesen: dünn und schnell, ein nächtlicher Wanderer. Aber die Dinge hatten sich verändert. Die Vorsehung hatte es gut mit ihm gemeint, Träume hatten sich erfüllt; und der Fuchs, stets ein Gestaltwandler, war fett und gemütlich geworden. Auch die Welt hatte sich verändert: Sie war zu einer Geografie von Profit und Verlust geworden. Entfernungen waren auf die Länge seiner Befehle zusammengeschrumpft. Mit der Zeit hatte er sein voriges Leben vergessen.

Aber in letzter Zeit erinnerte er sich immer häufiger daran. Es fiel ihm in leuchtenden, aber bedauernswerten Einzelheiten wieder ein, während die Geschehnisse des vergangenen Tages nebulös wurden. Im Grunde seines Herzens wusste er nur zu gut, dass es keinen Weg zu diesem gesegneten Zustand zurück gab.

Und von hier vorwärts? Das war eine Reise an einen hoffnungslosen Ort, wo keine Markierung ihm rechts oder links zeigen würde, wo alle Richtungen gleich waren – auch keine Hügel oder Bäume oder Ansiedlungen würde es geben, ihm den Weg zu weisen. Welch ein Ort. Welch schrecklicher Ort.

Aber er wäre nicht allein dort, in diesem Nirgendwo würde er einen Gefährten haben.

Und wenn es so weit sein würde, würde er den Blick auf dieses Land und seine Bewohner fallen lassen und würde sich wünschen, *Herrgott,* dann würde er sich wünschen, er wäre ein Fuchs geblieben.

III

Der Letzte Europäer

18 Anthony Breer, der Rasierklingenesser, kehrte am Spätnachmittag in seine Wohnung zurück, bereitete sich einen löslichen Kaffee in seiner Lieblingstasse, nahm dann im schwächer werdenden Licht am Tisch Platz und begann, sich eine Schlinge zu knüpfen. Schon früh am Morgen hatte er gewusst, dass heute der große Tag war. Sinnlos, in die Bibliothek zu gehen; wenn sie im Lauf der Zeit sein Fehlen bemerkten und ihm schrieben und wissen wollten, wo er sei, dann würde er nicht antworten. Der Himmel hatte so besudelt ausgesehen wie sein Bettlaken bei Einbruch der Dämmerung, und als vernünftiger Mann hatte er gedacht: Weshalb sich die Mühe machen und die Laken waschen, wo die Welt so schmutzig ist und ich so schmutzig bin und keine Hoffnung besteht, jemals etwas sauber zu bekommen?

Es war das Beste, dieser erbärmlichen Existenz ein für alle Mal ein Ende zu setzen.

Er hatte schon eine Menge aufgehängter Leute gesehen. Natürlich nur Fotografien, in einem Buch über Kriegsverbrechen, das er gestohlen hatte und das den Vermerk trug: *Nicht ins öffentliche Regal. Ausgabe nur auf Verlangen.* Diese Warnung hatte seine Fantasie beflügelt. Hier war ein Buch, das die Leute eigentlich gar nicht lesen sollten. Er hatte es ungeöffnet in die Tasche gesteckt, da er schon anhand des Titels ersehen konnte – ›*Sowjet-Dokumente über Nazi-Grausamkeiten*‹ –, dass das Lesen dieses Bandes ganz bestimmt ebenso aufregend sein würde wie die Vorfreude. Aber darin hatte er sich geirrt. So sehr ihm an diesem Tag das Wasser im Munde zusammengelaufen war, ausgelöst durch das Wissen, dass sich dieser Schatz, der eigentlich tabu war, in seiner Tasche befand, dieses Entzücken war nichts, verglichen mit dem, was das Buch selbst an Enthüllungen bereithielt. Es enthielt Bilder der ausgebrannten Ruinen von Tschechows Hütte in Istra und andere von den Verwüstungen in Tschaikowskys Heimatstadt. Aber hauptsächlich – und für ihn am wichtigsten – gab es Fotos der Toten. Manche waren zu Stapeln aufgeschichtet, andere lagen im blutigen Schnee, festgefroren. Kinder mit gespaltenen Köpfen; Menschen, die in Gräben lagen, in die Gesichter geschossen; anderen hatte man Hakenkreuze in Brust und Gesäßbacken geschnitzt. Aber für die gierigen Augen des Rasierklingenessers waren die Fotos der Gehängten die besten. Eines war darunter, das Breer sich sehr oft betrachtete. Es zeigte einen hübschen jungen Mann, der an einem behelfsmäßigen Galgenbaum baumelte. Der Fotograf hatte ihn offensichtlich in seinem letzten Augenblick erwischt, denn er starrte direkt in die Kamera, sein Gesicht zeigte ein erschöpftes und seliges Lächeln.

Das war ein Gesichtsausdruck, den sie, wie Breer wollte, auf seinem Gesicht sehen sollten, wenn sie die Tür seines Zimmers aufbrachen und ihn hier erhängt vorfanden, wo er in der Brise aus dem Flur schwankte. Er stellte sich vor, wie sie ihn anstarren würden, wie sie ihn bewundern würden, wie sie fassungslos seine bleichen Füße betrachten und verwundert die Köpfe schütteln würden, weil er den Mut aufgebracht hatte, etwas so Ungeheuerliches zu tun. Und während er das alles dachte, knotete er die Schlinge und löste sie wieder, da er entschlossen war, die Sache so professionell wie nur irgend möglich hinter sich zu bringen.

Seine einzige Besorgnis galt der Beichte. Obwohl er tagein, tagaus mit Büchern arbeitete, waren Worte nicht seine Stärke: Sie entglitten ihm, wie die Schönheit seinen dicken Händen. Aber er wollte etwas über die Kinder sagen, damit die Leute, die ihn finden und fotografieren würden, wussten, dass dies kein Niemand war, den sie anstarrten, sondern ein Mann, der aus den edelsten Gründen das Schlimmste auf der Welt getan hatte. Das war wichtig: Sie mussten wissen, wer er war, denn mit der Zeit würden sie ihn vielleicht so durchschauen, wie er selbst es nie gekonnt hatte.

Sie hatten Verhörmethoden, das wusste er, selbst bei Toten. Sie würden ihn in eine Tiefkühlkammer legen und minutiös untersuchen, und wenn sie außen fertig waren, dann würden sie anfangen, sein Inneres zu studieren, und *oh!*, was sie da finden würden. Sie würden seine Schädelplatte aufsägen und sein Gehirn herausnehmen; es auf Tumore untersuchen, es in dünne Scheiben schneiden wie teuren Schinken, es auf hundert verschiedene Weisen prüfen, um sein Wie und Warum herauszufinden. Aber das würde nicht funktionieren, oder? Er musste das schließlich wissen. Man schneidet etwas auf, das lebend und schön ist, um herauszufinden, *wie* es am Leben und *warum* es schön ist, und ehe man sich's versieht, ist es keins von beidem mehr, und dann steht man da mit Blut auf dem Gesicht und Tränen in den Augen und einem grenzenlosen Schuldgefühl. Nein, aus seinem Gehirn würden sie nichts herausbekommen, sie würden anderswo suchen müssen. Sie würden ihn vom Nacken bis zum Schamhaar aufschlitzen, seine Rippen herausnehmen und sie wieder zusammenfalten müssen. Nur so konnten sie seine Eingeweide bloßlegen, in seinem Magen wühlen und mit seiner Leber und den Nieren jonglieren. O ja, dort würden sie eine Menge finden, was sie begaffen konnten.

Vielleicht war das das beste Geständnis, überlegte er, während er die Schlinge noch einmal probierte. Es hatte keinen Zweck zu versuchen, die richtigen Worte zu finden, denn was waren Worte überhaupt? Müll, für das heiße Herz der Dinge nicht zu gebrauchen. Nein, sie würden alles finden, was sie finden mussten, wenn sie nur in ihn hineinsahen. Sie würden die Geschichte der verlorenen Kinder finden, den Ruhm seines Märtyrerdaseins. Und sie würden ein für alle Mal wissen, dass er zum Stamm der Rasierklingenesser gehörte.

Er vollendete die Schlinge, machte sich eine zweite Tasse Kaffee und begann dann, das Seil sicher zu verankern. Zuerst entfernte er die Lampe, die von der Deckenmitte herunterhing, dann knotete er an ihrer Stelle die Schlinge oben fest. Sie war stark. Er hängte sich ein paar Augenblicke daran, um sicherzugehen. Daraufhin ächzten die Balken ein wenig, und Kalk fiel von der Decke, aber es hielt sein Gewicht aus.

Inzwischen war es Abend geworden und er fühlte sich müde; die Müdigkeit machte ihn ungeschickter als gewöhnlich. Er schlurfte durch das Zimmer und räumte es auf, sein Körper, fett wie ein Mastschwein, wurde von Seufzern geschüttelt, während er die fleckigen Laken abzog, zusammenrollte und vor Blicken verbarg. Danach trank er die Tasse leer, spülte sie aus und schüttete die Milch weg, damit sie nicht sauer wurde, bis sie kamen. Als er zu arbeiten begann, schaltete er das Radio ein; später würde es helfen, den Lärm des umfallenden Stuhls zu übertönen, wenn der Zeitpunkt gekommen war. Im Haus waren noch andere anwesend und er wollte keine Rettung in letzter Minute. Das Zimmer war erfüllt von den üblichen Banalitäten der Rundfunkstationen: Lieder von Liebe und Verlust und wiedergefundener Liebe. Teuflische und schmerzvolle Lügen, allesamt.

Als er damit fertig war, das Zimmer vorzubereiten, war er erschöpft. Er hörte Schritte auf dem Flur und Türen, die anderswo geöffnet wurden, wenn die Bewohner der anderen Zimmer von der Arbeit nach Hause kamen. Auch sie lebten, wie er, allein. Er kannte keinen von ihnen beim Namen; keiner von ihnen würde seinen kennen, wenn sie sehen würden, wie er von der Polizei hinausgetragen wurde.

Er entkleidete sich völlig und wusch sich am Waschbecken. Als er mit seiner Sauberkeit zufrieden war, nahm er auf der Matratze Platz und schnitt sich die Zehennägel. Dann zog er frisch gewaschene Kleidung an: blaues Hemd, graue Hosen. Er trug keine Schuhe oder Socken. An seiner ganzen körperlichen Erscheinung, die ihn beschämte, waren seine Füße sein einziger Stolz.

Als er damit fertig war, war es bereits dunkel, die Nacht schwarz und regnerisch. Zeit zu gehen, dachte er.

Er brachte den Stuhl sorgfältig in Position, stellte sich darauf und griff nach dem Seil. Die Schlinge war, wenn überhaupt, ein oder zwei Zoll zu hoch, und er musste sich auf die Zehenspitzen stellen, damit sie richtig um seinen Hals lag, aber mit ein wenig Zurechtrücken brachte er sie sicher in Position. Als er den Knoten fest im Nacken zusammengezogen hatte, sagte er sein Gebet und kickte den Stuhl um.

Die Panik schlug im selben Augenblick zu, und seine Hände, denen er immer vertraut hatte, verrieten ihn an dieser wichtigen Stelle, sie schnellten von seinen Seiten empor und zerrten am Seil, das sich weiter zusammenzog. Der Ruck hatte ihm nicht das Genick gebrochen, aber seine Wirbelsäule fühlte sich an wie ein Tausendfüßler, der in seinen Rücken eingenäht worden war und der sich nun Zentimeter für Zentimeter voranbewegte, was seine Beine unkontrolliert zucken ließ. Die Schmerzen waren das Wenigste. Wirkliche Wut empfand er darüber, keine Kontrolle mehr zu haben; er roch, wie seine Eingeweide sich in die sauberen Hosen entleerten, ohne dass er es gewollt hatte, sein Penis versteifte sich ohne einen lüsternen Gedanken in seinem aufquellenden Kopf, seine Fersen traten auf der Suche nach einem Halt ins Leere. Die Finger umklammerten immer noch das Seil. Plötzlich gehörte alles nicht mehr ihm, plötzlich war alles zu sehr auf Selbsterhaltung bedacht, um ihm zu gehorchen.

Aber die Bemühungen waren vergeblich. Er hatte dies so sorgfältig geplant, dass es gar nicht schief gehen konnte. Das Seil zog sich immer noch zusammen, die Zuckungen des Tausendfüßlers wurden langsamer. Das Leben, dieser unwillkommene Besucher, würde bald aus ihm entweichen. In seinem Kopf herrschte ein gewaltiger Lärm, fast so, als wäre er unter dem Boden und würde alles Laute der Erde hören. Strömende Laute, das Dröhnen großer, verborgener Weiher, das Blubbern geschmolzenen Gesteins. Breer, der große Rasierklingenesser, kannte die Erde ausgezeichnet. Allzu oft hatte er tote Schönheiten darin begraben und seinen Mund als Strafe für die Störung mit Sand gefüllt, den er kaute, während er die pastellfarbenen Leiber damit bedeckte. Nun übertönten die Laute der Erde alles – sein Keuchen, die Musik des Radios, den Verkehr vor dem Fenster. Sein Sehvermögen ließ nach; Dunkelheit kroch wie geklöppelte Spitzen durch das Zimmer, ihr Muster pulsierte. Er wusste, dass er sich drehte – da war das Bett, der Schrank, jetzt das Waschbecken –, aber die Umrisse, die er noch erkennen konnte, wurden mehr und mehr verschwommen.

Sein Körper hatte den Kampf aufgegeben, nur seine Zunge bewegte sich noch, vielleicht bildete er sich die Bewegung aber auch ein, ebenso wie er sich einbildete, dass jemand seinen Namen rief. Unvermittelt verschwand sein Sehvermögen völlig und der Tod hatte ihn gepackt. Keine Flut von Bedauern begleitete das Ende, kein blitzartiges Ablaufen einer von Schuld gekennzeichneten Lebensgeschichte. Nur Dunkelheit, tiefere Dunkelheit, und dann eine Finsternis, so tief, dass die Nacht im Vergleich damit hell gewirkt hätte. Es war einfach vorbei.

Nein – nicht vorbei.

Noch nicht ganz vorbei. Eine Reihe unwillkommener

Gefühle schwärmte über ihn hinweg und störte die Abgeschiedenheit seines Todes; eine Brise wärmte sein Gesicht und attackierte seine Nervenenden; ein ungnädiger Atem würgte ihn und presste sich ohne die geringste Einladung in seine flachen Lungen.

Er kämpfte gegen die Wiederbelebung an, doch sein Retter war beharrlich.

Das Zimmer nahm wieder Form um ihn herum an. Zuerst Licht, dann Umrisse. Dann Farben, blass, ausgelaugt und schmutzig. Die Geräusche – tosende Flüsse und flüssiger Stein gleichermaßen – waren verschwunden. Er hörte sich husten und roch sein eigenes Erbrochenes. Verzweiflung verspottete ihn. Konnte er nicht einmal erfolgreich Selbstmord begehen?

Jemand sagte seinen Namen.

Er schüttelte den Kopf, aber die Stimme ertönte wieder, und diesmal sahen seine nach oben gerichteten Augen ein Gesicht.

Oh, es war nicht vorbei, ganz im Gegenteil. Er war weder im Himmel noch in der Hölle gelandet. Keines von beidem würde sich des Gesichts rühmen können, in welches er nun blickte.

»Ich dachte schon, ich hätte dich verloren, Anthony«, sagte der Letzte Europäer.

19

Er hatte den Stuhl wieder aufgestellt, auf dem Breer bei seinem Selbstmordversuch gestanden hatte, und darauf Platz genommen. Er sah so unberührt wie immer aus. Breer versuchte etwas zu sagen, aber seine Zunge fühlte sich zu dick für den Mund an, und als er mit den Fingern danach tastete, wurden sie blutig.

»In deiner Begeisterung hast du dir auf die Zunge gebissen«, sagte der Europäer. »Eine Weile wirst du nicht besonders gut essen oder sprechen können. Aber sie wird heilen, Anthony. Mit der Zeit heilt alles.«

Breer hatte nicht genügend Energie, um vom Fußboden aufzustehen; er konnte nichts weiter tun als daliegen, die Schlinge nach wie vor um den Hals, und zu dem durchgeschnittenen Seil hinaufsehen, welches immer noch von der Fassung des Lichts herabhing. Der Europäer hatte es offensichtlich einfach durchgeschnitten und ihn fallen lassen. Sein Körper hatte zu zittern begonnen, seine Zähne klapperten wie die eines verrückten Affen.

»Du hast einen Schock«, sagte der Europäer. »Bleib da liegen … ich mache einen Tee, ja? Ein Tee ist jetzt genau das Richtige.«

Es kostete einige Anstrengung, aber es gelang Breer, sich vom Boden hochzustemmen und zum Bett zu schleppen. Seine Hosen waren hinten und vorn besudelt; er ekelte sich, doch dem Europäer machte das nichts aus. Er verzieh alles, das wusste Breer. Kein anderer Mann, den Breer jemals kennen gelernt hatte, konnte so verzeihen; es beschämte ihn, in der Obhut und Pflege eines solchen Humanisten zu sein. Hier war ein Mann, der den geheimen Kern seiner Korruption kannte und der niemals auch nur ein Wort von Zensur gesprochen hatte.

Während er auf dem Bett lag und spürte, wie das Leben allmählich in seinen zerschundenen Körper zurückkehrte, sah Breer dem Europäer zu, wie er Tee kochte. Sie waren sehr verschiedene Männer. Breer hatte stets Ehrfurcht vor diesem Mann empfunden, und doch – hatte der Europäer ihm nicht einmal gesagt: *»Ich bin der Letzte meines Stammes, Anthony, so wie du der Letzte des deinen bist. Wir sind uns in so vieler Hinsicht ähnlich.«* Breer hatte die Bedeutung dieser Bemerkung nicht verstanden, als er sie zum ersten Mal gehört hatte, aber mit der Zeit hatte er sie begriffen. *»Ich bin der letzte wirkliche Europäer, du bist der Letzte der Rasierklingenesser. Wir sollten versuchen, einander zu helfen.«*

Und genau das hatte der Europäer getan. Bei zwei oder

drei Gelegenheiten hatte er Breer davor bewahrt, gefasst zu werden, hatte seine Sünden gefeiert und hatte ihn gelehrt, dass Rasierklingenessen etwas Wertvolles war. Als Gegenleistung für diese Ausbildung hatte er kaum etwas verlangt; ein paar unbedeutende Dinge, mehr nicht. Aber Breer war nicht so vertrauensselig, dass er nicht argwöhnte, irgendwann einmal würde eine Zeit kommen, wenn der Letzte Europäer – bitte nennen Sie mich Mr. Mamoulian, sagte er stets, aber Breer hatte seine Zunge nie an diesen seltsamen Namen gewöhnen können –, wenn dieser merkwürdige Zeitgenosse ihn um Hilfe in seinen Angelegenheiten bitten würde. Und dann würde er nicht um eine oder zwei Kleinigkeiten bitten; es würde etwas Schreckliches sein. Breer wusste das und er hatte Angst davor.

Er hatte gehofft, durch seinen Tod verhindern zu können, dass seine Verpflichtung jemals zur Einlösung kam. Je länger er von Mamoulian fern war – und es war sechs Jahre her, seit sie einander zum letzten Mal begegnet waren –, desto mehr hatte die Erinnerung an diesen Mann Breer Angst gemacht. Das Bild des Europäers war mit der Zeit nicht verblasst, ganz im Gegenteil. Seine Augen, seine Hände, die Sanftheit seiner Stimme, das alles war kristallklar geblieben, wenngleich Ereignisse der jüngsten Zeit verschwommen wurden. Es war, als wäre Mamoulian niemals ganz weg gewesen, als hätte er einen Teil von sich selbst in Breer zurückgelassen, der sein Ebenbild aufpolierte, wenn die Zeit es trüb werden ließ; der über jede kleinste Tat seines Dieners wachte.

Daher war es wenig überraschend, dass der Mann eingeschritten und die Sterbeszene unterbrochen hatte, bevor sie zu Ende gebracht werden konnte. Und daher war es auch nicht überraschend, dass er sich nun mit Breer unterhielt, als wären sie niemals getrennt gewesen, als wäre er ein fürsorglicher Ehemann und Breer eine hingebungsvolle Ehefrau, die die Jahre nicht auseinander gebracht hatten. Breer sah Mamoulian zu, wie er von der Spüle zum Tisch ging, während er den Tee zubereitete, die Kanne suchte, Tassen aufstellte und jede haushaltliche Tätigkeit mit hypnotisierender Wirtschaftlichkeit ausführte. Die Schuld musste zurückgezahlt werden, das wusste er jetzt. Und er konnte nicht in den Schutz der Dunkelheit entkommen, *bevor* sie zurückgezahlt war. Als er das dachte, begann Breer leise zu weinen.

»Nicht weinen«, sagte Mamoulian, der sich nicht von der Spüle abwandte.

»Ich wollte sterben«, murmelte Breer. Die Worte kamen wie durch einen Mund voller Murmeln heraus.

»Du kannst noch nicht dahinscheiden, Anthony. Du schuldest mir noch etwas Zeit. Das ist dir doch sicherlich klar.«

»Ich wollte sterben«, konnte Breer lediglich als Antwort wiederholen. Er versuchte den Europäer nicht zu hassen, denn das würde der alte Mann ohne Zweifel spüren und vielleicht irgendwie die Beherrschung verlieren. Aber es war so schwer; Abneigung wurde mit den Tränen herausgespült.

»Hat das Leben dich schlecht behandelt?«, fragte der Europäer.

Breer schniefte. Er wollte keinen Beichtvater, er wollte das Dunkel. Konnte Mamoulian denn nicht begreifen, dass er jenseits von Erklärungen, jenseits von Heilung war? Er war die Scheiße am Schuh eines Mongolen, das wertloseste, unnützeste Wesen der Schöpfung. Das Bildnis seiner selbst als Rasierklingenesser, als letzter Repräsentant eines einstmals schrecklichen Stammes, hatte seine Selbstachtung ein paar gefährdete Jahre hindurch intakt erhalten, aber dieses Fantasiegespinst hatte längst die Macht verloren, seine Schändlichkeit zu rechtfertigen. Die Möglichkeit bestand nicht, dass derselbe Trick zweimal funktionierte.

Und es *war* ein Trick, nur ein Trick, das wusste Breer, und er hasste Mamoulian umso mehr wegen seiner Manipulation. Ich möchte tot sein – mehr konnte er nicht denken.

Hatte er die Worte laut ausgesprochen? Er hatte sich nicht sprechen gehört, aber Mamoulian antwortete ihm, als hätte er es getan:

»Selbstverständlich. Das verstehe ich, wirklich. Du hältst das alles für eine Illusion: Stämme und Träume von der Erlösung. Aber lass dir das von mir gesagt sein: Das ist nicht so. Es gibt einen Sinn auf der Welt. Für uns beide.«

Breer strich sich mit dem Handrücken über seine geschwollenen Augen und bemühte sich, sein Schluchzen unter Kontrolle zu bringen. Seine Zähne klapperten nicht mehr, immerhin etwas.

»Waren die Jahre so grausam?«

»Ja«, sagte Breer mürrisch.

Der andere nickte und warf dem Rasierklingenesser einen mitfühlenden Blick zu, oder zumindest die hinreichende Vortäuschung eines solchen.

»Immerhin haben sie dich nicht eingesperrt«, sagte er. »Du warst vorsichtig.«

»Das haben Sie mir beigebracht«, erwiderte Breer.

»Ich habe dir lediglich gezeigt, was du selbst bereits gewusst hast; aber du warst zu verwirrt von anderen Menschen, um es zu erkennen. Wenn du es vergessen hast, kann ich es dir wieder zeigen.«

Breer betrachtete die Tasse mit dem süßen Tee ohne Milch, welche der Europäer auf den Nachttisch gestellt hatte.

»… oder vertraust du mir nicht mehr?«

»Alles hat sich verändert«, murmelte Breer mit seinem geschwollenen Mund.

Nun war es an Mamoulian zu seufzen. Er setzte sich wieder auf den Stuhl und trank von seinem Tee, bevor er antwortete.

»Ja, ich fürchte, du hast Recht. Für uns gibt es immer weniger Platz hier. Aber bedeutet das, dass wir die Hände in die Höhe werfen und sterben sollten?«

Als er das ernste, aristokratische Gesicht und die heimgesuchten Höhlen der Augen betrachtete, begann Breer sich daran zu erinnern, weshalb er diesem Mann vertraut hatte. Die Angst, die er empfunden hatte, begann zu schwinden, der Zorn ebenfalls. Die Atmosphäre war von einer Ruhe erfüllt, die auf Breers Nervensystem übergriff.

»Trink deinen Tee, Anthony.«

»Danke.«

»Und dann, denke ich, solltest du die Hosen wechseln.«

Breer errötete.

»Dein Körper hat völlig natürlich reagiert, du hast keinen Grund, dich zu schämen. Samen und Scheiße bewirken, dass die Welt sich dreht.«

Der Europäer lachte leise in seine Tasse, und Breer, der spürte, dass der Scherz nicht auf seine Kosten ging, stimmte mit ein.

»Ich habe dich nie vergessen«, sagte Mamoulian. »Ich sagte dir, ich würde einst zu dir zurückkehren, und das war mein Ernst.«

Breer nahm die Tasse in die immer noch zitternde Hand und blickte Mamoulian an. Dessen Augen waren so unauslotbar wie immer, aber er verspürte eine Wärme für diesen Mann. Wie der Europäer gesagt hatte: Er hatte es nicht vergessen, er war nicht fortgegangen, um niemals zurückzukehren. Vielleicht hatte er seine Gründe dafür, jetzt hier zu sein, vielleicht war er gekommen, um die Rückzahlung einer alten Schuld zu fordern, aber das war immer noch besser, als völlig vergessen zu sein, oder nicht?

»Warum kommen Sie jetzt zurück?«, fragte er und stellte die Tasse weg.

»Ich habe etwas zu tun«, erwiderte Mamoulian.

»Und Sie brauchen meine Hilfe?«

»Richtig.«

Breer nickte. Er hatte aufgehört zu weinen. Der Tee hatte ihm gut getan. Er fühlte sich stark genug, eine dreiste Frage zu stellen.

»Was ist mit mir?«, konterte er.

Der Europäer runzelte die Stirn über diese Frage. Die Lampe neben dem Bett flackerte, als hätte sie einen kritischen Punkt erreicht und stünde im Begriff zu erlöschen.

»Was *ist* mit dir?«, fragte er.

Breer war sich darüber im Klaren, dass er sich auf gefährlichem Boden befand, aber er wollte keine Schwäche zeigen. Wenn Mamoulian Hilfe brauchte, dann sollte er wissen, dass er etwas dafür geben musste.

»Was springt für mich heraus?«, fragte er weiter.

»Du kannst wieder mit mir zusammen sein«, antwortete der Europäer.

Breer grunzte. Dieses Angebot war alles andere als verlockend.

»Ist das nicht genug?«, wollte Mamoulian wissen. Das Licht der Lampe wurde mit jedem Augenblick schwächer und plötzlich verlor Breer seine Impertinenz.

»Antworte mir, Anthony«, beharrte der Europäer. »Wenn du einen Einwand hast, dann sprich ihn aus.«

Das Flackern wurde schlimmer, und Breer wusste, er hatte einen Fehler gemacht, als er Zugeständnisse aus Mamoulian herauspressen wollte. Warum hatte er sich nicht daran erinnert, dass der Europäer Tauschhandel und Tauschhändler gleichermaßen verabscheute? Instinktiv betastete er die Wunde der Schlinge um seinen Nacken. Sie war tief und dauerhaft.

»Es tut mir Leid …«, sagte er niedergeschlagen.

Kurz bevor die Lampe vollends erlosch, sah er Mamoulian den Kopf schütteln. Ein kaum merkliches Schütteln, wie ein Zucken. Dann senkte sich Dunkelheit über das Zimmer.

»Bist du bei mir, Anthony?«, murmelte der Letzte Europäer.

Die normalerweise so ausgeglichene Stimme wirkte verzerrt.

»Ja.« Breers träge Augen gewöhnten sich nicht mit der üblichen Schnelligkeit an die Dunkelheit. Er blinzelte und versuchte, die Gestalt des Europäers in der vorherrschenden Düsternis auszumachen. Diese Mühe hätte er sich sparen können, denn Sekunden später schien sich etwas jenseits des Zimmers zu entzünden, und plötzlich sorgte der Europäer auf Ehrfurcht gebietende Weise für seine eigene Beleuchtung.

Nun, während diese gespenstische Lichtvorstellung seinen Verstand durcheinander wirbelte, waren Tee und Entschuldigungen vergessen; und in einem Zimmer, dessen Innerstes durch Schrecken und Leuchtschein nach außen gekehrt war, blieb nur noch Zeit, mit aufgerissenen Augen zu starren und vielleicht, wenn man einen Hang zum Lächerlichen hatte, ein kleines Gebet zu sprechen.

20

Allein in Breers schäbigem Zimmer, setzte sich der Letzte Europäer hin und spielte Solitaire mit seinem Lieblingskartenspiel. Der Rasierklingenesser hatte sich angekleidet und war hinausgegangen, um die Nacht zu kosten. Wenn er sich genügend konzentrierte, konnte Mamoulian den Parasiten mit seinem Verstand finden und aus zweiter Hand miterleben, welche Erfahrungen der andere Mann auch immer genießen mochte. Aber er verspürte keinen Appetit für solche Spiele; außerdem wusste er nur zu gut, was der Rasierklingenesser tun würde, und das stieß ihn ab. Alle Genüsse des Fleisches, ob nun konventionell oder pervers, stießen ihn ab, und der Ekel wuchs, je älter er wurde. Manchmal konnte er es kaum über sich bringen, das Tier Mensch anzusehen, ohne dass dessen wässrig glänzende Augen oder die rosa Zunge Übelkeit in ihm erweckten. Doch Breer würde in dem bevorstehenden Kampf nützlich sein, denn seine bizarren Begierden vermittelten ihm einen wenn auch nur groben Einblick in Mamoulians Tragödie, eine Einsicht, welche einen zuverlässigeren Verbündeten aus ihm machen würde, als es die üblichen Gefährten gewesen waren, die der Europäer in seinem langen, langen Leben toleriert hatte.

Die meisten Männer und Frauen, denen Mamoulian sein Vertrauen geschenkt hatte, hatten ihn verraten. Im Laufe der Jahrzehnte hatte sich dieses Muster so oft wiederholt, dass er sicher war, eines Tages den Schmerz, den ein solcher Verrat verursachte, leichter ertragen zu können; aber er erreichte diese wertvolle Gleichgültigkeit niemals. Die Grausamkeit anderer Menschen – die Art, wie sie ihn beiläufig benutzten – verletzte ihn immer wieder, und wenngleich er seine gütigen Hände zu allen Arten von verkrüppelten Seelen ausgestreckt hatte, war eine solche Undankbarkeit unverzeihlich. Wenn dieses Endspiel vorbei und ausgestanden war, überlegte er – wenn er seine Schuld in Blut und Grauen und Nacht eingetrieben hatte –, dann würde er vielleicht dieses schreckliche Jucken verlieren, das ihn Tag und Nacht peinigte, das ihn ohne Hoffnung auf Frieden zu immer neuen Ambitionen und immer neuem Verrat vorantrieb. Wenn dies alles vorüber war, dann würde er sich vielleicht niederlegen und sterben können.

Das Spiel in seinen Händen war pornografisch. Er spielte nur damit, wenn er sich stark genug fühlte und wenn er allein war. Mit diesen Darstellungen extremer Sinnlichkeit umzugehen war ein Test, dem er sich selbst unterzog, und wenn er scheiterte, so sollte es wenigstens unbeobachtet geschehen. Heute war der Schmutz auf den Karten nicht mehr als menschliche Verderbtheit; er konnte die Bilder umdrehen und geriet durch sie nicht aus der Fassung, sondern schätzte sogar ihre Kunstfertigkeit. Jede der Farben stellte einen anderen Teil sexueller Aktivitäten dar und das Symbol einer Karte war kunstvoll in jedes sorgfältig gezeichnete Bild eingearbeitet. Herz stellte den Verkehr zwischen Mann und Frau dar, der allerdings keineswegs auf die Missionarsstellung begrenzt war. Pik gehörte dem Oralverkehr, hier wurden simple Fellatio und deren kunstvollere Variationen abgebildet. Karo war dem Analverkehr vorbehalten. Die Zahl-Karten bildeten homosexuellen und heterosexuellen Analverkehr ab, die Bilder zeigten Sex mit Tieren. Kreuz, die am exquisitesten ausgeführten Karten, waren sadomasochistisch, und hier hatte die Fantasie des Künstlers keine Grenzen gekannt. Auf diesen Karten erlitten Männer und Frauen alle erdenklichen Arten von Demütigungen, ihre geschundenen Körper zeigten kreuzförmige Wunden entsprechend dem Kartenwert.

Das abstoßendste Bild des Spiels aber war der Joker: ein Koprophage, der vor einem Teller voll dampfender Exkremente saß und die Augen gierig aufriss, während ein räudiger Affe, dessen Fratze grässlich menschenähnlich aussah, dem Betrachter seine runzlige Kehrseite entgegenstreckte.

Mamoulian nahm die Karte und studierte das Bild. Das lüsterne Antlitz des Scheiße essenden Narren beschwor ein bitteres Lächeln auf seine blutleeren Lippen. Dies war eindeutig das definitive Menschenporträt. Die Bilder der anderen Karten, mit ihrer vorgeblichen Liebe und den fleischlichen Freuden, konnten diese schreckliche Wahrheit nur vorübergehend verbergen. Früher oder später wurde ein Mann immer, wie reif der Körper und wie großartig das Gesicht auch sein mochte, was auch immer Reichtum und Macht und Glauben versprachen, zu einem Tisch geführt, der sich unter der Last seiner eigenen Exkremente bog, und dort wurde er gezwungen zu essen, auch wenn seine Instinkte revoltierten.

Deswegen war er hier. Um einen Mann Scheiße essen zu lassen. Er ließ die Karte auf den Tisch fallen und ein bellendes Lachen entrang sich seiner Kehle. Bald würde es solche Martern geben, solche schrecklichen Szenen.

Keine Grube ist tief genug, versprach er dem Zimmer, den Karten, den Tassen – der ganzen schmutzigen Welt.

Keine Grube ist tief genug.

IV

Skelett-Tanz

21 Der Mann in der U-Bahn-Station sagte Sternbilder auf.

»Andromeda … Ursa, der Bär … Cygnus, der Schwan …« Sein Monolog wurde größtenteils ignoriert, aber als ein paar junge Männer ihm sagten, er solle die Klappe halten, antwortete er einem von ihnen darauf, ohne den Rhythmus seiner Aufzählung zu ändern, mit einem Lächeln und einem »Dafür wirst du sterben«, das er zwischen ein Sternbild und das nächste einschob. Die Antwort ließ die Streitlustigen verstummen und der Irre widmete sich wieder der Himmelsbeobachtung.

Toy hielt das für ein gutes Omen. Dieser Tage beschäftigte er sich häufig mit Omen, obwohl er sich nie für einen abergläubischen Mann gehalten hatte. Vielleicht war der Katholizismus seiner Mutter, den er schon in jungen Jahren abgelehnt hatte, dafür verantwortlich und suchte sich auf diese Weise endlich ein Ventil. Anstelle der Mythen von der jungfräulichen Geburt und der Auferstehung des Fleisches waren ihm plötzlich kleinere Koinzidenzen wichtig – er vermied es, unter schräg stehenden Leitern hindurchzugehen, und zelebrierte halb vergessene Rituale mit verschüttetem Salz aus. Das alles geschah erst in jüngster Zeit – in den letzten ein oder zwei Jahren – und hatte mit der Frau angefangen, zu der er jetzt gerade unterwegs war: Yvonne. Nicht, dass sie eine gottesfürchtige Frau gewesen wäre. Das war sie keineswegs. Aber der Trost, den sie in sein Leben gebracht hatte, hatte gleichzeitig die Gefahr mit sich gebracht, dass dieser wieder verschwinden konnte. Deswegen war er vorsichtig bei Leitern und respektvoll bei Salz: aus Angst, sie zu verlieren. Mit Yvonne als Lebensgefährtin hatte er neuen Grund, das Schicksal bei guter Laune zu halten.

Vor sechs Jahren hatte er sie kennen gelernt. Damals war sie Sekretärin gewesen und hatte in der britischen Niederlassung eines deutschen Chemieunternehmens gearbeitet – eine spröde, gut aussehende Frau Mitte dreißig, deren Formalität, vermutete er, Humor und Güte im Überfluss verbarg. Er hatte sich vom ersten Augenblick an zu ihr hingezogen gefühlt, aber seine angeborene Zurückhaltung in solchen Fragen sowie der beachtliche Altersunterschied hatten ihn zunächst zögern lassen, ihr Avancen zu machen. Schließlich war es Yvonne gewesen, die das Eis zwischen ihnen gebrochen hatte, indem sie ihn auf kleine Veränderungen seines Äußeren ansprach – einen Haarschnitt, eine neue Krawatte – und so ihr Interesse an ihm deutlich machte. Nachdem das Signal gegeben worden war, hatte Toy sie zum Essen eingeladen, und sie hatte angenommen. Das war der Anfang der lebenswertesten Monate in Toys Leben gewesen.

Er war kein besonders gefühlsbetonter Mann. Genau dieses Fehlen von Extremen in seiner Natur hatte ihn zum nützlichen Teil von Whiteheads Unternehmen gemacht, und diese Reserviertheit kultivierte er als die verkaufsträchtige Eigenschaft, die sie war, sodass er fast selbst an sein eigenes Abbild in der Öffentlichkeit glaubte – bis er Yvonne kennen lernte. Sie war es, die ihn als Erste einen kalten Fisch genannt hatte; sie hatte ihm (welch schmerzliche Lektion) gezeigt, wie wichtig es war, auch einmal Schwäche zu zeigen, wenn nicht vor der Welt schlechthin, so doch wenigstens vor intimen Freunden. Er hatte Zeit gebraucht. Er war dreiundfünfzig gewesen, als sie sich kennen gelernt hatten, und diese neue Denkweise ging ihm gegen den Strich. Aber sie war beharrlich und so begann allmählich ein Schmelzprozess. Und nachdem der angefangen hatte, fragte er sich, wie er in den vergangenen zwanzig Jahren nur das Leben hatte führen können, das er geführt hatte; er hatte stets einem Mann gedient, dessen Mitleid unbedeutend und dessen Ego monströs war.

Durch Yvonnes Augen vergegenwärtigte er sich Whiteheads Grausamkeit, seine Arroganz, seine Mythenbildung; und obgleich er, so hoffte er jedenfalls, sein oberflächliches Verhalten gegenüber seinem Arbeitgeber nicht änderte, baute sich unter der Freundlichkeit und der Herzlichkeit ein Missbehagen auf, welches allmählichem Hass schon recht nahe kam. Erst jetzt, nach sechs Jahren, konnte Toy sich über seine gemischten Gefühle dem Arbeitgeber gegenüber Gedanken machen, und selbst jetzt vergaß er noch das Schlimmste, zumindest wenn er außerhalb von Yvonnes Einflussbereich war. Hielt er sich im Haus auf, Whiteheads Willen ausgeliefert, war es so schwierig, die Perspektive zu wahren, die sie ihm gegeben hatte, das heilige Monster als das zu sehen, was es war: monströs, aber alles andere als heilig.

Nach zwölf Monaten war Yvonne zu Toy in das Haus gezogen, das Whitehead für ihn in Pimlico gekauft hatte; ein Rückzug aus der Welt der Whitehead Corporation, den der alte Mann niemals infrage stellte, ein Ort, wo er und Yvonne miteinander reden oder wo sie einfach schweigsam beisammen sein konnten; wo er seiner Leidenschaft für Schubert frönen und sie Briefe an ihre Familie schreiben konnte, die über den halben Erdball verstreut war.

Als er in dieser Nacht heimkam, erzählte er ihr von dem Mann, der die Sternbilder benannt hatte. Sie hielt die ganze Geschichte für nebensächlich und konnte nichts Romantisches darin erkennen.

»Ich nehme einfach an, es war seltsam«, sagte er.

»Ich denke, das ist es«, antwortete sie unbeeindruckt und wandte sich wieder der Zubereitung des Essens zu. Nach einigen weiteren Worten hielt sie inne.

»Was stimmt nicht, Bill?«

»Warum sollte etwas nicht stimmen?«

»Alles in Ordnung?«

»Ja.«

»Wirklich?«

Sie bekam seine Geheimnisse immer schnell heraus. Meist gab er auf, noch bevor sie ihm richtig zusetzte, denn es war die Mühe der Täuschung nicht wert. Er strich über seinen gebrochenen Nasenrücken, eine vertraute Geste, wenn er nervös war. Dann sagte er: »Alles wird zusammenbrechen. Alles.« Seine Stimme zitterte und erstarb. Nachdem deutlich geworden war, dass er sich nicht näher erklären wollte, stellte sie die Teller ab und kam zu seinem Sessel. Als sie sein Ohr berührte, sah er fast verblüfft aus.

»Woran denkst du?«, fragte sie, sanfter als zuvor.

Er ergriff ihre Hand.

»Es könnte eine Zeit kommen ... nicht mehr lange hin ... wenn ich dich bitte, mit mir fortzugehen«, sagte er.

»Fortgehen?«

»Einfach weggehen.«

»Wohin?«

»Darüber habe ich noch nicht nachgedacht. Wir werden einfach gehen.« Er zögerte und betrachtete ihre Finger, die in seine verhakt waren. »Würdest du mit mir kommen?«, fragte er schließlich.

»Selbstverständlich.«

»Keine Fragen stellen?«

»Was soll das, Billy?«

»Ich sagte: keine Fragen stellen?«

»Einfach gehen?«

»Einfach gehen.«

Sie sah ihn lange und durchdringend an: Er war ausgelaugt, ihr armer Liebster. Zu viel von diesem verdrehten alten Furz in Oxford. Wie sehr sie Whitehead hasste, obwohl sie ihn noch nie getroffen hatte.

»Ja, natürlich würde ich mitkommen«, sagte sie.

Er nickte. Sie fürchtete, er würde zu weinen anfangen.

»Wann?«, fragte sie.

»Ich weiß nicht.« Er versuchte ein Lächeln, aber es sah verunglückt aus. »Vielleicht wird es gar nicht nötig sein. Aber ich glaube, dass alles zusammenbricht, und wenn das geschieht, dann möchte ich nicht, dass wir hier sind.«

»Das klingt nach dem Ende der Welt.«

Er antwortete nicht, und sie fühlte sich außerstande, Antworten aus ihm herauszulocken.

»Nur eine Frage?«, forschte sie dann. »Es ist wichtig für mich.«

»Eine.«

»Hast du etwas getan, Billy? Ich meine, etwas Illegales?«

Sein Adamsapfel hüpfte, als er seinen Kummer hinunterschluckte. Sie musste ihm noch so vieles beibringen, darüber, wie man solche Gefühle herausließ. Er wollte es: Sie konnte so vieles hinter seinen Augen sehen. Aber vorerst würde es auch dort bleiben. Sie war verständig genug, ihn nicht zu drängen. In diesem Fall hätte er sich nur zurückgezogen. Und er brauchte ihre stille Gegenwart mehr, als sie Antworten brauchte.

»Schon gut«, sagte sie, »du musst es mir nicht sagen, wenn du nicht möchtest.«

Seine Hand umklammerte ihre so heftig, dass sie glaubte, sie würden sie nie mehr auseinander bekommen.

»O Billy. Nichts ist so schrecklich«, murmelte sie.

Wieder antwortete er nicht.

22

Die alte Umgebung war überwiegend noch so, wie Marty sie in Erinnerung hatte, dennoch kam er sich hier wie ein Gast vor. In den abfallübersäten, dunklen Seitengassen, wo er als Junge gekämpft hatte und herumgerannt war, tummelten sich jetzt neue Kämpfer, die wahrscheinlich ungleich gefährlichere Spiele spielten. Wollte man den Meldungen der Presse glauben, dann waren sie Leimschnüffler, diese zehnjährigen Rotznasen. Sie würden haltlos zu Nadelfreaks und Tablettenfressern heranwachsen; ihnen lag an nichts und niemandem etwas, am allerwenigsten an sich selbst.

Auch er war ein heranwachsender Jugendstraftäter gewesen. Diebstahl war hier so etwas wie ein Einweihungsritual, aber für gewöhnlich war es diese lässige, fast passive Art des Diebstahls gewesen: etwas ergreifen und damit fortgehen oder -fahren. Wenn der Diebstahl zu problematisch aussah – Finger weg. Es gab noch viele andere glänzende Dinge, die man mitgehen lassen konnte. Das war kein *Verbrechen* in dem Sinne gewesen, wie er die Bedeutung dieses Wortes später begriffen hatte. Es war der Elsterinstinkt gewesen, sich nehmen, was immer die Gelegenheit bot, ohne jemandem damit wehtun zu wollen und ohne Schweiß zu vergießen, wenn die Sache nicht wie geplant lief.

Aber diese Kinder – eine Gruppe von ihnen lungerte an der Ecke der Knox Street herum – sahen alle miteinander ungleich tödlicher aus. Obwohl sie in derselben freudlosen Umgebung aufgewachsen waren, er und sie, mit den wenigen verkümmerten Versuchen, Bäume zu pflanzen, mit den von Stacheldraht und Glassplittern gekrönten Mauern, dem erbarmungslosen Beton – obwohl sie das alles gemeinsam hatten, wusste er, sie hätten einander nichts zu sagen. Ihre Verzweiflung und ihre Abgespanntheit schüchterten ihn ein. Er spürte, dass ihnen nichts fremd war.

Diese Straße hier war kein Platz zum Aufwachsen, ebenso wenig wie jede andere in diesem Viertel. In gewisser Weise war er froh darüber, dass seine Mutter gestorben war, bevor die schlimmsten Veränderungen die Umgebung verunziert hatten.

Er kam zur Nummer sechsundzwanzig. Die Fassade war neu bemalt worden. Bei einem ihrer Besuche hatte Charmaine ihm erzählt, dass einer ihrer Schwager, Terry, das vor einigen Jahren für sie in die Hand genommen hatte, aber Marty hatte es vergessen gehabt, und nachdem er sich das Haus so viele Jahre lang grün und weiß vorgestellt hatte, war die veränderte Farbe wie ein Schlag ins Gesicht. Die Arbeit war schlecht ausgeführt, kaum mehr als eine kosmetische Maßnahme, und an den Fenstersimsen blätterte die Farbe bereits ab. Die Spitzenvorhänge am Fenster, die er immer so sehr verabscheut hatte, waren durch ein Rouleau ersetzt worden, und das war heruntergelassen. Auf dem Sims im Inneren stand eine Gruppe von Porzellanfiguren, Hochzeitsgeschenke, die Staub ansetzten, gefangen im Raum zwischen Rouleau und Fensterscheibe.

Er hatte immer noch die Schlüssel, brachte es aber nicht über sich, sie zu benutzen; außerdem hatte sie wahrscheinlich ohnehin das Schloss ausgewechselt. Stattdessen drückte er auf den Klingelknopf. Es klingelte nicht im Haus, aber er wusste, dass man die Klingel von außen hören konnte; demnach funktionierte sie wohl nicht mehr. Kurzerhand klopfte er mit den Knöcheln gegen die Tür.

Eine Weile war drinnen kein Laut zu hören, doch dann vernahm er schlurfende Schritte (sie trug offene Hausschuhe, dachte er, und die machten ihren Gang so schlurfend), und Charmaine öffnete die Tür. Ihr Gesicht war ungeschminkt und in seiner Nacktheit wurde die Reaktion auf seine Anwesenheit nur noch eindeutiger. Sie war unangenehm überrascht.

»Marty« war alles, was sie hervorbringen konnte. Kein Begrüßungslächeln, keine Tränen.

»Ich kam aufs Geratewohl vorbei.« Er bemühte sich, nonchalant zu sein, aber von dem Augenblick an, als sie ihn gesehen hatte, war offensichtlich, dass er einen taktischen Fehler gemacht hatte.

»Ich dachte, du dürftest nicht heraus …«, sagte sie, dann verbesserte sie sich: »… ich meine, ich dachte, du dürftest das Anwesen nicht verlassen.«

»Ich habe um Sonderurlaub gebeten«, erklärte er. »Darf ich reinkommen, oder müssen wir uns auf der Schwelle unterhalten?«

»Oh … oh, ja. Natürlich.«

Er ging hinein und sie schloss die Tür hinter ihm. In dem schmalen Flur folgte ein unbehaglicher Augenblick. Ihr Wiedersehen schien nach einer Umarmung zu verlangen, aber er war unfähig und sie nicht bereit, diese Geste auszuführen. Ihr Kompromiss bestand in einem gekünstelten Lächeln und einem flüchtigen Kuss auf die Wange.

»Tut mir Leid«, sagte sie, ohne sich für etwas Spezielles zu entschuldigen. Sie führte ihn über den Flur in die Küche. »Ich habe dich halt nicht erwartet, das ist alles. Komm herein. Aber ich fürchte, hier herrscht ein schreckliches Durcheinander.«

Im Haus roch es abgestanden; es hätte gründlich gelüftet werden müssen. Wäsche waschen und diese auf den Heizungen trocknen hatte die Atmosphäre dunstig gemacht, wie in der Sauna im Gefängnis.

»Setz dich doch«, sagte sie und nahm eine Tüte voller Lebensmittel von einem der Küchenstühle. »Ich bin gleich hier fertig.« Auf dem Küchentisch lag ein zweiter Stapel schmutziger Wäsche – hygienisch wie immer –, den sie nun in die Waschmaschine zu stopfen begann, wobei sie nervös plapperte und seinem Blick ständig auswich, während sie sich auf ihre Aufgabe konzentrierte; Handtücher, Unterwäsche, Blusen. Er erkannte keines der Kleidungsstücke und stellte fest, dass er die schmutzige Wäsche nach etwas durchsuchte, das er früher an ihr gesehen hatte. Wenn nicht vor acht Jahren, dann bei einem ihrer Besuche im Gefängnis. Aber es war alles neu.

»… ich habe dich halt nicht erwartet …«, sagte sie noch einmal, schloss die Trommel und gab Waschpulver in die Maschine. »Ich war sicher, du würdest vorher anrufen. Schau mich doch an, ich sehe aus wie ein nasser Lappen. Großer Gott, ausgerechnet heute, wo ich so viel zu tun habe …« Sie war mit der Maschine fertig, schob die Ärmel hoch und fragte: »Kaffee?« Dann wandte sie sich dem Kessel zu, um welchen zu machen, ohne auf die Antwort zu warten. »Du siehst gut aus, Marty, wirklich gut.«

Woher wusste sie das? Sie hatte doch kaum zweimal zu ihm hergesehen. Wogegen er den Blick nicht von ihr abwenden konnte. Er beobachtete sie, wie sie an der Spüle stand und einen Lappen auswrang, um die Arbeitsplatte abzuwischen, und in den acht Jahren hatte sich nichts verändert, rein gar nichts, abgesehen von einigen Fältchen in ihren Gesichtern. Er hatte ein Gefühl in sich, das Panik gleichkam; etwas, das er gewaltsam niederzwang, weil er Angst hatte, sich zum Narren zu machen.

Sie machte ihm Kaffee; erzählte, wie sich die Nachbarschaft verändert hatte; von Terry und wie sie die Farbe für die Fassade ausgesucht hatten; wie viel die U-Bahn-Fahrt von Mile End nach Wandsworth kostete; wie gut er aussah: »Wirklich, Marty, das sage ich nicht nur so.« Sie redete über alles, nur über eines nicht. Es war nicht Charmaine, die da sprach, und das schmerzte ihn. Auch sie, wie er wusste. Sie schlug Zeit mit ihm tot, das war alles, sie erfüllte die Minuten mit leerem Gerede, bis er verzweifelt aufgab und gehen wollte.

»Hör zu«, sagte sie, »ich muss mich jetzt wirklich umziehen.«

»Gehst du aus?«

»Ja.«

»Oh.«

»… wenn du Bescheid gesagt hättest, Marty, hätte ich mir Zeit genommen. Warum hast du nicht angerufen?«

»Vielleicht könnten wir mal zusammen essen gehen?«, schlug er vor.

»Vielleicht.«

Sie war garstig unverbindlich.

»... Augenblicklich ist alles ein wenig hektisch.«

»Ich hätte gern eine Gelegenheit, um zu reden. Ungestört, weißt du.«

Sie begann nervös zu werden. Er kannte die Anzeichen so gut und sie spürte seinen prüfenden Blick. Sie nahm die Kaffeetassen und trug sie zur Spüle.

»Ich muss mich jetzt wirklich beeilen«, sagte sie. »Mach dir noch etwas Kaffee, wenn du möchtest. Er ist im ... nun, du weißt ja, wo er ist. Es sind noch viele Dinge von dir hier, weißt du. Motorradmagazine und dergleichen. Ich werde sie dir zusammensuchen. Und nun entschuldige mich bitte. Ich muss mich umziehen.«

Sie eilte – rannte eindeutig, entschied er – in den Flur und ging nach oben. Er hörte, wie sie sich stapfend bewegte. Leichtfüßig war sie nie gewesen. Im Badezimmer lief Wasser, die Toilettenspülung ertönte. Er ging durch die Küche ins Hinterzimmer. Es roch nach alten Zigaretten, und der Aschenbecher, der auf der Armlehne des neuen Sofas balancierte, war randvoll. Marty stand unter der Tür und studierte die Gegenstände im Zimmer so, wie er die schmutzige Wäsche betrachtet hatte – er suchte nach etwas Vertrautem. Es war nur wenig da. Die Uhr an der Wand war ein Hochzeitsgeschenk, sie hing immer noch an derselben Stelle. Die Stereoanlage in der Ecke war neu, ein glänzendes Modell, welches Terry wahrscheinlich für sie gekauft hatte. Dem Staub auf dem Deckel nach zu urteilen, wurde sie selten benutzt, und die wahllos sortierte Schallplattensammlung war so klein wie ehedem. Befand sich die Platte ›True Love Ways‹ von Buddy Holly immer noch darunter? Die hatten sie so häufig gespielt, dass sie ziemlich abgenudelt sein musste; sie hatten in eben diesem Zimmer zu der Musik getanzt – eigentlich nicht getanzt, sondern die Musik als Ausrede benutzt, einander zu halten, als wären dafür Ausreden nötig gewesen. Es war eines jener Liebeslieder, bei denen er sich romantisch und traurig zugleich fühlte – als wäre jede einzelne Strophe mit dem Verlust der Liebe aufgeladen, die sie zelebrierte. Das waren die besten Liebeslieder, und die aufrichtigsten.

Da er das Zimmer nicht mehr ertragen konnte, ging er nach oben.

Sie war immer noch im Badezimmer. Dessen Tür hatte kein Schloss, denn als kleines Kind war sie einmal in einem Bad eingesperrt gewesen und hatte später so entsetzliche Angst, etwas Derartiges könnte wieder geschehen, dass sie darauf bestand, die Schlösser der Türen im Haus zu entfernen. Man musste auf der Toilette pfeifen, wollte man verhindern, dass jemand hereinkam.

Er stieß die Tür auf.

Sie trug lediglich einen Slip; den linken Arm hatte sie gehoben und rasierte sich die Achselhöhle. Sie blickte ihn kurz im Spiegel an, dann widmete sie sich wieder ihrer Tätigkeit.

»Ich wollte keinen Kaffee mehr«, sagte er stockend.

Ihr Körper war nur wenige Schritte von ihm entfernt und er spürte ihre Anziehung. Er kannte jeden Leberfleck auf ihrem Rücken, sogar die Stellen, deren Berührung sie zum Lachen brachte. Diese Vertrautheit war eine Art von Besitzdenken, das er empfand; er gehörte ihr aus denselben Gründen, falls sie auf ihrem Recht bestehen wollte. Er ging zu ihr, legte ihr die Finger auf den Rücken und strich am Rückgrat entlang.

»Charmaine.«

Sie sah ihn wieder im Spiegel an – der erste direkte Blick, dessen sie ihn würdigte, seit er das Haus betreten hatte –, und er wusste, dass jede Hoffnung auf Intimitäten zwischen ihnen vergebens war. Sie wollte ihn nicht; und wenn sie es doch tat, gab sie es nicht zu.

»Ich stehe nicht zur Verfügung, Marty«, sagte sie einfach.

»Wir sind immer noch verheiratet.«

»Ich möchte nicht, dass du bleibst. Tut mir Leid.«

So hatte sie ihre Begegnung auch eröffnet, mit: »Es tut mir Leid.«

Nun wollte sie sie auf dieselbe Weise beenden, ohne aufrichtig empfundene Entschuldigung, lediglich ein höfliches Abwimmeln.

»Ich habe so oft daran gedacht«, sagte er.

»Ich auch«, antwortete sie. »Aber vor fünf Jahren habe ich damit aufgehört. Es würde zu nichts Gutem führen, das weißt du so gut wie ich.«

Seine Hände ruhten nun auf ihren Schultern. Er war sicher, dass ihr Kontakt knisterte, dass eine Ladung zwischen seinem und ihrem Fleisch ausgetauscht wurde. Ihre Nippel waren hart geworden, vielleicht die Zugluft von der Tür, vielleicht seine Berührung.

»Ich möchte, dass du gehst«, sagte sie sehr leise und sah ins Waschbecken. In ihrer Stimme war ein Zittern, das leicht zu Tränen führen konnte. Er wollte sie weinen sehen, so schändlich das auch sein mochte. Wenn sie weinte, würde er sie küssen, um sie zu beruhigen, und sie würde weich werden, und sie würden im Bett landen; er wusste es. Darum bemühte sie sich so sehr, nichts zu zeigen, weil sie das Szenario ebenso gut kannte wie er, und sie war entschlossen, sich seiner Leidenschaft nicht zu öffnen.

»Bitte«, sagte sie noch einmal, dieses Mal mit unbestreitbarer Endgültigkeit. Seine Hand fiel von ihrer Schulter herab. Kein Funke sprang zwischen ihnen über, das war alles in seiner Einbildung. Längst vergessen.

»Vielleicht ein andermal.« Er murmelte das Klischee, als wäre es vergiftet.

»Ja«, sagte sie, erfreut darüber, dass sie etwas Tröstendes sagen konnte, so lahm es sich auch anhörte. »Aber ruf mich vorher an.«

»Ich finde allein hinaus.«

23

Er streifte eine Stunde lang umher, wobei er Horden heimkehrender Schulkinder auswich, die sich gegenseitig schubsten und miteinander kämpften. Selbst hier waren die Vorboten des Frühlings unübersehbar; unter derart einengenden Umständen konnte die Natur kaum überquellen, aber sie tat ihr Bestes. In winzigen Vorgärten und in Blumenkästen an Fenstern blühten Blumen; die wenigen jungen Bäume, die den Vandalismus überlebt hatten, zeigten zartgrüne Blätter. Wenn sie noch ein paar Jahre Frost und Vandalismus überlebten, wurden sie vielleicht so groß, dass Vögel auf ihnen nisten konnten – nichts Exotisches, bestenfalls keifende Sperlinge. Aber sie würden im Sommer Schatten spenden, und nachts konnte sich der Mond auf ihren Ästen niederlassen, wenn man zum Fenster hinaussah. Er war voll solcher unangemessener Gedanken – Mond und Sperlinge –, wie ein Halbwüchsiger, der sich zum ersten Mal verliebt hat. Es war ein Fehler gewesen, hierher zurückzukehren; das war eine selbst verursachte Grausamkeit, die auch Charmaine wehgetan hatte. Aber es war zwecklos, umzukehren und sich zu entschuldigen, denn das hätte alles nur noch schlimmer gemacht. Er würde sie anrufen, wie sie vorgeschlagen hatte, und sie zu einem Abschiedsessen einladen. Dann würde er ihr sagen, ob es der Wahrheit entsprach oder nicht, dass er nunmehr bereit sei, sich endgültig von ihr zu trennen, und er hoffe, sie ab und zu einmal zu sehen. Dann würde er zivilisiert auf Wiedersehen sagen, ohne Feindseligkeit, und sie würde zu dem Leben zurückkehren, das sie für sich vorgesehen hatte, und er zu seinem. Zu Whitehead, zu Carys. Ja, zu Carys.

Und plötzlich kamen die Tränen so unvermittelt wie ein Wutanfall, sie rissen ihn in Stücke, und er stand auf einer ihm unbekannten Straße und wurde von ihnen geblendet. Schulkinder stießen im Vorübereilen mit ihm zusammen, manche drehten sich um, bemerkten seine Verfassung und riefen ihm Obszönitäten nach. Das ist lächerlich, sagte er sich, aber keine noch so vernünftigen Argumente wollten den Strom zum Versiegen bringen. Daher stapfte er mit den Händen vor dem Gesicht in eine Seitengasse und wartete dort, bis der Anfall vorüber war. Ein Teil von ihm fühlte sich unberührt von diesem Gefühlsausbruch; dieser ungerührte Teil sah herab auf sein schluchzendes Selbst und schüttelte voll Verachtung für Schwäche und Verwirrung den Kopf. Marty hasste es, Männer weinen zu sehen, das machte ihn verlegen, aber er konnte es nicht bestreiten: Er war verloren, verloren und verängstigt. Und angesichts dessen konnte man schon weinen.

Als der Strom versiegte, fühlte er sich besser, aber unsicher. Er wischte sich das Gesicht ab und blieb in der dunklen Gasse, bis er sich wieder gefasst hatte.

Es war zwanzig Minuten vor fünf. Er war bereits in Holborn gewesen und hatte die Erdbeeren abgeholt; das war seine erste Pflicht gewesen, als er in die Stadt gekommen war. Nachdem das erledigt war und er Charmaine besucht hatte, lag der Rest der Nacht vor ihm und wartete darauf, mit Vergnügungen herumgebracht zu werden. Aber er hatte eine Menge seines Enthusiasmus bezüglich einer Nacht voller Abenteuer verloren. Bald würden die Pubs öffnen, dann konnte er ein paar Whisky in sich hineinschütten. Das würde das Zucken seines Magens beseitigen. Vielleicht würde es auch seinen Appetit wieder wecken, aber das bezweifelte er.

Um die Zeit, bis die Pubs öffneten, totzuschlagen, spazierte er zum Einkaufszentrum hinüber. Es hatte zwei Jahre, bevor er eingesperrt worden war, eröffnet, ein seelenloses Bauwerk mit weißen Kacheln, Plastikpalmen und hell erleuchteten Geschäften. Nun, kaum zehn Jahre später, sah es aus, als wäre es abrissbereit. Es war mit Graffiti voll gekritzelt, die Tunnel und Treppen schmutzig, viele der Geschäfte waren geschlossen, andere hatten derart wenig Charme und noch weniger Kundschaft, sodass ihren Besitzern wohl letztlich nur noch die Möglichkeit offen stand, sie eines Nachts anzuzünden, die Versicherungsprämie zu kassieren und das Weite zu suchen. Er fand einen kleinen Kiosk, der einem Pakistani gehörte, kaufte eine Packung Zigaretten und machte sich auf zum *The Eclipse*.

Das Pub hatte gerade geöffnet und war daher nur spärlich bevölkert: Eine Gruppe Skinheads spielte mit Wurfpfeilen; im Nebenzimmer feierte jemand. Man hörte dissonanten Gesang, ›Happy Birthday, Maureen‹ drang heraus. Der Fernseher war eingeschaltet worden, die ersten Abendnachrichten liefen, aber durch den Lärm der Geburtstagsfeier konnte er kaum etwas verstehen, darüber hinaus interessierte es ihn sowieso nicht besonders. Er holte sich einen Whisky an der Bar, setzte sich und fing an, die Packung Zigaretten zu rauchen, die er gekauft hatte. Er fühlte sich leer, und der Alkohol belebte ihn nicht, sondern machte seine Glieder noch bleierner.

Seine Gedanken begannen zu wandern. Freie Assoziation von Ideen brachte Bilder in seltsame Zusammenhänge. Carys und er, und Buddy Holly. Das Lied ›True Love Ways‹ erklang im Schwanenhaus, während er mit dem Mädchen in der kalten Luft tanzte. Als er die Bilder abschüttelte, sah er neue Kunden an der Bar; eine Gruppe junger Männer, die genügend Lärm machte, hauptsächlich bellendes Gelächter, um den Lärm des Fernsehers und der Geburtstagsparty zu übertönen. Einer von ihnen war eindeutig der König der Unterhaltung, ein schlaksiger Mann mit Gelenken aus Gummi und einem Grinsen, das so breit war, dass man Chopin darauf hätte spielen können. Marty brauchte ein paar Sekunden, um sich klar zu werden, dass er diesen Clown kannte: Es war Flynn. Von allen möglichen Bekannten hatte er zuallerletzt gedacht, dass er ausgerechnet ihm begegnen würde. Marty hatte sich halb erhoben, als Flynns Blick – ein fast magischer Zufall – durch den Raum schweifte und ihn sah. Marty erstarrte wie ein Schauspieler, der seine nächste Szene vergessen hat, er konnte weder vor noch zurück und war sich nicht sicher, ob er für eine Dosis Flynn bereit war. Dann leuchtete Erkennen auf dem Gesicht des Spaßvogels auf und es war zu spät für einen Rückzug.

»Heiliger Herrgott im Himmel«, rief Flynn. Das Grinsen verschwand und wurde einen Augenblick lang von einem Ausdruck völliger Bestürzung ersetzt, um dann breiter als zuvor wiederzukehren. »Schaut doch, wer hier ist!« Und dann kam er mit zum Willkommen ausgebreiteten Armen auf Marty zu, und unter dem maßgeschneiderten Jackett wurde das schrillste Hemd enthüllt, das je ein Mensch geschaffen hatte.

»Verfluchte Hölle. *Marty! Marty!*«

Sie umarmten einander halb, halb schüttelten sie sich die Hände. Es war ein problematisches Wiedersehen, aber Flynn umschiffte die Klippen mit der berufsmäßigen Freundlichkeit eines Vertreters.

»Was sagt man dazu? Von *allen* Menschen. Von *allen* Menschen!«

»Hallo, Flynn.«

Marty kam sich wie der Vetter vom Lande vor, als er vor diesem Möchtegern-Sonnyboy stand, der ganz Spitzfindigkeit und Farbe zu sein schien. Flynns Lächeln war jetzt unverrückbar fest, und er führte Marty zur Bar hinüber, wo er ihm den Kreis seines Publikums vorstellte (Marty bekam nur die Hälfte der Namen mit, konnte aber keinem einzigen ein Gesicht zuordnen), dann erhielt jeder einen doppelten Brandy, um das Wiedersehen mit Marty zu feiern.

»Wusste nicht, dass du schon raus bist«, sagte Flynn und prostete seinem Opfer zu. »Vermutlich wegen guter Führung entlassen.«

Der Rest der Gesellschaft unternahm keinen Versuch, den Redefluss des Meisters zu stoppen, stattdessen zogen sie es vor, sich zu unterhalten, und überließen Marty Flynns Gnade. Er hatte sich kaum verändert. Seine Kleidung, die war natürlich anders. Er war wie immer nach der Mode des letzten Jahres gekleidet; sein Haar wurde schütter, der Haaransatz war deutlich zurückgewichen, aber davon abgesehen war er derselbe klugscheißerische Bluffer, der er immer gewesen war, und er berichtete Marty von einer funkelnden Reihe von Erlebnissen, die dieser bestaunen sollte. Sein Einstieg ins Musikgeschäft, seine Kontakte in L.A., seine Pläne, in der Gegend ein Tonstudio zu eröffnen.

»Habe viel an dich gedacht«, sagte er. »Habe mich gefragt, wie es dir wohl geht. Wollte dich besuchen, aber ich dachte mir, du würdest es mir wahrscheinlich nicht danken.« Damit hatte er Recht. »Außerdem bin ich so gut wie nie hier, weißt du. Und nun sag mir, alter Junge, was du so treibst.«

»Ich kam her, um Charmaine zu besuchen.«

»Oh.« Er schien fast vergessen zu haben, wer sie war. »Geht es ihr gut?«

»So lala. *Du* hörst dich an, als würde es dir gut gehen.«

»Ich hatte meine Schwierigkeiten, aber wer hat die nicht? Doch inzwischen geht es mir wirklich einigermaßen.« Er senkte die Stimme, bis sie kaum noch hörbar war. »Heutzutage macht man das große Geld mit Dope, weißt du. Nicht Gras, sondern der härtere Stoff. Ich deale hauptsächlich Kokain, manchmal auch Heroin. Ich rühre es nicht gern an … Aber ich habe einen teuren Geschmack …« Er zog ein ›Was ist das doch für eine Welt‹-Gesicht und wandte sich zur Bar, um weitere Drinks zu bestellen, dann redete er weiter, ein endloser Strom von Aufschneiderei und farbenprächtigen Bemerkungen. Nach anfänglichem Widerstand erlag Marty ihm, denn seine Art war so unwiderstehlich wie immer. Nur ab und zu machte er einmal eine Pause und stellte seinem Publikum ein paar Fragen, was Marty auch recht war. Er selbst hatte wenig, das er erzählen wollte. So war es immer gewesen: Flynn, der harte Junge, schnell und aalglatt; Marty der stille, derjenige mit den Zweifeln. Wie Alter Egos. Nur durch das bloße Zusammensein mit Flynn konnte Marty spüren, wie ihn Erleichterung überkam.

Der Abend verging sehr rasch. Leute gesellten sich zu Flynn, tranken mit ihm und zogen wieder weiter, nachdem sie sich vom Hofnarren eine Weile hatten unterhalten lassen. Im Strom der Trinkenden waren ein paar Gesichter, die Marty kannte, auch ein paar unangenehme Zusammentreffen gab es, aber alles in allem ging es leichter, als Marty gedacht hatte, da Flynns Ausgelassenheit über vieles hinweghalf. Gegen Viertel nach zehn verschwand er für ein paar Minuten – »Muss nur ein paar Geschäfte abwickeln« – und kam mit einem dicken Bündel Geldscheinen in der Tasche zurück, die er auf der Stelle auszugeben begann.

»Was du brauchst«, sagte er zu Marty, als sie beide schon recht angetrunken waren, »was du jetzt brauchst, ist eine gute Frau. Nein …«, kicherte er, »… nein, nein, nein. Was du jetzt brauchst, ist eine *schlechte* Frau.«

Marty nickte, sein Kopf wackelte beunruhigend auf dem Hals. »Du hast's erfasst«, murmelte er.

»Also suchen wir eine Lady, hm? Sollen wir das tun?«

»Einverstanden.«

»Ich meine, du brauchst Gesellschaft, und ich auch. Und ich erledige so etwas nebenbei, weißt du? Ich habe ein paar Damen bereit. Werde mal sehen, was sich machen lässt.«

Marty war zu betrunken, um zu widersprechen. Außerdem war der Gedanke an eine Frau – gekauft oder aufgerissen, was spielte das schon für eine Rolle? – das Beste, was er seit langem gehört hatte. Flynn ging weg, telefonierte und kam lüstern grinsend zurück.

»Kein Problem«, sagte er. »Überhaupt kein Problem. Noch einen Drink, dann machen wir uns auf den Weg.«

Marty folgte ihm wie ein Lamm. Sie tranken noch ein Glas, dann verließen sie *The Eclipse* und torkelten hinaus und um die Ecke zu Flynns Wagen, einem Volvo, der schon bessere Zeiten gesehen hatte. Sie fuhren vier oder fünf Minuten zu einem Haus oder Anwesen. Eine gut aussehende Farbige öffnete die Tür.

»Ursula, dies ist mein Freund Marty. Marty, sag Hallo zu Ursula.«

»Hallo, Ursula.«

»Wo sind die Gläser, Liebes? Daddy hat eine Flasche gekauft.«

Sie tranken noch etwas zusammen, dann gingen sie nach oben; erst da wurde Marty klar, dass Flynn nicht die Absicht hatte zu gehen. Dies sollte eine *menage à trois* werden, wie in alten Zeiten. Seine anfänglichen Zweifel schwanden, als das Mädchen begann, sich vor ihnen auszuziehen. Der Alkohol hatte ihm die Hemmungen genommen, und er saß auf dem Bett und ermutigte sie bei ihrem Strip, sich am Rande bewusst, dass Flynn von seiner Begierde wahrscheinlich ebenso angemacht wurde wie er von dem Mädchen. Soll er ruhig zusehen, dachte Marty; es ist seine Party. In dem engen, schlecht beleuchteten Zimmer sah Ursulas Körper wie aus schwarzer Butter modelliert aus. Zwischen ihren vollen Brüsten ruhte ein glänzendes goldenes Kreuz. Auch ihre Haut glänzte, aus jeder Pore schien ein winziger Schweißtropfen zu quellen. Flynn hatte ebenfalls angefangen, sich zu entkleiden, und Marty folgte seinem Beispiel, er stolperte, als er seine Jeans auszog, da er den Blick nicht von dem Mädchen lassen wollte, das sich auf das Bett legte und eine Hand zwischen die Beine schob. Was folgte, war eine kurze Wiedereinführung in die Kunst des Sex. Wie ein Schwimmer, der nach Jahren der Abwesenheit wieder ins Wasser zurückkehrt, erinnerte er sich rasch wieder an die richtigen Bewegungen. In den folgenden zwei Stunden sammelte er solide Erinnerungen, die er mitnehmen konnte. Er wandte den Blick von Ursulas amüsiertem Gesicht ab und sah Flynn, der an ihren Zehen saugte: Ursula verharrte wie ein schwarzer Schwan über seiner Erektion, die sie gleich darauf bis zur Wurzel verschlang; Flynn leckte sich die Hände und grinste, und leckte und grinste. Und schließlich nahmen sie Ursula gemeinsam, Flynn drang in die Kehrseite ein und tat damit genau das, was man, wie er als Elfjähriger behauptet hatte, mit Frauen tat.

Hinterher dösten sie gemeinsam ein. Irgendwann einmal, mitten in der Nacht, schrak Marty kurz hoch und sah, wie Flynn sich anzog und fortging. Vermutlich nach Hause, wo auch immer sein Zuhause dieser Tage und dieser Nächte sein mochte.

24

Kurz vor Einbruch der Dämmerung erwachte er, anfangs desorientiert, bis er Ursulas regelmäßige Atemzüge neben sich hörte. Er verabschiedete sich von ihr, zog sich an und nahm ein Taxi, das ihn zu seinem Wagen brachte. Um acht Uhr dreißig war er wieder im Asyl. Bald würde die Erschöpfung kommen, und der Kater, aber er kannte seine innere Uhr. Er hatte noch ein paar Stunden der Anmut, bevor er den Preis bezahlen musste.

Pearl war in der Küche und räumte auf, da das Frühstück bereits vorüber war.

Sie wechselten ein paar unverbindliche Worte miteinander, und Marty trank drei Tassen schwarzen Kaffee, eine nach der anderen. Er hatte einen üblen Geschmack im Mund, und Ursulas Parfüm, welches ihm in der vergangenen Nacht wie Ambrosia erschienen war, war heute Morgen zu aufdringlich süß; es haftete an seinen Händen und im Haar.

»Gute Nacht?«, fragte Pearl.

Er nickte, ohne zu antworten.

»Sie sollten ein kräftiges Frühstück zu sich nehmen. Ich werde Ihnen heute kein Essen mehr machen können.«

»Warum nicht?«

»Zu viel zu tun wegen der Dinner-Party.«

»Was für eine Dinner-Party?«

»Bill wird es Ihnen sagen. Er ist in der Bibliothek.«

Toy sah müde aus, aber nicht so erschöpft wie bei ihrer letzten Begegnung. Vielleicht war er in der Zwischenzeit beim Arzt gewesen; oder er hatte Urlaub gemacht.

»Sie wollten mich sprechen?«

»Ja, Marty, ja. Hat Ihnen die Nacht in der Stadt gefallen?«

»Sehr. Danke dafür, dass Sie sie ermöglicht haben.«

»Ich bin nicht dafür verantwortlich; es war Joe. Sie sind beliebt, Marty. Lillian sagte mir, selbst die Hunde haben Sie akzeptiert.«

Toy ging zum Tisch, öffnete eine Zigarettenschachtel und nahm eine Zigarette heraus. Bisher hatte Marty ihn noch nicht rauchen sehen.

»Sie werden Mr. Whitehead heute nicht zu Gesicht bekommen; heute Nacht wird es einen kleinen Empfang geben.«

»Ja, Pearl hat es mir gesagt.«

»Nichts Besonderes. Mr. Whitehead gibt ab und zu ein Essen für ein paar Auserwählte. Das Entscheidende ist, es sind stets private Zusammenkünfte, daher wird er Sie nicht brauchen.«

Das freute Marty. So konnte er sich wenigstens eine Weile hinlegen.

»Selbstverständlich möchten wir, dass Sie im Haus sind, falls wir Sie aus irgendwelchen Gründen brauchen, aber das ist unwahrscheinlich.«

»Danke, Sir.«

»Ich denke, Sie können mich Bill nennen, wenn wir unter uns sind, Marty.«

»Gut.«

»Ich meine …« Er verstummte und zündete sich eine Zigarette an. »… schließlich sind wir alle Diener hier, auf die eine oder andere Weise.«

Nachdem er geduscht, an seinen täglichen Lauf gedacht und die Vorstellung als masochistisch abgetan hatte, um sich dann hinzulegen und zu dösen, waren die ersten Vorboten des Katers bereits spürbar. Er kannte kein Heilmittel dagegen, die einzige Möglichkeit war, auszuschlafen.

Er erwachte erst am frühen Nachmittag, weil ihn der Hunger quälte. Im Haus war kein Laut zu hören. Die Küche unten war verlassen, lediglich eine Fliege summte am Fenster – die erste, die Marty in diesem Jahr sah – und unterbrach die Grabesstille. Pearl hatte ihre wie auch immer gearteten Vorbereitungen für die abendliche Dinner-Party offensichtlich beendet und war gegangen, vielleicht, um später zurückzukehren. Er schlurfte zum Kühlschrank und durchsuchte ihn nach etwas, um seinen knurrenden Magen zu besänftigen. Das Sandwich, das er konstruierte, sah aus wie ein ungemachtes Bett, die Laken aus Schinken hingen zwischen den Bettdecken aus Brot heraus, aber es erfüllte seinen Zweck. Er schaltete die Kaffeemaschine ein und machte sich auf die Suche nach Gesellschaft.

Es war, als wäre jeder vom Angesicht der Erde verschwunden. Während er durch das verlassene Haus ging, verschluckte ihn die Melancholie des Nachmittags. Die Stille und der Nachhall seiner Kopfschmerzen taten sich zusammen, um ihn nervös zu machen, und er stellte fest, dass er sich immer wieder umsah, wie ein Mann auf einer schlecht beleuchteten Straße. Oben war es sogar noch stiller als unten; seine Schritte auf dem Teppich waren so gedämpft, als habe er überhaupt kein Gewicht. Dennoch schlich er.

Auf halbem Weg des Flurs – Whiteheads Flur – befand sich der Punkt, den er laut Anweisung nicht überschreiten durfte. In diesem Teil des Hauses befand sich die Privatsuite des alten Mannes, ebenso Carys' Schlafzimmer.

Welches Zimmer das wohl sein mochte? Er versuchte sich die Außenseite des Hauses zu vergegenwärtigen, um das Zimmer durch einen Eliminierungsprozess ausfindig zu machen, doch fehlte ihm die Fantasie, das Äußere des Hauses mit den Türen im Inneren in Übereinstimmung zu bringen.

Nicht alle waren geschlossen. Die dritte auf der rechten Seite stand ein wenig offen, und nun, da seine Ohren sich auf leiseste Geräusche eingestellt hatten, konnte er dahinter Bewegungen wahrnehmen. Das war sicher ihr Zimmer. Er überquerte die unsichtbare Schwelle zum verbotenen Gelände und dachte nicht daran, wie die Strafe für dieses Vergehen aussehen mochte, da er zu begierig war, ihr Gesicht zu sehen, vielleicht mit ihr zu sprechen. Er trat vor die Tür und spähte hinein.

Carys war da. Sie befand sich in halb liegender Haltung auf dem Bett, ihr Blick verlor sich hinter der Tür. Marty wollte gerade eintreten und sie ansprechen, als sich jemand anderer in dem Zimmer bewegte, der hinter der Tür vor seinem Blick verborgen gewesen war. Marty musste nicht darauf warten, bis er sprach, um zu wissen, dass es Whitehead war.

»Warum behandelst du mich so schlecht?«, fragte er mit gedämpfter Stimme. »Du weißt, wie weh es mir tut, wenn du so zu mir bist.«

Sie sagte nichts, lieferte ihm keinerlei Anzeichen dafür, dass sie ihn gehört hatte.

»Ich verlange doch nicht zu viel von dir, oder?«, fragte er flehentlich. Ihr Blick flackerte in seine Richtung. »Oder?«

Schließlich ließ sie sich zu einer Antwort herab. Als sie antwortete, war ihre Stimme so leise, dass Marty die Worte kaum verstehen konnte. »Schämst du dich nicht?«, fragte sie ihn.

»Es gibt schlimmere Dinge, Carys, als von jemandem gebraucht zu werden; glaube mir.«

»Ich weiß«, erwiderte sie und wandte den Blick von ihm ab. Es lag so viel Schmerz und so viel Duldsamkeit angesichts dieses Schmerzes in den beiden Worten: *Ich weiß*. Plötzlich verspürte Marty brennende Sehnsucht danach, sie zu berühren, zu versuchen, diesen unbekannten Schmerz zu heilen. Whitehead durchquerte das Zimmer und setzte sich zu ihr auf die Bettkante. Marty wich ein wenig von der Tür zurück, da er fürchtete, ertappt zu werden, doch Whiteheads Aufmerksamkeit galt einzig und allein dem vor ihm befindlichen Rätsel.

»*Was* weißt du?«, fragte er sie. Die bisherige Leutseligkeit war völlig verschwunden. »Verheimlichst du mir etwas?«

»Nur Träume«, antwortete sie. »Mehr und mehr.«

»Wovon?«

»Das weißt du. Immer dieselben.«

»Von deiner Mutter?«

Carys nickte fast unmerklich. »Und anderen«, antwortete sie.

»Wer?«

»Sie zeigen sich niemals.«

Der alte Mann seufzte und wandte den Blick von ihr ab. »Und in den Träumen?«, fragte er. »Was passiert da?«

»Sie versucht, zu mir zu sprechen. Sie versucht, mir etwas zu sagen.«

Whitehead bohrte nicht weiter; die Fragen schienen ihm ausgegangen zu sein, seine Schultern waren herabgesunken. Carys sah ihn an, spürte seine Niederlage.

»Wo ist sie, Papa?«, fragte sie, beugte sich zum ersten Mal nach vorn und legte ihm den Arm um den Nacken. Es war eine brutal eindeutige Geste; sie gestattete diese Intimität nur, um zu bekommen, was sie von ihm wollte. Wie viel hatte sie in ihrer gemeinsamen Zeit gegeben – und er genommen? Ihr Gesicht kam nahe an seines heran, das Licht des Spätnachmittags verzauberte es. »Sag es mir, Papa«, beharrte sie. »Was meinst du, wo sie ist?« Und diesmal bemerkte Marty den Hohn, der sich hinter der scheinbar unschuldigen Frage verbarg. Er wusste nicht, was das alles zu bedeuten hatte, die ganze Szene, mit ihrer Unterhaltung über Kälte und Scham. In gewisser Weise war er froh, dass er es nicht wusste. Aber die Frage, die sie ihm so höhnisch, scheinbar liebevoll, gestellt hatte, war ausgesprochen worden – und er *musste* noch einen Augenblick warten, bis der alte Mann antwortete. »Wo ist sie, Papa?«

»In Träumen«, antwortete er und wandte das Gesicht von ihr ab. »Nur in Träumen.«

Sie ließ den Arm von seiner Schulter sinken.

»Lüg mich niemals an«, sagte sie eisig.

»Mehr kann ich dir nicht sagen«, erwiderte er; sein Tonfall war beinahe kläglich. »Wenn du mehr weißt als ich …« Er drehte sich um und sah sie an, seine Stimme wurde beschwörend. »*Weißt* du etwas?«

»O Papa«, murmelte sie reuevoll. »Noch mehr Verschwörungen?« Wie viele Attacken und Gegenangriffe gab es in dieser Unterredung?, überlegte Marty. »Du verdächtigst doch sicherlich nicht *mich*?«

Whitehead runzelte die Stirn. »Nein, dich niemals, Liebling«, sagte er. »Dich niemals.« Er hob die Hand zu ihrem Gesicht und beugte sich nach vorn, um seine trockenen Lippen auf ihre zu pressen. Bevor sie sich berührten, verschwand Marty von der Tür und zog sich zurück.

Es gab Dinge, die zu beobachten er einfach nicht über sich bringen konnte.

25

Am frühen Abend fuhren die ersten Autos vor dem Haus vor. In der Diele erklangen Stimmen, die Marty kannte. Die üblichen Leute, dachte er, darunter Klugscheißer und seine Kameraden: Ottaway, Curtsinger und Dwoskin. Auch Frauenstimmen hörte er. Sie hatten wohl ihre Ehefrauen mitgebracht, oder ihre Geliebten. Er fragte sich, was für Frauen sie waren. Einst schön, inzwischen hässlich und lieblos? Zweifellos gelangweilt von ihren Männern, die mehr ans Geldverdienen als an sie dachten. Im Flur hörte er ihr Lachen, später nahm er Schwaden ihres Parfüms wahr. Er hatte immer schon einen guten Geruchssinn gehabt. Saul wäre stolz auf ihn gewesen.

Gegen acht Uhr fünfzehn ging er in die Küche und

wärmte die Ravioli auf, die Pearl ihm hingestellt hatte, dann zog er sich in die Bibliothek zurück, um ein paar Boxvideos anzusehen. Die Ereignisse des Nachmittags nagten noch an ihm. So sehr er sich bemühte, er konnte nicht aufhören, an Carys zu denken, und der Zustand seiner Gefühle, über die er so wenig Kontrolle hatte, ärgerte ihn. Warum konnte er nicht wie Flynn sein, der eine Frau für eine Nacht kaufte und am nächsten Morgen weiterzog? Warum verschmolzen seine Gefühle immerzu, sodass er eines nicht mehr vom anderen unterscheiden konnte? Das Spiel auf dem Bildschirm wurde blutiger, aber er bekam von Bestrafung und Sieg kaum etwas mit. Sein Verstand beschwor das verschlossene Gesicht der auf dem Bett liegenden Carys herauf und versuchte, es zu erforschen und irgendwelche Erklärungen darin zu finden.

Er ließ den Moderator des Kampfes weitersprechen und ging in die Küche, um sich noch ein Bier aus dem Kühlschrank zu holen. In diesem Teil des Hauses deutete nicht das leiseste Geräusch auf die stattfindende Party hin; außerdem fand ein so zivilisiertes Zusammentreffen doch sicher gedämpft statt, oder nicht? Nur das leise Klirren von Glas und das Gerede von den Vergnügungen reicher Leute.

Nun, zum Teufel mit ihnen allen, dachte er. Whitehead und Carys und die anderen auch. Es war nicht seine Welt, und er wollte nicht Teil davon sein, weder von ihnen noch von ihr. Er konnte jederzeit alle Frauen haben, die er wollte – er musste nur zum Telefon greifen und Flynn anrufen. Keine Probleme. Sollten sie ihre verdammten närrischen Spielchen spielen; er war daran nicht interessiert. Er kippte das Bier stehend in der Küche, dann nahm er zwei weitere Flaschen aus dem Kühlschrank und trug sie durch den Flur. Heute Abend würde er sich sinnlos betrinken, er würde sich so betrinken, dass nichts mehr von Bedeutung war. Ganz besonders sie nicht. Weil sie ihm einerlei war. *Sie war ihm einerlei.*

Das Band war zu Ende, der Bildschirm leer. Ein huschendes Pünktchenmuster raste darüber hinweg. Weißes Rauschen. Wurde es nicht so genannt?

Es war ein Porträt des Chaos, dieses Zischen, diese rasenden Punkte; das Universum summte vor sich hin. Leere Wellen waren niemals wirklich leer.

Er schaltete das Gerät ab, er wollte keine Kämpfe mehr sehen. Sein Kopf summte wie der Kasten; auch dort drinnen weißes Rauschen.

Dann ließ er sich in den Sessel fallen und trank die zweite Flasche Bier in zwei Zügen leer. Das Bild von Carys und Whitehead erstand wieder vor seinem inneren Auge. »Geh weg«, befahl er ihm laut, aber es verweilte. *Wollte* er sie, war es das? Würde dieses Unbehagen befriedigt werden, wenn er sie eines Nachmittags zum Schwanenhaus mitnahm und sie dort vögelte, bis sie ihn anflehte, er möge niemals aufhören? Dieser widerliche Gedanke stieß ihn ab; seine gemischten Gefühle konnte er nicht mit Pornografie beschwichtigen.

Als er die dritte Flasche Bier öffnete, stellte er fest, dass seine Hände schwitzten, ein kalter Schweiß, den er mit Krankheit assoziierte, wie die ersten Anzeichen einer Grippe. Er wischte sich die Handflächen an den Jeans ab und stellte das Bier weg. Mehr als bloße Verblendung nährte seine Nervosität – etwas stimmte nicht. Er stand auf und trat ans Fenster, starrte in die pechschwarze Dunkelheit jenseits des Glases hinaus, bis ihm klar wurde, was möglicherweise nicht stimmte. Die Scheinwerfer am Rasen und am Zaun waren heute Nacht nicht eingeschaltet worden. Das würde er wohl tun müssen. Zum ersten Mal, seit er in dem Haus angekommen war, herrschte draußen wirklich Nacht, eine schwärzere Nacht, als er sie seit vielen Jahren erlebt hatte. In Wandsworth waren ständig Scheinwerfer eingeschaltet gewesen; Neonleuchten an den Wänden brannten von der Abend- bis zur Morgendämmerung. Aber hier war, ohne Straßenlaternen, nur Nacht draußen.

Nacht und weißes Rauschen.

26

Obwohl Marty nicht damit gerechnet hatte, befand sich Carys nicht bei der Dinner-Party. Ihr blieben nur sehr wenige Freiheiten, die Einladungen ihres Vaters zum Essen auszuschlagen gehörte dazu. Sie hatte einen Nachmittag lang seine unerwarteten Tränen erduldet, dann seine unerwarteten Anschuldigungen. Sie hatte seine Küsse und seine Zweifel satt. Daher hatte sie sich heute Nacht einen stärkeren Schuss als gewöhnlich gegönnt, da sie gierig war zu vergessen. Nun wollte sie nichts anderes mehr tun als sich hinlegen und sich dem Nichtsein ergeben.

Als sie den Kopf auf das Kissen zurücklegte, berührte sie etwas oder jemand. Sie drehte sich erschrocken um. Das Schlafzimmer war leer, das Licht ausgeschaltet, die Vorhänge zugezogen. Es war niemand da. Ihre Sinne hatten ihr einen Streich gespielt, mehr nicht. Und doch konnte sie die Nervenenden im Nacken immer noch kribbeln spüren, wo die scheinbare Berührung erfolgt war, als würden sie wie eine Mimose auf die Reizung reagieren. Sie legte die Finger darauf und massierte die Stelle. Der Schuss hatte die Lethargie eine Weile vertrieben. Es war sinnlos, den Kopf auf das Kissen zu betten, bevor ihr Herz aufhörte, so heftig zu klopfen.

Sie richtete sich auf und fragte sich, wo der Läufer war. Wahrscheinlich mit dem Rest von Papas Hofstaat bei der Dinner-Party. Das gefiel ihnen: ihn bei sich zu haben, damit sie auf ihn heruntersehen konnten. Sie hielt ihn nicht mehr für einen Engel. Immerhin hatte er jetzt einen Namen – und eine Geschichte. (Toy hatte ihr alles erzählt, was er wusste.) Er hatte seine Göttlichkeit schon lange verloren. Er war eben er selbst – Martin Francis Strauss –, ein Mann mit graugrünen Augen; mit einer Narbe auf der Wange und ausdrucksstarken Händen, wie die eines Schauspielers, aber sie glaubte nicht, dass er ein besonders guter Täuscher war. Seine Augen verrieten ihn zu leicht.

Dann erfolgte die Berührung wieder, und diesmal spürte sie eindeutig Finger im Nacken, als wäre der Knochen ihrer

Wirbelsäule ganz leicht zwischen Daumen und Zeigefinger gekniffen worden. Es war eine absurde Illusion, aber zu überzeugend, um sie einfach abzutun.

Sie nahm an ihrem Kosmetiktisch Platz und spürte, wie von ihrem nervösen, gereizten Magen Wogen durch ihren ganzen Körper liefen. Waren das nur die Folgen eines schlechten Schusses? Bisher hatte sie noch nie Probleme gehabt. Das Heroin, das Luther von seinen Dealern in Stratford kaufte, war stets von bester Qualität. Papa konnte es sich leisten.

Geh zurück und leg dich hin, sagte sie zu sich. Leg dich hin, auch wenn du nicht schlafen kannst. Aber als sie aufstand und zurückgehen wollte, wich das Bett vor ihr zurück, alles in dem Zimmer drängte sich in eine Ecke, als wäre es auf Stoff gemalt gewesen, der nun von einer unsichtbaren Hand weggezogen worden war.

Dann schienen die Finger erneut ihren Nacken zu berühren, diesmal beharrlicher, als wollten sie sich einen Weg in sie hineinbohren. Sie griff hinter sich und rieb sich den Nacken heftig, wobei sie Luther verfluchte, weil er ihr offenbar schlechten Stoff besorgt hatte. Wahrscheinlich kaufte er gestrecktes Heroin, kein reines, und ließ den Differenzbetrag in der eigenen Tasche verschwinden. Ihr Zorn klärte ihren Kopf einen Augenblick, so schien es jedenfalls, denn es geschah nichts weiter. Sie ging mit langsamen Schritten zum Bett, wobei sie sich mit der Hand an der Blumentapete entlangtastete. Alles kam wieder ins rechte Lot, das Zimmer nahm wieder die richtige Perspektive an. Mit einem erleichterten Seufzen legte sie sich hin, ohne die Decke zurückzuschlagen, und schloss die Augen. Etwas tanzte auf den Innenseiten ihrer Lider, Schemen formten sich, lösten sich auf und formten sich erneut. Keiner ergab den geringsten Sinn: Spritzer und Flecken, Graffiti eines Wahnsinnigen. Sie betrachtete sie mit ihrem geistigen Auge und war wie hypnotisiert von den wechselnden Formen, und in ihrer Faszination bemerkte sie nicht, dass die unsichtbaren Finger wieder ihren Nacken gefunden hatten und sich mit der subtilen Effizienz eines berufsmäßigen Masseurs in ihr Fleisch gruben.

Dann schlief sie ein.

Sie hörte nicht, dass die Hunde zu bellen anfingen, aber Marty hörte es. Zuerst war es nur ein einziges Bellen, irgendwo südöstlich des Hauses, aber der Alarmruf wurde sofort von anderen aufgeregten Hundestimmen aufgegriffen.

Er stand benommen von seinem Platz vor dem toten Fernsehschirm auf und ging zum Fenster.

Wind war aufgekommen. Wahrscheinlich hatte er einen abgestorbenen Ast heruntergeweht, und das hatte die Hunde erschreckt. In einer Ecke des Anwesens hatte er mehrere abgestorbene Ulmen gesehen, die gefällt werden mussten; vielleicht war eine davon der Auslöser. Dennoch wäre es wohl besser, wenn er nachsah. Er ging zur Küche und schaltete die Videoschirme ein, dann klickte er von einer Kamera am Zaun entlang zur nächsten: nichts zu sehen. Als er jedoch zu den Kameras östlich des Wäldchens kam, verschwand das Bild und weißes Rauschen ersetzte das vom Flutlicht erhellte Gras. Alles in allem waren drei Kameras funktionsuntüchtig.

»Scheiße«, sagte er. Wenn ein Baum umgestürzt war – und das schien beim Ausfall von gleich drei Kameras keine unwahrscheinliche Möglichkeit –, dann stand ihm die Aufgabe bevor, die Aufräumarbeiten durchzuführen. Seltsam war nur, dass kein Alarm ertönte. Jeder umgestürzte Baum, der drei Kameras außer Gefecht setzen konnte, musste das Sicherungssystem des Zauns ebenfalls ausgeschaltet haben. Dennoch läuteten keine Glocken, heulten keine Sirenen. Er nahm seinen Anorak vom Haken neben der Tür, ergriff eine Taschenlampe und ging hinaus.

Die Scheinwerfer des Zauns leuchteten am Rand seines Sehbereichs; rasch sah er reihum und erkannte, dass keiner davon aus war. Er setzte sich in Richtung der bellenden

Hunde in Bewegung. Trotz des Windes war es eine milde Nacht: die erste zaghafte Wärme des Frühlings. Er war froh, diesen Spaziergang machen zu können, auch wenn er wahrscheinlich vergebens war. Vielleicht war nicht einmal ein Baum umgestürzt, sondern es handelte sich einfach um einen Kurzschluss. Nichts war unfehlbar. Das Haus kippte hinter ihm weg, die erleuchteten Fenster verschwanden. Dunkelheit um ihn herum. Zweihundert Meter zwischen den Lichtern des Hauses und denen des Zaunes war er isoliert, ein Streifen Niemandsland, über den er stolperte, wobei die Taschenlampe nur wenige Meter Boden vor ihm erhellen konnte.

Im Wald heulte der Wind ab und zu, ansonsten herrschte Stille. Schließlich erreichte er den Abschnitt des Zauns, wo das Bellen der Hunde seiner Schätzung nach angefangen hatte. In beiden Richtungen funktionierten alle Lichter; es gab kein Anzeichen einer Störung. Obwohl die Szenerie auf so beunruhigende Weise in Ordnung schien, war etwas daran seltsam, wie auch an der milden Nacht und dem Wind. Vielleicht war die Dunkelheit doch nicht so gütig, die Wärme der Luft nicht unbedingt natürlich für die Jahreszeit. In seinem Magen begann ein Ziehen, seine Blase war gefüllt mit Bier. Seltsam fand er es auch, dass keine Hunde zu sehen oder hören waren. Entweder hatte er sich geirrt und ihren Standort falsch eingeschätzt, oder sie waren weitergezogen, um etwas zu verfolgen. Oder, kam ihm ein absurder Gedanke, sie wurden verfolgt.

Die Lampen an den Pfosten des Zauns erbebten unter einem neuerlichen Windstoß; im flackernden Licht tanzte die gesamte Szene übelkeiterregend. Er überlegte, dass er keinen Schritt weitergehen konnte, ohne vorher seine Blase zu entleeren, also schaltete er die Taschenlampe aus, steckte sie ein, öffnete den Reißverschluss und stellte sich so hin, dass er dem Zaun und den Scheinwerfern den Rücken zuwandte. Es war eine große Erleichterung, ins Gras zu pissen; die körperliche Befriedigung ließ ihn aufstöhnen.

Während er dabei war, flackerten die Lichter hinter ihm. Zuerst hielt er es nur für einen Streich des Windes, aber nein, sie wurden tatsächlich schwächer. Während das Licht schwächer wurde, fingen rechts von ihm die Hunde wieder an zu bellen, diesmal voll Wut und Panik.

Er konnte nicht aufhören zu pissen, nachdem er angefangen hatte, und verfluchte die fehlende Kontrolle über seine Blase. Als er dann endlich fertig war, zog er den Reißverschluss hoch und rannte in Richtung des Bellens. Während er lief, gingen die Scheinwerfer wieder an, doch sie flackerten, ihre Stromkabel summten. Aber sie waren zu unregelmäßig entlang des Zauns angebracht, um ihn wirklich zu beruhigen. Zwischen ihnen breiteten sich Flecken der Dunkelheit aus, sodass er beim Laufen einen Schritt im Licht war und neun von zehn in der Dunkelheit. Trotz der Angst, die seine Eingeweide verkrampfte, lief er weiter, und der Zaun flackerte hinter ihm, Licht, Dunkelheit, Licht, Dunkelheit …

Vor ihm kristallisierte sich ein Bild heraus. Ein Eindringling stand jenseits der erleuchteten Fläche einer der Lampen. Die Hunde waren überall, an seinen Beinen, an seiner Brust, sie schnappten nach ihm und rissen an ihm. Der Mann stand mit gespreizten Beinen aufrecht, während sie um ihn herumtollten.

Erst jetzt wurde Marty klar, dass er in Kürze einem Massaker beiwohnen würde. Die Hunde waren zu Berserkern geworden, die mit aller Kraft den Eindringling bedrängten. Aber ungeachtet ihrer Wut waren ihre Schwänze ängstlich zwischen die Beine geklemmt, und ihr Knurren, das sie ausstießen, während sie ihn umkreisten und nach einer weiteren ungedeckten Stelle suchten, war eindeutig ängstlich. Hiob, sah er, versuchte nicht einmal einen Angriff; er saß da, hatte die Augen zu schmalen Schlitzen zusammengepresst und betrachtete den Heroismus der anderen.

Marty rief sie dem Namen nach zurück, wobei er die knappen, nachdrücklichen Befehle verwendete, welche Lillian ihm beigebracht hatte.

»Aus! Saul! Aus! Dido!«

Die Ausbildung der Hunde war makellos. Er hatte ein Dutzend Mal gesehen, wie sie diese Ausbildung absolvierten. Nun ließen sie trotz ihrer Wut von dem Opfer ab, als sie den Befehl hörten. Widerwillig wichen sie zurück, mit flach angelegten Ohren, gebleckten Zähnen und Augen, die den Mann nicht losließen.

Marty begann gemessen auf den Eindringling zuzugehen, der zerschunden und blutig in einem Kreis argwöhnischer, wachsamer Hunde stand. Er trug keine sichtbare Waffe; tatsächlich sah er mehr nach einem Landstreicher denn nach einem möglichen Attentäter aus. Sein schlichtes, schwarzes Jackett war durch den Angriff an mehreren Stellen aufgerissen worden; wo die Haut durchkam, war Blut zu sehen.

»Halten Sie sie ... von mir fern«, sagte er mit schwacher Stimme.

Überall am Körper hatte er Bisswunden. An manchen Stellen, besonders an den Beinen, waren ganze Fleischstücke herausgerissen worden. Der Mittelfinger der linken Hand war durchgebissen, der Finger wurde unterhalb des zweiten Gelenks nur noch von einer Sehne gehalten. Marty war überrascht, dass der Mann überhaupt noch aufrecht stand.

Die Hunde umkreisten ihn immer noch, bereit, ihn sofort wieder anzugreifen, falls der Befehl dazu gegeben wurde; einer oder zwei sahen Marty ungeduldig an, brannten sie doch darauf, ihrem verwundeten Opfer den Rest zu geben. Aber der Landstreicher gönnte ihnen kein sichtbares Zeichen der Angst, er hatte nur Augen für Marty, und diese Augen waren Nadelstiche in lebendigem Weiß.

»Machen Sie keine Bewegung«, sagte Marty, »wenn Ihnen Ihr Leben lieb ist. Wenn Sie versuchen zu fliehen, werden sie Sie niederreißen. Verstehen Sie? So viel Kontrolle habe ich nicht über sie.«

Der andere sagte nichts, er starrte ihn nur an. Seine Schmerzen, überlegte Marty, mussten immens sein. Er war nicht einmal ein junger Mann, seine unregelmäßigen Bartstoppeln zeigten mehr Grau als Schwarz. Der Schädel hinter dem schlaffen, wächsernen Fleisch war kantig, die Gesichtszüge verbraucht und müde, geradezu tragisch. Sein Leiden wurde nur im glänzenden Schimmer seiner Haut ersichtlich, und in der Starre seiner Gesichtsmuskeln. Sein Blick hatte die Ruhe im Auge eines Hurrikans und er war ebenso bedrohlich.

»Wie sind Sie hereingekommen?«, fragte Marty.

»Schaffen Sie sie weg«, sagte der Mann. Er sprach, als erwarte er, dass man ihm gehorchte.

»Kommen Sie mit mir zum Haus.«

Der andere schüttelte den Kopf; er war nicht einmal bereit, über diese Möglichkeit zu diskutieren. »Schaffen Sie sie *weg*«, wiederholte er.

Marty fügte sich der Autorität des anderen, auch wenn er nicht sicher war, warum. Er rief die Hunde beim Namen zu sich. Sie kamen mit traurigen Blicken zu ihm, offenbar traurig darüber, dass sie von ihrem Opfer ablassen mussten.

»*Jetzt* kommen Sie mit zum Haus«, sagte Marty.

»Unnötig.«

»Sie verbluten, um Himmels willen.«

»Ich hasse Hunde«, sagte der Mann, der den Blick nicht von Marty abwandte. »Und Sie auch.«

Marty hatte keine Zeit, genauer über das nachzudenken, was der Mann sagte, er wollte nur verhindern, dass die Situation erneut eskalierte. Der Blutverlust musste den Mann doch geschwächt haben. Wenn er hinfiel, war Marty nicht sicher, ob er die Hunde davon abhalten konnte, ihn in Stücke zu reißen. Sie saßen um seine Beine herum und sahen wütend zu ihm auf; er konnte ihren heißen Atem spüren.

»Wenn Sie nicht freiwillig mitkommen, hole ich Sie.«

»Nein.« Der Eindringling hob die verletzte Hand in Brusthöhe und betrachtete sie. »Ich brauche Ihre Freundlichkeit nicht, danke«, sagte er.

Er biss durch die Sehne des verletzten Fingers wie eine Schere durch einen Faden und der abgetrennte Finger fiel zu Boden. Dann ballte er die blutende Hand zur Faust und steckte sie in die Jackentasche.

Marty sagte: »Heiliger Himmel.« Plötzlich begannen die Lichter am Zaun wieder zu flackern, aber diesmal gingen sie ganz aus.

Saul winselte in der unerwarteten Dunkelheit. Marty erkannte die Stimme des Hundes und er teilte seine Furcht.

»Was ist denn, Junge?«, fragte er den Hund und wünschte sich bei Gott, dieser hätte antworten können. Und dann verschwand die Dunkelheit. Etwas erhellte sie, das weder Elektrizität noch Sternenlicht war. Der Eindringling war die Quelle, er hatte angefangen, in einer leichten Lumineszenz zu erstrahlen. Licht tropfte von seinen Fingerspitzen und aus den offenen Wunden, hüllte seinen Kopf wie ein flammender Heiligenschein ein, der weder Fleisch noch Knochen verbrannte. Das Licht funkelte aus Augen, Mund und Nasenlöchern heraus, begann, Formen anzunehmen; jedenfalls schien es so. Aber mittlerweile war alles *Schein*. Phantome sprangen aus dem Lichtstrom. Marty erblickte Hunde, dann eine Frau, dann ein Gesicht; all das, und vielleicht nichts davon, ein Wirbel von Bildern, die sich veränderten, bevor sie eindeutig Gestalt wurden. Und im Zentrum dieser flüchtigen Erscheinungen stand der Eindringling und starrte Marty an, klar und kalt.

Unvermittelt nahm die Vorführung ohne ersichtlichen Grund einen völlig anderen Charakter an. Ein Ausdruck des Zorns huschte über das Gesicht des Erzeugers; eine Woge blutiger Dunkelheit ging von den Augen aus und löschte alles aus, was in dem Dunst tanzte, zurück blieben nichts als helle Würmer aus Feuer, welche seinen Schädel umspielten. Dann erloschen auch sie, und die Illusion war so schnell zu Ende, wie sie begonnen hatte. Nun stand nur noch ein verwundeter Mann neben dem summenden Zaun.

Die Lichter gingen wieder an. Ihr Schein war so ernüchternd, dass er die letzten noch verbleibenden Spuren der Magie auslöschte. Marty betrachtete das verletzte Fleisch, die leeren Augen, die Schäbigkeit der Gestalt vor ihm, und er glaubte nichts davon.

»Sagen Sie es Joseph«, sagte der Eindringling

... Alles war irgendein Trick gewesen ...

»Was soll ich ihm sagen?«

»Dass ich hier war.«

... aber wenn es nur ein Trick war, warum trat er dann nicht einen Schritt nach vorne und nahm den Mann fest?

»Wer sind Sie?«, fragte er.

»Sagen Sie es ihm nur.«

Marty nickte; er hatte keine Courage mehr in sich.

»Und dann gehen Sie heim.«

»Heim?«

»Fort von hier«, sagte der Eindringling. »Aus der Gefahrenzone heraus.«

Er wandte sich von Marty und den Hunden ab, und als er das tat, gingen die Lichter in einer Entfernung von mehreren Metern in beiden Richtungen aus.

Als sie wieder angingen, war der Zauberer verschwunden.

27

»Mehr hat er nicht gesagt?«

Wie immer kehrte Whitehead Marty den Rücken zu, während er sprach, und es war unmöglich, seine Reaktion auf die nächtlichen Geschehnisse abzuschätzen. Marty hatte ihm eine sorgfältig überlegte Beschreibung dessen gegeben, was vorgefallen war. Er erzählte Whitehead davon, wie er die Hunde gehört hatte, von der Jagd und der kurzen Unterhaltung, die er mit dem Eindringling geführt hatte. Was er nicht erzählte, war der Teil, den er sich nicht erklären konnte: die Bilder, die der Mann scheinbar aus seinem Körper hervorgezaubert hatte. Er machte keinen Versuch, dies zu beschreiben oder auch nur zu erwähnen, sondern teilte dem alten Mann lediglich mit, dass die Scheinwerfer am Zaun ausgefallen waren und der Eindringling im Schutz der Dunkelheit entkommen konnte. Das war ein langweiliges Ende der Begegnung, aber er hatte keine Kraft mehr, die Geschichte aufzupolieren. Sein Verstand, der immer noch um die Visionen der vergangenen Nacht kreiste, war zu unsicher, was die objektive Wahrheit anbetraf, um sich eine ausgeklügelte Lüge auszudenken.

Er hatte nun seit vierundzwanzig Stunden nicht mehr geschlafen. Den Rest der Nacht hatte er damit verbracht, den Zaun abzuschreiten und zu überprüfen, um die Stelle zu finden, wo der Eindringling hereingekommen war. Es gab jedoch keine Lücke im Zaun! Der Mann war entweder auf das Grundstück gelangt, als das Tor für eines der Gästeautos geöffnet worden war, oder aber er hatte den Zaun überklettert und dabei eine elektrische Entladung ausgehalten, welche die meisten Menschen auf der Stelle getötet hätte. Da er die Tricks gesehen hatte, deren der Mann fähig war, wollte Marty diese zweite Möglichkeit nicht völlig außer Acht lassen. Immerhin hatte derselbe Mann die Alarmanlage überlistet – *und* er hatte irgendwie die Stromzufuhr der Scheinwerfer am Zaun unterbrochen. Wie er das bewerkstelligt hatte, darüber konnte man nur spekulieren. Wenige Minuten nach dem Verschwinden des Mannes jedenfalls hatte die gesamte Anlage wieder einwandfrei funktioniert: Die Alarmglocke ertönte, die Kameras am Zaun funktionierten alle wieder.

Nachdem er den Zaun gründlich überprüft hatte, kehrte er ins Haus zurück und setzte sich in der Küche hin, um das, was er gerade erlebt hatte, in allen Einzelheiten zu überdenken. Gegen vier Uhr morgens hörte er, wie die Dinner-Party zu Ende ging: Gelächter, das Zuschlagen von Autotüren. Er hatte keinen Anlauf gemacht, den Einbruch zu melden. Es hatte keinen Zweck, überlegte er, Whitehead den Abend zu verderben. Er saß einfach da und lauschte dem Lärm der Besucher am anderen Ende des Hauses. Ihre Stimmen bildeten einen unverständlichen Wirrwarr; als wäre er im Untergrund und sie oben. Und während er ihnen lauschte, ausgelaugt nach dem Adrenalinstoß, flackerten Erinnerungen an den Mann beim Zaun vor ihm auf.

Nichts davon berichtete er Whitehead. Er gab ihm lediglich einen knappen allgemeinen Überblick über das Vorkommnis und teilte ihm mit, was der Fremde ihm aufgetragen hatte: *»Sagen Sie ihm, dass ich hier war.«*

Das genügte.

»War er schwer verletzt?«, fragte Whitehead, ohne sich vom Fenster abzuwenden.

»Er verlor einen Finger, wie ich gesagt habe. Und er hat ziemlich übel geblutet.«

»Litt er Schmerzen, was meinen Sie?«

Marty zögerte, bevor er antwortete. Schmerz war nicht das Wort, das er verwenden wollte; nicht Schmerz in dem Sinne, wie er ihn verstand. Aber wenn er ein anderes Wort verwendete, etwa Zorn – etwas, das dem Abgrund hinter den eisigen Augen besser entsprach –, dann riskierte er, auf ein Gebiet geführt zu werden, auf das sich zu begeben er nicht bereit war; besonders nicht mit Whitehead. Er war sicher, sobald er den alten Mann Unstimmigkeiten erkennen ließ, würde dieser die Messer wetzen.

Daher sagte er: »Ja. Er litt Schmerzen.«

»Und er hat sich selbst den Finger abgebissen?«

»Ja.«

»Vielleicht können Sie später danach suchen.«

»Habe ich bereits. Ich denke, einer der Hunde muss ihn gefressen haben.«

Kicherte Whitehead vor sich hin? Es hörte sich so an.

»Glauben Sie mir nicht?«, fragte Marty in der Meinung, das Lachen gehe auf seine Kosten.

»Selbstverständlich glaube ich Ihnen. Es war lediglich eine Frage der Zeit, bis er auftauchte.«

»Sie wissen, wer er ist?«

»Ja.«

»Dann lassen Sie ihn doch festnehmen.«

Die private Amüsiertheit war verschwunden. Die Worte, die nun folgten, waren tonlos. »Dies ist kein gewöhnlicher Eindringling, Strauss, wie Sie sicherlich gemerkt haben. Dieser Mann ist ein professioneller Attentäter ersten Ranges. Er kam mit der ausdrücklichen Absicht hierher, mich umzubringen. Durch Ihr Eingreifen, und das der Hunde, wurde das verhindert. Aber er wird es wieder versuchen …«

»Ein weiterer Grund, ihn suchen zu lassen, Sir.«

»Keine Polizeitruppe in ganz Europa könnte ihn aufspüren.«

»… wenn er ein bekannter Attentäter ist …«, begann Marty erneut und beharrte auf dem Thema. Seine Weigerung, von diesem Knochen abzulassen, bis er zum Mark vorgedrungen war, erzürnte den alten Mann. Er knurrte seine Antwort:

»Er ist *mir* bekannt. Vielleicht noch ein paar anderen, die ihm im Laufe der Jahre begegnet sind … aber das ist alles.«

Whitehead ging vom Fenster zu seinem Schreibtisch, schloss ihn auf und holte etwas in Stoff Gewickeltes heraus. Er legte es auf die Tischplatte und packte es aus. Es war eine Pistole.

»Künftig werden Sie die ständig bei sich tragen«, befahl er Marty. »Nehmen Sie sie. Sie beißt nicht.«

Marty nahm die Pistole vom Schreibtisch. Sie war kalt und schwer.

»Zögern Sie nicht, Strauss. Dieser Mann ist tödlich.«

Marty nahm die Pistole von einer Hand in die andere. Sie fühlte sich hässlich an.

»Probleme?«, fragte Whitehead.

Marty kaute auf den Worten, bevor er sie aussprach. »Es

ist nur … nun, ich bin auf Bewährung, Sir. Ich muss den Buchstaben des Gesetzes gehorchen. Nun geben Sie mir eine Waffe und befehlen mir, beim Anblick des Mannes zu schießen. Ich meine, Sie haben sicher Recht, dass er ein Attentäter ist, aber ich glaube nicht, dass er überhaupt bewaffnet war.«

Whiteheads bis dato unbeteiligter Ausdruck veränderte sich, während Marty sprach. Seine gelben Zähne waren zu sehen, als er seine Antwort bellte:

»Sie sind mein Eigentum, Strauss. Sie kümmern sich um *mich*, oder Sie werden morgen früh von hier verschwinden. Um *mich*!« Er deutete mit dem Finger auf seine Brust. »Nicht um sich selbst. *Vergessen Sie sich selbst.*«

Marty schluckte einige mögliche Antworten runter, denn keine wäre besonders höflich gewesen.

»Wollen Sie nach Wandsworth zurück?«, fragte der alte Mann. Alle Spuren des Zorns waren verschwunden; die gelben Zähne waren wieder bedeckt. »Ja?«

»Nein. Natürlich nicht.«

»Sie können gehen, wenn Sie wollen. Sie müssen es nur sagen.«

»Ich sagte nein! … Sir.«

»Dann hören Sie gut zu«, sagte der alte Mann. »Der Mann, den Sie letzte Nacht gesehen haben, will mir etwas antun. Er kam hierher, um mich zu töten. Wenn er wiederkommt – *und das wird er* –, dann möchte ich, dass Sie das Kompliment erwidern. Dann werden wir weitersehen, nicht, mein Junge?« Die Zähne waren wieder zu sehen, das Grinsen eines Fuchses. »O ja … wir werden sehen.«

Carys erwachte und fühlte sich mies. Anfangs erinnerte sie sich nicht an die vorhergegangene Nacht, aber allmählich tauchte der Horrortrip wieder auf, den sie gehabt hatte: das Zimmer, das einem lebenden Wesen glich, die geisterhaften Fingerspitzen, die ach so sanft an den Härchen in ihrem Nacken gezupft hatten.

Allerdings konnte sie sich nicht daran erinnern, was geschehen war, als die Finger zu tief gebohrt hatten. Sie hatte sich hingelegt, war es das? Ja, jetzt erinnerte sie sich. Sie *hatte* sich hingelegt. Und erst als ihr Kopf auf dem Kissen ruhte und der Schlaf sie übermannte, hatte das wirklich Schlimme angefangen.

Keine Träume, jedenfalls keine, wie sie sie bisher gehabt hatte. Keine Theatralik, keine Symbole, keine flüchtigen Erinnerungen, die zwischen dem Grauen aufleuchteten. Überhaupt nichts davon, und das war der wahre Schrecken gewesen (und war es immer noch). Sie hatte sich in einem Vakuum befunden, einer völligen Leere.

»Leere.«

Es war nur ein totes Wort, wenn sie es laut aussprach, und konnte die Orte, die sie gesehen hatte, nicht einmal ansatzweise beschreiben; die Einsamkeit war umfassender, das erwachte Entsetzen grauenhafter, die Hoffnung auf Erlösung geringer gewesen als an jedem anderen Ort, den sie bisher gesehen hatte. Es war das legendäre Nichts gewesen, neben dem jedes andere Dunkel grell und hell wirkte, wo jede Verzweiflung, die sie bisher erlebt hatte, wenig mehr war als ein flüchtiger Blick auf den Rand der Grube und nicht die Grube selbst.

Auch der Architekt dieses Nichts war da gewesen; sie erinnerte sich an sein gütiges Aussehen, durch das sie sich keineswegs hatte täuschen lassen. Schau her, wie außergewöhnlich dieses Nichts ist, hatte er geprahlt; wie rein, wie vollkommen. Eine Welt voller Wunder kann mit diesem sublimen Nichts nicht konkurrieren, kann niemals hoffen, je damit konkurrieren zu können.

Und als sie erwachte, waren diese Prahlereien lebhaft geblieben. Es war, als sei die Vision wahr geworden, während die Wirklichkeit, in welcher sie existierte, zur Fiktion reduziert worden war. Als wären Farbe und Form und Substanz wenig mehr als Ablenkung, entworfen, um die Leere zu übertünchen, die er ihr gezeigt hatte. Nun wartete sie, sich der verrinnenden Zeit kaum bewusst, während sie gelegentlich über das Laken strich oder mit dem bloßen Fuß über den Teppich glitt. Und die ganze Zeit über wartete sie verzweifelt auf den Augenblick, da alles verblassen und die Leere wiederkehren würde, um sie zu verschlingen.

Nun, dachte sie, ich gehe zur Sonnenschein-Insel. Wenn sie jemals verdient hatte, eine Weile sorglos dort zu spielen, dann jetzt, nachdem sie so sehr gelitten hatte. Aber etwas verdarb den Gedanken. War nicht auch diese Insel eine Fiktion? Wenn sie nun dorthin ging, war sie dann nicht schwächer, wenn der Architekt das nächste Mal kam, die Leere in seinen Händen? Ihr Herz fing an, sehr laut in ihren Ohren zu klopfen. Wer war da, ihr zu helfen? Niemand, der Verständnis für sie hatte. Nur Pearl, mit ihren anklagenden Augen und ihrer verschlagenen Missbilligung; und Whitehead, der damit zufrieden war, sie mit Heroin zu füttern, solange das sie gütig gestimmt hielt; und Marty, der Läufer, auf seine Weise süß, aber so naiv pragmatisch, dass sie ihm wohl niemals die Kompliziertheit der Dimension würde erläutern können, in welcher sie lebte. Er war ein Mensch nur einer Welt; er würde sie bestürzt ansehen, versuchen, sie zu verstehen, und dabei scheitern.

Nein; sie hatte keine Führer, keine Markierungspfosten. Es war besser, wenn sie zu etwas zurückkehrte, das sie kannte. Zurück zur Insel.

Es war eine chemische Lüge, und sie tötete mit der Zeit, aber tötete nicht auch das Leben mit der Zeit? Und wenn das Sterben der einzige Ausweg war, war es dann nicht besser, lachend darauf zuzugehen, anstatt sich im schmutzigen Loch einer Welt festzuklammern, wo hinter jeder Ecke die Leere flüsterte? Als Pearl mit ihrem Heroin nach oben kam, dankte sie ihr höflich, nahm es und schwebte tanzend auf ihre Insel.

28

Angst konnte dafür sorgen, dass die Welt sich dreht, wenn ihre Räder gut genug geölt waren. Marty hatte die praktische Anwendung dieses Systems in Wandsworth gesehen: eine auf Angst basierende Hierarchie. Sie war gewaltsam, instabil und ungerecht, aber sie funktionierte perfekt.

Als er Whitehead, das ruhige, gelassene Zentrum seines Universums, von der Angst so verändert gesehen hatte, so schweißgebadet und voller Panik, war das ein unwillkommener Schock gewesen. Marty empfand keine persönlichen Gefühle für den alten Mann – keine jedenfalls, derer er sich bewusst gewesen wäre –, aber er hatte mitbekommen, wie Whiteheads Variante von Rechtschaffenheit funktionierte, und davon profitiert. Nun spürte er, dass die Stabilität, die er kennen gelernt hatte, ernsthaft gefährdet war. Der alte Mann hielt bereits bewusst Informationen zurück, die für Martys Verständnis der Situation vielleicht wichtig waren, da sie den Eindringling und seine Motive betrafen.

Anstelle von Whiteheads früheren nüchternen Anweisungen stieß er inzwischen Drohungen aus und wich Fragen aus. Das war selbstverständlich sein gutes Recht, überließ Marty aber freilich ganz seinen eigenen Mutmaßungen.

Eines jedenfalls war unbestreitbar: Ganz egal, was Whitehead behauptete, der Mann am Zaun war kein gewöhnlicher gedungener Mörder gewesen. Mehrere unerklärliche Dinge waren beim Zaun geschehen. Die Scheinwerfer waren schwächer geworden und erloschen, die Kameras waren auf geheimnisvolle Weise ausgefallen, als der Mann auftauchte. Auch die Hunde hatten dieses Rätsel gespürt. Warum sonst hatten sie mit einer solchen Mischung aus Zorn und Verwirrung und Furcht reagiert? Und dann waren da noch die Illusionen – die in der Luft brennenden Bilder. Keine noch so umfassende Theorie konnte die zufriedenstellend erklären. Wenn Whitehead diesen ›Attentäter‹ so gut kannte, wie er behauptete, dann musste er auch die Fähigkeiten des Mannes kennen. Er hatte wohl einfach zu sehr Angst, sich darüber zu unterhalten.

Marty verbrachte den Rest des Tages damit, im ganzen Haus diskrete Erkundigungen einzuziehen, aber Whitehead hatte, wie er bald herausfand, weder zu Pearl, Lillian oder Luther ein Wort bezüglich der Ereignisse gesagt. Das kam ihm seltsam vor. Nun war doch sicher der Zeitpunkt gekommen, jeden auf die Gefahr aufmerksam zu machen. Der Einzige, der sich anmerken ließ, dass er etwas über die nächtlichen Vorfälle wusste, war Bill Toy, aber der wich seinen Fragen aus, als das Thema zur Sprache kam.

»Mir ist klar, Marty, Sie sind da in eine schwierige Situation geraten, aber das sind wir alle augenblicklich.«

»Ich bin nur der Meinung, ich könnte meine Aufgabe besser erfüllen, wenn ...«

»... wenn Sie die Fakten kennen.«

»Ja.«

»Nun, ich denke, wir werden uns damit begnügen müssen, dass Joe schon weiß, was das Beste ist«, sagte er und machte ein bedauerndes Gesicht. »Das sollten wir uns alle auf die Hände tätowieren lassen, meinen Sie nicht? *Joe weiß, was das Beste ist.* Ich wollte, ich könnte mehr sagen. Ich wollte, ich *wüsste* mehr. Ich bin der Meinung, es wäre für alle Beteiligten besser, wenn Sie das Thema fallen ließen.«

»Er gab mir eine Pistole, Bill.«

»Ich weiß.«

»Und er befahl mir, sie zu benützen.«

Toy nickte; er sah aus, als bereite ihm dies alles Schmerzen, als bedauere er es sogar.

»Dies sind schlimme Zeiten, Marty. Wir alle ... Alle müssen eine Menge Dinge tun, die wir nicht gerne tun, glauben Sie mir.«

Marty glaubte ihm; er vertraute Toy hinreichend, um einzusehen, dass er tatsächlich alles zu dem Thema sagen würde, wenn er etwas sagen *könnte*. Es war durchaus möglich, dass Toy nicht einmal wusste, wer ins Asyl eingedrungen war. Wenn es sich um eine private Konfrontation zwischen Whitehead und dem Fremden handelte, dann konnte eine vollständige Erklärung wahrscheinlich nur von dem alten Mann selbst kommen, und damit war eindeutig nicht zu rechnen.

Marty fiel noch eine letzte Gesprächspartnerin ein: Carys.

Er hatte sie seit dem Tag nicht mehr gesehen, als er das obere Stockwerk betreten hatte. Was er von dem Gespräch zwischen Carys und ihrem Vater mitbekommen hatte, hatte ihn aus der Fassung gebracht, und er verspürte den kindlichen Wunsch in sich, sie dafür zu bestrafen, indem er ihr seine Gesellschaft vorenthielt. Nun fühlte er sich jedoch verpflichtet, sie aufzusuchen, so unangenehm das Zusammentreffen auch ausfallen mochte.

Er fand sie an diesem Nachmittag, als sie die Einsamkeit des Schwanenhauses suchte. Sie trug einen Pelzmantel, der aussah, als wäre er in einem Trödelladen gekauft worden; er war ihr ein paar Nummern zu groß und mottenzerfressen; außerdem schien sie damit viel zu dick angezogen zu sein. Das Wetter war warm, obwohl ein böiger Wind wehte, und die Wolken, die über einen wedgwoodblauen Himmel zogen, stellten keine Bedrohung dar: zu klein, zu weiß. Es waren Aprilwolken, die bestenfalls einen winzigen Schauer in sich trugen.

»Carys.«

Sie betrachtete ihn mit Augen, deren Ränder so von Müdigkeit aufgequollen waren, dass er es anfangs für Blutergüsse hielt. In den Händen hielt sie einen Strauß Blumen, nicht wenige, die meisten davon noch Knospen.

»Riechen Sie«, sagte sie und hielt sie ihm hin.

Er schnupperte daran. Sie waren praktisch geruchlos, rochen lediglich nach Ungeduld und Erde.

»Ich rieche kaum etwas.«

»Gut«, sagte sie. »Ich dachte schon, ich verliere meinen Geruchssinn.«

Ungeduldig ließ sie den Strauß zu Boden fallen.

»Es macht Ihnen doch nichts aus, wenn ich Sie störe?«

Sie schüttelte den Kopf. »Stören Sie getrost«, sagte sie. Ihr seltsames Benehmen fiel ihm mehr denn je auf; sie redete immer, als gehe ihr ein privater Scherz durch den Kopf. Er brannte darauf, an dem Spiel teilzuhaben, ihre Geheimsprache zu lernen, aber sie schien verschlossen, ein Einsiedler hinter einer Mauer aus listigem Lächeln.

»Ich vermute, Sie haben letzte Nacht die Hunde gehört«, sagte er.

»Kann mich nicht erinnern«, antwortete sie stirnrunzelnd. »Vielleicht.«

»Hat irgendjemand etwas zu Ihnen gesagt?«

»Warum sollten sie?«

»Ich weiß nicht. Ich dachte nur ...«

Sie riss ihn mit einem heftigen Kopfnicken aus seinem Unbehagen. »Ja, wenn Sie es genau wissen wollen. Pearl sagte mir, dass ein Eindringling hier gewesen ist. Und Sie haben ihn in die Flucht getrieben, ist das richtig? Sie und die Hunde.«

»Ich und die Hunde.«

»Und wer hat ihm den Finger abgebissen, Sie oder ein Hund?«

Hatte Pearl ihr auch die Sache mit dem Finger berichtet, oder war es der alte Mann gewesen, der genüsslich jede Einzelheit geschildert hatte? Waren sie heute wieder zusammen in ihrem Zimmer gewesen? Er verdrängte die Vorstellung, bevor sie in seinem Kopf endgültig Gestalt annehmen konnte.

»Hat Pearl Ihnen das gesagt?«

»Ich habe den alten Mann nicht gesehen«, antwortete sie, »wenn Sie darauf hinauswollen.«

Als hätte sie seine Gedanken erraten; es war unheimlich. Sie benutzte sogar seinen eigenen Ausdruck; ›den alten Mann‹ hatte sie ihn genannt, nicht ›Papa‹.

»Sollen wir zum See hinuntergehen?«, schlug sie vor,

ohne den Eindruck zu erwecken, als sei ihr etwas daran gelegen.

»Klar.«

»Sie hatten Recht, was das Schwanenhaus anbelangt, wissen Sie?«, fuhr sie fort. »Es ist hässlich, wenn es leer steht. Ich habe es vorher noch nie so gesehen.« Das Bild des leeren Schwanenhauses schien sie tatsächlich zu nerven, denn sie zitterte selbst in dem warmen Mantel.

»Sind Sie heute gelaufen?«, fragte sie.

»Nein. Ich war zu müde.«

»War es so schlimm?«

»*Was* war so schlimm?«

»Letzte Nacht.«

Er wusste nicht, was er darauf erwidern sollte. Ja, selbstverständlich war es schlimm gewesen, aber selbst wenn er versucht hätte, die Illusion zu beschreiben, die er gesehen hatte – es fehlte ihm das entsprechende Vokabular.

Als sie den See erblickten, blieb Carys stehen. Kleine weiße Blumen wuchsen im Gras unter ihren Füßen; Marty wusste nicht, wie sie hießen. Sie betrachtete sie, als sie fragte: »Ist dies auch nur ein Gefängnis, Marty?«

»Was?«

»Hier zu sein.«

Sie besaß das Geschick ihres Vaters, Themen zu wechseln. Mit dieser Frage hatte er ganz und gar nicht gerechnet, sie überrumpelte ihn. Seit seiner Ankunft hatte ihn keiner gefragt, wie er sich fühlte, höchstens ein beiläufiges Erkundigen nach seinem Befinden. Vielleicht hatte er sich als Folge dessen einfach nicht die Mühe gemacht, sich diese Frage selbst zu stellen. Als er antwortete, tat er dies zögernd:

»Ja … ich denke, es ist immer noch ein Gefängnis. Ich habe eigentlich nicht gedacht … ich meine, ich kann nicht jederzeit hingehen, wohin ich will, nicht? Aber man kann es nicht mit … Wandsworth vergleichen …« Wieder fehlten ihm die Worte. »… dies ist eine andere Welt.«

Er wollte sagen, dass er die Bäume liebte, die Weite des Himmels, die weißen Blumen, über die sie dahinschritten, doch er wusste, aus seinem Mund würden sich solche Äußerungen bleiern anhören. Er hatte nicht das Zeug zu solchen Phrasen, nicht so wie Flynn, der Stegreifpoesie herunterleiern konnte, als wäre es seine zweite Fremdsprache. Irisches Blut, pflegte er zu sagen, um diese Fähigkeit zu erklären. Marty brachte lediglich hervor: »Hier kann ich laufen.«

Sie murmelte etwas, das er nicht mitbekam; möglicherweise nur eine Zustimmung. Seine Antwort schien sie jedoch zufrieden zu stellen, und er konnte spüren, wie sein Zorn, seine Missbilligung ihres klugen Geredes und ihres geheimen Lebens mit Papa, verflogen.

»Spielen Sie Tennis?«, fragte sie, wieder unerwartet.

»Nein, habe ich noch nie.«

»Möchten Sie es lernen?«, schlug sie vor, drehte sich zu ihm um und grinste. »Ich könnte es Ihnen beibringen – sobald das Wetter wärmer wird.«

Sie sah zu zerbrechlich aus, irgendwelche anstrengenden Tätigkeiten durchzuhalten; ständig am Rand zu leben schien sie auszulaugen, aber am Rand *wovon,* das vermochte er nicht zu sagen.

»Wenn Sie es mir beibringen, werde ich spielen«, sagte er und war froh über die Vereinbarung.

»Abgemacht?«, fragte sie.

»Abgemacht.«

... und ihre Augen, dachte er, sind so dunkel; zwiespältige Augen, die manchmal auswichen und hastig flackerten, und die einen manchmal, unerwartet, mit solcher Direktheit ansahen, als wollten sie einen bis auf die Seele entblättern.

... und er ist nicht schön, dachte sie; er ist zu verbraucht, um das zu sein, und er läuft nur, weil er sonst fett werden würde. Wahrscheinlich steht er jeden Abend vor dem Spiegel und betrachtet sich, wünscht sich, er könnte noch ein hübscher Knabe sein und nicht so verbraucht und untersetzt.

Sie erhaschte einen seiner Gedanken, indem sie ihren eigenen Verstand über ihren Kopf aufsteigen ließ (so stellte sie es sich immer bildlich vor) und ihn aus der Luft ergriff. Das tat sie ständig – mit Pearl, mit ihrem Vater –, und oft vergaß sie, dass anderen Menschen die Fähigkeit fehlte, mit solcher Leichtigkeit zu spionieren. Der Gedanke, den sie empfing, war: *Ich muss lernen, sanft zu sein;* das oder etwas Ähnliches. Er hatte Angst, er würde ihr wehtun, um Himmels willen. Darum war er immer so zurückhaltend in ihrer Gegenwart und so vorsichtig bei allem, was er tat und sagte.

»Ich werde schon nicht zusammenbrechen«, sagte sie, und die Haut in seinem Nacken wurde rot.

»Tut mir Leid«, antwortete er. Sie war nicht sicher, ob er seinen Fehler einsah oder einfach ihre Beobachtung nicht begriffen hatte.

»Sie müssen mich nicht mit Samthandschuhen anfassen. Das möchte ich nicht. Ich bekomme es ständig.«

Er warf ihr einen beunruhigten Blick zu. Warum glaubte er nicht, was sie ihm sagte?

Sie wartete und hoffte auf einen Hinweis, aber es kam keiner.

Mittlerweile waren sie zu dem Bach gekommen, der den See speiste. Er war tief und schnell. Menschen waren darin ertrunken, hatte man ihr erzählt, noch vor wenigen Jahrzehnten, bevor Papa das Anwesen gekauft hatte. Sie begann, das alles zu erklären, auch die Geschichte von der Kutsche mit Pferden, die während eines Sturms in den See gestürzt war, und während sie redete, hörte sie sich selbst gar nicht zu, sondern überlegte, wie sie hinter seine Höflichkeit und sein Macho-Gehabe gelangen und den Teil von ihm finden konnte, der ihr nützlich sein würde.

»Und die Kutsche ist immer noch da unten?«, fragte er und starrte ins Wasser.

»Wahrscheinlich«, sagte sie. Die Geschichte hatte bereits ihren Zauber verloren.

»Warum vertrauen Sie mir nicht?«, fragte sie ihn freiheraus.

Er antwortete nicht, dachte aber eindeutig angestrengt nach. Das verwirrte Stirnrunzeln vertiefte sich zu offener Missbilligung.

Verdammt, dachte sie, jetzt habe ich es wirklich verdorben. Aber es war geschehen. Sie hatte ihm eine unverblümte Frage gestellt und war nun bereit, die Antwort zu akzeptieren, wie übel sie auch ausfallen mochte.

Fast ohne den Diebstahl zu planen, stahl sie ihm noch einen Gedanken, und der war schockierend klar, als würde sie ihn selbst durchleben. Durch seine Augen spähte sie durch ihre Schlafzimmertür, sie lag mit glasigen Augen auf dem Bett, und Papa war in der Nähe. Wann war das gewesen?, fragte sie sich. Gestern? Vorgestern? Hatte er gehört, wie sie darüber sprachen, hatte das Abscheu in ihm erweckt? Er hatte Detektiv gespielt, und ihm gefiel nicht, was er herausgefunden hatte.

»Ich kann nicht besonders gut mit Menschen umgehen«, sagte er und beantwortete ihre Frage nach dem Vertrauen. »Das konnte ich noch nie.«

Wie sehr er sich wand, anstatt die Wahrheit offen zu sagen. Er war auf fast schon obszöne Weise höflich zu ihr. Am liebsten hätte sie ihm den Hals umgedreht.

»Sie haben uns nachspioniert«, sagte sie mit brutaler Offenheit. »Das ist es, nicht? Sie haben Papa und mich zusammen gesehen …«

Sie versuchte, die Bemerkung so klingen zu lassen, als wäre es eine waghalsige Vermutung. Als solche überzeugte sie kaum, das wusste sie. Aber zum Teufel! Nun war es heraus, und sie musste sich irgendwelche plausiblen Gründe ausdenken, wie sie zu dieser Schlussfolgerung gelangt sein konnte.

»Was haben Sie gehört?«, verlangte sie zu wissen, erhielt

aber keine Antwort. Es war nicht Zorn, der ihm die Zunge band, sondern Scham wegen seines Spionierens. Sein Gesicht war von einem Ohr zum anderen rot geworden. »Er behandelt Sie, als wären Sie sein Eigentum«, sagte er, ohne den Blick von dem reißenden Wasser abzuwenden.

»In gewisser Weise tut er das.«

»Warum?«

»Er hat nur noch mich. Er ist allein …«

»Ja.«

»… und er hat Angst.«

»Lässt er Sie jemals das Asyl verlassen?«

»Ich verspürte noch nie den Wunsch, das zu tun«, sagte sie. »Hier habe ich alles, was ich mir wünsche.«

Er wollte sie fragen, wie sie zu ihren Bettgefährten kam, aber er hatte sich schon genügend in Verlegenheit gebracht. Sie bekam den Gedanken dennoch mit, und kurz nach dem Gedanken sah sie das Bild von Whitehead, der sich nach vorne beugte und sie küsste. Vielleicht war das mehr als ein väterlicher Kuss. Obwohl sie sich bemühte, nicht zu oft an diese Möglichkeit zu denken, konnte sie sie doch nicht ganz von der Hand weisen. Marty war aufmerksamer, als sie gedacht hatte; er hatte die unterschwellige Bedeutung erkannt, so subtil sie auch gewesen war.

»Ich traue ihm nicht«, sagte er. Er wandte den Blick vom Wasser ab und drehte sich zu ihr um. Seine Bestürzung stand ihm ins Gesicht geschrieben.

»Ich weiß, wie man mit ihm umgehen muss«, antwortete sie. »Ich habe ein Geschäft mit ihm abgeschlossen. Von Geschäften versteht er etwas. Ich bleibe bei ihm, und dafür bekomme ich, was ich möchte.«

»Und das wäre?«

Nun war *sie* es, die den Blick abwandte. Die Gischt des tosenden Wassers war dunkelbraun. »Ein wenig Sonnenschein«, antwortete sie schließlich.

»Ich dachte, das sei umsonst«, sagte Marty ein wenig verwirrt.

»Nicht der, den ich gerne habe«, antwortete sie. Was wollte er von ihr? Entschuldigungen? Wenn ja, würde sie ihn enttäuschen.

»Ich sollte zum Haus zurückkehren«, sagte er.

Plötzlich sagte sie: »Hassen Sie mich nicht, Marty.«

»Das tue ich nicht«, erwiderte er.

»Wir haben vieles gemeinsam.«

»Gemeinsam?«

»Wir gehören ihm.«

Wieder eine hässliche Wahrheit; davon hatte sie heute wahrlich überreichlich.

»Sie können verdammt noch mal von hier verschwinden, wenn Sie es wirklich wollten, nicht?«, fragte er boshaft.

Sie nickte. »Ich denke schon, dass ich das könnte. Aber wohin?«

Diese Frage ergab offenbar keinen Sinn für ihn. Außerhalb des Zauns gab es eine ganze Welt zu erforschen, und ihr fehlten doch gewiss nicht die Mittel, das zu tun, nicht Joseph Whiteheads Tochter. Fand sie die Aussicht wirklich so langweilig? Sie waren ein so seltsames Paar. Er mit seinen so unnatürlich unterbrochenen Erfahrungen – Jahre seines Lebens vergeudet –, und nun begierig, das Versäumte nachzuholen. Sie so apathisch, erschöpft vom bloßen Gedanken daran, ihr selbst gewähltes Gefängnis zu verlassen.

»Sie könnten *irgendwohin* gehen«, sagte er.

»Das ist so gut wie nirgendwohin«, antwortete sie emotionslos; und das war ein Ziel, welches ihr noch deutlicher vor Augen stand. Sie sah zu ihm hinüber und hoffte, es könnte ihm irgendwie dämmern, aber er zeigte keinen Funken Verständnis.

»Vergessen Sie es«, sagte sie.

»Kommen Sie mit?«

»Nein, ich werde noch eine Weile hier bleiben.«

»Stürzen Sie sich nicht hinein.«

»Sie können nicht schwimmen, was?«, erwiderte sie fragend. Er runzelte die Stirn, da er nicht begriff. »Macht nichts. Ich habe Sie nie für einen Helden gehalten.«

Er ließ sie Zentimeter vom Wasser entfernt stehen, wo sie in die Fluten sah. Was er ihr gesagt hatte, das stimmte; er *konnte* nicht gut mit Menschen umgehen. Aber mit Frauen war es noch schlimmer. Er hätte Priester werden sollen, wie seine Mutter es immer gewünscht hatte. Das hätte das Problem gelöst, aber er verspürte auch keinerlei religiöse Neigungen und hatte nie welche verspürt. Vielleicht war das ein Teil des Problems zwischen ihm und dem Mädchen: Keiner von beiden hatte etwas, woran er glaubte. Es gab nichts zu sagen, keine Themen zu diskutieren. Er sah sich um. Carys hatte sich ein Stück von der Uferstelle entfernt, wo er sie zurückgelassen hatte. Die Sonne glitzerte von der Wasseroberfläche empor und brannte sich in ihre Umrisse. Es war fast, als sei sie überhaupt nicht real vorhanden.

DRITTER TEIL

Deuce

deuce

1. *Würfeln, Kartenspiel:* Zwei;
2. *Tennis:* Einstand (40 beide), Spielstand, bei dem eine Partei zwei aufeinander folgende Punkte oder Spiele machen muss, um zu gewinnen.
3. Teufel

V

Aberglaube

29 Weniger als eine Woche nach der Unterhaltung beim Fluss begannen sich die ersten haarfeinen Risse im Whitehead-Imperium zu zeigen. Sie wurden rasch breiter: Auf dem Aktienmarkt kam es zu spontanen Verkäufen – ein plötzliches Absinken der Glaubwürdigkeit des Unternehmens. Die beträchtlichen Verluste von Marktanteilen mehrten sich; das Verkaufsfieber schien, nachdem es erst einmal begonnen hatte, fast unheilbar zu sein.

Innerhalb eines einzigen Tages kamen mehr Besucher auf das Anwesen, als Marty jemals zuvor gesehen hatte. Darunter natürlich die bekannten Gesichter, aber diesmal kamen auch ein Dutzend andere; Finanzberater, vermutete er. Japanische und europäische Besucher gesellten sich zu den englischen, bis mehr Sprachen im Haus zu hören waren als bei den Vereinten Nationen.

Sehr zu Pearls Missfallen wurde die Küche zu einem spontanen Sammelpunkt für alle, die momentan nicht vom großen Mann beansprucht wurden. Sie versammelten sich um den großen Tisch und verlangten Kaffee in endlosen Mengen, und dabei diskutierten sie die Strategien, die auszuarbeiten sie hierher gerufen worden waren. Von den meisten ihrer Unterhaltungen verstand Marty wie so oft kaum etwas, konnte aber den Gesprächen dennoch entnehmen, dass sich die Firma in keiner geringen Krise befand. Man sprach von überall stattfindenden Kursschwankungen; von bevorstehenden Interventionen der Regierung, um einen Zusammenbruch in Schweden und Deutschland zu verhindern; von angeblicher Sabotage, die diese Katastrophe herbeigeführt habe. Es schien die allgemeine Überzeugung dieser Propheten zu sein, dass nur ein ausgeklügelter Plan die Katastrophe herbeigeführt haben konnte – ein Plan, der schon seit Jahren vorbereitet war, um das Vermögen der Firma derart empfindlich zu schwächen. Man munkelte von einer geheimen Einmischung der Regierung; von einer Verzerrung des Wettbewerbs. Die Paranoia im Haus kannte keine Grenzen.

Die Art, wie diese Männer stritten und einander widersprachen, wie sie die Hände in die Luft streckten und sich bemühten, die Argumente des vorherigen Redners zu entkräften, hatte für Marty etwas Absurdes. Schließlich sahen sie die Milliarden ja nie, die sie verloren oder verdienten, oder die Menschen, über deren Leben sie so nebenbei entschieden. Alles war eine Abstraktion; lediglich Zahlen in ihren Köpfen. Marty sah den Nutzen nicht. Macht über ein Vermögen auf dem Papier zu haben, das war nur ein Traum von Macht, nicht die Macht selbst.

Am dritten Tag, als bereits jeder erschöpft von den Gambits war und um eine Erlösung betete, die nicht kommen wollte, sah Marty Bill Toy, der sich in einer hitzigen Debatte mit Dwoskin befand. Zu seiner Überraschung rief Toy Marty, als er diesen vorbeigehen sah, zu sich und unterbrach die Unterhaltung. Dwoskin eilte davon und überließ Toy und Marty sich selbst.

»Nun«, sagte Toy, »wie geht es Ihnen?«

»Ganz gut«, antwortete Marty. Toy sah aus, als habe er schon lange nicht mehr geschlafen. »Und Ihnen?«

»Ich lebe.«

»Haben Sie eine Vorstellung, was hier los ist?«

Toy lächelte verzerrt. »Eigentlich nicht«, sagte er. »Ich war nie ein Geld-Mann. Ich hasse diese ganze Bande von Frettchen.«

»Alle sprechen von einer Katastrophe.«

»O ja«, sagte Toy gleichgültig, »das ist es wahrscheinlich.«

Martys Gesichtszüge verzogen sich; er hatte auf ein paar beruhigende Worte gehofft.

Toy sah sein Unbehagen und erkannte dessen Ursprung. »Nichts Schreckliches wird geschehen«, sagte er, »solange wir einen kühlen Kopf bewahren. Sie werden Ihren Job nicht verlieren, wenn Sie sich deswegen Sorgen machen.«

»Ich habe darüber nachgedacht.«

»Tun Sie das nicht.« Toy legte Marty eine Hand auf die Schulter. »Wenn ich der Meinung wäre, dass es so schlecht stünde, würde ich es Ihnen sagen.«

»Ich weiß. Ich bin nur etwas nervös.«

»Wer ist das nicht?« Toy festigte seinen Griff. »Was würden Sie davon halten, wenn wir beide mal in die Stadt gingen, sobald das Schlimmste überstanden ist?«

»Sehr gerne.«

»Waren Sie jemals im Akademie-Casino?«

»Konnte ich mir nie leisten.«

»Ich werde Sie dorthin mitnehmen. Wir werden einen Teil von Joes Vermögen verprassen, hm?«

»Hört sich gut an.«

Die Besorgnis war nicht von Martys Gesicht verschwunden.

»Sehen Sie«, sagte Toy, »das ist nicht Ihr Kampf. Verstehen Sie mich? Was auch immer künftig geschehen wird, es ist nicht Ihre Schuld. Wir haben ein paar Fehler gemacht und nun müssen wir dafür bezahlen.«

»Fehler?«

»Manchmal können Menschen nicht vergeben, Marty.«

»Das alles …« Marty breitete die Hände aus, um den ganzen Zirkus anzudeuten, »… weil Menschen nicht vergeben können?«

»Glauben Sie mir. Das ist der beste Grund der Welt.«

Marty stellte fest, dass Toy in letzter Zeit zum Außenseiter geworden war; dass er in der Weltsicht des alten Mannes nicht mehr die unabkömmliche Gestalt darstellte, die er mal gewesen war. Erklärte das den verstimmen Ausdruck, den das müde Gesicht angenommen hatte?

»Wissen Sie, wer dafür verantwortlich ist?«, fragte Marty.

»Was wissen schon Boxer?«, entgegnete Toy mit einem unmissverständlichen Anflug von Ironie; und Marty war sich plötzlich sicher, dass der Mann alles wusste.

Die Tage der Panik wurden zu einer Woche, ohne ein Anzeichen des Nachlassens; die Gesichter der Ratgeber wechselten, aber die feinen Anzüge und die feinen Reden blieben dieselben. Ungeachtet des ständigen Stroms neuer Gesichter waren Whiteheads Sicherheitsvorkehrungen lascher geworden.

Marty musste sich immer seltener in der Nähe des alten Mannes aufhalten; die Krise schien alle Gedanken an ein Attentat aus Papas Denken verdrängt zu haben.

Dieser Zeitraum war nicht ohne Überraschungen. Am ersten Sonntag nahm Curtsinger Marty beiseite und begann ein ausgiebiges Verführungsgespräch mit ihm, welches mit Boxen anfing, allmählich zu den Freuden des Geschlechtsverkehrs unter Männern überleitete und mit einem unverblümten Geldangebot endete. »Nur eine halbe Stunde, nichts Außergewöhnliches.« Marty hatte schon ein paar Minuten vor dem offenen Angebot geahnt, worauf Curtsinger hinauswollte, und sich eine hinreichend höllische Weigerung ausgedacht; sie trennten sich einigermaßen liebenswürdig. Doch von derlei Ablenkungen abgesehen, war es eine langweilige Zeit; der Rhythmus des Haushalts war durcheinander geraten, und es war unmöglich, einen neuen einzuführen. Marty konnte sich seinen Verstand nur dadurch bewahren, dass er so oft wie möglich aus dem Haus ging. In dieser Woche lief er ausgiebig, wobei er oftmals das ganze Gelände so lange umrundete, bis die Erschöpfung ihn zu einer Pause zwang, und dann bahnte er sich einen Weg in sein Zimmer zurück, durch die Menge der gut gekleideten Dummköpfe hindurch, die sich in jedem Flur herumdrückten. Oben, hinter einer Tür, die er erleichtert abschloss (um sie draußen zu halten, nicht um sich einzusperren), duschte er und legte sich schlafen – ein stundenlanger, tiefer und traumloser Schlaf, der ihn erfrischte.

Diese Freiheit hatte Carys nicht. Seit der Nacht, in der die Hunde Mamoulian gestellt hatten, hatte sie es sich in den Kopf gesetzt, gelegentlich die Spionin zu spielen. Warum? Dessen war sie sich nicht sicher. Die Geschehnisse im Asyl hatten sie noch nie besonders interessiert, deshalb hatte sie den Kontakt mit Luther und Curtsinger und den anderen Lakaien ihres Vaters stets gemieden. Nun jedoch überkamen sie manchmal seltsame Wünsche ohne Vorwarnung: in die Bibliothek zu gehen, in die Küche oder in den Garten, und einfach zu *beobachten*. Doch bereitete ihr diese Tätigkeit selten Freude, denn vieles von dem, was sie hörte, verstand sie überhaupt nicht; der Rest war größtenteils bedeutungsloser Klatsch von Finanz-Fischweibern. Nichtsdestoweniger konnte sie stundenlang dabeisitzen, bis ein unbestimmter Appetit befriedigt war, und dann ging sie weiter, vielleicht, um sich eine andere Unterhaltung anzuhören. Ein paar der Gesprächspartner wussten, wer sie war; denjenigen, die sie nicht kannte, stellte sie sich so knapp wie möglich vor. Und nachdem ihre Identität bekannt geworden war, erhob niemand Einwände gegen ihre Anwesenheit.

Sie ging sogar zu Lillian und den Hunden, die in dieser erbärmlichen Baracke hinter dem Haus untergebracht waren. Nicht deswegen, weil sie die Tiere mochte, sondern nur, weil sie den Impuls verspürte, sie zu sehen; die Schlösser und die Zwinger und die Welpen zu betrachten, die hinter dem Zaun spielten. In ihrem Verstand kartografierte sie die

Position der Zwinger, auch deren Abstand von Zaun und Haus; und sie schritt sogar die Entfernungen ab, falls sie sie einmal im Dunkeln finden musste. Ihr wurde allerdings nicht klar, warum ihr das jemals etwas nützen sollte.

Bei diesen Ausflügen achtete sie sorgfältig darauf, nicht von Martin oder Toy gesehen zu werden – oder, noch schlimmer, von ihrem Vater. Es war ein Spiel, das sie spielte, doch sein eigentlicher Zweck blieb ihr unklar. Vielleicht machte sie eine Karte von dem Anwesen. Ging sie deswegen mehrmals von einem Ende des Hauses zum anderen, überprüfte dessen geografische Lage, arbeitete die Länge der Flure aus und prägte sich die Türen ein, die verschiedene Zimmer miteinander verbanden? Was auch immer die Gründe sein mochten, dieses närrische Gebaren erfüllte einen Drang in ihr, und wenn dieser befriedigt war, keineswegs vorher, ließ er eine Weile von ihr ab. Gegen Ende der Woche kannte sie das Haus besser als jemals zuvor, denn sie war in jedem Zimmer gewesen, mit Ausnahme des einen Zimmers ihres Vaters, das selbst für sie verboten war. Sie hatte alle Ein- und Ausgänge überprüft, alle Treppen und Flure, und dabei die Gründlichkeit eines Diebes walten lassen.

Seltsame Tage; seltsame Nächte. War das der Wahnsinn?, begann sie sich zu fragen.

Am zweiten Sonntag – dem elften Tag der Krise – wurde Marty in die Bibliothek befohlen. Whitehead erwartete ihn dort, er sah vielleicht ein wenig müde aus, aber keinesfalls gebrochen angesichts des enormen Drucks, unter dem er stand. Er war angezogen, um ins Freie zu gehen; mit dem Pelzmantel, den er am zweiten Tag angehabt hatte, bei diesem symbolischen Besuch in den Zwingern.

»Ich habe das Haus seit Tagen nicht mehr verlassen, Marty«, verkündete er, »und mein Kopf wird überanstrengt. Ich glaube, wir sollten einen Spaziergang machen, Sie und ich.«

»Ich hole mir eine Jacke.«

»Ja. Und die Pistole.«

Sie verließen das Haus durch die Hintertür, um der neu angekommenen Delegation auszuweichen, die sich auf den Fluren drängte und darauf wartete, ins Allerheiligste vorgelassen zu werden.

Es war ein milder Tag; der siebzehnte April. Die Schatten heiterer Wolken wanderten in losen Gruppen über den Rasen. »Wir gehen zum Wäldchen«, sagte der alte Mann und übernahm die Führung.

Marty folgte in einer respektvollen Entfernung von einigen Schritten, denn es war eindeutig, dass der alte Mann herausgekommen war, um seine Gedanken zu klären, und nicht um zu reden.

Im Wald herrschte rege Aktivität. Neue Triebe bohrten sich durch das gefallene Laub des vergangenen Jahres; waghalsige Vögel flogen zwischen den Bäumen dahin, auf jedem Ast war Balzgezwitscher zu hören. Sie gingen mehrere Minuten dahin, ohne einem besonderen Pfad zu folgen, und Whitehead sah nicht ein einziges Mal von seinen Stiefeln auf. Vom Haus und seinen Schülern fern, trug er seine Bürde offener zur Schau. Mit gesenktem Kopf spazierte er zwischen den Bäumen dahin, achtlos dem Vogelgezwitscher und dem erwachenden Frühling gegenüber.

Marty hingegen genoss es. Bisher hatte er dieses Gelände immer nur laufend durchquert. Nun musste er zwangsläufig langsam gehen und so erschlossen sich ihm die Einzelheiten des Waldes. Der Wirrwarr von Blumen zu seinen Füßen; die Pilze, die an feuchten Stellen zwischen den Wurzeln der Bäume wuchsen: Das alles versetzte ihn in Entzücken. Während er dahinging, hob er verschiedene Steine auf. Auf einem war das Fossil eines Farns zu sehen. Er dachte an Carys und das Schwanenhaus und eine unerwartete Sehnsucht nach ihr begann an den Rändern seines Bewusstseins aufzuflackern. Da er keinen Grund sah, sie zu verdrängen, ließ er sie in sich eindringen.

Das Ausmaß seiner Gefühle für sie schockierte ihn. Er

fühlte sich als das Opfer einer Verschwörung; als hätten seine Gefühle in den zurückliegenden Tagen im Verborgenen in ihm gewirkt und sein gelindes Interesse an Carys in etwas Tiefergehendes verwandelt. Er hatte jedoch keine Gelegenheit, eingehender über dieses Phänomen nachzudenken. Als er wieder von dem Fossil aufsah, war Whitehead bereits ein gutes Stück entfernt, deshalb verdrängte er die Gedanken an Carys und beschleunigte sein Tempo. Licht und Schatten bewegten sich abwechselnd zwischen den Bäumen, die leichten Wolken, die sich bislang vom Wind hatten treiben lassen, waren schwereren Formationen gewichen. Der Wind war kälter geworden und brachte gelegentliche Regentropfen mit sich.

Whitehead hatte den Kragen hochgeschlagen und die Hände tief in die Taschen gesteckt. Als Marty an seine Seite kam, wurde er mit einer Frage begrüßt. »Glauben Sie an Gott, Martin?«

Die Frage kam völlig unvermittelt. Marty, der nicht darauf vorbereitet war, konnte nur antworten: »Ich weiß nicht«, was, wie alle Antworten auf diese Frage, hinreichend aufrichtig war.

Aber Whitehead wollte mehr. Seine Augen glitzerten.

»Ich bete nicht, wenn Sie das meinen«, versuchte Marty es erneut.

»Nicht einmal vor Ihrer Verhandlung? Ein rasches Wort mit dem Allmächtigen?«

Weder Humor noch Boshaftigkeit spielten bei diesem Verhör eine Rolle. Wieder antwortete Marty, so aufrichtig er konnte:

»Ich kann mich nicht genau erinnern … ich denke aber, ich muss etwas Ähnliches getan haben, ja.« Er machte eine Pause. Über ihm verdunkelten Wolken die Sonne. »Hat mir viel genützt.«

»Und im Gefängnis?«

»Nein; dort habe ich nie gebetet.« Diesbezüglich war er ganz sicher. »Nicht ein einziges Mal.«

»Aber es gab doch sicher gottesfürchtige Männer in Wandsworth?«

Marty erinnerte sich an Heseltine, mit dem er sich zu Beginn seiner Haftstrafe ein paar Wochen eine Zelle geteilt hatte. Als alter Knastbruder hatte Tiny mehr Jahre hinter Gittern als draußen verbracht. Er hatte jede Nacht eine verballhornte Version des Vaterunsers ins Kissen gebetet, bevor er eingeschlafen war – *»Vater unser im Himmel, geheiligt wäre dein Name«* –, ohne die Worte oder deren Bedeutung zu verstehen, sprach er das Gebet einfach aus Gewohnheit, wie er es in jeder Nacht seines Lebens getan hatte, bis sein Verstand unwiederbringlich kaputt war. *»... dein Reich komme, dein will geschehen, in Ewichkeit, Amen.«*

War es das, was Whitehead meinte? Lag Respekt vor dem Schöpfer, Dank für seine Schöpfung oder gar die Erwartung eines Jüngsten Gerichts in Heseltines Gebet?

»Nein«, lautete Martys Antwort. »Eigentlich nicht gottesfürchtig. Ich meine, was soll denn ...«

Wo dieser Gedanke herkam, warteten noch mehr, und Whitehead wartete mit der Geduld eines Geiers darauf. Aber die Worte blieben Marty im Halse stecken und weigerten sich, ausgesprochen zu werden.

Der alte Mann versuchte, sie herauszulocken. »Was soll was, Marty?«

»Alles ist Zufall, nicht? Ich meine, alles geschieht willkürlich.«

Whitehead nickte fast unmerklich. Es folgte ein langes Schweigen, bis der alte Mann sagte: »Wissen Sie, warum ich Sie ausgewählt habe, Martin?«

»Nein, eigentlich nicht.«

»Hat Toy nie etwas zu Ihnen gesagt?«

»Er sagte mir, er sei der Meinung gewesen, ich könne die Aufgabe erfüllen.«

»Nun, viele Leute haben sich dagegen ausgesprochen, dass ich Sie nehme. Sie hielten Sie für untauglich, und zwar aus verschiedenen Gründen, auf die wir nicht näher einzugehen brauchen. Nicht einmal Toy war sich sicher. Er mochte Sie, aber sicher war er sich nicht.«

»Und dennoch haben Sie mich eingestellt?«

»Richtig, das habe ich.«

Marty begann das Katz-und-Maus-Spiel unerträglich zu finden. Er sagte: »Und nun werden Sie mir verraten, warum. Richtig?«

»Sie sind ein Spieler«, antwortete Whitehead. Marty war zumute, als habe er die Antwort schon lange bevor sie ausgesprochen worden war, gekannt. »Sie wären überhaupt nicht in die Bredouille gekommen, wenn Sie nicht erhebliche Spielschulden abzahlen müssten. Habe ich Recht?«

Marty zögerte. Dann sagte er: »Mehr oder weniger.«

»Sie haben jeden Penny ausgegeben, den Sie verdient haben. Das jedenfalls haben Ihre Freunde bei der Verhandlung ausgesagt. Mit offenen Händen verschleudert.«

»Nicht immer. Ich hatte ein paar große Gewinne. Wirklich große Gewinne.«

Der Blick, den Whitehead Marty zuwarf, war rasiermesserscharf.

»Nach allem, was Sie durchgemacht haben – nach allem, was Ihre Leidenschaft Ihnen an Leid eingebracht hat –, sprechen Sie noch von den *großen Gewinnen*?«

»Ich erinnere mich an die besten Ereignisse, wie jedermann«, antwortete Marty defensiv.

»Glücksfälle.«

»Nein! Ich war verdammt gut.«

»Glücksfälle, Martin. Das haben Sie vor einigen Augenblicken selbst gesagt. Sie sagten, alles sei Zufall. Wie kann man bei etwas gut sein, das allein dem Zufall unterliegt? Das ist doch unsinnig, oder nicht?«

Der Mann hatte Recht, zumindest oberflächlich. Aber so einfach, wie er es darstellen wollte, war es auch wieder nicht, oder? Es war *tatsächlich* alles vom Zufall abhängig, dieser grundlegenden Tatsache konnte er sich nicht entziehen. Aber ein Teil von Marty glaubte etwas anderes – was genau, das konnte er allerdings nicht beschreiben.

»Haben Sie das nicht gesagt?«, beharrte Whitehead. »Alles ist Zufall?«

»Es ist nicht immer so.«

»Ein paar von uns haben den Zufall auf ihrer Seite. Wollen Sie das damit sagen? Ein paar von uns haben den Finger …« Whiteheads Zeigefinger beschrieb einen Kreis, »… am Rad.« Der kreisende Finger verharrte. Im Geiste vervollständigte Marty nun das Bild: Ein Ball sprang von Nische zu Nische und fand ein Loch, eine Zahl. Ein Gewinner schrie triumphierend auf.

»Nicht immer«, sagte er. »Nur manchmal.«

»Beschreiben Sie es. Beschreiben Sie, wie das ist.«

Warum nicht? Was konnte es schaden?

»Manchmal war es richtig leicht, wissen Sie. Als würde man einem Baby Süßigkeiten wegnehmen. Ich ging in ein Kasino, die Chips kribbelten, und ich wusste, ich *wusste*, ich konnte nicht verlieren.«

Whitehead lächelte.

»Aber Sie *haben* verloren«, erinnerte er Marty mit unhöflicher Brutalität. »Sie haben *oft* verloren. Sie haben verloren, bis Sie alles schuldeten, was Sie besaßen. Und noch mehr.«

»Ich war dumm. Ich spielte auch dann, wenn die Chips nicht kribbelten, wenn mir klar war, dass ich eine Pechsträhne hatte.«

»Warum?«

Marty sah ihn böse an. »Was wollen Sie von mir, eine unterschriebene Beichte?«, schnappte er. »Ich war gierig, was meinen Sie denn? Und es machte mir Spaß zu spielen, auch wenn ich keine Chance hatte zu gewinnen. Ich wollte dennoch spielen.«

»Um des Spiels willen.«

»Ich denke schon. Ja. Um des Spiels willen.«

Whiteheads Gesicht nahm einen unglaublich komplexen

Ausdruck an. Es drückte Bedauern aus, aber auch einen schrecklichen, schmerzlichen Verlust; und mehr noch: Unverständnis. Whitehead der Herr, Whitehead der Gott all dessen, was er überschauen konnte, zeigte plötzlich – und nur ganz flüchtig – ein anderes, zugänglicheres Gesicht: das eines Mannes, der bis zur Verzweiflung verwirrt ist.

»Ich wollte jemanden mit Ihrer Schwäche«, erklärte er nun, und plötzlich war *er* es, der eine Beichte ablegte. »Weil ich wusste, dass früher oder später ein Tag wie heute kommen würde; an dem ich Sie bitten muss, ein Risiko mit mir einzugehen.«

»Was für ein Risiko?«

»Nichts so Einfaches wie Roulette oder ein Kartenspiel. Ich wünschte, es wäre so. Dann könnte ich es Ihnen vielleicht erklären, anstatt Sie zu bitten, mir einfach zu glauben. Aber es ist so kompliziert. Und ich bin müde.«

»Bill sagte etwas ...«

»Toy hat das Anwesen verlassen. Sie werden ihn nicht wiedersehen.«

»Wann ist er gegangen?«

»Diese Woche. Unsere Beziehung war schon eine Weile auf dem absteigenden Ast.« Er spürte Martys Unbehagen. »Machen Sie sich deswegen keine Gedanken. Ihre Position hier ist so sicher wie eh und je. Aber Sie müssen mir *absolut* vertrauen.«

»Sir ...«

»Keine Loyalitätsbezeugungen, die sind bei mir vergeudet. Nicht, weil ich nicht glauben würde, dass Sie es aufrichtig meinen. Aber ich bin von Leuten umgeben, die mir immer das sagen, was ich ihrer Meinung nach gerne höre. Damit sichern sie ihren Frauen die Pelzmäntel und ihren Söhnen das Kokain.« Er presste die behandschuhten Finger gegen die Wange, während er sprach. »So wenige ehrliche Menschen. Toy war einer davon. Evangeline, meine Frau, ebenfalls. Aber es gibt so wenige. Ich muss mich auf meinen Instinkt verlassen, muss alles Gerede vergessen und dem folgen, was mein Kopf mir sagt. Und der vertraut Ihnen, Martin.«

Marty sagte nichts, er hörte nur zu, während Whiteheads Stimme leiser wurde, seine Augen aber immer intensiver strahlten.

»Wenn Sie bei mir bleiben – wenn Sie meine Sicherheit gewährleisten –, dann gibt es nichts, das Sie nicht haben oder sein können. Verstehen Sie mich? *Nichts*.«

Dies war nicht das erste Mal, dass der alte Mann ihm diese Verlockung präsentierte; aber die Umstände hatten sich eindeutig verändert, seit Marty im Asyl angekommen war. Mittlerweile stand mehr auf dem Spiel. »Was kann schlimmstenfalls passieren?«, fragte er.

Das zerfurchte Gesicht hatte sich entspannt; nur die stechenden Augen waren noch voller Lachen. »Schlimmstenfalls?«, fragte Whitehead. »Wer weiß, was das Schlimmste ist?« Die brennenden Augen schienen kurz davor zu stehen, von Tränen gelöscht zu werden, doch er hielt sie zurück. »Ich habe schlimme Dinge gesehen. Und ging auf der anderen Seite an ihnen vorbei. Ich hätte nie gedacht … nicht einmal …«

Ein Plätschern verkündete Regen; das leise Trommeln untermalte Whiteheads Worte. Plötzlich hatte seine Rhetorik ihn im Stich gelassen: Er war hilflos. Aber etwas – ein gewaltiges Etwas – musste noch gesagt werden.

»Nie gedacht … dass es einmal mir zustoßen könnte.« Er drängte weitere Worte zurück und schüttelte den Kopf über seine eigene Absurdität.

»Werden Sie mir helfen?«, fragte er anstelle weiterer Erklärungen.

»Selbstverständlich.«

»Nun«, antwortete er, »wir werden sehen, hm?«

Ohne Vorwarnung ging er plötzlich an Marty vorbei den Weg zurück, den sie gekommen waren; der Ausflug war offenbar vorüber. Mehrere Minuten lang gingen sie wie zuvor, Whitehead voraus, Marty ein paar diskrete Schritte dahinter. Kurz bevor sie das Haus sehen konnten, ergriff Whitehead wieder das Wort. Diesmal unterbrach er den Rhythmus seiner Schritte nicht, sondern rief die Bemerkung einfach über die Schulter. Nur vier Worte.

»Und der Teufel, Marty?«

»Was, Sir?«

»Der Teufel. Haben Sie jemals zu *ihm* gebetet?«

Das war ein Scherz. Ein wenig bleiern vielleicht, aber wohl die Art des alten Mannes, seine Beichte auf die leichte Schulter zu nehmen. »Nun, haben Sie?«

»Ein- oder zweimal«, antwortete Marty und unterdrückte ein Lächeln. Kaum waren die Worte über seine Lippen, blieb Whitehead wie angewurzelt stehen und streckte eine Hand hinter sich aus, um Marty ebenfalls zum Stehenbleiben zu veranlassen.

»Psst.«

Zwanzig Meter von ihnen entfernt, beim Überqueren des Weges stehen geblieben, war ein Fuchs. Er hatte seine Beobachter noch nicht gesehen, aber es konnte nur noch eine Frage von Augenblicken sein, bis er ihre Witterung aufnahm.

»Wohin?«, zischte Whitehead.

»Was?«

»Wohin wird er laufen? *Tausend Pfund*. Eine Wette.«

»Ich habe keine …«, begann Marty.

»Gegen einen Wochenlohn.«

Marty begann zu grinsen.

Was war ein Wochenlohn? Er konnte ihn ohnehin nicht ausgeben.

»Tausend Pfund, dass er nach rechts läuft«, sagte Whitehead. »Schnell, Mann.«

»Abgemacht.«

Kaum hatte er das Wort ausgesprochen, nahm das Tier ihren Geruch wahr. Es stellte die Ohren auf, drehte den Kopf und sah sie. Einen Augenblick war es vor Überraschung wie gebannt und bewegte sich nicht; dann lief es los. Mehrere Meter floh es auf dem Weg entlang und wandte sich nicht auf eine oder die andere Seite, seine Pfoten wirbelten herabgefallene Blätter auf. Dann huschte es ohne Vorwarnung unter den Schatten der Bäume, *nach links*. Es konnte kein Zweifel bestehen, wer der Sieger war.

»Gut gemacht«, sagte Whitehead, zog einen Handschuh aus und streckte Marty die Hand hin. Als Marty sie schüttelte, da kribbelte sie, wie die Chips in einer Nacht des Sieges.

Als sie zum Haus zurückkamen, fiel der Regen heftiger. Eine willkommene Stille hatte sich über das Haus gesenkt. Offenbar hatte Pearl die Barbaren in ihrer Küche nicht mehr ertragen, hatte resigniert und war gegangen. Obwohl sie fort war, schienen die Anwesenden befangen zu sein. Ihre Gespräche fanden murmelnd statt, und nur wenige näherten sich Whitehead, als er eintrat. Diejenigen, die es taten, wurden rasch abgewiesen. »Sind Sie *immer noch* hier, Munro?«, sagte er zu einem der Anwesenden; einem anderen, der den Fehler machte, ihm einen Stapel Papiere hinzuhalten, gab er den Rat, daran zu ersticken. Sie erreichten das Arbeitszimmer fast unbehelligt. Whitehead öffnete den Tresor in der Wand.

»Ich bin sicher, Sie bevorzugen Bargeld.«

Marty sah zu Boden. Obwohl er die Wette gewonnen hatte, war ihm die Auszahlung peinlich.

»Bargeld ist in Ordnung«, murmelte er.

Whitehead zählte einen Stapel Zwanzigpfundnoten ab und reichte sie Marty.

»Viel Spaß damit«, sagte er.

»Danke.«

»Danken Sie mir nicht«, sagte Whitehead. »Es war eine ehrliche Wette. Ich habe verloren.«

Peinliches Schweigen senkte sich über das Zimmer, als Marty das Geld einsteckte.

»Unser Gespräch …«, sagte der alte Mann, »… ist streng vertraulich, kapiert?«

»Selbstverständlich. Ich hätte nie ...«

Whitehead hob die Hand, um seinen Protest zu unterbinden.

»*Streng* vertraulich. Meine Feinde haben Spione.«

Marty nickte, als verstünde er. In gewisser Weise tat er das auch. Vielleicht verdächtigte Whitehead Luther oder Pearl. Vielleicht sogar Toy, der so unvermittelt zur *persona non grata* geworden war.

»Diese Leute sind verantwortlich für die derzeitige Krise meines Imperiums. Alles wurde sorgfältig eingefädelt.« Er zuckte mit den Achseln und presste die Augen zu Schlitzen zusammen. Großer Gott, dachte Marty, diesen Mann möchte ich niemals zum Feind haben. »Ich kümmere mich nicht um derlei Dinge. Wenn sie meinen Ruin planen, dann sollen sie. Aber der Gedanke gefällt mir nicht, dass sie über meine intimsten Gefühle Bescheid wissen. Haben Sie verstanden?«

»Sie werden nichts wissen.«

»Nein.« Er schürzte die Lippen; ein kalter Kuss der Befriedigung. »Sie haben Carys kennen gelernt, ja? Pearl sagte, Sie haben ein wenig Zeit mit ihr verbracht, ist das richtig?«

»Ja.«

Whiteheads Stimme nahm wieder den unbeteiligten Klang an, der größtenteils gespielt war. »Die meiste Zeit scheint sie stabil zu sein, aber das ist im Grunde genommen geschauspielert. Ich befürchte, es geht ihr nicht gut, schon seit Jahren nicht. Selbstverständlich hat sie die besten Psychiater gehabt, die man mit Geld kaufen konnte, aber ich fürchte, das hat wenig genützt. Ihre Mutter wurde am Ende genauso.«

»Soll das heißen, dass ich sie nicht mehr sehen darf?«

Whitehead schien aufrichtig überrascht. »Nein, ganz und gar nicht. Ihre Gesellschaft könnte gut für sie sein. Aber vergessen Sie nicht, dass sie ein sehr verstörtes Mädchen ist. Nehmen Sie ihre Worte nicht zu ernst. Sie weiß oft nicht, was sie sagt. Nun, ich denke, das war alles. Jetzt gehen Sie besser und zahlen Ihrem Fuchs seinen Anteil.«

Er lachte leise.

»Schlauer Fuchs«, sagte er.

In den zweieinhalb Monaten, die Marty nun schon im Asyl lebte, war Whitehead ein Eisberg gewesen; nun musste er diese Beschreibung überdenken. Heute hatte er einen vollkommen anderen Mann zu sehen bekommen: sprachlos, allein; Gerede von Gott und Gebeten. Nicht nur Gott.

Da war diese letzte Frage, die er so oberflächlich abgetan hatte: *»Der Teufel. Haben Sie jemals zu ihm gebetet?«*

Marty war zumute, als wären ihm Teile eines Puzzles überreicht worden, die nicht zum selben Porträt gehörten. Bruchstücke von einem Dutzend Szenen: Whitehead strahlend unter seinen Bewunderern; am Fenster, wie er in die Nacht hinausstarrte; Whitehead der Potentat, Herr über alles, was er überschaute; der wie ein betrunkener Dienstmann wettete, in welche Richtung ein Fuchs lief.

Dieser letzte Teil verwirrte Marty am meisten. In ihm, das spürte er, lag der entscheidende Hinweis, mit dem er alle unzusammenhängenden Bilder verbinden konnte. Er hatte das seltsame Gefühl, dass die Wette auf den Fuchs beeinflusst gewesen war. Das war natürlich unmöglich, und doch ... und doch ... Angenommen, Whitehead konnte jedes Mal den Finger an das Rad legen, wann immer er wollte, sodass er selbst den Zufall, wohin ein Fuchs sich wendete, beeinflussen konnte?

Konnte es sein, dass er die Zukunft kannte, bevor sie stattfand – kribbelten darum die Chips, und seine Finger auch? –, oder *formte* er sie?

Ein früheres Selbst von ihm hätte diese Möglichkeit völlig von der Hand gewiesen, aber Marty hatte sich verändert. Sein Aufenthalt im Asyl hatte ihn verändert, Carys' Unberechenbarkeit hatte ihn verändert. Er war in hunderterlei Belangen komplizierter, als er es einst gewesen war, und ein Teil von ihm sehnte sich danach zurück, eindeutige

Fronten von Schwarz und Weiß vor sich zu haben. Aber er wusste verdammt gut, dass eine solche Vereinfachung eine Lüge war. Erfahrung setzte sich aus endlosen Zwiespältigkeiten zusammen – aus Motiv, Gefühlen, Ursache und Wirkung –, und wenn er unter solchen Umständen gewinnen wollte, musste er genau wissen, wie diese Zwiespältigkeiten funktionierten.

Nein, nicht *gewinnen*. Hier gab es nichts zu gewinnen oder zu verlieren: nicht in dem Sinne, wie er ihn bisher verstanden hatte. Der Fuchs war nach links gelaufen, und er hatte tausend Pfund in einem Bündel in der Tasche, aber er verspürte nicht das Hochgefühl, das er hatte, wenn er beim Pferderennen gewonnen hatte oder im Kasino. Nur Schwarz, das ins Weiß blutete, und umgekehrt, bis er kaum noch Recht von Unrecht unterscheiden konnte.

30

Toy hatte am Nachmittag im Anwesen angerufen und mit einer erbosten Pearl gesprochen, die gerade aufbrechen wollte. Er hatte eine Nachricht hinterlassen, dass Marty ihn unter der Nummer in Pimlico zurückrufen solle. Aber Marty hatte nicht zurückgerufen. Toy fragte sich, ob Pearl die Nachricht nicht weitergegeben hatte oder ob Whitehead sie irgendwie abgefangen hatte und verhinderte, dass er zurückrufen konnte. Was auch immer der Grund war, er hatte nicht mit Marty gesprochen, und deswegen fühlte er sich schuldig. Er hatte versprochen, Strauss zu warnen, falls die Lage sich bedrohlich verschlechtern sollte. Und das war jetzt der Fall. Wahrscheinlich nichts eindeutig Greifbares: Die Furcht, die Toy erlebte, wurde aus Instinkten und nicht aus Fakten heraus geboren. Aber Yvonne hatte ihm beigebracht, auf sein Herz zu hören, nicht auf seinen Kopf. Alles würde zusammenbrechen und er hatte Marty nicht gewarnt. Vielleicht hatte er deswegen so schlimme

Träume und erwachte mit der Erinnerung an hässliche Dinge, die sich in seinem Kopf abgespielt hatten.

Nicht jeder überlebte die Jugend. Manche starben früh, Opfer ihres eigenen Hungers nach Leben. Toy war kein solches Opfer gewesen, aber er war gefährlich nahe herangekommen. Nicht, dass er das zu der Zeit erkannt hätte. Er war zu berauscht von den neuen Seen gewesen, mit denen Whitehead ihn bekannt gemacht hatte, um zu erkennen, wie tödlich ihre Wasser waren. Und er hatte den Wünschen des großen Mannes mit so fraglosem Eifer gehorcht, oder nicht? Nicht einmal hatte er sich seiner Pflicht entzogen, so verbrecherisch sie auch ausgesehen haben mochte. Weshalb also sollte es ihn überraschen, dass ihn nach all den Jahren diese so beiläufig begangenen Verbrechen stumm verfolgten? Darum lag er nun mit kaltem Schweiß am ganzen Körper da, Yvonne an seiner Seite, und dachte nur einen einzigen Gedanken, der in seinem Verstand kreiste: *Mamoulian wird kommen.*

Dies war das eindeutige Wissen, das er besaß. Der Rest – Gedanken an Marty und Whitehead – war ein Potpourri aus Scham und Beschuldigungen. Aber dieser schlichte Satz – *Mamoulian wird kommen* – ragte als starrer Fixpunkt, dem alle Schrecken anhafteten, aus der verschwommenen Unsicherheit heraus.

Keine Entschuldigung konnte genügen, keine Demütigung konnte den Zorn des Letzten Europäers besänftigen. Denn Toy war jung gewesen und ein Scheusal, denn er hatte ihm Übles angetan. Einst, als er zu jung gewesen war, um es besser zu wissen, hatte er Mamoulian leiden lassen, und die Reue, die er jetzt empfand, kam zu spät – zwanzig, dreißig Jahre zu spät –, und hatte er schließlich nicht all die Jahre vom Profit seiner Brutalität gelebt? O Jesus, sagte er im ungleichmäßigen Rhythmus seines Atems, Jesus, hilf mir.

Ängstlich und bereit, diese Angst einzugestehen, wenn es bedeutete, dass sie ihn deshalb trösten würde, drehte er sich um und griff nach Yvonne.

Sie war nicht da. Ihre Seite des Bettes war kalt.

Momentan desorientiert richtete er sich auf. »Yvonne?«

Die Schlafzimmertür stand offen, ein schwacher Lichtschein von unten ließ Konturen hervortreten. Es herrschte Chaos. Sie hatte den ganzen Abend gepackt, und sie waren noch nicht damit fertig gewesen, als sie sich um ein Uhr nachts hinlegten. Kleidungsstücke lagen aufgestapelt auf der Kommode; in der Ecke gähnte ein offener Koffer; seine Krawatten hingen über eine Stuhllehne wie gedörrte Schlangen, deren Zungen bis zum Boden reichten.

Er hörte ein Geräusch auf der Treppe: Yvonnes watschelnden Gang kannte er nur zu gut. Sie war nach unten gegangen, um ein Glas Apfelsaft zu holen oder einen Keks, wie sie es so oft tat. Ihr Umriss erschien unter der Tür.

»Alles in Ordnung?«, fragte er sie.

Sie murmelte etwas wie ja.

Er ließ den Kopf aufs Kissen zurücksinken.

»Schon wieder hungrig«, sagte er und schloss die Augen. »Immerzu hungrig.« Kalte Luft strömte ins Bett, als sie das Laken hob, um zu ihm zu schlüpfen.

»Du hast das Licht unten angelassen«, nörgelte er, als der Schlaf ihn bereits wieder übermannte. Sie antwortete nicht. Wahrscheinlich schlief sie schon wieder; sie war mit der Fähigkeit gesegnet, jederzeit sofort einschlafen zu können. Er drehte sich herum, um sie im Halbdunkel anzusehen. Sie schnarchte noch nicht, war aber auch nicht völlig still. Er lauschte aufmerksamer, seine Eingeweide verkrampften sich nervös. Sie gab ein gurgelndes Geräusch von sich; als würde sie durch Schlamm atmen.

»Yvonne … Alles in Ordnung?«

Sie antwortete nicht.

Von ihrem Gesicht, das nur Zentimeter von seinem entfernt war, ging dieses gurgelnde Geräusch aus. Er griff nach dem Schalter der Lampe über dem Bett, ließ dabei aber die schwarze Masse von Yvonnes Kopf nicht aus den Augen. Es ist besser, überlegte er, dies schnell hinter mich zu bringen, bevor meine Fantasie mit mir durchgeht. Seine Finger fanden den Schalter, tasteten daran herum und schalteten dann endlich das Licht ein.

Was er in dem Kissen erblickte, war eindeutig erkennbar nicht Yvonne.

Er kreischte ihren Namen, während er rückwärts aus dem Bett stolperte, ohne den Blick von dem Gräuel vor ihm abzuwenden.

Wie war es möglich, dass sie noch genügend lebendig war, die Treppe heraufzugelangen, ins Bett zu steigen und ihm ein Ja zuzumurmeln, wie sie es getan hatte? Unzweifelhaft musste sie doch an ihren Verletzungen gestorben sein. Niemand konnte überleben, der derartig gehäutet und zerfleischt war.

Sie drehte sich halb im Bett um, die Augen geschlossen, als würde sie sich im Schlaf herumwälzen. Und dann – wie grässlich – sprach sie seinen Namen aus. Ihr Mund funktionierte nicht so wie vorher, Blut ließ das Wort auf halbem Wege zerfließen. Er konnte es nicht mehr ertragen, sie anzusehen, sonst hätte er schreien müssen, und dann wären sie – wer immer das getan hatte – heulend über ihn hergefallen, mit ihren bereits feuchten Skalpellen. Wahrscheinlich lauerten sie bereits vor der Tür; aber nichts konnte ihn dazu bringen, im selben Zimmer zu bleiben. Nicht, während sie sich langsam im Bett herumwälzte und immerzu seinen Namen nannte, während sie langsam ihr Nachtgewand hochzog.

Er stolperte aus dem Schlafzimmer, hinaus in die Diele. Zu seiner Überraschung warteten sie dort nicht auf ihn.

Auf der obersten Stufe zögerte er. Er war kein tapferer Mann, aber auch kein Narr. Morgen konnte er um sie trauern: Für heute war sie einfach nicht mehr da, und er konnte nichts anderes tun, als sich selbst vor denjenigen zu schützen, die das getan hatten, wer immer sie waren. Wer immer! Warum gestand er sich den Namen nicht selbst ein? Mamoulian war dafür verantwortlich, die Tat trug seine Handschrift. Und er war nicht allein. Der Europäer hätte niemals seine reinen Hände an Menschenfleisch besudelt, so wie jemand das mit Yvonne getan hatte; seine Zimperlichkeit war legendär. Aber er war es, der ihr dieses Halbleben verliehen hatte, nachdem der Mord vollbracht war. Einen solchen Dienst konnte nur Mamoulian erweisen.

Und nun würde er unten warten, nicht wahr, in der unterseeischen Welt am Fuß der Treppe? Er würde warten, wie er so lange gewartet hatte, bis Toy zu ihm hinuntergetapst kam.

»Geh zum Teufel«, flüsterte Toy in die Dunkelheit hinunter, dann ging er (obwohl er den Drang zu laufen verspürte, aber der gesunde Menschenverstand riet ihm davon ab) am Geländer entlang zum Gästezimmer. Mit jedem Schritt erwartete er einen Zug des Gegners, aber es erfolgte keiner. Jedenfalls nicht, bis er die Tür des Gästezimmers erreicht hatte.

Dann, als er gerade den Knauf umdrehte, hörte er Yvonnes Stimme hinter sich: »Billy …« Das Wort war deutlicher ausgesprochen als zuvor.

Für einen kurzen Augenblick stellte er seine geistige Gesundheit infrage. Wenn er sich jetzt umdrehte, musste er damit rechnen, dass sie so entstellt, wie es seine Erinnerung andeutete, unter der Tür stand. Oder war das alles nur ein Fiebertraum?

»Wohin gehst du?«, wollte sie wissen.

Unten bewegte sich jemand.

»Komm wieder ins Bett.«

Ohne sich umzudrehen, um die Einladung abzulehnen, stieß Toy die Tür des Gästezimmers auf, und während er das tat, hörte er, wie jemand die Treppe heraufkam. Die Schritte waren stapfend, der Betreffende voller Erwartung.

Kein Schlüssel steckte im Schloss, um den Verfolger aufzuhalten, und er hatte keine Zeit mehr, Möbel vor die Tür zu rücken. Toy durchquerte das unbeleuchtete Gästezimmer mit drei gewaltigen Schritten, riss die Balkontür auf und trat hinaus auf den schmalen schmiedeeisernen Balkon. Dieser ächzte unter seinem Gewicht, und er vermutete, dass er nicht lange halten würde.

Der Garten unter ihm war in Dunkelheit getaucht, aber er hatte eine ungefähre Vorstellung davon, wo sich die Blumenbeete befanden und wo die befestigten Wege. Ohne zu zögern – da die Schritte hinter ihm zusehends lauter wurden –, kletterte er über das Balkongeländer. Seine Gelenke protestierten angesichts dieser Anstrengung, und noch mehr, als er sich auf die andere Seite hievte und nur noch an den Händen hing, ein Griff, der jeden Augenblick nachgeben konnte.

Lärm in dem Zimmer, das er verlassen hatte, zog seine Aufmerksamkeit auf sich; sein Verfolger, ein aufgeblähter Gewalttäter mit blutigen Händen und mordgierigen Augen, befand sich in dem Zimmer – er kam auf das Fenster zu und knurrte missmutig. Toy schwang seinen Körper, so gut es ging, und betete, dass er nicht auf den Pflasterweg fallen würde, der sich, wie er wusste, direkt unter seinen Füßen befand, sondern ins weiche Erdreich der Blumenrabatte. Er hatte keine Gelegenheit, das Manöver fein abzustimmen. In dem Moment, als der Fettleibige den Balkon erreichte, ließ er das Geländer los, dann schien er lange Zeit rückwärts durch den Raum zu fallen, das Fenster über ihm wurde immer kleiner, bis er inmitten der Geranien landete, die Yvonne erst letzte Woche gepflanzt hatte. Er holte sich nicht mehr Verletzungen als ein paar unbedeutende Prellungen.

Atemlos, aber unversehrt rappelte er sich auf und rannte durch den mondbeschienenen Garten zum hinteren Tor. Es war mit einem Vorhängeschloss versperrt, aber es gelang ihm mühelos, darüber zu klettern – Adrenalin feuerte seine Muskeln an. Hinter ihm erklangen keine verfolgenden Geräusche, und als er sich umdrehte, stand der dicke Mann immer noch in der Balkontür und sah ihm nach, wie er floh, als fehle ihm die Initiative, ihm zu folgen. Voll plötzlicher Freude sprintete er den schmalen Weg hinab, der hinter allen Gärten entlangführte, einzig darauf bedacht, eine möglichst große Entfernung zwischen sich und das Haus zu bringen.

Erst als er die Straße erreichte, deren Laternen gerade verloschen, da die Dämmerung über die Stadt hereinbrach, stellte er fest, dass er splitternackt war.

31

Marty war als glücklicher Mann zu Bett gegangen. Zwar gab es hier immer noch eine Menge, was er nicht verstand, vieles davon schien der alte Mann – ungeachtet seines Versprechens einer Erklärung – gerne für sich zu behalten, aber schließlich ging ihn das alles gar nichts an. Wenn Papa beschloss, Geheimnisse zu haben, dann sollte er. Marty war angestellt worden, um den alten Mann zu beschützen, und es schien, als erfülle er diese Aufgabe zur Zufriedenheit seines Arbeitgebers. Das Resultat sah man anhand der Privatsachen, die der alte Mann ihm mitgeteilt hatte – und an den tausend Pfund unter seinem Kissen.

Seine Euphorie verhinderte den Schlaf: Martys Herz schien doppelt so schnell wie üblich zu schlagen. Er stand auf, streifte den Bademantel über und versuchte, seinen Verstand mit einer Reihe von Videobändern von den Ereignissen des Tages abzulenken. Aber die Box-Videos deprimierten ihn; die Pornografie ebenfalls. Er ging nach unten in die Bibliothek, fand eine eselsohrige Weltraumstory, dann ging er wieder in sein Zimmer, verließ es aber noch einmal, um Bier zu holen.

Als er zurückkam, war Carys in seinem Zimmer, barfuß, mit Jeans und einem Sweater bekleidet. Sie sah gebrechlich aus, älter als neunzehn. Das Lächeln, mit dem sie ihn begrüßte, war zu einstudiert, um aufrichtig zu wirken. »Es macht Ihnen doch nichts aus?«, fragte sie. »Ich habe gehört, wie Sie herumspaziert sind.«

»Schlafen Sie *niemals*?«

»Nicht oft.«

»Möchten Sie ein Bier?«

»Nein danke.«

»Setzen Sie sich«, sagte er und warf ein Bündel Kleidungsstücke von dem einzigen Sessel herunter.

Sie ließ sich jedoch auf dem Bett nieder und überließ Marty den Sessel. »Ich muss mit Ihnen reden«, sagte sie.

Marty legte das Buch weg, für das er sich entschieden hatte. Auf dem Umschlagbild kam gerade eine nackte Frau mit leuchtend grüner Haut aus einem Ei heraus, welches auf einem Planeten unter einem Doppelgestirn lag.

Carys sagte: »Wissen Sie, was los ist?«

»Was los ist? Was meinen Sie damit?«

»Ist Ihnen im Haus nichts seltsam vorgekommen?«

»Was zum Beispiel?«

Ihr Mund hatte wieder seine Lieblingsform eingenommen, die Mundwinkel verbittert nach unten gezogen. »Ich weiß nicht … das ist schwer zu beschreiben.«

»Versuchen Sie es.«

Sie zögerte wie eine Springerin auf einem hohen Turm, dann wagte sie den Sprung. »Wissen Sie, was eine *Empfängliche* ist?«

Er schüttelte den Kopf.

»Das ist jemand, der Wellen empfangen kann. Gedankenwellen.«

»Gedankenlesen.«

»In gewisser Weise.«

Er betrachtete sie mit einem nichts sagenden Blick. »Und das ist etwas, das Sie können?«, fragte er.

»Nicht *können*! Ich kann nichts. Es ist mehr etwas, das mit mir geschieht.«

Marty lehnte sich verblüfft zurück.

»Es ist, als würde alles klebrig werden. Ich kann es nicht abschütteln. Ich höre Leute reden, ohne dass sie die Lippen bewegen. Das meiste ist allerdings sinnlos: nur wirres Zeug.«

»Aber es ist das, was sie denken?«

»Ja.«

Darauf konnte er nicht viel erwidern, nur, dass er an ihren Worten zweifelte, aber das war nicht das, was sie hören wollte. Sie war gekommen, um Selbstbestätigung zu finden, nicht?

»Das ist nicht alles«, sagte sie. »Manchmal sehe ich Schatten um die Körper von Menschen, vage Schatten ... wie eine Art Licht.«

Marty dachte an den Mann am Zaun; wie er scheinbar Licht geblutet hatte. Er unterbrach sie jedoch nicht.

»Das Entscheidende ist, ich fühle Dinge, die andere Menschen nicht fühlen. Ich bilde mir nicht ein, dass ich deswegen klüger bin als andere, oder so etwas. Ich tue es einfach. Und in den vergangenen Wochen habe ich etwas im Haus gespürt. Ich habe häufig völlig unvermittelt seltsame Gedanken; ich träume ... schreckliche Dinge.« Sie verstummte, weil sie merkte, dass ihre Beschreibung vager wurde und sie die geringe Glaubwürdigkeit ihres kleinen Monologs vollends riskierte, wenn sie fortfuhr.

»Diese Lichter, die Sie sehen«, warf Marty ein.

»Ja?«

»Ich habe etwas Ähnliches gesehen.«

Sie beugte sich nach vorne. »Wann?«

»Bei diesem Einbrecher. Ich dachte, ich sehe Licht aus ihm herausströmen. Aus seinen Wunden, nehme ich an, aus den Augen und dem Mund.« Kaum hatte er den Gedanken ausgesprochen, tat er ihn achselzuckend ab, als fürchte er sich vor einer Ansteckung. »Ich weiß nicht«, sagte er. »Ich war betrunken.«

»Aber Sie haben etwas gesehen?«

»Ja ...«, gab er ohne Genugtuung zu.

Sie stand auf und trat ans Fenster. Wie der Vater, so die Tochter, dachte er: beide Fenster-Freaks. Während sie über den Rasen hinaussah – Marty zog nie die Vorhänge vor –, hatte er eine ausgezeichnete Gelegenheit, sie anzusehen.

»Etwas …«, sagte sie, »… etwas.«

Die Anmut ihres verdrehten Beines, das falsch proportionierte Gewicht ihrer Gesäßbacken; ihr Gesicht, welches sich in der Scheibe spiegelte, so auf das Geheimnis konzentriert: das alles faszinierte ihn.

»Darum redet er nicht mehr mit mir«, sagte sie.

»Papa?«

»Er weiß, ich kann fühlen, was er denkt; und das macht ihm Angst.«

Diese Feststellung war eine Einbahnstraße. Sie begann verärgert mit dem Fuß zu tapsen, ihr Atem ließ die Scheibe beschlagen.

Dann sagte sie wie aus heiterem Himmel: »Wissen Sie, dass Sie meine Brust fixieren?«

»Was?«

»Sie starren sie die ganze Zeit über an.«

»Den Teufel tue ich!«

»*Und* Sie sind ein Lügner.«

Er stand auf und wusste nicht, was er tun oder sagen wollte, bis die Worte heraus waren. Nun endlich, von der Verwirrung erstickt, schien nur noch die Wahrheit angemessen zu sein.

»Ich sehe dich gerne an.«

Er berührte ihre Schulter. An diesem Punkt konnte das Spiel aufhören, wenn sie es wollte; die Zärtlichkeit war nur einen Atemzug entfernt. Sie konnte die Gelegenheit nutzen oder es sein lassen, die Party fortsetzen oder sie beenden. Der Augenblick lag zwischen ihnen und erwartete Anweisungen.

»Baby«, sagte er. »Nicht zittern.«

Er trat einen Schritt näher und küsste ihren Nacken. Sie drehte sich um und erwiderte den Kuss, ihre Hand glitt an seinem Rückgrat entlang und legte sich um seinen Hinterkopf, als wolle sie das Gewicht seines Schädels abwägen.

»Endlich«, sagte sie, als sie sich voneinander lösten, »ich fing schon an zu befürchten, du wärst zu sehr Gentleman.«

Sie stolperte zum Bett, dann drehte sie sich herum, um seine Hüften breitbeinig zu umklammern. Ohne zu zögern, öffnete sie den Gürtel seines Bademantels. Er lag unter ihr, halb versteift und wehrlos gefangen. Und verlegen. Sie öffnete den Morgenmantel und strich ihm über die Brust. Sein Körper war kräftig, ohne schwerfällig zu sein; seidenes Haar erstreckte sich von der Brust zum Magen hinab, nach unten zu wurde es drahtiger. Sie rückte ein wenig zurück, um seine Lenden freizugeben. Als sein Glied solchermaßen befreit war, schnellte es von vier auf Mittag. Sie streichelte seine Unterseite; es reagierte mit einem Zucken.

»Hübsch«, sagte sie.

Nun gewöhnte er sich an ihre Billigung. Ihre Ruhe war ansteckend. Er richtete sich ein wenig auf und stützte sich halb auf die Ellbogen, damit er besser sehen konnte, wie sie über ihm kauerte. Sie starrte gebannt auf seine Erektion, wobei sie den Zeigefinger in den Mund steckte und einen Speichelfilm auf seinen Schwanz auftrug, um dann mit langsamen Bewegungen die Flüssigkeit zu verreiben. Er bäumte sich vor Lust auf. Ein Hitzefleck hatte sich auf seiner Brust ausgebreitet, ein weiterer Beweis seiner Erregung, wenn überhaupt noch einer nötig war. Auch seine Wangen brannten.

»Küss mich«, bat er.

Sie beugte sich nach vorne, zu seinem Mund. Sie ließen sich auf das Bett zurückfallen. Seine Hände tasteten nach dem unteren Saum ihres Sweaters, den er hochziehen wollte, aber sie hinderte ihn daran.

»Nicht«, murmelte sie in seinen Mund.

»… möchte dich sehen …«, sagte er.

Sie richtete sich wieder auf. Er sah sie verwirrt an.

»Nicht so schnell«, sagte sie und zog den Sweater gerade hoch genug, damit er ihren Bauch und die Brüste sehen konnte, ohne das Kleidungsstück abzulegen. Marty nahm ihren Körper in sich auf wie ein Blinder, dem die Sehkraft wiedergegeben wurde: ihre Gänsehaut, ihre unerwartet vollen Rundungen. Seine Hände wanderten dorthin, wohin die Augen sahen, sie drückten ihre blasse Haut, umkreisten die Brustwarzen, erprobten, wie das Gewicht der Brüste auf dem Brustkorb ruhte. Dann folgte der Mund Augen und Hände. Sie zog seinen Kopf an sich; durch den Wirrwarr seiner Haare war die babyrosa Kopfhaut zu sehen. Sie beugte sich hinab, um sie zu küssen, konnte sie aber nicht erreichen, daher ließ sie stattdessen die Hand an ihm hinabgleiten und ergriff seinen Schwanz. »Gib Acht«, murmelte er, als sie ihn zu streicheln begann. Sie spürte Feuchtigkeit auf der Handfläche und hörte damit auf.

Er schubste sie sanft von sich herunter und sie lagen nebeneinander auf dem Bett. Sie streifte ihm den Morgenmantel über die Schultern, während er sich am Knopf ihrer Jeans zu schaffen machte. Sie machte keinen Versuch, ihm zu helfen, da ihr sein konzentrierter Ausdruck gefiel. Es würde so herrlich sein, völlig nackt an seiner Seite zu liegen: Haut an Haut. Aber dies war nicht der Zeitpunkt, das zu riskieren. Angenommen, er sah die Blutergüsse und Nadeleinstiche und verschmähte sie! Das wäre für sie unerträglich gewesen.

Er hatte den Knopf erfolgreich aufgeknöpft und den Reißverschluss geöffnet und nun waren seine Hände in ihren Jeans und glitten unter den Saum ihres Slips. Sie spürte sein Drängen, und sie unterstützte seine Bemühungen nun, so sehr es ihr gefiel, seine Zielstrebigkeit zu verfolgen, indem sie die Hüften vom Bett hochhob und Jeans und Slip nach unten schob, womit sie ihren Körper von den Brüsten bis zu den Knien entblößte. Er beugte sich über sie und hinterließ eine Spur aus Speichel, die seinen Weg markierte. Er leckte an ihrem Nabel, und dann tiefer, sein Gesicht war gerötet, seine Zunge in ihr, nicht eben besonders geübt, aber begierig zu lernen. Und so fand er die Stellen, an denen es ihr Vergnügen bereitete, indem er sich an ihrem Stöhnen orientierte. Er schob die Jeans tiefer, und als sie keinen Widerstand leistete, streifte er sie ganz ab. Der Slip folgte, und dann schloss sie die Augen und vergaß alles, außer seiner forschenden Zunge. In seinem Eifer demonstrierte er die Instinkte eines Kannibalen: Nichts, das ihm ihr Körper spendete, würde verschmäht werden; er presste sich so tief in sie, wie die Anatomie es zuließ.

Etwas in ihrem Nacken juckte, aber sie achtete nicht darauf, da sie sich zu sehr auf die anderen Empfindungen konzentrierte. Er sah mit zweifelnden Augen von ihrem Unterleib auf.

»Mach weiter«, sagte sie.

Sie rutschte auf dem Bett höher hinauf und forderte ihn damit auf, in sie einzudringen. Der zweifelnde Ausdruck verschwand nicht.

»Was ist denn?«

»Kein Verhütungsmittel.«

»Vergiss es.«

Er brauchte keine zweite Aufforderung. Ihre jetzige Stellung, unter ihm, aber halb sitzend, ermöglichte ihr, seinen erregenden Vorbereitungen zuzusehen; er presste den Schaft seines Penis zusammen, bis die Spitze dunkelrot wurde, bevor er langsam, beinahe feierlich in sie eindrang. Nun ließ er los und stützte die Hände zu beiden Seiten von ihr aufs Bett, sein Rücken schmerzte, eine Sichel innerhalb einer Sichel, während sein Körpergewicht ihn tiefer vorantrieb. Er öffnete die Lippen und leckte mit der Zunge ihre Lider.

O Jesus, dachte sie, er ist gekommen. Aber er öffnete die Augen wieder, und sie waren immer noch voller Begierde, und nach dem anfänglichen Missklang waren seine Bewegungen gleichmäßig und langsam.

Wieder begann ihr Rücken zu schmerzen; sie verspürte mehr als ein Jucken. Es war ein Biss, ein Bohrloch. Sie versuchte, nicht darauf zu achten, doch das Gefühl wurde schlimmer, während ihr Körper sich der Situation ergab. Marty war zu sehr auf die Nahtstelle ihrer Anatomie konzentriert, um ihr Unbehagen zu bemerken. Sein keuchender Atem legte sich heiß auf ihr Gesicht. Sie versuchte sich zu bewegen, da sie hoffte, der Schmerz wäre lediglich eine Verkrampfung wegen der Stellung.

»Marty …«, stöhnte sie, »dreh dich herum.«

Anfangs war er sich des Manövers nicht sicher, aber als er auf dem Rücken lag und sie über ihm kniete, fiel er mühelos in ihren Rhythmus ein. Die Erregung stieg erneut in ihm auf und machte ihn benommen.

Der Schmerz in ihrem Nacken blieb, aber sie verdrängte ihn. Sie beugte sich nach vorne, bis ihr Gesicht dicht über dem Martys war, und ließ Speichel aus ihrem Mund in seinen tropfen, ein Faden von Bläschen, den er grinsend empfing und sich dabei so tief in sie presste, wie er konnte, eine Position, die er beibehielt.

Plötzlich bewegte sich etwas in ihr. Nicht Marty. Etwas oder *jemand* anderer, der sich in ihren Körper eingeschlichen hatte. Ihre Konzentration ließ nach, ihr Herzschlag ebenfalls. Sie verlor das Wissen, was und wo sie war. Ein anderes Augenpaar schien durch ihre zu schauen: Einen Augenblick teilte sie das, was dessen Besitzer sah. Sie sah Sex als Verderbtheit, als rohes und animalisches Vergnügen.

»Nein«, murmelte sie und versuchte, die Übelkeit zu vergessen, die plötzlich in ihr aufstieg.

Marty öffnete die Augen zu schmalen Schlitzen, er nahm das ›Nein‹ als Aufforderung, das Ende noch hinauszuzögern.

»Ich versuche es, Baby …« Er grinste sie an. »Aber beweg dich nicht.«

Zuerst begriff sie nicht, was er meinte. Er war tausend Meilen von ihr entfernt, lag in seinem stinkenden Schweiß unter ihr und tat ihr gegen ihren Willen weh. »Gut?«, keuchte er und hielt inne, bis es fast schmerzte. Er schien in ihr anzuschwellen. Diese Empfindung vertrieb die doppelte Vision aus ihrem Kopf. Der andere Zuschauer wich hinter ihren Augen zurück, die Hingabe und Fleischeslust dieses Akts, seine Wirklichkeit, stießen ihn ab. Spürte der eingedrungene Verstand Marty ebenfalls, überlegte sie am Rande, wurde sein Kortex von einer Eichel erforscht, die gerade jetzt anschwoll, um abzuspritzen?

»Mein Gott ...«, stöhnte er.

Nachdem die anderen Augen zurückgewichen waren, kehrte die Lust zurück.

»Kann es nicht mehr halten, Baby«, sagte Marty.

»Komm«, sagte sie. »Schon gut. Schon gut.«

Schweißtropfen regneten auf ihn herab, als sie sich über ihm bewegte.

»Komm! Ja!«, rief sie noch einmal; es war ein Ausruf reiner Lust. Er bemühte sich, die Explosion noch ein paar zitternde Sekunden zurückzuhalten. Das Gewicht ihrer Hüften auf seinen, die Hitze ihres Schachtes, der Anblick ihrer weißen Brüste, das alles strömte auf seine Sinne ein.

Und dann sagte jemand mit leiser, gutturaler Stimme: *»Aufhören.«*

Marty riss die Augen auf und sah von rechts nach links. Niemand sonst war im Zimmer. Sein Kopf hatte das Wort erfunden. Er vergaß die Illusion und sah wieder zu Carys.

»Mach weiter«, forderte sie. »Bitte mach weiter.« Sie tanzte auf ihm. Ihre Hüftknochen traten im Licht deutlich hervor, Schweiß troff glänzend von ihr herab.

»Ja ... ja ...«, antwortete er und hatte die Stimme bereits wieder vergessen.

Sie sah auf ihn hinab, als der bevorstehende Augenblick sein Gesicht verzerrte, und inmitten des Geflechts ihrer eigenen rasenden Empfindungen spürte sie den zweiten Verstand wieder: ein Wurm, der in ihrem Kopf wühlte, der ihr Erlebnis beeinträchtigen wollte. Sie kämpfte dagegen an.

»Geh weg«, hauchte sie zwischen Atemzügen. »Geh weg.«

Aber er wollte sie besiegen, wollte sie beide besiegen. Was zuvor wie Neugier gewirkt hatte, war jetzt Bösartigkeit. Er wollte alles verderben.

»Ich liebe dich«, sagte sie zu Marty, um der Präsenz in ihr zu trotzen, »ich liebe dich, ich liebe dich ...«

Der Eindringling bäumte sich auf, er war wütend auf sie, und noch wütender darüber, dass sie sich das Erlebnis von ihm nicht verderben ließ. Marty lag starr unter ihr; er befand sich auf der Schwelle und war blind und taub für alles, abgesehen von der Lust. Dann ergoss er sich keuchend in sie und auch sie wurde mitgerissen. Ihre Empfindungen verdrängten alle Gedanken an Widerstand aus ihrem Kopf. Irgendwo, weit entfernt, konnte sie Marty stöhnen hören ...

»Heiliger Himmel«, sagte er, »Baby ... Baby.«

... Aber es war in einer anderen Welt. Sie waren nicht zusammen, nicht einmal in diesem Augenblick. Sie in ihrer Ekstase, er in seiner; beide liefen einen privaten Endspurt.

Ein unerwarteter Krampf ließ Martys Körper zusammenzucken. Er öffnete die Augen.

Carys hatte die Hände mit gespreizten Fingern vor ihr Gesicht gepresst.

»Alles klar, Baby?«, fragte er.

Als sie die Augen öffnete, musste er einen Aufschrei unterdrücken. Einen Augenblick lang war nicht sie es, die zwischen den Fingern hervor zu ihm heruntersah. Es war etwas, das vom Grund des Meeres emporgekrochen zu sein schien. Schwarze, schielende Augen in einem grauen Kopf. Ein urzeitliches Wesen, das ihn bis ins tiefste Innere – das spürte er – hasserfüllt studierte. Die Halluzination dauerte nur zwei Herzschläge lang, aber lange genug, dass er den Blick an ihrem Körper hinabgleiten lassen und ihr wieder in die Augen sehen konnte, wo er demselben gemeinen Blick begegnete.

»Carys?«

Dann flatterten ihre Lider und der Fächer der Finger schloss sich über den Augen. Einen irren Augenblick lang spannte er sich an und erwartete die Offenbarung. Dann ließ sie die Hände sinken; das Gesicht hatte sich verwandelt, ein Fischkopf. Aber selbstverständlich war sie es; nur sie. Nun lächelte sie ihn an.

»Fühlst du dich gut?«, erkundigte er sich.

»Was glaubst du denn?«

»Ich liebe dich, Baby.«

Sie murmelte etwas, während sie auf ihn sank. So lagen sie eine Zeit lang beisammen, sein Glied schrumpfte im abkühlenden Gemisch der Flüssigkeiten.

»Bekommst du keinen Krampf?«, fragte er sie nach einer Weile, aber sie antwortete nicht. Sie war eingeschlafen.

Er schob sie behutsam von sich, wobei er mit einem feuchten Laut aus ihr herausglitt. Sie lag mit ruhigem Gesicht neben ihm auf dem Bett. Er küsste ihre Brüste, leckte ihre Fingerspitzen und schlief an ihrer Seite ein.

32

Mamoulian war übel.

Sie war keine leichte Beute, diese Frau, trotz seines empfindsamen Einflusses auf ihre Psyche. Aber ihre Stärke hatte er erwarten müssen. Sie war Whiteheads Nachkomme: Bauernbrut, Diebesbrut. Verschlagen und schmutzig. Obwohl sie unmöglich wissen konnte, was sie genau tat, hatte sie mit genau der Sinnlichkeit zurückgeschlagen, die er so sehr verabscheute.

Aber ihre Schwächen – und davon hatte sie viele – konnte er sich zunutze machen. Zuerst hatte er die Heroinintervalle genutzt und war in ihren Verstand geschlüpft, wenn sie bis zur Gleichgültigkeit besänftigt gewesen war. Das Rauschgift verzerrte die Wahrnehmung und so hatte er umso leichter eindringen können. Durch ihre Augen hatte er das Haus gesehen, mit ihren Ohren hatte er die geistlosen Unterhaltungen seiner Bewohner verfolgt, mit ihr hatte er, obwohl es ihn abstieß, den Geruch ihres Parfüms und ihre Flatulenz gerochen. Sie war die perfekte Spionin, lebte sie doch im Herzen des feindlichen Lagers. Und während die Wochen verstrichen waren, hatte er immer müheloser unbemerkt in sie schlüpfen können. Das hatte ihn sorglos gemacht.

Es war unvorsichtig gewesen, sich nicht zu vergewissern, bevor er sprang; sich in ihren Kopf zu begeben, ohne zu wissen, was sie gerade tat. Er hätte nie daran gedacht, dass sie bei dem Leibwächter sein konnte; und als er seinen Irrtum schließlich erkannt hatte, da hatte er ihre Empfindungen geteilt – ihre alberne Verzückung – und hatte gezittert. Einen solchen Fehler würde er nicht noch einmal machen.

Er saß in dem schmucklosen Zimmer in dem schmucklosen Haus, das er für sich und Breer gekauft hatte, und er versuchte die Turbulenzen zu vergessen, die er erlebt hatte, den Anblick in Strauss' Augen, als dieser zu dem Mädchen aufgeschaut hatte. Hatte der Verbrecher vielleicht das Gesicht hinter ihrem Gesicht erblickt? Der Europäer vermutete es.

Einerlei; keiner von ihnen würde überleben. Es würde nicht nur den alten Mann treffen, wie er ursprünglich vorgehabt hatte. Sie alle – seine Schüler, seine Lakaien, *alle* – würden das Schicksal ihres Herrn teilen. Die Erinnerungen an Strauss' animalischen Übergriff hafteten im Gedächtnis des Europäers; er wünschte, sie vergessen zu können, denn die Empfindungen beschämten und ekelten ihn.

Unten hörte er Breer kommen oder gehen; ging er aus, um eine Scheußlichkeit zu begehen, oder kam er gerade von einer? Mamoulian konzentrierte sich auf die kahle Wand ihm gegenüber, doch so sehr er auch versuchte, das Trauma zu verdrängen, er spürte immer noch das eingedrungene Glied, die spritzende Eichel, die Hitze des Akts.

Vergiss, sagte er laut. Vergiss das braune Feuer um sie. Es kann dir nicht gefährlich werden. Sieh nur die Einsamkeit, die Verlockung der Leere.

Seine Eingeweide verkrampften sich. Unter seinem Blick

schien die Farbe an der Wand Blasen zu schlagen. Geschlechtliche Exzesse störten die Leere. Illusionen, aber für ihn dennoch grässliche Realität. Nun gut, wenn er die Obszönitäten schon nicht abschütteln konnte, dann wollte er sie wenigstens verwandeln. Es war nicht schwer, Sexualität in Gewalt umzuwandeln, aus Seufzern Schreie zu machen, aus stoßenden Bewegungen ein schmerzerfülltes Zusammenkrümmen. Die Grammatik war dieselbe, lediglich die Interpunktion veränderte sich. Als er sich die beiden Liebenden vorstellte, wie sie unter Schmerzen starben, wich seine Übelkeit.

Im Angesicht der Leere, was war ihre Substanz? Vergänglich. Ihre Versprechungen? Täuschungen.

Langsam beruhigte er sich. Die Flecken an der Wand begannen zu verschwinden, und schon nach wenigen Minuten verspürte er ein Echo des Nichts, das er in letzter Zeit so sehr brauchte. Das Leben kam und ging. Aber das Nichts, das wusste er, währte ewig.

33

»Oh, übrigens, da war ein Anruf für Sie. Vorgestern. Von Bill Toy.«

Marty sah von seinem Steak zu Pearl auf und verzog das Gesicht.

»Warum haben Sie mir das nicht vorher gesagt?«

Sie machte einen zerknirschten Eindruck. »Das war an dem Tag, als ich die Geduld mit diesen verfluchten Leuten verlor. Ich hatte Ihnen einen Zettel hingelegt …«

»Den habe ich nicht bekommen.«

»… auf dem Buch neben dem Telefon.«

Er lag immer noch da: ›Toy anrufen.‹ Und eine Nummer. Er wählte und wartete eine ganze Minute, bevor der Hörer am anderen Ende abgenommen wurde. Es war nicht Toy. Die Frau, die den Hörer abnahm, hatte eine weiche, verlorene Stimme, ein wenig nuschelnd, als habe sie zu viel getrunken.

»Kann ich bitte mit William Toy sprechen?«, fragte er.

»Er ist fort«, antwortete die Frau.

»Oh. Ich verstehe.«

»Er wird nicht zurückkommen. Niemals.«

Ihre Stimme hatte einen unheimlichen Klang. »Wer ist da?«, fragte sie ihn.

»Das ist unwichtig«, antwortete Marty. Sein Instinkt wehrte sich dagegen, ihr seinen Namen zu sagen.

»Wer ist da?«, fragte sie wieder.

»Tut mir Leid, dass ich Sie gestört habe.«

»Wer ist da?«

Er legte den Hörer auf, ohne auf das beharrliche Nuscheln am anderen Ende zu hören.

Erst als er das getan hatte, stellte er fest, dass sein Hemd ihm plötzlich voll kaltem Schweiß an Brust und Rücken klebte.

In dem Liebesnest in Pimlico fragte Yvonne die tote Leitung noch eine halbe Stunde lang: »Wer ist da?«, bevor sie den Hörer auflegte. Dann setzte sie sich hin. Das Sofa war feucht, große, speckige Flecken breiteten sich darauf aus, besonders dort, wo sie immer saß. Sie vermutete, das es etwas mit ihr zu tun hatte, konnte sich aber nicht erklären, was genau. Ebenso wenig konnte sie sich die Fliegen erklären, die sich überall auf ihr niederließen, in den Haaren, in der Kleidung, summend.

»Wer ist da?«, fragte sie erneut. Die Frage blieb beharrlich in ihr, obwohl sie nicht mehr mit dem Fremden am Telefon sprach. Die verwesende Haut auf ihren Händen, das Blut, das nach dem Baden in der Wanne zurückblieb, der grässliche Anblick im Spiegel – das alles inspirierte dieselbe hypnotische Frage: *»Wer ist da?«*

»Wer ist da? Wer ist da? Wer ist da?«

VI

Der Baum

34 Breer hasste das Haus. Es war kalt und die Anwohner in diesem Teil der Stadt waren ungastlich. Kaum trat er zur Tür hinaus, wurde er argwöhnisch angestarrt. Dafür, musste er sich eingestehen, gab es freilich Gründe. In den zurückliegenden Wochen hatte ein Geruch angefangen, an ihm zu haften; ein Übelkeit erregender, süßlicher Geruch, sodass er sich fast davor fürchtete, den Hübschen entlang des Schulzauns zu nahe zu kommen, weil er Angst hatte, sie könnten sich mit den Fingern die Nasen zuhalten, ›Puh‹ sagen und ihm Schimpfworte nachrufen, während sie davonliefen. Wenn sie das taten, dann wollte er sterben.

Obwohl es in dem Haus keine Heizung gab und er demzufolge in kaltem Wasser baden musste, wusch er sich drei- bis viermal täglich am ganzen Körper und hoffte, so den Geruch wegzubekommen. Da das nicht wirkte, kaufte er Parfüm – besonders Sandelholz – und übergoss seinen Körper nach jeder Waschung damit. Danach drehten sich die Schmähungen, die sie ihm nachriefen, nicht mehr um seine Exkremente, sondern um sein Sexualleben. Er nahm ihren Themenwechsel gleichmütig hin.

Dennoch wuchsen düstere Vorbehalte in ihm. Nicht nur wegen der Art, wie er in diesem Bezirk behandelt wurde.

Nach anfänglicher Freundlichkeit behandelte auch der Europäer ihn mit zunehmender Verachtung: nicht wie einen Verbündeten, sondern wie einen Lakaien. Es ärgerte ihn, wie er zu diesem Streifzug oder jenem geschickt wurde, um Toy aufzuspüren – wie er eine Stadt mit Millionen Einwohnern durchstreifen musste, um nach einem verschrumpelten älteren Mann zu suchen, den er zuletzt splitternackt über eine Mauer hatte klettern sehen, wobei seine Gesäßbacken weiß im Mondlicht hervorgetreten waren. Der Europäer verlor zunehmend das Gefühl für Proportionen. Welche Verbrechen dieser Toy auch immer an Mamoulian begangen hatte, sie konnten kaum ernster Natur gewesen sein, und Breer wurde müde und erschöpft, wenn er nur daran dachte, einen weiteren Tag durch die Stadt streifen zu müssen.

Trotz seiner Müdigkeit schien die Fähigkeit zu schlafen fast völlig von ihm gewichen zu sein. Nichts, nicht einmal die Erschöpfung, die seine Nerven abtötete, konnte seinen Körper dazu bringen, länger als ein paar blinzelnde Augenblicke darniederzuliegen, und selbst dann träumte sein Verstand Dinge, so schreckliche Dinge, dass es kaum möglich war, den Schlummer gesegnet zu nennen. Der einzige Trost, der ihm blieb, waren seine Hübschen.

Dies war einer der Vorteile dieses Hauses: Es hatte einen Keller. Einen trockenen, kühlen Raum, den er systematisch vom Plunder der Vormieter säuberte. Es war ein langwieriges Geschäft, aber allmählich bekam er den Raum so, wie er ihn haben wollte, und obwohl er geschlossene Räume noch nie besonders gemocht hatte, hatte die Dunkelheit hier etwas an sich, das ein unausgesprochenes Bedürfnis in ihm ansprach, ebenso das Gefühl, *unterirdisch* zu sein. Bald würde er alles geräumt haben. An den Wänden wollte er bunte Papiergirlanden aufhängen und auf dem Boden Blumen in Vasen aufstellen. Vielleicht einen Tisch mit einem Tuch darüber, das nach Veilchen roch; behagliche Stühle für seine Gäste. Dann konnte er damit anfangen, Freunde auf die Art und Weise zu unterhalten, an die sie sich, wie er hoffte, gewöhnen würden.

Er hätte seine Vorbereitungen wesentlich schneller und wirksamer ausführen können, wenn da nicht die ständigen närrischen Aufträge gewesen wären, die der Europäer ihm erteilte. Aber die Zeit dieser dienstbaren Unterwürfigkeit, entschied er, näherte sich dem Ende. Heute würde er Mamoulian mitteilen, dass er sich nicht zu diesem Spiel zwingen oder erpressen lassen würde. Er würde drohen zu gehen. Im Norden gab es Orte, wo die Sonne fünf Monate im Jahr nicht aufging – davon hatte er gelesen –, und das schien ihm prächtig zu sein. Keine Sonne, und tiefe Höhlen, in denen man hausen konnte, Löcher, in die nicht einmal Mondlicht hineinfallen konnte. Die Zeit war reif, seine Karten auf den Tisch zu legen.

Im Haus selbst mochte die Luft kalt sein, aber in Mamoulians Zimmer war sie noch kälter. Der Europäer schien einen Atem auszustoßen, der Grabeskälte hatte.

Breer stand unter der Tür. Er war bisher erst einmal in diesem Zimmer gewesen, und er verspürte nagende Angst vor ihm. Es war zu kahl. Der Europäer hatte Breer gebeten, Bretter vor das Fenster zu nageln; das hatte er getan. Im Licht eines einzigen Dochts, welcher in einer Schale Öl auf dem Tisch brannte, schien das Zimmer öde und grau zu sein; alles darin schien substanzlos, selbst der Europäer. Er saß auf einem dunklen Holzstuhl, dem einzigen Möbelstück, und betrachtete Breer mit einem so starren Blick, als wäre er blind.

»Ich habe dich nicht gerufen«, sagte Mamoulian.

»Ich wollte … mit Ihnen reden.«

»Dann schließ die Tür.«

Breer gehorchte, obwohl er es besser wissen sollte. Hinter seinem Rücken klickte das Schloss, das Zimmer war nun völlig um die winzige Flamme und das spärliche Licht zentriert, das sie warf. Breer sah sich unbeholfen nach einer Sitzgelegenheit in dem Zimmer um, oder wenigstens etwas, woran er sich lehnen konnte. Aber es gab hier keinerlei Komfort. Die Kargheit hätte selbst einen Asketen beschämt. Nur ein paar Decken auf rauen Brettern, auf denen der große Mann schlief; ein paar Bücher, die an der Wand aufgestapelt waren; ein Kartenspiel; ein Krug Wasser nebst Tasse; ansonsten wenig. Die Wände waren kahl, abgesehen von einem Rosenkranz, welcher von einem Haken herabhing.

»Was willst du, Anthony?«

Breer konnte nur denken: Ich hasse dieses Zimmer.

»Sag, was du zu sagen hast.«

»Ich möchte fortgehen ...«

»Fortgehen?«

»Weg. Die Fliegen sind mir lästig. Hier sind so viele Fliegen.«

»Nicht mehr als in jedem anderen Mai. Vielleicht ist es ein wenig wärmer als gewöhnlich. Alles spricht dafür, dass wir einen heißen Sommer bekommen.«

Der Gedanke an Licht und Hitze erweckte Übelkeit in Breer. Und da war noch etwas: die Art, wie sein Magen revoltierte, wenn er ihm Nahrung zuführte. Der Europäer hatte ihm eine neue Welt versprochen – Gesundheit, Wohlstand und Glück –, aber er litt die Qualen der Verfluchten. Es war Betrug; alles Betrug.

»Warum haben Sie mich nicht sterben lassen?«, fragte er, ohne darüber nachzudenken, was er sagte.

»Ich brauche dich.«

»Aber ich fühle mich elend.«

»Die Arbeit wird bald getan sein.«

Breer sah Mamoulian unverwandt an, etwas, wofür er nur sehr selten den Mut aufbrachte. Aber die Verzweiflung stärkte ihm den Rücken.

»Sie meinen, Toy zu finden?«, fragte er. »Den werden wir nicht finden. Das ist unmöglich.«

»Oh, das werden wir, Anthony. Ich bestehe darauf.«

Breer seufzte. »Ich wollte, ich wäre tot«, sagte er.

»Sag das nicht. Du hast alle Freiheiten, die du dir wünschen kannst, oder nicht? Du hast keine Schuldgefühle mehr, oder doch?«

»Nein ...«

»Die meisten Menschen würden diese kleinen Unannehmlichkeiten liebend gern auf sich nehmen, um schuldlos zu sein, Anthony, um hemmungslos ihrer Fleischeslust frönen zu können und nie dafür zur Rechenschaft gezogen zu werden. Ruhe heute. Morgen haben wir viel zu tun, du und ich.«

»Warum?«

»Wir werden Mr. Whitehead besuchen.«

Mamoulian hatte ihm alles von Whitehead und dem Haus und den Hunden erzählt. Das Leid, welches sie dem Europäer zugefügt hatten, war offensichtlich. Zwar war die zerbissene Hand schnell geheilt, aber ein ganzer und ein halber Finger fehlten, hässliche Narben verunzierten seine Handflächen und das Gesicht, einen Daumen konnte er nicht mehr richtig bewegen. Seine geschickte Hand mit den Karten würde für immer beeinträchtigt bleiben. Es war eine lange und traurige Geschichte, die er Breer an dem Tag erzählt hatte, als er zurückkam, blutig und von den Hunden zerschunden. Eine Geschichte nicht eingehaltener Versprechungen und missbrauchten Vertrauens; von grausamen Verbrechen an einer Freundschaft. Während er sie erzählte, hatte der Europäer ungeniert geweint, und Breer hatte das Ausmaß seines Schmerzes ahnen können. Sie waren beide verachtete Männer, die das Opfer von Verschwörungen geworden waren, die angespuckt wurden. Als er sich an das Geständnis des Europäers erinnerte, wurde das Gefühl für die Ungerechtigkeit wieder in ihm geweckt. Und er stand hier, er, der dem Europäer so viel schuldete – sein Leben, seine geistige Normalität –, und hatte vor, dem Erlöser den Rücken zu kehren. Der Rasierklingenesser schämte sich.

»Bitte«, sagte er in dem eifrigen Bemühen, sein ungebührliches Verhalten wieder wettzumachen, »lassen Sie mich diesen Mann für Sie töten.«

»Nein, Anthony.«

»Ich kann es«, beharrte Breer, »ich habe keine Angst vor Hunden. Ich empfinde keinen Schmerz, jetzt nicht mehr, seit Sie zurückgekommen sind. Ich kann ihn in seinem Bett umbringen.«

»Ich bin sicher, dass du das kannst. Und ich werde dich bestimmt brauchen, damit du mir die Hunde vom Leib hältst.«

»Ich werde sie in Stücke reißen.«

Mamoulian schien zufrieden zu sein.

»Das kannst du, Anthony. Ich verabscheue diese Tiere zutiefst. Schon immer. Du wirst dich ihrer annehmen, während ich mich mit Joseph unterhalte.«

»Warum sich mit ihm Mühe machen? Er ist so alt!«

»Das bin ich auch«, antwortete Mamoulian. »Älter, als ich aussehe, glaub mir. Aber ein Geschäft ist ein Geschäft.«

»Es ist schwer«, sagte Breer mit Tränen in den Augen.

»Was denn?«

»Der Letzte zu sein.«

»O ja.«

»Alles unbedingt richtig machen zu müssen; damit der Stamm nicht vergessen wird ...« Breers Stimme brach. Welcher Ruhm war ihm entgangen, weil er nicht in einem großen Zeitalter geboren worden war? Wie musste diese Traumzeit ausgesehen haben, als die Rasierklingenesser und die Europäer und alle anderen Stämme die Welt in ihren Händen gehalten hatten? Ein solches Zeitalter würde niemals mehr wiederkehren; das hatte Mamoulian gesagt.

»Du wirst nicht vergessen werden«, versprach ihm der Europäer.

»Ich glaube, das werde ich doch.«

Der Europäer stand auf. Er schien größer zu sein, als Breer ihn in Erinnerung hatte, und dunkler. »Hab ein wenig Vertrauen, Anthony. Es gibt so vieles, worauf wir uns freuen können!«

Breer spürte eine Berührung im Nacken. Als wäre ein

Falter dort gelandet und würde ihm mit seinen pelzigen Fühlern über den Rücken streichen. Sein Kopf hatte zu summen begonnen, als hätten die Fliegen, die ihn umschwirrten, Eier in seine Ohren gelegt, die nun ausschlüpften. Er schüttelte den Kopf beim Versuch, das Gefühl abzuschütteln.

»Schon gut«, hörte er den Europäer durch das Rascheln ihrer Flügel hindurch sagen. »Ruhig bleiben.«

»Ich fühle mich nicht besonders gut«, protestierte Breer schwach und hoffte, seine Schwäche würde Mamoulian gnädig stimmen. Um ihn herum zerbrach das Zimmer in Scherben, Wände und Boden glitten auseinander, die sechs Seiten der grauen Kiste strebten auseinander und ließen alle Arten des Nichts herein. Alles war im Nebel verschwunden: Möbel, Decke, sogar Mamoulian selbst.

»Es gibt so vieles, worauf wir uns freuen können«, hörte er den Europäer noch einmal sagen, oder war es nur ein Echo, das von weit entfernt zurückgeworfen wurde? Breer war entsetzt. Er konnte nicht einmal mehr seinen ausgestreckten Arm sehen, aber er wusste, dieser Ort erstreckte sich in alle Ewigkeit, und er hatte sich darin verirrt. Seine Tränen flossen ungeniert, seine Nase tropfte, die Eingeweide verkrampften sich.

Als er gerade glaubte, schreien oder den Verstand verlieren zu müssen, trat der Europäer aus dem Nichts vor ihn, und im grellen Blitz seines verfinsterten Bewusstseins erkannte Breer, dass der Mann verwandelt war. Hier war der Ursprung aller Fliegen, aller heißen Sommer und frostklirrenden Winter, allen Verlustes, aller Angst, und er schwebte vor ihm, nackter, als ein Mann eigentlich sein durfte, nackt bis fast zum Punkt der Nichtexistenz. Nun streckte er Breer die gütigen Hände entgegen. In ihnen hielt er Knochenwürfel, in welche Gesichter geschnitzt waren, die Breer vage erkannte, und der Letzte Europäer kniete sich nieder und warf die Würfel, die Gesichter und alles in die Leere, während nicht weit entfernt ein Ding mit Feuer anstelle eines

Kopfes weinte und weinte, bis es schien, als würden sie alle miteinander in Tränen ertrinken.

35

Whitehead nahm das Wodkaglas nebst Flasche und begab sich hinunter in die Sauna. In den Wochen der Krise war sie zu seiner bevorzugten Zuflucht geworden. Mittlerweile hatte er, obwohl die Gefahr noch längst nicht gebannt war, den Überblick über den Zustand seines Imperiums verloren. Weite Teile der Niederlassungen in Europa und im Fernen Osten hatten bereits verkauft werden müssen, um die Verluste zu decken. Konkursverwalter waren in einige der kleineren Firmen bestellt worden; für einige der Werke in Deutschland und Skandinavien wurden Massenentlassungen geplant: letzte verzweifelte Versuche, eine Pleite oder den Verkauf abzuwenden. Aber Joe hatte andere Probleme. Imperien konnte man zurückgewinnen, Leben und geistige Gesundheit nicht. Er hatte die Finanzberater fortgeschickt, ebenso die Regierungsratgeber, zurück zu ihren Banken und ihren Büros in Whitehall. Sie konnten ihm nichts von dem sagen, was er hören wollte. Keine Kurven, keine Computerausdrucke, keine Vorhersagen interessierten ihn. Er konnte sich nur an eine einzige Unterhaltung von Interesse während der fünfwöchigen Krise erinnern: an die mit Strauss.

Er mochte Strauss. Besser gesagt, er *vertraute* Strauss, und das war eine Eigenschaft, die seltener war als Uran auf dem Markt, in dem Whitehead tätig war. Toys Instinkt bezüglich Strauss war richtig gewesen; Bill war ein Mann mit einer Nase für Integrität bei anderen gewesen. Manchmal, besonders wenn der Wodka ihm Reue und Sentimentalität brachte, fehlte ihm Toy sehr. Aber, verdammt, trauern wollte er nicht. Das war nie sein Stil gewesen und jetzt wollte er auch nicht damit anfangen. Er schenkte sich ein weiteres

Glas Wodka ein und hob es hoch. »Auf den Niedergang«, sagte er und trank.

Er hatte in dem weiß gekachelten Raum ein Dampfbad aufgegossen, und während er im diffusen Licht auf der Bank saß, fleckig und erblühend, kam er sich wie eine fleischige Pflanze vor. Er genoss das Gefühl des Schweißes in den Falten seines Bauchs, in den Achselhöhlen und Lenden; einfache physische Stimuli, die ihn von den schlimmen Gedanken ablenkten.

Vielleicht würde der Europäer doch nicht kommen, überlegte er.

Das walte Gott.

Irgendwo in dem nächtlichen Haus wurde eine Tür geöffnet und geschlossen, aber Alkohol und Dampf bewirkten, dass er sich losgelöst von den Ereignissen anderswo fühlte. Die Sauna war ein anderer Planet, der ganz allein ihm gehörte. Er stellte das leer getrunkene Glas auf den Fliesen ab und schloss die Augen in der Hoffnung, ein wenig dösen zu können.

Breer ging ans Tor. Ein elektrisches Summen ging davon aus, der saure Geruch der Elektrizität erfüllte die Luft.

»Du bist stark«, sagte der Europäer. »Das hast du mir gesagt. Öffne das Tor.«

Breer legte die Hände an den Zaun. Er war tatsächlich geladen, er verspürte aber nur ein leichtes Kribbeln. Ein verbrannter Geruch stieg auf, seine Zähne klapperten, als er begann, das Tor niederzureißen. Er war stärker, als er erwartet hatte. Keinerlei Furcht war in ihm, und ihr Fehlen machte ihn zu einem Herkules. Nun begannen die Hunde am Zaun zu bellen, aber er dachte nur: Sollen sie ruhig kommen. Er würde nicht sterben. Vielleicht würde er *niemals* sterben.

Er lachte wie ein Wahnsinniger, während er das Tor aufriss; das Summen hörte auf, als der Stromkreis unterbrochen war. Blauer Rauch kräuselte sich in der Luft.

»Das ist gut«, sagte der Europäer.

Breer versuchte das Stück des Drahts fallen zu lassen, das er hielt, aber irgendwie hatte es sich in seine Hand hineingeschmort, und er musste es mit der anderen Hand herausreißen. Ungläubig betrachtete er seine verbrannten Hände. Das Fleisch war schwarz und roch nach Gebratenem, ganz bestimmt würden sie gleich zu schmerzen beginnen. Kein Mann – nicht einmal ein Mann wie er, schuldlos und übermächtig stark – konnte solche Verletzungen haben und nicht darunter leiden. Aber er spürte nichts.

Plötzlich – aus dem Dunkel heraus – ein Hund.

Mamoulian wich zurück, Angst verkrampfte seine Eingeweide, aber Breer war das Ziel des beabsichtigten Angriffs. Wenige Schritte von seinem Ziel entfernt sprang der Hund, sein Körper prallte gegen Breers Brust. Der Aufprall warf ihn auf den Rücken, und schon war der Hund über ihm, seine Kiefer schnappten nach der Kehle. Breer war mit einem langen Küchenmesser bewaffnet, schien aber kein Interesse an der Waffe zu haben, obwohl er sie mühelos hätte erreichen können. Das dicke Gesicht verzerrte sich zu einem Lachen, als der Hund versuchte, die Kehle des Mannes zu erreichen. Breer hielt einfach den Unterkiefer des Hundes fest. Das Tier biss zu und klemmte Breers Hand in seinem Maul ein. Es erkannte seinen Fehler fast auf der Stelle. Breer griff mit der freien Hand zum Hinterkopf des Hundes, packte Muskeln und Fell mit der Faust und riss Kiefer und Kopf in die entgegengesetzte Richtung. Es gab einen knirschenden Laut. Der Hund knurrte kehlig, er war noch nicht bereit, die Hand seines Henkers loszulassen, obwohl bereits Blut zwischen den zusammengebissenen Zähnen hervortroff. Breer versetzte dem Hund einen weiteren tödlichen Ruck. Seine Augen wurden weiß, die Glieder erstarrten. Dann sank er tot auf Breers Brust.

In der Ferne bellten weitere Hunde, sie reagierten auf den Todesschrei, den sie gehört hatten. Der Europäer sah nervös rechts und links am Zaun entlang. »Steh auf! Rasch!«

Breer befreite die Hand aus dem malmenden Biss des Hundes und schüttelte den Kadaver ab. Er lachte immer noch.

»War leicht«, sagte er.

»Es sind noch mehr da.«

»Bringen Sie mich zu ihnen.«

»Vielleicht sind es zu viele, um auf einmal mit ihnen fertig zu werden.«

»War es dieser?«, fragte Breer und kickte den toten Hund auf die Seite, damit der Europäer ihn besser sehen konnte.

»Dieser?«

»Der Ihren Finger abgebissen hat?«

»Ich weiß nicht«, antwortete der Europäer, der Breers blutverschmiertem Gesicht auswich, welches ihn angrinste, wobei die Augen leuchteten wie die eines verliebten Halbwüchsigen.

»Die Zwinger?«, schlug er vor. »Machen wir sie dort fertig?«

»Warum nicht?«

Der Europäer führte ihn vom Zaun weg in Richtung der Zwinger. Dank Carys war ihm die Lage des Anwesens so vertraut wie die eigene Handfläche.

Breer hielt mit ihm Schritt, er stank bereits nach Blut, sein schwerer Gang war federnd. Er hatte sich selten so lebendig gefühlt.

Das Leben war herrlich, nicht? So *außerordentlich* herrlich.

Die Hunde bellten.

In ihrem Zimmer zog Carys das Kissen über den Kopf, damit sie das Heulen nicht mehr hören musste. Morgen würde sie den Mut aufbringen und Lillian mitteilen, dass es ihr nicht gefiel, die halbe Nacht von diesen hysterischen Hunden wach gehalten zu werden. Wenn sie jemals gesund werden wollte, dann musste sie anfangen, sich an den Rhythmus eines normalen Lebens zu gewöhnen. Das bedeutete, sie musste ihren Geschäften nachgehen, während die Sonne schien, und nachts schlafen.

Während sie sich herumwälzte, um einen Teil des Bettes zu finden, der noch kühl war, blitzte kurz ein Bild in ihrem Verstand auf. Es war wieder verschwunden, bevor sie es völlig erfassen konnte, aber sie bekam genügend mit, dass sie erschrocken aus dem Schlaf hochschreckte. Sie sah einen Mann – ohne Gesicht, aber dennoch vertraut –, der den Rasen überquerte. An seinen Fersen folgte eine Woge von Unrat. Ein anderer kroch dicht hinter ihm, in hündischer Verehrung, seine Wogen so gewandt wie Schlangen. Sie hatte nicht genügend Zeit zu sehen, was die Wogen enthielten, aber das war wahrscheinlich auch besser so.

Sie drehte sich zum dritten Mal herum und befahl sich, diesen Unsinn zu vergessen.

Seltsamerweise hatten die Hunde aufgehört zu bellen.

Immerhin, was war das Schlimmste, das er tun konnte, das *Allerschlimmste*? Whitehead hatte diese Frage so oft gestellt, dass sie ihm völlig vertraut war. Die möglichen körperlichen Foltern waren selbstverständlich zahllos. Manchmal, wenn er frühmorgens um drei im klammen Schweiß erwachte, schien es ihm, dass er sie alle verdient hatte, denn für die Verbrechen der Macht, die er begangen hatte, konnte man nicht leicht bezahlen.

Aber, verdammt, wer würde keine Verbrechen zu beichten haben, wenn die Zeit kam? Wer hätte nicht aus Neid oder Gier gehandelt; wer hätte nicht nach einem höheren Rang gestrebt und diesen dann mit absoluter Autorität bekleidet, nachdem er erreicht war, anstatt ihn wieder abzugeben? Er konnte nicht für alles verantwortlich gemacht werden, was die Firma getan hatte. Wenn einmal während eines Jahrzehnts ein Medikament auf den Markt kam, das Embryos deformierte, konnte man ihm einen Vorwurf machen, weil Gewinn damit gemacht worden war? Diese Art von moralischer Verantwortung gehörte den Schriftstellern, die Romane über Rache schrieben, in der wirklichen Welt hatte sie nichts verloren, wo die meisten Verbrechen lediglich mit Reichtum und Einfluss bestraft wurden; wo der Wurm sich selten umdrehte, und wenn er es doch tat, sofort zerschmettert wurde; wo ein Mann nur eine Hoffnung haben konnte, dass sich der Ausblick lohnte, wenn er durch Verschlagenheit, Sturheit oder Gewalt zur Höhe seiner Ambitionen aufgestiegen war. Das war die *wirkliche* Welt, und der Europäer war mit ihren Ungerechtigkeiten ebenso vertraut wie er selbst. Hatte Mamoulian ihm nicht so viel von sich selbst gezeigt? Wie, um alles in der Welt, konnte der Europäer sich umdrehen und seinen Schüler dafür bestrafen, dass er seine Lektion zu gut gelernt hatte?

Ich werde wahrscheinlich in einem warmen Bett sterben, dachte Whitehead, die Vorhänge halb zugezogen, jenseits davon ein gelber Frühlingshimmel, umgeben von Bewunderern. Es gibt nichts zu fürchten, sagte er laut. Der Dampf waberte. Die mit besessener Präzision angebrachten Fliesen schwitzten mit ihm, aber kalt, wo er heiß war. Er hatte nichts zu befürchten.

36

Von der Tür des Hundeschuppens aus betrachtete Mamoulian Breer bei der Arbeit. Diesmal war es ein zielstrebiges Abschlachten, kein Kräftemessen wie mit dem Hund am Tor. Der dicke Mann öffnete einfach eine Käfigtür nach der anderen und schlitzte eine Hundekehle nach der anderen auf, wobei er das Messer mit der langen Klinge benutzte. In ihren Zwingern gefangen, waren die Hunde eine leichte Beute. Sie konnten nichts weiter tun, als hin und her springen und vergeblich nach ihrem Schlächter schnappen, und irgendwie schienen sie zu wissen, dass der Kampf verloren war, noch bevor er richtig begonnen hatte. Auch die Welpen tötete er, riss sie von den Zitzen ihrer Mutter und zerquetschte ihnen die Köpfe mit der bloßen Hand. Bella wehrte sich vehementer als die anderen Hunde, sie schien entschlossen, dem Killer so viel Schaden wie möglich zuzufügen, bevor sie selbst getötet wurde. Er erwiderte diese Gunst und verstümmelte ihren Leib, nachdem er sie getötet hatte; Wunden als Vergeltung für die Wunden, die sie ihm beigebracht hatte. Schließlich war das Abschlachten vorbei, die einzigen Bewegungen in den Zwingern waren hier und da das Zucken eines Beins oder das Plätschern einer sich entleerenden Blase, und Breer verkündete, dass er fertig war. Gemeinsam gingen sie auf das Haus zu.

Dort waren zwei weitere Hunde, die letzten. Der Rasierklingenesser machte mit beiden kurzen Prozess. Inzwischen glich er mehr einem Schlächter denn einem ehemaligen Bibliotheksangestellten. Der Europäer dankte ihm. Es war einfacher gewesen, als er gedacht hatte.

»Ich habe jetzt im Haus zu tun«, sagte er zu Breer.

»Soll ich mitkommen?«

»Nein. Aber du könntest mir die Tür öffnen.«

Breer ging zur rückwärtigen Tür und schlug die Glasscheibe ein, dann griff er nach innen, sperrte das Schloss auf und ließ Mamoulian in die Küche.

»Danke. Warte hier auf mich.«

Der Europäer verschwand im düsteren Blau des Inneren. Breer sah ihm nach, und als sein Meister nicht mehr zu sehen war, betrat er das Asyl nach ihm; Blut und ein Lächeln verunstalteten sein Gesicht gleichermaßen.

Obwohl die Dampfschwaden alle Laute dämpften, hatte Whitehead den Eindruck, als würde jemand durch das Haus gehen. Wahrscheinlich Strauss: In letzter Zeit war der Mann rastlos geworden. Whitehead ließ die Augen wieder zufallen.

Irgendwo, ganz nahe, hörte er, wie eine Tür geöffnet und geschlossen wurde, die Tür des Zimmers vor der Saunakabine. Er stand auf und blinzelte ins Halbdunkel.

»Marty?«

Er bekam weder von Marty noch von sonst jemandem eine Antwort. Die Gewissheit, überhaupt eine Tür gehört zu haben, schwand. Hier war es nicht immer leicht, Geräusche einzuschätzen. Eindrücke ebenfalls. Der Dampf war viel dichter geworden, er konnte bereits nicht mehr zur anderen Seite der Kabine sehen.

»Ist da jemand?«, fragte er.

Der Dampf war eine tote, graue Wand vor seinen Augen. Er verfluchte sich, weil er ihn so dicht hatte werden lassen.

»Marty?«, wiederholte er. Obwohl weder Augen noch Ohren seine Vermutung bestärkten, war er der Überzeugung, nicht allein zu sein. Jemand war ganz in der Nähe, doch er antwortete nicht. Während er sprach, griff er, Zentimeter um quälende Zentimeter, über die Fliesen zu dem neben sich gefalteten Handtuch. Seine Finger tasteten in die Falte, während er den Blick nicht von der grauen Dampfwand ließ; in dem Handtuch war eine Pistole. Seine Finger fanden sie.

Diesmal wandte er sich mit leiserer Stimme an den unsichtbaren Besucher. Die Pistole verlieh ihm Selbstvertrauen.

»Ich weiß, dass jemand hier ist. Zeig dich, du Mistkerl. Ich habe keine Angst.«

Etwas bewegte sich im Dampf. Wirbel kamen auf und nahmen zu. Whitehead konnte das Pochen seines Herzschlags in den Ohren spüren. Wer auch immer es war *(nicht er, bitte nicht er)*, er war bereit. Ohne Vorwarnung teilte sich der Dampf, von einer plötzlichen Kälte vertrieben. Der alte Mann hob die Pistole. Wenn es wirklich Marty war, der ihm dort draußen einen üblen Streich spielte, dann würde er es bedauern. Die Hand, die die Pistole hielt, begann zu zittern.

Und dann endlich stand eine Gestalt vor ihm. Im Nebel war sie immer noch nicht zu erkennen, zumindest so lange nicht, bis er die Stimme hörte, die er in seinen wodkafeuchten Träumen schon so oft vernommen hatte: *»Pilger.«*

Der Dampf verzog sich. Der Europäer war da, er stand direkt vor ihm. Sein Gesicht hatte sich in den siebzehn Jahren, seit sie einander zum letzten Mal gesehen hatten, kaum verändert. Die bogenförmigen Brauen, die Augen, die so tief in den Höhlen lagen, dass sie wie Wasser am Grund eines Brunnens glitzerten. Er hatte sich so wenig verändert, als wäre die Zeit – in Ehrfurcht vor ihm – spurlos an ihm vorübergegangen.

»Setz dich«, sagte er.

Whitehead bewegte sich nicht. Die Pistole war immer noch direkt auf den Europäer gerichtet.

»Bitte, Joseph. Setz dich.«

Würde es besser sein, wenn er sich setzte? Konnte er die tödlichen Schläge verhindern, indem er Schwäche vortäuschte? Oder war es melodramatisch zu glauben, dass dieser Mann auf Schläge zurückgreifen musste? In was für einem Traum lebe ich, fragte Whitehead sich selbst, zu glauben, dass er hierher kommen und mir wehtun, mich verletzen würde? Solche Augen haben mehr vor, als einfach nur zu schlagen.

Er setzte sich. Er war sich seiner Nacktheit bewusst, aber das störte ihn kaum. Mamoulian sah nicht sein Fleisch, er blickte tiefer als Fett und Knochen. Whitehead konnte den Blick jetzt in sich spüren, er streifte sein Herz. Wie sonst konnte er sich die Erleichterung darüber erklären, dass er den Europäer endlich sah?

»Es ist so lange her …« Mehr konnte er nicht sagen: eine lahme Banalität. Hörte er sich wie ein hoffender Liebender an, der sich nach Aussöhnung sehnt? Vielleicht war das nicht so fern von der Wahrheit.

Die Einzigartigkeit ihres gegenseitigen Hasses hatte die Reinheit wahrer Liebe.

Der Europäer studierte ihn.

»Pilger«, murmelte er vorwurfsvoll und betrachtete die Pistole, »dazu besteht keine Veranlassung. Und keine Verwendung.«

Whitehead lächelte und legte die Waffe auf das Handtuch an seiner Seite.

»Ich hatte befürchtet, dass du kommst«, sagte er zur Erklärung. »Deswegen habe ich die Hunde gekauft. Du weißt, ich verabscheue Hunde. Aber ich weiß, dass du sie noch mehr verabscheust.«

Mamoulian legte einen Finger auf die Lippen, um Whitehead zum Schweigen zu bringen.

»Ich verzeihe den Hunden«, sagte er. Wem verzieh er: den Hunden oder dem Mann, der sie auf ihn gehetzt hatte?

»Warum musstest du zurückkommen?«, fragte Whitehead. »Du musst doch gewusst haben, dass du mir nicht willkommen bist.«

»Du weißt, warum ich gekommen bin.«

»Nein, das weiß ich nicht. *Wirklich nicht.*«

»Joseph«, seufzte Mamoulian. »Behandle mich nicht wie einen deiner Politiker. Ich lasse mich nicht mit Versprechen ködern und dann wegwerfen, wenn sich dein Glück wendet. So kannst du mich nicht behandeln.«

»Das habe ich auch nicht.«

»Bitte keine Lügen. Nicht jetzt, wo wir so wenig Zeit haben. Dieses Mal, dieses *letzte* Mal, wollen wir aufrichtig miteinander sein. Schütten wir uns unsere Herzen aus. Es wird keine weiteren Gelegenheiten mehr geben.«

»Warum nicht? Warum können wir nicht von vorn anfangen?«

»Wir sind alt. Und müde.«

»Ich nicht.«

»Was war dann der Grund, nicht um dein Imperium zu kämpfen, wenn nicht *Müdigkeit*?«

»Das war dein Tun?«, fragte Whitehead, der die Antwort bereits kannte.

Mamoulian nickte. »Du bist nicht der Einzige, dem ich zu Reichtum verholfen habe. Ich habe Freunde in höchsten Kreisen; und alle sind, wie du, Studenten der Vorsehung. Sie könnten die halbe Welt verkaufen, wenn ich sie darum bäte, und das schulden sie mir. Aber keiner war je wie du, Joseph. Du warst der Gierigste, allerdings auch der Fähigste. Nur bei dir habe ich eine Chance gesehen für …«

»Nur weiter«, forderte Whitehead. »Was für eine Chance?«

»Erlösung«, antwortete Mamoulian und tat den Ausspruch lachend ab. »Von allem«, sagte er leise.

Whitehead hätte nicht gedacht, dass es so sein würde: eine gedämpfte Unterhaltung in einem weiß gekachelten Zimmer, zwei alte Männer, die einander gegenseitig verletzende Worte an den Kopf warfen, die die Erinnerungen wie Steine herumrollten und zusahen, wie das Geröll abfiel. Alles war so ungleich sanfter, und deshalb ungleich verletzender. Nichts geißelte so sehr wie ein Verlust.

»Ich habe Fehler gemacht«, sagte er. »Und sie tun mir wirklich Leid.«

»Sag mir die *Wahrheit*«, brauste Mamoulian auf.

»Das ist die Wahrheit, verdammt. Es tut mir Leid. Was möchtest du noch? Land? Firmen? *Was möchtest du?*«

»Du erstaunst mich, Joseph. Selbst jetzt, in einer extremen Situation, versuchst du, Geschäfte zu machen. Was für ein Verlust du bist. Was für ein schrecklicher Verlust. Ich hätte dich groß machen können.«

»Ich *bin* groß.«

»Das weißt du besser, Pilger«, sagte er sanft. »Was wärst du ohne mich? Mit deiner losen Zunge und den eleganten Anzügen? Schauspieler? Autohändler? Ein *Dieb*?«

Whitehead zuckte zurück, aber nicht nur wegen des Spotts.

Der Nebel hinter Whitehead war unruhig geworden, als bewegten sich Geister darin.

»Du wärst *nichts*. Hab wenigstens genügend Ehrgefühl, das zuzugeben.«

»Ich habe mich dir angeschlossen«, meinte Whitehead.

»O ja«, sagte Mamoulian. »Du hattest Appetit. Den hattest du im Überfluss.«

»Du hast mich gebraucht«, gab Whitehead zurück. Der Europäer hatte ihn verletzt, und nun wollte er ihn, wider besseren Wissens, auch verletzen. Schließlich war dies seine Welt. Der Europäer war hier der Eindringling: unbewaffnet, ungeschützt. Und er hatte gebeten, die Wahrheit zu hören. Nun, sollte er sie hören, Geister oder nicht.

»Weshalb sollte ich dich brauchen?«, erwiderte Mamoulian. Plötzlich klang Verachtung aus seiner Stimme. »Was bist du wert?«

Whitehead hielt die Antwort einen Augenblick zurück; und dann sprudelten die Worte aus ihm heraus, ohne Rücksicht auf die möglichen Folgen.

»Ich musste für dich leben, weil du zu blutleer warst, um es selbst zu tun! Darum hast du mich ausgesucht. Um alles durch mich zu kosten: Frauen, Macht – alles.«

»Nein …«

»Du siehst elend aus, Mamoulian.«

Er hatte den Europäer beim Namen genannt. Tatsächlich? Großer Gott, wie leicht das doch war. Er nannte den Bastard beim Namen, und er sah nicht weg, als die glitzernden Augen auf ihm ruhten, weil er die *Wahrheit* sagte, nicht wahr? Sie beide wussten es. Mamoulian war bleich, fast durchscheinend. Ihm fehlte der Lebenswille. Plötzlich wusste Whitehead, dass er diese Konfrontation gewinnen konnte, wenn er schlau genug war.

»Versuche nicht zu kämpfen«, warnte Mamoulian. »Ich will das, was mir zusteht.«

»Und das wäre?«

»Dich. Deinen Tod. Deine Seele, da es kein besseres Wort dafür gibt.«

»Du hattest alles, was ich dir schuldete, und mehr, vor Jahren.«

»Das war nicht die Abmachung, Pilger.«

»Wir alle machen Geschäfte und ändern dann die Regeln.«

»So spielt man das Spiel nicht.«

»Es gibt nur *ein* Spiel. Das hast du mir beigebracht. Solange ich das gewinne … ist der Rest einerlei.«

»Ich will das, was mir gehört«, sagte Mamoulian mit leiser Entschlossenheit. »Das steht von vornherein fest.«

»Warum tötest du mich nicht einfach?«

»Du kennst mich, Joseph. Ich möchte dies zu einem sauberen Abschluss bringen. Ich lasse dir Zeit, deine Angelegenheiten zu ordnen. Um die Bücher abzuschließen, Bilanz zu ziehen, das Land denen zurückzugeben, denen du es gestohlen hast.«

»Ich habe dich nicht für einen Kommunisten gehalten.«

»Ich bin nicht hier, um mich über Politik zu unterhalten. Ich bin gekommen, um dir meine Bedingungen zu nennen.«

Also, dachte Whitehead, ist das Datum der Hinrichtung noch eine Weile entfernt. Er verdrängte rasch alle Gedanken an eine Flucht aus seinem Kopf, da er fürchtete, der Europäer könnte sie wahrnehmen. Mamoulian hatte in die Jackentasche gegriffen. Die verstümmelte Hand holte einen großen Umschlag heraus, der zusammengefaltet war. »Du wirst dich deiner Besitztümer strikt nach diesen Anweisungen entledigen.«

»Wahrscheinlich alles Freunde von dir.«

»Ich habe keine Freunde.«

»Mir macht das nichts aus«, sagte Whitehead. »Ich bin froh, dass ich es los bin.«

»Hatte ich dir nicht gesagt, dass es zur Last werden würde?«

»Ich werde alles weggeben. Zum Heiligen werden, wenn du möchtest. Bist du dann zufrieden?«

»Wenn du stirbst, Pilger«, sagte der Europäer.

»Nein.«

»Du und ich zusammen.«

»Ich sterbe zu meiner Zeit«, sagte Whitehead. »Nicht zu deiner.«

»Du möchtest doch nicht allein gehen.« Hinter dem Europäer wurden die Geister ruhelos. Der Dampf wimmelte von ihnen.

»Ich werde *nirgendwo* hingehen«, sagte Whitehead. Er glaubte Gesichter in den Schwaden zu erblicken. Vielleicht war Trotz nicht das Klügste, überlegte er. »… was kann es schaden?«, murmelte er und erhob sich halb, um alles abzuwehren, was der Dampf enthalten konnte. Das Licht in der Sauna wurde schwächer. Mamoulians Augen funkelten in der zunehmenden Düsternis, und auch aus seiner Kehle schien sich Licht zu ergießen und die Luft zu besudeln. Die Geister nahmen aus ihm Substanz an, sie wurden mit jeder Sekunde deutlicher.

»Aufhören«, bat Whitehead, aber es war eine vergebliche Hoffnung.

Die Sauna war verschwunden. Der Dampf gab seine Passagiere frei. Whitehead konnte ihre starrenden Blicke auf sich spüren. Erst jetzt fühlte er sich nackt. Instinktiv bückte er sich nach dem Handtuch, und als er sich wieder aufrichtete, war Mamoulian verschwunden. Er presste das Handtuch gegen die Lenden, spürte, wie die Geister in der Dunkelheit über seine Brüste grinsten, über sein zusammengeschrumpeltes Geschlechtsteil, über die schiere Absurdität seines alten Fleisches. Sie hatten ihn in besseren Zeiten gekannt, als die Brust breiter gewesen war, das Geschlechtsorgan stattlich, das Fleisch beeindruckend, ob nackt oder bekleidet.

»Mamoulian …«, murmelte er in der Hoffnung, der Europäer könnte dieses Elend beenden, bevor es außer Kontrolle geriet. Aber niemand hörte auf sein Flehen.

Er ging mit unsicheren Schritten über die schlüpfrigen Fliesen zur Tür. Wenn der Europäer von hier verschwunden war, dann konnte er einfach hier hinausgehen, Strauss suchen und sich in einem Zimmer verbarrikadieren. Aber die Geister waren noch nicht mit ihm fertig. Der Dampf, der dunkel wie ein Bluterguss geworden war, hob sich ein wenig, und in seinen Tiefen schimmerte etwas. Anfangs konnte er sich keinen Reim darauf machen: undeutliches Weiß, Flackern, wie Schneeflocken.

Dann, aus dem Nichts, eine Brise. Sie gehörte der Vergangenheit an – und sie roch danach. Nach Asche und Mauerschutt; nach Schmutz auf seit Jahrzehnten ungewaschenen Leibern; nach brennendem Haar, nach Zorn. Aber zwischen diese Gerüche eingewoben war noch ein weiterer, und als er ihn einatmete, wurde ihm die Bedeutung dieser schimmernden Luft klar, und er riss das Handtuch in die Höhe und bedeckte das Gesicht, und Tränen und flehentliche Bitten strömten ohne Unterlass aus ihm heraus.

Dessen ungeachtet drängten die Geister näher, und sie trugen den Geruch von Blütenblättern mit sich.

37

Carys stand auf dem schmalen Treppenabsatz vor Martys Zimmer und lauschte. Von drinnen vernahm sie die Laute ruhigen Schlafens. Sie zögerte einen Augenblick – nicht sicher, ob sie hineingehen sollte oder nicht –, dann schlich sie wieder die Treppe hinunter und ließ ihn weiterschlafen. Es war zu bequem, zu ihm ins Bett zu schlüpfen, sich an seinem Hals auszuweinen, wo die Schlagader pulsierte, sich all ihrer Lasten zu entledigen und ihn zu bitten, stark für sie zu sein. Bequem und gefährlich. Dort, in seinem Bett, gab es keine wirkliche Sicherheit. Die würde sie nur *durch* sich selbst finden, und *in* sich selbst, nirgendwo anders.

Auf halbem Weg, auf der zweiten Treppenflucht, blieb sie stehen. Ein seltsames Kribbeln erfüllte den dunklen Flur. Kühle Nachtluft. Und mehr. Sie wartete wie ein Schatten auf der Treppe, bis ihre Augen sich an das Dunkel gewöhnt hatten. Vielleicht sollte sie einfach nach oben gehen, die Tür ihres Schlafzimmers hinter sich verriegeln und ein paar Tabletten suchen, mit denen sie sich die Stunden bis Sonnenaufgang verkürzen konnte. Das wäre wesentlich einfacher gewesen, als so zu leben, wie sie es jetzt tat, jeder Nerv elektrisiert.

An der Wand, in Richtung der Küche, nahm sie eine Bewegung wahr. Ein schwarzer Koloss zeichnete sich umrisshaft unter der Tür ab, dann war er verschwunden.

Nichts weiter als die Dunkelheit, sagte sie sich, die mir Streiche spielt. Sie strich mit der Hand über die Wand und spürte das Muster der Tapete unter den Fingerspitzen, bis sie den Lichtschalter gefunden hatte. Sie schaltete ihn an. Der Korridor war verlassen, ebenso die Treppe hinter ihr. Der Treppenabsatz war verlassen.

Sie schalt sich selbst ›Dummkopf‹ und sprang die letzten drei Stufen hinab, zum Flur, der zur Küche führte.

Bevor sie dorthin kam, wurden ihre Ahnungen bezüglich der Kälte bestätigt. Die Hintertür befand sich auf einer Linie mit der Küchentür und beide standen offen. Es war seltsam, sogar fast schockierend, das Haus, das für gewöhnlich fast hermetisch abgeschlossen war, so der Nacht preisgegeben zu sehen. Die offene Tür wirkte wie eine Wunde in seiner Flanke.

Sie trat vom Teppichboden des Flurs auf das kalte Linoleum der Küche und war fast schon dabei, die Tür zu schließen, als sie Glasscherben auf dem Boden glitzern sah. Die Tür war nicht versehentlich offen gelassen worden, jemand hatte sich gewaltsam Zutritt verschafft. Ein Geruch – Sandelholz – drang ihr in die Nase. Er war Übelkeit erregend, aber was er verbergen sollte, war noch schlimmer.

Sie musste Marty informieren, das hatte nun absoluten Vorrang. Dazu musste sie nicht eigens nach oben gehen. An der Küchenwand war das Haustelefon.

Ihr Verstand teilte sich. Ein Teil von ihr überdachte kühl das Problem und was sie tun musste: wo das Telefon war, was sie zu Marty sagen musste, wenn er abnahm. Ein anderer Teil, der das Heroin brauchte, der ewig furchtsam war, löste sich in Panik auf. Irgendjemand ist in der Nähe (Sandelholz), sagte er, etwas Tödliches in der Dunkelheit, jemand, der in der Dunkelheit verwest.

Das kühlere Selbst behielt die Oberhand. Sie ging – nun war sie froh darüber, dass sie barfuß war, weil man so ihre Schritte kaum hören konnte – zum Telefon hinüber. Sie nahm den Hörer ab und wählte die Neunzehn, die Nummer von Martys Schlafzimmer. Es klingelte einmal, dann noch einmal. Sie hoffte, dass er schnell aufwachen würde.

Der Vorrat ihrer Selbstbeherrschung war, wie sie wusste, begrenzt.

»Komm schon, komm schon«, hauchte sie.

Dann vernahm sie Geräusche hinter sich; schwere Schritte zerbrachen die Scherben knirschend in kleinere Bruchstücke. Sie drehte sich um, um festzustellen, wer es war, und da stand ein Albtraum unter der Tür. In einer Hand hielt er ein Messer, über eine Schulter hatte er ein Hundefell geworfen. Der Telefonhörer glitt ihr aus der Hand, und der Teil von ihr, der die ganze Zeit über auf Panik gedrängt hatte, gewann die Oberhand.

Ich habe es dir gesagt, brüllte er. *Ich habe es dir gesagt!*

In Martys Träumen klingelte ein Telefon. Er träumte, dass er abnahm, den Hörer ans Ohr presste und am anderen Ende der Leitung mit dem Tod sprach. Aber das Läuten ging weiter, obwohl er den Hörer abgenommen hatte, und er erwachte und stellte fest, dass er den Hörer tatsächlich in der Hand hatte, aber niemand am anderen Ende war.

Er legte ihn wieder auf die Gabel. Hatte es tatsächlich geklingelt? Er glaubte nicht. Dennoch war es der Traum wert, wieder zu ihm zurückzukehren: Seine Unterhaltung mit dem Tod war faszinierend gewesen. Er schwang sich aus dem Bett und zog die Jeans an, und er stand mit müden Augen an der Tür, als er von unten deutlich das Klirren von zerbrechendem Glas vernahm.

Der Schlächter hatte sich auf sie gestürzt, nachdem er zuvor das Fell des Hundes weggeworfen hatte, um sich die Umarmung zu erleichtern. Sie konnte sich einmal unter ihm wegducken; zweimal. Er war schwerfällig, aber sie wusste genau, wenn er sie zu fassen bekam, war das das Ende. Sie musste zur Hintertür.

»Ich würde nicht dort hinausgehen …«, riet er, und seine Stimme war wie sein Geruch, süß, aber verdorben. »Es ist nicht sicher.«

Seine Warnung war die beste Empfehlung, die sie bekommen konnte. Sie schlüpfte um den Küchentisch herum und zur Hintertür hinaus, wobei sie versuchte, über die Glasscherben hinwegzuspringen. Sie bemühte sich, die Tür hinter sich zuzuziehen – mehr Glas fiel herab und zerschellte –, und dann war sie vom Haus weg. Hinter sich hörte sie, wie die Tür so ungestüm aufgerissen wurde, dass es ihr vorkam, als wäre sie aus den Angeln gehoben worden. Nun hörte sie die Schritte des Hundeschlächters – Donner auf dem Boden –, der sie verfolgte.

Der Unhold war langsam, sie behände. Er war schwer, sie fast bis zur Unsichtbarkeit leicht. Anstatt sich an die Wand zu halten, die sie irgendwann einmal lediglich zum Vordereingang geführt hätte, wo der Rasen erleuchtet war, hielt sie sich von dem Gebäude fern und hoffte bei Gott, dass die Bestie im Dunkeln nichts sehen konnte.

Marty taumelte die Stufen hinab, immer noch den Schlaf aus seinem Kopf schüttelnd. Die Kälte in der Diele machte ihn endgültig wach. Er folgte der Zugluft bis in die Küche. Dort hatte er nur ein paar Sekunden Zeit, die Scherben und das Blut in sich aufzunehmen, bevor Carys zu schreien begann.

An einem unbestimmbaren Ort schrie jemand auf. Whitehead hörte die Stimme, eine Mädchenstimme, konnte aber den Ursprung des Schreis nicht erahnen. Er hatte keine Ahnung, wie lange er hier schon weinte, während er die Verdammten kommen und gehen sah: Es schien eine Ewigkeit zu sein. Sein Kopf schwamm aufgrund der Hyperventilation; seine Kehle war heiser vom Schluchzen.

»Mamoulian …«, flehte er wieder. »Lass mich nicht hier zurück.«

Der Europäer hatte Recht gehabt – er wollte *tatsächlich* nicht allein in dieses Nichts gehen. Obwohl er bisher erfolglos gefleht hatte, davon erlöst zu werden, begann die Illusion nun endlich zu weichen. Die Kacheln krochen wie scheue kleine Krebse an ihre angestammten Plätze zurück; der Geruch seines abgestandenen Schweißes überfiel ihn, und es war der ersehnteste Geruch, den er jemals wahrgenommen hatte. Und nun stand der Europäer wieder vor ihm, als habe er sich nie bewegt.

»Sollen wir reden, Pilger?«

Whitehead zitterte trotz der Hitze. Seine Zähne klapperten. »Ja«, sagte er.

»Ruhig? Mit Würde und Höflichkeit?«

Wieder: »Ja.«

»Dir hat nicht gefallen, was du gesehen hast?«

Whitehead strich mit den Fingern über sein teigiges Gesicht, dann presste er Daumen und Zeigefinger gegen den Nasenrücken, als wolle er auspressen, was er gesehen hatte. »Nein, verdammt sollst du sein«, sagte er. Die Bilder ließen sich nicht verdrängen; nicht jetzt, niemals.

»Vielleicht können wir uns anderswo unterhalten«, schlug der Europäer vor. »Hast du kein Zimmer, in das wir uns zurückziehen können?«

»Ich habe Carys gehört. Sie hat geschrien.«

Mamoulian schloss die Augen für einen Moment und empfing einen Gedanken des Mädchens. »Ihr geht es gut«, sagte er.

»Tu ihr nichts. Bitte. Sie ist alles, was ich noch habe.«

»Ihr ist kein Leid geschehen. Sie hat lediglich die Überreste der Arbeit meines Freundes gefunden.«

Breer hatte den Hund nicht nur gehäutet, er hatte ihn auch ausgeweidet. Carys war in seine glitschigen Eingeweide getreten, und der Schrei war ihr entschlüpft, bevor sie sich besinnen konnte. Als sein Echo verklungen war, lauschte sie nach den Schritten des Schlächters. Jemand rannte in ihre Richtung.

»Carys!« Es war Martys Stimme.

»Ich bin hier.«

Er fand sie, wie sie auf den gehäuteten Kopf des Hundes hinuntersah.

»Wer, zum Teufel, hat das getan?«

»Er ist hier«, sagte sie. »Er ist mir gefolgt.«

Er berührte ihr Gesicht. »Alles in Ordnung?«

»Das ist nur ein toter Hund«, sagte sie. »Es war der Schock, nichts weiter.«

Während sie zum Haus zurückgingen, erinnerte sie sich an den Traum, aus dem sie erwacht war. Ein Mann ohne Gesicht hatte ebendiesen Rasen überquert – gingen sie gerade in seinen Fußstapfen? –, und eine Woge Dreck war ihm auf den Fersen gefolgt. »Es ist noch jemand hier«, sagte sie mit unumstößlicher Gewissheit. »Außer dem Hundeschlächter.«

»Klar.«

Sie nickte mit steinernem Gesicht, dann ergriff sie Martys Arm.

»Der ist noch schlimmer, Baby.«

»Ich habe eine Pistole. Sie ist in meinem Zimmer.«

Sie waren bei der Küchentür angekommen; das Fell des Hundes lag immer noch daneben.

»Weißt du, wer sie sind?«, fragte er. Sie schüttelte den Kopf.

»Er ist dick« war alles, was sie sagen konnte, »und sieht dumm aus.«

»Und der andere? Kennst du den?«

Der andere? Gewiss kannte sie den: Er war ihr so vertraut wie das eigene Gesicht. Sie hatte in den zurückliegenden Wochen täglich tausende Male an ihn gedacht; etwas sagte ihr, dass sie ihn schon immer gekannt hatte. Er war der Architekt, der in ihren Schlaf eindrang, der seine Finger in ihren Nacken bohrte, der jetzt gekommen war, um die

Woge des Verderbens freizulassen, die ihm auf den Fuß gefolgt war.

»Was denkst du?« Er sah sie mit einem zärtlichen Blick an, während er versuchte, sein verwirrtes Gesicht mit einem heldenhaften Ausdruck zu maskieren.

»Ich werde es dir irgendwann erzählen«, sagte sie. »Jetzt sollten wir versuchen, diese verdammte Pistole zu holen.«

Sie betraten das Haus und gingen weiter. Es war vollkommen still. Keine Schritte, keine Schreie. Er holte die Pistole aus seinem Zimmer.

»Und nun zu Papa«, sagte er. »Nachsehen, ob alles in Ordnung ist.«

Da der Hundeschlächter immer noch frei herumlief, war die Suche nervenaufreibend und ging nur langsam vonstatten. Whitehead war in keinem der Schlafzimmer, auch nicht in seinem Ankleidezimmer. Bad, Bibliothek und Arbeitszimmer waren ebenfalls verlassen. Carys schlug vor, in der Sauna nachzusehen.

Marty stieß die Tür zur Saunakabine auf. Eine Wand aus feuchtem Dampf schlug ihm entgegen, Dampfschwaden entwichen in den Flur. Eindeutig war erst vor kurzem jemand hier gewesen. Aber die Kabine, Jacuzzi und Solarium waren ebenfalls verlassen.

Als er die Räume kurz durchsucht hatte, kam er zu Carys zurück, die zitternd an der Tür lehnte.

»Mir wurde plötzlich übel«, sagte sie. »Es kam einfach über mich.«

Marty stützte sie, da ihre Beine unter ihr nachgaben.

»Setz dich einen Augenblick hin.« Er führte sie zur Bank. Dort lag eine Pistole, auf der Kondenswasser glitzerte.

»Alles in Ordnung«, beharrte sie. »Geh du Papa suchen, ich bleibe hier.«

»Du siehst schrecklich aus.«

»Danke«, sagte sie. »Würdest du jetzt bitte gehen? Ich würde mich lieber übergeben, wenn keiner zusieht.«

»Klar!«

»*Geh,* verdammt. Lass mich allein. Mir geht es bestens.«

»Schließ die Tür hinter mir zu«, verlangte er.

»Ja, Sir«, sagte sie und warf ihm einen spöttischen Blick zu. Er ließ sie in der Kabine und wartete, bis er hörte, wie der Riegel vorgeschoben wurde. Es beruhigte ihn nicht völlig, aber es war besser als nichts.

Er ging vorsichtig wieder in die Diele und beschloss, sich kurz vor dem Haus umzusehen. Die Rasenscheinwerfer waren eingeschaltet, und wenn der alte Mann dort war, würde er ihn sicherlich sehen. Natürlich machte das auch Marty zu einem einfachen Ziel, aber immerhin war er bewaffnet. Er schloss die Vordertür auf und trat hinaus auf den Kies. Die Flutlichter gossen gnadenlose Beleuchtung herab. Weißer als Sonnenlicht, aber seltsam tot. Er sah nach rechts und links über den Rasen. Von dem alten Mann war nichts zu sehen.

Hinter ihm, in der Diele, beobachtete Breer den Helden, wie er auf der Suche nach seinem Herrn hinausging. Erst als er nicht mehr zu sehen war, kam der Rasierklingenesser aus seinem Versteck geschlichen und stapfte mit blutigen Händen zurück zu dem, was sein Herz begehrte.

38

Nachdem sie die Tür verriegelt hatte, ging Carys benommen wieder zur Bank zurück und konzentrierte sich darauf, ihr revoltierendes Inneres zu beruhigen. Sie war nicht sicher, was die Übelkeit herbeigeführt hatte, beschloss aber, sich zuerst davon zu erholen. Sobald sie sich besser fühlte, würde sie Marty folgen und ihm helfen, Papa zu suchen. Der alte Mann war vor kurzem hier gewesen, das war eindeutig. Die Tatsache, dass er ohne seine Pistole fortgegangen war, verhieß nichts Gutes.

Eine betörende Stimme riss sie aus ihren Betrachtungen,

und sie sah auf. Direkt vor ihr war ein Fleck im Dampf, eine in die Luft projizierte bleiche Stelle. Sie blinzelte und versuchte, sich einen Reim darauf zu machen. Die Stelle schien die Beschaffenheit weißer Punkte zu haben. Carys stand auf, und die Illusion verschwand nicht etwa, sie wurde noch deutlicher. Fühler streckten sich aus, um einen Punkt mit dem nächsten zu verbinden, und sie lachte beinahe angesichts der Erkenntnis, als das Rätsel klar wurde. Es waren Blüten, die sie da sah, blendend weiße Dolden, die im Licht der Sonne oder der Sterne funkelten. Von einem Wind ohne ersichtlichen Ursprung geschüttelt, warfen die Zweige einen Wirbel von Blütenblättern ab. Sie schienen ihr Gesicht zu berühren, aber als sie die Hände danach ausstreckte, war nichts Greifbares da.

In den Jahren ihrer Heroinabhängigkeit hatte sie niemals ein Bild gesehen, das so strahlend schön und gleichzeitig so bedrohlich gewesen war. Er gehörte nicht ihr, dieser Baum. Sie hatte ihn sich nicht ausgedacht. Er gehörte jemandem, der vor ihr hier gewesen war: dem Architekten, daran konnte kein Zweifel bestehen. Er hatte Papa dieses Schauspiel vorgeführt, und sein Nachhall hing noch immer hier.

Sie versuchte wegzusehen, zur Tür, aber ihre Augen waren wie an den Baum gefesselt. Sie konnte sie nicht davon abwenden, hatte sogar den Eindruck, dass die Blüten anschwollen, als würden sich immer mehr Knospen öffnen. Die Kahlheit des Baums – seine grässliche Reinheit – erfüllte ihre Augen, das Weiß ballte sich zusammen und wurde dichter.

Und dann bewegte sich unter den schwankenden, überladenen Zweigen eine Gestalt – eine Frau mit brennenden Augen hob den zerschmetterten Kopf in Carys' Richtung. Ihre Anwesenheit brachte die Übelkeit zurück, und Carys wurde schwarz vor Augen. Aber dies war nicht der geeignete Zeitpunkt, das Bewusstsein zu verlieren. Nicht, während die Blüten immer noch aufbrachen und die Frau aus dem Schatten der Zweige auf sie zukam. Sie war wunderschön gewesen, diese Frau, und an Bewunderung gewöhnt. Aber der Körper war nun grausam verstümmelt, die Schönheit verdorben. Als sie schließlich aus ihrem Versteck herauskam, erkannte Carys sie als ihresgleichen.

»Mama.«

Evangeline Whitehead öffnete die Arme und bot ihrer Tochter eine Umarmung, die sie ihr, als sie noch lebte, nie angeboten hatte. Hatte sie im Tod die Fähigkeit zu lieben entwickelt, ebenso wie geliebt zu werden? Nein. Niemals. Die geöffneten Arme waren eine Falle, das wusste Carys. Wenn sie in sie sank, dann würde sie auf ewig dem Baum und seinem Schöpfer gehören.

Mit einem dumpfen Pochen im Kopf zwang sie sich dazu, den Blick abzuwenden. Ihre Glieder waren wie Gallert; sie fragte sich, ob sie die Kraft aufbringen würde, sich zu bewegen. Schwerfällig drehte sie den Kopf zur Tür – und musste erschrocken feststellen, dass sie weit offen stand. Der Riegel war herausgebrochen worden!

»Marty?«, flüsterte sie.

»Nein.«

Sie wandte sich wieder um, diesmal nach links, und der Hundeschlächter stand keine zwei Meter von ihr entfernt. Er hatte sich das Blut von Gesicht und Händen abgewaschen und roch stark nach Parfüm.

»Bei mir bist du sicher«, sagte er.

Sie sah wieder zu dem Baum. Er löste sich auf, sein illusorisches Leben erlosch aufgrund des Eindringens des Unholds. Carys' Mutter, die die Arme immer noch ausgestreckt hatte, wurde dünn und verzerrt. Im letzten Augenblick, bevor sie verschwand, öffnete sie den Mund und erbrach einen Schwall schwarzen Blutes in Richtung ihrer Tochter. Dann waren der Baum und seine Schrecken verschwunden, und zurück blieben nur Dampf, die Kacheln und ein Mann mit dem Blut der Hunde unter den Fingernägeln, der neben ihr stand. Sie hatte ihn nicht eindringen hören. Der Bann des

Baums hatte die Geräusche der Außenwelt von ihr fern gehalten.

»Du hast geschrien«, erklärte er. »Ich hörte dich schreien.«

Sie konnte sich nicht daran erinnern. »Ich möchte zu Marty«, sagte sie.

»Nein«, antwortete er höflich.

»Wo ist er?«, verlangte sie zu wissen und machte eine allzu hoffnungslose Bewegung zur offenen Tür.

»Ich sagte *Nein*!« Er versperrte ihr den Weg. Er musste sie dabei nicht berühren, seine Nähe genügte, sie innehalten zu lassen. Sie überlegte, ob sie an ihm vorbei auf den Flur hinausschlüpfen sollte, aber wie weit würde sie kommen, bis er sie erwischte? Wenn man es mit tollen Hunden und Psychopathen zu tun hatte, gab es zwei grundsätzliche Möglichkeiten. Die erste: nicht weglaufen. Die zweite: keine Angst zeigen. Als er die Hand nach ihr ausstreckte, versuchte sie, nicht zurückzuweichen.

»Ich werde nicht zulassen, dass dir jemand wehtut«, sagte er. Er strich mit dem Ballen seines Daumens über ihren Handrücken, fand einen Schweißtropfen dort und wischte ihn weg. Seine Berührung war federleicht und eiskalt.

»Lässt du mich … meine Schöne?«, fragte er.

Sie sagte nichts; seine Berührung stieß sie ab. Heute Nacht wünschte sie sich nicht zum ersten Mal, keine Empfängliche zu sein. Sie hatte noch nie solchen Ekel angesichts der Berührung eines anderen Menschen empfunden.

»Ich würde es dir gern so angenehm wie möglich machen«, sagte er. »Mit dir …« Er verstummte, als wären die Worte aus ihm herausgerutscht. »… deine Geheimnisse teilen.«

Sie sah in sein Gesicht.

Seine Kiefermuskeln zitterten, als er seinen Vorschlag machte; er war nervös wie ein Halbwüchsiger.

»Und als Gegenleistung«, sagte er, »zeige ich dir *meine* Geheimnisse. Möchtest du sie sehen?«

Er wartete nicht auf die Antwort. Seine Hand griff in die

Tasche seiner fleckigen Jacke und holte ein paar Rasierklingen heraus. Ihre Kanten funkelten. Es war absurd: wie bei einer Jahrmarktshow, aber ohne das zugehörige Gehabe. Dieser Clown, der nach Sandelholz roch, war tatsächlich im Begriff, Rasierklingen zu essen, um ihre Liebe zu gewinnen. Er streckte die trockene Zunge heraus und legte die erste Rasierklinge darauf. Das gefiel ihr kein bisschen; Rasierklingen machten sie nervös, das war schon immer so gewesen.

»Nicht«, sagte sie.

»Schon gut«, sagte er zu ihr und schluckte heftig. »Ich bin der Letzte des Stammes. Siehst du?« Er öffnete den Mund und streckte die Zunge heraus. »Alles verschwunden.«

»Erstaunlich«, sagte sie. Das war es: abstoßend, aber erstaunlich.

»Das ist noch nicht alles«, sagte er, offenbar erfreut über ihre Reaktion.

Es war am besten, ihn mit dieser bizarren Vorführung fortfahren zu lassen, überlegte sie. Je länger er brauchte, um ihr seine Perversionen zu demonstrieren, desto größer war die Chance, dass Marty zurückkehrte. »Was kannst du sonst noch?«, fragte sie.

Er ließ ihre Hand los und begann seine Hose aufzuknöpfen. »Ich zeige es dir«, sagte er dabei.

Heiliger Himmel, dachte sie, wie dumm, dumm, dumm. Seine Erregung angesichts der Darbietung war offensichtlich, noch bevor er die Hose ganz heruntergezogen hatte.

»Ich empfinde keine Schmerzen mehr«, verkündete er prahlerisch. »Keine Schmerzen, was auch immer ich mir antue. Der Rasierklingenesser spürt nichts.«

Unter der Hose war er nackt. »Siehst du?«, sagte er stolz.

Sie sah. Seine Lenden waren sorgfältig rasiert und von einer ganzen Reihe selbst beigebrachter Qualen gezeichnet. Haken und Ringe durchbohrten das Fett seines Unterleibs und seine Genitalien. In die Hoden waren eine Vielzahl von Nadeln gebohrt.

»Fass mich an«, lud er sie ein.

»Nein … danke«, sagte sie.

Er runzelte die Stirn und zog die Oberlippe zurück, sodass seine Zähne zu sehen waren, die in dem blassen Zahnfleisch fast gelb wirkten.

»Ich möchte aber, dass du mich anfasst«, sagte er und griff nach ihr.

»Breer.«

Der Rasierklingenesser stand völlig erstarrt, seine Augen flackerten.

»Lass sie in Ruhe.«

Sie kannte diese Stimme nur zu gut. Es war natürlich der Architekt, der Herr ihrer Träume.

»Ich habe ihr nichts getan«, murmelte Breer. »Nicht? Sag ihm, dass ich dir nichts getan habe.«

»Bedecke dich«, sagte der Europäer.

Breer zog die Hose hoch wie ein Knabe, der beim Masturbieren erwischt worden ist, und entfernte sich von Carys, wobei er ihr einen verschwörerischen Blick zuwarf. Erst jetzt betrat der Sprecher die Kabine. Er war größer als in ihren Träumen, und trübseliger.

»Tut mir Leid«, sagte er. Sein Tonfall entsprach dem eines perfekten Oberkellners, der sich für einen ungeschickten Kellner entschuldigt.

»Ihr war übel«, sagte Breer. »Darum kam ich hierher.«

»Übel?«

»Sie hat mit der Wand gesprochen«, stieß er hervor. »Und nach ihrer Mutter gerufen.«

Der Architekt begriff die Bemerkung sofort. Er sah Carys durchdringend an. »Sie haben es gesehen?«, fragte er.

»Was war es?«

»Nichts, das Sie jemals wieder erleiden müssen«, versprach er.

»Meine Mutter war hier. Evangeline.«

»Vergessen Sie das alles«, sagte er. »Dieses Grauen ist für jemand anderen bestimmt, nicht für Sie.« Sie war wie mesmerisiert, während sie seiner ruhigen Stimme lauschte. Es fiel ihr schwer, sich an ihre Albträume des Nichtseins zu erinnern; seine Gegenwart unterband das Erinnerungsvermögen.

»Ich glaube, Sie sollten mit mir kommen«, sagte er.

»Warum?«

»Ihr Vater wird sterben, Carys.«

»Oh?« Sie fühlte sich vollkommen losgelöst von sich selbst. In dieser liebenswürdigen Gegenwart war Angst etwas, das der Vergangenheit angehörte.

»Wenn Sie hier bleiben, werden Sie nur mit ihm leiden, und dazu besteht keinerlei Veranlassung.«

Es war ein verführerisches Angebot, niemals wieder unter dem Druck des alten Mannes leben zu müssen, niemals wieder seine Küsse ertragen zu müssen, die so kalt schmeckten. Carys sah zu Breer hinüber.

»Haben Sie keine Angst vor ihm«, beruhigte der Architekt sie und legte ihr die Hand auf den Nacken. »Er ist nichts und niemand. Bei mir sind Sie sicher.«

»Sie könnte weglaufen«, protestierte Breer.

»Sie wird mich niemals verlassen«, antwortete Mamoulian. »Ich werde ihr kein Leid zufügen, und das weiß sie. Ich habe sie einst in meinen Armen gewiegt.«

»War sie nackt?«

»Ein winziges Ding, so verwundbar.« Seine Stimme sank beinahe zu einem Flüstern herab. »Sie verdient etwas Besseres als ihn.«

Breer sagte nichts, er lehnte einfach missmutig an der Wand und entfernte mit einer Rasierklinge getrocknetes Blut unter seinen Fingernägeln. Er verfiel schneller, als dem Europäer lieb war, hatte er doch gehofft, Breer würde überleben, bis das ganze Chaos überstanden war. Aber wie er den alten Mann kannte, würde dieser sich winden und wehren, und aus den erwarteten Tagen würden Wochen werden, und bis dahin würde der Zustand des Rasierklingenessers wahrhaftig erbärmlich sein. Der Europäer fühlte sich ausgelaugt. Einen Ersatz für Breer zu finden und zu kontrollieren würde nur noch mehr an seinen bereits erschöpften Energien zehren.

Nach einer Weile kam Carys herunter, in der Hand nur wenige Sachen, die mitzunehmen sie sich entschlossen hatte. Um den Rest brauchte sie sich nicht zu kümmern, das tat sonst wer.

In gewisser Weise bedauerte er es, seine Spionin im feindlichen Lager zu verlieren, aber wenn er sie nicht mit sich nahm, blieben zu viele Variablen. Zum einen besaß sie Wissen über ihn, mehr Wissen, als ihr selbst vielleicht klar war. Sie wusste instinktiv vom Entsetzen, welches ihm das Fleisch bereitete; man musste sich nur vergegenwärtigen, wie sie ihn aus sich hinausgedrängt hatte, als sie und Strauss zusammen gewesen waren. Sie wusste auch um seine Erschöpfung, um seinen erschütterten Glauben. Aber es gab noch einen Grund, sie mitzunehmen. Whitehead hatte gesagt, sie sei alles, was er noch habe. Wenn er sie jetzt mit sich nahm, war der Pilger allein, und das würde ihm wehtun. Mamoulian vertraute darauf, dass es unerträglich für ihn sein würde.

39

Nachdem er das ganze vom Flutlicht erhellte Gelände durchsucht und keine Spur von Whitehead gefunden hatte, ging Marty wieder nach oben. Es war an der Zeit, Whiteheads Befehle zu missachten und im verbotenen Teil nach dem alten Mann zu suchen. Die Tür des Zimmers am Ende des Flurs, hinter den Schlafzimmern von Whitehead und Carys, war geschlossen. Das Herz schlug ihm bis zum Hals, als Marty sich ihr näherte und anklopfte.

»Sir?«

Zuerst hörte er keinen Laut von drinnen. Dann jedoch erklang Whiteheads Stimme, schwach, als wäre er aus dem Schlaf gerissen worden: »Wer ist da?«

»Strauss, Sir.«

»Kommen Sie herein.«

Marty stieß die Tür sanft auf.

Wenn er sich das Innere dieses Zimmers vorgestellt hatte, dann stets als Schatzkammer. Aber in Wahrheit war es genau umgekehrt. Die Zimmereinrichtung war spartanisch: Die weißen Wände und die wenigen Möbelstücke vermittelten einen Eindruck von Kälte. Einen Schatz freilich enthielt es, nämlich das Teil eines Altars, das an einer Wand lehnte und dessen Fülle in der sonstigen Kargheit fehl am Platz wirkte. Das mittlere Bild bot einen Eindruck von unterschwelligem Sadismus, eine ganz in Rot und Gold gehaltene Kreuzigung.

Der Besitzer saß, in einen opulenten Morgenmantel gehüllt, am anderen Ende des Zimmers, hinter einem großen Tisch. Er betrachtete Marty weder mit freudigem Willkommen noch vorwurfsvoll, sein Körper hing im Sessel wie ein Sack. »Stehen Sie nicht unter der Tür, Mann. Treten Sie ein.«

Marty schloss die Tür hinter sich. »Ich weiß, was Sie mir sagten, Sir, von wegen niemals hier heraufkommen. Aber ich hatte Angst, es könnte Ihnen etwas zugestoßen sein.«

»Ich lebe«, sagte Whitehead. »Alles in Ordnung.«

»Die Hunde …«

»… sind tot, ich weiß. Setzen Sie sich.«

Er deutete auf einen freien Stuhl sich gegenüber am Tisch.

»Soll ich nicht die Polizei rufen?«

»Nicht nötig.«

»Sie könnten immer noch auf dem Grundstück sein.«

Whitehead schüttelte den Kopf. »Sie sind fort. Setzen Sie sich, Martin. Schenken Sie sich ein Glas Wein ein. Sie sehen aus, als wären Sie lange gelaufen.«

Marty zog den Stuhl hervor, der ordentlich unter den Tisch geschoben worden war, und setzte sich. Die nackte Glühbirne im Zentrum des Raums warf ein unvorteilhaftes

Licht auf alles. Dunkle Schatten, fahles Licht: eine Gespensterkulisse.

»Legen Sie die Pistole weg. Die brauchen Sie nicht.«

Er legte die Waffe auf den Tisch neben einen Teller, auf dem noch ein paar hauchdünne Scheiben Fleisch lagen. Hinter dem Teller stand eine teilweise geleerte Schüssel mit Erdbeeren und ein Glas Wasser. Die Kargheit der Mahlzeit passte zur Einrichtung: das bis fast zur Durchsichtigkeit fein geschnittene Fleisch, die Anordnung von Erdbeerschüssel und Tassen. Eine willkürliche Präzision beherrschte alles, ein unheimliches Gespür für beiläufige Schönheit.

Zwischen Whitehead und Marty schwebte ein Staubflaum in der Luft, direkt zwischen Glühbirne und Tisch, seine Flugbahn wurde vom leisesten Atemhauch beeinflusst.

»Kosten Sie das Fleisch, Martin.«

»Ich bin nicht hungrig.«

»Es ist vorzüglich. Mein Gast hat es mitgebracht.«

»Also wissen Sie, wer sie sind.«

»Aber gewiss. Essen Sie jetzt.«

Zögernd schnitt sich Marty ein Stück von einer Scheibe ab und versuchte es. Das delikate und appetitanregende Fleisch zerging auf der Zunge.

»Essen Sie auch den Rest«, sagte Whitehead.

Marty folgte dem Wunsch des alten Mannes. Die nächtlichen Anstrengungen hatten ihn hungrig gemacht. Er bekam ein Glas Rotwein eingeschenkt, das er trank.

»Zweifellos gehen Ihnen eine Menge Fragen durch den Kopf«, sagte Whitehead. »Bitte fragen Sie. Ich werde mein Bestes tun, Ihnen zu antworten.«

»Wer sind sie?«, fragte er.

»Freunde.«

»Sie sind wie Attentäter eingedrungen.«

»Ist es nicht möglich, dass Freunde im Lauf der Zeit zu Attentätern *werden*?« Auf dieses spezielle Paradoxon war Marty nicht vorbereitet gewesen. »Einer von ihnen saß dort, wo Sie gerade sitzen.«

»Wie kann ich Ihr Leibwächter sein, wenn ich Ihre Freunde nicht von Ihren Feinden unterscheiden kann?«

Whitehead wartete und sah Marty scharf an.

»Ist Ihnen das wichtig?«, fragte er nach einer Pause.

»Sie waren gut zu mir«, sagte Marty, den das Misstrauen vor den Kopf stieß. »Für was für einen hartherzigen Mistkerl halten Sie mich?«

»Mein Gott ...« Whitehead schüttelte den Kopf. »Marty ...«

»*Erklären Sie es mir.* Ich möchte Ihnen helfen.«

»Was erklären?«

»Wie können Sie einen Mann, der Ihnen nach dem Leben trachtet, zum Essen einladen?«

Whitehead betrachtete den Staub, der zwischen ihnen tanzte. Entweder maß er der Frage keine Bedeutung bei, oder er wusste keine Antwort.

»Sie wollen mir helfen?«, sagte er schließlich. »Dann begraben Sie die Hunde.«

»Zu mehr tauge ich nicht?«

»Es könnte eine Zeit kommen ...«

»Das erzählen Sie mir immer wieder«, sagte Marty und stand auf. Er würde keine Antworten bekommen; das war eindeutig. Nur Fleisch und guten Wein. Heute Nacht reichte das aber nicht.

»Kann ich jetzt gehen?«, fragte er und wartete nicht auf die Antwort des alten Mannes, sondern wandte ihm den Rücken zu und ging zur Tür.

Als er sie öffnete, sagte Whitehead: »Verzeihen Sie mir«, sehr leise. So leise, dass Marty nicht sicher war, ob die Worte ihm galten oder nicht.

Er schloss die Tür hinter sich und ging durch das Haus, um sich zu vergewissern, dass die Eindringlinge tatsächlich verschwunden waren.

Sie waren fort. Die Saunakabine war leer. Carys war offensichtlich wieder in ihr Zimmer gegangen.

Mit dem Gefühl, unverschämt zu sein, ging er in die Bibliothek und schenkte sich einen großen Whisky ein, dann nahm er in Whiteheads Sessel am Fenster Platz, trank und dachte nach. Der Alkohol beeinträchtigte sein Denken nicht: Er betäubte nur die schmerzende Frustration, die er verspürte.

Er ging wieder ins Bett, bevor die Dämmerung die verstümmelten, pelzigen Bündel auf dem Rasen zu deutlich werden ließ.

VII

Ohne Grenzen

40

Es war kein Morgen, um tote Hunde zu begraben, der Himmel war viel zu klar und vielversprechend. Jets, die Kondensstreifen hinter sich herzogen, flogen nach Amerika, der Wald wimmelte von Leben. Und doch musste die Arbeit erledigt werden, so unangenehm sie scheinen mochte.

Erst im nichts beschönigenden Licht des Tages war es möglich, das ganze Ausmaß des Abschlachtens zu erkennen. Die Eindringlinge hatten nicht nur die Hunde um das Haus herum getötet, sie waren auch in die Zwinger eingedrungen und hatten systematisch die Tiere dort abgeschlachtet, eingeschlossen Bella und ihre Nachkommen. Als Marty beim Zwinger ankam, war Lillian bereits da. Sie sah aus, als hätte sie tagelang geweint. Behutsam streichelte sie einen der Welpen, dessen Kopf zerquetscht worden war wie in einem Schraubstock.

»Sehen Sie«, sagte sie und hielt den Kadaver hoch.

Marty hatte zum Frühstück nichts essen können. Der Gedanke an die vor ihm liegende Aufgabe hatte ihm den Appetit verdorben. Nun wünschte er, er hätte doch etwas zu sich genommen, denn sein leerer Magen knurrte unangenehm. Sein Kopf fühlte sich beinahe schwindlig an.

»Wenn ich nur da gewesen wäre«, sagte sie.

»Dann wären Sie jetzt wahrscheinlich ebenfalls tot«, sagte er zu ihr. Das war die reine Wahrheit.

Sie legte den Welpen wieder aufs Stroh und streichelte das Fell von Bellas Kadaver. Marty war diesbezüglich pingeliger als sie. Obwohl er ein Paar dicke Lederhandschuhe trug, wollte er die Kadaver nicht berühren. Aber was ihm an Respekt fehlte, das machte er durch Zielstrebigkeit wieder wett, wobei er seinen Ekel als Motivation heranzog, die Arbeit so schnell wie möglich hinter sich zu bringen. Lillian hatte zwar darauf bestanden, dabei zu sein, war aber keine Hilfe. Sie konnte nichts weiter tun als zusehen, wie Marty die Kadaver in schwarze Mülltüten packte, die traurigen Bündel auf den Jeep lud und dann zu der Lichtung fuhr, die er ausgesucht hatte. Dort, wo man es vom Haus nicht sehen konnte, sollten sie auf Bitten Whiteheads begraben werden. Er hatte zwei Schaufeln mitgebracht, da er hoffte, Lillian würde ihm helfen, aber dazu war sie eindeutig nicht in der Lage. Er musste alles allein machen, während sie dabeistand, die Hände in den Taschen ihres schäbigen Anoraks, und die in die Müllsäcke gehüllten Bündel betrachtete.

Es war keine leichte Arbeit. Der Boden bestand aus einem Geflecht von Wurzeln, welche sich von einem Baum zum nächsten erstreckten, und Marty begann bald zu schwitzen, während er mit dem Spaten auf die Wurzeln einschlug. Als er ein flaches Grab ausgehoben hatte, rollte er die Kadaver hinein und begann, die Erde wieder darauf zu schütten. Sie rasselte auf die Plastiksäcke, ein trockener Regen. Als er das Loch zugeschüttet hatte, klopfte er die Erde mit dem Spaten zu einer Art Grabhügel.

»Ich gehe zurück zum Haus, um ein Bier zu trinken«, sagte er zu Lillian. »Kommen Sie mit?«

Sie schüttelte den Kopf. »Letzte Ehre«, murmelte sie.

Er ließ sie und den Jeep unter den Bäumen stehen und ging über den Rasen zurück zum Haus. Während er ging, dachte er an Carys. Sie musste inzwischen wach sein, aber die Vorhänge ihres Zimmers waren immer noch zugezogen. Wie schön wäre es jetzt, ein Vogel zu sein, durch den Schlitz zwischen den Vorhängen zu spähen, ihren nackten Körper zu betrachten, träge, wie sie war, die Hände über den Kopf ausgestreckt, Haar unter den Achseln, Haar zwischen ihren Beinen. Mit einem Grinsen und einer Erektion ging er ins Haus.

Er fand Pearl in der Küche, sagte ihr, dass er hungrig war, und ging nach oben, um zu duschen. Als er wieder herunterkam, hatte sie ihm eine kalte Platte bereitet: Fleisch, Brot, Tomaten. Er griff herzhaft zu.

»Haben Sie Carys heute Morgen schon gesehen?«, fragte er mit vollem Mund.

»Nein«, antwortete sie. Heute war sie besonders unzugänglich, ein unbekanntes Leiden ließ ihr Gesicht verkniffen aussehen.

Während er ihr zusah, wie sie in der Küche umherging, fragte er sich, wie sie im Bett sein mochte. Aus irgendwelchen Gründen war er heute Morgen voll schmutziger Gedanken, als würde sein Verstand sich weigern, aufgrund der Vorkommnisse deprimiert zu sein, und stattdessen nach jeder möglichen Ablenkung suchen. Während er das gepökelte Fleisch kaute, sagte er: »War das Kalbfleisch, das Sie dem alten Mann gestern Abend zubereitet haben?«

Pearl sah nicht von ihrer Arbeit auf, als sie sagte: »Er hat gestern Abend nichts gegessen. Ich habe ihm Fisch bereitgestellt, aber den hat er nicht angerührt.«

»Aber er hatte Fleisch«, beharrte Marty. »Ich habe den Rest gegessen. Und Erdbeeren.«

»Er muss heruntergekommen sein und es sich selbst geholt haben. Ständig Erdbeeren«, sagte sie. »Eines Tages wird er daran ersticken.«

Nun, da Marty darüber nachdachte, fiel ihm ein, dass Whitehead gesagt hatte, sein Gast habe das Fleisch besorgt.

»Es war gut, was immer es war«, sagte er.

»Ich habe nichts damit zu tun«, erwiderte Pearl beleidigt, wie eine Frau, die ihren Mann beim Ehebruch ertappt hat.

Marty ließ die Unterhaltung sein; es war vergebens, ihre Laune ändern zu wollen, wenn sie sich in dieser Stimmung befand.

Nachdem er gegessen hatte, ging er in Carys' Zimmer. Im Haus war es so still, dass man eine Stecknadel hätte fallen hören können, nach der tödlichen Farce der gestrigen Nacht hatte es sich wieder beruhigt. Die Bilder entlang der Treppe, die Teppichböden, das alles schien die Vorstellung einer Unregelmäßigkeit gar nicht zuzulassen. Chaos war hier so unvorstellbar wie ein Aufstand in einer Kunstgalerie. Schon allein die Umgebung verbot das.

Er klopfte sachte an Carys' Tür. Keine Antwort, daher klopfte er nochmals, diesmal lauter.

»Carys?«

Vielleicht wollte sie nicht mit ihm sprechen. Er hatte nie von einem Tag zum nächsten vorhersehen können, ob sie Geliebte oder Feinde waren, aber ihre Launen verunsicherten ihn nicht mehr. Er nahm an, dass das ihre Art war, ihn zu testen, aber das machte ihm nichts aus, wenn sie ihm hinterher gestand, dass sie ihn mehr liebte als jeden anderen Ficker auf Erden.

Er versuchte es mit der Klinke; die Tür war nicht verschlossen, das Zimmer leer. Nicht nur Carys war nicht da, es fehlte auch jede Spur, dass sie hier existiert hatte. Ihre Bücher, die Toilettenartikel, ihre Kleidung, ihre Habseligkeiten, alles, was das Zimmer als ihr eigenes kenntlich gemacht hatte, war verschwunden. Die Laken waren vom Bett abgezogen worden, die Kissenbezüge von den Kissen. Die kahle Matratze sah deprimierend aus.

Marty schloss die Tür und ging nach unten. Er hatte mehr als einmal Informationen verlangt und er hatte wenig genug erhalten. Aber dies war zu viel. Er wünschte sich nichts sehnlicher, als dass Toy noch da wäre. Wenigstens er hatte ihn wie einen denkenden Menschen behandelt.

Luther war in der Küche, er hatte die Füße neben einem Berg ungespülten Geschirrs auf den Tisch gelegt. Pearl hatte ihre Provinz eindeutig wieder den Barbaren überlassen.

»Wo ist Carys?«, lautete Martys erste Frage.

»Du gibst nie auf, was?« Luther lacht, drückte die Zigarette auf einem Teller aus und blätterte die Seite seines Magazins um.

Marty spürte, dass er kurz vor der Explosion stand. Er hatte Luther noch nie gemocht, hatte aber monatelang seine klugscheißerischen Bemerkungen über sich ergehen lassen müssen, weil das System verhinderte, dass er ihm die Antwort verpasste, die der Mistkerl verdiente. Nun fiel dieses System rapide zusammen. Toy fort, die Hunde tot, Füße auf dem Küchentisch: Wen kümmerte es noch, wenn er Luther zu Brei schlug?

»Ich möchte wissen, wo Carys ist.«

»Hier wohnt keine Lady dieses Namens.«

Marty trat einen Schritt auf den Tisch zu. Luther schien zu spüren, dass sein Gegenüber verstimmt war. Er legte das Magazin weg, das Lächeln verschwand.

»Werd nicht ruppig, Mann.«

»Wo ist sie?«

Luther glättete die Seite vor sich, die schlanke Nackte mit der Handfläche zugedeckt. »Fort«, sagte er.

»Wohin?«

»Fort, Mann. Das ist alles. Bist du taub oder blöd oder beides?«

Marty durchquerte die Küche binnen einer Sekunde und zerrte Luther aus seinem Stuhl. Wie jeder spontane Akt von Gewalt war auch dieser ohne jede Anmut. Der ungeplante Angriff brachte sie beide aus dem Gleichgewicht.

Luther fiel halb zurück, ein ausgestreckter Arm fegte eine Kaffeetasse vom Tisch, die herunterfiel und zerschellte, während sie durch die Küche taumelten. Luther, der als Erster wieder das Gleichgewicht erlangte, rammte Marty das Knie in den Unterleib.

»Himmel!«

»Nimm deine verdammten Hände von mir, Mann!«, gellte Luther in Panik angesichts von Martys Ausbruch. »Ich möchte keinen Streit mit dir, klar?!« Die Bitte wurde zu einem Flehen um Vernunft. »Komm schon, Mann – beruhige dich!«

Marty reagierte darauf, indem er sich mit wirbelnden Fäusten auf den anderen stürzte. Ein kräftiger Hieb, mehr Zufall als Planung, landete in Luthers Gesicht, und Marty ließ ihm drei oder vier weitere Schläge gegen Brust und Magen folgen. Luther trat zurück, um dem Angriff zu entgehen, trat in kalten Kaffee und glitt aus. Atemlos und blutig blieb er auf dem Boden liegen, wo er vor Marty sicher war, während dieser, mit tränenden Augen nach dem Tritt in den Unterleib, sich die schmerzenden Hände rieb.

»Sag mir, wo sie ist …«, keuchte er.

Luther spuckte blutgetränkten Speichel, bevor er antwortete:

»Du hast den Verstand verloren, Mann, weißt du das? Ich hab keine Ahnung, wo sie ist. Frag den großen weißen Vater. Er ist derjenige, der ihr das verfluchte Heroin einflößt.«

Natürlich; in diesem Geständnis lag die Antwort auf ein halbes Dutzend Geheimnisse. Es erklärte ihren Widerwillen, den alten Mann zu verlassen; es erklärte auch ihre Trägheit, das Unvermögen, weiter als bis zum nächsten Tag zu sehen, bis zum nächsten Schuss.

»Und du besorgst den Stoff. Richtig?«

»Mag sein … Aber ich … habe sie nicht süchtig gemacht, Mann. Das habe ich nie getan. Das war er, es war immer *er*! Er hat es getan, um sie zu behalten. Verdammt, um sie zu behalten. Dreckskerl.« Er sagte es mit aufrichtiger Verachtung. »Was ist das für ein Vater, der so etwas tut? Ich sage dir, dieser Kerl könnte uns beiden ein paar Lektionen in der Anwendung schmutziger Tricks beibringen.« Er verstummte, um das Innere seines Mundes zu betasten; er zeigte keine Neigung, wieder aufzustehen, bevor Martys Blutgier abgeflaut war. »Ich stelle keine Fragen«, sagte er. »Ich weiß nur, dass mir heute Morgen aufgetragen wurde, ihr Zimmer zu räumen.«

»Wo sind ihre Sachen?«

Er antwortete mehrere Sekunden lang nicht. »Größtenteils verbrannt«, sagte er schließlich.

»Warum, in Gottes Namen?«

»Anweisungen des alten Mannes. Fertig?«

Marty nickte. »Fertig.«

»Du und ich«, sagte Luther, »wir haben uns von Anfang an nicht ausstehen können. Und weißt du, warum?«

»Warum?«

»Wir sind beide Scheiße«, sagte er grimmig. »Wertlose Scheiße. Nur weiß ich, dass es so ist. Ich kann sogar damit leben. Aber du, du armer Hund, du denkst, wenn du lange genug arschkriechst, dann wird dir eines Tages jemand deine Übertretungen vergeben.«

Marty schnäuzte Rotz in seine Hände und wischte sie an den Jeans ab.

»Die Wahrheit schmerzt«, feixte Luther.

»Schon gut«, antwortete Marty, »wenn du so vertraut mit der Wahrheit bist, vielleicht kannst du mir dann erzählen, was hier vorgeht?«

»Ich sagte doch: Ich stelle keine Fragen.«

»Hast du dich nie gewundert?«

»Natürlich habe ich mich gewundert, verdammt. Ich habe mich jeden Tag gewundert, wenn ich dem Kind Stoff bringen musste oder den alten Mann schwitzen sah, sobald es dunkel wurde. Aber warum sollte ich versuchen, das alles zu erklären? Er ist ein Irrer, das ist meine Antwort. Er hat seine Murmeln verloren, als seine Frau gestorben ist. Das konnte er nicht ertragen. Seither ist er von Sinnen.«

»Und das ist eine ausreichende Erklärung für alles, was hier passiert?«

Luther wischte sich mit dem Handrücken blutigen Speichel vom Kinn. »Nichts Böses hören, nichts Böses reden, nichts Böses sehen«, sagte er.

»Ich bin kein Affe«, antwortete Marty.

41

Erst gegen Abend willigte der alte Mann ein, Marty zu empfangen. Zu dem Zeitpunkt war seine ursprüngliche Wut verflogen, was wahrscheinlich Sinn des Wartens gewesen war. Whitehead verzichtete heute Abend auf den Sessel am Fenster des Arbeitszimmers. Stattdessen saß er in der Bibliothek. Die einzige Lampe in dem Zimmer stand ein wenig abseits von seinem Sessel; als Folge dessen war es beinahe unmöglich, sein Gesicht zu sehen, und seine Stimme war so tonlos, dass man ihr keinen Hinweis auf seine Stimmung entnehmen konnte. Aber Marty hatte halb mit dieser Theatralik gerechnet und war darauf vorbereitet. Es gab Fragen zu stellen, und diesmal würde er sich nicht zum Schweigen bringen lassen.

»Wo ist Carys?«, verlangte er zu wissen.

Der Kopf bewegte sich ein wenig in der Nische des Sessels. Die Hände schlossen ein Buch auf dem Schoß und legten es auf den Tisch. Eines der Science-Fiction-Taschenbücher; leichte Lektüre für eine dunkle Nacht. »Was geht Sie das an?«, konterte Whitehead.

Marty hatte geglaubt, alle Antworten vorhersehen zu können – Bestechung, Ausflüchte –, aber diese Gegenfrage, die ihm wieder die Last einer Antwort zuspielte, hatte er nicht erwartet. Sie führte zu einer anderen Frage: Wusste Whitehead etwas von seiner Beziehung zu Carys? Er hatte sich den ganzen Nachmittag mit der Vorstellung gepeinigt, dass sie ihm alles gesagt hatte, dass sie nach der ersten und den folgenden Nächten schnurstracks zu ihm gegangen war und ihm jede Ungeschicklichkeit seinerseits, jede Naivität, geschildert hatte.

»Ich muss es wissen«, sagte er.

»Nun, ich sehe keinen Grund, weshalb ich es Ihnen nicht sagen sollte«, antwortete die tote Stimme, »obwohl es weiß Gott ein privates Leid ist. Aber es gibt nur noch wenige Menschen, denen ich trauen kann.«

Marty versuchte Whiteheads Augen zu finden, aber das Licht hinter dem Sessel verwirrte ihn. Er konnte nichts weiter tun, als der gleichmäßigen Modulation der Stimme zu lauschen und zu versuchen, die Interferenzen zwischen dem Wortschwall herauszuhören.

»Sie wurde abgeholt, Marty. Auf meine Bitte. Irgendwohin, wo man sich auf angemessene Weise mit ihren Problemen auseinander setzen kann.«

»Die Drogen?«

»Ihnen muss aufgefallen sein, dass sich ihre Sucht in den letzten Wochen sichtlich verschlimmert hat. Ich hatte gehofft, das Problem lösen zu können, indem ich ihr immer so viel gab, dass sie zufrieden war, und dabei die Dosis langsam reduzierte. Bis vor kurzem hat das auch funktioniert.« Er seufzte; eine Hand glitt zu seinem Gesicht. »Ich war dumm. Ich hätte mir die Niederlage schon vor langer Zeit eingestehen und sie in eine Klinik bringen sollen. Aber ich wollte nicht, dass sie mir genommen wird, so einfach war das. Letzte Nacht – unsere Besucher, das Abschlachten der Hunde – wurde mir dann klar, wie egoistisch ich war, sie einer solchen Belastung auszusetzen. Es ist zu spät für Besitzdenken oder Stolz. Wenn die Leute herausfinden, dass meine Tochter ein Junkie ist, dann sollen sie doch.«

»Ich verstehe.«

»Sie waren in sie vernarrt.«

»Ja.«

»Sie ist ein hübsches Mädchen; und Sie sind einsam. Sie hat stets voll Zuneigung von Ihnen gesprochen. Im Lauf der Zeit werden wir sie wieder bei uns haben, dessen bin ich sicher.«

»Ich würde sie gern besuchen.«

»Später. Mir wurde gesagt, dass sie in den ersten Behandlungswochen auf Isolation bestehen. Aber ich versichere Ihnen, sie ist in guten Händen.«

Das alles war so überzeugend. Aber *Lügen*. Ganz sicher Lügen. Carys' Zimmer war ausgeräumt worden; weil man damit rechnete, sie in wenigen Wochen ›wieder bei uns‹ zu haben? Dies war wieder eine Täuschung. Bevor Marty jedoch protestieren konnte, sprach Whitehead weiter, eine abgewogene Kadenz.

»Sie stehen mir jetzt so nahe, Marty. Wie Bill einst. Ich bin sogar der Meinung, ich sollte Sie allmählich im inneren Kreis willkommen heißen, nicht? Ich gebe nächsten Sonntag eine Dinner-Party. Ich möchte, dass Sie auch kommen. Als unser Ehrengast.« Das war feines, schmeichelndes Gerede. Der alte Mann hatte mühelos wieder Oberwasser erlangt. »Im Lauf der Woche sollten Sie einmal nach London fahren und sich etwas Anständiges zum Anziehen kaufen. Ich fürchte, meine Dinner-Partys sind recht formell.«

Er griff wieder nach dem Taschenbuch.

»Hier ist ein Scheck.« Er lag zwischen den Seiten des Buches, bereits unterschrieben und auf Martys Namen ausgestellt. »Damit dürften Sie einen guten Anzug, Hemden und Schuhe kaufen können. Und was immer Sie sich sonst noch leisten wollen.« Der Scheck wurde ihm zwischen ausgestrecktem Zeige- und Mittelfinger hingehalten. »Bitte, nehmen Sie ihn.«

Marty ging zu ihm und nahm den Scheck. »Danke.«

»Er kann bei meiner Bank am Strand eingelöst werden. Dort wird man Sie erwarten. Ich möchte, dass Sie mit dem restlichen Geld, das Sie nicht ausgeben, spielen.«

»Sir?« Marty war nicht sicher, ob er die Aufforderung richtig verstanden hatte.

»Ich *bestehe* darauf, dass Sie spielen, Marty. Pferde, Karten, was immer Sie möchten. Genießen Sie es. Würden Sie das für mich tun? Und wenn Sie zurückkommen, dann können Sie einen alten Mann mit den Geschichten von Ihren Abenteuern neidisch machen.«

Also war es *doch* eine Bestechung. Der Scheck verstärkte Martys Gewissheit, dass der alte Mann ihn belog, was Carys anbetraf, aber ihm fehlte der Mut, auf dem Thema zu beharren. Doch es war nicht nur Feigheit, die ihm Zurückhaltung gebot. Es war auch überschäumende Freude. Er war zweimal bestochen worden. Einmal mit dem Geld; dann mit der Aufforderung, damit zu spielen. Es war Jahre her, seit er eine solche Chance gehabt hatte. Geld im Überfluss, und Zeit dazu. Der Tag mochte kommen, an dem er Joe verfluchen würde, weil er wieder den Virus in seinem Körper geweckt hatte. Aber vorher konnte er noch ein Vermögen gewinnen, verlieren und wieder gewinnen. Er stand vor dem alten Mann, und das Fieber hatte ihn bereits gepackt.

»Sie sind ein guter Mann, Strauss.« Whiteheads Worte stiegen aus dem schattenhaften Sessel empor wie die eines Propheten aus einer Felsspalte.

Obwohl er das Gesicht des Potentaten nicht sehen konnte, war Marty sicher, dass er lächelte.

42

Trotz ihrer Jahre auf der Sonnenschein-Insel hatte Carys einen ausgeprägten Realitätssinn. Hatte sie jedenfalls gehabt, bis sie sie in dieses kalte, kahle Haus in der Caliban Street brachten; dort war nichts mehr sicher. Das alles war Mamoulians Tun, möglicherweise das Einzige, was sicher war. In Häusern spukte es nicht, nur in den Köpfen der Leute. Was immer sich in der Luft bewegte oder auf den kahlen Dielen zwischen den Staubflusen und Küchenschaben dahinhuschte, was immer in ihren Augenwinkeln glitzerte, wie Licht auf Wasser, das alles vollbrachte Mamoulian.

Drei Tage nach der Ankunft in ihrem neuen Heim hatte sie nicht mit ihrem Wirt oder Wärter gesprochen, was immer er war. Sie wusste nicht, weshalb sie mitgekommen war, aber sie wusste, dass er sie überlistet hatte – sein Verstand atmete ihr in den Nacken –, und sie hegte sein Intrigenspiel. Breer, der Dicke, hatte ihr Essen gebracht, und am zweiten Tag auch Stoff, aber sie hatte nichts gegessen und kein Wort gesagt. Das Zimmer, in das sie sie eingesperrt hatten, war recht gemütlich. Sie hatte Bücher, auch ein Fernsehgerät, aber die Atmosphäre war zu instabil, als dass sie sich richtig wohl gefühlt hätte. Sie konnte nicht lesen, noch konnte sie die Zerstreuungen des Fernsehens genießen. Manchmal fiel es ihr schwer, sich an ihren eigenen Namen zu erinnern; es war, als würde seine ständige Nähe sie leer waschen. Vielleicht konnte er das tun. Immerhin war er in ihren Kopf gelangt, oder nicht? Er hatte sich heimlich einen Weg in ihre Gedanken gebohrt, wie ein Wurm, Gott allein wusste, wie oft.

Er war in ihr gewesen, in ihr, um Himmels willen, und sie hatte es nicht gewusst.

»Hab keine Angst.«

Es war drei Uhr morgens am vierten Tag, nach einer weiteren schlaflosen Nacht. Er war so lautlos in ihr Zimmer gekommen, dass sie nach unten gesehen hatte, ob seine Füße überhaupt den Boden berührten.

»Ich hasse diesen Ort«, informierte sie ihn.

»Würdest du lieber die Welt draußen erforschen, anstatt hier eingesperrt zu sein?«

»Es spukt hier«, sagte sie und erwartete, dass er sie auslachen würde. Er tat es nicht. Daher fuhr sie fort. »Sind Sie der Geist?«

»Was ich bin, ist ein Geheimnis«, antwortete er. »Selbst für mich.« Beschaulichkeit machte seine Stimme weich. »Aber ich bin kein Geist, dessen kannst du gewiss sein. Hab keine Angst vor mir, Carys. Alles, was du fühlst, teile ich bis zu einem gewissen Ausmaß.«

Sie erinnerte sich deutlich an den Abscheu dieses Mannes vor dem Geschlechtsakt. Was für ein blasses, kränkliches Wesen er doch war, trotz seiner Macht. Sie konnte sich aber nicht dazu zwingen, ihn zu hassen, auch wenn sie allen Grund dazu hatte.

»Ich mag es nicht, wenn ich *benutzt* werde«, sagte sie.

»Ich habe dir nichts getan. Ich tue dir auch jetzt nichts, oder?«

»Ich möchte Marty sehen.«

Mamoulian war zurückgezuckt und hatte seine trockenen Hände ineinander gerieben. »Ich fürchte, das ist nicht möglich.« Das vernarbte, straff gezogene Gewebe seiner Hand leuchtete, aber die schlecht verheilte Anatomie gab nicht nach.

»Warum nicht? Warum wollen Sie nicht, dass ich ihn sehe?«

»Du hast alles, was du brauchst. Genügend zu essen, ausreichend Heroin.«

Plötzlich kam ihr der Gedanke, dass Marty auf der Hinrichtungsliste des Europäers stehen könnte. Vielleicht war er sogar schon tot.

»Bitte tun Sie ihm nichts«, sagte sie.

»Diebe kommen und gehen«, antwortete er. »Ich bin nicht dafür verantwortlich, was ihm zustößt.«

»Ich würde es Ihnen nie verzeihen«, sagte sie.

»Doch, das würdest du«, sagte er, und seine Stimme war mittlerweile so leise, dass sie eine Illusion zu sein schien. »Ich bin jetzt dein Beschützer, Carys. Wäre es mir gestattet worden, ich hätte dich von deiner Kindheit an ernährt, dann wären dir die Demütigungen erspart geblieben, die du erleiden musstest. Aber nun ist es zu spät. Ich kann nichts weiter tun, als dich vor weiterer Korruption zu schützen.«

Er gab den Versuch auf, eine Faust zu ballen. Sie sah, wie sehr seine verletzte Hand ihn abstieß. Er würde sie abhacken, wenn er könnte, dachte sie; er verabscheut nicht nur Sex, er verabscheut das Fleisch.

»Nichts mehr«, sagte er, ob der Hand wegen, der Unterhaltung oder ohne ersichtlichen Grund, blieb unklar.

Als er sie verließ, damit sie schlafen konnte, schloss er die Tür nicht hinter sich ab.

Am nächsten Tag begann sie damit, das Haus zu erforschen. Es hatte wenig Bemerkenswertes an sich, war nichts weiter als ein großes, leer stehendes dreistöckiges Haus. Auf der Straße unter dem Fenster gingen gewöhnliche Menschen vorbei, die zu sehr in ihre Gedanken versunken waren, um sich auch nur einmal umzusehen. Obwohl ihr erster Impuls war, an die Scheibe zu klopfen, ihnen eine Warnung zuzurufen, wurde dieser Impuls durch Vernunft unterdrückt. Wenn sie floh, wovor würde sie fliehen, und wohin? Hier hatte sie eine gewisse Sicherheit, und Drogen. Obwohl sie ihnen anfangs widerstand, waren sie doch zu verlockend, um sie einfach die Toilette hinunterzuspülen. Und nachdem sie ein paar Tage Tabletten geschluckt hatte, erlag sie auch dem Zauber des Heroins. Es wurde ihr kontinuierlich gebracht: nie zu viel, nie zu wenig, und immer guter Stoff.

Nur Breer, der Dicke, beunruhigte sie. Eines Tages kam er und beobachtete sie, seine Augen quollen halb aus den Höhlen, wie pochierte Eier. Sie erzählte es Mamoulian, und am nächsten Tag belästigte er sie nicht; er brachte lediglich die Tabletten und eilte wieder fort. So verflossen die Tage, und manchmal wusste sie nicht, wo sie war und wie sie hierher gekommen war; manchmal erinnerte sie sich an ihren Namen, manchmal nicht. Einmal oder zweimal versuchte sie, kraft ihrer Gedanken Marty zu erreichen, aber er war zu weit weg. Entweder das, oder das Haus dämpfte ihre Gabe. Wie auch immer, wenige Meilen von der Caliban Street entfernt verloren ihre Gedanken den Weg, und sie kehrte schwitzend und ängstlich dorthin zurück.

Sie war fast eine Woche im Haus, als die Lage sich zum Schlechteren wendete.

»Ich möchte, dass du etwas für mich tust«, sagte der Europäer.

»Was?«

»Ich möchte, dass du Mr. Toy findest. Du erinnerst dich doch an Mr. Toy?«

Selbstverständlich erinnerte sie sich. Nicht eben gut, aber sie erinnerte sich. Die gebrochene Nase, die argwöhnischen Augen, die sie immer so traurig angesehen hatten.

»Glaubst du, du könntest ihn ausfindig machen?«

»Ich wüsste nicht, wie.«

»Lass deinen Verstand zu ihm gehen. Du kennst den Weg, Carys.«

»Warum tun *Sie* es nicht?«

»Weil er mich erwartet. Er wird Verteidigungen haben, und ich bin momentan zu müde, um mit ihm zu kämpfen.«

»Hat er Angst vor Ihnen?«

»Möglicherweise.«

»Warum?«

»Du warst ein Baby in meinen Armen, als Mr. Toy und ich einander zum letzten Mal begegneten. Er und ich, wir trennten uns als Feinde. Ich nehme an, wir sind immer noch Feinde ...«

»Sie werden ihm wehtun«, sagte Carys.

»Das ist meine Sache, Carys.«

Sie stand auf und stellte sich an die Wand, an die sie sich angelehnt hatte. »Ich glaube nicht, dass ich ihn für Sie finden möchte.«

»Sind wir nicht Freunde?«

»Nein«, sagte sie. »Nein. Niemals.«

»Komm jetzt.«

Er trat auf sie zu. Die verstümmelte Hand berührte sie, die Berührung war federleicht.

»Ich glaube, Sie *sind* ein Geist«, sagte sie.

Sie ließ ihn auf dem Flur stehen und ging nach oben ins Badezimmer, wo sie sich einschloss, um über alles nachzudenken. Sie wusste ohne den Schatten eines Zweifels, dass er Toy wehtun würde, wenn sie ihn zu ihm führte.

»Carys«, sagte er leise. Er stand vor der Badezimmertür. Seine Nähe brachte ihre Kopfhaut zum Kribbeln.

»Sie können mich nicht zwingen«, sagte sie.

»Reize mich nicht.«

Plötzlich leuchtete das Gesicht des Europäers in ihrem Kopf auf. Er sprach wieder: »Ich kannte dich, bevor du laufen konntest, Carys. Ich habe dich oft in den Armen gehalten. Du hast an meinem Daumen gelutscht.« Er hatte die Lippen beim Sprechen dicht an der Tür; seine tiefe Stimme vibrierte in dem Holz, an dem sie mit dem Rücken lehnte.

»Es ist nicht deine oder meine Schuld, dass wir getrennt wurden. Glaube mir, ich bin froh, dass du die Begabung deines Vaters geerbt hast, denn er hat sie nie benutzt. Er begriff nie die Weisheit, die man damit erlangen kann. Er vergeudete alles, für Reichtum, für Ruhm. Aber du … ich könnte dich *unterrichten*, Carys. Dir solche Dinge beibringen.«

Die Stimme war so verführerisch, sie schien durch die Tür zu greifen und sie zu umhüllen, wie es seine Arme vor so vielen Jahren getan hatten. Plötzlich war sie winzig in seiner Umarmung; er feixte mit ihr und verzog albern das Gesicht, um ihr ein engelsgleiches Lachen zu entlocken.

»Finde Toy für mich, sonst nichts. Ist das zu viel verlangt für all das, was ich dir gegeben habe?«

Sie stellte fest, dass sie sich im Rhythmus seiner Zärtlichkeiten wiegte.

»Toy hat dich nie geliebt«, sagte er. »Niemand hat dich jemals geliebt.«

Das war eine Lüge – und ein taktischer Fehler. Die Worte waren kaltes Wasser auf ihrem schläfrigen Gesicht. Sie *wurde* geliebt! Marty liebte sie. Der Läufer, *ihr* Läufer.

Mamoulian spürte seinen Irrtum.

»Bring mich nicht in Wut«, sagte er; die Zärtlichkeit war aus seiner Stimme verschwunden.

»Gehen Sie zur Hölle«, antwortete sie.

»Wie du wünschst …«

Seine Stimme hatte einen endgültigen Klang, als sei das Thema damit abgetan und erledigt. Aber er verließ seinen Posten vor der Tür nicht. Sie spürte seine Nähe. Wartete er darauf, dass sie müde wurde und herauskam?, überlegte sie. Überzeugung durch Anwendung physischer Gewalt war doch sicher nicht sein Stil. Es sei denn, er wollte sich Breers Hilfe versichern. Sie wappnete sich gegen diese Vorstellung. Sie würde ihm die wässrigen Augen auskratzen.

Minuten verstrichen, und sie war sicher, dass der Europäer immer noch draußen war, wenngleich weder Bewegung noch Atemzüge zu hören waren.

Und dann begann es in den Röhren zu blubbern. Irgendwo im Leitungssystem rollte eine Flutwelle. Aus dem Waschbecken drang ein schlurfender Laut, das Wasser in der Toilettenschüssel spritzte, der Deckel sprang auf und schlug heftig wieder zu, während ein Schwall übel riechender Luft ausgestoßen wurde. Irgendwie war das sein Tun, doch es schien eine hohle Übung zu sein. Die Toilette furzte erneut. Der Gestank war widerwärtig.

»Was ist los?«, keuchte sie atemlos.

Eine breiige Masse lief über den Rand der Toilette herab und tropfte auf den Boden. Wurmartige Gestalten bewegten sich darin. Sie schloss die Augen. Dies war eine Illusion, welche der Europäer heraufbeschwor, um ihren Widerstand zu brechen. Sie würde gar nicht darauf achten. Aber die Illusion blieb, obwohl sie die Augen geschlossen hatte. Das Wasser plätscherte noch lauter, während die Flut stieg, und in dem Plätschern hörte sie, wie schwere, nasse Dinge auf den Boden klatschten.

»Nun?«, rief Mamoulian.

Sie verfluchte die Illusionen und ihren Erzeuger gleichermaßen. Etwas huschte über ihren bloßen Fuß. Verflucht, wenn sie die Augen öffnen und ihm eine neue Möglichkeit geben wollte, sie anzugreifen! Aber die Neugier war stärker.

Aus den Tropfen von der Toilette war ein konstanter Strom geworden, als hätte die Kanalisation sich umgekehrt und würde ihren ganzen Inhalt zu ihren Füßen ausspucken. Nicht nur Exkremente und Wasser: Die Suppe aus heißem Dreck hatte Monster erzeugt, Kreaturen, die man in keiner gesunden Zoologie finden konnte, Dinge, die einst Fische und Krebse gewesen waren, Embryos, welche die Abwasserleitungen der Krankenhäuser hinuntergespült worden waren, ehe ihre schreienden Mütter erwachen konnten; Bestien, die sich von Exkrementen ernährten, deren Leiber ein Zerrbild dessen waren, was sie verschlangen. Überall in diesem gottverdammten Unflat erhoben sich Geschöpfe auf zitternden Beinen und tapsten und platschten auf sie zu.

»Lassen Sie sie verschwinden«, sagte sie.

Sie machten keine Anstalten, sich zurückzuziehen. Die verdorbene Flut wogte immer noch auf sie zu. Die Kreaturen, die die Toilette erbrach, wurden immer größer.

»Finde Toy«, bat die Stimme auf der anderen Seite.

Ihre schwitzenden Hände griffen nach der Klinke, aber die Tür ging nicht auf. Kein Anzeichen eines Nachlassens. »Lassen Sie mich *hinaus*!«

»Du musst nur Ja sagen.«

Sie presste sich flach gegen die Tür. Der Toilettendeckel flog mit dem heftigsten Ausbruch bisher auf, und diesmal blieb er offen. Die Flut wurde heftiger, die Rohre stöhnten, als sich etwas, das fast zu dick für sie war, seinen Weg zum Licht bahnte. Sie hörte seine Krallen an der Innenseite kratzen, sie hörte seine Zähne knirschen.

»Sag Ja.«

»Nein.«

Ein glänzender Arm tauchte aus der rülpsenden Toilette auf und kreiste, bis sich seine Gliedmaßen am Waschbecken festhielten. Dann begann es, sich hochzuziehen, die im Wasser verfaulten Knochen waren wie Gummi.

»Bitte«, kreischte sie.

»Sag einfach nur Ja.«

»Ja! Ja! Was Sie wollen. Ja!«

Kaum hatte sie die Worte herausgeschrien, da bewegte sich die Klinke. Sie wandte dem aufsteigenden Grauen den Rücken zu und presste ihr ganzes Gewicht auf diese Klinke, während sie mit der anderen Hand nach dem Schlüssel griff. Hinter sich hörte sie einen Körper, der sich wand, um freizukommen. Sie drehte den Schlüssel erst in die falsche Richtung, dann in die richtige. Schleim spritzte auf ihr Schienbein. Es war fast bei ihr. Als sie gerade die Tür öffnete, griffen aufgeweichte Finger nach ihren Fersen, aber sie warf sich aus dem Badezimmer, bevor es sie packen konnte, von dort auf den Treppenabsatz, und dort schlug sie die Tür zu. Mamoulian, der einen Sieg errungen hatte, war fort.

Danach konnte sie es nicht mehr über sich bringen, ins Badezimmer zu gehen. Auf ihre Bitte hin brachte ihr der Rasierklingenesser einen Eimer, den sie benutzen konnte, den er unterwürfig holte und wieder brachte.

Der Europäer erwähnte den Zwischenfall nicht mehr, dazu bestand keine Notwendigkeit. In dieser Nacht tat sie das, was er von ihr verlangt hatte. Sie öffnete ihre Gedanken und ging zu Bill Toy, und sie hatte ihn bereits nach wenigen Minuten gefunden. Und wenig später der Europäer ebenfalls.

43

Seit seinen glücklichen Tagen der großen Gewinne in den Kasinos hatte Marty nicht mehr so viel Geld besessen wie jetzt. Zweitausend Pfund waren für Whitehead kein Vermögen, aber Marty hoben sie in Schwindel erregende Höhen empor. Die Geschichte des alten Mannes über Carys' Verbleib *war* wahrscheinlich eine Lüge gewesen. Sollte dem tatsächlich so sein, dann würde er die Wahrheit mit der Zeit schon aus ihm herausbekommen. Mit Geduld und

Spucke fängt man eine Mucke, wie Feaver zu sagen pflegte. Was würde Feaver jetzt sagen, wenn er Marty so sehen würde, wie ihm das Geld aus den Taschen quoll?

Er ließ das Auto in der Nähe von Euston stehen und fuhr mit dem Taxi zum Strand, um den Scheck einzulösen. Dann machte er sich auf die Suche nach einem guten Abendanzug. Whitehead hatte einen Herrenausstatter in der Regent Street empfohlen. Die Verkäufer behandelten ihn anfangs ein wenig unhöflich, aber als sie die Geldbündel gesehen hatten, änderte sich ihr Verhalten fast zu Unterwürfigkeit. Marty verbarg sein Grinsen und spielte den unwilligen Kunden; sie wuselten umher und bestürmten ihn; er ließ sie gewähren. Erst nachdem er sie eine Dreiviertelstunde hatte zappeln lassen, entschied er sich für etwas, das ihm gefiel, konservativ, aber makellos geschnitten.

Der Anzug und die zugehörigen Accessoires – Schuhe, Hemden, verschiedene Krawatten – rissen ein größeres Loch in sein Budget, als er erwartet hatte, trotzdem ließ er das Geld wie Wasser zwischen den Fingern hindurchrinnen. Den Anzug nahm er gleich mit, den Rest ließ er ins Asyl liefern. Als er den Laden verließ, war es Mittagszeit, daher sah er sich nach einer Gelegenheit um, etwas zu essen. In der Gerard Street gab es ein chinesisches Restaurant, das er und Charmaine besucht hatten, wann immer es das Budget zugelassen hatte: Dorthin ging er jetzt. Die Fassade war renoviert worden und trug jetzt ein gewaltiges Neonschild, aber im Inneren hatte sich wenig verändert; das Essen war so gut, wie er es in Erinnerung hatte. Er saß in vornehmer Abgeschiedenheit und aß und trank, und er war glücklich, dass er die Rolle des reichen Pinkels bis zum Überdruss spielen konnte. Nach dem Essen bestellte er ein halbes Dutzend Zigarren, kippte mehrere Brandys und gab ein Trinkgeld wie ein Millionär. Joe wäre stolz auf mich, dachte er. Als er satt, betrunken und zufrieden war, trat er wieder hinaus in den strahlenden Nachmittag. Es war an der Zeit, Whiteheads weiteren Anweisungen zu folgen.

Er ging zu Fuß durch Soho und suchte ein paar Minuten, bis er ein Wettbüro gefunden hatte. Als er das rauchige Innere betrat, überfielen ihn Schuldgefühle, aber er sagte seinem Gewissen, das ihm den Spaß vermiesen wollte, es solle sich zum Teufel scheren. Er befolgte nur einen Befehl.

In Newmarket, Mepton Park und Doncaster fanden Rennen statt; jeder Name weckte eine bittersüße Erinnerung –, und er setzte freigebig auf alle, die angeschrieben waren. Bald hatte der alte Enthusiasmus den letzten Rest Schuldgefühle hinweggefegt. Es war wie das Leben, dieses Spiel, aber es schmeckte kräftiger. Mit seinen Versprechungen von Gewinnen und seinen allzu leichten Verlusten dramatisierte es genau das, was er sich als Kind unter dem Erwachsenenleben vorgestellt hatte. Einmal aus der Langeweile heraus und in der geheimen, bärtigen, aufrechten Welt eines Mannes würde jedes einzelne Wort mit Risiko und Versprechen aufgeladen sein, jeder Atemzug würde im Angesicht von außergewöhnlichen Umständen eingezogen werden.

Zuerst tröpfelte ihm das Geld davon; er riskierte keine großen Wetten, doch die stetigen Verluste ließen seine Reserven trotzdem schwinden. Als er eine Dreiviertelstunde dabei war, kam eine Wendung zum Besseren; Pferde, die er wahllos aussuchte, gewannen zu absurden Quoten, eines nach dem anderen. In einem einzigen Rennen gewann er zurück, was er in zwei vorhergehenden verloren hatte, und noch mehr. Aus seinem Enthusiasmus wurde Euphorie. Dies war genau das Gefühl, das er Whitehead so sehr hatte beschreiben wollen – den Zufall in der Hand zu haben.

Schließlich begannen die Gewinne ihn zu langweilen. Er steckte seine Gewinne ein, ohne genau nachzuzählen, und ging. Das Geld in seiner Tasche war ein dickes Bündel, es brannte darauf, ausgegeben zu werden. Einem Instinkt folgend, ließ er sich mit der Menge zum Oxford Square treiben, suchte sich einen teuren Laden aus und kaufte für neunhundert Pfund einen Pelzmantel für Charmaine, dann nahm er ein Taxi, um ihn ihr zu bringen. Es war eine mühselige Fahrt; die Lohnsklaven befanden sich auf dem Heimweg, und die Straßen waren verstopft. Aber seine Hochstimmung ließ keinen Ärger zu.

Er ließ sich von dem Taxi an der Straßenecke absetzen, weil er noch ein Stück zu Fuß gehen wollte. Vieles hatte sich verändert, seit er vor zweieinhalb Monaten zum letzten Mal hier gewesen war. Aus dem Frühling war Frühsommer geworden. Obwohl es fast sechs Uhr abends war, hatte die Wärme kaum nachgelassen; sie förderte immer noch das Wachstum. Aber nicht nur die Jahreszeit war fortgeschritten, dachte er, war reifer geworden, sondern er ebenfalls.

Er fühlte sich real. Gott im Himmel, das war es. Endlich war er wieder imstande, in der Welt zu funktionieren, sie zu beeinflussen, zu gestalten.

Charmaine, die die Tür öffnete, sah nervös aus. Sie wurde noch nervöser, als Marty eintrat, sie küsste und ihr die Schachtel mit dem Mantel in die Hand drückte.

»Hier. Ich habe dir etwas gekauft.«

Sie runzelte die Stirn. »Was ist es?«

»Sieh es dir an. Es ist für dich.«

»Nein«, sagte sie. »Ich kann nicht.«

Die Eingangstür stand immer noch offen. Sie drängte ihn wieder dorthin, oder versuchte es zumindest. Aber er ging nicht. Unter dem peinlich berührten Gesichtsausdruck lauerte noch etwas anderes: Zorn, sogar Panik. Sie hielt ihm die ungeöffnete Schachtel wieder hin.

»Bitte geh«, sagte sie.

»Es ist eine Überraschung«, beharrte er, entschlossen, sich nicht vertreiben zu lassen.

»Ich möchte keine Überraschungen. Bitte geh jetzt. Ruf mich morgen an.«

Er wollte die hingehaltene Schachtel nicht nehmen, daher fiel sie zwischen sie und sprang auf. Der seidig glänzende Pelz quoll heraus; sie konnte nicht anders, als sich hinabzubeugen und ihn aufzuheben.

»O Marty ...«, flüsterte sie.

Während er auf ihr schimmerndes Haar hinabsah, tauchte oben auf der Treppe jemand auf.

»Was gibt es denn?«

Marty sah nach oben. Flynn stand am Geländer, nur in Unterwäsche und Socken. Er war unrasiert. Einige Augenblicke lang sagte er nichts und wog die Möglichkeiten ab. Dann teilte das Lächeln, sein Allheilmittel, sein Gesicht.

»Marty!«, rief er. »Was liegt an?«

Marty betrachtete Charmaine, die zu Boden sah. Sie hielt den Pelz in den Armen, zusammengerollt wie ein totes Tier.

»Ich verstehe«, sagte Marty.

Flynn kam herunter. Seine Augen waren blutunterlaufen.

»Es ist nicht, was du denkst. Wirklich nicht«, sagte er und blieb auf halbem Weg stehen, um abzuwarten, in welche Richtung Marty springen würde.

»Es ist genau das, was du denkst, Marty«, sagte Charmaine leise. »Tut mir Leid, dass du es auf diese Weise herausfinden musstest, aber du hast nie angerufen. Ich sagte dir, du sollst anrufen, bevor du hierher kommst.«

»Wie lange?«, murmelte Marty.

»Zwei Jahre, mehr oder weniger.«

Marty sah hoch zu Flynn. Sie hatten sich zusammen mit diesem schwarzen Mädchen vergnügt – Ursula, oder nicht? –, was erst ein paar Wochen zurücklag, und nachdem er seinen Saft verspritzt hatte, war Flynn verschwunden. Er war hierher gekommen, zu Charmaine. Ob er sich gewaschen hatte, überlegte Marty, bevor er zu ihr ins Doppelbett geschlüpft war? Wahrscheinlich nicht.

»Warum er?«, hörte er sich fragen. »Warum er, um Himmels willen? Hättest du keinen Besseren finden können?«

Flynn sagte nichts zu seiner Verteidigung.

»Ich denke, du solltest jetzt gehen, Marty«, sagte Charmaine und bemühte sich ungeschickt, die Schachtel wieder zuzumachen.

»Er ist so ein Scheißkerl«, sagte Marty. »Siehst du denn nicht, was für ein Scheißkerl er ist?«

»Er war da«, antwortete sie verbittert. »Du nicht.«

»Herrgott noch mal, er ist ein verdammter Zuhälter!«

»Ja«, sagte sie nun endlich, ließ die Schachtel liegen, stand auf, sah ihn mit wutblitzenden Augen an und spie die ganze Wahrheit heraus. »Ja, das stimmt. Was glaubst du, warum ich mich mit ihm eingelassen habe?«

»Nein, Char…«

»Schwere Zeiten, Marty. Nichts zu leben, außer Luft und Liebesbriefe.«

Sie hatte für ihn angeschafft, der Wichser hatte sie zur Hure gemacht. Flynn, der auf der Treppe stand, hatte eine kranke Farbe angenommen.

»Kühl dich ab, Marty«, sagte er. »Ich habe sie zu nichts gezwungen, was sie nicht selbst gewollt hätte.«

Marty trat an den Fuß der Treppe.

»Stimmt das etwa nicht?«, wandte sich Flynn Hilfe suchend an Charmaine. »Sag es ihm, Weibsstück! Habe ich dich jemals gezwungen, etwas zu tun, was du nicht wolltest?«

»Nein«, sagte Charmaine, aber Marty ging bereits die Treppe hoch.

Flynn hielt ihm zwei Stufen stand, erst dann wich er zurück.

»He, komm schon …« Er hielt die Handflächen hoch, um Schläge abzuwehren.

»Du hast meine Frau zur Hure gemacht?«

»Würde ich so etwas tun?«

»Du hast meine Frau zu einer verdammten Hure gemacht?«

Flynn warf sich herum und versuchte, zum Treppenabsatz zu entkommen. Marty stolperte hinter ihm her.

»Dreckskerl!«

Der Fluchtplan hatte funktioniert: Flynn war jenseits der Schlafzimmertür und hatte den Schlüssel herumgedreht, als Marty den Absatz erreichte. Er konnte nur gegen die Tür hämmern und vergebens verlangen, dass Flynn ihn einließ. Aber es brauchte nur eine kleine Ablenkung, um seine Wut verrauchen zu lassen. Als Charmaine die Stufen heraufkam, ließ er davon ab, auf die Tür einzuprügeln, und lehnte sich an die Wand. Sie sagte nichts. Sie hatte weder die Möglichkeit, noch verspürte sie den Wunsch, die Kluft zwischen ihnen zu überbrücken.

»Er« war alles, was er herausbringen konnte. »Von allen Männern.«

»Er war sehr gut zu mir«, antwortete sie. Sie hatte nicht die Absicht, ihre Beweggründe zu erklären; Marty war hier der Eindringling. Sie schuldete ihm keine Entschuldigung.

»Ich habe dich nicht verlassen.«

»Es war deine Schuld, Marty. Du hast für uns *beide* verloren. Ich hatte in dieser Frage nie etwas zu sagen.« Sie zitterte, aber vor Wut, wie er sah, nicht vor Kummer. »Du hast alles verspielt, was wir hatten. Rein alles. Und du hast für uns beide verloren.«

»Wir sind nicht tot.«

»Ich bin zweiunddreißig. Und ich fühle mich doppelt so alt.«

»Er macht dich müde.«

»Du bist so dumm«, sagte sie emotionslos; und ihre kalte Verachtung gab ihm den Rest. »Du hast nie gesehen, wie zerbrechlich alles war. Du bist immer so gewesen, wie es dir gerade passte. Egoistisch und dumm.«

Marty biss sich auf die Oberlippe und betrachtete ihren Mund, der ihm die Wahrheit ins Gesicht sagte. Er wollte sie schlagen, aber deswegen hätte sie nicht weniger Recht gehabt. Sie wäre lediglich verletzt gewesen und hätte trotzdem Recht gehabt. Er schüttelte den Kopf und ging an ihr vorbei die Treppe hinunter. Sie schwieg.

Er kam an der Schachtel vorbei, dem daneben liegenden Pelz. Sie konnten darauf ficken, dachte er; Flynn würde das sicher gefallen. Er nahm die Tüte, in der sein Anzug war, und ging. Das Glas im Fenster klirrte, so heftig schlug er die Tür zu.

»Du kannst jetzt rauskommen«, sagte Charmaine zu der verschlossenen Schlafzimmertür. »Die Schießerei ist vorbei.«

44

Einen speziellen Gedanken konnte Marty nicht loswerden: dass sie Flynn alles über ihn erzählt hatte, die Geheimnisse ihres gemeinsamen Zusammenlebens. Er stellte sich vor, wie Flynn auf dem Bett lag, die Socken an, sie streichelte und lachte, während sie allen Unflat ausschüttete. Wie Marty alles Geld auf Pferde verwettet oder beim Pokern verloren hatte; dass er nie eine Glückssträhne in seinem Leben gehabt hatte, die länger als fünf Minuten anhielt (du hättest mich heute sehen sollen, wollte er ihr sagen, jetzt ist alles anders, ich bin brandheiß); dass er nur bei den wenigen Anlässen gut im Bett gewesen war, wenn er gewonnen hatte, und ansonsten desinteressiert; wie er zuerst das Auto an Macnamara verloren hatte, dann den Fernseher, dann den größten Teil der Möbel, und immer noch hatte er ihm ein kleines Vermögen geschuldet. Wie er dann versucht hatte, sich das nötige Geld zu stehlen, und auch dabei kläglich gescheitert war.

Er durchlebte den Überfall noch einmal, so lebhaft wie immer. Das Auto, das nach der Schrotflinte roch, die Nygaard hielt; der Schweiß auf Martys Gesicht, der in seinen Poren kitzelte, aber dann im Luftstrom des offenen Fensters trocknete, welcher wie ein Regen von Blütenblättern in sein Gesicht wehte. Alles war so deutlich, als wäre es erst gestern geschehen. Alles hinterher, fast ein Jahrzehnt seines Lebens, war durch diesen Augenblick geprägt worden. Ihm wurde beinahe körperlich übel, als er daran dachte. Verschwendung. Reine Verschwendung.

Es war Zeit, sich zu betrinken. Das Geld, das er in der Tasche hatte – immer noch eine vierstellige Summe –, brannte ein Loch hinein, es schrie geradezu danach, ausgegeben oder verspielt zu werden. Er schlenderte die Commercial Road hinunter und rief wieder ein Taxi, obwohl er noch nicht ganz sicher war, was er als Nächstes tun sollte. Es war noch nicht sieben; die vor ihm liegende Nacht musste sorgfältig geplant werden. Was würde Joe tun?, überlegte er. Verraten und in den Dreck gezogen, was würde der große Mann tun?

Was immer sein Herz begehrte, lautete die Antwort. Was immer sein verdammtes Herz begehrte.

Er ging zur Euston Station und verbrachte dort eine halbe Stunde auf den Toiletten, wo er sich wusch und den neuen Anzug und ein frisches Hemd anzog. Als er herauskam, war er verwandelt. Die Kleidung, die er getragen hatte, gab er dem Toilettenaufseher, zusammen mit einer Zehnpfundnote.

Ein Teil seiner Gelassenheit kehrte zurück, nachdem er sich umgezogen hatte. Es gefiel ihm, was der Spiegel zeigte. Vielleicht wurde der Abend ja doch noch ein Erfolg, wenn er nicht zu sehr Trübsal blies. Er trank in Covent Garden, gerade genug, dass sein Geist beschwingt war und sein Blut etwas in Wallung kam. Danach aß er etwas in einem italienischen Restaurant. Als er wieder herauskam, leerten sich gerade die Theater. Er bemerkte einige bewundernde Blicke, größtenteils von Frauen in mittleren Jahren und sorgfältig frisierten jungen Männern. Wahrscheinlich sehe ich wie ein Gigolo aus, dachte er. Zwischen seinem Gesicht und seiner Kleidung lag eine Unstimmigkeit, die auf einen Mann hindeutete, der eine Rolle spielte. Dieser Gedanke stimmte ihn zufrieden. Von nun an würde er Martin Strauss spielen, den Mann von Welt, mit aller Bravour, derer er fähig war. Er selbst zu sein hatte ihn nicht weit gebracht, vielleicht konnte eine Fiktion sein Vorankommen beschleunigen. Er schlenderte müßig die Charing Cross Road hinab und mischte sich unter die Fußgänger am Trafalgar Square. Auf der Treppe von St. Martin-in-the-Fields war ein Streit ausgebrochen, zwei Männer wechselten Beschuldigungen und Flüche, während ihre Frauen zusahen.

Jenseits des Platzes, an der Rückseite der Mall, wurde der Verkehrslärm leiser. Marty brauchte ein paar Minuten, um sich zu orientieren. Er wusste, wohin er wollte, und er hatte geglaubt, er wisse auch noch, wie man dorthin gelangte, aber nun war er nicht mehr so sicher. Es war lange her, seit er zuletzt hier gewesen war, und als er endlich die kleine Mews fand, wo die ›Academy‹ lag – Bill Toys Club –, da war es mehr durch Zufall denn durch Wissen.

Sein Herz klopfte ein wenig schneller, als er die Stufen emporging. Vor ihm lag eine große schauspielerische Leistung, die, sollte er versagen, den ganzen Abend verderben konnte. Einen Augenblick verweilte er, um sich eine Zigarre anzuzünden, dann trat er ein.

Er hatte früher schon einige erstklassige Kasinos besucht; dieses hatte dieselbe, etwas veraltete Pracht wie die anderen auch, die er gesehen hatte; dunkle Holzpaneele, weinrote Teppiche, Porträts vergessener Lebemänner an den Wänden. Eine Hand in der Hosentasche, das Jackett aufgeknöpft, sodass man den glitzernden Saum erkennen konnte, überquerte er den Mosaikboden des Foyers zum Empfang. Sicherheitsvorschriften waren hier sicher streng: Die Reichen erwarteten Sicherheit. Er war kein Mitglied, und er durfte nicht damit rechnen, auf der Stelle eines zu werden, nicht ohne Sponsoren und Referenzen. Er konnte nur zu einem guten nächtlichen Spiel kommen, wenn er sich den Weg dorthin durch geschicktes Bluffen ebnete.

Die Schönheit am Empfang lächelte aufmunternd. »Guten Abend, Sir.«

»Wie geht es Ihnen heute Abend?«

Ihr Lächeln geriet nicht für einen Augenblick ins Wanken, obwohl sie doch unmöglich wissen konnte, wer er war.

»Gut. Und Ihnen?«

»Herrlicher Abend. Ist Bill schon hier?«

»Verzeihung, Sir?«

»Mr. Toy. Ist er schon hier?«

»Mr. Toy.« Sie konsultierte das Gästebuch und strich mit einem lackierten Fingernagel an der Liste der heutigen Spieler entlang. »Ich glaube nicht, dass er …«

»Dann wird er sich wohl nicht eingetragen haben«, sagte Marty. »Er ist selbstverständlich Mitglied, um Himmels willen.« Die leichte Gereiztheit seiner Stimme brachte das Mädchen aus dem Gleichgewicht.

»Oh … ich verstehe. Ich glaube allerdings nicht, dass ich ihn kenne.«

»Nun, ist nicht so wichtig. Ich denke, ich werde einfach zu ihm hinaufgehen. Sagen Sie ihm, dass ich oben bin, ja?«

»Warten Sie, Sir. Ich habe nicht …«

Sie streckte die Hand aus, als wolle sie ihn am Ärmel festhalten, besann sich aber anders. Er strahlte sie mit einem entwaffnenden Lächeln an, während er die Treppe hinaufging.

»Wen darf ich ihm melden?«

»Mr. Strauss«, sagte er mit einem Anflug von Verdruss in der Stimme.

»Ja. Natürlich.« Gespieltes Erkennen rötete ihre Wangen. »Tut mir Leid, Mr. Strauss. Es ist nur, ich …«

»Kein Problem«, antwortete er milde, während er sie unten stehen ließ, von wo sie zu ihm aufsah.

Er brauchte nur ein paar Augenblicke, um sich mit der Anordnung der Räume vertraut zu machen. Roulette; Poker; Black Jack, das alles und mehr stand zur Verfügung. Die Atmosphäre war ernst; Frivolität wurde hier nicht gewünscht, wo Geld in solchen Mengen gewonnen oder verloren werden konnte. Wenn die Männer und die wenigen Frauen, die durch die Räume geisterten, hier waren, um sich zu vergnügen, so zeigten sie das nicht. Dies war Arbeit, ernste, harte Arbeit. Auf der Treppe oder in den Korridoren fanden einige gedämpfte Unterhaltungen statt, und selbstverständlich wurden an den Tischen mitunter Rufe laut, aber ansonsten herrschte in diesen Hallen ein fast ehrfürchtiges Schweigen.

Er streifte von einem Zimmer zum nächsten und stand daneben, wenn das eine oder andere Spiel gemacht wurde, um sich mit der Etikette dieses Ortes vertraut zu machen. Niemand bedachte ihn mit mehr als nur einem flüchtigen Blick. Er passte zu gut in dieses obsessive Paradies.

Die Vorfreude auf den Augenblick, da er sich endlich setzen und selbst an einem Spiel teilnehmen würde, erregte ihn; er genoss sie noch eine Weile. Immerhin stand ihm die ganze Nacht zur Verfügung, und er wusste nur zu gut, dass das Geld in seiner Tasche innerhalb von Minuten dahin sein würde, wenn er nicht vorsichtig war. Er ging an die Bar, bestellte einen Whisky Soda und betrachtete die anderen Gäste. Sie waren alle aus demselben Grund hier: um ihre Fähigkeiten gegen den Zufall zu setzen. Die meisten tranken allein und stimmten sich so auf das bevorstehende Spiel ein. Später, wenn Vermögen gewonnen waren, wurde vielleicht auf den Tischen getanzt, erfolgte ein improvisierter Striptease einer betrunkenen Dame. Aber dazu war es noch zu früh.

Der Kellner kam. Ein junger Mann, bestenfalls zwanzig, mit einem Schnurrbart, der verächtlich wirkte; er hatte sich bereits diesen Ausdruck einer Mischung aus Unterwürfigkeit und Überlegenheit zugelegt, der für seinen Beruf so bezeichnend war.

»Tut mir Leid, Sir …«

Marty versetzte es einen Stich in den Magen. Hatte jemand seinen Bluff durchschaut?

»Ja?«

»Scotch oder Bourbon, Sir?«

»Oh, hm … Scotch.«

»Ausgezeichnet, Sir.«

»Bringen Sie ihn an den Tisch.«

»Wo finde ich Sie, Sir?«

»Beim Roulette.«

Der Kellner entfernte sich. Marty ging zum Cashier und ließ sich achthundert Pfund in Chips einwechseln, dann begab er sich ins Roulette-Zimmer.

Er war nie ein guter Kartenspieler gewesen. Das erforderte Techniken, die ihn stets zu sehr gelangweilt hatten, um sie zu lernen; und so sehr er das Geschick großer Kartenspieler bewunderte, verdarb ebendieses Geschick die letztendliche Konfrontation. Ein guter Kartenspieler macht sich das Glück zunutze, ein großer beeinflusst es. Roulette, das ebenfalls seine Techniken und Gesetzmäßigkeiten hatte, war ein weitaus reineres Spiel. Nichts besaß die Faszination des kreisenden Rades: die wirbelnden Zahlen, die Kugel, die auf der Drehscheibe hüpfte und rasselte.

Er nahm zwischen einem aufdringlich parfümierten Araber, der nur Französisch sprach, und einem Amerikaner am Tisch Platz. Keiner sagte ein Wort zu ihm. Hier gab es keine Begrüßungen oder Verabschiedungen. Alle Höflichkeiten menschlicher Beziehungen mussten hier dem Vordringlichen weichen.

Es war eine seltsame Krankheit. Die Symptome glichen Verliebtheit: Herzklopfen, Schlaflosigkeit. Die einzige sichere Heilung brachte der Tod. Bei ein oder zwei Gelegenheiten hatte er sich im Spiegel einer Kasino-Bar oder vor der Kabine des Cashiers gesehen und seinen hungrigen, gehetzten Blick bemerkt. Aber nichts – weder Selbstverachtung noch die Missachtung von Freunden –, nichts hatte die Gier jemals auslöschen können.

Der Kellner brachte den Drink und stellte ihn an seinem Ellbogen ab; die Eiswürfel klirrten. Marty gab ein ordentliches Trinkgeld.

Die Scheibe drehte sich, aber Marty war zu spät an den Tisch gekommen, um noch zu setzen. Aller Augen waren auf die wirbelnden Zahlen gerichtet …

Es dauerte eine Stunde, bis Marty den Tisch verließ, und

selbst dann leerte er nur seine Blase und kehrte anschließend wieder dorthin zurück. Die Spieler kamen und gingen. Der Amerikaner, der der behänden jungen Frau gegenüber nachsichtig war, die er bei sich hatte, überließ das Spiel ganz seiner Begleiterin, und er verlor ein Vermögen, bevor er sich zurückzog. Martys Reserven wurden knapp. Er hatte gewonnen, verloren und wieder gewonnen; und dann verloren und verloren und verloren. Die Verluste bedeuteten ihm nicht viel, schließlich war es nicht sein Geld, und Whitehead hatte angedeutet, dass es dort, wo es herkam, noch wesentlich mehr gab. Als er gerade noch genügend Chips hatte, um eine substanzielle Wette wagen zu können, stand er vom Tisch auf, um ein wenig frische Luft zu schnappen. Er hatte schon oft festgestellt, dass er sein Glück wenden konnte, wenn er ab und zu das Feld ein paar Minuten verließ, um dann mit einer neuen Perspektive zurückzukehren.

Als er vom Tisch aufstand, die Augen voll flimmernder Zahlen, schlenderte jemand am Roulettesaal vorbei und sah sich kurz um, bevor er zu einem anderen Spiel weiterging. Aber die wenigen Sekunden reichten aus, ihn zu erkennen.

Als Marty dieses Gesicht zuletzt gesehen hatte, war es schlecht rasiert und wächsern vor Schmerzen gewesen, vom Flutlicht am Zaun des Asyls erleuchtet. Nun war Mamoulian verwandelt. Nicht mehr der in die Ecke gedrängte, zornige Landstreicher. Marty stellte fest, dass er wie hypnotisiert zur Tür ging. Der Kellner eilte an seine Seite – »Noch einen Drink, Sir?« –, doch er achtete nicht auf die Frage, sondern verließ den Saal und trat auf den Korridor hinaus. Gemischte Gefühle erfüllten ihn. Halb fürchtete er sich davor, seinen Eindruck bestätigt zu bekommen, andererseits erfüllte es ihn auch mit freudiger Erregung, dass der Mann hier war. Das war ganz bestimmt kein Zufall. Vielleicht war Toy bei ihm. Vielleicht löste sich das ganze Geheimnis hier und jetzt auf. Er erblickte Mamoulian, der in den Baccara-Saal ging. Dort fand ein besonders verbissenes Spiel statt, und zahlreiche Zuschauer hatten sich eingefunden, um seinem Ausgang beizuwohnen. Der Saal war überfüllt; andere Spieler hatten ihre Tische verlassen, um den Endkampf mitzuerleben. Selbst die Kellner lungerten auf der Schwelle herum und versuchten, etwas davon mitzubekommen.

Mamoulian bahnte sich einen Weg durch die Menge, besser gesagt, seine dünne, graue Gestalt teilte die Menschenmasse. Als er einen geeigneten Standort gefunden hatte, blieb er stehen, das Licht der Tischleuchte erhellte sein Gesicht. Die verletzte Hand hatte er in der Jackentasche verschwinden lassen, wo sie niemand sehen konnte; sein Antlitz war vollkommen ausdruckslos. Marty beobachtete ihn länger als fünf Minuten. Nicht ein einziges Mal wandte der Europäer den Blick vom Spielgeschehen ab. Er war wie aus Porzellan gemacht: eine glasierte Fassade, auf die ein nonchalanter Künstler ein paar Linien gekritzelt hatte. Die in den Ton gedrückten Augen waren, so schien es, zu nichts anderem als diesem glasigen Starren fähig. Und doch besaß der Mann Macht. Es war seltsam anzusehen, wie sich die Menschen von ihm fern hielten, wie sie sich lieber dicht zusammendrängten, als sich ihm zu sehr zu nähern, wie er da beim Spieltisch stand.

Auf der anderen Seite des Saals erblickte Marty den schnurrbärtigen Kellner. Er drängte sich zwischen den Zuschauern zu ihm hindurch.

»Auf ein Wort«, flüsterte er.

»Ja, Sir?«

»Dieser Mann. Der im grauen Anzug.«

Der Kellner sah zum Tisch, dann wieder zu Marty.

»Mr. Mamoulian.«

»Ja. Was wissen Sie über ihn?«

Der Kellner betrachtete ihn mit einem abweisenden Blick.

»Tut mir Leid, Sir. Wir sind nicht befugt, über Gäste Auskunft zu geben.«

Er machte auf dem Absatz kehrt und ging den Korridor

entlang. Marty folgte ihm. Niemand sonst hielt sich hier auf. Unten kicherte das Mädchen vom Empfang – nicht dieselbe, mit der Marty gesprochen hatte – mit dem Garderobier.

»Einen Augenblick.«

Als der Kellner sich umdrehte, zückte Marty die Brieftasche, die immer noch prall genug war, ein üppiges Schmiergeld zu versprechen. Der andere Mann starrte die Banknoten mit unverhohlener Gier an.

»Ich wollte nur ein paar Fragen stellen. Ich möchte nicht seine Kontonummer wissen.«

»Die wüsste ich auch nicht.« Der Kellner grinste. »Sind Sie von der Polizei?«

»Ich bin nur an Mr. Mamoulian interessiert«, sagte Marty und zog fünfzig Pfund in Zehnern aus der Brieftasche. »An einigen grundlegenden Dingen.«

Der Kellner schnappte sich das Geld und steckte es mit der Hast eines professionellen Bestechlichen ein.

»Fragen Sie«, sagte er.

»Kommt er öfter hierher?«

»Mehrmals im Monat.«

»Um zu spielen?«

»Nun, da Sie es sagen, ich glaube nicht, dass ich ihn je spielen gesehen habe.«

»Also sieht er nur zu?«

»Na ja, ganz sicher bin ich nicht. Aber ich denke, wenn er spielen würde, hätte ich es inzwischen gesehen. Seltsam. Aber wir haben einige Mitglieder, die das tun.«

»Hat er Freunde? Leute, mit denen er kommt oder geht?«

»Nicht, dass ich wüsste. Er stand auf recht freundschaftlichem Fuß mit einer griechischen Dame, die oft hierher kam. Die hat immer ein Vermögen gewonnen. Niemals eine Pleite.«

Das war das Spielergegenstück zum Seemannsgarn, die Geschichte vom Spieler, der ein so todsicheres System hatte, dass es nie versagte. Marty hatte sie schon hundertmal gehört, immer handelte es sich um den Freund eines Freundes, einen mythischen Jemand, den man nie persönlich von Angesicht zu sehen bekam. Doch wenn er an Mamoulians Gesicht dachte, das in seiner überlegenen Gleichgültigkeit so berechnend wirkte, dann konnte er fast glauben, dass an der Geschichte doch etwas dran war.

»Weshalb interessieren Sie sich so für ihn?«, fragte der Kellner.

»Ich habe ein seltsames Gefühl, was ihn anbelangt.«

»Da sind Sie nicht der Einzige.«

»Was meinen Sie damit?«

»Er hat noch nie etwas zu mir gesagt oder etwas getan, verstehen Sie«, erklärte der Kellner. »Er gibt immer gute Trinkgelder, weiß Gott, dabei trinkt er stets nur Wasser. Aber einmal kam ein Besucher hierher, das ist schon ein paar Jahre her, ein Amerikaner aus Boston. Er sah Mamoulian, und, glauben Sie mir, daraufhin flippte er völlig aus. Es schien, als hätte er in den Zwanzigerjahren einmal mit einem Mann gespielt, der sein genaues Ebenbild war. Das sorgte für einigen Wirbel. Ich meine, er sieht nicht eben wie einer aus, der einen Doppelgänger hat, nicht?«

Damit hatte der Kellner gar nicht so Unrecht.

Es war unmöglich, sich diesen Mamoulian als Kind oder gar pickeligen Halbwüchsigen vorzustellen. Hatte er Verliebtheit kennen gelernt, den Tod von Haustieren, den seiner Eltern? Das schien so unwahrscheinlich, dass es beinahe lächerlich war.

»Mehr weiß ich wirklich nicht.«

»Danke«, sagte Marty. Es war genug.

Der Kellner entfernte sich und ließ Marty mit verschiedenen Möglichkeiten zurück. Wahrscheinlich waren es größtenteils apokryphe Geschichten: die Griechin mit dem System, der in Panik geratene Amerikaner. Ein Mann wie Mamoulian war prädestiniert, Gerüchte zu erzeugen; sein Flair verlorener Aristokratie lud förmlich dazu ein, Geschichten zu erfinden. Wie eine Zwiebel, die man schälte und schälte, und jede Schicht gab lediglich eine neue frei, und nicht den Kern.

Müde und benommen aufgrund von zu viel Alkohol und zu wenig Schlaf, beschloss Marty, den Abend zu beenden. Mit den ungefähr hundert Pfund, die er noch in der Brieftasche hatte, würde er einen Taxifahrer dazu bringen, ihn zum Anwesen zu fahren, das Auto konnte er auch am nächsten Tag noch holen lassen. Er war zu betrunken, um selbst zu fahren.

Er warf einen letzten Blick in den Baccara-Saal. Das Spiel dauerte immer noch an, und Mamoulian hatte sich keinen Millimeter bewegt.

Marty ging nach unten in die Toilette. Dort war es einige Grad kälter als in den Sälen, und die Stuckverzierungen im Rokokostil waren fast zu prunkvoll angesichts der niederen Funktion der Räumlichkeiten. Er betrachtete sein übermüdetes Gesicht im Spiegel, dann trat er ans Pissoir und erleichterte sich.

In einer der Kabinen hatte jemand sehr leise angefangen zu schluchzen, als wolle er das Geräusch unterdrücken. Trotz seiner schmerzenden Blase konnte Marty nicht pissen; der anonyme Leidende lenkte ihn zu sehr ab. Das Schluchzen kam aus einer verschlossenen Kabine. Möglicherweise ein Optimist, der beim Würfeln sein letztes Hemd verspielt hatte und nun erst an die Folgen dachte.

Marty überließ ihn seinem Kummer. Er konnte ja doch nichts tun und auch nichts sagen, das wusste er aus seiner eigenen bitteren Erfahrung.

Draußen im Foyer rief die Dame am Empfang seinen Namen. »Mr. Strauss?« Es war die Stimme der Schönen, seiner wundervollen Rose. Trotz der fortgeschrittenen Stunde zeigte sie keinerlei Anzeichen des Welkens.

»Haben Sie Mr. Toy gefunden?«

»Nein, habe ich leider nicht.«

»Oh, das ist aber seltsam. Er war hier.«

»Sind Sie sicher?«

»Ja. Er kam mit Mr. Mamoulian. Ich sagte ihm, dass Sie hier sind und dass Sie nach ihm gefragt haben.«

»Und was hat er gesagt?«

»Nichts«, entgegnete das Mädchen. »Nicht ein einziges Wort.« Sie senkte die Stimme. »Geht es ihm gut? Ich meine, er sah wirklich schrecklich aus, wenn Sie erlauben, dass ich das sage. Leichenblass.«

Marty sah die Treppe empor und ließ den Blick über den Absatz schweifen.

»Ist er noch hier?«

»Ich war nicht den ganzen Abend am Empfang, aber ich habe ihn nicht gehen sehen.«

Marty bedankte sich und eilte zwei Stufen auf einmal nehmend die Treppe hinauf. Er wollte Toy unbedingt sehen. Es gab Fragen zu stellen, Mutmaßungen auszutauschen. Er durchsuchte die Säle nach dem ledernen Gesicht. Mamoulian war immer noch da und trank sein Wasser, aber Toy war nicht bei ihm. Und auch an der Bar konnte er ihn nicht finden. Er war offenbar gekommen und wieder gegangen.

Enttäuscht ging Marty wieder nach unten, dankte dem Mädchen nochmals für ihre Hilfe, gab ihr ein gutes Trinkgeld und ging.

Erst als er ein gutes Stück von der ›Academy‹ entfernt war, wobei er auf der Straßenmitte ging, um das erste heranfahrende Taxi anzuhalten, erinnerte er sich an das Schluchzen in der Toilette. Er ging langsamer. Schließlich blieb er auf der Straße stehen, sein Kopf pochte im Rhythmus seines Herzschlags. War es nur Einbildung, oder war ihm die Stimme, die ihren Kummer verdaute, bekannt vorgekommen? War es Toy gewesen, der dort in der zweifelhaften Abgeschiedenheit einer Toilettenkabine saß und weinte wie ein verirrtes Kind?

Marty sah verträumt in die Richtung zurück, aus der er gekommen war. Wenn er vermutete, dass Toy immer noch in dem Club war, sollte er dann nicht zurückgehen und es herausfinden? Aber sein Gehirn zog unerfreuliche Parallelen. Die Frau in Pimlico, deren Stimme so grauenhaft gewesen war; die Frage des Mädchens: »Geht es ihm gut?« Die grenzenlose Verzweiflung, die er hinter der versperrten Tür gehört hatte. Nein, er konnte nicht zurückkehren. Nichts, nicht einmal das Versprechen eines fehlerlosen Systems, mit dem er an jedem Tisch gewinnen konnte, hätte ihn dazu verleitet, noch einmal zurückzugehen. Es gab schließlich so etwas wie vernünftigen Zweifel; und der konnte bei manchen Anlässen stärker als alles andere sein.

VIII

Kain steht auf

45 Am Tag des letzten Abendmahls, wie er ihn später nannte, rasierte sich Marty dreimal, einmal morgens und zweimal nachmittags. Die anfängliche Schmeichelei der Einladung war längst verflogen. Nun betete er nur um eine Möglichkeit, sich der Einladung zu entziehen, eine Ausflucht, mit der er sich einem Abend entziehen konnte, der ohne jeden Zweifel grässlich werden würde. Er gehörte nicht zu Whiteheads Gefolge. Ihre Werte waren nicht seine; ihre Welt war eine, in der er nicht mehr als ein Handlanger war. Nichts an ihm konnte ihnen mehr als eine momentane Unterhaltung bieten.

Erst als er den Abendanzug anlegte, wurde er zuversichtlicher. In dieser Welt des äußeren Scheins, wieso sollte da gerade er die Illusion nicht ebenso gut wie jeder andere aufrechterhalten können? Immerhin hatte er in der ›Academy‹ Erfolg gehabt. Der Trick bestand darin, keinen Fehler mit den Äußerlichkeiten zu machen – der angemessene Kleidungscode, den Wein in die richtige Richtung weiterzugeben. Er begann, den vor ihm liegenden Abend als Test seiner Klugheit zu sehen, und sein wettbesessener Geist stellte sich darauf ein, sich dieser Herausforderung zu stellen. Er würde sie bei ihrem eigenen Spiel schlagen, inmitten von seichtem Gerede über Opern und die Hochfinanz.

Dreifach rasiert, parfümiert und angekleidet ging er in die Küche. Seltsamerweise war Pearl nicht im Haus; Luther führte die Aufsicht über die Gaumenfreuden des heutigen Abends, momentan öffnete er Weinflaschen. Im ganzen Raum konnte man die verschiedenen Blumen riechen. Marty hatte angenommen, es sollte ein kleineres Zusammentreffen werden, dennoch waren etwa ein Dutzend Flaschen auf dem Tisch versammelt; viele der Etiketten waren so staubig, dass man sie nicht mehr lesen konnte. Es sah aus, als seien die erlesensten Schätze aus dem Keller geholt worden.

Luther betrachtete Marty von oben bis unten.

»Wem hast du denn den Anzug gestohlen?«

Marty nahm eine der Flaschen und schnüffelte daran, ohne auf die Bemerkung zu achten. Heute Nacht wollte er sich nicht provozieren lassen; heute Nacht hatte er alles im Griff und wollte sich die Stimmung nicht verderben lassen.

»Ich sagte: Wem hast du …«

»Ich hab's gehört. Gekauft.«

»Womit?«

Marty stellte die Flasche heftig auf den Tisch. Gläser klirrten.

»Warum hältst du nicht den Mund?«

Luther zuckte mit den Achseln. »Vom Alten?«

»Ich sagte es dir doch. Halt die Klappe.«

»Mir scheint, du steckst tief mit drinnen, Mann. Hast du gewusst, dass du heute Abend Ehrengast bist?«

»Ich werde ein paar Freunde des alten Mannes kennen lernen, das ist alles.«

»Du meinst Dwoskin und die anderen Pissköpfe? Na, wenn du kein Glückspilz bist.«

»Und was bist du heute Abend? Der Weinkellner?«

Luther verzog das Gesicht, als er den Korken von einer weiteren Flasche zog. »Sie haben keine Kellner bei ihren speziellen Partys. Die sind *sehr* privat.«

»Was meinst du damit?«

»Was weiß ich schon?«, antwortete Luther. »Ich bin doch ein Affe, oder nicht?«

Die Autos kamen zwischen acht und halb neun im Asyl an. Marty wartete in seinem Zimmer, bis er gerufen wurde, sich zu den anderen Gästen zu gesellen. Er hörte Curtsingers Stimme, und die Stimmen von Frauen; Gelächter wurde laut, manchmal etwas schrill. Er fragte sich, ob es nur die Frauen waren, die sie mitgebracht hatten, oder auch ihre Töchter.

Das Telefon läutete.

»Marty?« Es war Whitehead.

»Sir?«

»Warum kommen Sie nicht zu uns? Wir warten auf Sie.«

»Gut.«

»Wir sind im Weißen Salon.« Wieder eine Überraschung. Der nüchterne Raum mit dem hässlichen Altar schien seiner Meinung nach kaum der geeignete Ort für eine Dinner-Party zu sein.

Draußen dunkelte der Abend, und bevor Marty zum Salon ging, schaltete er die Flutlichter ein. Sie flammten auf, ihr Schein erhellte das Haus. Seine frühere Angst war einer Mischung von Trotz und Fatalismus gewichen. Solange er nicht in die Suppe spuckte, sagte er sich, würde er durchkommen.

»Treten Sie ein, Marty.« Die Atmosphäre im Weißen Salon war bereits Übelkeit erregend dick von Zigarrenqualm und Zigarettenrauch. Kein Versuch war unternommen worden, das Zimmer etwas ansprechender zu gestalten. Die einzige Dekoration bildete das Triptychon: Die Kreuzigung war so widerlich, wie Marty sie in Erinnerung hatte. Whitehead stand auf, als Marty eintrat, und streckte ihm zum Willkommen die Hand entgegen, sein Gesicht zeigte ein fast garstiges Lächeln.

»Machen Sie die Tür zu, ja? Kommen Sie herein und nehmen Sie Platz.«

Ein einziger Platz am Tisch war noch frei. Marty ging darauf zu.

»Felix kennen Sie ja bereits.«

Ottaway, der wortgewandte Anwalt, nickte. Die nackte Glühbirne strahlte auf seinen Kopf und entblößte den Ansatz des Toupets.

»Und Lawrence.«

Dwoskin – der Hagere, Trollähnliche – trank gerade Wein. Er murmelte einen Gruß.

»Und James.«

»Hallo«, sagte Curtsinger. »Wie schön, Sie wieder zu sehen.«

Die Zigarre, welche er in der Hand hielt, war die größte, die Marty je gesehen hatte.

Nachdem die bekannten Gesichter abgehakt waren, stellte Whitehead die drei Frauen vor, die zwischen den Männern saßen.

»Unser heutiger Gast«, sagte er.

»Hallo.«

»Dies ist mein zeitweiliger Leibwächter, Martin Strauss.«

»Martin.« Oriana, eine Frau Mitte dreißig, schenkte ihm ein etwas schiefes Lächeln. »Erfreut, Sie kennen zu lernen.«

Whitehead nannte keine Nachnamen, und daher fragte sich Marty, ob es sich um die Frau eines der Männer handelte, oder nur um eine Freundin. Sie war bedeutend jünger als Curtsinger und Ottaway, zwischen denen sie saß. Vielleicht war sie eine Geliebte. Der Gedanke war aufreizend.

»Das ist Stephanie.«

Stephanie, bestimmt zehn Jahre älter als die erste Frau, bedachte Marty mit einem Blick, der ihn von Kopf bis Fuß auszuziehen schien. Er war beängstigend eindeutig, und Marty fragte sich, ob noch jemand am Tisch das bemerkt haben mochte.

»Wir haben so viel von Ihnen gehört«, sagte sie und legte Dwoskin zärtlich eine Hand auf die seine. »Nicht wahr?«

Dwoskin grinste.

Marty konnte den Mann so wenig ausstehen wie ehedem. Es war schwer zu verstehen, wie und warum ein menschliches Wesen ihn berühren wollte.

»… und schließlich Emily.«

Marty drehte sich um, um das dritte Gesicht am Tisch zu begrüßen. In diesem Augenblick stieß Emily ein Glas Wein um.

»O Jesus!«, rief sie.

»Macht nichts«, sagte Curtsinger grinsend. Marty stellte fest, dass er bereits betrunken war; das Grinsen war zu einfältig für einen Nüchternen. »Macht überhaupt nichts, Süße. Wirklich nicht.«

Emily sah zu Marty auf. Auch sie hatte bereits zu viel getrunken, urteilte man nach ihren geröteten Wangen. Sie war bei weitem die jüngste der drei Frauen und atemberaubend schön.

»Setzen Sie sich, setzen Sie sich«, sagte Whitehead. »Vergessen Sie die Sache mit dem Wein, um Himmels willen.« Marty nahm seinen Platz neben Curtsinger ein. Der Wein, den Emily verschüttet hatte, tropfte unbeachtet von der Tischplatte herunter.

»Wir sagten gerade«, warf Dwoskin ein, »wie schade, dass Billy nicht hier sein kann.«

Marty warf dem alten Mann einen Seitenblick zu, um festzustellen, ob die Erwähnung von Toys Namen irgendeine Reaktion bei ihm auslöste – Marty vernahm wieder das Schluchzen, als er an ihn dachte. Whitehead reagierte nicht. Auch er war, wie Marty jetzt sah, bereits angetrunken. Die Flaschen, die Luther geöffnet hatte – Bordeaux, Burgunder – standen auf dem Tisch verstreut, die Atmosphäre entsprach mehr der eines spontanen Picknicks als einer Dinner-Party. Keine der Zeremonien, die er erwartet hatte: keine starren gesellschaftlichen Regeln, kein Beharren auf Etikette. Was es an Essen gab – Kaviardosen, in denen Löffel steckten, Käse, dünne Biskuits –, war armselig, verglichen mit dem Wein. Obwohl Marty wenig von Wein verstand, wurde seine Vermutung, dass der alte Mann seinen Keller leerte, durch die Unterhaltung am Tisch bestätigt. Sie hatten sich heute Nacht hier zusammengefunden, um die seltensten und besten Weine aus dem Keller des Asyls auszutrinken.

»Trinkt!«, sagte Curtsinger. »Das ist das Beste, was ihr jemals bekommen werdet, glaubt mir.« Er suchte nach einer bestimmten Flasche in dem Durcheinander. »Wo ist der Bordeaux? Der ist doch noch nicht leer, oder? Stephanie, versteckst du ihn, Liebling?«

Stephanie sah von ihrem Glas auf. Marty bezweifelte, ob sie überhaupt verstand, was Curtsinger sagte. Diese Frauen waren keineswegs die Ehefrauen, so viel stand inzwischen fest. Er bezweifelte sogar, dass sie Geliebte waren.

»Hier!« Curtsinger schenkte Marty nachlässig ein Glas ein. »Mal sehen, was Sie damit anfangen.«

Marty hatte Wein nie besonders gemocht. Es war ein Getränk, das man schluckweise zu sich nehmen und im Mund herumspülen musste, und dazu hatte er keine Geduld. Aber die Blume des Glases zeugte von Qualität, selbst für seine unausgebildete Nase. Sie hatte eine Fülle, die ihm, noch bevor er trank, das Wasser im Munde zusammenlaufen ließ, und der Geschmack enttäuschte ihn nicht: Er war superb.

»Gut, was?«

»Schmeckt.«

»Schmeckt!«, bellte Curtsinger in gespielter Entrüstung über den Tisch. »Der Junge sagt, dass er *schmeckt*.«

»Nimm es ihm lieber wieder weg, ehe er alles einfach so runterkippt«, bemerkte Ottaway.

»Es muss alles weg«, sagte Whitehead. »Heute Nacht.«

»Alles?«, fragte Emily und blickte zu den zwei Dutzend weiteren Flaschen, die an der Wand aufgereiht waren; zwischen den Weinen befanden sich auch Liköre und Cognacs.

»Ja, alles. Die besten Getränke, mit einem Schlag weg.«

Was sollte das? Sie waren wie eine zurückweichende Armee, die lieber alles niederbrannte, anstatt dem Feind etwas übrig zu lassen.

»Was werdet ihr nächste Woche trinken?«, fragte Oriana, vor deren aufgesperrtem Mund ein gehäufter Löffel Kaviar verweilte.

»Nächste Woche?«, fragte Whitehead zurück. »Nächste Woche finden keine Partys mehr statt. Ich geh ins Kloster.«

Er sah zu Marty.

»Marty weiß, was für Sorgen ich habe.«

»Sorgen?«, fragte Dwoskin.

»Sorgen wegen meiner unsterblichen Seele«, sagte Whitehead, der den Blick nicht von Marty nahm. Diese Bemerkung erntete prustendes Gelächter von Ottaway, der zusehends die Kontrolle über sich verlor.

Dwoskin beugte sich herüber und füllte Martys Glas nach. »Trinken Sie aus«, sagte er. »Wir haben noch eine Menge vor uns.«

Niemand am Tisch genoss den Wein langsam; die Gläser wurden gefüllt, hinuntergekippt und neu gefüllt, als enthielten sie Wasser. Ihre Gier schien etwas Verzweifeltes zu haben, aber er hätte wissen müssen, dass Whitehead keine halben Sachen machte. Um nicht ins Hintertreffen zu geraten, kippte Marty sein Glas auf der Stelle und füllte es gleich wieder bis zum Rand.

»Gut?«, fragte Dwoskin.

»Billy wäre dagegen«, sagte Ottaway.

»Was, gegen Mr. Strauss?«, fragte Oriana. Der Kaviar hatte immer noch nicht den Weg in ihren Mund gefunden.

»Nicht gegen Martin. Gegen diese gleichgültige Völlerei …«

Er konnte die beiden letzten Worte kaum deutlich aussprechen. Es bereitete Vergnügen, den Anwalt stottern zu sehen, seiner Wortgewalt beraubt.

»Toy kann sich selbst ficken«, sagte Dwoskin. Marty wollte etwas zu Bills Verteidigung sagen, aber das Trinken hatte seine Reaktion verlangsamt, und bevor er sprechen konnte, ergriff Whitehead sein Glas. »Ein Trinkspruch«, verkündete er.

Dwoskin rappelte sich auf die Beine und stieß dabei eine Weinflasche um, die ihrerseits wieder drei weitere zum Kippen brachte. Wein ergoss sich aus einer der umgefallenen Flaschen, floss über den Tisch und plätscherte zu Boden.

»Auf Billy«, sagte Whitehead. »Wo immer er sein mag.«

Gläser wurden gehoben und aneinander gestoßen, sogar das von Dwoskin. Die Stimmen sagten im Chor …

»Auf Billy!«

… dann wurden die Gläser lautstark geleert. Martys Glas wurde von Ottaway nachgefüllt.

»Trinken Sie, Mann, trinken Sie.«

Das Trinken auf nüchternen Magen führte zu Verstimmungen: Er fühlte sich losgelöst von den Geschehnissen in dem Zimmer, von den Frauen, dem Anwalt, der Kreuzigung an der Wand. Sein anfänglicher Schock, als er die Männer gesehen hatte, Wein auf ihren Hemden und am Kinn, Obszönitäten hervorstoßend, war längst abgeflaut. Ihr Verhalten spielte keine Rolle. Es zählte nur, sich mehr von diesen Weinen durch die Kehle rinnen zu lassen. Er wechselte einen unheilvollen Blick mit Christus. »Scheiß auf dich«, stieß er hervor. Curtsinger bekam die Bemerkung mit.

»Meine Worte«, flüsterte er als Antwort.

»Wo *ist* Billy eigentlich?«, fragte Emily. »Ich dachte, er wäre hier.«

Sie stellte die Frage in die Runde am Tisch, aber keiner schien bereit, sie aufzugreifen.

»Er ist fort«, antwortete Whitehead schließlich.

»Er ist ein so netter Mann«, sagte das Mädchen. Sie stieß Dwoskin in die Rippen. »Findest du nicht auch, dass er ein netter Mann ist?«

Dwoskin ärgerte die Störung. Er hatte versucht, den Reißverschluss am Rücken von Stephanies Kleid zu öffnen. Sie erhob keine Einwände dagegen, dass er das vor aller

Augen tat. Aus dem Glas, das er in der anderen Hand hielt, wurde Wein in seinen Schoß verschüttet. Entweder bemerkte er es nicht, oder es war ihm gleichgültig.

Whitehead bemerkte Martys Blick.

»Wir unterhalten Sie doch gut?«, fragte er.

Marty unterdrückte ein sich anbahnendes Lächeln.

»Gefällt es Ihnen denn nicht?«, wandte sich Ottaway an Marty.

»Nicht mein Fall.«

»Ich hatte schon immer den Eindruck, dass die kriminelle Klasse im Grunde ihres Herzens zutiefst puritanisch ist. Ist es nicht so?«

Marty wandte den Blick von den geröteten Zügen des Klugscheißers ab und schüttelte den Kopf. Der Witz war unter seiner Würde, ebenso der, der ihn ausgesprochen hatte.

»Wenn ich Sie wäre, Marty«, sagte Whitehead am anderen Ende des Tisches, »würde ich ihm das Genick brechen.«

Marty zuckte mit den Achseln. »Wozu sich die Mühe machen?«, sagte er.

»Mir scheint, Sie sind doch nicht gefährlich«, fuhr Ottaway fort.

»Wer sagte, ich sei gefährlich?«

Das Grinsen des Anwalts wurde noch tiefer. »Ich war der Meinung. Wir erwarteten einen *animalischen* Akt, wissen Sie.« Ottaway schob eine Flasche beiseite, damit er Marty besser ansehen konnte. »Man hatte uns versprochen ...« Die Unterhaltung am Tisch war völlig ins Stocken geraten, doch Ottaway schien es nicht zu bemerken. »Aber schließlich ist nichts so, wie es in der Werbung versprochen wird, nicht?«, sagte er. »Ich meine, da können Sie jeden dieser gottverlassenen Gentlemen fragen.« Der Tisch war ein Stillleben; Ottaway ließ einmal den Arm kreisen, um jeden in seine Ausführungen einzuschließen. »Wir wissen es, nicht wahr? Wir wissen alle, wie enttäuschend das Leben sein kann.«

»Sei still«, schnappte Curtsinger und starrte Ottaway benebelt an. »Wir wollen das nicht hören.«

»Wir bekommen vielleicht keine weitere Chance mehr, mein lieber James«, antwortete Ottaway, dessen Höflichkeit verächtlich klang. »Meinst du nicht, wir sollten alle die Wahrheit sagen? Wir sind *in extremis*! O ja, meine Freunde. Wir sollten alle auf die Knie sinken und Buße tun!«

»Ja, ja«, sagte Stephanie. Sie versuchte aufzustehen, aber ihre Beine spielten nicht mit; außerdem drohte ihr im Rücken geöffnetes Kleid herunterzurutschen. »Beichten wir alle«, sagte sie.

Dwoskin zog sie auf den Stuhl zurück.

»Wir werden die ganze Nacht hier sein«, sagte er. Emily kicherte.

Ottaway redete immer noch ungerührt. »Mir scheint«, sagte er, »dass *er* möglicherweise der einzige Unschuldige in unserer Mitte ist.« Ottaway deutete auf Marty. »Ich meine, seht ihn euch doch an. Er weiß nicht einmal, wovon ich spreche.«

Die Bemerkungen fingen an, Marty zu erzürnen. Aber es würde herzlich wenig Befriedigung bringen, dem Anwalt zu drohen. In seinem derzeitigen Zustand würde Ottaway unter einem einzigen Schlag zusammenbrechen. Seine aufgequollenen Augen schienen nicht weit von der Bewusstlosigkeit entfernt zu sein. »Ihr enttäuscht mich«, sagte er mit echtem Bedauern in der Stimme. »Ich dachte, wir würden besser enden …«

Dwoskin stand auf. »Ich habe einen Trinkspruch«, sagte er. »Auf die Frauen.«

»Das ist eine Idee«, sagte er. »Aber wir brauchen ein Feuer.«

Das hielt Oriana für die witzigste Bemerkung, die sie seit langem gehört hatte.

»Auf die Frauen!«, sagte Dwoskin noch einmal und hob sein Glas. Aber niemand hörte zu. Emily, die bisher lammfromm gewesen war, hatte es sich plötzlich in den Kopf gesetzt, einen Strip hinzulegen. Sie hatte ihren Stuhl zurückgeschoben und knöpfte nun die Bluse auf. Darunter trug sie nichts: Ihre Nippel sahen aus, als hätte sie Rouge aufgetragen, eine Vorbereitung auf diese Darbietung. Curtsinger applaudierte, Whitehead und Ottaway gaben aufmunternde Rufe von sich.

»Was meinen Sie?«, fragte Curtsinger. »Ist sie Ihr Typ? Und alles echt, nicht, Süße?«

»Möchten Sie sie anfassen?«, bot Emily ihm an. Sie hatte die Bluse abgelegt und war nun von der Taille aufwärts nackt. »Komm«, sagte sie, ergriff Martys Hand, presste sie auf ihre Brust und ließ sie kreisen.

»O ja«, sagte Curtsinger und starrte Marty lüstern an. »Das gefällt ihm. Ich weiß, dass es ihm gefällt.«

»Selbstverständlich tut es das«, hörte Marty Whitehead sagen. Sein verschwommener Blick wandte sich in die Richtung des alten Mannes. Whitehead hielt ihm stand; die trüben Augen waren ohne Humor und ohne Erregung. »Nur zu«, sagte er. »Sie gehört Ihnen allein. Deswegen ist sie hier.« Marty hörte die Worte, begriff aber nicht richtig. Er zog die Hand vom Fleisch des Mädchens weg, als hätte er sich verbrannt. »Geh zum Teufel«, sagte er.

Curtsinger war aufgestanden. »Seien Sie kein Spielverderber«, wies er Marty zurecht, »wir wollen nur sehen, wie Sie gebaut sind.«

Am Tisch hatte Oriana wieder angefangen zu lachen, aber Marty war nicht sicher, worüber. Dwoskin schlug mit der Hand, Handfläche nach unten, auf den Tisch. Die Flaschen klirrten im Rhythmus seiner Schläge.

»Nur zu«, sagte Whitehead zu Marty. Alle sahen ihn an. Er wandte sich wieder zu Emily. Sie stand ungefähr einen Meter von ihm entfernt und versuchte, den Rock herunterzuziehen; ihr Exhibitionismus hatte etwas unbestreitbar Erotisches an sich. Martys Hosen fühlten sich eng an, sein Kopf ebenfalls. Curtsinger hatte Marty die Hände auf die Schultern gelegt und versuchte, ihm das Jackett auszuziehen. Der Rhythmus, den Dwoskin auf dem Tisch klopfte und den Ottaway jetzt aufgriff, ließ Martys Kopf tanzen.

Emily hatte mittlerweile den Verschluss bewältigt und der Rock lag zu ihren Füßen. Danach zog sie, ohne zu zögern, den Slip aus und stand nur mit Perlen und hochhackigen Schuhen bekleidet vor der Runde. Nackt sah sie jung genug aus, ein Sittenköder zu sein – vierzehn, höchstens fünfzehn; ihre Haut war wie Sahne. Jemandes Hand – er glaubte, es sei Oriana – massierte Martys Erektion. Er drehte sich zur Seite. Es war nicht sie, sondern Curtsinger. Er stieß die Hand weg. Emily war zu ihm getreten und hatte angefangen, ihm von unten nach oben das Hemd aufzuknöpfen. Er wollte aufstehen und etwas zu Whitehead sagen. Die Worte waren irgendwie noch nicht da, aber er wollte sie unbedingt finden: Er wollte dem alten Mann sagen, was für ein Betrüger er war. Mehr als das, er war Abschaum, dreckiger Abschaum. Darum war er hier herauf eingeladen und mit Wein und obszönen Reden bearbeitet worden. Der alte Mann wollte ihn nackt und beim Vögeln sehen.

Marty stieß Curtsingers Hand zum zweiten Mal weg: Die Berührung war erschreckend expertenhaft. Er sah am Tisch entlang zu Whitehead, der sich gerade ein neues Glas Wein einschenkte. Dwoskins Blick ruhte auf der nackten Emily, der Ottaways auf Marty. Beide hatten aufgehört, auf den Tisch zu klopfen. Das Aussehen des Anwalts sagte alles. Er war kränklich blass, schweißige Erwartung überzog sein Gesicht.

»Los doch«, sagte er keuchend. »Nimm sie. Liefere uns eine Show, an die wir noch lange denken werden. Oder hast du nichts, das vorzuzeigen sich lohnen würde?«

Marty begriff den Sinn zu spät, um zu antworten; das nackte Mädchen presste sich an ihn und Curtsinger versuchte ihm die Hose aufzuknöpfen. Er unternahm einen letzten aussichtslosen Versuch, das Gleichgewicht wieder zu finden.

»Aufhören«, sagte er und sah zu dem alten Mann.

»Wo ist das Problem?«, fragte Whitehead leichthin.

»Der Spaß ist vorbei«, sagte Marty. Eine Hand war in seiner Hose und griff nach seiner Erektion. *»Verdammt, lasst die Finger von mir!«* Er stieß Curtsinger heftiger von sich, als er beabsichtigt hatte. Der große Mann stolperte und fiel gegen die Wand. *»Was ist nur mit Ihnen los?«* Emily trat einen Schritt zurück, um Martys rudernden Armen auszuweichen. Der Wein kochte in seinem Magen und in seiner Kehle hoch. Seine Hose stand weit offen; er wusste, dass er absurd aussah. Oriana lachte immer noch, und nicht nur sie, Dwoskin ebenfalls, und Stephanie. Ottaway glotzte nur.

»Habt ihr noch nie einen verdammten Ständer gesehen?«, fauchte er sie alle an.

»Wo ist Ihr Sinn für Humor?«, fragte Ottaway. »Wir wollten nur eine Vorstellung. Was kann das schon schaden?«

Marty stieß einen Finger in Whiteheads Richtung. »Ich habe Ihnen vertraut«, sagte er. Mehr konnte er nicht herausbringen, um seine Enttäuschung auszudrücken.

»Das war demnach ein Fehler, nicht?«, sagte Dwoskin. Er sprach, als habe er einen Verblödeten vor sich.

»Verflucht, seien Sie *still*!« Er bezwang den Wunsch, jemandem das Gesicht zu zertrümmern – jedes Gesicht wäre ihm recht gewesen –, zog das Jackett an und fegte mit einer einzigen Handbewegung ein Dutzend Flaschen, die meisten davon voll, vom Tisch. Emily kreischte, als sie rings um sie herum zerschellten, aber Marty blieb nicht, um zu sehen, wie viel Schaden er angerichtet hatte. Er wich vom Tisch zurück und stolperte zur Tür. Der Schlüssel steckte im Schloss; er öffnete und trat hinaus auf den Flur. Hinter ihm hatte Emily angefangen zu plärren wie ein Baby, das gerade aus einem Albtraum erwacht ist; er konnte sie die ganze Zeit hören, während er den dunklen Flur entlanghastete. Er hoffte bei Gott, seine zitternden Glieder würden ihm nicht den Dienst versagen. Er wollte *hinaus*, an die frische Luft, in die Nacht. Er torkelte die Hintertreppe hinab, die Hände zur Wand ausgestreckt, damit er nicht fiel, da die Stufen unter seinen Füßen zurückwichen. Er erreichte die Küche, unterwegs nur einmal gestürzt, und machte die Tür auf. Die Nacht erwartete ihn. Nichts, das ihn sah; nichts, das ihn kannte. Er atmete die kalte, schwarze Luft ein, und sie brannte in seiner Lunge und den Nasenlöchern. Fast blind stolperte er über den Rasen und wusste nicht, in welche Richtung er gehen sollte, bis ihm das Wäldchen einfiel. Er brauchte einen Augenblick, bis er sich orientiert hatte, dann lief er darauf zu und flehte um seine Diskretion.

46

Das Unterholz zerrte an seinen Beinen, doch er lief weiter, bis er so tief zwischen den Bäumen war, dass er weder das Haus noch die Lichter sehen konnte. Erst dann blieb er stehen, und sein ganzer Körper pulsierte wie ein einziges großes Herz. Sein Kopf fühlte sich an, als sitze er lose auf dem Hals; Erbrochenes gurgelte in seiner Kehle.

»Jesus, Jesus, Jesus.«

Einen Augenblick verlor sein kreisender Kopf die Kontrolle. Seine Ohren heulten, sein Blick verschwamm. Plötzlich war er sich über nichts mehr sicher, nicht einmal seiner körperlichen Existenz. Panik kroch aus seinen Eingeweiden herauf und zerkratzte dabei das Gewebe seines Magens und seiner Gedärme.

»Bleib unten«, sagte er. Nur einmal hatte er sich bisher so nahe daran gefühlt, den Verstand zu verlieren – den Kopf zurückzuwerfen und loszuheulen –, und das war in der ersten Nacht in Wandsworth gewesen, der ersten von vielen Nächten, die er in einer zwei mal drei Meter langen Zelle verbrachte. Damals saß er am Rand der Matratze und fühlte genau dasselbe wie jetzt. Die blinde Bestie senkte sich hernieder und pumpte Adrenalin aus seiner Milz. Damals hatte er sein Entsetzen gemeistert, und das konnte er nun wieder tun. Er steckte sich brutal den Finger, so tief er konnte, in die Kehle und wurde dafür mit einer Woge der Übelkeit belohnt. Nachdem er so den Reflex eingeleitet hatte, ließ er seinen Körper den Rest tun und erbrach einen Magen voll unverdauten Weins. Es war eine schmutzige, aber reinigende Erfahrung, und er machte keinen Versuch, die Krämpfe zu unterbinden, bis er nichts mehr in sich hatte, das er erbrechen konnte. Mit durch die Kontraktion schmerzenden Muskeln riss er ein paar Farnwedel aus der Erde und wischte sich Mund und Kinn damit ab, dann wusch er sich die Hände mit feuchter Erde und stand auf. Die grobe Behandlung hatte ihren Zweck erfüllt; er befand sich in einem deutlich besseren Zustand.

Er kehrte seinem Erbrochenen den Rücken zu und entfernte sich noch weiter vom Haus. Obwohl das Geflecht von Ästen und Zweigen über ihm dicht war, drang ein wenig Sternenlicht herab, genügend Beleuchtung, den Stämmen und Baumstümpfen eine zarte Festigkeit zu verleihen. In diesem Geisterwald spazieren zu gehen verzauberte ihn. Er ließ das sanfte Schauspiel von Licht und Blätterschatten seine gekränkte Eitelkeit heilen und sah nun ein, dass alle seine Bemühungen, einen dauerhaften und gesicherten Platz in Whiteheads Welt zu finden, vergebens gewesen waren. Er war ein gezeichneter Mann, und das würde er immer sein.

Schweigend ging er weiter; die Bäume standen hier dichter, das Unterholz wurde spärlicher. Kleine Tiere wuselten vor ihm in den Blättern, Insekten summten im Gras. Er blieb stehen, um das nächtliche Konzert besser zu hören. Als er das tat, erhaschte er aus dem Augenwinkel eine Bewegung. Er drehte den Kopf dorthin und versuchte, durch den zurückweichenden Korridor der Baumstämme etwas zu erkennen. Es war keine Täuschung. Dort stand jemand, grau wie die Bäume, etwa dreißig Meter von ihm entfernt – jetzt still, dann bewegte er sich wieder. Er konzentrierte sich auf die Gestalt in der Matrix von Schatten und tieferen Schatten.

Sicher ein Geist. So lautlos, so beiläufig. Er betrachtete ihn, wie ein Hirsch einen Jäger betrachten mochte; nicht eindeutig sicher, ob er etwas gesehen hatte, aber auch nicht bereit, zu fliehen und Schutz zu suchen. Angst ließ seine Kopfhaut kribbeln. Nicht die Angst vor einer gezückten Klinge – solchen Gefahren war er schon vor langer Zeit begegnet und hatte sie gemeistert. Dies war die kribbelnde, heiße Angst der Kindheit, die essenzielle Angst; paradoxerweise machte gerade sie ihn nüchtern. Es war einerlei, ob er vier oder vierunddreißig Jahre alt war, im Grunde seines Herzens war er dasselbe Geschöpf geblieben. Von solchen Wäldern hatte er geträumt, von einer so allumfassenden Nacht. Er ergab sich seinem Entsetzen unterwürfig, auf der Stelle erstarrt, während die graue Gestalt – zu sehr mit ihren eigenen Angelegenheiten beschäftigt, um ihn zu bemerken – die Erde zwischen den Bäumen studierte. In dieser Anordnung standen sie, der Geist und er, scheinbar mehrere Minuten lang. Eindeutig verstrich geraume Zeit, bis er etwas hörte, das weder Eule noch Nagetier war und das zwischen den Bäumen erklang. Es war die ganze Zeit da gewesen, aber er hatte es nicht als das interpretieren können, was es war: Geräusch des Grabens. Das Rasseln kleiner Steine, das Prasseln der Erde. Das Kind in ihm sagte: *Schlecht!* Lass es sein, lass alles sein. Aber er war zu neugierig, sich zu entfernen. Er machte zwei prüfende Schritte auf den Geist zu. Dieser zeigte keinerlei Anzeichen, dass er ihn gesehen oder gehört hatte. Ermutigt ging er zwei, drei weitere Schritte, wobei er sich bemühte, stets dicht an einem Baum zu bleiben, damit er rasch Deckung finden konnte, sollte der Geist sich in seine Richtung drehen. Auf diese Weise näherte er sich seinem Ziel gut zehn Meter. Nun war er nahe genug, den Geist so deutlich zu sehen, dass er ihn erkennen konnte.

Es war Mamoulian.

Der Europäer betrachtete immer noch die Erde zu seinen Füßen. Marty suchte Deckung hinter einem Baumstamm und legte sich dort flach auf den Boden, der Szene den Rücken zugekehrt. Offensichtlich hob jemand für Mamoulian ein Loch aus; anscheinend war er nicht allein gekommen. Das Sicherste war demnach, hier mucksmäuschenstill liegen zu bleiben und zu hoffen, dass ihm niemand nachspioniert hatte, so wie er dem Europäer.

Nach einer Weile hörte das Graben auf – und wie auf einen unausgesprochenen Befehl hin erstarben auch die nächtlichen Geräusche. Es war bizarr. Alles, Insekten und Tiere gleichermaßen, schien gebannt den Atem anzuhalten.

Marty glitt am Baumstamm hinab in eine kriechende Haltung, wobei er die Ohren spitzte, um jedes mögliche Geräusch wahrzunehmen. Er riskierte einen Blick. Mamoulian entfernte sich in die Richtung, in der, vermutete Marty, sich das Haus befinden musste. Das Unterholz nahm ihm die Sicht, von den Gräbern oder anderen Jüngern, die den Europäer begleiten mochten, konnte er nichts sehen. Er hörte jedoch, wie sie vorbeigingen, schleppende, schlurfende Schritte. Sollten sie gehen, dachte er. Er hatte nicht mehr die Absicht, Whitehead zu beschützen. Diese Abmachung war außer Kraft.

Er zog die Knie an sich und blieb zusammengekauert sitzen, bis Mamoulian nicht mehr zwischen den Bäumen zu sehen war. Dann zählte er bis zwanzig und stand auf. Nadeln schienen in seine Beine zu stechen, und er musste sie massieren, um den Blutkreislauf wieder in Gang zu bringen. Erst dann ging er auf die Stelle zu, wo Mamoulian gestanden hatte.

Noch während er darauf zuging, erkannte er die Stelle, obwohl er sich ihr bisher stets aus der Richtung des Hauses genähert hatte. Sein spätabendlicher Lauf hatte ihn in einem Halbkreis hierher geführt. Er stand nun an der Stelle, wo er die Hunde begraben hatte.

Das Grab war offen und leer; die schwarzen Plastiksäcke waren aufgerissen worden, ihr Inhalt herausgenommen. Marty starrte in das Loch und konnte den Scherz nicht ganz begreifen. Was nützten tote Hunde?

Plötzlich bemerkte er, dass sich etwas in dem Grab bewegte; etwas regte sich unter den Plastiksäcken. Er wich vom Rand zurück, da seine Verfassung zu geschwächt für so etwas war. Wahrscheinlich ein Nest voller Maden, möglicherweise ein Wurm von der Größe eines Unterarms, der vom Hundefleisch fett geworden war; wer wusste, was sich in der Erde verbarg?

Er wandte dem Loch den Rücken zu und entfernte sich in Richtung des Hauses, dem Pfad folgend, den Mamoulian gegangen war, bis die Bäume spärlicher und das Sternenlicht heller wurden. Dort, an der Grenze zwischen Wald und Rasen, blieb er stehen und wartete, bis die Geräusche der Nacht ringsum wieder laut wurden.

47

Stephanie entschuldigte sich am Tisch und ging hinaus ins Badezimmer, die Hysterie hinter sich lassend. Als sie gerade die Tür schließen wollte, machte einer der Männer – sie glaubte, es sei Ottaway gewesen – den Vorschlag, sie möge zurückkommen und für ihn in eine Flasche pissen. Sie würdigte den Vorschlag keiner Antwort. Wie viel sie auch bezahlen mochten, auf derartige Aktivitäten würde sie sich nie und nimmer einlassen; das war nicht sauber.

Der Flur lag im Halbdunkel; die polierten Vasen, der dichte Teppich unter ihren Füßen, das alles zeugte von Reichtum, und bei früheren Besuchen hatte sie die Extravaganz des Hauses genossen. Aber heute Nacht waren sie unberechenbar – Ottaway, Dwoskin, der alte Mann selbst –, und ihr Trinken und ihr Verhalten hatten etwas Verzweifeltes an sich, das ihrem Hiersein jedes Vergnügen nahm. In den anderen Nächten hatten sie sich angenehm betrunken, dann folgten die üblichen Darbietungen, aus denen sich mitunter etwas Dauerhaftes mit dem einen oder anderen entwickelte. Häufig waren sie auch einfach damit zufrieden, zuzusehen. Und am Morgen gab es dann eine fürstliche Bezahlung. Aber heute war es anders, heute war Grausamkeit im Spiel, und das verabscheute sie. Geld oder nicht, sie würde nicht mehr hierher kommen. Es wurde sowieso Zeit, dass sie sich zurückzog und das Geschäft den jüngeren Mädchen überließ, die zumindest weniger verbraucht aussahen als sie.

Sie beugte sich dicht zum Badezimmerspiegel und versuchte, ihren Lidstrich nachzuziehen, aber ihre Hand zitterte zu sehr, weil sie zu viel getrunken hatte, und glitt ab. Sie fluchte und griff in ihre Handtasche, um ein Papiertaschentuch herauszuholen. Während sie das tat, vernahm sie ein raschelndes Geräusch auf dem Flur. Dwoskin, vermutete sie. Sie wollte nicht, dass das Scheusal sie noch einmal anfasste, zumindest nicht, bevor sie so betrunken war, dass es ihr nichts mehr ausmachte. Auf Zehenspitzen schlich sie zur Tür und versperrte sie. Die Geräusche draußen waren verstummt. Sie ging zum Waschbecken zurück, drehte den Wasserhahn auf und spritzte sich kaltes Wasser ins müde Gesicht.

Dwoskin war Stephanie tatsächlich gefolgt. Er wollte ihr etwas Außergewöhnliches vorschlagen, das sie mit ihm machen sollte, etwas ganz Spezielles für diese Nacht aller Nächte.

»Was haben Sie vor?«, fragte ihn jemand, als er sich durch den Flur tastete, oder hatte er sich die Worte nur eingebildet? Er hatte vor der Party ein paar Tabletten genommen – das stimmte ihn immer ein –, aber sie ließen Stimmen in seinem Kopf laut werden, vornehmlich die seiner Mutter. Ob jemand die Frage gestellt hatte oder nicht, er beschloss, sie nicht zu beantworten; er ging einfach den Flur hinab und rief nach Stephanie. Die Frau war außergewöhnlich, das jedenfalls hatte seine aufgeputschte Libido entschieden. Sie hatte herrliche Arschbacken. Er wollte von diesen Halbkugeln erstickt werden, er wollte unter ihnen sterben.

»Stephanie!«, rief er. Sie kam nicht wieder. »Komm heraus«, verlangte er. »Ich bin es doch nur.«

Im Flur breitete sich ein Geruch aus: eine vage Andeutung von Kloake. Er inhalierte ihn. »Verwesung«, sagte er, aber nicht abfällig. Der Geruch wurde stärker, als sei sein Ursprung ganz in der Nähe und würde näher kommen. »Licht«, sagte er zu sich selbst und blinzelte ins Halbdunkel, um den Lichtschalter zu finden.

Ein paar Meter weiter unten im Flur hatte etwas begonnen, auf ihn zuzugehen. Das Licht reichte nicht aus, deutlich zu sehen, aber es war ein Mann, und der Mann war nicht allein. Andere Gestalten, kniehohe Gestalten, huschten durch die Dunkelheit. Der Geruch wurde überwältigend. Farben tanzten in Dwoskins Kopf; abstoßende Bilder flackerten in der Luft, um den Geruch zu unterstützen. Es dauerte einen Augenblick, bis er begriff, dass nicht er die Ursache für diese Luft-Graffiti war. Sie ging von dem Mann vor ihm aus. Schlieren und Lichtpunkte wirbelten in der Luft davon. »Wer sind Sie?«, verlangte Dwoskin zu wissen. Als Antwort explodierten die Graffiti zu ausgeschriebener Literatur. Nicht sicher, ob überhaupt ein Laut über seine Lippen kam, begann der Trollkönig zu kreischen.

Als Stephanie den Schrei hörte, ließ sie den Lidstift ins Waschbecken fallen. Sie erkannte die Stimme nicht. Sie war hoch genug für eine Frauenstimme, aber sicher nicht die von Oriana oder Emily. Plötzlich zitterte sie noch heftiger. Sie hielt sich am Rand des Beckens fest, um sich zu stützen, während immer neue Geräusche laut wurden: Heulen, eilige Schritte. Jemand rief etwas: unverständliche Befehle. Es war Ottaway, dachte sie, aber sie wollte nicht hinausgehen, um nachzusehen. Was auch immer hinter der Tür vor sich ging – Verfolgung, Festnahme, vielleicht sogar Mord –, sie wollte nichts davon wissen. Sie schaltete das Licht im Bad aus, damit es nicht unter der Tür durchscheinen konnte. Jemand lief vorbei und flehte zu Gott; es war *eindeutig* Verzweiflung. Schritte hasteten die Treppe hinunter; jemand stürzte. Türen wurden zugeschlagen, Schreie ertönten überall.

Sie wich von der Tür zurück und setzte sich auf den Rand der Badewanne. Dort, in der Dunkelheit, begann sie ganz leise ›Abide with me‹ zu singen …

Marty hörte die Schreie auch, obwohl er es nicht wollte. Selbst auf diese Entfernung war die blinde Panik herauszuhören, die ihm den kalten Schweiß ausbrechen ließ.

Er kniete auf dem Boden zwischen den Bäumen nieder und hielt sich die Ohren zu. Die Erde unter ihm roch reif, und in seinem Verstand tauchten unangenehme Gedanken auf, mit dem Gesicht nach oben auf dem Boden liegen, möglicherweise tot, aber auf die Auferstehung wartend. Wie ein Schlafender kurz vor dem Aufwachen, der dem neuen Tag nervös entgegensah.

Nach einer Weile ließ der Lärm nach. Bald, dachte er, musste er die Augen öffnen, zum Haus zurückgehen und nach der Ursache der plötzlichen Panik suchen. Bald, aber noch nicht sofort.

Als die Geräusche im Flur und auf der Treppe längst verstummt waren, schlich Stephanie zur Badezimmertür, entriegelte sie und sah hinaus. Im Flur herrschte jetzt völliges Dunkel; die Lampen waren entweder ausgeschaltet oder zertrümmert worden. Aber ihre Augen, die sich an das Dunkel des Badezimmers gewöhnt hatten, erspähten bald den schwachen Lichtschein von der Treppe. Der Flur war in beiden Richtungen verlassen; sie konnte nur einen Geruch wahrnehmen: wie in einer schlechten Metzgerei an einem heißen Tag.

Sie zog die Schuhe aus und schlich zur obersten Treppenstufe. Der Inhalt einer Handtasche war über die Treppe verstreut, und unter ihren Füßen war etwas Nasses. Sie sah nach unten. Der Teppich hatte einen Fleck, entweder Wein oder Blut. Sie eilte hinunter in die Diele. Es war kalt; Vorder- und Hintertür standen weit offen. Keine Spur von Leben. Die Autos waren von der Auffahrt verschwunden; die Zimmer unten, Bibliothek, Empfangsraum, Küche – alles war verlassen.

Sie eilte nach oben zurück, um ihre Habseligkeiten aus dem Weißen Salon zu holen und zu gehen.

Während sie den oberen Flur entlangging, vernahm sie ein leises Tapsen hinter sich. Sie drehte sich um. Am oberen Ende der Treppe stand ein Hund; wahrscheinlich war er ihr heraufgefolgt. Im spärlichen Licht konnte sie ihn kaum genau ausmachen, aber sie hatte Angst. »Guter Junge«, sagte sie, weil sie froh war, etwas Lebendes in dem verlassenen Haus zu finden.

Er knurrte nicht, er wedelte auch nicht mit dem Schwanz, er schleppte sich einfach auf sie zu. Da erst erkannte sie ihren Irrtum, ihn willkommen zu heißen. Die Metzgerei war hier, auf allen vieren. Stephanie wich zurück.

»Nein …«, sagte sie. »Nicht … o Himmel … lass mich in Ruhe.«

Aber er kam näher, und mit jedem Schritt, den er näher kam, erkannte sie deutlicher, in welchem Zustand er sich befand. Aus seiner Unterseite hingen die Gedärme heraus, das verweste Gesicht bestand nur aus Zähnen und Fäulnis. Sie eilte zum Weißen Salon, er aber durchquerte die Entfernung zu ihr mit drei Sprüngen. Ihre Hände glitten über seinen Körper, als er sie ansprang, und zu ihrem Entsetzen wurden Fleisch und Fell getrennt, ihr Griff enthäutete die Flanke des Geschöpfs. Sie fiel hin, er kam näher, der Kopf schaukelte unbehaglich auf dem struppigen Hals, die Kiefer schlossen sich um ihre Kehle und schüttelten sie. Sie konnte nicht schreien – er verschlang ihre Stimme –, aber sie stieß den Arm heftig in den kalten Leib und fand das Rückgrat. Instinkt ließ sie die Wirbelsäule umklammern, Muskeln lösten sich in schleimige Fäden auf, das Tier ließ von ihr ab und krümmte sich, während ihre Hand einen

Wirbel nach dem anderen brach. Er stieß ein langes Zischen aus, als sie den Arm herauszog. Ihre andere Hand griff an ihre Kehle, Blut tropfte auf den Teppich und erzeugte plätschernde Laute. Sie musste Hilfe holen oder verbluten.

Sie fing an, auf die Treppe zuzukriechen. Meilen von ihr entfernt öffnete jemand eine Tür. Licht fiel über sie. Zu benommen, um Schmerz zu empfinden, sah sie sich um. Whiteheads Umriss zeichnete sich in einer weiter entfernten Tür ab. Zwischen ihnen stand der Hund. Irgendwie war er aufgestanden, oder besser, sein Vorderteil war aufgestanden, und er schleppte sich über den rot scheinenden Teppich auf sie zu. Der größte Teil seines Torsos war mittlerweile nutzlos, er konnte den Kopf kaum noch vom Boden heben.

Aber dennoch bewegte er sich und würde sich so lange bewegen, bis sein Wiedererwecker ihm Ruhe gönnte.

Sie hob den Arm, um Whitehead ihre Anwesenheit zu bekunden. Er ließ nicht erkennen, ob er sie in der Dunkelheit überhaupt sah. Sie hatte die oberste Treppenstufe erreicht, doch keine Kraft mehr in sich.

Der Tod kam rasch. Genug, sagte ihr Körper, genug.

Ihr Wille verließ sie, und sie sackte zusammen, das Blut aus der Halswunde rann die Treppe hinunter, und sie sah ihm mit brechenden Augen nach. Eine Stufe. Zwei Stufen. Zählspiele waren eine perfekte Kur für Schlaflosigkeit. Drei Stufen, vier. Sie sah die fünfte Stufe nicht, und auch keine weitere, da zunehmende Dunkelheit sich über sie senkte.

Marty verabscheute es, ins Haus zurückzukehren, aber was immer dort geschehen war, war mittlerweile mit Sicherheit vorüber, und ihm wurde dort, wo er kniete, kalt. Sein teurer Anzug war so schmutzig, dass man ihn unmöglich wieder sauber bekommen konnte; das Hemd war fleckig und zerrissen, die polierten Schuhe lehmverkrustet. Er sah wie ein Landstreicher aus. Dieser Gedanke freute ihn fast.

Er schlich über den Rasen zurück. Voraus konnte er die Lichter des Hauses sehen. Sie leuchteten beruhigend, doch er wusste, diese Beruhigung war eine Illusion. Nicht jedes Haus war eine Zuflucht. Manchmal war es sicherer, draußen in der Welt zu sein, unter freiem Himmel, wo niemand anklopfen und nach einem sehen konnte, wo einem kein Dach auf den vertrauensseligen Kopf fallen konnte.

Auf halbem Weg zum Haus heulte ein Jet über ihn hinweg, dessen Positionslichter ein Doppelgestirn bildeten, weit oben. Er blieb stehen und sah hinauf, wie er im Zenit über ihn hinwegflog. Vielleicht war es eines der Beobachtungsflugzeuge, die, wie er gelesen hatte, ständig über Europa hinwegflogen, ein russisches und ein amerikanisches, um die schlafenden Städte mit ihren elektrischen Augen zu skandieren; Zwillingsrichter, von deren Urteil das Leben von Millionen Menschen abhing. Das Donnern des Jets wurde zu einem Murmeln, dann verstummte es völlig. Er war fort, um über anderen Köpfen zu spionieren. Die Sünden Englands, so schien es, würden sich heute Nacht nicht als fatal erweisen.

Mit neuer Entschlossenheit ging er weiter auf das Haus zu, wobei er einen Weg einschlug, der ihn um das Gebäude herum zu der vom Flutlicht erhellten Vorderseite führte. Während er die Bühne überquerte, um zur Eingangstür zu gelangen, trat der Europäer aus dem Haus.

Es gab keine Möglichkeit, sich zu verstecken. Marty erstarrte auf der Stelle, während Breer ebenfalls herauskam, worauf die beiden so ungleichen Gefährten sich vom Haus entfernten.

Was immer sie drinnen getan hatten, jetzt waren sie offenbar damit fertig.

Als sie ein paar Schritte auf dem Kiesweg zurückgelegt hatten, drehte Mamoulian sich um. Sein Blick fand Marty sofort. Einige lange Augenblicke tat der Europäer nichts anderes, als über das hell erleuchtete Gras zu starren. Dann nickte er, ein knappes, heftiges Nicken, das nichts weiter als Anerkennung bedeutete. Ich sehe dich, sollte es sagen, und schau her, ich tue dir nichts zuleide! Dann drehte er sich um und ging weiter, bis er und der Grabschaufler zwischen den Zypressen verschwunden waren, die die Auffahrt säumten.

VIERTER TEIL

Die Geschichte des Diebes

»Zivilisationen gehen nicht durch Angst zugrunde, sondern weil sie vergessen, dass Angst existiert.«

Freya Stark: *Perseus im Wind*

48

Marty stand in der Diele und lauschte nach Schritten oder Stimmen; er hörte keins von beiden. Die Frauen waren offenbar gegangen, Curtsinger, Ottaway und der Trollkönig ebenfalls. Vielleicht auch der alte Mann.

Im Haus brannten nur wenige Lichter, und die wenigen, die leuchteten, ließen den Ort fast zweidimensional erscheinen. Hier war Elektrizität frei geworden! Ihre Überbleibsel knisterten in allen Metallteilen; die Atmosphäre hatte eine bläuliche Tönung. Er ging nach oben. Der zweite Stock lag im Dunkeln, aber er fand seinen Weg instinktiv; während er ging, traten seine Füße in Porzellanscherben – Reste des einen oder anderen vernichteten Schatzes. Aber unter seinen Füßen war mehr als Porzellan, zerfetzte Dinge, feuchte Dinge. Er sah nicht nach unten, sondern ging zielstrebig auf den Weißen Salon zu, und seine Erwartung wuchs mit jedem Schritt. Die Tür stand offen, drinnen brannte Licht; kein elektrisches, sondern eine Kerze. Er trat über die Schwelle. Die Flamme sorgte für eine tückische Beleuchtung – sein Eintreten brachte sie zum Flackern –, aber er konnte sehen, dass jede Flasche in dem Zimmer zerschellt war. Er trat in einen Sumpf aus Glasscherben und vergossenem Wein: Das Aroma der Getränke durchdrang das Zimmer. Der Tisch war umgeworfen worden, verschiedene Stühle taugten nur noch als Brennholz.

Whitehead stand in einer Ecke des Zimmers. Er hatte Blutspritzer im Gesicht, aber es war schwer zu sagen, ob es seines war. Wie ein Mann in den Nachwehen eines Erdbebens sah er aus. Der Schock hatte jegliche Farbe aus seinem Gesicht weichen lassen. »Er kam zu früh«, sagte er, und jede gedämpfte Silbe drückte Unglauben aus. »Man stelle sich das vor! Ich dachte, er würde sich an Abmachungen halten. Aber er kam zu *früh,* um mich zu übertölpeln.«

»Wer ist *er*?«

Er wischte sich mit dem Handrücken Tränen von den Wangen, wobei er das Blut verschmierte. »Der Dreckskerl hat mich belogen«, sagte er.

»Sind Sie verletzt?«

»Nein«, sagte Whitehead, als sei die Frage vollkommen lächerlich. »Er würde nicht Hand an mich legen, dazu ist er zu gerissen. Er will, dass ich freiwillig mitkomme, verstehen Sie?«

Marty verstand nicht.

»Im Flur liegt eine Leiche«, verkündete Whitehead in sachlichem Tonfall. »Ich habe sie von der Treppe gezogen.«

»Wer?«

»Stephanie.«

»Hat er sie getötet?«

»Er? Nein. Seine Hände sind sauber. Sie könnten Milch aus ihnen trinken.«

»Ich rufe die Polizei.«

»Nein!«

Whitehead ging einige gefährliche Schritte durch die Glasscherben, um Martys Arm festzuhalten.

»Nein. Keine Polizei.«

»Aber jemand ist tot!«

»Vergessen Sie sie, ja? Sie können sie später wegschaffen.«

Sein Ton war beinahe flehentlich, sein Atem – nun, da er so nahe war – geradezu giftig. »Das werden Sie doch tun, oder nicht?«

»Nach allem, was Sie mir angetan haben?«

»Ein kleiner Scherz«, sagte Whitehead und versuchte, ein Lächeln zustande zu bringen; sein Griff drohte Marty das Blut abzudrücken. »*Kommen Sie,* ein Scherz, nichts weiter.« Es war, als würde man an einer Straßenecke von einem Alkoholiker zum Zuhören gezwungen werden. Marty befreite seinen Arm. »Ich habe alles für Sie getan, was ich tun konnte«, sagte er.

»Sie möchten wieder zurück, ja?« Whiteheads Tonfall wurde einen Augenblick lang gallig. »Sie wollen wieder zurück hinter Gitter, wo Sie den Kopf in den Sand stecken können?«

»Mit dem Trick haben Sie es schon versucht.«

»Fange ich an, mich zu wiederholen? Meine Güte, Herrgott im Himmel.« Er winkte Marty fort. »Dann gehen Sie, hauen Sie ab. Sie sind nicht meine Klasse.« Er taumelte zur Stütze der Wand zurück und lehnte sich dort an. »Was, zum Teufel, denke ich mir eigentlich, davon auszugehen, dass Sie Partei ergreifen!«

»Sie haben mich aufgezogen«, sagte Marty. »Die ganze Zeit.«

»Ich sagte doch … ein Scherz.«

»Nicht nur heute Abend. Die ganze Zeit. Sie haben mich belogen … bestochen. Sie sagten, Sie bräuchten jemanden, dem Sie vertrauen könnten, und dann haben Sie mich wie den letzten Dreck behandelt. Kein Wunder, dass am Ende jeder Sie im Stich lässt.«

Whitehead wirbelte zu ihm herum. »Schon gut!«, brüllte er. »Was wollen Sie?«

»Die Wahrheit.«

»Sind Sie sicher?«

»Ja, verdammt, ja!«

Der alte Mann nagte auf der Unterlippe und rang mit sich selbst. Als er wieder sprach, war seine Stimme ruhiger geworden. »Gut, mein Junge. Gut.« Das alte Funkeln trat in seine Augen, und für einen Augenblick wurde die Niederlage von neuem Enthusiasmus hinweggefegt. »Wenn Sie so scharf darauf sind, sie zu hören, dann werde ich sie Ihnen mitteilen.« Er deutete mit einem zitternden Finger auf Marty. »Schließen Sie die Tür.«

Marty kickte eine zerschellte Flasche aus dem Weg und machte die Tür zu. Es war bizarr, die Tür vor einem Mordopfer zu verschließen, nur um eine Geschichte anzuhören. Aber diese Geschichte wartete schon so lange darauf, erzählt zu werden; sie konnte nicht mehr länger hinausgeschoben werden.

»Wann wurden Sie geboren, Marty?«

»1948. Im Dezember.«

»Da war der Krieg vorbei.«

»Ja.«

»Sie wissen gar nicht, was Sie versäumt haben.«

Das war ein seltsamer Anfang für eine Beichte.

»Diese Zeiten.«

»Hatten Sie einen guten Krieg?«

Whitehead griff nach einem der weniger stark beschädigten Stühle und rückte ihn wieder zurecht; dann setzte er sich. Mehrere Sekunden lang sagte er gar nichts.

»Ich war ein Dieb, Marty«, begann er schließlich. »Nun … Schwarzmarkthändler hat einen besseren Klang, nehme ich an, aber es läuft auf dasselbe hinaus. Ich konnte drei oder vier Sprachen fließend sprechen, und ich war immer scharfsinnig gewesen. Die Dinge entwickelten sich leicht zu meinen Gunsten.«

»Sie hatten Glück.«

»Glück hatte damit nichts zu tun, Glück ist etwas für Menschen ohne *Kontrolle*. Aber ich *hatte* Kontrolle; auch wenn ich das zu der Zeit noch nicht wusste. Ich schuf mir mein Glück selbst, wenn Sie so wollen.« Er machte eine Pause. »Sie müssen verstehen, Krieg ist nicht so, wie Sie ihn im Kino sehen, zumindest mein Krieg war nicht so. Europa fiel auseinander, alles war in Bewegung, Grenzen wurden geändert, Menschen wurden ins Nichts eingeschifft: Die Welt war zum Ergreifen da.« Er schüttelte den Kopf. »Sie können sich das nicht vorstellen. Sie haben immer in einer Zeit relativer Stabilität gelebt. Plötzlich ist es gut zu hassen, ist es gut, der Zerstörung zu applaudieren. Die Menschen dürfen ihr wahres Selbst zeigen …«

Marty überlegte, wohin die Eröffnung sie führen würde,

aber Whitehead fand gerade den Rhythmus seiner Erzählung, und dies war nicht der geeignete Zeitpunkt, ihn zu unterbrechen.

»... und bei so viel Unsicherheit ringsum kann der Mann, der sein eigenes Schicksal zu formen vermag, König der Welt sein. Verzeihen Sie die Übertreibung, aber so fühlte ich mich damals: als König der Welt. Ich war schlau, wissen Sie. Nicht *gebildet,* das kam später, aber schlau. Bauernschläue nennt man das heute. Und ich war fest entschlossen, das Beste aus diesem wunderbaren Krieg zu machen, den Gott mir geschickt hatte. Ich verbrachte zwei oder drei Monate in Paris, kurz vor der Besetzung, dann verschwand ich, solange es möglich war. Später ging ich in den Süden, genoss Italien, das Mittelmeer. Ich hatte kein festes Ziel. Und je schlimmer der Krieg wurde, desto besser wurde es für mich. Die Verzweiflung anderer Menschen machte mich zum reichen Mann.

Selbstverständlich gab ich das Geld mit vollen Händen aus. Ich behielt meine Einkünfte nie länger als ein paar Monate. Wenn ich an die Bilder denke, an die *objets d'art,* die durch meine Hände gingen, die Kriegsbeute. Ich wusste nicht, dass ich einen Raffael bespritzte, wenn ich in den Eimer pisste. Ich kaufte und verkaufte derlei Dinge in ganzen Wagenladungen.

Gegen Ende des Krieges ging ich nach Norden, nach Polen. Um die Deutschen stand es schlecht; sie wussten, dass das Ende unaufhaltsam war, und ich dachte, ich könnte ein paar gute Geschäfte machen. Schließlich – eigentlich war es ein Irrtum – landete ich in Warschau. Als ich dorthin kam, war praktisch nichts mehr zu holen. Was die Russen nicht dem Erdboden gleichgemacht hatten, das hatten die Nazis erledigt. Ich befand mich in einer Wüste, von einem Ende der Stadt zum anderen.« Er seufzte und verzog das Gesicht in dem Bemühen, die angemessenen Worte zu finden. »Sie können sich das nicht vorstellen«, sagte er. »Es war eine große Stadt gewesen. Und jetzt? Wie kann ich es Ihnen begreiflich machen? Sie müssten es durch meine Augen sehen, sonst ergibt nichts von alledem einen Sinn.«

»Ich versuche es«, sagte Marty.

»Sie leben in *sich selbst*«, fuhr Whitehead fort, »so wie ich in *mir selbst* lebe. Wir haben ausgeprägte Vorstellungen davon, was wir sind. Darum schätzen wir uns selbst; aufgrund dessen, was einzigartig in uns ist. Können Sie dem folgen, was ich sage?«

Marty nahm zu sehr Anteil, um zu lügen. Er schüttelte den Kopf. »Nein; eigentlich nicht.«

»Das *Istsein* der Dinge, darauf will ich hinaus. Die Tatsache, dass jedes Ding auf der Welt ganz spezifisch *es selbst* ist. Wir zelebrieren die Individualität der Erscheinung, und ich denke, wir gehen davon aus, dass ein Teil dieser Individualität ewig weiterbesteht, und sei es nur in der Erinnerung der Menschen, die sie erlebt haben. Deshalb habe ich Evangelines Sammlung so sehr geschätzt, weil mich das *spezielle* Ding so entzückt. Die Vase, die wie keine andere ist, der mit besonderer Kunstfertigkeit gewobene Teppich.«

Und dann waren sie unvermittelt wieder in Warschau.

»Es hat dort solche Reichtümer gegeben, wissen Sie. Herrliche Häuser; wunderbare Kirchen; großartige Gemäldesammlungen. So vieles. Aber als ich ankam, war alles dahin, zu Staub zerfallen. Überall, wohin man trat, war es dasselbe: grauer Schlamm. Er setzte sich an den Stiefeln fest, sein Staub schwebte in der Luft und reizte die Kehle. Wenn man sich schnäuzte, dann war der Rotz grau, beim Scheißen dasselbe. Und wenn man sich diesen Dreck genau ansah, dann erkannte man, dass es nicht nur Schmutz war; es war Fleisch, es war Asche, Porzellanbruchstücke, Zeitungen. Alles in Warschau war in diesem Schlamm. Die Häuser, die Einwohner, die Kunstwerke, die Geschichte: alles zu etwas verkommen, das man sich von den Stiefeln abkratzen musste.«

Whitehead war in sich zusammengesunken. Nun sah man ihm seine siebzig Jahre an: ein alter Mann, der sich in seinen Erinnerungen verloren hatte. Sein Gesicht war verkniffen, die Hände zu Fäusten geballt. Er war älter, als Martys Vater jetzt gewesen wäre, hätte er seinen Herzanfall überlebt. Aber sein Vater wäre nie imstande gewesen, so zu sprechen. Ihm hatte die Gabe der Artikulation gefehlt, und, dachte Marty, die Tiefe des Leids. Whitehead litt Höllenqualen. Die Erinnerung an Unrat. Mehr noch, die *Erwartung* von noch mehr Unrat.

Als er an seinen Vater dachte, an die Vergangenheit, fand Marty eine Erinnerung, die Licht ins Dunkel von Whiteheads Reminiszenzen brachte. Er war ein Junge von fünf oder sechs Jahren gewesen, als eine Frau, die drei oder vier Türen weiter wohnte, gestorben war. Sie hatte offenbar keine Verwandten, jedenfalls keine, denen genügend an ihr gelegen gewesen wäre, ihre wenigen Besitztümer aus dem Haus abzuholen. Die Stadtverwaltung hatte daraufhin ihre Habseligkeiten für sich beansprucht und ausräumen lassen, die Möbel wurden zur Versteigerung gebracht. Am darauf folgenden Tag hatten Marty und seine Spielkameraden einen Teil ihres Besitzes auf einer Müllkippe hinter der Häuserzeile gefunden. Die Arbeiter, die unter Zeitdruck standen, hatten einfach alle Schubladen mit wertlosen persönlichen Sachen ausgeleert und dort zurückgelassen. Bündel uralter Briefe, grob mit verblichener Schnur zusammengebunden; ein Fotoalbum (in dem sie zahllose Male zu sehen war: als kleines Mädchen; als Braut; als Vettel in mittleren Jahren, immer ein wenig kleiner, weil sie im Laufe der Jahre austrocknete); viel wertloser Plunder, Siegellack, Füllfederhalter ohne Tinte, ein Brieföffner. Die Jungs waren wie Hyänen über diesen Stapel hergefallen und hatten nach etwas Brauchbarem gesucht. Da sie nichts fanden, verstreuten sie die gefundenen Briefe auf der Straße; sie leerten das Album und lachten sich krank über die albernen Fotos, doch irgendein Aberglaube hielt sie davon ab, auch diese zu zerreißen. Was auch gar nicht nötig war. Die Elemente vernichteten sie in Kürze viel effektiver, als sie es jemals hätten tun können.

Nach einer Woche mit Regen und Nachtfrost waren die Gesichter auf den Fotos verblichen und schließlich vollkommen erodiert. Die möglicherweise letzten Porträts lange toter Menschen wurden auf der Straße zu Schlamm, und Marty, der täglich durch die Straßen ging, verfolgte ihre allmähliche Auslöschung; er hatte gesehen, wie der Regen die Tinte auf den Briefen abwusch, bis die Erinnerungen der alten Frau ebenso verschwunden waren wie ihr Leib. Hätte man die Urne, welche ihre Asche enthielt, auf die niedergetrampelten Überreste ihrer Besitztümer gestreut, wären beide ununterscheidbar gewesen: beide grauer Schmutz, ihre ursprüngliche Bedeutung völlig verloren. Schmutz behielt die Oberhand. An das alles erinnerte Marty sich nebulös. Es war nicht so, dass er die Briefe vor sich sah, den Regen, die Jungs – vielmehr ein Neuerleben der Gefühle, welche die damaligen Ereignisse in ihm erweckt hatten: das verschüttete Wissen, dass die Geschehnisse damals auf der Straße unerträglich quälend gewesen waren. Nun vermengten seine Erinnerungen sich mit denen Whiteheads. Alles, was der alte Mann über Schlamm gesagt hatte, über das Sein der Dinge, ergab nun einen Sinn.

»Ich verstehe«, murmelte er.

Whitehead sah zu Marty auf.

»Vielleicht«, sagte er, um dann fortzufahren:

»Ich war damals ein Spieler, viel mehr als heute. Das weckt der Krieg in einem, denke ich. Man hört dauernd irgendwelche Geschichten; wie ein Mann dem Tod entronnen ist, nur weil er nieste, oder wie er aus demselben Grund starb. Geschichten gütiger Vorsehung oder fatalen Pechs. Und nach einer Weile betrachtet man die Welt ein wenig anders. Man sieht überall den Zufall am Werk, man wird empfänglicher für seine Geschehnisse. Und natürlich für seine Kehrseite, den Determinismus. Denn, es gibt Männer, die selbst ihres Glückes Schmied sind. Männer, die den Zufall *formen* können wie Ton, glauben Sie mir. Sie selbst haben von einem Gefühl des Kribbelns in den Händen gesprochen. Als könne man heute, was immer man tut, überhaupt nicht verlieren.«

»Ja.« Diese Unterhaltung schien ein Zeitalter entfernt zu sein, Frühgeschichte.

»Nun, während ich in Warschau war, hörte ich von einem Mann, der niemals ein einziges Spiel verlor. Ein Kartenspieler.«

»Niemals verlor?«, fragte Marty ungläubig.

»Ja, ich war ebenso zynisch wie Sie. Ich nahm die Geschichte, die ich hörte, als Legende, wenigstens für eine Weile. Aber wo immer ich hinkam, erzählten die Leute mir von ihm. Ich wurde neugierig, beschloss sogar, in der Stadt zu bleiben, obwohl es verdammt wenig gab, was mich dort halten konnte. Ich wollte diesen Wundermann selbst kennen lernen.«

»Gegen wen spielte er?«

»Offensichtlich gegen jeden. Manche sagten, er sei in den letzten Tagen vor dem Einmarsch der Russen da gewesen und habe gegen die Nazis gespielt, und als die Rote Armee die Stadt besetzte, blieb er.«

»Weshalb spielte er mitten im Niemandsland? Dort kann doch unmöglich viel Geld im Umlauf gewesen sein?«

»Praktisch keins. Die Russen setzten ihre Rationen, ihre Stiefel.«

»Also: Warum?«

»Das faszinierte mich ja eben. Ich konnte es auch nicht verstehen. Und ich glaubte auch nicht, dass er jedes Spiel gewann, sollte er ein noch so guter Kartenspieler sein.«

»Ich verstehe nicht, wie er Leute fand, die mit ihm spielen wollten.«

»Weil es immer welche gibt, die glauben, dass sie den Champion stürzen können. Ich war einer von ihnen. Ich suchte nach ihm, weil ich die Geschichten um ihn als falsch entlarven wollte. Sie sprachen gegen meinen Sinn für die Realität, wenn Sie so wollen. Ich verbrachte jede wache Stunde am Tag damit, die Stadt nach ihm zu durchsuchen.

Schließlich fand ich einen Soldaten, der gegen ihn gespielt hatte, und natürlich hatte er verloren. Leutnant Konstantin Wassiliew.«

»Und der Kartenspieler ... wie hieß er?«

»Ich denke, das wissen Sie«, antwortete Whitehead.

»Ja«, entgegnete Marty nach einigen Augenblicken. »Ja. Wissen Sie, ich habe ihn gesehen. In Bills Club.«

»Wann war das?«

»Als ich mir den Anzug kaufte. Sie hatten mir aufgetragen, das übrige Geld zu verspielen.«

»Mamoulian war in der ›Academy‹? Hat er gespielt?«

»Nein. Anscheinend tut er das niemals.«

»Ich versuchte, ihn zum Spielen zu bewegen, als er das letzte Mal hier war, aber er ließ sich nicht darauf ein.«

»Und in Warschau? Dort haben Sie mit ihm gespielt?«

»O ja. Darauf hatte er gewartet, das ist mir jetzt klar. Ich hatte mir all die Jahre eingebildet, ich sei verantwortlich gewesen, wissen Sie? Dass ich zu ihm gekommen war, dass ich aus eigenem Antrieb gewonnen hatte ...«

»Sie haben gewonnen!«, rief Marty aus.

»Natürlich habe ich gewonnen. Aber er ließ mich gewinnen, es war seine Methode, mich zu verführen, und sie hat funktioniert. Natürlich ließ er es schwer aussehen, um der Illusion ein gewisses Gesicht zu verleihen, aber ich war so von mir selbst überzeugt, dass ich niemals auch nur in Erwägung zog, er könnte das Spiel freiwillig verloren haben. Ich meine, er hatte doch keinen Grund, so etwas zu tun, oder doch? Ich konnte keinen sehen. Damals nicht.«

»Warum ließ er Sie gewinnen?«

»Ich sagte es doch: Verführung.«

»Sie meinen, er wollte Sie im Bett haben?«

Whitehead zuckte kaum merklich mit den Achseln. »Schon möglich, ja.« Der Gedanke schien ihn zu amüsieren, Eitelkeit erblühte auf seinem Gesicht. »Ja, ich glaube, ich war wahrscheinlich eine Versuchung.« Dann verblasste das Lächeln. »Aber Sex ist nichts, nicht wahr? Ich meine, wenn es um Besitz geht, ist es abgedroschen, jemanden zu ficken. Was er von mir wollte, das ging wesentlich tiefer und sollte dauerhafter sein als jeder körperliche Akt.«

»Haben Sie immer gewonnen, wenn Sie gegen ihn spielten?«

»Ich habe nie wieder gegen ihn gespielt, das war das erste und einzige Mal. Ich weiß, das klingt unwahrscheinlich. Er war ein Spieler, und ich ebenfalls. Aber die Karten als Spiel, um Geld zu bekommen, interessierten ihn nicht.«

»Es war ein Test.«

»Ja. Um herauszufinden, ob ich seiner wert sei. Geeignet, ein Imperium aufzubauen. Nach dem Krieg, als sie anfingen, Europa neu aufzubauen, pflegte er zu sagen, dass es gar keine *echten* Europäer mehr gibt – sie waren alle durch den einen oder anderen Holocaust ausgerottet worden –, und er sei der Letzte seines Stammes. Ich glaubte ihm. Seinem Gerede von Imperien und Traditionen! Es schmeichelte mir, dass er mich umwarb. Er war kultivierter, überzeugender, beharrlicher als jeder andere Mann, dem ich bis dahin begegnet war oder seitdem begegnet bin.« Whitehead, hypnotisiert von der eigenen Erinnerung, verlor sich in seinen Träumen. »Heute ist selbstverständlich nur noch die Hülle übrig. Sie können sich nicht wirklich vorstellen, was für einen Eindruck er damals machte. Es gab nichts, was er nicht hätte tun oder sein können, wenn er es sich in den Kopf setzte. Aber als ich zu ihm sagte: Warum geben Sie sich mit meinesgleichen ab, warum gehen Sie nicht in die Politik, ein Gebiet, wo Sie direkt Macht erringen können? – da sah er mich an und sagte: ›Das ist alles schon geschehen.‹ Anfangs dachte ich, er meinte damit, diese Leben wären vorhersehbar. Aber heute bin ich der Überzeugung, dass er etwas anderes damit meinte. Ich glaube, er wollte mir sagen, dass er in diesen Menschen gelebt hat, diese Dinge *getan* hat.«

»Wie ist das nur möglich? Wie soll *ein* Mann das zuwege bringen?«

»Ich weiß nicht. Das sind alles Vermutungen, von Anfang an. Und nach vierzig Jahren sitze ich immer noch hier und muss mich mit Gerüchten zufrieden geben.«

Er stand auf. Seinem Gesichtsausdruck war zu entnehmen, dass das Sitzen seine Gelenke hatte steif werden lassen. Als er stand, lehnte er sich an die Wand, hob den Kopf und sah zur Decke hinauf.

»Er hatte eine große Liebe. Eine allumfassende Leidenschaft. Zufall. Davon war er besessen. ›Alles im Leben ist Zufall‹, pflegte er zu sagen, ›der Trick besteht darin, wie man ihn sich nutzbar machen kann.‹«

»Und Sie haben das alles verstanden?«

»Es dauerte seine Zeit, aber über einen bestimmten Zeitraum hinweg konnte ich seine Leidenschaft teilen, ja. Nicht aus intellektuellem Interesse, davon hatte ich nie viel, sondern weil ich wusste, dass sich damit Macht erringen ließ. Wenn man die Vorsehung für sich arbeiten lassen kann …«, er sah auf Marty herab, »wenn man ihr *System* herausfindet, wenn Sie so wollen, dann gehört einem die Welt.« Die Stimme wurde bitter. »Ich meine, sehen Sie mich an. Sehen Sie, wie prächtig es mir ergangen ist …« Er stieß ein kurzes, verbittertes Lachen aus. »… er hat mich betrogen«, sagte er und kehrte zum Ausgang ihrer Unterhaltung zurück. »Er hat sich nicht an die Regeln gehalten.«

»Dies sollte das Letzte Abendmahl werden«, sagte Marty. »Habe ich Recht? Sie wollten ihm entkommen, bevor er Sie holt.«

»In gewisser Weise.«

»Wie?«

Whitehead antwortete nicht. Stattdessen setzte er die Unterhaltung dort fort, wo er sie unterbrochen hatte.

»Er hat mir so vieles beigebracht. Nach dem Krieg reisten wir eine Weile herum und machten ein kleines Vermögen. Ich mit meinen Fähigkeiten, er mit seinen. Dann kamen wir nach England, und ich ging in die Chemie.«

»Und Sie wurden reich.«

»Reicher, als Krösus es sich jemals hätte träumen lassen.

Es dauerte ein paar Jahre, aber das Geld kam, und die Macht kam.«

»Mit seiner Hilfe.«

Whitehead runzelte die Stirn angesichts dieser unangenehmen Erinnerung. »Ich wendete seine Prinzipien an, ja«, antwortete er. »Aber *er* wurde ebenso wohlhabend dabei wie ich. Ihm gehörte mein Haus, meine Freunde. Sogar meine Frau.«

Marty wollte etwas sagen, doch Whitehead ließ ihn nicht zu Wort kommen.

»Habe ich Ihnen von dem Leutnant erzählt?«

»Sie haben ihn erwähnt. Wassiliew.«

»Er ist gestorben, habe ich *das* auch gesagt?«

»Nein.«

»Er hat seine Schulden nicht bezahlt. Sein Leichnam wurde aus den Abwasserkloaken Warschaus gezogen.«

»Hat Mamoulian ihn getötet?«

»Nicht persönlich. Aber, ja, ich denke ...« Whitehead hielt inne und neigte lauschend den Kopf. »Haben Sie auch etwas gehört?«

»Was?«

»Nein. Schon gut. Meine Einbildung. Was habe ich gerade gesagt?«

»Der Leutnant.«

»Oh, ja, dieser Teil der Geschichte ... Ich weiß nicht, ob Ihnen das alles viel bedeutet, aber ich muss es erzählen, sonst ergibt der Rest wenig Sinn. Sehen Sie, die Nacht, in der ich Mamoulian fand, war unglaublich. Es ist wirklich unmöglich, das näher zu beschreiben. Sie wissen, wie die Sonne die Ränder der Wolken erleuchten kann; sie wirkten aufgeblüht und hatten die Farbe der Liebe angenommen. Und ich war so von mir überzeugt, so fest, dass nichts mir jemals ein Leid zufügen könnte.« Er verstummte und leckte sich die Lippen, bevor er fortfuhr. »Ich war ein Dummkopf.« Selbstverachtung ließ ihn diese Worte aussprechen. »Ich streifte durch die Ruinen – überall der Gestank von

Verwesung, Schlamm unter meinen Füßen –, aber *es machte mir nichts aus*, weil es nicht *meine* Ruinen waren, meine Verwesung. Ich dachte, ich würde über alledem stehen, besonders in jener Nacht. Ich fühlte mich wie der Sieger, denn *ich* war am Leben, und die anderen waren tot.« Der Wortschwall versiegte für einen Augenblick. Als er weitersprach, tat er es so leise, dass es fast den Ohren wehtat, ihm zuzuhören. »Was wusste ich schon? Überhaupt nichts.« Er verbarg das Gesicht in den zitternden Händen und sagte leise: »Herrgott.«

In dem Schweigen, das nun folgte, glaubte Marty, draußen vor der Tür etwas zu hören: eine Bewegung auf dem Flur. Aber das Geräusch war so leise, dass er nicht sicher sein konnte, und die Atmosphäre in dem Raum erforderte seine ganze Aufmerksamkeit. Wenn er sich jetzt bewegte, wenn er etwas sagte, würde das die Beichte verderben, und Marty, der gefesselt war wie ein Kind von einem meisterlichen Geschichtenerzähler, wollte unbedingt das Ende dieser Erzählung hören; das schien ihm im Augenblick wichtiger als alles andere zu sein.

Whitehead verbarg das Gesicht in den Händen und bemühte sich, Tränen zurückzuhalten. Nach einigen Augenblicken griff er den Faden der Geschichte wieder auf, behutsam, als fürchte er, es könne seinen Tod bedeuten.

»Ich habe nie mit jemandem darüber gesprochen. Ich dachte mir, wenn ich eisern schweigen würde – wenn ich es ebenfalls zur Legende werden lassen würde –, dann würde es früher oder später verschwinden.«

Draußen im Flur wurde erneut ein Geräusch laut, ein Heulen, wie Wind durch die schmale Öffnung. Und dann ein Kratzen an der Tür. Whitehead hörte es nicht. Er war wieder in Warschau, in einem Haus mit einem Feuer und einer Treppe und einem Zimmer mit einem Tisch und einer tanzenden Kerzenflamme. Dem Zimmer nicht unähnlich, in welchem sie sich jetzt befanden, nur roch es hier nicht nach Rauch, sondern nach saurem Wein.

»Ich erinnere mich«, sagte er, »als das Spiel vorüber war, stand Mamoulian auf und schüttelte mir die Hände. Seine waren kalt. Eiskalt. Dann ging die Tür hinter mir auf. Ich drehte mich ein wenig um. Es war Wassiliew.«

»Der Leutnant?«

»Grässlich verbrannt.«

»Er hatte also überlebt«, stieß Marty hervor.

»Nein«, lautete die Antwort. »Er war tot.«

Marty überlegte, ob ihm etwas in der Geschichte entgangen war, das diese absurde Behauptung untermauern konnte. Aber nein; der Irrsinn wurde als unumstößliche Wahrheit präsentiert. »Mamoulian war dafür verantwortlich«, fuhr Whitehead fort. Er zitterte, aber der Tränenstrom war versiegt, weggebrannt vom Feuer der Erinnerung. »Sehen Sie, er hatte den Leutnant von den Toten auferstehen lassen. Wie Lazarus. Ich nehme an, er brauchte Diener.«

Nachdem er verstummt war, begann das Kratzen an der Tür erneut, jemand verlangte unmissverständlich Einlass. Diesmal hörte Whitehead es auch. Seine momentane Schwäche war völlig verflogen. Er hob ruckartig den Kopf. »Nicht antworten«, befahl er.

»Warum nicht?«

»Er ist es«, sagte er mit wildem Blick.

»Nein. Der Europäer ist fort. Ich habe selbst gesehen, wie er gegangen ist.«

»Nicht der Europäer«, erwiderte Whitehead. »Es ist der Leutnant. *Wassiliew.*«

Marty sah ihn ungläubig an. »Nein«, sagte er.

»Sie wissen nicht, was Mamoulian alles vollbringen kann.«

»Sie machen sich lächerlich!«

Marty stand auf und ging zwischen den Glasscherben hindurch. Hinter sich hörte er, wie Whitehead nochmals »Nein« sagte, aber er drückte die Klinke nieder und öffnete die Tür. Flackerndes Kerzenlicht erhellte den Besucher.

Es war Bella, die Madonna der Zwinger. Sie stand unsicher auf der Schwelle, ihre Augen, was noch davon übrig war, waren reumütig auf Marty gerichtet, ihre Zunge war ein madenzerfressenes Etwas, das ihr aus dem Maul hing, als habe sie keine Kraft mehr, sie zurückzuziehen. Von irgendwo aus der Grube ihres Magens produzierte sie ein dünnes Wimmern, das Winseln eines Hundes, der menschliche Gesellschaft sucht.

Marty wich taumelnd von der Tür zurück.

»Er ist es doch nicht«, sagte Whitehead lächelnd.

»Schon gut, Martin. Er ist es nicht.«

»Schließen Sie die Tür!«, rief Marty, der außerstande war, es selbst zu tun. Bellas Augen, ihr Gestank hielten ihn auf Distanz.

»Sie wird niemandem etwas tun. Manchmal kam sie hier herauf, um sich Leckereien zu holen. Sie war die einzige von ihnen, der ich vertraute. Widerliche Rasse.«

Whitehead stieß sich von der Wand ab und ging zur Tür, wobei er zerbrochene Flaschen vor sich herkickte. Bella blickte auf, während er sich näherte, und ihr Schwanz begann zu wedeln. Marty wandte sich angewidert ab, sein Verstand suchte verzweifelt nach einer normalen Erklärung, aber es gab keine. Die Hündin war tot gewesen, er hatte sie selbst in den Plastiksack verpackt und begraben. Es stand außer Frage.

Whitehead betrachtete Bella über die Schwelle hinweg.

»Nein, du kannst nicht hereinkommen«, sagte er zu ihr, als sei sie ein lebendes Wesen.

»Schicken Sie sie fort«, verlangte Marty.

»Sie ist einsam«, sagte der alte Mann und schalt ihn seines mangelnden Mitgefühls wegen. Marty überlegte, ob Whitehead den Verstand verloren haben konnte. »Ich glaube einfach nicht, dass das geschieht«, sagte er.

»Hunde sind eine Kleinigkeit für ihn, glauben Sie mir.«

Marty erinnerte sich, dass er Mamoulian im Wald hatte stehen sehen, wie er auf den Boden starrte. Einen Grabschaufler hatte er nicht gesehen, weil keiner da gewesen war! Sie hatten sich selbst exhumiert; sie wanden sich aus ihren Plastiksäcken und gruben sich einen Weg nach oben.

»Mit Hunden ist es einfach«, sagte Whitehead. »Nicht, Bella? Sie sind abgerichtet zu gehorchen.«

Sie schnüffelte an sich selbst; nun, da sie Whitehead gesehen hatte, war sie offenbar zufrieden. Ihr Gott saß immer noch im Himmel, und mit der Welt war alles in Ordnung. Der alte Mann ließ die Tür offen und wandte sich an Marty.

»Kein Grund, sich zu fürchten«, sagte er. »Sie wird keinem von uns etwas tun.«

»Hat er sie zum Haus geführt?«

»Ja, um meine Party platzen zu lassen. Reine Gehässigkeit. Er wollte mich nur daran erinnern, was er alles bewerkstelligen kann.«

Marty beugte sich hinab und rückte einen anderen Stuhl zurecht. Er zitterte dabei so heftig, dass er befürchtete zusammenzubrechen, wenn er sich nicht umgehend hinsetzte.

»Mit dem Leutnant war es schlimmer, weil er nicht gehorchte, so wie Bella. Er wusste, was man ihm angetan hatte, war eine Gräueltat, und daher war er wütend.«

Bella war hungrig aufgewacht. Daher war sie zu dem Zimmer heraufgekommen, an das sie die angenehmste Erinnerung hatte; ein Ort, wo ein Mann, der die beste Stelle kannte, sie hinter den Ohren zu kraulen, ihr Leckerbissen von seinem Teller fütterte und ihr zärtliche Worte sagte. Aber heute Nacht stellte sie fest, dass alles verändert war. Der Mann war seltsam zu ihr, seine Stimme zitterte, und es war noch jemand im Zimmer, an dessen Geruch sie sich vage erinnerte, den sie aber nicht eindeutig identifizieren konnte. Sie war *immer noch* hungrig, nagender Hunger, und ganz in ihrer Nähe nahm sie einen herrlichen Geruch wahr. Von Fleisch, das in der Erde gewesen war, wie sie es so gern mochte, noch am Knochen, aber bereits halb in Verwesung übergegangen. Sie schnupperte fast blind herum, und als sie den Ursprung des Geruchs gefunden hatte, begann sie zu fressen.

»Kein schöner Anblick.«

Sie verschlang ihren eigenen Körper, riss zähe, graue Stücke aus den verwesten Muskeln ihrer Hinterbeine. Whitehead sah ihr zu, wie sie an sich selbst fraß. Seine Passivität angesichts dieses neuen Grauens brachte Marty aus der Fassung.

»Lassen Sie das nicht zu!« Er stieß den alten Mann beiseite.

»Aber sie ist hungrig«, sagte er, als wäre das Grauen der natürlichste Anblick der Welt.

Marty nahm den Stuhl, auf dem er gesessen hatte, und schleuderte ihn gegen die Wand. Er war schwer, aber seine Muskeln schmerzten, und die Gewalttat war ein willkommenes Ventil. Der Stuhl zerbrach.

Die Hündin sah von ihrer Mahlzeit auf; das Fleisch, das sie schluckte, fiel aus ihrer aufgeschlitzten Kehle wieder heraus.

»Zu viel«, sagte Marty, ergriff ein Stuhlbein und durchquerte das Zimmer, noch bevor Bella erkannte, was er vorhatte. Im letzten Augenblick schien sie zu begreifen, dass er ihr Leid zufügen wollte, und sie versuchte, auf die Beine zu kommen. Aber eines ihrer Hinterbeine, das sie fast durchgebissen hatte, trug ihr Gewicht nicht mehr, und so strauchelte sie mit entblößten Zähnen, als Marty seine behelfsmäßige Waffe auf sie niedersausen ließ. Die Wucht des Schlages zertrümmerte ihren Schädel. Das Knurren hörte auf. Der Leib wich zurück und schleppte den zerschmetterten Kopf an einem Strang des Nackens mit sich, der Schwanz war ängstlich zwischen die Hinterbeine geklemmt.

Marty wartete und hoffte bei Gott, er würde nicht ein zweites Mal zuschlagen müssen. Während er zusah, schien der Körper in sich zusammenzufallen. Die aufgeblähte Brust, die Überreste des Kopfes, die Organe, die in der Gruft des Torsos hingen, alles wurde zu einer undefinierbaren Masse. Er schloss die Tür und warf die blutige Waffe weg.

Whitehead war durch das Zimmer geflüchtet. Sein Gesicht war so grau wie Bellas Körper.

»Wie hat er das gemacht?«, fragte Marty. »*Wie* ist so etwas möglich?«

»Er besitzt Macht«, verkündete Whitehead. Anscheinend war das alles. »Er kann Leben stehlen und er kann es geben.«

Marty grub in seiner Tasche nach dem Stofftaschentuch, das er speziell für diese Nacht der Gaumen- und sonstigen Freuden gekauft hatte. Er schüttelte es aus und wischte sich das Gesicht ab. Als er das Taschentuch wegzog, sah er Flecken der Fäulnis darauf. Er fühlte sich so leer wie der Sack auf dem Flur draußen. »Sie fragten mich einst, ob ich an die Hölle glaube«, sagte er. »Erinnern Sie sich noch?«

»Ja.«

»Glauben Sie, dass Mamoulian das ist? Etwas ...«, er wollte lachen, »... aus der Hölle?«

»Ich habe an diese Möglichkeit gedacht. Aber ich glaube von Natur aus nicht an das Übernatürliche. Himmel und Hölle. Und alles, was dazugehört. Meine Natur sträubt sich dagegen.«

»Wenn kein Teufel: was dann?«

»Das ist nicht so wichtig.«

Marty wischte sich den Schweiß von den Handflächen an den Hosenbeinen ab. Er fühlte sich durch diese Obszönität besudelt. Es würde lange dauern, dieses Grauen abzuwaschen, wenn er das überhaupt je konnte. Er hatte den Fehler gemacht, zu tief zu graben, und die Geschichte, die er gehört hatte – sie, und der Hund vor der Tür –, waren die Folge.

»Sie sehen elend aus«, stellte Whitehead fest.

»Ich hätte mir nie träumen lassen ...«

»Was? Dass die Toten aufstehen und wandeln können? O Marty, trotz Ihrer Proteste hielt ich Sie für einen Christen.«

»Ich steige aus«, sagte Marty. »Wir beide.«

»*Beide?*«

»Carys und ich. Wir gehen fort. Von ihm. Von Ihnen.«

»Armer Marty. Sie sind begriffsstutziger, als ich gedacht habe. Sie werden sie nie wiedersehen.«

»Warum?«

»Weil sie bei *ihm* ist, verdammt! Ist Ihnen der Gedanke nie gekommen? *Sie ging mit ihm!*« Das also war die Erklärung für ihren unerwarteten Verschwinde-Trick. »Freiwillig natürlich.«

»Nein.«

»O doch, Marty. Er hatte von Anfang an einen Anspruch auf sie, denn er wiegte sie in den Armen, als sie noch ein Baby war. Wer weiß, welchen Einfluss er hat? Ich habe sie natürlich zurückgewonnen, für eine Weile.« Er seufzte. »Ich brachte sie dazu, dass sie mich liebte.«

»Sie wollte fort von Ihnen.«

»Niemals. Sie ist *meine* Tochter, Strauss. Sie kann ebenso gut beeinflussen wie ich. Alles zwischen Ihnen und ihr war nichts weiter als eine Affäre zu ihrem Nutzen.«

»Sie Dreckskerl.«

»Das mag sein, Marty. Ich bin ein Monster; in dem Punkt gebe ich Ihnen Recht.« Er warf die Arme hoch und kehrte die Handflächen nach außen; unschuldig an allem, abgesehen von der Schuld.

»Ich dachte, sie hätte gesagt, sie liebt Sie. Dennoch ging sie mit ihm.«

»Ich sagte doch: Sie ist meine Tochter. Sie denkt ebenso wie ich. Sie ging mit ihm, um zu lernen, wie sie ihre Kräfte anwenden kann. Ich habe dasselbe getan, erinnern Sie sich?«

Dieses Argument schien sinnvoll, selbst aus dem Mund einer Kreatur wie Whitehead. Hatte in ihren seltsamen Gesprächen nicht stets Missfallen an Marty und dem alten Mann gleichermaßen mitgeklungen, Missfallen angesichts beider Unvermögen, aus ihr schlau zu werden? Wenn sie die Gelegenheit bekam, würde Carys nicht mit dem Teufel tanzen gehen, falls sie der Meinung war, sie würde dadurch mehr von sich selbst verstehen lernen?

»Machen Sie sich ihretwegen keine Gedanken«, sagte Whitehead. »Vergessen Sie sie; sie ist fort.«

Marty versuchte, das Bild ihres Gesichts im Gedächtnis zu behalten, aber es verblasste. Plötzlich war er sehr müde und bis auf die Knochen erschöpft.

»Ruhen Sie sich etwas aus, Marty. Die Hure können wir morgen gemeinsam begraben.«

»Damit will ich nichts zu tun haben.«

»Habe ich Ihnen nicht einmal gesagt, wenn Sie bei mir blieben, gebe es keinen Ort, zu dem ich Sie nicht bringen könnte? Das trifft jetzt mehr denn je zu. Sie wissen, dass Toy tot ist?«

»Wann? Wie?«

»Ich habe mich nicht nach den Einzelheiten erkundigt. Wesentlich ist, er ist dahin. Nur Sie und ich sind übrig.«

»Sie haben einen Narren aus mir gemacht.«

Whiteheads Gesicht war eine Maske der Überzeugungskraft. »Ein Irrtum des Geschmacks«, sagte er. »Verzeihen Sie mir.«

»Zu spät.«

»Ich möchte nicht, dass Sie mich verlassen, Marty. *Ich werde nicht zulassen, dass Sie mich verlassen!* Hören Sie?« Er stach einen Finger in die Luft. »Sie kamen hierher, um mir zu helfen! Und was haben Sie getan? Nichts! *Nichts!*«

Aus Überredungsversuchen waren innerhalb von Sekunden Beschuldigungen der Untreue geworden. Dann Tränen, im nächsten Augenblick Flüche, und hinter allem dasselbe Entsetzen, allein gelassen zu werden.

Marty sah zu, wie sich die Hände des alten Mannes zu Fäusten ballten und wieder öffneten.

»Bitte …«, flehte Whitehead. »Verlassen Sie mich nicht.«

»Ich möchte, dass Sie Ihre Geschichte zu Ende erzählen.«

»Guter Junge.«

»Alles, verstehen Sie? Alles.«

»Was gibt es da noch zu erzählen?«, fragte Whitehead. »Ich wurde reich. Ich operierte in einem der am schnellsten expandierenden Nachkriegsmärkte: Pharmazie. Innerhalb eines halben Jahrzehnts verkehrte ich mit den Herren der Welt.« Er lächelte in sich hinein. »Mehr noch, ich habe mein gesamtes Vermögen fast ausschließlich legal erworben. Anders als viele andere habe ich stets nach den Regeln gespielt.«

»Und Mamoulian? Hat er Ihnen geholfen?«

»Er lehrte mich, mir um moralische Fragen keinerlei Kopfzerbrechen zu machen.«

»Und was wollte er als Gegenleistung?«

Whitehead kniff die Augen zusammen. »Sie sind nicht dumm, was?«, sagte er bewundernd. »Sie können gekonnt Schmerzen bereiten, wenn es Ihnen in den Kram passt.«

»Das war eine logische Frage. Sie haben einen Handel mit ihm abgeschlossen.«

»Nein!«, unterbrach Whitehead ihn mit verzerrtem Gesicht. »Ich habe keinen Pakt mit ihm geschlossen, zumindest nicht so, wie Sie denken. Es gab bestenfalls so etwas wie ein ›Gentlemen's agreement‹, und selbst das ist schon lange her. Er hat von mir alles bekommen, was er je bekommen wird.«

»Und das wäre?«

»Er hat durch mich gelebt«, erklärte Whitehead.

»Bitte erklären Sie mir das«, bat Marty. »Ich verstehe es nicht.«

»Er wollte leben, wie jeder andere Mann auch. Er hatte Gelüste. Und die befriedigte er durch mich. Fragen Sie mich nicht, wie. Ich begreife es selbst nicht. Aber manchmal konnte ich ihn hinter meinen Augen spüren ...«

»Und das haben Sie zugelassen?«

»Anfangs wusste ich gar nicht, was er tat, denn ich musste mich auf andere Dinge konzentrieren. Ich wurde mit jeder Stunde reicher, schien es; ich hatte Häuser, Land, Kunst, Frauen. Es war nicht schwer gewesen, dass er immer da war, beobachtete, ein Parasitendasein führte. Dann, 1959, heiratete ich Evangeline. Wir hatten eine Hochzeit, die eines Königspaars würdig gewesen wäre. Die Zeitungen von hier bis Hongkong schrieben darüber. ›Reichtum und Einfluss heiratet Intelligenz und Schönheit: das ideale Paar.‹ Mein Glück kannte keine Grenzen, wirklich nicht.«

»Sie waren verliebt.«

»Es war unmöglich, Evangeline nicht zu lieben. Ich glaube …« Er klang selbst überrascht, während er das sagte, »… ich glaube, sie hat mich sogar auch geliebt.«

»Was hielt sie von Mamoulian?«

»Damit fing es an«, sagte er. »Sie verabscheute ihn vom ersten Augenblick an. Sie sagte, er sei zu puritanisch; in seiner Gegenwart fühle sie sich ständig schuldig. Und damit hatte sie Recht. Er hasste den Körper; seine Funktionen stießen ihn ab. Aber er konnte sich nicht davon befreien, und auch von seinen Gelüsten nicht. Das war eine Qual für ihn. Mit der Zeit wurde dieser Selbsthass immer ausgeprägter.«

»Wegen ihr?«

»Ich weiß nicht. Schon möglich. Nun, da ich zurückdenke, muss ich sagen, er *wollte* sie wahrscheinlich, so, wie er auch in der Vergangenheit Schönheiten gewollt hatte. Und sie verachtete ihn natürlich, von Anfang an. Und als sie die Hausherrin wurde, eskalierte dieser Nervenkrieg völlig. Schließlich befahl sie mir, ihn uns vom Hals zu schaffen. Das war kurz nach Carys' Geburt. Sie sagte, sie mochte es nicht, wenn er sich um das Kind kümmerte – was er gern zu tun schien. Sie wollte ihn einfach nicht im Haus haben. Ich kannte ihn mittlerweile zwei Jahrzehnte – er lebte in meinem Haus, hatte Anteil an meinem Leben –, und mir wurde plötzlich klar, dass ich nichts über ihn wusste. Er war immer noch der geheimnisvolle Kartenspieler, den ich in Warschau kennen gelernt hatte.«

»Haben Sie ihn je gefragt?«

»Was gefragt?«

»Wer er war? Woher er kam? Wie er seine Fähigkeiten erlangte?«

»O ja, das habe ich ihn gefragt. Und jedes Mal war die Antwort ein wenig anders als beim vorigen Mal.«

»Also hat er Sie belogen?«

»Auf unverschämte Weise. Ich glaube, es war eine Art Scherz: seine Vorstellung von einem Party-Gag, nie zweimal dieselbe Person zu sein. Als würde er gar nicht richtig existieren. Als sei der Mann namens *Mamoulian* eine Konstruktion, die etwas völlig anderes verbarg.«

»Was?«

Whitehead zuckte mit den Achseln. »Ich weiß nicht. Evangeline pflegte zu sagen: Er ist leer. Das fand sie übel an ihm. Nicht seine Anwesenheit im Haus machte ihr zu schaffen, es war seine *Abwesenheit,* sein Nicht-Sein. Und ich dachte mir, dass es Evangelines wegen vielleicht wirklich besser sei, ihn loszuwerden. Er hatte mir alle Lektionen beigebracht, die er mir beibringen konnte. Ich brauchte ihn nicht mehr.

Außerdem war er zu einer gesellschaftlichen Peinlichkeit geworden. Großer Gott, wenn ich heute zurückdenke, dann frage ich mich – frage ich mich wirklich –, wie wir uns so lange von ihm beherrschen lassen konnten. Er saß am Tisch, und man konnte den Bann der Depression spüren, den er über die Gäste legte. Und je älter er wurde, desto vergeblicher war all sein Gerede.

Nicht, dass er sichtbar gealtert wäre, das nicht. Er sieht heute kein Jahr älter aus als damals, als ich ihn kennen lernte.«

»Überhaupt keine Veränderung?«

»Körperlich nicht. Etwas aber hat sich wohl doch verändert. Heute hat er eine Aura der Niederlage um sich herum.«

»Ich hatte nicht den Eindruck, als sei er der Unterlegene.«

»Sie hätten ihn in seiner besten Zeit sehen sollen. Damals

war er furchteinflößend, glauben Sie mir. Die Menschen verstummten, wenn er zur Tür hereinkam. Er schien die Freude aus jedem herauszusaugen und sie auf der Stelle zu töten. Das ging so weit, dass Evangeline es nicht mehr ertragen konnte, im selben Zimmer mit ihm zu sein. Sie wurde paranoid und bildete sich ein, er plane, sie und ihr Kind zu töten. Sie ließ jemanden die ganze Nacht bei Carys sitzen, um zu gewährleisten, dass er sie nicht anrührte. Nun, da ich darüber nachdenke, fällt mir ein, dass sie es war, die mich dazu überredete, die Hunde anzuschaffen. Sie wusste, wie sehr er sie verabscheute.«

»Aber Sie haben ihrem Wunsch nicht Folge geleistet? Ich meine, Sie haben ihn nicht hinausgeworfen?«

»Oh, war mir bewusst, ich würde früher oder später handeln müssen; mir fehlte nur der Mumm, es zu tun. Dann fing er an, kleine Machtspielchen zu spielen, um zu beweisen, dass ich ihn immer noch brauchte. Das war ein taktischer Fehler. Die Attraktion eines hauseigenen Puritaners hatte sich längst verschlissen, und das sagte ich ihm. Ich sagte ihm, er würde sich grundlegend ändern oder verschwinden müssen. Natürlich weigerte er sich, aber das hatte ich gewusst. Ich suchte nur nach einer Entschuldigung, unsere Beziehung zu beenden, und die servierte er mir förmlich auf dem silbernen Tablett. Zurückblickend wird mir klar, dass er verdammt genau wusste, was ich tat. Wie dem auch sei, das Ende war, dass ich ihn hinauswarf. Nun, nicht ich persönlich. Toy hat das übernommen.«

»Toy arbeitete für Sie persönlich?«

»Selbstverständlich. Auch das war Evangelines Einfall gewesen. Sie sorgte sich immer so sehr um mich und schlug deshalb vor, dass ich mir einen Leibwächter nehmen sollte. Ich entschied mich für Toy. Er war Boxer gewesen, und er war so ehrlich, wie der Tag lang ist. Er hat sich nie von Mamoulian beeindrucken lassen und hatte auch nie die geringsten Skrupel, das auszusprechen, was er dachte. Als ich ihn bat, den Mann fortzuschaffen, tat er genau das. Ich kam eines Tages nach Hause, und der Kartenspieler war fort.

An diesem Tag konnte ich freier atmen. Es war, als hätte ich einen Mühlstein um den Nacken getragen und es selbst nicht gewusst. Plötzlich war er fort, und ich fühlte mich erleichtert.

Meine Befürchtungen, was Konsequenzen anbelangte, erwiesen sich als grundlos. Mein Vermögen wurde nicht geringer. Ich war ohne ihn so erfolgreich wie mit ihm, vielleicht sogar noch erfolgreicher. Ich gewann neues Selbstvertrauen.«

»Und Sie haben ihn nicht wieder gesehen?«

»O doch, ich sah ihn. Er kam zweimal zum Haus zurück, jedes Mal unangemeldet. Es schien, als sei es ihm nicht so gut ergangen. Ich weiß nicht, was es war, aber irgendwie hatte er seine magische Aura verloren. Als er zum ersten Mal zurückkam, war er so heruntergekommen, dass ich ihn kaum erkannte. Er sah krank aus und roch übel. Wären Sie ihm auf der Straße begegnet, Sie hätten die Seite gewechselt, um nicht in seine Nähe zu geraten. Ich konnte mir diese Verwandlung nicht erklären. Er wollte nicht einmal ins Haus kommen – nicht, dass ich ihn gelassen hätte –, er wollte nur Geld, das ich ihm gab, und dann ging er weg.«

»Und das war echt?«

»Was meinen Sie mit *echt*?«

»Der Auftritt als Bettler: der war echt, nicht? Ich meine, das war nicht auch so eine Geschichte …?«

Whitehead zog die Brauen hoch. »Daran habe ich in all den Jahren nicht gedacht. Ich hatte stets angenommen …« Er verstummte, dann fing er an einer anderen Stelle noch einmal von vorn an. »Wissen Sie, ich bin kein gebildeter Mensch, auch wenn es anders scheinen mag. Ich bin ein Dieb. Mein Vater war ein Dieb, und dessen Vater wahrscheinlich auch. Die ganze Kultur, mit der ich mich umgeben habe, ist Fassade. Dinge, die ich mir von anderen Menschen angeeignet habe. Ich habe mir guten Geschmack beigebracht, wenn Sie so wollen.

Aber nach ein paar Jahren fängt man an, seinem öffentlichen Bild zu glauben; man denkt, man sei *tatsächlich* gebildet, ein Mann von Welt. Man fängt an, sich der Instinkte zu schämen, die einen zu dem gemacht haben, denn sie sind Teil einer peinlichen Geschichte. Das war bei mir genauso. Ich verlor jeglichen Blick dafür, was ich war.

Nun, ich denke, es ist Zeit, dass der Dieb wieder das Sagen hat: Es wird Zeit, dass ich *seine* Augen benutze, *seine* Instinkte. Das haben Sie mir gezeigt, obwohl Sie es, weiß Gott, selbst nicht wussten.«

»Ich?«

»Wir sind uns ähnlich. Ist Ihnen das nicht klar? Beide Diebe. Beide Opfer.«

Das Selbstmitleid in Whiteheads Worten war zu viel. »Sie können mir nicht erzählen, dass Sie ein Opfer sind«, sagte Marty, »so, wie Sie gelebt haben.«

»Was wissen Sie schon von meinen Gefühlen?«, schnappte Whitehead zurück. »*Nehmen Sie nicht an,* verstanden? Glauben Sie nicht, Sie verstünden etwas, denn das tun Sie nicht! Er hat mir alles genommen, *alles*! Zuerst Evangeline, dann Toy, jetzt Carys. Sagen Sie mir nicht, ob ich gelitten habe oder nicht!«

»Was meinen Sie damit, er *nahm* Evangeline? Ich dachte, sie sei bei einem Unfall ums Leben gekommen.«

Whitehead schüttelte den Kopf. »Es gibt Grenzen für das, was ich Ihnen sagen kann«, sagte er. »Manches kann ich einfach nicht in Worte kleiden. Und werde es nie können.« Seine Stimme erstarb. Marty ließ das Thema fallen und ging weiter.

»Sie sagten, er kam zweimal zurück.«

»Das stimmt. Ein oder zwei Jahre nach seinem ersten Besuch kam er noch einmal. Evangeline war in dieser Nacht nicht zu Hause. Es war November. Toy ging zur Tür, daran erinnere ich mich, und obwohl ich Mamoulians Stimme nicht gehört hatte, wusste ich, dass er es war. Ich ging auf den Flur. Er stand im Licht der Veranda auf der obersten Stufe. Es nieselte. Ich sehe ihn heute noch vor mir, wie er mich ansah. »Bin ich willkommen?«, fragte er. Er stand einfach nur da und sagte: »Bin ich willkommen?«

Ich weiß nicht, warum, aber ich ließ ihn ein. Er schien in keiner schlechten Verfassung zu sein. Vielleicht dachte ich, er sei gekommen, um sich zu entschuldigen, ich weiß es nicht mehr. Damals hätte ich wieder Freundschaft mit ihm geschlossen, wenn er sie mir angeboten hätte. Nicht auf der alten Basis, aber vielleicht als Geschäftspartner. Ich ließ meine Barrieren fallen. Wir fingen an, von den alten Zeiten zu reden ...« Whitehead kaute die Erinnerungen für sich noch einmal durch und versuchte ihnen einen besseren Geschmack abzugewinnen, »... und dann sagte er mir, wie einsam er ist, wie sehr er meine Gesellschaft brauche. Ich sagte ihm, Warschau läge schon lange zurück. Ich sei ein verheirateter Mann, eine Säule der Gesellschaft, und ich wolle nicht, dass es anders würde. Er wurde feindselig, warf mir Undankbarkeit vor. Er sagte, ich hätte ihn betrogen, ich hätte die Abmachung zwischen uns gebrochen. Ich sagte ihm, es habe nie eine Abmachung gegeben, nur einmal ein gewonnenes Kartenspiel, vor langer Zeit in einer fremden Stadt, und infolgedessen habe er beschlossen, mir zu helfen, aus seinen eigenen Gründen. Ich sagte ihm, ich sei der Meinung, ich hätte ihm seine Wünsche so hinreichend erfüllt, dass jede mögliche Schuld meinerseits bereits zurückgezahlt war. Er hatte ein Jahrzehnt lang mein Haus, meine Freunde, mein *Leben* für sich gehabt: Alles, was ich besessen hatte, hatte ich mit ihm geteilt. ›Das genügt nicht‹, sagte er, und dann fing er von vorn an: dieselben Bitten, dieselben Forderungen. Ich sollte diese vorgebliche Respektabilität aufgeben und mit ihm irgendwohin gehen, ein Wanderer werden, sein Schüler, neue schreckliche Lektionen über die Welt lernen. Und ich muss sagen, wie er es darlegte, klang es fast attraktiv. Es gab Zeiten, da hatte ich die

Maskerade satt, da roch ich Schmutz und Krieg; wenn ich in Gedanken die Wolken über Warschau sah, dann empfand ich Heimweh nach dem Dieb, der ich gewesen war. Aber ich hatte nicht die Absicht, der Nostalgie wegen alles wegzuwerfen. Das sagte ich ihm. Er muss gespürt haben, dass ich mich nicht umstimmen lassen würde, denn er wurde verzweifelt. Er begann zu jammern, sagte mir, er habe Angst ohne mich, er sei verloren. Ich sei derjenige, dem er Jahre seines Lebens und seine ganze Energie geopfert habe, wie ich nur so garstig und herzlos sein konnte? Er legte die Hände auf mich, weinte, versuchte, mir das Gesicht zu zerkratzen. Ich war von alledem entsetzt. Seine Melodramatik stieß mich ab; ich wollte davon nichts wissen, und von ihm auch nicht. Aber er ging nicht weg. Aus seinen Forderungen wurden Drohungen, und ich denke, ich verlor die Beherrschung. Nein, ich gebe zu, ich bin in meinem ganzen Leben niemals so wütend gewesen. Ich wollte ihm und allem, wofür er stand, ein Ende bereiten: meiner schäbigen Vergangenheit. Ich schlug ihn. Zuerst nicht sehr fest, aber als er nicht aufhörte, mich anzustarren, verlor ich die Beherrschung. Er unternahm keinen Versuch, sich zu verteidigen, und seine Passivität stachelte mich zusätzlich an. Ich schlug wie verrückt auf ihn ein, und er ließ es einfach geschehen. Er hielt mir das Gesicht hin, damit ich ihn schlug ...« Er holte zitternd Atem. »... Gott weiß, ich habe schlimmere Dinge getan. Aber keine, deren ich mich so sehr schämen würde. Ich hörte erst auf, als meine Knöchel aufplatzten. Dann überließ ich ihn Toy, der ihn wirklich fertig machte. Und die ganze Zeit über gab er keinen Mucks von sich. Mir wird kalt, wenn ich daran denke. Ich sehe ihn immer noch an der Wand stehen, Bill an seiner Kehle, und er sah nicht dorthin, wo der nächste Schlag landen würde, sondern immer zu mir. Nur zu mir.

Ich erinnere mich daran, wie er sagte: ›Weißt du, was du getan hast?‹ Nur das. Sehr leise, und mit den Worten kam Blut über seine Lippen.

Dann geschah etwas. Die Luft wurde dick. Das Blut auf seinem Gesicht fing an herumzukriechen, als sei es ein Lebewesen. Toy ließ von ihm ab. Mamoulian glitt an der Wand herab, an der er Schlieren hinterließ. Ich dachte, wir hätten ihn getötet. Es war der schlimmste Augenblick meines Lebens, wie ich mit Toy dort stand und wir beide auf diese Hülle voller Knochen hinabsahen, die wir zusammengeschlagen hatten. Das war natürlich unser Fehler. Wir hätten nicht ablassen sollen. Wir hätten allem ein Ende machen und ihn umbringen sollen.«

»Jesus.«

»Ja! Es war dumm von uns, ihm nicht das Licht auszupusten. Billy war loyal, es hätte keine Folgen gehabt. Aber wir hatten nicht den Mut. *Ich* hatte nicht den Mut. Ich ließ Toy Mamoulian waschen, dann musste er ihn wegfahren und in der Stadt aussetzen.«

»Sie hätten ihn nicht getötet«, sagte Marty.

»Sie beharren immer noch darauf, meine Gedanken zu lesen«, antwortete Whitehead müde. »Ist Ihnen nicht klar, dass er genau das wollte? *Deswegen war er gekommen!* Er hätte mich sein Henker sein lassen, wenn ich die Nerven besessen hätte, es durchzustehen. Er hatte das Leben satt. Ich hätte ihn von seinem Elend erlösen können, und das wäre das Ende gewesen.«

»Sie glauben, dass er sterblich ist?«

»Alles hat seine Zeit. Seine ist um. Das weiß er.«

»Sie müssen also nur warten, richtig? Mit der Zeit wird er sterben.« Marty hatte die ganze Geschichte plötzlich satt; Diebe, Zufall. Die ganze traurige Geschichte, wahr oder unwahr, widerte ihn an. »Sie brauchen mich nicht mehr«, sagte er. Er stand auf und ging zur Tür. Das Knirschen seiner Füße auf den Scherben war zu laut in dem Zimmer.

»Wohin gehen Sie?«, wollte der alte Mann wissen.

»Fort. So weit ich kann.«

»Sie haben mir versprochen zu bleiben.«

»Ich habe versprochen zuzuhören. Ich *habe* zugehört.

Und ich kann es an diesem verdammten Ort nicht mehr aushalten.«

Marty öffnete die Tür.

Whitehead sprach, an seinen Rücken gewandt. »Sie glauben, der Europäer lässt Sie gehen? Sie haben ihn leibhaftig gesehen, Sie wissen, was er vollbringen kann. Früher oder später wird er Sie zum Schweigen bringen müssen. Haben Sie daran schon gedacht?«

»Das Risiko gehe ich ein.«

»Hier sind Sie sicher.«

»Sicher?«, wiederholte Marty ungläubig. »Das kann nicht Ihr Ernst sein. *Sicher!* Sie sind wirklich pathetisch, wissen Sie das?«

»Wenn Sie gehen …«, warnte Whitehead.

»Was?« Marty drehte sich um und ließ ihn seine Verachtung spüren. »Was werden Sie tun, *alter Mann*?«

»Ich werde sie Ihnen binnen zwei Minuten auf den Hals hetzen; Sie sind auf Bewährung.«

»Und wenn sie mich finden, dann werde ich ihnen alles erzählen. Über das Heroin, über die dort draußen auf dem Flur. Jede schmutzige Einzelheit, die mir einfällt. Ich gebe keinen Pfifferling auf Ihre verfluchten Drohungen, kapiert?«

Whitehead nickte. »Gut. Patt.«

»Sieht so aus«, antwortete Marty und trat auf den Flur hinaus, ohne sich noch einmal umzudrehen.

Eine morbide Überraschung erwartete ihn. Die Welpen hatten Bella gefunden. Mamoulians wieder belebende Hand hatte auch sie nicht verschont, obwohl sie keinem praktischen Zweck dienen konnten. Zu klein, zu blind. Sie lagen im Schatten ihres leeren Bauchs, ihre Mäuler suchten Zitzen, die längst verfault waren. Einer fehlte, stellte er fest. War es das sechste Junge, das er sich im Grab bewegen gesehen hatte, entweder zu tief begraben oder bereits zu verwest, um dem Rest folgen zu können?

Bella hob den Kopf, als er vorbeiging. Was von ihrem Kopf noch übrig war, drehte sich in seine ungefähre Richtung. Marty sah angeekelt weg; aber ein rhythmisches Klopfen ließ ihn sich noch einmal umdrehen.

Anscheinend hatte sie ihm seine vorherige Gewalttat verziehen. Zufrieden, die hilflosen Welpen im Schoß, starrte sie ohne Augen zu ihm auf, während ihr verfaulter Schwanz langsam auf den Teppich klopfte.

In dem Zimmer, wo Marty ihn zurückgelassen hatte, sackte Whitehead erschöpft in sich zusammen.

Anfangs war es ihm schwer gefallen, die Geschichte zu erzählen, aber mit der Zeit ging sie ihm leichter von den Lippen, und nun war er froh, dass er diese Last von sich genommen hatte. Er hatte Evangeline die Geschichte so oft erzählen wollen. Aber sie hatte auf ihre elegante, subtile Weise angedeutet, dass, sollte es tatsächlich Geheimnisse geben, die er vor ihr hatte, sie diese gar nicht wissen wolle. In all den Jahren, in denen Mamoulian mit ihnen unter einem Dach gewohnt hatte, hatte sie niemals nach dem Warum gefragt, als habe sie gewusst, dass die Antwort überhaupt keine Antwort sein würde, sondern lediglich wieder eine Frage.

Als er an sie dachte, fiel ihm so viel Kummer wieder ein; er überwältigte ihn. Der Europäer hatte sie getötet, daran bestand für ihn kein Zweifel. Er oder einer seiner Agenten war bei ihr auf der Straße gewesen; ihr Tod war kein Zufall. Wäre er ein Zufall gewesen, dann hätte er das gewusst. Sein diesbezüglich untrüglicher Instinkt hatte gespürt, dass alles mit rechten Dingen zugegangen war, so schrecklich sein Kummer auch gewesen sein mochte. Aber er hatte nichts dergleichen wahrgenommen, lediglich die Erkenntnis seiner Mittäterschaft an ihrem Tod. Sie war getötet worden, um sich an ihm zu rächen. Eine von vielen solcher Taten, aber sicherlich die schlimmste von allen.

Und hatte der Europäer sie genommen, nach ihrem Tod? War er in ihr Mausoleum geschlüpft und hatte sie ins Leben zurückgerufen, so wie die Hunde? Der Gedanke war abstoßend, dennoch dachte Whitehead ihn durch, weil er entschlossen war, mit dem Schlimmsten zu rechnen, aus Angst, Mamoulian würde weitere Mittel finden, ihn zu terrorisieren, wenn er das nicht tat.

»Du wirst es nicht tun«, sagte er laut zu dem glasübersäten Zimmer. »Du wirst mich nicht *einschüchtern, ängstigen, vernichten.*« Es gab Mittel und Wege. Er konnte immer noch entkommen und sich am Ende der Welt verbergen. Einen Ort finden, wo er die Geschichte seines Lebens vergessen konnte.

Da *war* noch etwas, das er nicht erzählt hatte, ein Teil der Geschichte, sicherlich nicht entscheidend, aber von mehr als flüchtigem Interesse, den er vor Strauss verheimlicht hatte, wie er ihn vor jedem anderen auch verheimlichen würde. Vielleicht war es unaussprechlich, vielleicht berührte es auch so zentral, so weitreichend die Zweideutigkeiten, die ihn durch die Wüste seines Lebens verfolgt hatten, dass er, hätte er es ausgesprochen, die Farbe seiner Seele offenbart hätte.

Er dachte nun über dieses letzte Geheimnis nach, und auf seltsame Weise erwärmte ihn der Gedanke. Er hatte das Spiel, das erste und einzige Spiel mit dem Europäer, verlassen und war durch die halb verschüttete Tür auf den Muranowskiplatz hinausgeklettert. Keine Sterne leuchteten, nur das Feuer hinter seinem Rücken.

Während er im Halbdunkel dastand, sich neu orientierte und die Kälte spürte, welche durch seine Schuhsohlen drang, erschien die Frau ohne Lippen vor ihm. Er nahm an, sie würde ihn den Weg zurückführen, und daher folgte er ihr. Sie hatte jedoch andere Absichten, denn sie führte ihn vom Platz weg zu einem Haus mit vernagelten Fenstern. Stets neugierig, folgte er ihr ins Innere, von der Gewissheit erfüllt, dass ihm heute, in dieser Nacht aller Nächte, kein Leid geschehen konnte.

Im Inneren des Hauses befand sich ein winziges Zimmer, dessen Wände mit Stoff behängt waren, teils Fetzen, teils lange Bahnen Samt, die einst majestätische Fenster geschmückt hatten. Hier, in diesem behelfsmäßigen Boudoir, gab es nur ein einziges Möbelstück. Ein Bett, auf dem der tote Leutnant Wassiliew – den er erst vor kurzem in Mamoulians Spielzimmer gesehen hatte – Geschlechtsverkehr ausübte. Als der Dieb eintrat und die lippenlose Frau zur Seite ging, hatte Konstantin von seiner Tätigkeit aufgesehen, aber sein Körper drängte unablässig weiter in die Frau, die auf einer Matratze aus russischen, deutschen und polnischen Flaggen unter ihm lag.

Der Dieb stand da und wollte seinen Augen nicht trauen, er wollte Wassiliew mitteilen, dass er den Akt falsch ausführte, dass er ein Loch mit einem anderen verwechselt hatte und es nicht die natürliche Öffnung war, die er so brutal missbrauchte, sondern eine Wunde.

Natürlich hätte der Leutnant nicht auf ihn gehört. Er grinste bei seiner Tätigkeit. Der rote Pfahl stieß zu und wurde zurückgezogen, stieß zu und wurde zurückgezogen. Die Leiche, die er beglückte, zuckte unter ihm, war aber von der Aufmerksamkeit ihres Liebhabers völlig ungerührt.

Wie lange der Dieb zusah? Der Akt zeigte keinerlei Anzeichen wachsender Leidenschaft. Schließlich murmelte die Frau ohne Lippen: »*Genug?*« in sein Ohr, und er drehte sich ein wenig zu ihr um, während sie eine Hand auf seine Hose legte. Sie schien kein bisschen überrascht darüber, dass er erregt war, obschon er in all den darauf folgenden Jahren niemals begriffen hatte, wie so etwas möglich war. Die Tatsache, dass die Toten zum Leben erweckt werden konnten, hatte er schon lange akzeptiert. Aber dass er in ihrer Gegenwart Erregung empfand, das war ein anderes Verbrechen, welches ihm noch schrecklicher erschien als das erste.

Es gibt keine Hölle, dachte der alte Mann und verdrängte den Gedanken an das Boudoir und den verbrannten Casanova aus seinen Gedanken. Es sei denn, die Hölle ist ein Zimmer und ein Bett und immer währende Geilheit, und ich war bereits da und habe ihre Marter gesehen. Und sollte es zum Schlimmsten kommen, so werde ich sie ertragen.

FÜNFTER TEIL

Die Sintflut

IX

Schlechter Glaube

49 Die Sintflut kam im trockensten Juli seit Menschengedenken; aber kein Traum eines Revisionisten von Armageddon ist vollkommen ohne sein Paradox. Blitze zucken aus heiterem Himmel; Fleisch erstarrt zu Salzsäulen; die Sanftmütigen erben die Erde: alles wenig wahrscheinliche Phänomene.

In diesem Juli jedoch erfolgten keine spektakulären Verwandlungen, keine himmlischen Lichter erhellten die Wolken. Es regnete weder Salamander noch Kinder. Wenn in diesem Monat Engel kamen und gingen – wenn die erwartete Sintflut hereinbrach –, so war es, wie das wahrhaftigste Armageddon, metaphorisch.

Sicher, es gibt einige unerklärliche Ereignisse zu vermelden, aber die meisten finden im Hintergrund statt, in schlecht erleuchteten Fluren, in gemiedenen Einöden zwischen vom Regen durchweichten Matratzen und der Asche alter Feuerstellen. Sie sind örtlich begrenzt, beinahe privat. Ihre Schockwellen sorgen bestenfalls unter wilden Hunden für Gerede. Die meisten dieser Wunder jedoch – Spiele, Regen und Erlösung – wurden mit solchem Geschick hinter der Fassade des gewöhnlichen Lebens verborgen, dass nur die Scharfsichtigsten oder die, die nach dem Unwahrscheinlichen Ausschau hielten, einen Blick auf die Apokalypse erhaschen konnten, welche ihre Schrecken einer sonnengebleichten Stadt präsentierte.

50

Die Stadt hieß Marty nicht mit offenen Armen willkommen, aber er war froh, ein für alle Mal von dem Haus weg zu sein und dem alten Mann und seinem Wahnsinn den Rücken gekehrt zu haben. Wie die Konsequenzen seines Weggehens auch auf lange Sicht ausfallen mochten – und er musste sorgfältig darüber nachdenken, ob er sich jetzt freiwillig stellen sollte –, er hatte wenigstens etwas Zeit gewonnen, um über alles nachzudenken.

Die Touristensaison stand bevor. London war überfüllt mit Besuchern, die die vertrauten Straßen unvertraut erscheinen ließen. In den ersten paar Tagen wanderte er herum und gewöhnte sich daran, wieder völlig frei und auf sich selbst gestellt zu sein. Er hatte nur noch bedrohlich wenig Geld übrig, aber er konnte sich eine Arbeit suchen, wenn es nötig sein sollte. Im Hochsommer war die Bauindustrie begierig darauf, Arbeitstiere zu bekommen. Der Gedanke an ein ehrbares Tagwerk, bei dem man sich im Schweiße seines Angesichts den Lohn verdiente, war attraktiv. Wenn nötig, konnte er den Citroën verkaufen, den er als eine letzte und wahrscheinlich unkluge Geste der Rebellion vom Asyl mitgenommen hatte.

Nach zwei Tagen der Freiheit begannen seine Gedanken um ein altes Thema zu kreisen: Amerika. Er hatte das Wort auf den Unterarm tätowiert, ein Mahnmal für seine Träume im Gefängnis. Nun war vielleicht der Zeitpunkt gekommen, sie Wirklichkeit werden zu lassen. In seiner Fantasie lockte Kansas, seine Weizenfelder, so weit das Auge reichte, und kein von Menschenhand erschaffenes Ding dazwischen. Dort wäre er sicher. Nicht nur vor der Polizei und

Mamoulian, sondern vor der Geschichte, vor immer und immer wieder erzählten Geschichten, die im Kreis verliefen, eine Welt ohne Ende.

In Kansas würde eine neue Geschichte beginnen: eine Geschichte, deren Ende er nicht kannte. Und war das nicht eine zutreffende Definition von Freiheit, unverdorben durch europäische Hand, europäische Sicherheit?

Um nicht auf der Straße bleiben zu müssen, während er seine Flucht plante, mietete er sich ein Zimmer in Kilburn, eine schäbige Unterkunft, die Toilette zwei Stockwerke tiefer, und die musste er sich, informierte ihn der Vermieter, mit sechs anderen Mietern teilen. Tatsächlich wurden die sieben Zimmer des Hauses von insgesamt mindestens fünfzehn Menschen bewohnt, wovon allein eine vierköpfige Familie in einem lebte. Das Weinen des jüngsten Kindes störte seinen Schlaf, daher stand er früh auf und überließ das Haus sich selbst, um erst dann zurückzukehren, wenn die Pubs geschlossen hatten, und selbst das nur widerwillig. Aber, so versicherte er sich, es war nicht für lange.

Selbstverständlich brachte seine Ausreise Probleme mit sich. Nicht das kleinste war, einen gültigen Pass mit Visastempel zu bekommen. Ohne das würde man ihm nicht gestatten, amerikanischen Boden zu betreten. Sich in den Besitz dieser Dokumente zu bringen, würde rasch vonstatten gehen müssen.

Er musste damit rechnen, dass Whitehead sein Ausrücken als Verletzung der Bewährung meldete, und dann scherte es ihn den Teufel, was er selbst dazu zu sagen hatte. Vielleicht durchkämmten die Behörden bereits die Straßen nach ihm.

Am dritten Juli, eineinhalb Wochen nachdem er das Anwesen verlassen hatte, beschloss er, das Schicksal herauszufordern und Toys Haus einen Besuch abzustatten. Trotz Whiteheads Bemerkung, Toy sei tot, bewahrte er sich Hoffnung. Joe hatte ihn oft angelogen: warum nicht auch diesbezüglich?

Das Haus befand sich in einer eleganten Wohngegend Pimlicos, eine Straße dezenter Fassaden und teurer Automobile, welche an den Gehwegen parkten. Er läutete ein halbes Dutzend Mal an der Tür, aber niemand öffnete. Die Jalousien der Fenster im Erdgeschoss waren heruntergelassen; im Briefkasten steckte ein dicker Stapel Post, hauptsächlich Reklame.

Er stand auf der obersten Stufe und starrte die Tür mit der unumstößlichen Gewissheit an, dass sie sich nicht öffnen würde, als eine Frau nebenan aus dem Haus trat. Nicht die Besitzerin des Hauses, dessen war er sicher, wohl eher die Putzfrau. Ihr gebräuntes Gesicht – wer war in diesem heißen Sommer nicht gebräunt? – zeigte den Ausdruck unterdrückter Freude von jemandem, der schlechte Nachrichten überbringt.

»Entschuldigen Sie. Kann ich Ihnen helfen?«, fragte sie hoffnungsvoll.

Er war plötzlich froh, dass er mit Jackett und Krawatte hierher gekommen war. Diese Frau sah so aus, als würde sie ihren oberflächlichsten Argwohn der Polizei melden.

»Ich wollte zu Bill. Mr. Toy.«

Das missbilligte sie eindeutig; nicht ihn, sondern Toy.

»Er ist nicht da«, sagte sie.

»Wissen Sie zufällig, wohin er gegangen ist?«

»Das weiß niemand. Er hat sie einfach verlassen. Einfach auf und davon.«

»Wen verlassen?«

»Seine Frau … nun, Freundin. Sie wurde vor ein paar Wochen dort drinnen gefunden, haben Sie das nicht gelesen? Es stand in allen Zeitungen. Sie haben mich interviewt. Ich habe es ihnen erzählt, ich sagte ihnen, dass er ganz und gar kein umgänglicher Mensch gewesen ist.«

»Das muss mir entgangen sein.«

»Es stand in allen Zeitungen. Augenblicklich suchen sie nach ihm.«

»Mr. Toy?«

»Mordkommission.«

»Tatsächlich?«

»Sie sind Reporter?«

»Nein.«

»Ich bin nur bereit, meine Geschichte zu erzählen, wenn der Preis stimmt, müssen Sie wissen. Ich könnte Ihnen Dinge erzählen.«

»Wirklich?«

»Sie war anscheinend in einem schrecklichen Zustand …«

»Was meinen Sie damit?«

Da sie an ihren Preis dachte, war diese Matrone nicht bereit, Einzelheiten preiszugeben, selbst wenn sie welche wusste, was Marty bezweifelte. Aber sie war bereit, aufpeitschende Andeutungen zu machen. »Man sprach von Verstümmelungen«, verkündete sie. »Nicht einmal ihre nächsten Anverwandten konnten sie noch erkennen.«

»Sind Sie sicher?«

Es schien die Frau vor den Kopf zu stoßen, dass er ihre Glaubwürdigkeit infrage stellte.

»Sie hat es sich entweder selbst beigebracht, oder jemand hat es ihr angetan und ließ sie dort oben, eingesperrt, bis sie verblutete. Sie war tagelang dort oben. Der Gestank, als sie die Tür öffneten …«

Marty erinnerte sich an die näselnde Stimme, die am Telefon geantwortet hatte, und er wusste ohne jeden Zweifel, dass Toys Lady bereits tot gewesen war, als sie gesprochen hatte. Verstümmelt und tot, aber als Telefonistin wieder erweckt, damit sie noch eine Weile nützlich sein konnte. Die Silben dröhnten in seinen Ohren: »Wer ist da?«, hatte sie gefragt, nicht? Trotz der Hitze und des Lichts eines heißen Julitages begann er zu zittern. Mamoulian war hier gewesen. Er hatte auf der Suche nach Toy diese Schwelle überquert. Er hatte noch eine Rechnung mit Bill zu begleichen gehabt, wie Marty jetzt wusste; was mochte ein Mann, gedemütigt, nicht alles planen, um eine solche Gewalttat zu verüben?

Marty bemerkte, dass die Frau ihn ansah.

»Geht es Ihnen nicht gut?«, fragte sie.

»Doch. Danke.«

»Sie brauchen Schlaf. Ich habe dasselbe Problem. In heißen Nächten wie diesen werde ich unruhig.«

Er dankte ihr noch einmal und eilte von dem Haus fort, ohne sich noch einmal umzudrehen. Es war zu leicht, sich das Grauen vorzustellen; denn es kam unvermittelt, aus dem Nichts.

Und es ließ sich nicht abschütteln, nicht jetzt. Die Erinnerung an Mamoulian verfolgte ihn – unruhige Tage und unruhige Nächte – von diesem Tage an. Er wurde sich bewusst, dass es eine andere Welt gab (war es ein Traum-Leben, dem in schlaflosen Nächten die Herrschaft verweigert wurde, sodass es sich in die Wirklichkeit erstrecken musste?), die hinter der Fassade der Wirklichkeit lauerte.

Es blieb keine Zeit mehr für Vorsichtsmaßnahmen. Er *musste* fort; er musste Whitehead und Carys und das Gesetz vergessen. Er musste das Land verlassen und nach Amerika fliehen, ganz gleich, wie er es bewerkstelligte; zu einem Ort, wo wirklich wirklich war und Träume hinter den Augenlidern blieben, wohin sie gehörten.

51

Raglan war ein Experte in der Kunst des Fälschens. Es erforderte zwei Telefonanrufe, ihn zu finden, und Marty machte ein Geschäft mit dem Mann. Das entsprechende Visum konnte für ein angemessenes Honorar in einen Pass gefälscht werden. Wenn Marty ein Foto von sich brachte, konnte die Sache innerhalb eines Tages, höchstens zwei, erledigt werden.

Es war der fünfzehnte Juli, ein Monat mit sengender Hitze, nur wenige Grade unter dem Siedepunkt. Das Radio, das aus dem Zimmer nebenan plärrte, hatte verkündet, dass es ein makellos blauer Tag werden würde, wie der gestern, und der vorgestern. Von wegen blau; weiß kam wohl eher hin. In diesen Tagen war der Himmel nämlich grellweiß.

Marty machte sich früh zu Raglans Haus auf, teilweise deshalb, weil er die größte Hitze des Tages vermeiden wollte, teilweise auch deshalb, weil er darauf brannte, die Fälschung hinter sich zu bringen, sein Flugticket zu kaufen und zu verschwinden. Wie es sich ergab, kam er jedoch nicht weiter als bis zur U-Bahn-Haltestelle Kilburn High Road. Dort las er auf dem Cover des *Daily Telegraph* die Schlagzeile: »*Einsiedlerischer Millionär tot in seinem Haus aufgefunden.*« Darunter ein Bild von Joe; ein jüngerer, bartloser, gut aussehender Whitehead auf der Höhe seines Einflusses. Er kaufte die Zeitung und zwei weitere, die die Story als Titelgeschichte brachten, und er las sie, in der Mitte des Gehwegs stehend, sodass eilige Pendler ihn anrempelten und stießen, während sie die Treppe hinunter zur U-Bahn-Station hasteten.

»Heute wurde der Tod des Millionärs Joseph Newzam Whitehead, des Vorstands der Whitehead Corporation, bekannt gegeben, deren pharmazeutische Produkte sie, von jüngsten Kursverfällen abgesehen, zu einer der erfolgreichsten Firmen Westeuropas machten. Mr. Whitehead, 68, wurde in den frühen Morgenstunden des gestrigen Tages in seinem abgeschiedenen Landhaus bei Oxfordshire von seinem Chauffeur gefunden. Man vermutet, dass er an Herzversagen gestorben ist. Die Polizei ließ verlautbaren, dass keinerlei verdächtige Begleitumstände festgestellt wurden. Nachruf siehe Seite siebzehn.«

Der Nachruf war die übliche Mischung aus Informationen aus dem *Who's Who,* dazu ein ungefährer Abriss über das Vermögen der Whitehead Corporation, gewürzt mit einer Menge Klatsch, insbesondere über den jüngsten Sturz der Firma aus finanziellen Höhen. Der Lebenslauf Whiteheads war besonders in den frühen Jahren spärlich und allgemein gehalten, als würden die Einzelheiten in Zweifel gezogen. Der Rest war da, wenn auch mitunter fadenscheinig; die Hochzeit mit Evangeline; der spektakuläre Aufstieg im Boom der Fünfzigerjahre; die Jahre der Konsolidierung und Expansion; dann das Zurückziehen nach Evangelines Tod, die Flucht in geheimnisvolles und düsteres Schweigen.

Er war tot.

Trotz seines tapferen Geredes, trotz seiner Halsstarrigkeit, trotz seines Abscheus vor den Machenschaften des Europäers war der Kampf verloren. Marty wusste nicht, ob es tatsächlich ein natürlicher Tod war, wie die Zeitungen schrieben, oder Mamoulians Tun. Aber er konnte nicht leugnen, dass er neugierig war. Und er empfand mehr als nur Neugier: Kummer. Dass er Trauer über den Tod des alten Mannes empfinden konnte, war ein Schock; vielleicht ein größerer Schock als die Trauer selbst. Er hatte nicht mit dem Gefühl des Verlusts gerechnet, das er verspürte.

Das Treffen mit Raglan sagte er ab und ging in sein Zimmer zurück, um dort die Zeitungen wieder und wieder zu studieren und jede winzige Information über den Tod Whiteheads herauszupressen. Aber er fand nur wenige Hinweise, denn alle Berichte waren in der nüchternen und formellen Sprache derartiger Artikel verfasst. Anschließend ging er nach nebenan und fragte, ob er sich das Radio seiner Nachbarin ausleihen dürfe. Die junge Frau, die das Zimmer bewohnte – eine Studentin, vermutete er –, ließ sich nur schwer überreden, aber schließlich gab sie es ihm. Er hörte sich die halbstündlichen Meldungen des Vormittags an, während die Hitze in seinem Zimmer zunahm. Bis zum Nachmittag wurde die Geschichte vorrangig behandelt, danach aber wurden Ereignissen in Beirut und einem Erfolg der Drogenfahndung in Southampton mehr Platz eingeräumt; die Nachricht von Whiteheads Tod schmolz von einer Hauptmeldung zu einem kurzen Nebensatz, am späten Nachmittag war sie völlig verschwunden.

Er gab das Radio zurück, lehnte eine Tasse Kaffee mit dem Mädchen und seiner Katze ab und begab sich wieder in sein Zimmer, um nachzudenken. Wenn Mamoulian

Whitehead tatsächlich ermordet hatte – und er zweifelte nicht an den Fähigkeiten des Europäers, das so zu tun, dass kein Pathologe es feststellen konnte, dann war es indirekt seine Schuld. Vielleicht würde der alte Mann noch leben, wenn er im Haus geblieben wäre; doch letztlich war es eher unwahrscheinlich. Wahrscheinlicher war, dass er selbst jetzt auch tot wäre. Dennoch nagten Schuldgefühle an ihm.

In den folgenden Tagen tat er sehr wenig; die Entropie hatte Blei in seine Eingeweide gegossen, seine Gedanken bewegten sich fast zwanghaft im Kreis. Im Privatkino seines Verstandes ließ er die Filme abspulen, die er gesammelt hatte; von den ersten unsicheren Schritten ins Privatleben der Mächtigen bis zu seinen späteren Erinnerungen – die fast zu scharf, zu detailreich waren – an den Mann allein am Boden eines mit Glasscherben übersäten Käfigs; die Hunde; die Dunkelheit. In fast allen tauchte das Gesicht von Carys auf, wenn auch nicht überall; manchmal rätselnd, manchmal achtlos; häufig verschlossen, manchmal sah sie zwischen den gesenkten Wimpern zu ihm auf, als würde sie ihn beneiden. Spät in der Nacht, wenn das Baby unten eingeschlafen und nur noch der Verkehr der High Road zu hören war, vergegenwärtigte er sich ihre privatesten Augenblicke, Erinnerungen, die zu kostbar waren, um sie ständig achtlos heraufzubeschwören, da er fürchtete, ständige Wiederholung könnte ihre Kraft, ihn zu beleben, schwinden lassen.

Er hatte eine Weile versucht, sie zu vergessen; das war erträglicher gewesen. Nun klammerte er sich verzweifelt an die Erinnerungen, an dieses Gesicht. Er fragte sich, ob er sie jemals wieder sehen würde.

Die Sonntagszeitungen brachten alle weitere Berichte über Whiteheads Tod. Die *Sunday Times* widmete eine Seite ihrer Beilagen einer Erinnerung an »*Großbritanniens geheimnisvollsten Millionär*«, geschrieben von Lawrence Dwoskin, dem »*langjährigen Geschäftspartner und Vertrauten von Englands Howard Hughes*«. Marty las den Artikel zweimal durch, er konnte das geschriebene Wort nicht lesen, ohne dabei Dwoskins einschmeichelnde Stimme zu hören …

»… *er war in vielerlei Hinsicht ein Vorbild*«, stand da zu lesen, »… *wenngleich das fast einsiedlerische Leben seiner letzten Lebensjahre natürlich unweigerlich Anlass zu Klatsch und Gerüchten gab, von denen viele einen sensiblen Mann wie Joseph zutiefst verletzen mussten. In all seinen Jahren im öffentlichen Leben – den wachen Augen einer Presse ausgesetzt, die es nicht immer gut mit ihm meinte – konnte Joseph sich nie gegen Kritik abhärten, versteckt oder explizit. Uns wenigen, die ihn kannten, offenbarte er eine Natur, die auf Angriffe viel heftiger reagierte, als seine äußere Zurschaustellung von Gleichgültigkeit hätte vermuten lassen. Wenn Gerüchte über Fehlverhalten oder Exzesse verbreitet wurden, so traf ihn diese Kritik tief, besonders, da er nach dem Tod seiner geliebten Frau Evangeline im Jahre 1965 in partnerschaftlicher und moralischer Hinsicht sehr anspruchsvoll geworden war.*«

Marty las den Lobgesang mit einem bitteren Nachgeschmack in der Kehle. Wahrscheinlich würden bald die autorisierten Biografien folgen, die seine Firma herausbrachte, von anstößigen Stellen bereinigt, die aus seinem Leben eine Reihe von schmeichelnden Legenden machen würden, an die man sich erinnerte. Dieser Prozess erfüllte ihn mit Übelkeit. Während er die Plattitüden in Dwoskins Text las, stellte er fest, dass er die Schattenseiten des alten Mannes zornig und unvorhersehbar heftig verteidigte, als laufe alles, was ihn einzigartig gemacht hatte – was ihn *real* gemacht hatte –, Gefahr, nun totgeschwiegen zu werden.

Er las Dwoskins Artikel bis zu seinem weinerlichen Ende, erst dann legte er ihn beiseite. Die einzige interessante Einzelheit war die Erwähnung des Begräbnisses, das am folgenden Tag in einer kleinen Kirche in Minster Lovell abgehalten werden würde. Danach sollte der Leichnam eingeäschert werden. Obwohl es gefährlich werden konnte, verspürte Marty den Drang, hinzugehen und ihm die letzte Ehre zu erweisen.

52

Das Begräbnis zog derart viele Zuschauer an, von beiläufigen Beobachtern bis hin zu den unvermeidlichen Skandalschnüfflern, dass Martys Anwesenheit völlig unbemerkt blieb. Das ganze Ereignis hatte etwas Unwirkliches an sich, als wäre es lediglich inszeniert worden, um die ganze Welt wissen zu lassen, dass der alte Mann tot war. Zusätzlich zu dem Klan aus der Fleet Street waren Reporter und Fotografen aus ganz Europa anwesend; unter den Trauernden befanden sich ein paar der berühmtesten Gesichter des öffentlichen Lebens: Politiker, Industriebarone, sogar eine Gruppe Filmstars, deren einziger Ruhm ihr Anspruch auf Ruhm war. Die Anwesenheit so vieler Berühmtheiten zog wiederum Schaulustige zu hunderten an. Die kleine Kirche, der Hof um sie herum und die gesamte Straße waren überfüllt. Der Gottesdienst selbst wurde für die draußen mit Lautsprechern übertragen; eine eigentümlich fehl am Platze wirkende Einzelheit. Die Stimme des Priesters klang blechern und theatralisch durch die Boxen, seine Predigt wurde durch eine verstärkte Hintergrundmusik von Husten und Füßescharren punktuiert.

Marty gefiel es nicht, die Predigt auf diese Weise zu hören, noch weniger passten ihm die Touristen, die, für eine Beerdigung unangemessen gekleidet, an den Grabsteinen lehnten und den Rasen überfluteten und mit kaum verhohlener Ungeduld darauf warteten, dass diese langweilige Unterbrechung ihres Begaffens der Berühmtheiten endete. Whitehead hatte die schlafende Misanthropie in Marty geweckt, und nun hatte sie einen festen Platz in seinem Weltbild. Wenn er sich auf dem Friedhof umsah und diese erhitzte, erbärmliche Trauergemeinde betrachtete, dann spürte er Verachtung in sich. Er sehnte sich danach, dieser Charade den Rücken zu kehren und zu gehen. Aber sein Wunsch, diese letzte Szene ausgespielt zu sehen, war stärker als der Wunsch zu gehen, und so wartete er in der Menge, während Wespen die schweißfeuchten Köpfe der Kinder umsummten und eine Frau mit der Figur eines solchen Insekts von einem Grabstein herunter mit ihm flirtete.

Nun las jemand aus der Bibel. Ein Schauspieler, dem selbstbewussten Tonfall nach zu urteilen. Es wurde als Abschnitt aus den Psalmen angekündigt, aber Marty kannte es nicht.

Als die Lesung sich dem Ende näherte, fuhr ein Wagen vor dem Haupttor vor. Köpfe drehten sich und Kameras klickten, als zwei Gestalten ausstiegen. Ein Raunen ging durch die Menge; diejenigen, die es vorgezogen hatten, sich hinzulegen, standen nun wieder auf, um zu sehen, was es zu sehen gab. Etwas rüttelte Marty aus seiner Lethargie, und auch er stellte sich auf Zehenspitzen, um die Neuankömmlinge zu sehen. Sie hatten wahrhaftig einen denkwürdigen Auftritt. Er spähte zwischen den Köpfen der Menge hindurch, um sie zu sehen, erhaschte einen Blick; verlor sie wieder aus den Augen, sah sie nochmals flüchtig, sagte leise »Nein« zu sich selbst, als könne er es nicht glauben, dann drängte er sich durch die Menge und versuchte, Schritt zu halten, während Mamoulian, eine verschleierte Carys an seiner Seite, den Weg vom Tor zur Kirchentreppe entlangschritt und im Inneren verschwand.

»Wer war das?«, fragte ihn jemand. »Wissen Sie, wer das war?«

Hölle, wollte er antworten. *Der Teufel persönlich.*

Mamoulian war hier! Im hellen Tageslicht, Sonne im Nacken, Carys an seinem Arm, als wären sie Mann und Frau, so ließ er sich für die Zeitungen des morgigen Tages ablichten. Offenbar empfand er keine Furcht. Sein verspätetes Erscheinen, so abgewogen, so ironisch, war eine letzte Geste der Verachtung. Und warum spielte sie sein Spiel mit? Warum warf sie seine Hand nicht ab und denunzierte ihn als die unnatürliche Kreatur, die er war? Weil sie sich ihm freiwillig angeschlossen hatte, genau so, wie Whitehead es ihm gesagt hatte. Wonach suchte sie? Jemand, der ihre nihilistische Neigung zelebrierte; der sie in der edlen Kunst des Sterbens unterwies?

Und was mochte sie ihm als Gegenleistung geben? Ah, das war eine erregende Frage.

Schließlich war der Gottesdienst zu Ende. Plötzlich erklang, zum Entzücken, teils zur Entrüstung der Trauergemeinde, ein schrilles Saxofon aus den Lautsprechern, das die feierliche Stimmung zunichte machte und eine Jazzversion von ›Fools Rush In‹ spielte. Wahrscheinlich Whiteheads letzter Scherz. Er erntete Gelächter, ein paar Leute in der Menge applaudierten sogar. Aus dem Inneren der Kirche konnte man hören, wie sich die Trauernden von den Bänken erhoben. Marty bemühte sich, einen besseren Blick auf das Tor zu erlangen, und da ihm das nicht gelang, drängte er sich durch die Menschenmenge zum Grab, in der Hoffnung, dort mehr zu sehen. In den von der Hitze niedergedrückten Bäumen nisteten Vögel, und deren unbeschwertes Spiel lenkte ihn ab. Als er wieder heruntersah, wurde der Sarg gerade – unter anderem von Curtsinger und Ottaway – an ihm vorbeigetragen. Der kahle Sarg schien fast anstößig entblößt zu sein, und Marty fragte sich, wie sie den alten Mann für seinen letzten Gang gekleidet haben mochten; ob sie ihm den Bart geschnitten und die Lider zugenäht hatten.

Die Prozession der Trauernden folgte den Sargträgern auf dem Fuß, ein schwarzer Leichenzug, der das cremefarbene Meer der Touristen teilte. Rechts und links leuchteten die Blitzlichter auf; ein verdammter Narr rief: »Sieh mal, das Vögelchen!« Die Jazzband spielte weiter. Alles war befriedigend absurd. Der alte Mann, dachte Marty, lächelte wahrscheinlich in seinem Sarg.

Schließlich traten Carys und Mamoulian aus dem Schatten des Portals ins grelle Sonnenlicht des Nachmittags, und Marty beobachtete, wie Carys vorsichtig die Menge überblickte, so, dass ihr Begleiter es nicht bemerken sollte. Sie suchte *ihn*; er war ganz sicher. Sie wusste, er war hier irgendwo, und sie suchte nach ihm. Sein Verstand raste und stolperte in seiner Fieberhaftigkeit über sich selbst. Wenn er ihr ein Zeichen gab, und sei es noch so unmerklich, war die Gefahr groß, dass Mamoulian es mitbekam, und das war sicher gefährlich für sie beide.

Es war besser, den Kopf geneigt zu halten und nicht zu versuchen, Blicke mit ihr zu wechseln, so schmerzlich das auch sein mochte.

Widerwillig trat er vom Grab zurück, als die Menge der Trauernden sich ihm näherte, und er versuchte, aus der Deckung der Zuschauer heraus so viel wie möglich mitzubekommen. Der Europäer hob kaum den Kopf aus seiner geneigten Haltung, und Carys hatte, wie Marty zwischen dem wogenden Meer der Köpfe zu erkennen glaubte, ihre Suche mittlerweile aufgegeben – vielleicht hatte sie auch verzweifelt festgestellt, dass er tatsächlich hier war. Als der Sarg und sein schwarzes Kielwasser den Friedhof erreichten, duckte Marty sich weg und sah über die Mauer, um den Geschehnissen von einem besseren Beobachtungspunkt folgen zu können.

Mamoulian sprach auf dem Weg mit einigen der Trauernden. Hände wurden geschüttelt, Carys Kondolenzen übermittelt. Marty sah ungeduldig zu. Vielleicht würden sie und der Europäer sich im Gewimmel trennen, dann hatte er vielleicht, wenn auch nur kurz, eine Möglichkeit, sich ihr zu zeigen und ihr zu versichern, dass er tatsächlich da war. Aber eine solche Gelegenheit ergab sich nicht. Mamoulian war der perfekte Bewacher und hielt Carys jeden Augenblick dicht in seiner Nähe. Nachdem Grüße und Nettigkeiten gewechselt waren, stiegen sie auf den Rücksitz eines grünen Rover und fuhren weg. Marty raste zum Citroën. Er durfte sie jetzt nicht verlieren, was auch immer geschah: Dies war vielleicht seine letzte Chance, ihren Aufenthaltsort in Erfahrung zu bringen. Die Verfolgung erwies sich als schwierig. Nachdem sie die schmalen Landstraßen hinter sich hatten und auf der Schnellstraße waren, beschleunigte der Rover mühelos. Marty betrieb die Verfolgung so diskret, wie es die Gebote von Taktik und seiner Aufregung zuließen.

Auf dem Rücksitz des Autos hatte Carys einen seltsamen, flackernden Gedanken. Wann immer sie die Lider schloss, um zu blinzeln oder das grelle Tageslicht auszusperren, sah sie eine Gestalt vor sich: einen Läufer. Sie erkannte ihn innerhalb von Sekunden: grauer Jogginganzug, eine Dampfwolke, die unter der Kapuze hervorkam, und sie konnte seinen Namen nennen, bevor sie sein Gesicht sah. Sie wollte sich umdrehen, um festzustellen, ob er sich, wie sie vermutete, tatsächlich irgendwo hinter ihnen befand. Aber sie wusste es besser. Mamoulian würde argwöhnen, dass etwas im Gange war.

Der Europäer sah zu ihr herüber. Sie war ein Geheimnis, dachte er. Er wusste nie genau, was sie dachte. In dieser Hinsicht war sie ihrer Mutter Tochter. Wohingegen er mit der Zeit gelernt hatte, in Josephs Gesicht zu lesen. Evangeline jedoch hatte niemals auch nur eine Andeutung ihrer wahren Gefühle preisgegeben. Mehrere Monate lang hatte er vermutet, seine Anwesenheit im Haus sei ihr einerlei; erst die Zeit hatte das wahre Ausmaß ihrer Intrigen gegen ihn ans Licht gebracht. Manchmal verdächtigte er Carys eines ähnlichen Ränkeschmiedens. War sie nicht einfach zu liebenswürdig? Selbst jetzt umspielte der Schatten eines Lächelns ihre Lippen.

»Hat es dich amüsiert?«, fragte er.

»Was?«

»Das Begräbnis.«

»Nein«, sagte sie leichthin. »Nein, selbstverständlich nicht.«

»Du hast gelächelt.«

Der Schatten verschwand; ihr Gesicht wurde ausdruckslos. »Ich nehme an, es hatte eine groteske Aura«, erklärte sie mit tonloser Stimme, »sie alle vor den Kameras spielen zu sehen.«

»Du hast ihnen ihren Kummer nicht abgenommen?«

»Sie haben ihn nie geliebt.«

»Und du?«

Sie schien seine Frage abzuwägen. »Liebe ...«, sagte sie und ließ das Wort in der Luft schweben, um abzuwarten, so schien es, was daraus werden würde. »Ja. Ich denke schon.«

Sie bereitete Mamoulian Unbehagen. Er wollte den Verstand des Mädchens besser kontrollieren, doch er entzog sich seinen besten Bemühungen. Die Angst vor den Illusionen, die er heraufbeschwören konnte, hatte sie sicherlich gefügig gemacht, aber er bezweifelte, dass sie wirklich zu seiner Sklavin geworden war. Entsetzen war ein ausgezeichnetes Druckmittel, aber auch hier galt die Regel vom zunehmenden Verschleiß; jedes Mal, wenn sie sich ihm widersetzte, musste er ein neues, ein schlimmeres Grauen heraufbeschwören. Und das laugte ihn aus.

Und nun war Joseph tot, was die Ungerechtigkeit verschlimmerte. Er war – wie es die Formulierung beim Begräbnis wollte – »friedlich entschlummert«. Nicht einmal *gestorben,* diese Vulgarität war aus dem Vokabular aller Anwesenden verdrängt worden. Er war verschieden, er war entschlummert. Aber nicht gestorben. Heuchelei und Sentimentalität, die dem Dieb bis ans Grab folgten, stießen den Europäer ab. Aber sich selbst verabscheute er noch mehr. Er hatte Whitehead gehen lassen. Nicht einmal, sondern zweimal, von seiner eigenen Bestrebung gefesselt, das Spiel mit der notwendigen Aufmerksamkeit den Details gegenüber zu beenden. Das und sein Wunsch, den Dieb zu überzeugen, ihm freiwillig ins Nichts zu folgen. Der Winkelzug hatte seine Bemühungen als irrig erwiesen. Während er gedroht und Visionen herbeigerufen hatte, hatte sich der alte Bock davongeschlichen.

Das musste aber längst nicht das Ende der Geschichte sein. Immerhin verfügte er über die Fähigkeit, Whitehead in den Tod zu folgen und ihn zurückzuholen, wenn er den Leichnam besaß. Aber der alte Mann war gerissen genug gewesen, diese Möglichkeit vorherzusehen. Niemand hatte den Leichnam sehen dürfen, nicht einmal seine engsten Angehörigen. Er war in einen Banktresor eingeschlossen worden (wie angemessen!), wo man ihn Tag und Nacht bewacht hatte, sehr zum Entzücken der Illustrierten, die sich freudig auf derartige Exzentrizitäten stürzten. Heute Abend würde er Asche sein, und damit war Mamoulians letzte Hoffnung auf eine Wiedervereinigung dahin.

Und doch ... Warum hatte er das Gefühl, als seien die Spiele, die sie in all den Jahren gespielt hatten, die Versuchungsspiele, die Offenbarungsspiele, die Abweisungs-, Verleumdungs- und Verdammnisspiele, noch nicht ganz vorüber? Seine Intuition wurde schwächer, wie seine Macht. Aber er war sicher, dass etwas nicht stimmte. Er dachte über das Lächeln der Frau an seiner Seite nach, über das Geheimnis, das ihrem Gesicht anzusehen war.

»Ist er tot?«, fragte er sie plötzlich.

Die Frage schien sie zu verblüffen. »Natürlich ist er tot«, antwortete sie.

»*Wirklich*, Carys?«

»Wir waren gerade bei seiner Beerdigung, um Himmels willen!« Sie spürte seinen Verstand, eine solide Präsenz in ihrem Nacken. In den zurückliegenden Wochen hatten sie diese Szene oft gespielt – ein Kräftemessen zwischen ihrer beiderseitigen Willenskraft –, und sie wusste, dass er mit jedem Tag schwächer wurde. Aber noch nicht so schwach, um besiegt werden zu können: Er konnte immer noch Entsetzen bringen, wenn es ihm gefiel.

»Sag mir deine Gedanken – damit ich sie mir nicht holen muss.«

Wenn sie seine Fragen nicht beantwortete und er in sie eindrang, dann würde er ganz sicher den Läufer sehen.

»Bitte«, sagte sie und heuchelte Feigheit, »tun Sie mir nicht weh.«

Der Verstand zog sich ein wenig zurück.

»Ist er tot?«, fragte Mamoulian nochmals.

»In der Nacht, als er starb …«, begann sie. Was konnte sie ihm anderes sagen als die Wahrheit? Keine Lüge würde genügen; er würde es wissen. »… in der Nacht, als *sie sagten*, er sei gestorben, habe ich nichts gespürt. Keine Veränderung. Anders als bei Mamas Tod.«

Sie warf Mamoulian einen unterwürfigen Blick zu, um den Eindruck von Dienstbarkeit zu verstärken.

»Was schließt du daraus?«, fragte er.

»Ich weiß nicht«, antwortete sie aufrichtig.

»Was *vermutest* du?«

Wieder aufrichtig: »Dass er nicht tot ist.«

Das erste Lächeln, das Carys je auf dem Gesicht des Europäers gesehen hatte, zeigte sich. Es war nur die leiseste Andeutung, aber es war da. Sie spürte, wie er die Stacheln seiner Gedanken zurückzog und sich damit zufrieden gab, nachzudenken. Er würde nicht weiterforschen. Es gab zu viele Pläne zu schmieden.

»O Pilger«, hauchte er und tadelte seinen unsichtbaren Gegner wie ein geliebtes, aber unfolgsames Kind, »beinahe hättest du mich zum Narren gehalten.«

Marty folgte dem Auto von der Schnellstraße herunter durch die Stadt bis zu einem Haus in der Caliban Street. Als die Verfolgung endete, war es bereits Spätnachmittag. In hinreichender Entfernung parkend, verfolgte er, wie sie aus dem Auto ausstiegen. Der Europäer bezahlte den Fahrer, und nach einer geringen Verzögerung, während er die Haustür aufschloss, verschwanden sie in einem Haus, dessen schmutzige Vorhänge und abblätternde Fassadenfarbe in einer Straße, wo alle Gebäude renovierungsbedürftig waren, nicht außergewöhnlich wirkten. Im mittleren Stockwerk wurde eine Lampe eingeschaltet, der Vorhang vorgezogen.

Er blieb eine Stunde im Auto sitzen und beobachtete das Haus, aber nichts weiter geschah. Sie erschien nicht am Fenster, keine mit Steinen beschwerten und mit Küssen überhäuften Briefe wurden zu dem draußen wartenden Helden heruntergeworfen. Aber mit solchen Zeichen hatte er eigentlich auch nicht gerechnet; das waren fiktionale Dinge, wohingegen dies die Wirklichkeit war. Schmutziger Stein, schmutzige Fenster, schmutzige Schrecken, die seiner harrten.

Seit der Bekanntgabe von Whiteheads Tod hatte er nichts Richtiges mehr gegessen, und nun fühlte er sich zum ersten Mal seit diesem Morgen wieder hungrig. Er überließ das Haus der näher schleichenden Dämmerung und machte sich auf, um etwas Nahrhaftes zu finden.

53

Luther packte. Die Tage nach Whiteheads Tod waren ein Wirbelwind gewesen, und nun war ihm schwindelig davon. Mit so viel Geld in der Tasche fiel ihm mit jedem Augenblick eine neue Möglichkeit ein, ein zu verwirklichender Traum. Kurze Zeit spielte er mit dem Gedanken, zu einem langen Urlaub nach Jamaika heimzukehren. Er war von dort fortgegangen, als er acht gewesen war, vor neunzehn Jahren; seine Erinnerungen an die Insel waren verklärt. Er stellte sich auf eine Enttäuschung ein, aber wenn es ihm dort nicht gefiel, war das einerlei. Ein Mann mit seinem neu erlangten Reichtum brauchte keine besonderen Pläne. Er konnte jederzeit weiterziehen. Eine andere Insel, ein anderer Kontinent.

Er war mit seinen Vorbereitungen fast fertig, als ihn von unten eine Stimme rief. Keine Stimme, die er kannte.

»Luther? Sind Sie da?«

Er ging zum Treppenabsatz. Die Frau, mit der er einst dieses Haus geteilt hatte, hatte ihn verlassen; sie war vor sechs Monaten gegangen und hatte ihre Kinder mitgenommen. Das Haus hätte leer sein müssen. Aber da war jemand in der Diele; nicht einer, sondern zwei Männer. Der, der gerufen hatte, ein großer, würdevoller Mann, sah von unten zu ihm herauf. Licht vom Treppenabsatz schien auf seine breite, glatte Stirn. Luther kannte den Mann; möglicherweise von der Beerdigung? Hinter ihm, im Schatten, stand eine schwerere Gestalt.

»Ich hätte gern kurz mit Ihnen gesprochen«, sagte der Mann.

»Wie sind Sie hier hereingekommen? Wer, zum Teufel, sind Sie?«

»Nur auf ein Wort. Über Ihren Arbeitgeber.«

»Sind Sie von der Presse? Hören Sie, ich habe schon alles gesagt, was ich weiß. Verschwinden Sie von hier, bevor ich die Polizei rufe! Sie haben kein Recht, hier einzudringen.«

Der zweite Mann trat aus dem Schatten und sah die Treppe herauf. Er war geschminkt, das konnte man selbst auf die Entfernung erkennen. Die Haut war gepudert, Rouge auf die Wangen aufgetragen. Er sah aus wie ein Pantomime. Luther wich von der Treppe zurück, sein Verstand raste.

»Haben Sie keine Angst«, sagte der erste Mann wieder, und die Art, wie er es sagte, machte Luther mehr Angst, als er jemals zuvor in seinem Leben gehabt hatte. Wozu mochte eine solche Höflichkeit fähig sein?

»Wenn Sie nicht in zehn Sekunden von hier verschwunden sind …«, warnte er.

»Wo ist Joseph?«, fragte der höfliche Mann.

»Tot.«

»Sind Sie sicher?«

»Natürlich bin ich sicher. Sie waren doch bei der Beerdigung, nicht? Ich weiß nicht, wer Sie sind …«

»Mein Name ist Mamoulian.«

»Nun, Sie waren da, oder nicht? Sie haben es selbst gesehen. Er ist tot.«

»Ich habe einen Sarg gesehen.«

»Er ist tot«, beharrte Luther.

»Ich habe mitbekommen, dass Sie derjenige waren, der

ihn gefunden hat«, sagte der Europäer und ging ein paar lautlose Schritte durch die Diele zur untersten Treppenstufe.

»Das stimmt. Im Bett«, antwortete Luther. Vielleicht waren sie ja *doch* von der Presse. »Ich habe ihn im Bett gefunden. Er starb im Schlaf.«

»Kommen Sie herunter. Erzählen Sie uns die Einzelheiten.«

»Ich bleibe lieber hier oben.«

Der Europäer sah zum besorgten Gesicht des Chauffeurs hinauf und bohrte zögernd in seinem Nacken. Dort drinnen gab es zu viel Hitze und Schmutz, er fühlte sich nicht kräftig genug, eine Untersuchung zu beginnen. Es gab jedoch noch andere, gröbere Methoden. Er machte eine Geste zum Rasierklingenesser, dessen sandelholzduftende Präsenz er ganz in der Nähe spürte.

»Dies ist Anthony Breer«, sagte er. »In seinen besten Tagen hat er Kinder und Hunde – Sie erinnern sich doch noch an die Hunde, Luther? – mit bemerkenswerter Gründlichkeit aufgeschlitzt. Er hat keine Angst vor dem Tod. Tatsächlich verbindet ihn eine gütige Neigung mit ihm.«

Das Gesicht des Pantomimen sah die Treppe herauf, Verlangen glitzerte in seinen Augen.

»Bitte«, sagte Mamoulian. »Um unser beider willen: die Wahrheit.«

Luthers Kehle war so trocken, dass er die Worte kaum herausbrachte. »Der alte Mann ist tot«, sagte er. »Mehr weiß ich nicht. Wenn ich mehr wüsste, dann würde ich es Ihnen sagen.«

Mamoulian nickte; sein Gesichtsausdruck war mitfühlend, als fürchte er aufrichtig, was als Nächstes geschehen würde. »Sie erzählen mir etwas, und ich möchte Ihnen glauben; und Sie sagen es mit solcher Überzeugung, dass ich das auch beinahe tue. Im Prinzip könnte ich zufrieden verschwinden, und Sie könnten wieder Ihren Angelegenheiten nachgehen. Aber …« Er seufzte schwer. »… aber ich glaube Ihnen nicht *genug*.«

»Hören Sie, verdammt, dies ist mein Haus!«, brauste Luther auf, da er spürte, dass nun nur noch extreme Maßnahmen helfen würden.

Der Mann, der Breer hieß, hatte das Jackett aufgeknöpft; darunter trug er kein Hemd. Spieße waren durch das Fett seiner Brust gebohrt, welche die Brustwarzen überkreuzt durchstachen. Er griff nach oben und zog zwei heraus: Aus der Öffnung floss kein Blut. Mit diesen Stahlnadeln bewaffnet, kam er zum Treppenaufgang.

»Ich habe nichts getan«, flehte Luther.

»Das sagten Sie.«

Der Rasierklingenesser stampfte die Stufen hinauf. Die ungepuderte Brust war haarlos und gelblich.

»Halt!« Bei Luthers Ruf blieb Breer stehen.

»Ja?«, sagte Mamoulian.

»Halten Sie ihn mir vom Leib!«

»Wenn Sie mir etwas zu sagen haben, heraus damit. Ich brenne förmlich darauf, es zu hören.«

Luther nickte.

Breers Gesicht zeigte Enttäuschung. Luther schluckte heftig, bevor er sprach. Er hatte eine Summe, die für ihn ein Vermögen war, bezahlt bekommen, um das zu verschweigen, was er nun sagen würde, aber Whitehead hatte ihn nicht gewarnt, dass es so sein würde. Er hatte Kreuzverhöre neugieriger Reporter erwartet, vielleicht sogar ein lukratives Angebot für seine Geschichte von einer der Sonntagszeitungen, aber nicht das: diesen Troll mit dem Puppengesicht und den blutlosen Wunden. Es gab Grenzen für das Schweigen, das man sich mit Geld erkaufen konnte, um Himmels willen.

»Was haben Sie zu sagen?«, fragte Mamoulian.

»Er ist nicht tot«, antwortete Luther. Da: Es war gar nicht so schwer gewesen, nicht wahr? »Es war alles abgekartet. Nur zwei oder drei Menschen wussten davon. Ich war einer von ihnen.«

»Warum Sie?«

Diesbezüglich war sich Luther selbst nicht sicher. »Ich nehme an, er vertraute mir«, sagte er achselzuckend.

»Aha.«

»Außerdem musste jemand die Leiche finden, und ich war der wahrscheinlichste Kandidat. Er wollte nur eine saubere Flucht. Irgendwo neu anfangen, wo ihn keiner je finden wird.«

»Und wo ist das?«

Luther schüttelte den Kopf. »Das weiß ich nicht, Mann. Irgendwo, nehme ich an, wo niemand sein Gesicht kennt. Er hat es mir nicht gesagt.«

»Er muss doch eine Andeutung gemacht haben.«

»Nein.«

Luthers Beharrlichkeit erfreute Breer; sein Gesichtsausdruck hellte sich auf.

»Kommen Sie«, bat Mamoulian. »Sie haben mir die Hauptsache erzählt, was schadet es, wenn Sie mir auch noch den Rest erzählen?«

»Es *gibt* nichts mehr.«

»Warum wollen Sie sich das Leid nicht ersparen?«

»Er hat mir nichts gesagt, Mann!«

Breer kam eine Stufe höher; noch eine; noch eine.

»Er muss doch eine Andeutung gemacht haben«, wiederholte Mamoulian. »Denken Sie nach! Denken Sie nach! Sie sagten, er hat Ihnen vertraut.«

»Nicht so sehr. He, halten Sie ihn mir vom Leib, ja?« Die Stacheln glitzerten. »Um Himmels willen, halten Sie ihn mir vom Leib!«

Es gab viel Bemitleidenswertes. Das erste war, dass ein menschliches Wesen an einem anderen so lächelnd Grausamkeiten verüben konnte. Das zweite war, dass Luther tatsächlich nichts gewusst hatte. Sein Wissen war, wie er behauptet hatte, streng begrenzt. Aber als der Europäer sicher war, dass Luther nichts wusste, war der Mann nicht mehr zu retten. Nun, so ganz stimmte das nicht, denn eine Wiedererweckung lag durchaus im Bereich des Möglichen. Aber Mamoulian musste seine schwindende Kraft auf bessere Dinge konzentrieren; und außerdem, wenn er den Mann tot sein ließ, war das eine Möglichkeit, ihn wenigstens teilweise für das Leid zu entschädigen, welches der Chauffeur so vergebens hatte erdulden müssen.

»Joseph, Joseph, Joseph«, tadelte Mamoulian. Und die Dunkelheit strömte herbei.

X

Nichts – und danach

54 Nachdem er sich mit allem versorgt hatte, was er für eine lange Beobachtung des Hauses brauchte – Bücher, Essen, Trinken –, kehrte Marty in die Caliban Street zurück und beobachtete fast die ganze Nacht, wobei ihm eine Flasche Chivas Regal und das Autoradio Gesellschaft leisteten. Kurz vor Einbruch der Dämmerung gab er seinen Beobachtungsposten auf und fuhr betrunken zu seinem Zimmer zurück, wo er fast bis zum Nachmittag schlief. Als er erwachte, fühlte sein Kopf sich so groß wie ein Ballon an, und ebenso schal aufgepumpt, aber der vor ihm liegende Tag war voller Aktivitäten. Keine Träume von Kansas mehr, nur die Gedanken an das Haus und Carys, die darin eingesperrt war.

Nachdem er zum verspäteten Frühstück einen Hamburger gegessen hatte, kehrte er in die Straße zurück und parkte weit genug vom Haus entfernt, um keinen Verdacht zu erwecken, aber dennoch nahe genug, um das Kommen und Gehen beobachten zu können. Er verbrachte die folgenden drei Tage – an denen die Temperatur von Mitte dreißig bis fast vierzig Grad anstieg – am selben Standort. Manchmal schlief er ein paar Minuten in dem engen Auto, öfter jedoch fuhr er nach Kilburn zurück, um ein paar Stunden auszuschlafen. Der Feuerofen der Straße wurde ihm in all seinen Stimmungen vertraut. Er sah sie kurz vor Einbruch der Dämmerung, wie sie zu Festigkeit erstarrte, er sah sie am Morgen, wenn junge Frauen mit ihren Kindern ausgingen und geschäftig dahinschritten; am grellen Nachmittag; und am Abend, wenn das rosa Leuchten der untergehenden Sonne Ziegelsteine und Schiefer tönte. Das private und öffentliche Leben der Bewohner von Caliban eröffnete sich ihm. Ein spastisches Kind in Nummer sechsundsiebzig, dessen Wut ein heimliches Laster war. Die Frau in Nummer einundachtzig öffnete jeden Mittag um zwölf Uhr fünfundvierzig einem Mann die Tür. Ihr Mann war, Hemd und Krawatte nach zu urteilen, ein Polizist. Er wurde jeden Abend, wenn er heimkehrte, an der Tür mit einer Herzlichkeit empfangen, die direkt proportional zu der Zeit war, welche Frau und Liebhaber miteinander verbracht hatten. Noch mehr: ein Dutzend, zwei Dutzend Geschichten, die miteinander verschmolzen und sich wieder trennten.

Im Haus selbst konnte er gelegentliche Aktivität feststellen, aber Carys erblickte er nicht ein einziges Mal. Die Jalousien im mittleren Stockwerk blieben den ganzen Tag über heruntergelassen, erst am Spätnachmittag wurden sie geöffnet, wenn die stärkste Sonnenstrahlung vorüber war; das einzige Fenster im Obergeschoss schien permanent von innen verriegelt zu sein.

Marty kam zu dem Ergebnis, dass sich, abgesehen von Carys, nur zwei Menschen in dem Haus aufhielten. Einer war natürlich der Europäer, der andere der Schlächter, dem er sich im Asyl beinahe hatte stellen müssen, der Hundetöter. Er kam und ging einmal täglich, manchmal zweimal; normalerweise hatte er wohl irgendwelche trivialen Geschäfte zu erledigen. Er bot einen unangenehmen Anblick, mit seinem geschminkten Gesicht, dem trampelnden Gang, den verstohlenen Blicken, die er spielenden Kindern zuwarf.

In diesen Tagen verließ Mamoulian das Haus nicht; zumindest sah Marty ihn nicht weggehen. Er tauchte manchmal kurz an einem der unteren Fenster auf und sah auf die sonnenbeschienene Straße hinaus; doch das nur unregelmäßig. Und solange er im Haus war, hielt Marty es für besser, keinen Rettungsversuch zu unternehmen. Kein noch so großer Mut – und diese Eigenschaft besaß er ohnedies nicht in unbegrenztem Vorrat – konnte ihn gegen die Mächte wappnen, welche der Europäer entfesseln mochte. Nein, er musste hier sitzen und warten, bis sich eine sicherere Gelegenheit bot.

Am fünften Tag, die Hitze stieg immer noch an, bot sich ihm eine glückliche Gelegenheit. Gegen acht Uhr fünfzig, als sich die Dämmerung über die Stadt senkte, fuhr ein Taxi vor dem Haus vor, und Mamoulian, der sich für das Kasino angekleidet hatte, erschien an der Haustür und stieg ein. Fast eine Stunde später erschien der andere Mann an der Haustür, sein Gesicht war in der sinkenden Nacht ein verschwommener Fleck, aber irgendwie wirkte er gierig. Marty wartete, bis er die Tür abgesperrt hatte; er sah rechts und links die Straße hinunter und machte sich dann auf den Weg. Als die watschelnde Gestalt um die Ecke der Caliban Street verschwunden war, stieg Marty aus dem Auto. Entschlossen, keinen Fehler bei diesem ersten – und wahrscheinlich einzigen – Rettungsversuch zu riskieren, ging Marty zur Ecke, um nachzusehen, ob sich der Schlächter nicht nur ein wenig die Füße vertrat. Aber die Masse des Mannes strebte eindeutig der Stadt entgegen, wobei er sich stets im Schatten hielt. Erst als keine Spur mehr von ihm zu sehen war, kehrte Marty zum Haus zurück.

Alle Fenster waren verriegelt, vorn wie hinten; Lichter waren keine zu sehen. Vielleicht – Zweifel nagten in ihm – war sie nicht einmal im Haus; vielleicht war sie ausgegangen, während er im Auto gedöst hatte. Er betete, dass es nicht so sei; und während er betete, brach er die Hintertür mit einem Stemmeisen auf, das er eigens zu diesem Zweck mitgebracht hatte. Das und eine Lampe: Standardausrüstung eines Einbrechers, der etwas auf sich hielt.

Die Atmosphäre drinnen war steril. Er begann, das Erdgeschoss Zimmer für Zimmer zu durchsuchen, und war entschlossen, dabei so systematisch wie möglich vorzugehen. Unprofessionelles Vorgehen konnte er sich nicht leisten: kein Rufen, kein Umhereilen, nur vorsichtige, effektive Untersuchung. Alle Zimmer waren leer, weder Menschen noch Möbel zu sehen. Ein paar Kleinigkeiten, die wohl die vorherigen Bewohner zurückgelassen hatten, unterstrichen das Gefühl der Einsamkeit noch, anstatt es zu zerstreuen. Er stieg die Treppe hinauf …

Im zweiten Stock fand er Breers Zimmer; es stank. Ein unangenehmer Geruch, eine Mischung aus Parfüm und ranzigem Fleisch. In einer Ecke stand ein großes Schwarz-Weiß-Fernsehgerät, das eingeschaltet geblieben war, der Ton allerdings zu einem Flüstern abgedreht; eine Quizshow wurde gesendet. Der Quizmaster heulte fast lautlos in gespielter Verzweiflung angesichts der Niederlage eines Kandidaten. Das flackernde, metallische Licht fiel auf die wenigen Möbelstücke im Zimmer: ein Bett mit einer nicht überzogenen Matratze und ein paar fleckigen Kissen; ein an einen Stuhl gelehnter Spiegel, auf dem Stuhl lagen Kosmetikartikel und Eau de Cologne. An den Wänden hingen Fotos, die aus einem Buch über Gräueltaten des Krieges herausgerissen worden waren. Er warf nur einen flüchtigen Blick darauf, aber selbst im trügerischen Licht waren ihre Einzelheiten abstoßend. Er schloss die Tür des Zimmers und versuchte es beim nächsten: die Toilette, daneben das Bad. Die vierte und letzte Tür dieses Stockwerks lag hinter einer Biegung des Korridors; sie war verschlossen. Zweimal drückte er versuchsweise die Klinke hinunter, dann presste er das Ohr dagegen, um eventuell drinnen etwas zu hören.

»Carys?«

Keine Antwort; auch keine Geräusche eines Bewohners.

»Carys? Ich bin es, Marty. Kannst du mich hören?« Er zerrte nachdrücklich an der Klinke. »Ich bin es, Marty!«

Ungeduld überkam ihn. Sie war da, direkt hinter dieser

Tür. Plötzlich erfüllte ihn die unumstößliche Gewissheit ihrer Anwesenheit hier. Er trat gegen die Tür, allerdings mehr aufgrund von Frustration, doch dann hob er den Absatz auf Höhe des Schlosses und trat, so fest er konnte, dagegen. Das Holz splitterte unter seinem Tritt. Ein halbes Dutzend weiterer Hiebe, dann brach das Schloss. Er warf sich mit der Schulter gegen die Tür und stieß sie auf.

Das Zimmer roch nach ihr, war von ihrer Präsenz erfüllt. Aber abgesehen von ihrer Präsenz und ihrer Wärme war es praktisch leer. Nur ein Eimer in der Ecke, verschiedene leere Teller und Schüsseln; ein paar Bücher, eine Decke, ein kleiner Tisch, auf dem ihr Zubehör lag: Nadeln, eine Spritze, Schüsseln, Streichhölzer. Sie selbst lag zusammengerollt in einer Ecke des Zimmers. In einer anderen Ecke stand eine Lampe mit einer lichtschwachen Glühbirne, die teilweise mit einem Tuch verhängt war, damit das wenige Licht noch schwächer wurde. Sie trug lediglich ein T-Shirt und eine knielange Hose. Weitere Kleidungsstücke, wie Pullover, Jeans und Blusen, lagen überall verstreut. Als sie zu ihm aufschaute, konnte er sehen, dass Schweiß ihr die Haare an die Stirn klebte.

»Carys.«

Zuerst erkannte sie ihn gar nicht.

»Ich bin es. Marty.«

Die Andeutung eines Runzelns zerfurchte ihre glänzende Stirn. »Marty?«, sagte sie mit zitternder Stimme. Das Stirnrunzeln wurde tiefer; er war nicht sicher, ob sie ihn überhaupt sah; ihr Blick verschwamm. »Marty«, wiederholte sie, und diesmal schien ihr der Name etwas zu sagen.

»Ja, ich bin es.«

Er durchquerte das Zimmer; sie riss die Augen auf, in denen sich Erkennen, aber auch Angst spiegelte. Mühsam richtete sie sich etwas auf, das T-Shirt klebte an ihrem verschwitzten Oberkörper.

»Komm mir nicht zu nahe.«

»Was hast du denn?«

»Komm mir nicht zu nahe.«

Die Wut ihrer Äußerung ließ ihn einen Schritt zurückweichen. Was, zum Teufel, hatten sie mit ihr gemacht?

Sie richtete sich ganz auf, legte die Ellbogen auf die Knie und ließ den Kopf zwischen die Beine sinken.

»Warte ...«, sagte sie flüsternd.

Ihr Atem wurde regelmäßiger. Er bemerkte zum ersten Mal, während er wartete, dass es in dem Zimmer zu summen schien. Vielleicht nicht nur im Zimmer, vielleicht war dieses Heulen – als würde irgendwo in dem Gebäude ein Generator summen – schon die ganze Zeit über da gewesen, seit er eingedrungen war. Wenn ja, dann war es ihm offensichtlich nicht aufgefallen. Nun irritierte es ihn, während er darauf wartete, dass sie ihr wie auch immer geartetes Ritual beendete. Es war subtil, aber so eindringlich, dass es schon nach wenigen Sekunden, in denen man es hörte, nicht mehr möglich war zu sagen, ob es nicht doch nur ein Summen im Innenohr war. Er schluckte heftig; das Geräusch ging weiter, monoton.

Schließlich sah Carys auf.

»Schon gut«, sagte sie. »Er ist nicht hier.«

»Das hätte ich dir sagen können. Er verließ das Haus vor zwei Stunden. Ich habe es gesehen.«

»Er muss nicht körperlich hier sein«, sagte sie und rieb sich den Nacken.

»Geht es dir gut?«

»Recht gut.« Dem Tonfall ihrer Stimme nach zu urteilen, hätten sie einander erst gestern gesehen haben können. Er kam sich närrisch vor, als sei seine Erleichterung, das Gefühl, sie nehmen und weglaufen zu müssen, unangemessen, sogar albern.

»Wir müssen gehen«, sagte er. »Sie könnten zurückkommen.«

Sie schüttelte den Kopf. »Sinnlos.«

»Was meinst du damit: sinnlos?«

»Wenn du wüsstest, was er tun kann.«

»Glaub mir, ich habe es gesehen.«

Er dachte an Bella, die arme, tote Bella, deren Welpen an ihrem verwesten Fleisch saugten. Er hatte wahrlich genug gesehen.

»Ein Fluchtversuch ist sinnlos«, beharrte sie. »Er kann in meinen Kopf eindringen. Ich bin ein offenes Buch für ihn.« Das war eine Übertreibung, denn es fiel ihm ja zusehends schwerer, sie zu kontrollieren. Aber sie war so ermüdet von dem Kampf, fast so ermüdet wie der Europäer. Sie überlegte manchmal, ob er sie mit seiner Weltmüdigkeit nicht angesteckt hatte; als hätte ein Teil von ihm in ihrem Schädel jede Möglichkeit mit der Gewissheit ihrer Vergeblichkeit verdorben. Das sah sie nun an Marty, von dessen Gesicht sie geträumt, dessen Körper sie gewollt hatte. Sie sah, wie er altern, wie er ermüden und sterben würde, wie alles ermüden und sterben würde. Warum sich überhaupt wehren?, fragte die Krankheit in ihr, warum aufstehen, wenn es lediglich eine Frage der Zeit ist, bis man wieder stürzt?

»Kannst du ihn nicht aussperren?«, wollte Marty wissen.

»Ich bin zu schwach, ihm Widerstand zu leisten. Mit dir werde ich noch schwächer sein.«

»Warum?«

Diese Bemerkung entsetzte ihn.

»Sobald ich mich entspanne, wird er durchkommen. Verstehst du? Sobald ich mich jemandem ergebe, *etwas* ergebe, kann er eindringen.«

Marty dachte an Carys' Gesicht auf dem Kissen und wie einen irrsinnigen Augenblick lang ein anderes Gesicht zwischen ihren Fingern herabgesehen zu haben schien. Der Letzte Europäer hatte selbst damals zugesehen und an dem Erlebnis teilgehabt. Eine *ménage à trois* für Mann, Frau und beiwohnenden Geist. Die Obszönität dessen brachte tiefere Akkorde der Wut in ihm zum Erklingen: nicht die oberflächliche Entrüstung eines rechtschaffenen Mannes, sondern eine fundamentale Ablehnung des Europäers und all seiner Dekadenz. Was auch immer die Folgen sein mochten, er würde sich nicht dazu überreden lassen, Carys Mamoulians Einflüssen zu überlassen. Sollte es notwendig werden, würde er sie gegen ihren Willen mitnehmen. Wenn sie dieses summende Haus verlassen hatte, wo die Verzweiflung die Tapeten von den Wänden abblättern ließ, würde sie sich daran erinnern, wie schön das Leben war; er würde dafür *sorgen*, dass sie sich erinnerte. Entschlossen trat er wieder auf sie zu und ließ sich auf die Fersen nieder, um sie zu berühren. Sie zuckte zurück.

»Er ist beschäftigt«, versicherte er ihr. »Er ist im Kasino.«

»Und er wird dich töten«, sagte sie nüchtern, »wenn er herausfindet, dass du hier warst.«

»Er wird mich töten wollen, ganz gleich, was nun geschieht. Ich habe mich eingemischt, habe sein Loch gesehen, in dem er sich verkriecht, und ich habe die Absicht, ihm gehörigen Schaden zuzufügen, bevor wir gehen, damit er sich meiner erinnert.«

»Tu, was du willst.« Sie zuckte mit den Achseln. »Das ist deine Sache. Aber lass mich aus dem Spiel.«

»Papa hatte also Recht«, sagte Marty verbittert.

»Papa? Was hat er dir gesagt?«

»Dass du bei Mamoulian sein wolltest.«

»Nein.«

»Du möchtest *wie* er sein.«

»Nein, Marty, *nein*!«

»Ich nehme an, er besorgt dir den allerbesten Stoff, was? Und ich kann das nicht, hm?« Das bestritt sie nicht, sondern sah nur mürrisch vor sich hin. »Was, zum Teufel, suche ich eigentlich hier?«, fragte er. »Du bist glücklich, oder? Herrgott, du bist glücklich.«

Es war lächerlich, wie sehr sie seine Rettungsmission missverstanden hatte. Sie war zufrieden in diesem Loch, solange sie versorgt wurde. Ihr Gerede von Mamoulians Eindringen war Augenwischerei. In Wahrheit konnte sie ihm jedes Verbrechen verzeihen, das er beging, solange er den Stoff lieferte.

Er stand auf. »Wo ist sein Zimmer?«

»Nein, Marty.«

»Ich möchte sehen, wo er schläft. Wo ist es?«

Sie zog sich an seinem Arm hoch. Ihre Hände waren heiß und feucht.

»Bitte geh, Marty. Dies ist kein Spiel. Es wird nicht alles vergeben werden, wenn das Ende kommt, verstehst du? Es hört nicht einmal auf, wenn man tot ist. Begreifst du, was ich sage?«

»O ja«, sagte er. »Ich verstehe.« Er legte die Handfläche auf ihre Wange. Ihr Atem roch sauer; seiner auch, aber vom Whisky.

»Ich bin nicht mehr unschuldig. Ich weiß, was hier vor sich geht. Nicht alles, aber genug. Ich habe Dinge gesehen, und ich bete dafür, dass ich sie niemals wieder sehen muss; ich habe Geschichten gehört … Himmel, *ich verstehe.*« Wie konnte er es ihr nachdrücklich genug verdeutlichen? »Ich habe eine Heidenangst. In meinem ganzen Leben habe ich noch nicht solche Angst gehabt.«

»Dazu hast du allen Grund«, sagte sie kalt.

»Ist dir gleichgültig, was aus dir wird?«

»Ziemlich.«

»Ich werde dir Stoff beschaffen«, sagte er. »Wenn das alles ist, was dich hier hält, dann werde ich ihn dir beschaffen.«

Huschten Zweifel über ihr Gesicht? Er bedrängte sie weiter. »Ich habe gesehen, wie du während der Beerdigung nach mir gesucht hast.«

»Du warst dort?«

»Warum hast du dich umgesehen, wenn du nicht wolltest, dass ich komme?«

Sie zuckte mit den Achseln. »Ich weiß nicht. Vielleicht glaubte ich, du wärst mit Papa gegangen.«

»Du meinst tot?«

Sie sah ihn finster an. »Nein. Weggegangen. Wo er jetzt ist.«

Er brauchte eine Weile, um ihre Worte zu verarbeiten. Schließlich sagte er: »Du meinst, er ist nicht tot?«

Sie schüttelte den Kopf. »Ich dachte, das wüsstest du. Ich dachte, du hättest mit seiner Flucht zu tun.«

Natürlich war der alte Bastard nicht tot. Große Männer legten sich nicht einfach hin und starben hinter der Bühne. Sie vertrieben sich in den mittleren Akten die Zeit – verehrt, betrauert, verleumdet – und kehrten dann wieder, um noch die eine oder andere Schlussszene zu spielen. Eine Sterbeszene; eine Hochzeit.

»Wo ist er?«, fragte Marty.

»Das weiß ich nicht, und Mamoulian auch nicht. Er wollte mich dazu bringen, ihn so zu finden, wie ich Toy gefunden habe, aber das kann ich nicht, weil ich den Brennpunkt verloren habe. Einmal habe ich sogar versucht, *dich* zu finden. Es war vergebens. Ich konnte kaum bis jenseits der Eingangstür denken.«

»Aber du hast Toy gefunden?«

»Das war ganz am Anfang. Jetzt … bin ich verbraucht. Ich sage ihm, dass es mir wehtut. Als würde etwas in mir zerbrechen.« Schmerz, in der Erinnerung und im Jetzt, verzerrte ihr Gesicht. »Und dennoch möchtest du bleiben?«

»Es wird bald überstanden sein. Für uns alle.«

»Komm mit mir. Ich habe Freunde, die uns helfen können«, lockte er sie und fasste sie an den Handgelenken.

»Gütiger Gott, siehst du denn nicht, dass ich dich brauche? *Bitte.* Ich brauche dich.«

»Ich bin unnütz. Ich bin schwach.«

»Ich auch. Ich bin auch schwach. Wir verdienen einander.«

Der Gedanke schien sie bei allem Zynismus zu freuen. Sie dachte einen Augenblick darüber nach, bevor sie sagte: »Vielleicht schon«, sehr leise. Ihr Gesicht war ein Labyrinth der Unentschlossenheit; Stoff und Zweifel. Schließlich sagte sie: »Ich ziehe mich an.«

Marty zog sie heftig an sich und atmete den abgestandenen Geruch ihres Haares ein; er wusste, dieser erste Sieg mochte sein einziger bleiben, und dennoch jubilierte er. Sie löste sich sanft aus seiner Umarmung und bereitete sich darauf vor, mit ihm zu gehen. Er beobachtete sie, während sie die Jeans anzog, aber ihr Selbstbewusstsein schien stark genug, deshalb überließ er sie sich selbst und ging hinaus auf den Flur. Aus ihrer Gegenwart entfernt, dröhnte das Summen in seinen Ohren; jetzt lauter, dachte er, als am Anfang. Er schaltete die Taschenlampe ein und ging die letzte Treppe zu Mamoulians Zimmer hinauf. Mit jedem Schritt, den er machte, wurde das Heulen lauter; es tönte in den Dielen der Treppe, in den Wänden – eine lebende Präsenz.

Auf dem obersten Treppenabsatz gab es nur eine einzige Tür. Das Zimmer dahinter breitete sich offenbar über den gesamten obersten Stock aus. Mamoulian, der natürliche Aristokrat, hatte das geräumigste Zimmer für sich selbst ausgesucht. Die Tür stand offen. Mamoulian fürchtete keine Eindringlinge. Als Marty sie anstieß, schwang sie ein paar Zentimeter nach innen, aber der widerstrebende Lichtkegel der Taschenlampe konnte das Dunkel dahinter nicht weiter als eine Armeslänge durchdringen. Er stand auf der Schwelle wie ein Kind, das vor einer Fahrt mit der Geisterbahn zögert.

Seit seiner ersten Zusammenkunft mit Mamoulian hatte er ein immenses Interesse an diesem Mann entwickelt. Er hatte Schmerz in sich, daran konnte kein Zweifel bestehen, und vielleicht eine schreckliche Aufnahmefähigkeit für Gewalt. Aber so, wie Mamoulians Gesicht unter dem von Carys erschienen war, so gab es vielleicht noch ein zweites Gesicht unter dem des Europäers. Vielleicht mehr als eines. Fünfzig Gesichter, jedes seltsamer als das vorherige, zurück zu einem Stadium, welches älter als Bethlehem war. Er musste einen Blick erhaschen. Einen Blick, um der alten Zeiten willen; innerlich gewappnet trat er in die lebende Dunkelheit des Zimmers.

»Marty!«

Etwas flackerte vor ihm, eine Blase platzte in seinem Kopf, als Carys ihn rief.

»Marty! Ich bin bereit!« Das Summen in dem Zimmer war scheinbar angeschwollen, als er eintrat. Nun, als er sich zurückzog, sank es zu einem enttäuschten Flüstern herab. *Geh nicht,* schien es zu seufzen. *Warum gehen? Sie kann warten. Lass sie warten. Bleib eine Weile hier und sieh, was es zu sehen gibt.*

»Wir haben keine Zeit«, sagte Carys.

Fast wütend darüber, dass er gestört worden war, schloss Marty die Tür vor der verlockenden Stimme und ging nach unten.

»Mir geht es nicht gut«, sagte sie zu ihm, als er auf dem Treppenabsatz stand.

»Ist er es? Versucht er, zu dir durchzudringen?«

»Nein. Mir ist nur schlecht. Ich wusste nicht, dass ich so schwach bin.«

»Draußen wartet ein Wagen«, sagte er und bot ihr die Hand an, damit sie sich stützen konnte. Sie winkte ihn weg.

»Im Zimmer«, sagte sie, »ist ein Bündel meiner Sachen.«

Er ging hinein, um es zu holen, und als er es aufhob, hörte er, wie sie einen klagenden Laut ausstieß und auf der Treppe stolperte.

»Alles in Ordnung?«, fragte er.

»Ja«, sagte sie.

Als er mit dem Bündel in der Hand an ihre Seite trat, sah sie ihn äschern an. »Das Haus möchte, dass ich bleibe«, flüsterte sie.

»Wir werden langsam gehen«, sagte er und ging ihr voraus, weil er fürchtete, sie könnte noch einmal stolpern. Sie erreichten die Diele ohne weitere Zwischenfälle.

»Wir können nicht zur Vordertür hinaus«, sagte sie. »Die ist von außen zweimal versperrt.«

Während sie durch die Diele nach hinten gingen, hörten sie unmissverständlich, wie die Hintertür geöffnet wurde.

»Scheiße«, fluchte Marty atemlos. Er ließ Carys' Arm los

und hastete durch die Diele zurück zur Vordertür, wo er versuchte, sie zu öffnen, doch sie war, wie Carys gesagt hatte, zweimal abgeschlossen. Panik stieg in ihm auf, aber in seiner Verwirrung sagte eine ruhige Stimme, in der er die Stimme des oberen Zimmers erkannte: *Kein Grund zur Panik. Komm herauf. Sei sicher in mir. Versteck dich in mir.* Er wies die Versuchung von sich.

Carys hatte ihm das Gesicht zugedreht. »Es ist Breer«, hauchte sie.

Der Hundeschlächter war in der Küche. Marty konnte ihn hören, riechen. Carys zupfte Marty am Ärmel und deutete zu einer verriegelten Tür unter der Treppe. Der Keller, dachte er. Mit in der Dunkelheit weißem Gesicht stand sie da und deutete nach unten.

Er nickte.

Breer sang selbstvergessen vor sich hin. Seltsam, ihn sich glücklich vorzustellen, diesen bulligen Schlächter; mit seinem Wunsch zu singen zufrieden.

Carys hatte den Riegel der Kellertür geöffnet. Stufen, vom Licht aus der Küche spärlich erhellt, führten nach unten in die Grube. Geruch von Desinfektionsmitteln und Holzschnitzen: gesunde Gerüche. Sie schlichen gemeinsam die Treppe hinunter und zuckten bei jedem lauten Auftreten, bei jeder knarrenden Stufe zusammen. Doch der Rasierklingenesser war scheinbar zu sehr mit sich selbst beschäftigt, um sie zu hören. Kein verfolgendes Heulen wurde laut. Marty schloss die Kellertür hinter sich und hoffte verzweifelt, Breer würde nicht bemerken, dass der Riegel zurückgeschoben worden war, und lauschte.

Nach einiger Zeit hörte er Wasser laufen; das Klirren von Tassen, vielleicht einer Teekanne. Das Monster machte Kamillentee.

Breers Sinne waren nicht so geschärft wie früher. Die Hitze des Sommers machte ihn lustlos und schwach. Seine Haut roch schlecht, sein Haar fiel aus, die Eingeweide wollten sich kaum noch regen. Er hatte beschlossen, dass er Urlaub brauchte. Sobald der Europäer Whitehead gefunden und vernichtet hatte – was sicher nur noch eine Frage von Tagen sein würde –, dann würde er sich aufmachen, um das Nordlicht zu sehen. Das würde bedeuten, dass er ihren Hausgast verlassen musste – er konnte ihre Nähe nicht weit entfernt spüren, aber bis dahin würde sie ihre Anziehungskraft ohnedies verloren haben. Er war wankelmütiger, als er es früher gewesen war, und Schönheit war vergänglich. Innerhalb von zwei Wochen – drei, bei kühlem Wetter – verloren sie alle ihren Charme.

Er nahm am Tisch Platz und schenkte sich eine Tasse Kamillentee ein. Der Geruch, der ihm einst großes Vergnügen bereitet hatte, war inzwischen zu schwach für seine verstopften Stirnhöhlen, aber er trank ihn aus Traditionsbewusstsein. Später würde er in sein Zimmer hinaufgehen und die Seifenopern ansehen, die er so sehr liebte; vielleicht würde er zu Carys hineinschauen und sie im Schlaf beobachten; sie dazu bringen, wenn sie erwachte, in seiner Gegenwart Wasser zu lassen. In den Erinnerungen an sein Toiletten-Training verloren, saß er da und schlürfte Tee.

Marty hatte gehofft, der Mann würde sich mit seinem Gebräu auf sein Zimmer zurückziehen und ihnen den Weg zur Hintertür freimachen, aber Breer hatte eindeutig die Absicht, eine Weile zu bleiben.

Er griff in der Dunkelheit nach Carys. Sie war hinter ihm auf der Treppe und zitterte von Kopf bis Fuß, wie er auch. Dummerweise hatte er die Brechstange, seine einzige Waffe, irgendwo im Haus liegen lassen; wahrscheinlich in Carys' Zimmer. Sollte es zu einer Konfrontation kommen, war er unbewaffnet. Schlimmer noch: die Zeit verstrich. Wie lange noch, bis Mamoulian nach Hause kam? Sein Mut sank bei diesem Gedanken. Er glitt die Treppe hinab, die Hände am kühlen Stein der Wand, an Carys vorbei und tiefer in den Keller hinein. Vielleicht gab es da unten irgendeine Waffe. Vielleicht sogar, größte aller Hoffnungen, einen weiteren Ausgang. Aber das Licht hier unten war äußerst spärlich. Er konnte keine Scharniere sehen, die auf eine Falltür oder einen Kohlenschacht hindeuteten. In der Gewissheit, dass er von der Eingangstür aus nicht mehr gesehen werden konnte, schaltete er die Taschenlampe ein. Der Keller war nicht vollkommen leer. In der Mitte war eine Plane hochgezogen worden, um ihn zu unterteilen, eine künstliche Wand.

Mit einer Hand griff er nach der niederen Decke und tastete sich zögernd Schritt für Schritt durch den Keller, wobei er sich an den Röhren an der Decke festhielt, um nicht das Gleichgewicht zu verlieren. Er zog die Plane beiseite und richtete den Lichtkegel der Taschenlampe in den angrenzenden Raum. Kaum hatte er das getan, schien sein Herz stillstehen zu wollen. Um ein Haar hätte er einen Schrei ausgestoßen, aber er unterdrückte ihn noch rechtzeitig, bevor er ihm über die Lippen kam.

Ein oder zwei Meter von ihm entfernt stand ein Tisch. An ihm saß ein junges Mädchen. Sie starrte ihn an.

Er legte den Finger an die Lippen, um sie zum Schweigen zu bringen, bevor sie aufschreien konnte. Aber das war nicht nötig, denn sie bewegte sich nicht und sagte auch nichts. Das Kind war tot, das wurde ihm jetzt klar, tot und voller Staub.

»O Heiland«, sagte er sehr leise.

Carys hörte ihn. Sie drehte sich um und kam die Treppe herunter.

»Marty?«, hauchte sie.

»Bleib weg«, sagte er, konnte aber den Blick nicht von dem toten Mädchen nehmen. Es gab mehr als nur den Leichnam zu betrachten. Da waren die Messer und der Teller auf dem Tisch vor ihr, eine Serviette war liebevoll ausgeschüttelt und auf ihren Schoß gebreitet worden. Auf dem Teller, sah er, lag Fleisch, dünn geschnitten, wie von einem Metzgermeister. Er schlich an dem Leichnam vorbei und bemühte sich, dessen starrem Blick auszuweichen. Als er am Tisch vorbeiging, streifte er die Seidenserviette fort, und sie fiel zwischen den gespreizten Beinen des Mädchens hindurch.

Doppeltes Entsetzen folgte dicht aufeinander. Die Serviette hatte ordentlich die Stelle an der Innenseite des Schenkels bedeckt, aus der das Fleisch herausgeschnitten worden war. Im selben Augenblick kam ihm eine andere Erkenntnis: Er selbst hatte solches Fleisch gegessen, in jenem Zimmer im Asyl, von Whitehead ermutigt! Es war die köstlichste Delikatesse gewesen; er hatte den Teller leer gegessen.

Übelkeit überkam ihn. Er ließ die Taschenlampe fallen, während er sich bemühte, die Übelkeit niederzukämpfen, aber sie war außerhalb seiner physischen Kontrolle. Der bittere Geruch von Magensäure erfüllte den Raum; plötzlich gab es kein Verstecken mehr, keine Hilfe vor diesem Wahnsinn, als sich zu übergeben und die Folgen zu erdulden.

Oben ließ der Rasierklingenesser seinen Tee stehen, stieß den Stuhl zurück und kam aus der Küche.

»Wer?«, verlangte seine belegte Stimme zu wissen. »Wer ist dort unten?«

Er ging zielstrebig auf die Kellertür zu und riss sie auf. Totes Neonlicht ergoss sich die Treppe herab.

»Wer ist dort unten?«, fragte er nochmals, und dann folgte er dem Licht die Treppe hinunter, seine Füße polterten auf den Holzstufen. *»Was tust du da unten?«*, brüllte er, und seine Stimme drohte, in der Hysterie zu brechen. *»Du kannst nicht da hinuntergehen!«*

Marty sah atemlos und benommen auf, wie Carys durch den Keller auf ihn zuging. Ihre Augen hatten das Stillleben am Tisch erblickt, aber sie beherrschte sich meisterhaft, achtete nicht auf den Leichnam, sondern griff nach Messer und Gabel, die neben dem Teller lagen. Sie nahm sie beide, wobei sie in der Hast das Tischtuch erwischte. Der Teller und sein von Fliegen heimgesuchter Inhalt fielen polternd zu Boden, die Messer folgten klirrend.

Breer verweilte am Fuß der Treppe und betrachtete die Entweihung seines Tempels. Dann stürzte er sich fassungslos auf die Eindringlinge und sein Gewicht verlieh dem Angriff eine Ehrfurcht gebietende Wucht. Carys, die neben ihm wie eine Zwergin aussah, drehte sich weg, als er brüllend nach ihr griff. Sie wurde verdeckt, Marty konnte nicht erkennen, wer wo war. Aber die Verwirrung dauerte nur Sekunden an. Dann hob Breer die grauen Hände, als wolle er Carys wegstoßen, und sein Kopf baumelte hin und her. Er stieß ein Heulen aus, aber es war mehr Protest- als Wutgeheul.

Carys duckte sich unter seinen rudernden Armen weg und floh aus seiner Reichweite. Messer und Gabel, die sie gehabt hatte, waren nicht mehr in ihren Händen. Breer war direkt in sie hineingelaufen. Er schien jedoch überhaupt nicht zu bemerken, dass sie in seinen Eingeweiden steckten. Seine ganze Aufmerksamkeit galt dem Mädchen, das gerade eben umgekippt und zu einem unordentlichen Bündel am Kellerboden zusammengefallen war. Er eilte zu ihr, um sie zu stützen, wobei er für den Augenblick die beiden Tempelschänder völlig vergaß. Carys erblickte Marty, dessen Gesicht wie ein Weichkäse aussah, wie er sich an den Röhren an der Decke aufrecht hielt.

»Lauf!«, schrie sie ihm zu. Sie wartete einen Augenblick, ob er darauf reagierte, dann hastete sie zur Treppe. Als sie die Stufen hinauf zum Licht stürzte, hörte sie den Rasierklingenesser hinter sich rufen: »Nein! Nein!« Sie sah über die Schulter. Marty erreichte den Fuß der Treppe in dem Augenblick, als die Hände des Rasierklingenessers – manikürt, parfümiert und tödlich – nach ihm griffen. Marty führte einen geschickten Schlag nach hinten, und Breer ließ ihn los. Er gewann jedoch nur einen Augenblick Zeit damit, mehr nicht. Marty hatte erst die halbe Treppe erklommen, als sein Verfolger ihm wieder dicht auf den Fersen war. Das

geschminkte Gesicht war verschmiert, wie es aus der Tiefe des Kellers emporstarrte, die Züge so verzerrt, dass sie kaum noch menschlich aussahen.

Diesmal packten Breers Hände Martys Hosenbeine, die Finger gruben sich tief in die Muskeln unter seiner Haut. Marty schrie auf, als Stoff riss und Blut floss. Er streckte Carys die Hand entgegen, die alle ihr noch verbleibende Kraft aufbrachte und Marty zu sich heraufzog. Breer, der nur mühsam das Gleichgewicht gewahrt hatte, konnte seinen Griff nicht halten, und Marty stolperte die restlichen Stufen hinauf und schob Carys vor sich her. Sie stürzte in die Diele hinaus, gefolgt von Marty, der Breer im Rücken hatte. Auf der obersten Stufe drehte Marty sich jedoch unerwartet um und trat zu. Sein Absatz traf den durchbohrten Bauch des Rasierklingenessers. Breer kippte nach hinten, seine Hände griffen in der Luft nach einem Halt, aber sie fanden keinen. Seine Fingernägel rissen den Verputz von den Wänden, als er stürzte und schwer die Stufen hinabfiel. Unten prallte er mit einem dumpfen *Plopp* auf dem Kellerboden auf. Dort blieb er ausgestreckt liegen.

Marty schlug die Tür zu und verriegelte sie. Er fühlte sich zu elend, um einen Blick auf die Beinverletzung zu wagen, aber anhand der feuchten Wärme in Socken und Schuh konnte er erkennen, dass sie heftig blutete.

»Kannst du … etwas holen …«, sagte er. »Nur, um sie zu bedecken?«

Zu atemlos, um zu antworten, nickte Carys nur und eilte in die Küche. Dort hing ein Handtuch neben der Spüle, aber es war zu schmutzig, um es auf eine offene Wunde zu halten. Sie begann, nach etwas Sauberem zu suchen, was immer es sein mochte. Es wurde Zeit, dass sie verschwanden. Mamoulian würde nicht die ganze Nacht über wegbleiben.

In der Diele lauschte Marty nach irgendwelchen Lauten aus dem Keller. Er hörte keine.

Aber er vernahm ein anderes Geräusch, das er beinahe vergessen hatte. Das Summen des Hauses erklang wieder in seinem Kopf, und diese angenehme Stimme verschmolz damit, ein traumhafter, unterschwelliger Ton. Der gesunde Menschenverstand sagte ihm, nicht darauf zu hören. Aber *wenn* er auf sie hörte und versuchte, die Silben zu verstehen, dann schienen die Schmerzen in seinem Bein und die Übelkeit nachzulassen.

Über der Lehne eines Küchenstuhls fand Carys eines von Mamoulians dunkelgrauen Hemden. Was seine Wäsche anbelangte, so war der Europäer pingelig. Das Hemd war erst kürzlich gewaschen worden; ein idealer Verband. Sie riss es auseinander – obwohl die fein gewobene Baumwolle Widerstand leistete –, dann tränkte sie einen Streifen davon mit kaltem Wasser, um die Wunde zu säubern, mit dem anderen Streifen wollte sie die Verletzung verbinden. Als sie damit fertig war, ging sie hinaus in die Diele. Aber Marty war verschwunden.

55

Er musste es sehen. Und wenn sehen nicht genügte – was war schon sehen? Ein bloßer Sinneseindruck –, dann würde er eine neue Art des Wahrnehmens lernen müssen. Das war das Versprechen, das ihm das Zimmer ins Ohr flüsterte: etwas Neues zu erfahren, und eine neue Art, es wahrzunehmen. Er zog sich am Geländer hoch, immer eine Hand vor die andere, und seine Schmerzen spürte er immer weniger, während er sich der summenden Dunkelheit näherte. Marty wollte die Fahrt mit der Geisterbahn so sehr. Dort oben gab es Träume, die er noch nie geträumt hatte, und er würde auch keine weitere Chance bekommen, sie zu träumen. Blut schwappte in seinem Schuh; er lachte darüber. Sein Bein hatte zu zucken begonnen; er achtete nicht darauf. Vor ihm lagen die letzten Stufen. Er erklomm sie eilig. Die Tür war angelehnt.

Er erreichte den Treppenabsatz und hinkte darauf zu.

Dass es stockdunkel im Keller war, machte dem Rasierklingenesser überhaupt nichts aus. Seine Augen funktionierten seit vielen Wochen nicht mehr so gut, wie er es gewöhnt war; er hatte gelernt, das mithilfe des Tastsinns auszugleichen. Er stand auf und versuchte, klar zu denken. Bald würde der Europäer nach Hause kommen und ihn bestrafen, weil er das Haus ohne Erlaubnis verlassen und damit Carys' Flucht ermöglicht hatte. Schlimmer als das, er würde das Mädchen nicht mehr sehen; er würde ihr nicht mehr beim Wasserlassen zusehen können, das wohlriechende Wasser, das er für besondere Gelegenheiten aufbewahrte. Er war verzweifelt.

In diesem Augenblick konnte er sie hören, wie sie durch die Diele oben ging. Der Rhythmus ihrer kleinen Füßchen war ihm vertraut, er hatte lange Tage und Nächte mit angehört, wie sie in ihrer Zelle auf und ab ging. Vor seinem geistigen Auge wurde die Kellerdecke durchsichtig; er sah hinauf zwischen ihre Beine, als sie nach oben ging, ihr verschwenderischer Schlitz klaffte. Es machte ihn wütend, ihn zu verlieren, und sie. Natürlich war sie alt, nicht so wie die Süße am Tisch oder die anderen auf der Straße, aber es hatte Zeiten gegeben, da hatte allein ihre Anwesenheit bewirkt, dass er nicht den Verstand verlor.

Er drehte sich um und stolperte in der Dunkelheit in Richtung seiner kleinen Selbstzerfleischerin, deren Mahlzeit so unhöflich unterbrochen worden war. Bevor er sie erreichte, trat sein Fuß gegen eines der Messer, die er auf dem Tisch zurückgelassen hatte, falls sie sich selbst bedienen wollte. Er ließ sich auf alle viere nieder und tastete über den Boden, bis er es gefunden hatte, dann kroch er die Treppe hinauf und hackte damit auf das Holz ein, bis ein schmaler Lichtstreifen verriet, wo die Bolzen der Riegel waren.

Carys wollte nicht noch einmal in die oberen Stockwerke. Dort oben gab es so vieles, das sie fürchtete. Mehr Ahnungen als Fakten, dennoch genügend, sie ängstlich zu machen. Warum Marty nach oben gegangen war – und anderswo konnte er nicht sein –, entzog sich ihrem Verständnis. Trotz seiner Behauptung, er verstünde, hatte er noch so viel zu lernen.

»Marty?«, rief sie am Fuß der Treppe und hoffte, er würde lächelnd oben auftauchen und herunterhinken, damit sie nicht hinaufgehen und ihn holen musste. Aber nur Schweigen antwortete ihrem Ruf, und die Nacht wurde nicht jünger. Der Europäer konnte jeden Augenblick zur Tür hereinkommen.

Widerwillig begann sie die Treppe hinaufzugehen.

Bisher hatte Marty überhaupt nichts verstanden. Er war eine Jungfrau gewesen und hatte in einer Welt gelebt, die dieses tiefe und erschöpfende Eindringen, körperlich wie seelisch, überhaupt nicht kannte. Kaum hatte er das Zimmer betreten, schloss sich die Luft darin um seinen Kopf. Die Knochen seines Schädels schienen sich knirschend aneinander zu reiben; die Stimme des Zimmers, die längst nicht mehr zu flüstern brauchte, brüllte in seinem Gehirn. *Du bist also gekommen? Selbstverständlich bist du gekommen. Willkommen im Wunderland.* Er wurde sich undeutlich bewusst, dass es seine eigene Stimme war, die diese Worte aussprach. Wahrscheinlich war es die ganze Zeit seine Stimme gewesen. Er hatte wie ein Geistesgestörter mit sich selbst gesprochen. Obwohl er den Trick nun durchschaute, erklang die Stimme wieder, diesmal leiser – *Dies ist ein herrlicher Ort, an dem du dich befindest, meinst du nicht auch?*

Nach dieser Frage sah er sich um. Es gab nichts zu sehen, nicht einmal die Wände. Wenn das Zimmer Fenster hatte, so waren sie hermetisch verschlossen. Die Außenwelt hatte hier drinnen nichts zu suchen.

»Ich kann überhaupt nichts sehen«, murmelte er als Antwort auf die Prahlerei des Zimmers.

Die Stimme lachte; er lachte mit ihr.

Hier ist nichts, wovor man sich fürchten muss, sagte sie. Dann, nach einer feixenden Pause: *Hier ist überhaupt nichts.*

Und das war genau richtig, nicht? Überhaupt nichts. Es war nicht nur die Dunkelheit, die verhinderte, dass er etwas sah, es war das Zimmer selbst. Er sah ängstlich über die Schulter; er konnte die Tür nicht mehr sehen, obwohl er wusste, dass er sie offen gelassen hatte, als er hereinkam. Wenigstens eine Andeutung des Lichts von unten hätte in das Zimmer fallen müssen, aber diese Beleuchtung wurde verschluckt, wie das Licht seiner Taschenlampe. Ein wabernder, grauer Nebel presste sich so dicht gegen seine Augen, dass er nicht einmal seine Hand sehen konnte, wenn er sie vor das Gesicht hielt.

Hier bist du gut aufgehoben, besänftigte das Zimmer ihn. *Hier gibt es keine Richter; hier gibt es keine Gitterstäbe.*

»Bin ich blind?«, fragte er.

Nein, antwortete das Zimmer. *Du siehst zum ersten Male wirklich.*

»Das … gefällt … mir nicht.«

Natürlich nicht. Aber mit der Zeit wirst du dich daran gewöhnen. Das Leben ist nichts für dich. Geister von Geistern, das sind die Lebenden. Du möchtest dich hinlegen; das Elend hinter dir haben. Nichts ist essenziell, mein Junge.

»Ich möchte gehen.«

Würde ich dich belügen?

»Ich möchte gehen … bitte.«

Du bist in sicheren Händen.

»Bitte.«

Er stolperte vorwärts, da er nicht mehr wusste, in welcher Richtung sich die Tür befand. Vor ihm? Hinter ihm? Er streckte die Arme von sich wie ein Blinder am Rand einer Klippe und drehte sich im Kreis, um einen Punkt der Sicherheit zu finden. Dies war nicht das Abenteuer, das er sich vorgestellt hatte; es war nichts. *Nichts ist essenziell.* Wenn man einmal hineingetreten war, hatte dieses grenzenlose Nirgendwo weder Entfernungen noch Tiefe, Nord noch Süd. Und alles außerhalb – die Treppe, der Treppenabsatz, die Treppe darunter, die Diele, Carys –, das alles war eine Täuschung. Ein Traum von Greifbarkeit, nicht der tatsächliche Ort. Es *gab* keinen tatsächlichen Ort außer diesem hier. Alles, was er erlebt und erfahren hatte, alles, weswegen er sich gefreut, worüber er getrauert hatte, war substanzlos. Leidenschaft war Staub, Optimismus war Selbsttäuschung. Mittlerweile bezweifelte er sogar die Erinnerung an Sinne: Beschaffenheiten, Temperaturen, Farbe, Form, Muster. Alles Ablenkungen – Spiele, die sich der Verstand ausgedacht hatte, um dieses unerträgliche *Nichts* zu verkleiden. Und warum nicht? Wenn ein Mann zu lange in diesen Abgrund schaute, konnte er den Verstand verlieren.

Du bist doch nicht verrückt?, fragte das Zimmer, das diese Vorstellung genoss.

Immer, selbst in seinen schwärzesten Augenblicken (als er auf der Pritsche in einer Zelle lag, in der es wie in einem Treibhaus war, und dem Schluchzen des Mannes im Bett darunter zuhörte), hatte es etwas gegeben, worauf er sich freuen konnte: einen Brief, eine Dämmerung, Freilassung; irgendetwas von Bedeutung.

Aber hier war Bedeutung *tot*. Vergangenheit und Zukunft waren *tot*. Selbst der Tod war tot, weil alles, was Gefühle erzeugte, hier nicht willkommen war. Nur nichts, ein für alle Mal: nichts.

»Hilf mir«, sagte er wie ein verirrtes Kind.

Geh zur Hölle, antwortete das Zimmer respektlos; und zum ersten Mal in seinem Leben wusste er ganz genau, was das bedeutete.

Auf dem zweiten Treppenabsatz blieb Carys stehen. Sie konnte jetzt Stimmen hören, aber als sie genauer hinhörte, verzichtete sie auf den Plural. Es war nur eine Stimme – Martys Stimme –, die sprach und sich selbst antwortete. Es war schwer zu sagen, wo der Wortwechsel stattfand; die Worte schienen überall und nirgends zu sein. Sie sah in ihr Zimmer, dann in das Breers. Schließlich wappnete sie sich gegen eine Wiederholung ihres Albtraums und sah ins Bad.

Er war in keinem dieser Zimmer. Nun konnte sie sich der unausweichlichen Schlussfolgerung nicht mehr entziehen. Er war nach oben gegangen, in Mamoulians Zimmer.

Als sie über den Absatz zur zweiten Treppe ging, die nach oben führte, vernahm sie ein neues Geräusch: Irgendwo unten wurde eine Klinge gegen Holz geschlagen. Sie wusste sofort, dass es der Rasierklingenesser war. Er hatte sich aufgerafft und brannte darauf, sie zu verfolgen. Was ist das nur für ein Haus, dachte sie, trotz der nüchternen Fassade. Es hätte eines zweiten Dante bedurft, seine Höhen und Tiefen zu beschreiben: tote Kinder, Rasierklingenesser, Süchtige, Wahnsinnige und vieles mehr. Die Sterne oben am Firmament erzitterten, in der Erde erstarrte die Lava.

Im Zimmer des Europäers schrie Marty auf, ein bestürztes Flehen. Sie rief seinen Namen und betete zu Gott, dass er sie gehört hatte, dann eilte sie die Treppe hinauf, nahm allen Mut zusammen und ging zur Tür.

Er war auf die Knie gesunken; was von seiner Selbsterhaltung noch da war, war ein zitternder, hoffnungsloser Gedanke, grau in grau. Sogar die Stimme war jetzt verstummt. Der Scherz begann sie zu langweilen. Außerdem hatte sie ihre Lektion bestens gelehrt. *Nichts ist essenziell,* hatte sie gesagt, und dann hatte sie ihm das Wie und Warum erklärt; oder besser, sie hatte den Teil von ihm freigesetzt, der das schon immer gewusst hatte. Nun würde er nur darauf warten, bis der Erzeuger dieses eleganten Syllogismus kam und ihn auslöschte. Er legte sich hin, nicht ganz sicher, ob er lebte oder tot war, ob der Mann, der bald kommen musste, ihn wieder beleben oder töten würde. Er war nur sicher, dass es am einfachsten war, sich hinzulegen – in dieser leersten aller möglichen Welten.

Carys war schon einmal in diesem Nichts gewesen. Sie hatte seine dünne, verderbliche Luft gerochen. Aber in den vergangenen Stunden hatte sie etwas gesehen, das ihre Unfruchtbarkeit überstieg. Heute waren Siege errungen worden; keine großen vielleicht, aber dennoch Siege.

Sie dachte daran, wie Marty zu ihr gekommen war, mehr als Lüsternheit im Blick. Das war ein Sieg, oder nicht? Sie hatte diese Gefühle von ihm gewonnen, sie hatte sie sich auf eine unerklärbare Weise verdient. Sie würde sich von diesem letzten Gegner nicht besiegen lassen, diesem schalen Biest, das ihre Sinne erstickte. Schließlich waren es nur die Rückstände des Europäers. Seine abgestreifte Haut, die er zurückgelassen hatte, um sein Gemach zu dekorieren. Schorf, Auswurf. So verabscheuenswürdig wie er selbst.

»Marty«, sagte sie, »wo bist du?«

»Nirgendwo …«, erwiderte eine Stimme. Sie folgte ihr stolpernd. Trostlosigkeit hüllte sie ein und bedrängte sie …

Breer hielt einen Augenblick inne. Irgendwo, weit entfernt, hörte er Stimmen. Er konnte die Worte nicht verstehen, aber ihr Sinn war ohnedies einerlei. Sie waren noch nicht geflohen, das war das Entscheidende. Er hatte Pläne mit ihnen, wenn er draußen war, besonders mit dem Mann. Er würde ihn in so kleine Stücke zerhacken, dass nicht einmal seine nächsten Anverwandten sagen konnten, welches Stück vom Finger war, welches vom Gesicht. Er begann, mit neuem Eifer auf das Holz einzuhacken. Unter seinen ungestümen Attacken begann die Tür schließlich zu splittern.

Carys folgte Martys Stimme durch den Nebel, aber er wich ihr aus. Entweder bewegte er sich, oder das Zimmer täuschte sie irgendwie, ließ seine Stimme von den Wänden hallen oder ahmte ihn sogar nach. Dann rief seine Stimme dicht bei ihr ihren Namen.

Sie drehte sich in dem Pfuhl um, ohne auch nur eine Spur zu erkennen. Die Tür, durch die sie hereingekommen war,

war nicht mehr zu sehen – sie war verschwunden, ebenso das Fenster. Die Teile ihres Selbstbewusstseins begannen auseinander zu fallen.

Zweifel schlich sich ein, er grinste garstig.

Ts, ts, und wer bist denn du?, fragte jemand. Vielleicht sie selbst.

»Ich kenne meinen Namen«, hauchte sie. Auf diese Weise wollte sie sich nicht aus dem Sattel werfen lassen. »Ich kenne meinen Namen.«

Sie war Pragmatikerin, verdammt noch mal! Sie wollte sich nicht glauben machen lassen, dass die Welt nur in ihrem Kopf existierte. Deswegen hatte sie zum Heroin gegriffen; die Welt war zu real. Und nun war dieser Dunst in ihren Ohren und sagte ihr, dass sie nichts war, dass alles nichts war, namenloser Schlamm.

»Scheiße«, sagte sie zu ihm. »Du bist Scheiße. *Seine* Scheiße!«

Er würdigte sie keiner Antwort; diesen Vorteil nutzte sie aus, solange sie ihn noch hatte.

»Marty? Kannst du mich hören?« Keine Antwort. »Dies ist nur ein Zimmer, Marty. Kannst du mich hören? Mehr ist es nicht. Nur ein Zimmer.«

Du warst schon einmal in mir, erinnerte sie die Stimme. *Weißt du noch?*

O ja, sie wusste es noch. Irgendwo in diesem Nebel war ein Baum; sie hatte ihn in der Sauna gesehen. Es war das mit Blüten überladene Zerrbild eines Baums, und unter ihm hatte sie die grässlichsten Dinge gesehen. War Marty dorthin gegangen? Hing er jetzt schon von ihm herab, eine neue Frucht?

Verdammt, nein! Sie durfte solchen Gedanken nicht nachgehen. Es war nur ein Zimmer. Sie konnte die Wände finden, wenn sie sich konzentrierte, vielleicht konnte sie sogar das Fenster finden.

Ohne darauf zu achten, worüber sie stolpern konnte, drehte sie sich nach rechts und ging vier Schritte, fünf, bis ihre ausgestreckten Hände die Wand berührten. Sie war schockierend, erregend fest. »He!«, rief sie. »Scheiß auf dich und deinen Raum! Schau her, was ich gefunden habe!« Sie presste die Handflächen gegen die Wand. Und nun? Rechts oder links? Sie warf eine imaginäre Münze hoch. Kopf lag unten, und sie begann, sich nach links zu tasten.

Das wirst du nicht tun, flüsterte das Zimmer.

»Versuch doch, mich aufzuhalten.«

Du kannst nirgendwohin gehen, spie es aus, *immer nur im Kreis herum. Du bist immer nur im Kreis herumgegangen, nicht wahr? Schwache, faule, lächerliche Frau.*

»Du nennst *mich* lächerlich? Du! Ein sprechender *Nebel.*«

Die Wand, an der sie sich vorsichtig entlangtastete, schien sich endlos zu erstrecken. Nach einem halben Dutzend Schritten fing sie an, der Theorie zu misstrauen, die sie erproben wollte. Vielleicht war dies doch ein manipulierbarer Raum. Vielleicht entfernte sie sich an einer neuen Chinesischen Mauer entlang von Marty. Aber sie klammerte sich so verbissen an die kalte Oberfläche wie ein Bergsteiger an einen Felshang. Wenn nötig, würde sie das ganze Zimmer einmal umrunden, bis sie die Tür gefunden hatte, oder Marty, oder beide.

Arme Fotze, sagte das Zimmer. *Das bist du: Kannst nicht einmal den Weg aus einem kleinen Irrgarten wie diesem finden. Du solltest dich besser hinlegen und das nehmen, was dich erwartet, wie alle guten Fotzen das tun sollten.*

Spürte sie einen Unterton von Verzweiflung in diesem neuerlichen Angriff?

Verzweiflung?, sagte das Zimmer. *Davon gedeihe ich. Fotze.*

Sie hatte eine Ecke des Zimmers erreicht. Nun tastete sie sich an der nächsten Wand entlang.

Nein, das wirst du nicht, sagte das Zimmer.

»Doch, das werde ich«, erwiderte sie.

In diese Richtung würde ich nicht gehen. O nein. Wirklich nicht. Der Rasierklingenesser ist hier oben bei dir. Kannst du ihn nicht hören? Er ist nur ein paar Zentimeter von dir entfernt. Nein, nicht! Oh, bitte nicht! Ich kann den Geruch von Blut nicht ertragen.

Reine Effekthascherei; mehr brachte es nicht zustande.

Je mehr das Zimmer in Panik geriet, desto zuversichtlicher wurde sie.

Stop! Um deinetwillen, stop!

Noch während es in ihrem Kopf brüllte, fanden ihre Hände das Fenster. Davor hatte es also solche Angst gehabt – dass sie das Fenster finden würde.

FOTZE!, kreischte es. *Das wird dir Leid tun! Ich verspreche es dir. O ja.*

Es gab keine Vorhänge oder Jalousien; das Fenster war vollkommen vernagelt worden, damit nichts dieses perfekte Nichts zerstören konnte. Ihre Finger tasteten nach einer Angriffsfläche an einer der Dielen. Es wurde Zeit, dass sie die Außenwelt *herein*ließ. Aber das Holz war sehr fest vernagelt worden. Sie zog zwar daran, doch es gab nicht nach.

»Beweg dich, verdammt!«

Die Planke ächzte, Splitter sprangen ab. »Ja«, keuchte sie, »es geht doch!« Licht, ein winziger, allzu unsicherer Strahl, fiel herein. »Komm schon«, verlangte sie und zog fester. Die oberen Gelenke ihrer Finger wurden bei der Anstrengung zurückgebogen, das Brett aus seiner Verankerung zu ziehen, aber aus dem Licht war ein breiter Strahl geworden. Er fiel auf sie, und durch Schwaden schmutziger Luft konnte sie die eigenen Hände sehen.

Es war kein Tageslicht, das zwischen den Planken hereindrang, nur der Schein der Straßenlaternen und von Autoscheinwerfern, vielleicht Sternenlicht und das Flimmern von einem Dutzend Fernsehgeräten, die entlang der Caliban Street eingeschaltet waren. Aber das genügte. Mit jedem Zentimeter, den sich der Spalt weitete, drang mehr Sicherheit in den Raum; mehr Festigkeit und Substanz.

An einer anderen Stelle des Zimmers spürte auch Marty das Licht. Es irritierte ihn, als würde jemand die Vorhänge im Zimmer eines sterbenden Mannes öffnen und den bunten Frühling hereinlassen. Er kroch durch das Zimmer und versuchte, das Gesicht in dem Nebel zu verbergen, bevor er sich auflöste, er suchte die beruhigende Stimme, die ihm versicherte, dass nichts essenziell sei. Aber sie war verschwunden. Er war allein, und das Licht fiel in immer breiteren Bahnen herein. Er konnte den Umriss einer Frau vor dem Fenster sehen. Sie hatte eine Planke entfernt und auf den Boden geworfen, nun zog sie an einer zweiten. »Komm zu Mama«, sagte sie, und das Licht kam und definierte sie in immer abstoßenderen Einzelheiten. Er wollte nichts davon wissen; es war eine Bürde, dieses *Sein*. Er stieß einen Seufzer der Verzweiflung und Erschöpfung aus.

Sie sah sich zu ihm um. »Da bist du«, sagte sie, kam zu ihm und zog ihn in die Höhe. »Jetzt müssen wir uns aber beeilen.«

Marty sah sich in dem Zimmer um, das nun in seiner ganzen Banalität zu sehen war: eine Matratze auf dem Boden, eine umgedrehte Kaffeetasse, daneben ein Wasserkrug.

»Aufwachen«, sagte Carys und schüttelte ihn.

Kein Grund zu gehen, dachte er; nichts zu verlieren, wenn ich hier bleibe und das Grau wieder kommt.

»Um Himmels willen, Marty!«, schrie sie ihn an. Von unten hörte man das Knirschen von Holz. Er kommt, ob wir bereit sind oder nicht, dachte sie.

»Marty!«, brüllte sie ihn an. »Hörst du das? Das ist Breer!«

Der Name weckte Entsetzen. Ein kaltes Mädchen, das an einem Tisch saß, an dem ihr eigenes Fleisch serviert wurde. Sein grässlicher, unaussprechlicher Scherz. Der Gedanke vertrieb den Nebel aus Martys Kopf. Das Wesen, das diese grausige Tat ausgeführt hatte, war unten; nun erinnerte er sich nur zu deutlich. Er sah Carys mit klaren, wenn auch tränennassen Augen an.

»Was ist geschehen?«

»Keine Zeit«, sagte sie.

Er hinkte hinter ihr her auf die Tür zu. Sie trug immer noch eine der Planken, die sie vom Fenster gerissen hatte, Nägel standen daraus hervor. Das Geräusch unten schwoll immer mehr an, das Toben einer aus den Fugen geratenen Tür und eines ebensolchen Verstandes.

Der Schmerz in Martys verletztem Bein, welchen das Zimmer so gnädig hatte verschwinden lassen, flammte nun wieder auf. Er musste sich auf Carys stützen, um die erste Treppe hinabzugehen. Als sie die zweite Treppe halb hinter sich hatten, endete die Kakofonie aus dem Keller.

Sie standen still und warteten auf Breers nächsten Zug. Von unten war ein leises Knirschen zu hören, als der Rasierklingenesser die Kellertür aufstieß. Abgesehen vom spärlichen Licht aus der Küche, das mehrere Ecken umrunden musste, um die Szene zu erhellen, gab es keine weitere Lichtquelle. Jäger und Beute, beide von derselben Dunkelheit geschützt, klammerten sich an diesen nervenzerreißenden Augenblick, und keiner wusste, ob nicht schon der nächste die Katastrophe bringen würde. Carys ließ Marty zurück und ging die fünf Stufen bis zum Fuß der Treppe hinunter. Ihre Füße waren lautlos auf den Stufen, aber infolge des Entzugs jeglicher Wahrnehmungen in Mamoulians Zimmer konnte Marty jeden ihrer Herzschläge hören. In der Diele bewegte sich nichts; sie winkte Marty zu sich herunter. Der Durchgang war still und offenbar verlassen. Breer war in der Nähe, das wusste sie, aber wo? Er war groß und unbeholfen, er würde nur schwer ein Versteck finden. Vielleicht, dachte sie hoffnungsvoll, war er gar nicht entkommen, sondern hatte erschöpft aufgegeben. Sie trat einen Schritt nach vorn.

Ohne Vorwarnung stürzte sich der Rasierklingenesser brüllend aus der Tür des vorderen Zimmers. Das Schnitzmesser stieß in einem anmutigen Bogen herab. Es gelang ihr, unter dem Stoß wegzutauchen, aber dabei verlor sie das Gleichgewicht. Martys Hand packte ihren Arm und zog sie aus der Reichweite von Breers zweitem Hieb. Die

Wucht des Angriffs des Rasierklingenessers trug ihn an ihr vorbei. Er prallte mit dem Kopf gegen die Eingangstür, Glas klirrte.

»Hinaus!«, sagte Marty, der sah, dass der Fluchtweg frei war.

Aber diesmal verspürte Carys keinen Wunsch, wegzulaufen. Es gab einen Zeitpunkt zum Weglaufen und einen Zeitpunkt für Konfrontation; vielleicht hatte sie nie wieder eine Gelegenheit, Breer seine vielen Demütigungen heimzuzahlen. Sie schüttelte Martys Griff ab und umklammerte die Planke, die sie immer noch mit beiden Händen hielt.

Der Rasierklingenesser hatte sich aufgerichtet, das Messer hielt er immer noch in der Hand, und nun kam er wütend einen Schritt auf sie zu.

Sie sah seinen Angriff jedoch voraus. Rasch hob sie die Planke, stürmte auf ihn zu und konnte ihm einen Schlag seitlich am Kopf verpassen. Sein Genick, das durch den Sturz bereits in Mitleidenschaft gezogen worden war, brach. Die Nägel in dem Brett bohrten sich in seinen Schädel, und Carys war gezwungen, ihre Waffe loszulassen, die wie ein neues fünftes Glied an seinem Kopf befestigt war. Er fiel auf die Knie. Seine zuckende Hand ließ das Messer fallen, während die andere nach der Planke griff und sie aus dem Schädel herauswand. Sie war froh, dass es so dunkel war; der Blutstrom und der Lärm, den seine Füße auf den nackten Dielen machten, waren mehr als genug, sie abzustoßen. Er kniete einen Augenblick lang aufrecht, dann sank er nach vorn und bohrte sich dabei das Messer bis zum Heft in seinen Bauch.

Sie war zufrieden. Als Marty sie nun mit sich zog, folgte sie ihm. Während sie durch den Flur hasteten, hörten sie ein lautes Poltern in der Wand. Sie blieben stehen. Was nun? Weitere besitzergreifende Geister?

»Was ist das?«, fragte er.

Das Klopfen hörte auf, dann begann es erneut, diesmal von einer Stimme begleitet.

»Wollt ihr jetzt endlich still sein? Hier versuchen Leute zu schlafen!«

»Nebenan«, sagte sie. Der Gedanke an die Beschwerden der Nachbarn erschien ihr komisch, und als sie den Weg nach draußen gefunden hatten, an den Trümmern der Kellertür und Breers abkühlendem Kamillentee vorbei, lachten sie beide.

Sie schlichen durch den finsteren Fußweg hinter dem Haus zum Auto, wo sie mehrere Minuten lang saßen und weinten und lachten zugleich; zwei Irre, mochten die Bewohner der Caliban Street denken, oder zwei Ehebrecher, die diese Nacht der Abenteuer amüsierte.

XI

Jenseits

56 Chad Schuckman und Tom Loomis brachten der Bevölkerung von London mittlerweile seit drei Wochen die Botschaft von der Kirche der Wiedererweckten Heiligen, und sie hing ihnen allmählich zum Hals heraus.

»Schöne Art, seinen Urlaub zu verbringen«, grummelte Tom täglich, wenn sie ihre Route planten. Memphis schien unendlich weit entfernt zu sein, und sie hatten beide Heimweh danach. Außerdem, die ganze Aktion erwies sich als Fehlschlag. Die Sünder, denen sie auf den Türschwellen der Häuser dieser gottverlassenen Stadt begegneten, waren der Botschaft des Reverend von der kurz bevorstehenden Apokalypse gegenüber ebenso gleichgültig eingestellt wie seinem Versprechen von der Erlösung.

Trotz des Wetters (oder vielleicht auch gerade deswegen) war Sünde in diesen Tagen kein Thema in England. Chad war ärgerlich: »Sie wissen gar nicht, was auf sie zukommt«, sagte er immer wieder zu Tom, der alle Beschreibungen der Sintflut auswendig kannte, aber ebenso gut wusste, dass sie sich von den Lippen eines goldenen Knaben wie Chad besser anhörten als von ihm selbst. Er hatte sogar den Verdacht, dass die wenigen Menschen, die ihnen zuhörten, dies nur taten, weil Chad wie ein Rauschgoldengel aussah, und nicht, weil sie das erleuchte Wort des Reverend hören wollten. Die meisten schlugen ihnen einfach die Tür vor der Nase zu.

Aber Chad war unnachgiebig. »Die Sünde existiert hier«, versicherte er Tom, »und wo Sünde ist, da ist Schuld. Und wo Schuld ist, da ist Geld für die Arbeit des Herrn.« Das war eine simple Gleichung, und wenn Tom seine Zweifel daran hatte, so sorgte schlichte Ethik dafür, dass er sie für sich behielt. Besser sein Schweigen statt Chads Missfallen; sie hatten nur sich selbst in dieser fremden Stadt, und Tom wollte seinen leitenden Stern nicht verlieren.

Aber manchmal war es schwer, nicht den Glauben zu verlieren. Besonders an sengenden Tagen wie diesem, wenn der Polyesteranzug im Nacken kratzte und der Herr, wenn Er in Seinem Himmel war, sich nicht offenbaren wollte. Nicht die Andeutung einer Brise, um das Gesicht zu kühlen, nicht die Spur einer Regenwolke in Sicht.

»*Woher* kenn ich das nur?«, wandte sich Tom an Chad.

»Was?« Chad zählte die Pamphlete, die sie heute noch verteilen mussten.

»Der Name der Straße«, sagte Tom. »Caliban. Der stammt aus irgend ...«

»Tatsächlich?« Chad hatte aufgehört zu zählen. »Wir sind nur fünf Pamphlete losgeworden.«

Er reichte Tom den Arm voll Literatur und suchte in seiner Jackentasche nach einem Kamm. Trotz der Hitze machte er einen kühlen und ungetrübten Eindruck. Im Vergleich dazu fühlte Tom sich schäbig und überhitzt, und, fürchtete er, allzu sehr versucht, vom Pfad der Rechtschaffenheit abzuweichen. Was ihn dazu verführte, darüber war er sich nicht sicher, aber er war für alle Vorschläge offen. Chad fuhr mit dem Kamm durch sein Haar und stellte mit einer einzigen schwungvollen Bewegung die perfekte Ordnung seines Heiligenscheins wieder her. Es war wichtig, hatte der Reverend gesagt, so gut wie möglich auszusehen. »Ihr seid Agenten des Herrn«, sagte er. »Er möchte, dass ihr sauber und adrett seid; also strahlt aus jeder Ecke und Falte.«

»Hier«, sagte Chad und tauschte den Kamm gegen die Pamphlete. »Dein Haar sieht schrecklich aus.«

Tom nahm den Kamm; Gold war zwischen seinen Zähnen. Er unternahm einen vergeblichen Versuch, seinen Haarschopf zu bändigen, während Chad ihm zusah. Toms Haar ließ sich nicht so legen wie das von Chad. Der Herr war möglicherweise verstimmt deswegen. Es würde Ihm nicht gefallen. Aber *was* gefiel dem Herrn denn schon? Er missbilligte das Rauchen, Trinken, außerehelichen Geschlechtsverkehr, Tee, Kaffee, Pepsi, Achterbahnen, Masturbation. Und auf jene unglücklichen Geschöpfe, die einem dieser Laster frönten, oder – Gott helfe ihnen – allen, wartete die Sintflut.

Tom betete nur, dass das Wasser, wenn es denn kam, kühl sein mochte.

Der Mann im dunklen Anzug, der die Tür von Caliban Street Nummer zweiundachtzig öffnete, erinnerte Tom und Chad gleichermaßen an den Reverend. Selbstverständlich nicht körperlich. Bliss war ein braun gebrannter, kerngesunder Mann, während dieser hier hager und blass aussah. Aber beide hatten dieselbe Aura der Autorität; dieselbe Ernsthaftigkeit ihrer Ziele. Er studierte die Pamphlete, der erste wirkliche Interessent, den sie heute Vormittag hatten. Er zitierte sogar das fünfte Buch Mose für sie, ein Text, mit dem sie nicht vertraut waren, dann bot er ihnen beiden etwas zu trinken an und lud sie in sein Haus ein.

Es war wie ein Zuhause fern der Heimat. Die nackten Wände und Fußböden; der Geruch von Desinfektionsmitteln und Weihrauch, als sei gerade sauber gemacht worden.

Um die Wahrheit zu sagen, Tom hatte den Eindruck, dass dieser Bursche die Askese auf die Spitze trieb. Das Hinterzimmer, in das er sie führte, enthielt zwei Stühle, mehr nicht.

»Mein Name ist Mamoulian.«

»Wie geht es Ihnen? Ich bin Chad Schuckman, dies ist Tom Loomis.«

»Beide Heilige, hm?« Die beiden jungen Männer sahen ihn fragend an. »Ihre Namen. Beide die Namen von Heiligen.«

»St. *Chad*?«, fragte der Blonde.

»Oh, gewiss. Er war ein englischer Bischof; wir reden jetzt vom siebten Jahrhundert. Und dann natürlich Thomas, der berühmte Ungläubige.«

Er ließ sie allein, während er Wasser holte. Tom rückte auf seinem Stuhl herum.

»Was ist denn mit dir los?«, schnappte Chad. »Das ist der erste potenzielle Konvertit, den wir hier haben.«

»Er ist mir unheimlich.«

»Denkst du, dem Herrn macht es etwas aus, wenn er unheimlich ist?«, sagte Chad.

Das war eine gute Frage, und Tom überlegte sich noch eine Antwort, als ihr Gastgeber zurückkam.

»Ihr Wasser.«

»Leben Sie allein?«, fragte Chad. »Dies ist ein großes Haus für eine Person.«

»In jüngster Zeit lebe ich allein«, antwortete Mamoulian und bot ihm ein Glas Wasser an. »Und ich muss sagen, ich benötige dringend Hilfe.«

Das kann ich mir denken, dachte Tom. Der Mann sah ihn an, als er das dachte, als habe er es laut ausgesprochen. Tom errötete und trank das Wasser, um seine Verlegenheit zu verbergen. Es war warm. Hatten die Engländer noch nichts von Kühlschränken gehört? Mamoulian konzentrierte seine Aufmerksamkeit wieder auf St. Chad.

»Was haben Sie beide in den nächsten Tagen vor?«

»Die Arbeit des Herrn«, antwortete Chad salbungsvoll.

Mamoulian nickte. »Gut«, sagte er.

»Sein Wort verkünden.«

»›Ich will euch zu Menschenfischern machen.‹«

»Matthäus. Kapitel vier«, erwiderte Chad.

»Vielleicht«, sagte Mamoulian. »Wenn ich Ihnen gestatte, meine unsterbliche Seele zu retten, werden Sie mir dann helfen?«

»Wobei?«

Mamoulian zuckte mit den Achseln. »Ich brauche die Hilfe von zwei jungen, gesunden Tieren, wie Sie es sind.«

Tieren? Das hörte sich nicht allzu fundamentalistisch an. Hatte dieser arme Sünder niemals von Eden gehört? Nein, dachte Tom, der dem Mann in die Augen sah; wahrscheinlich nie.

»Ich fürchte, wir haben andere Verpflichtungen«, sagte Chad höflich. »Aber wir kommen gern bei Ihnen vorbei, wenn der Reverend hier ist, und lassen Sie taufen.«

»Ich würde den Reverend gern kennen lernen«, gab der Mann zurück. Tom war nicht sicher, ob dies nicht alles eine Charade war. »Wir haben so wenig Zeit, bevor der Zorn des Schöpfers über uns kommt«, sagte Mamoulian. Chad nickte nachdrücklich. »Dann werden wir wie Treibgut sein, nicht? Wie Treibgut in der Flut.«

Die Worte waren fast genau die des Reverends. Tom vernahm sie von den schmalen Lippen des Mannes, und die Beschuldigung, ein Ungläubiger zu sein, wirkte in ihm. Aber Chad war verzaubert.

Sein Gesicht trug den verzückten Ausdruck, den es bei Predigten annahm; das Aussehen, um das Tom ihn stets beneidet, das er aber dennoch nicht unbedingt als erstrebenswert angesehen hatte.

»Chad …«, begann er.

»Treibgut in der Flut«, wiederholte Chad. »*Halleluja.*«

Tom stellte das Glas neben den Stuhl. »Ich denke, wir sollten jetzt gehen«, sagte er und stand auf. Aus irgendwelchen Gründen schienen die kahlen Dielen, auf denen er stand, viel weiter als einen Meter achtzig von seinen Augen entfernt zu sein; es schienen fast achtzehn Meter zu sein. Als sei er ein im Umstürzen begriffener Turm, dessen Fundamente nachgaben. »Wir müssen noch so viele Straßen abgehen«, sagte er und bemühte sich, sich auf das dringendste Problem zu konzentrieren. Und das war, kurz gesagt, wie sie aus diesem Haus hinausgelangen konnten, bevor etwas Schreckliches geschah.

»Die Sintflut«, verkündete Mamoulian, »ist beinahe über uns.«

Tom griff nach Chad, um ihn aus seiner Trance zu wecken. Die Finger seiner ausgestreckten Hand schienen tausend Meilen entfernt zu sein. »Chad«, sagte er. St. Chad, der mit dem Heiligenschein, der Regenbogen pisste.

»Geht es Ihnen nicht gut, Junge?«, fragte der Fremde und wandte seine Fischaugen in Toms Richtung.

»Ich fühle … mich …«

»Was fühlst du?«, fragte Mamoulian.

Chad sah ihn ebenfalls an, aber sein Gesicht zeigte keine Besorgnis; es zeigte eigentlich überhaupt nichts. Vielleicht – und dieser Gedanke dämmerte Tom zum ersten Mal – lag es daran, dass Chads Gesicht so perfekt aussah. Weiß, symmetrisch und völlig ausdruckslos.

»Setzen Sie sich«, sagte der Fremde. »Bevor Sie fallen.«

»Alles in Ordnung«, versicherte Chad ihm.

»Nein«, sagte Tom. Seine Knie wollten ihm nicht gehorchen. Er vermutete, dass sie bald unter ihm nachgeben würden.

»Vertraue mir«, sagte Chad. Das wollte Tom. Chad hatte bisher stets Recht gehabt. »Glaub mir, hier erwartet uns etwas Gutes. Setz dich, wie der Herr gesagt hat.«

»Liegt es an der Hitze?«

»Ja«, antwortete Chad dem alten Mann an Toms Stelle. »Es liegt an der Hitze. In Memphis wird es auch heiß, aber dort haben wir Klimaanlagen.« Er drehte sich zu Tom um und legte seinem Gefährten die Hand auf die Schulter. Tom ergab sich seiner Schwäche und setzte sich. Er spürte ein Flattern im Nacken, als sitze dort ein summender Vogel, aber er hatte nicht die Kraft, ihn wegzuscheuchen.

»Ihr nennt euch beide Agenten?«, hauchte der Mann fast

unverständlich. »Ich glaube nicht, dass ihr die Bedeutung dieses Wortes kennt.«

Chad war rasch bereit, sie zu verteidigen.

»Der Reverend sagt …«

»Der Reverend?«, unterbrach ihn der Mann verächtlich. »Denkst du, der war sich auch nur im Mindesten im Klaren, was für einen Wert ihr habt?«

Das schmeichelte Chad. Tom wollte seinem Freund sagen, er solle sich nicht verführen lassen, aber die Worte kamen ihm nicht über die Lippen. Seine Zunge lag ihm im Mund wie ein toter Fisch. Was auch immer nun geschieht, dachte er, wenigstens geschieht es mit uns beiden. Sie waren Freunde seit der ersten Klasse; sie hatten die Geschlechtsreife und die Metaphysik gemeinsam kennen gelernt; für Tom war beides unzertrennlich. Er hoffte, dass der Mann begriff: Wo Chad hinging, da würde er auch hingehen. Das Flattern in seinem Nacken hatte aufgehört, warme Zuversicht kroch in seinen Kopf. Es sah doch alles nicht so schlecht aus.

»Ich brauche Hilfe von euch jungen Männern.«

»Um was zu tun?«, fragte Chad.

»Um die Sintflut einzuleiten«, antwortete Mamoulian. Ein Lächeln, anfangs unsicher, doch immer breiter werdend, während er über die Vorstellung nachdachte, breitete sich auf Chads Gesicht aus. Seine Züge, die allzu oft inbrünstig und ernst waren, leuchteten.

»O ja«, sagte er. Er sah zu Tom. »Hörst du, was dieser Mann uns zu sagen hat?«

Tom nickte.

»Hast du gehört, Mann?«

»Ich hab's gehört. Ich hab's gehört.«

Sein ganzes erleuchtetes Leben lang hatte Chad auf diesen Augenblick gewartet. Zum ersten Mal konnte er sich die buchstäbliche Realität hinter der Zerstörung vorstellen, welche er schon auf hunderten von Türschwellen angedroht hatte. In seiner Vorstellung türmten sich Wasser –

rote, tosende Wasser – zu schaumgekrönten Wellen auf und stürzten auf diese heidnische Stadt herab. Wir sind Treibgut in der Flut, sagte er, und mit den Worten bestürmten ihn Bilder. Männer und Frauen – aber vornehmlich Frauen –, die nackt vor den entfesselten Fluten flohen. Das Wasser war heiß; ebensolcher Regen fiel auf ihre schreienden Gesichter, ihre glänzenden, hüpfenden Brüste. Davon hatte der Reverend die ganze Zeit gesprochen; und hier war dieser Mann und bat sie, mitzuhelfen, das möglich zu machen, diesen Tag aller Tage der Vernichtung herbeizuführen. Wie konnten sie ablehnen? Er verspürte den Wunsch, dem Mann dafür zu danken, dass er sie für wertvoll genug hielt. Dem Gedanken folgte die Tat. Er beugte die Knie und fiel vor Mamoulian zu Boden.

»Danke«, sagte er zu dem Mann im dunklen Anzug.

»Also werdet ihr mir helfen?«

»Ja«, sagte Chad. War seine Geste nicht Antwort genug? »Selbstverständlich.«

Tom, hinter ihm, murmelte ebenfalls seine Zustimmung.

»Danke«, sagte Chad. »Danke.«

Aber als er aufsah, hatte der Mann, von ihrer Unterwerfung scheinbar überzeugt, das Zimmer bereits verlassen.

57

Marty und Carys schliefen zusammen in Martys Einzelbett einen langen, erfrischenden Schlaf. Wenn das Baby im Zimmer unter ihnen in dieser Nacht schrie, so hörten sie es nicht; ebenso wenig hörten sie die Sirenen in der Kilburn High Road, wo Polizei und Feuerwehr zu einem Großbrand in der Maida Vale fuhren. Auch als die Dämmerung durch die schmutzigen Scheiben drang, wachten sie nicht auf, obwohl die Vorhänge nicht zugezogen waren. Aber einmal, in den frühen Morgenstunden, drehte

Marty sich um, seine Lider öffneten sich zitternd und sahen das erste Licht des Tages hinter der Scheibe. Doch er wandte sich nicht ab, sondern ließ es auf seine Lider fallen, die sich bereits wieder schlossen.

Sie verbrachten den halben Tag gemeinsam im Zimmer, bevor der *Drang* kam; sie badeten, tranken Kaffee und sprachen nur wenig. Carys wusch und verband die Wunde an Martys Bein; sie wechselten die Kleidung und warfen die weg, die sie in der vergangenen Nacht getragen hatten.

Erst am Nachmittag begannen sie zu reden. Die Unterhaltung begann ganz ruhig, aber Carys' Nervosität eskalierte, je gieriger sie nach dem Schuss wurde, und das Reden wurde rasch zu einer verzweifelten Ablenkung von ihrem Verlangen. Sie erzählte Marty, wie es gewesen war, mit dem Europäer zusammenzuleben: die Demütigungen, die Täuschungen, der Eindruck, den sie hatte, dass er ihren Vater, wie auch sie selbst, besser kannte, als sie vermutete. Marty seinerseits versuchte, die Geschichte wiederzugeben, die Whitehead ihm in der letzten Nacht im Asyl erzählt hatte, aber sie war zu sehr abgelenkt, um sich richtig darauf zu konzentrieren. Ihre Konversation wurde in zunehmendem Maße hektischer.

»Ich brauche einen Fix, Marty.«

»Gleich?«

»Bald.«

Er hatte auf diesen Augenblick gewartet und sich davor gefürchtet. Nicht, weil er ihr keinen Stoff besorgen konnte, das konnte er, aber er hatte irgendwie gehofft, sie würde dem Drang widerstehen können, wenn sie bei ihm war.

»Ich fühle mich wirklich elend«, sagte sie.

»Kein Grund. Du bist bei mir.«

»Er kommt, du wirst sehen.«

»Nicht jetzt, nein.«

»Er ist wütend und er wird kommen.«

Martys Gedanken kreisten immer wieder um sein Erlebnis im obersten Zimmer des Hauses in der Caliban Street. Was er dort gesehen, oder besser, *nicht* gesehen hatte, hatte ihn mehr entsetzt als die Hunde oder Breer. Das waren nichts weiter als körperliche Bedrohungen. Aber was in dem Zimmer geschehen war, das war eine Gefahr in einer völlig anderen Größenordnung. Er hatte, vielleicht zum ersten Mal in seinem Leben, gespürt, dass seine *Seele* – ein Ausdruck, den er bisher als christlichen Unfug abgetan hatte – bedroht gewesen war. Was er mit dem Wort meinte, dessen war er nicht sicher; nicht das, vermutete er, was der Papst damit meinte. Aber ein Teil von ihm, der wichtiger war als Leib oder Leben, war beinahe ausgelöscht worden, und Mamoulian war dafür verantwortlich. Was konnte diese Kreatur noch entfesseln, wenn man sie dazu zwang?

Seine Neugier war mittlerweile mehr als nur der müßige Wunsch zu erfahren, was sich hinter der Larve verbarg. Sie war zur Notwendigkeit geworden. Wie konnten sie hoffen, sich gegen diesen Demagogen zu wappnen, wenn sie nicht einen Hinweis auf seine wahre Natur hatten?

»Ich will es nicht wissen«, sagte Carys, die seine Gedanken las. »Wenn er kommt, dann kommt er. Wir können nichts dagegen tun.«

»Letzte Nacht …«, begann er und wollte sie daran erinnern, wie sie das Gefecht gewonnen hatten. Sie winkte ab, bevor er den Gedanken aussprechen konnte. Ihr Gesichtsausdruck war unerträglich, ihre Sucht geißelte sie.

»Marty …«

Er sah zu ihr.

»… du hast es versprochen«, sagte sie vorwurfsvoll.

»Ich habe es nicht vergessen.«

Er hatte die geistige Arithmetik bereits im Kopf angestellt: nicht die Kosten der Droge selbst, sondern sein verletzter Stolz. Er musste zu Flynn gehen, wenn er das Heroin haben wollte; sonst konnte er keinem trauen. Sie waren jetzt beide Flüchtlinge, vor Mamoulian und vor dem Gesetz.

»Ich muss ›telefonieren‹«, sagte er.

»Dann geh.«

In der vergangenen halben Stunde schien sie sich körperlich verändert zu haben. Ihre Haut war wächsern, ihre Augen hatten einen verzweifelten Ausdruck; ihr Zittern wurde mit jeder Minute schlimmer.

»Mach es ihm nicht leicht«, bat sie.

Er runzelte die Stirn. »Leicht?«

»Er kann mich dazu bringen, Dinge zu tun, die ich nicht will«, sagte sie. Sie begann zu weinen. Kein Schluchzen war zu hören, lediglich Tränen rannen aus ihren Augen. »Vielleicht zwingt er mich, dir wehzutun.«

»Schon gut. Ich gehe jetzt. Da ist ein Bursche, der mit Charmaine zusammenlebt, der wird mir Stoff besorgen können, keine Bange. Möchtest du mitkommen?«

Sie verschränkte die Arme vor sich. »Nein«, sagte sie. »Ich würde dich nur aufhalten. Geh.«

Er zog das Jackett an und versuchte, sie nicht anzusehen; die Mischung aus Gier und Schwäche machte ihm Angst. Der Schweiß auf ihrem Körper war frisch; er sammelte sich in der weichen Stelle unter dem Schlüsselbein, rann ihr über das Gesicht.

»Lass niemanden herein, klar?«

Sie nickte, und ihre Augen flehten ihn an.

Als er gegangen war, sperrte sie die Tür hinter ihm zu und setzte sich wieder auf das Bett. Nun fingen ihre Tränen wieder ungehindert an zu fließen. Keine Kummerzähren, nur Salzwasser. Nun, vielleicht enthielten sie doch ein wenig Kummer; wegen ihrer neu entdeckten Zerbrechlichkeit und dem Mann, der gerade die Treppe hinunterging.

Er war derjenige, der für ihren momentanen erbärmlichen Zustand verantwortlich war, dachte sie. Er war derjenige gewesen, der sie zu dem Gedanken verleitet hatte, sie könne auf ihren eigenen Beinen stehen. Und wohin hatte sie das gebracht; wohin hatte es sie beide gebracht? In diese

Treibhaus-Zelle an einem Julinachmittag, an dem so viel Böses nur darauf wartete, sie zu umzingeln.

Sie empfand keine Liebe für ihn. Das war eine so große Gefühlslast, dass sie sie nicht tragen konnte. Es war bestenfalls Schwärmerei, verbunden mit einem Gefühl bevorstehenden Verlusts, das sie stets empfand, wenn sie jemandem sehr nahe stand, als würde sie jeden Augenblick seiner Anwesenheit den Zeitpunkt beklagen, an dem er nicht mehr bei ihr sein würde.

Unten fiel die Tür zu, als er auf die Straße hinaustrat. Sie lehnte sich auf dem Bett zurück und dachte an das erste Mal, als sie miteinander geschlafen hatten. Wie der Europäer selbst diesen privaten Akt mitverfolgt hatte. Der Gedanke an Mamoulian, kaum war er da, war wie ein Schneeball an einem steilen Berghang. Er rollte und gewann Geschwindigkeit und Größe, bis er monströs war. Eine Lawine, ein Dammbruch.

Einen Augenblick lang bezweifelte sie, dass sie sich nur erinnerte. Das Gefühl war zu *deutlich,* zu real. Dann hatte sie keine Zweifel mehr.

Sie stand auf, die Bettfedern quietschten. Es war keine Erinnerung.

Er war hier.

58

»Flynn?«

»Hallo.« Die Stimme am anderen Ende der Leitung klang verschlafen. »Wer ist da?«

»Marty. Habe ich dich aufgeweckt?«

»Was, zum Teufel, willst du?«

»Ich brauche Hilfe.«

Langes Schweigen am anderen Ende.

»Bist du noch da?«

»Ja. Ja.«

»Ich brauche Heroin.«

Die Schläfrigkeit seiner Stimme wurde durch Ungläubigkeit ersetzt.

»Du bist auf Heroin?«

»Ich brauche es für eine Freundin.« Marty konnte sich vorstellen, wie Flynns Grinsen breiter wurde. »Kannst du mir etwas besorgen? *Schnell.*«

»Wie viel?«

»Ich habe hundert bar.«

»Das ist nicht unmöglich.«

»Bald?«

»Ja. Wenn du darauf bestehst. Wie spät ist es jetzt?« Der Gedanke an einen schnellen Verdienst und einen verzweifelten Kontrahenten hatte Flynns Verstand geölt, sodass er nun auf Hochtouren lief. »Ein Uhr fünfzehn. Okay?« Er rechnete schnell nach. »Du kommst in etwa einer Dreiviertelstunde hierher.«

Das war gut; es sei denn, Flynn steckte, wie Marty vermutete, so tief in dem Markt, dass er mühelos Zugang zu Stoff hatte; seine Westentasche, zum Beispiel.

»Natürlich kann ich für nichts garantieren«, sagte er, um die Verzweiflung am Kochen zu halten. »Aber ich werde mein Bestes tun. Fairer kann ich nicht sein, oder?«

»Danke«, antwortete Marty. »Ich danke dir dafür.«

»Bring nur das Geld mit, Marty. Mehr Dank brauche ich nicht.«

Die Leitung war tot. Flynn hatte den Drang, immer das letzte Wort zu haben. »Mistkerl«, sagte Marty zu dem Hörer und knallte ihn auf die Gabel. Er zitterte ein wenig; seine Nerven waren angegriffen. Er ging zu einem Kiosk, holte eine Packung Zigaretten und ging zum Auto zurück. Es war Mittagszeit, der Verkehr in London würde dicht sein, und bestimmt brauchte er den größten Teil der Dreiviertelstunde, um zu seiner alten Heimat zu gelangen. Er hatte keine Zeit mehr, nochmals nach Carys zu sehen. Außerdem, dachte er, hätte sie es ihm wahrscheinlich sowieso nicht gedankt, hätte er den Deal noch unnötig hinausgezögert. Carys brauchte den Stoff.

Der Europäer tauchte so unvermittelt auf, dass es Carys nicht gelang, seine einschmeichelnde Präsenz auf Distanz zu halten. Aber so schwach sie sich fühlte, sie *musste* kämpfen. Und dieser Angriff hatte etwas an sich, das ihn von anderen Angriffen unterschied. Konnte es sein, dass seine Annäherung diesmal verzweifelter war? Ihr Nacken schmerzte körperlich durch sein Eindringen. Sie rieb ihn mit einer verschwitzten Handfläche.

Ich habe dich gefunden, sagte er in ihrem Kopf.

Sie sah sich im Zimmer nach einem Mittel um, ihn zu vertreiben.

Sinnlos, sagte er zu ihr.

»Lassen Sie uns in Ruhe.«

Du hast mich schlecht behandelt, Carys. Ich sollte dich bestrafen. Aber das werde ich nicht tun; nicht, wenn du mir deinen Vater gibst. Ist das so viel verlangt? Ich habe ein Recht auf ihn. Das weißt du im Grunde deines Herzens. Er gehört mir.

Sie wusste genug, um seinem verlockenden Tonfall keinen Glauben zu schenken. Wenn sie Papa fand, was würde er dann tun? Sie in Frieden lassen, damit sie ihr Leben leben konnte?

Nein, er würde sie auch holen, so wie er Evangeline und Toy geholt hatte, und wie viele noch, das wusste nur er; zu diesem Baum, zum Nichts.

Ihr Blick fiel auf den kleinen elektrischen Kocher in der Ecke des Zimmers. Sie stand mit widerwilligen Gliedern auf und ging unsicher darauf zu. Wenn der Europäer ihren Plan mitbekommen hatte, umso besser. Er *war* schwach, das konnte sie spüren. Müde und traurig; ein Auge blickte zum Himmel, um nach Drachen Ausschau zu halten, seine Konzentrationsfähigkeit ließ nach. Aber seine Persönlichkeit war immer noch stark genug, ihre Sinne zu benebeln. Als sie vor dem Kocher stand, konnte sie sich kaum noch daran erinnern, weshalb sie dorthin gegangen war. Sie ließ ihren Verstand schneller arbeiten. Verweigerung, das war es! Der Kocher war eine Verweigerung! Sie schaltete eine der elektrischen Platten ein.

Nein, Carys, sagte er zu ihr, *das ist nicht klug.*

Sein Gesicht erschien vor ihrem geistigen Auge. Es war so riesig, dass es das Zimmer ringsum verdeckte. Sie schüttelte den Kopf, um sich von ihm zu befreien, aber er ließ nicht locker. Abgesehen von seinem Gesicht, erlebte sie einen Sekundenbruchteil lang eine Illusion. Sie spürte Arme um sich herum, keinen Würgegriff, sondern ein beschützendes Halten. Sie wiegten sie, diese Arme.

»Ich gehöre nicht zu Ihnen«, sagte sie schließlich und widerstand dem Wunsch, sich seiner Zärtlichkeit zu ergeben.

In ihrem Hinterkopf hörte sie, wie ein Lied gesungen wurde; sein Rhythmus entsprach dem einschläfernden Rhythmus des Wiegens. Die Worte waren nicht in Englisch, sondern in Russisch. Es war ein Schlummerlied, das begriff sie, auch ohne die Worte zu verstehen, und während sie seiner Melodie lauschte, schienen all ihre Sorgen und ihr Kummer zu verfliegen. Sie war wieder ein Baby in seinen Armen. Er wiegte sie mit seinem gemurmelten Lied in den Schlaf. Durch das Gespinst des Schlafes sah sie ein helles Muster. Sie konnte sich nicht an seine Bedeutung erinnern, aber sie wusste, dass es wichtig gewesen war, diese orangefarbene Scheibe, die nicht weit von ihr entfernt glühte. Aber was hatte sie zu bedeuten? Das Problem beschäftigte sie und hielt den Schlaf, den sie so sehr wollte, von ihr fern. Daher öffnete sie die Augen ein wenig weiter, um herauszufinden, was das Muster war, damit sie es ein für alle Mal wusste und das Thema abschließen konnte.

Der Kocher stand deutlich sichtbar vor ihr, seine Platte war rot glühend. Die Luft darüber flimmerte. Jetzt erinnerte sie sich, und die Erinnerung verdrängte den Schlaf völlig. Sie streckte den Arm der Hitze entgegen.

Tu das nicht, riet die Stimme in ihrem Kopf. *Du wirst dir nur selbst wehtun.*

Aber sie wusste es besser. Schlummer in seinen Armen war gefährlicher als die Schmerzen, die der nächste Augenblick bringen würde. Die Hitze war unangenehm, obwohl ihre Hand noch Zentimeter von ihrer Quelle entfernt war, und einen verzweifelten Augenblick lang ließ ihre Willenskraft sie im Stich.

Du wirst ein Leben lang Narben behalten, sagte der Europäer, der ihr Zaudern spürte.

»Lassen Sie mich in Ruhe.«

Ich möchte nicht mit ansehen müssen, wie du dir ein Leid zufügst, mein Kind. Dazu liebe ich dich zu sehr.

Die Lüge war ein Ansporn. Sie brachte den nötigen Mut auf, hob die Hand und presste sie dann, die Handfläche nach unten, auf die Kochplatte.

Der Europäer schrie zuerst; sie hörte seinen Schrei Sekunden anschwellen, bevor ihr eigener begann. Sie zog die Hand von der Kochplatte weg, als sie den verbrannten Geruch wahrnahm. Mamoulian wich zurück, sie konnte seinen Rückzug spüren. Erleichterung überflutete sie. Dann überwältigte sie der Schmerz und Dunkelheit senkte sich über sie. Er war nicht darin.

Fort, sagte sie und brach zusammen.

Als sie fünf Minuten später wieder zu sich kam, war ihr erster Gedanke, dass sie eine Hand voll Rasierklingen hielt.

Sie kroch hinüber zum Bett und legte den Kopf darauf, bis sie das Bewusstsein wieder vollständig erlangt hatte. Als sie genügend Mut aufbrachte, sah sie ihre Hand an. Die Spuren der Kochplatte hatten sich tief in ihre Haut eingebrannt, wie eine Tätowierung. Sie stand auf und ging ans Waschbecken, um kaltes Wasser über die Wunde rinnen zu lassen; das beruhigte den Schmerz ein wenig. Der Schaden war nicht ganz so schlimm, wie sie es sich vorgestellt hatte. Obwohl es ihr wie eine Ewigkeit vorgekommen war, hatte die Hand wahrscheinlich nur eine oder zwei Sekunden direkten Kontakt mit der Platte gehabt. Sie wickelte eines von Martys T-Shirts um die Hand. Dann erinnerte sie sich daran, einmal gelesen zu haben, dass man Brandwunden am besten offen ließ, und daher wickelte sie ihre kunstvolle Verpackung wieder auf. Danach legte sie sich erschöpft aufs Bett und wartete zitternd darauf, dass Marty ihr ein Stückchen der Sonnenschein-Insel bringen würde.

59

Die Jungs des Reverend Bliss saßen ungefähr eine Stunde lang in dem Zimmer im Erdgeschoss und hingen ihren Vorstellungen vom Tod durch die Flut nach. In dieser Zeit hatte Mamoulian Carys gesucht, hatte sie gefunden und war wieder aus ihr vertrieben worden. Aber er hatte ihren Aufenthaltsort erfahren. Mehr noch, er hatte festgestellt, dass Strauss – der Mann, den er im Asyl so töricht missachtet hatte – weggegangen war, um dem Mädchen Heroin zu besorgen. Es war Zeit, damit aufzuhören, so gnädig zu sein, dachte er.

Er fühlte sich wie ein geprügelter Hund und wollte nur eines: sich niederlegen und sterben. Heute schien es – besonders, seit das Mädchen ihn so durchtrieben besiegt hatte –, als spüre er die ganze Last seines langen, langen Lebens in den Knochen. Er betrachtete seine Hand, in der immer noch die Verbrennung schmerzte, die er durch Carys erlebt hatte. Vielleicht würde das Mädchen bald verstehen, dass dies alles unvermeidlich war. Das Endspiel, das er einleitete, war bedeutender als ihr Leben, oder das von Strauss, oder Breer, oder das der beiden idiotischen Burschen aus Memphis, die er träumend zwei Stockwerke tiefer zurückgelassen hatte.

Er ging eine Treppe hinunter und in Breers Zimmer. Der Rasierklingenesser lag auf der Matratze in der Ecke seines

Zimmers, sein Gesicht seitlich abgewinkelt, der Magen gepfählt, und starrte wie ein wahnsinniger Fisch zu ihm empor.

Am Ende der Matratze, ganz nahe, weil Breers Augen zunehmend schwächer wurden, brabbelte das Fernsehen seine Geistlosigkeiten.

»Wir werden in Kürze aufbrechen«, sagte Mamoulian.

»Haben Sie sie gefunden?«

»Ja, ich habe sie gefunden. Ein Haus in der Bright Street. Das Haus …«, der Gedanke schien ihn zu amüsieren, »… ist gelb gestrichen. Im zweiten Stock, glaube ich.«

»Bright Street«, sagte Breer verträumt. »Sollen wir gehen und sie dort besuchen?«

»Nein; nicht *wir.*«

Breer drehte sich ein Stückchen weiter zu dem Europäer hin. Er hatte sein gebrochenes Genick behelfsmäßig geschient, was das Bewegen erschwerte. »Ich möchte sie sehen«, sagte er.

»Du hättest sie gar nicht erst gehen lassen dürfen.«

»*Er* ist gekommen. Der aus dem Haus. Ich sagte es doch.«

»O ja«, sagte Mamoulian. »Ich habe Pläne mit Strauss.«

»Soll ich ihn für Sie suchen?«, fragte Breer. Alte Bilder von Hinrichtungen kamen ihm ins Gedächtnis, wie die aus dem Buch über Kriegsverbrechen. Einige davon waren schärfer denn je, als stünden sie kurz davor, in die Tat umgesetzt zu werden.

»Nicht nötig«, sagte der Europäer. »Ich habe zwei eifrige Jünger, die bereit sind, das für mich zu erledigen.«

Breer war verstimmt. »Und was kann ich tun?«

»Du kannst das Haus für unsere Abreise vorbereiten. Ich möchte, dass du die wenigen Habseligkeiten, die wir haben, verbrennst. Es soll sein, als hätten wir beide nie existiert.«

»Ist das Ende nahe?«

»Nun, da ich weiß, wo sie ist, ja.«

»Sie könnte weglaufen.«

»Dazu ist sie zu schwach. Sie wird sich nicht vom Fleck

rühren können, bis Strauss ihr die Droge bringt. Und das wird er natürlich nie tun.«

»Sie wollen ihn töten lassen?«

»Ihn und jeden anderen, der sich mir von diesem Augenblick an in den Weg stellt. Ich habe keine Energie mehr für Mitleid übrig. Das war ein Fehler, den ich so oft gemacht habe: Ich habe die Unschuldigen entkommen lassen. Du hast deine Anweisungen, Anthony. Mach dich an die Arbeit.«

Er zog sich aus dem Zimmer zurück und ging nach unten zu seinen neuen Agenten. Die Amerikaner standen respektvoll auf, als er die Tür öffnete. »Seid ihr bereit?«, fragte er.

Der Blonde, der von Anfang an der umgänglichere gewesen war, fing wieder an, seinen niemals endenden Dank auszusprechen, aber Mamoulian brachte ihn zum Schweigen. Er nannte ihnen seine Befehle, und sie akzeptierten sie, als würde er Süßigkeiten verteilen.

»In der Küche sind Messer«, sagte er. »Nehmt sie und gebraucht sie, wie es erforderlich ist.«

Chad lächelte. »Sollen wir auch die Frau töten?«

»Die Sintflut hat keine Zeit, selektiv zu sein.«

»Angenommen, sie hat nicht gesündigt?«, sagte Tom, der nicht ganz sicher war, wie ihm dieser alberne Gedanke in den Kopf kam.

»Oh, sie hat gesündigt«, antwortete der Mann mit funkelnden Augen, und das genügte den Jungs des Reverend Bliss.

Oben erhob sich Breer unter Mühen von seiner Matratze und stolperte ins Bad, um sich in dem gesprungenen Spiegel zu betrachten. Seine Verletzungen hatten längst aufgehört, Flüssigkeit abzusondern, aber er sah schrecklich aus.

»Rasieren«, sagte er sich. »Und Sandelholz.«

Er hatte Angst, dass sich die Dinge nun zu überstürzt entwickeln würden, und wenn er nicht vorsichtig war, würde er aus den Berechnungen ausgeklammert werden. Es wurde Zeit, dass er eigenmächtig handelte. Er würde ein sauberes Hemd finden, Krawatte und Jackett, und dann würde er auf Brautschau gehen. Wenn das Endspiel so nahe war, dass alle Spuren beseitigt werden mussten, dann war es besser, rasch zu handeln. Es war besser, seine Romanze mit dem Mädchen zu beenden, bevor sie den Weg allen Fleisches ging.

60

Er brauchte einiges länger als eine Dreiviertelstunde, um London zu durchqueren. Eine große Anti-Atomwaffen-Demonstration war angesagt, der Marsch formierte sich größtenteils in den Vororten der Stadt, dann sollte getrennt zum Hyde Park zu einer Großkundgebung marschiert werden. Im Stadtzentrum, wo es immer schwer war durchzukommen, drängten sich die Protestierenden in dichten Scharen, geparkte Autos verstopften die Straßen, der Verkehr kam fast völlig zum Erliegen. Marty bekam das alles erst mit, als er mitten im Gewühl steckte, und da war es längst zu spät, auszuweichen und einen Umweg zu fahren; insgeheim verfluchte er seine Unaufmerksamkeit. Wahrscheinlich hatte die Polizei überall Schilder aufgestellt, die die Autofahrer auf die Behinderung aufmerksam machten, bloß hatte er keines gesehen.

Er konnte jedoch nichts tun, es sei denn, vielleicht das Auto stehen lassen und zu Fuß oder mit der U-Bahn weiterkommen. Keine der Möglichkeiten war besonders attraktiv, denn die U-Bahn war sicherlich überfüllt, und in der Gluthitze laufen würde qualvoll sein. Er brauchte die wenigen Energiereserven, die er noch hatte. Er lebte von Adrenalin und Zigaretten, und das schon zu lange. Er war schwach. Er hoffte nur – vergebliche Hoffnung! –, dass der Gegner noch schwächer war.

Der Nachmittag war bereits fortgeschritten, als er Charmaines Haus erreichte. Er fuhr einmal um den Block und suchte nach einem Parkplatz, und schließlich fand er einen, nicht weit vom Haus entfernt. Seine Füße waren irgendwie widerwillig; das vor ihm liegende Treffen war nicht gerade angenehm. Aber Carys wartete.

Die Haustür war nur angelehnt. Er klingelte dennoch und wartete auf dem Gehweg, weil er nicht so ohne weiteres das Haus betreten wollte. Vielleicht lagen sie oben im Bett oder standen gemeinsam unter der Dusche. Die Hitze war immer noch mörderisch, wenngleich der Nachmittag weit fortgeschritten war.

Weiter unten erschien der Eiswagen, der eine atonale Version von ›An der schönen blauen Donau‹ spielte, und parkte am Gehweg, um auf Kunden zu warten. Marty sah hinunter. Der Walzer hatte bereits zwei Kunden angelockt. Sie zogen einen Augenblick seine Aufmerksamkeit auf sich: ernst gekleidete junge Männer, die ihm den Rücken zugekehrt hatten. Einer von ihnen hatte hellblondes Haar, das in der Sonne glänzte. Sie nahmen ihr Eis entgegen, Geld wechselte den Besitzer. Sie verschwanden zufrieden um die Ecke, ohne sich noch einmal umzudrehen.

Da niemand auf sein Läuten reagierte, öffnete Marty die Tür. Sie streifte über die Bastmatte mit dem eingewebten, verblichenen »Willkommen« darauf. Ein Pamphlet, das halb in den Briefkasten geschoben worden war, fiel nach innen, Titelseite nach unten. Die Sprungfedern ließen die Briefkastenklappe lautstark zurückschnappen.

»Flynn? Charmaine?«

Seine Stimme war eine Störung; sie wurde die Treppe hinaufgetragen, wo Staubteilchen im Sonnenlicht tanzten, das durch das Fenster im Zwischenstock hereinfiel; sie hallte in der Küche, wo die Milch von gestern auf einem Regal neben der Spüle stand. »Ist jemand da?«

Während er in der Diele stand, hörte er eine Fliege. Sie umkreiste seinen Kopf, und er verscheuchte sie. Sie summte ungerührt den Flur entlang in die Küche, wo sie von etwas angezogen wurde. Marty folgte ihr und rief dabei Charmaines Namen.

Sie wartete in der Küche auf ihn, Flynn ebenso. Man hatte beiden die Kehle durchgeschnitten.

Charmaine war gegen die Waschmaschine gesunken. Sie saß da, hatte ein Bein unter sich angewinkelt, und starrte zur gegenüberliegenden Wand. Flynn hatten sie mit dem Kopf über dem Waschbecken platziert, als wolle er sich Wasser ins Gesicht spritzen. Die Illusion von Leben war beinahe vollkommen, bis hin zum plätschernden Geräusch.

Marty stand unter der Tür, während die Fliege, die nicht so zimperlich war wie er, ekstatisch in der Küche herumflog. Marty sah nur hinein. Er konnte nichts tun; er konnte nur hinsehen. Sie waren tot. Und Marty wusste genau, dass die Mörder in Grau gekleidet waren und, mit einem Eis in der Hand, zu den Klängen von ›An der schönen blauen Donau‹ um die Ecke verschwunden waren.

Sie hatten Marty den Tänzer von Wandsworth genannt – die, die sich überhaupt um ihn gekümmert hatten –, weil Strauss der Walzer-König war. Er überlegte, ob er Charmaine das je in einem seiner Briefe mitgeteilt hatte. Nein, wahrscheinlich nicht. Und nun war es zu spät dazu. Tränen verschleierten seinen Blick. Er drängte sie zurück. Sie würden ihm die Sicht nehmen, und er hatte noch nicht genug gesehen.

Die Fliege, die ihn hierhergeführt hatte, umkreiste wieder seinen Kopf.

»Der Europäer«, murmelte er. »Er hat sie hergeschickt.«

Die Fliege flog einen aufgeregten Zickzackkurs. »Natürlich«, summte sie.

»Ich werde ihn töten.«

Die Fliege lachte. »Du hast keine Ahnung, wer er ist. Er könnte der Teufel selbst sein.«

»Verdammte Fliege! Was weißt du schon?«

»Sei nicht so grob mit mir«, antwortete die Fliege. »Du gehst auf Scheiße, genau wie ich.«

Er sah ihr zu, wie sie flog und nach einer Stelle suchte, wo sie auf ihren schmutzigen Beinen landen konnte. Sie landete schließlich auf Charmaines Gesicht. Grässlich, dass sie nicht die Hand hob, um sie zu verscheuchen; entsetzlich, dass sie einfach da saß, ein Bein angewinkelt, die Kehle aufgeschlitzt, und sie auf der Wange krabbeln ließ, zum Auge, zum Nasenloch, wobei sie hier und da selbstvergessen dinierte.

Die Fliege hatte Recht. Er wusste überhaupt nichts. Wenn sie überleben wollten, dann musste er Mamoulians geheimes Leben ans Licht bringen, denn dieses Wissen bedeutete Macht. Carys war die ganze Zeit über klug gewesen. Man konnte nicht die Augen schließen und dem Europäer den Rücken zuwenden. Es gab nur einen Weg, sich von ihm zu befreien, und das war, ihn zu kennen; ihn so lange anzusehen, wie der eigene Mut es gestattete, und ihn in jeder abscheulichen Einzelheit wahrzunehmen.

Er ließ die Liebenden in der Küche zurück und suchte nach dem Heroin. Lange musste er nicht suchen. Das Päckchen war in der Innentasche von Flynns Jacke, die er beiläufig über das Sofa im Wohnzimmer geworfen hatte. Marty steckte es ein und ging zur Eingangstür. Er war sich darüber im Klaren, wenn er jetzt aus dem Haus hinaus ins Sonnenlicht trat, forderte er eine Mordanklage geradezu heraus. Man würde ihn sehen und mühelos erkennen; innerhalb von Stunden würde die Polizei hinter ihm her sein. Aber es half nichts; wenn er durch die Hintertür hinausschlich, würde er sich ebenso verdächtig machen.

An der Tür blieb er stehen und hob das Pamphlet auf, das aus dem Briefschlitz gefallen war. Es zeigte das lächelnde Gesicht eines Evangelisten, eines Reverend Bliss, der mit einem Mikrofon in der Hand dastand und den Blick zum Himmel erhoben hatte. *»Kommt zur Gruppe!«*, verkündete ein Transparent im Hintergrund. *»Und spürt Gottes Macht.*

Höret die Worte! Fühlt den Geist!« Er steckte es als späteres Beweisstück ein.

Auf dem Rückweg nach Kilburn hielt er bei einer Telefonzelle an und meldete den Mord. Als sie ihn fragten, wer er sei, sagte er es ihnen und gestand, dass er seine Bewährung übertreten hatte. Als sie ihm sagten, er solle sich beim nächsten Polizeirevier melden, versprach er, das zu tun, meinte aber, er habe vorher noch ein paar persönliche Angelegenheiten zu bereinigen.

Während er auf der mittlerweile halbwegs freien Straße weiterfuhr, ging er in Gedanken jede mögliche Spur zu Whiteheads Aufenthaltsort durch. Wo immer sich der alte Mann befinden mochte, würde früher oder später auch Mamoulian auftauchen. Natürlich konnte er versuchen, Carys dazu zu bringen, ihren Vater zu finden. Aber er hatte ihr einen anderen Vorschlag gemacht, und es würde wahrscheinlich seine ganze Überredungsgabe erfordern, sie jetzt dazu zu bringen. Er würde den alten Mann, ganz auf sich allein gestellt, finden müssen.

Erst als er auf dem Rückweg ein Verkehrsschild nach Holborn sah, fielen ihm Mr. Halifax und seine Erdbeeren wieder ein.

61

Marty roch Carys in dem Augenblick, als er die Tür öffnete, aber er hielt den Geruch ein paar Sekunden lang irrtümlich für bratendes Schweinefleisch. Erst als er an ihr Bett trat, sah er die Verbrennung.

»Mir geht es gut«, sagte sie kalt zu ihm.

»Er war hier?«

Sie nickte. »Aber jetzt ist er wieder weg.«

»Hat er keine Nachricht hinterlassen?«, fragte er mit einem verzerrten Lächeln.

Sie richtete sich auf. Etwas stimmte nicht mit ihm. Seine

Stimme klang seltsam, sein Gesicht hatte die Farbe von altem Fisch. Er stand auf, als könnte ihre bloße Berührung ihn zerschmettern. Wenn sie ihn ansah, vergaß sie fast die Gier, die sie beinahe verzehrte.

»Nachricht?«, fragte sie. »Für dich?« Sie verstand nicht. »Warum? Was ist geschehen?«

»Sie waren tot.«

»Wer?«

»Flynn. Charmaine. Jemand hat ihnen die Kehlen aufgeschlitzt.« Sein Gesicht sah aus, als würde er jeden Moment in Tränen ausbrechen. Dies war sicherlich der Nadir. Sie konnten nicht mehr tiefer fallen.

»O Marty …«

»Er wusste, dass ich zu meinem alten Haus gehen würde«, sagte er.

Sie suchte nach Vorwürfen in seiner Stimme, fand aber keine. Dennoch verteidigte sie sich.

»Das kann er nicht von mir haben. Ich weiß ja nicht einmal, wo du gewohnt hast.«

»Oh, aber er weiß es. Ich bin sicher, er hat es sich zur Aufgabe gemacht, alles zu wissen.«

»Warum hat er sie getötet? Ich verstehe das nicht.«

»Verwechslung.«

»Breer weiß, wer du bist.«

»Es war nicht Breer, der das getan hat.«

»Hast du gesehen, wer es war?«

»Ich glaube schon. Zwei Jungs.« Er suchte das Pamphlet, das er hinter der Tür gefunden hatte. Er vermutete, dass die Täter es hinterlassen hatten. Etwas an ihren grauen Anzügen sowie dem blonden Haarschopf deutete auf hausierende Evangelisten hin, mit kindlichen Gesichtern, und tödlich. Musste den Europäer ein solches Paradox nicht in Entzücken versetzen?

»Sie haben einen Fehler gemacht«, sagte er und zog die Jacke aus. Dann fing er an, das schweißgetränkte Hemd aufzuknöpfen. »Sie gingen einfach ins Haus und brachten den ersten Mann und die erste Frau um, die sie sahen. Aber das war nicht ich. Es war Flynn.« Er zog das Hemd aus der Hose und schleuderte es weg. »Es ist so einfach, nicht? Er kümmert sich nicht um das Gesetz, er steht über allem, denkt er.« Marty stellte gezwungenermaßen fest, wie ironisch er war. Er, der ehemalige Knastbruder, der Uniformen hasste, klammerte sich an die Buchstaben des Gesetzes. Es war keine angenehme Zuflucht, aber es war augenblicklich die beste, die er hatte. »Was ist er, Carys? Was macht ihn so sicher, dass er unangreifbar ist?«

Sie betrachtete das verzückte Gesicht von Reverend Bliss. »Taufe im Namen des Heiligen Geistes!«, verkündete er strahlend.

»Was spielt es für eine Rolle, was er ist?«, wollte sie von Marty wissen.

»Weil es sonst aus und vorbei ist.«

Sie antwortete nicht. Er ging zum Waschbecken und wusch sich Gesicht und Brust mit kaltem Wasser. Was den Europäer anbelangte, so waren sie nicht mehr als Schafe im Stall. Nicht nur in diesem, auch in jedem anderen Zimmer. Wo immer sie sich versteckten, mit der Zeit würde er ihre Zuflucht finden und kommen. Es würde nur einen unbedeutenden Kampf geben; wehrten sich Schafe gegen ihre Schlachtung?, fragte er sich. Die Fliege hätte er fragen sollen. Die Fliege hätte es gewusst.

Er wandte sich vom Waschbecken ab, Wasser tropfte an seinem Kiefer herunter, und sah Carys an. Sie sah zu Boden und kratzte sich.

»Geh zu ihm«, sagte er unvermittelt.

Er hatte sich ein Dutzend Mal überlegt, wie er diese Unterhaltung eröffnen sollte, während er hierher gefahren war, aber weshalb sollte er versuchen, es ihr zu versüßen?

Sie sah mit leeren Augen zu ihm auf. »Was hast du gesagt?«

»Geh zu ihm, Carys. Geh in ihn, so, wie er in dich geht. Kehre den Vorgang um.«

Sie lachte beinahe, doch dann brachte sie als Antwort auf diese Obszönität nur ein höhnisches Grinsen zustande. »*In* ihn?«, sagte sie.

»Ja.«

»Du bist verrückt.«

»Wir können nicht etwas bekämpfen, das wir nicht kennen. Und wir können es nicht kennen lernen, wenn wir es uns nicht *ansehen*. Du kannst es; du kannst es für uns beide tun.« Er kam durch das Zimmer auf sie zu, aber sie senkte den Kopf wieder. »Finde heraus, *was* er ist. Seine Schwächen, Andeutungen von Schwächen, alles, was uns helfen könnte, ihn zu besiegen.«

»Nein.«

»Wenn du es nicht tust, können wir versuchen, was wir wollen, können wir fliehen, wohin wir wollen, er wird kommen, er oder einer seiner Handlanger, und mir die Kehle aufschlitzen, so wie bei Flynn. Und du? Gott weiß, ich glaube, du würdest dir wünschen, so gestorben zu sein wie ich.« Das war brutal, und er kam sich erbärmlich vor, als er es sagte, aber er hatte gewusst, wie nachdrücklich sie sich weigern würde. Und wenn seine Überredungskünste versagten, hatte er immer noch das Heroin. Er kauerte vor ihr auf den Fußballen und sah zu ihr auf.

»*Denk* darüber nach, Carys. Gib dem Vorschlag eine Chance.«

Ihr Gesicht wurde hart. »Du hast sein Zimmer gesehen«, sagte sie. »Es wäre, als würde ich mich freiwillig in ein Irrenhaus einsperren.«

»Er wüsste es doch nicht«, sagte er. »Er wäre nicht darauf vorbereitet.«

»Ich werde nicht weiter darüber reden. Gib mir meinen Schuss, Marty.« Er stand mit ausdruckslosem Gesicht auf. Zwing mich nicht, grausam zu sein, dachte er.

»Du möchtest, dass ich dir einen Schuss gebe, und dann möchtest du warten. Ist es so?«

»Ja«, sagte sie leise, dann entschlossener: »Ja.«

»Glaubst du, du bist nicht mehr wert?« Sie antwortete nicht. Ihr Gesichtsausdruck war unmöglich zu deuten. »Wenn das so ist, warum hast du dich dann verbrannt?«

»Ich wollte nicht gehen. Nicht ohne … dich noch einmal zu sehen. Mit dir zusammen zu sein.« Sie zitterte. »Wir können nicht gewinnen«, sagte sie.

»Wenn wir nicht gewinnen können, was gibt es dann zu verlieren?«

»Ich bin müde«, antwortete sie und schüttelte den Kopf. »Gib mir den Schuss. Vielleicht morgen, wenn es mir besser geht.« Sie sah zu ihm auf und ihre Augen glänzten in den dunklen Höhlen. »Gib mir jetzt den Schuss!«

»Damit du alles vergessen kannst, hm?«

»Marty, nicht. Du verdirbst …« Sie verstummte.

»Was? Unsere letzten gemeinsamen Stunden?«

»Ich brauche den Stoff, Marty.«

»Das ist mehr als angenehm. Scheiß drauf, was aus mir wird.«

Plötzlich hatte er das Gefühl, dass das die unbestreitbare Wahrheit war; dass es sie nicht kümmerte, was er leiden musste, nie gekümmert hatte. Er war in ihr Leben getreten, und nun, nachdem er ihr den Stoff beschafft hatte, konnte er wieder daraus verschwinden und sie ihren Träumen überlassen. Er wollte sie schlagen und wandte ihr schnell den Rücken zu, bevor er es tatsächlich tun würde.

Hinter ihm sagte sie: »Wir könnten den Stoff gemeinsam nehmen – du auch, Marty, warum nicht? Dann könnten wir zusammen sein.«

Er antwortete eine Weile nicht; schließlich sagte er: »Kein Schuss.«

»Marty?«

»Kein Fix, bevor du nicht zu ihm gehst.«

Carys brauchte ein paar Sekunden, um das ganze Ausmaß dieser Erpressung zu begreifen. Hatte sie ihm nicht vor langer Zeit gesagt, er habe sie enttäuscht, weil sie einen Grobian erwartet hatte? Sie hatte vorschnell geurteilt.

»Er wird es merken«, sagte sie. »Er wird es in dem Augenblick merken, wenn ich mich ihm nähere.«

»Geh behutsam vor. Du kannst es, und das weißt du genau. Du bist schlau. Du bist oft genug in meinen Kopf geschlüpft.«

»Ich kann nicht«, protestierte sie. War ihm denn nicht klar, was er von ihr verlangte?

Er verzog das Gesicht, seufzte und ging zu seiner Jacke, die noch dort auf dem Boden lag, wo er sie hingeworfen hatte, wühlte in der Tasche, bis er das Heroin gefunden hatte. Es war ein jämmerlich kleines Päckchen, und wenn er Flynn richtig einschätzte, war es gestreckt, aber das war ihre Sache, nicht seine. Sie starrte gebannt auf das Päckchen.

»Das gehört alles dir«, sagte er und warf es ihr zu. Es landete auf dem Bett neben ihr. »Bediene dich.«

Sie starrte ihn noch immer an, nun seine leere Hand. Er hob sein klammes Hemd auf und zog es wieder an.

»Wohin gehst du?«

»Ich habe dich gesehen, wenn du von dem Zeug high warst. Ich habe den Unsinn gehört, den du redest. Ich möchte dich nicht so in Erinnerung behalten.«

»Ich muss es haben.«

Sie hasste ihn; sie betrachtete ihn, wie er in einem Fleck der Nachmittagssonne stand, Bauch und Brust entblößt, und sie hasste jede Faser von ihm. Die Erpressung, die konnte sie verstehen, sie war grausam, aber sie funktionierte. Dass er sie verlassen wollte, war ein ungleich niederträchtigerer Trick.

»Selbst wenn ich tue, was du von mir verlangst …«, sie schien bei der Vorstellung zu schrumpfen, »… werde ich nichts herausfinden.«

Er zuckte mit den Achseln. »Hör zu: Der Schuss gehört dir«, sagte er. »Du hast bekommen, was du wolltest.«

»Und was ist mit dir? Was willst du?«

»Ich möchte leben. Und ich denke, dies ist unsere einzige Chance.«

Und selbst das war eine verschwindend geringe Chance; ein winziger Riss in der Mauer, durch den sie, wenn es das Schicksal gnädig mit ihnen meinte, entkommen konnten.

Sie durchdachte die Möglichkeiten und wusste nicht, warum sie überhaupt über seinen Vorschlag nachdachte. An einem anderen Tag hätte sie vielleicht gesagt: »Aus Liebe.« Schließlich sagte sie: »Du hast gewonnen.«

Er setzte sich und sah ihr zu, wie sie sich für die vor ihr liegende Reise vorbereitete.

Zuerst wusch sie sich. Nicht nur ihr Gesicht, den ganzen Körper, wobei sie auf einem ausgebreiteten Handtuch an dem winzigen Waschbecken in der Ecke stand, und der gasbetriebene Boiler röhrte, als sein heißes Wasser sich in die Schüssel ergoss. Während er sie beobachtete, bekam er eine Erektion, und er schämte sich, dass er an Sex denken konnte, wenn so viel auf dem Spiel stand. Aber das war nur puritanisches Denken; er sollte sich zu seinen Gefühlen bekennen, wenn sie aufrichtig waren, das hatte sie ihm beigebracht.

Als sie fertig war, zog sie die Unterwäsche wieder an, darüber ein T-Shirt. Dasselbe hatte sie getragen, erinnerte er sich, als er in das Haus in der Caliban Street eingedrungen war: einfache, nicht beengende Kleidung. Sie setzte sich auf einen Stuhl, bekam eine Gänsehaut. Er wollte, dass sie ihm verzieh, dass sie ihm sagte, seine Manipulationen seien gerechtfertigt gewesen und sie wisse, er habe aus den besten Motiven gehandelt, was auch immer jetzt geschehen mochte. Doch einen solchen Trost gewährte sie ihm nicht. Stattdessen sagte sie nur: »Ich glaube, ich bin so weit.«

»Was kann ich tun?«

»Sehr wenig«, sagte sie. »Bleib bei mir, Marty.«

»Und wenn … du weißt schon, wenn etwas nicht in Ordnung zu sein scheint? Kann ich dir helfen?«

»Nein«, antwortete sie.

»Wann werde ich wissen, dass du dort bist?«, fragte er.

Sie sah ihn an, als habe er die idiotischste Frage überhaupt gestellt, und sagte: »Du wirst es wissen.«

62

Es war nicht schwierig, den Europäer zu finden; ihr Verstand eilte mit fast beängstigender Leichtigkeit zu ihm hin, wie in die Arme eines lange verschollenen Kameraden. Sie konnte deutlich seinen Sog spüren, aber keinen bewussten Magnetismus, dachte sie. Als ihre Gedanken die Caliban Street erreichten und in das Zimmer im obersten Stock drangen, wurden ihre Vermutungen hinsichtlich seiner Passivität bestätigt. Er lag in einer Pose völliger Erschöpfung auf den kahlen Brettern seines Fußbodens. Vielleicht, dachte sie, kann ich es *doch*. Sie kroch wie eine verführende Geliebte an seine Seite und in ihn hinein.

Sie murmelte.

Marty zuckte zusammen. Sie grollte in der Kehle, aber so dünn, dass Marty den Sinn der Worte nicht verstehen konnte. Sprich zu mir, befahl er ihr leise. Sag mir, dass alles in Ordnung ist. Ihr Körper war starr geworden. Er berührte sie. Ihre Muskeln waren zu Stein geworden, als hätte sie einen Blick mit dem Basilisken gewechselt.

»Carys?«

Sie murmelte erneut, kehlige Laute, aber keine erkennbaren Worte; sie atmete kaum.

»Kannst du mich hören?«

Wenn sie konnte, so ließ sie es sich nicht anmerken. Sekunden wurden zu Minuten, und immer noch war sie eine Mauer, an der seine Fragen zerbrachen und im Schweigen versanken.

Und dann sagte sie: »Ich bin hier.« Ihre Stimme war substanzlos, wie ein ferner Sender, den man zufällig im Radio findet; Worte von einem unerklärlichen Ort.

»Bei ihm?«, fragte er.

»Ja.«

Jetzt keine Ausflüchte, befahl er sich. Sie war zum Europäer gegangen, wie er es ihr befohlen hatte. Nun musste er ihren Mut so effektiv wie möglich ausnutzen und sie zurückrufen, bevor ihr ein Leid geschehen konnte. Er stellte zuerst die schwierigsten Fragen, und dann die, die am dringendsten beantwortet werden mussten.

»Was ist er, Carys?«

»Ich weiß es nicht«, sagte sie.

Ihre Zungenspitze schnellte aus ihrem Mund und breitete einen dünnen Speichelfilm über ihre Lippen. »So dunkel«, murmelte sie.

Es war dunkel in ihm: dieselbe greifbare Dunkelheit wie in dem Zimmer in der Caliban Street. Aber im Augenblick zumindest waren die Schatten passiv, denn hier rechnete der Europäer nicht mit Eindringlingen. Er hatte keine wachsamen Schranken an der Grenze seines Gehirns postiert. Sie drang tiefer in seinen Kopf ein. Lichtpfeile explodierten an den Rändern ihrer geistigen Wahrnehmung, ähnlich den kreisenden Farben, die man sieht, wenn man sich die Augen gerieben hat, aber greller und flüchtiger. Sie kamen und gingen so schnell, dass sie nicht sicher war, ob sie etwas in ihnen erblickte, oder etwas, das sie erhellten, doch während sie tiefer eindrang, wurden die Explosionen regelmäßiger, und sie begann ein Muster zu erkennen: Kommas, Gitter, Stäbe, Punkte, Spiralen.

Martys Stimme störte ihr Staunen, eine alberne Frage, für die sie keine Geduld aufbrachte. Sie achtete nicht darauf. Sollte er warten. Die Lichter wurden komplexer, ihre Muster verschmolzen miteinander und gewannen an Tiefe und Gewicht. Nun schien sie Tunnel und rollende Würfel zu sehen; Meere, rollende Lichter; Spalten, die sich öffneten und schlossen; einen Regen weißen Rauschens. Sie sah zu und war fasziniert von der Art und Weise, wie sie sich entfalteten und vermehrten, wie die Welt seines Denkens flackernde Himmel über ihr bildete und in Schauern auf sie herabregnete. Gewaltige Blocks verschmelzender geometrischer Figuren rasten über ihr dahin oder schwebten einige Zentimeter über ihrem Kopf, obwohl sie das Gewicht kleiner Monde hatten.

Und plötzlich: weg. Alle miteinander. Wieder Dunkelheit, so undurchdringlich wie eh und je, die sie von allen Seiten bedrängte. Einen Augenblick hatte sie die Empfindung, erstickt zu werden; sie rang in Panik nach Atem.

»Carys?«

»Schon gut«, flüsterte sie dem fernen Frager zu. Er war eine Welt entfernt, aber ihm lag so viel an ihr, glaubte sie sich zu erinnern.

»Wo bist du?«, wollte er wissen.

Sie hatte keinen Hinweis, daher schüttelte sie den Kopf. Wohin sollte sie vordringen, wenn überhaupt? Sie wartete in der Dunkelheit und wappnete sich für alles, was da kommen mochte.

Plötzlich begann das Lichterspiel wieder, am Horizont. Diesmal – für die zweite Vorstellung – waren die Muster zu Formen geworden. Statt Spiralen sah sie aufsteigende Säulen aus brennendem Rauch. Anstelle von lichterfüllten Meeren eine Landschaft, herabfallender Sonnenschein machte die fernen Berge fleckig. Vögel stiegen auf brennenden Flügeln in die Luft empor, dort verwandelten sie sich in die Seiten von Büchern, welche von den Feuern emporflatterten, die nun überall ringsum aufloderten.

»Wo bist du?«, fragte er sie erneut. Ihre Augen kreisten wie irrwitzig hinter ihren Lidern, während sie dieses üppige Szenarium in sich aufnahm. Er konnte an nichts von alledem teilhaben, es sei denn durch ihre Worte, und sie war stumm vor Bewunderung oder Schrecken; was von beiden, vermochte er nicht zu sagen.

Auch Geräusche existierten hier. Nicht viele; das Vorgebirge, auf dem sie dahinschritt, hatte zu viele Verheerungen erlebt, um zu rufen, sein Leben war beinahe erloschen. Leichen lagen unten, so grausig verstümmelt, als wären sie vom höchsten Himmel herabgestürzt. Waffen; Pferde; Räder. Sie sah das alles wie bei einem großen Feuerwerk, keinen einzigen Anblick schaute sie zweimal. In dem Augenblick der Dunkelheit, zwischen einem Aufleuchten und dem nächsten, konnte sich die gesamte Szenerie verändern. In einem Augenblick stand sie auf einer offenen Straße, und ein nacktes Mädchen lief auf sie zu und weinte. Im nächsten befand sie sich auf einem Hügel und sah hinab in ein geplündertes Tal, das sie durch Rauchwolken hindurch wahrnahm. Nun ein silberner Birkenleichnam, dann keiner mehr. Nun eine Ruine, zu ihren Füßen ein geköpfter Mann, und schon wieder weg. Aber immer waren irgendwo Feuer in der Nähe; Rauch und Schreie beschmutzten die Luft; das Gefühl einer unablässigen Verfolgung. Sie spürte, dass das ewig so weitergehen konnte, die wechselnden Szenen vor ihr, im einen Augenblick Landschaft, im nächsten eine Scheußlichkeit –, ohne dass sie Zeit hatte, die einzelnen Bilder miteinander in Zusammenhang zu bringen.

Dann erloschen die Feuer so unvermittelt, wie die anfänglichen Muster verschwunden waren, und wieder war Dunkelheit rings um sie herum.

»Wo?«

Martys Stimme fand zu ihr. Er war so aufgeregt in seiner Verwirrung, dass sie ihm antwortete.

»Ich bin fast tot«, sagte sie ruhig.

»Carys?« Er hatte schreckliche Angst, dass er Mamoulian auf sie aufmerksam machen würde, wenn er ihren Namen aussprach, aber er musste wissen, ob sie sich selbst gemeint hatte oder ihn.

»Nicht Carys«, antwortete sie. Ihr Mund schien sein volles Aussehen zu verlieren; die Lippen wurden schmaler. Es war der Mamoulians, nicht ihrer. Sie hob eine Hand ein wenig aus dem Schoß, als wolle sie ihr Gesicht berühren.

»Fast tot«, sagte sie erneut. »Der Kampf ist verloren, siehst du? Der ganze verdammte Krieg ist verloren …«

»Welcher Krieg?«

»Von Anfang an verloren. Nicht, dass es etwas ausmachen würde, hm? Ich suche mir einen neuen Krieg. Irgendwo findet immer einer statt.«

»Wer bist du?«

Sie runzelte die Stirn. »Was geht dich das an?«, fuhr sie ihn an. »Das ist nicht deine Sache.«

»Ist nicht wichtig«, erwiderte Marty. Er fürchtete, das Verhör zu weit zu treiben. Aber seine Frage wurde schon im nächsten Atemzug beantwortet.

»Mein Name ist Mamoulian. Ich bin Feldwebel bei den Dritten Füsilieren; *Verbesserung*: war Feldwebel.«

»Nicht mehr?«

»Nein, nicht mehr. Jetzt bin ich niemand. Heutzutage ist es sicherer, niemand zu sein, meinst du nicht auch?«

Der Tonfall war oberflächlich und unterhaltend, als wisse der Europäer ganz genau, was vor sich ging, als habe er beschlossen, durch Carys mit Marty zu reden. Vielleicht ein neues Spiel?

»Wenn ich bedenke, was ich alles getan habe«, sagte er, »um keine Schwierigkeiten zu bekommen. Ich bin nämlich ein Feigling, weißt du? War ich immer. Ich *verabscheue* den Anblick von Blut.« Er begann in ihr zu lachen, ein hartes, unweibliches Lachen.

»Du bist nur ein Mensch?«, fragte Marty. Er konnte kaum glauben, was er mitgeteilt bekam. Kein Teufel verbarg sich im Schädel des Europäers, nur dieser halb verrückte Feldwebel, der verloren auf irgendeinem Schlachtfeld lag. »Nur ein Mensch?«, wiederholte er.

»Was sollte ich sonst wohl sein?«, antwortete der Feldwebel wie aus der Pistole geschossen. »Ich nehme gern jede Rolle an. Ich tue alles, um aus dieser Lage herauszukommen.«

»Was meinst du, mit wem du sprichst?«

Der Feldwebel runzelte mit Carys' Gesicht die Stirn.

»Ich verliere den Verstand«, sagte er wehleidig. »Ich

spreche nun schon seit Tagen mit mir selbst. Es ist niemand mehr übrig, verstehst du? Das Dritte ist ausgelöscht. Und das Vierte. Und das Fünfte. Alle zur Hölle gebombt.« Er verstummte und machte ein verschlagenes Gesicht. »Hab keinen mehr zum Kartenspielen. Mit Toten kann man nicht spielen, oder? Die haben nicht das, was ich möchte …« Seine Stimme kippte um.

»Was für ein Datum haben wir?«

»Oktober, oder nicht?«, antwortete der Feldwebel. »Ich habe das Zeitgefühl verloren. Aber heute Nacht war es verflucht kalt, so viel kann ich dir verraten. Ja, es muss mindestens Oktober sein. Gestern brachte der Wind Schnee mit sich. Oder war es vorgestern?«

»Welches Jahr?«

Der Feldwebel lachte. »So weit bin ich noch nicht fort«, sagte er. »1811, das stimmt. Ich werde am neunten November zweiunddreißig. Und ich sehe keinen Tag älter als vierzig aus.«

1811. Wenn der Feldwebel aufrichtig antwortete, dann war Mamoulian fast zweihundert Jahre alt.

»Bist du sicher?«, fragte Marty. »Das Jahr ist 1811; da bist du ganz sicher?«

»Halt den Mund!«, lautete die Antwort.

»Was ist?«

»Ärger.«

Carys hatte die Arme um die Brust geschlungen, als wäre sie gefesselt. Sie fühlte sich beengt, aber wovon, das konnte sie nicht sagen. Die offene Straße, auf der sie gestanden hatte, war plötzlich verschwunden, und nun spürte sie, dass sie in der Dunkelheit lag. Hier war es wärmer als auf der Straße, aber keine angenehme Wärme. Sie hatte einen durchdringenden, stechenden Geruch. Sie spie aus, nicht einmal, sondern zwei- oder dreimal, um einen Mund voll Schleim loszuwerden. Wo war sie, um Himmels willen? Ganz in der Nähe konnte sie Pferde näher kommen hören. Das Geräusch war gedämpft, aber es machte sie, oder besser, den Mann, den sie bewohnte, panisch. Rechts von ihr stöhnte jemand. »Pssst …«, zischte sie. Hörte der Stöhnende die Pferde nicht auch? Sie würden entdeckt werden, und wenngleich sie nicht wusste, warum, war ihr doch klar, dass die Entdeckung fatal sein würde.

»Was passiert?«, fragte Marty.

Sie wagte nicht zu antworten. Die Reiter waren so nahe, dass man kein Wort riskieren durfte. Sie konnte hören, wie sie abstiegen und sich ihrem Versteck näherten, und sprach ein stummes Gebet. Die Reiter unterhielten sich jetzt miteinander; sie vermutete, dass es Soldaten waren. Ein Streit war unter ihnen ausgebrochen, wer eine unangenehme Aufgabe übernehmen musste. Vielleicht, betete sie, geben sie ihre Suche auf, noch bevor sie damit anfangen. Aber nein. Die Diskussion war vorbei, und sie murrten und beschwerten sich, während die Ersten anfingen, ihrer Arbeit nachzugehen. Sie hörte, wie sie Säcke nahmen und sie nach unten warfen. Ein Dutzend; zwei Dutzend. Licht fiel herunter, dorthin, wo sie lag und kaum zu atmen wagte. Weitere Säcke wurden bewegt; mehr Licht fiel herunter, und schließlich wurde ihr klar, für welches Versteck sich der Feldwebel entschieden hatte.

»Allmächtiger Gott«, hauchte sie.

Es waren keine Säcke, zwischen denen sie lag, sondern Leichen. Er hatte sich in einem Stapel Leichen versteckt! Die Wärme der Verwesung ließ sie schwitzen. Nun wurde der Stapel von den Soldaten abgetragen, die jeden Körper, den sie hochhoben, stachen, um so die Lebenden von den Toten zu unterscheiden. Diejenigen, die noch atmeten, wurden dem Offizier gezeigt, welcher sie ausnahmslos als unrettbar abtat, woraufhin man sich ihrer im Handumdrehen entledigte. Bevor ein Bajonett seine Haut durchbohren konnte, rollte sich der Feldwebel zur Seite und zeigte sich.

»Ich ergebe mich«, sagte er.

Sie stießen ihn dennoch durch die Schulter. Er schrie. Carys ebenfalls.

Marty wollte sie berühren, weil ihr Gesicht so schmerzverzerrt war, besann sich aber eines Besseren, da er an diesem Punkt, der offenbar von großer Bedeutung war, nicht stören wollte; es konnte mehr schaden als nützen.

»Nun, nun«, sagte der Offizier hoch zu Ross, »du scheinst mir nicht besonders tot zu sein.«

»Ich habe geübt«, antwortete der Feldwebel. Seine Frechheit brachte ihm einen zweiten Stich ein. Den Blicken der Männer nach zu urteilen, die ihn umringten, hatte er Glück, nicht sofort getötet zu werden. Sie freuten sich auf das Vergnügen.

»Du wirst noch nicht sterben«, sagte der Offizier und tätschelte seinem Reittier den Nacken. Die Anwesenheit von so viel Verfall machte das Vollblut unruhig. »Zuerst brauchen wir Antworten auf ein paar Fragen. Dann kannst du deinen Platz in der Grube haben.«

Hinter dem Kopfschmuck des Offiziers war der Himmel dunkler geworden. Noch während er sprach, begann die Szene ihren Zusammenhang zu verlieren, als habe Mamoulian vergessen, wie es danach weitergegangen war.

Carys Augen rollten unter den Lidern wieder hin und her. Eine weitere Woge von Eindrücken war über sie hereingebrochen, jeder Augenblick war mit absoluter Präzision herausgearbeitet, aber alles kam so schnell, dass sie den Sinn kaum begreifen konnte.

»Carys? Alles in Ordnung?«

»Ja, ja«, stieß sie atemlos hervor. »Nur Augenblicke … erlebte Augenblicke.«

Sie sah ein Zimmer, einen Stuhl. Spürte einen Kuss, einen Schlag. Schmerz; Erleichterung; wieder Schmerz. Fragen, Gelächter. Sie war nicht sicher, vermutete aber, dass der Feldwebel unter Zwang dem Feind alles erzählte, was er wissen wollte, und noch mehr. Tage verstrichen innerhalb eines Herzschlags. Sie ließ sie zwischen ihren Fingern hindurchrinnen, da sie spürte, wie der träumende Verstand des Europäers sich mit stetig steigender Geschwindigkeit einem kritischen Punkt näherte. Es war besser, ihn den Weg finden zu lassen; er verstand die Bedeutung dieses Abstiegs besser als sie.

Die Reise endete mit schockierender Plötzlichkeit.

Ein Himmel von der Farbe kalten Stahls erstreckte sich über ihr. Schnee fiel herab, ein konstanter Wirbel, der sie nicht wärmte, sondern ihre Knochen schmerzen ließ. In dem klaustrophobischen Zimmer, wo Marty mit entblößter Brust und schwitzend ihr gegenübersaß, begannen Carys' Zähne zu klappern.

Die Männer, die den Feldwebel gefunden hatten, mussten ihr Verhör beendet haben. Sie hatten ihn, zusammen mit fünf weiteren Gefangenen, in einen schmalen Hof herausgelegt. Er sah sich um. Dies war ein Kloster, jedenfalls war es das vor der Besetzung gewesen. Einige Mönche standen im Schatten des Klosterganges und verfolgten die Ereignisse im Innenhof mit philosophischer Gelassenheit.

Die sechs Gefangenen warteten in einer Reihe, während der Schnee fiel. Sie waren nicht gefesselt; in diesem Rechteck bot sich ihnen keine Fluchtmöglichkeit. Der Feldwebel am Ende der Schlange kaute Nägel und versuchte, sich keine zu düsteren Gedanken zu machen. Hier würden sie sterben, das war eine unumstößliche Tatsache. Sie waren nicht die Ersten, die heute Nachmittag hingerichtet wurden. An einer Mauer, ordentlich für eine posthume Inspektion aufgereiht, lagen bereits fünf Männer. Ihre abgeschlagenen Köpfe hatte man, als ultimative Entwürdigung, auf ihre Lenden gelegt. Mit offenen Augen, als habe der tödliche Hieb sie verblüfft, betrachteten sie den herabfallenden Schnee, die Fenster, den einsamen Baum, welcher in einem Rechteck aus Erde inmitten des steinernen Platzes gepflanzt worden war. Im Sommer trug er sicher Früchte, Vögel sangen in seinen Zweigen ihre hirnlosen Lieder. Nun war er kahl.

»Sie werden uns töten«, sagte sie nüchtern.

Alles geschah ohne formellen Zwang. Der mit einem

Pelzmantel bekleidete Offizier hatte die Hand an seine glänzende Klinge gelegt und ihnen den Rücken zugewandt. Der Henker war bei ihm, hatte das blutige Schwert keck über die Schulter gelegt. Er war ein dicker, gewaltiger Mann, der über einen Scherz lachte, den der Offizier gemacht hatte, und ein wärmendes Getränk zu sich nahm, bevor er sich wieder dem Geschäft widmete.

Carys lächelte.

»Was passiert jetzt?«

Sie sagte nichts; ihre Augen ruhten auf dem Mann, der sie töten würde. Sie lächelte immerzu.

»Carys. Was geschieht?«

Die Soldaten schritten die Reihe ab und stießen sie in der Mitte des Platzes grob zu Boden. Carys hatte den Kopf gebeugt, um ihren Nacken zu entblößen. »Wir werden sterben«, flüsterte sie ihrem fernen Vertrauten zu.

Am anderen Ende der Schlange hob der Henker das Schwert und ließ es mit einem einzigen professionellen Hieb niedersausen. Der Kopf des Gefangenen schien vom Hals zu springen, von einem gewaltigen Blutstrahl angetrieben; das Blut leuchtete vor dem Hintergrund grauer Wände und weißen Schnees. Der Kopf fiel nach unten, rollte ein Stück und blieb liegen; der Körper zuckte am Boden. Mamoulian folgte den Geschehnissen aus den Augenwinkeln und bemühte sich zu verhindern, dass seine Zähne zu sehr klapperten. Er hatte keine Angst, und er wollte nicht, dass sie das dachten. Der nächste Mann in der Reihe hatte zu schreien begonnen. Auf Befehl des Offiziers traten zwei Soldaten nach vorn und ergriffen den Mann. Plötzlich, nach einer Stille, in der man die Schneeflocken fallen hören konnte, brach die Reihe in Flehen und Rufen aus; das Entsetzen des Mannes hatte eine Schleuse geöffnet. Der Feldwebel sagte nichts. Sie hatten Glück, auf diese Weise zu sterben, dachte er: Das Schwert war Aristokraten und Offizieren vorbehalten. Aber der Baum war noch nicht hoch genug, einen Mann daran aufzuhängen. Er sah das Schwert ein zweites Mal niedersausen und überlegte sich, ob die Zunge sich auch nach dem Tod noch im auslaufenden Gehäuse des Kopfes bewegen konnte.

»Ich habe keine Angst«, sagte er. »Welchen Nutzen hat Angst? Man kann sie nicht kaufen oder verkaufen, man kann sie nicht lieben. Man kann sie nicht einmal anziehen, wenn sie einem die Kleider vom Leib reißen und man friert.«

Der Kopf des dritten Gefangenen rollte in den Schnee, dann der vierte; ein Soldat lachte. Das Blut dampfte. Sein fleischiger Geruch war appetitanregend für einen Mann, der seit einer Woche nichts mehr gegessen hatte.

»Ich verliere nichts«, sagte er anstelle eines Gebets. »Ich hatte ein sinnloses Leben. Hier endet es, na und?«

Der Gefangene zu seiner Linken war jung, nicht älter als fünfzehn. Ein Trommler, vermutete der Feldwebel. Er weinte leise.

»Seh sich einer das an«, sagte Mamoulian. »Verdammnis, wenn ich das jemals gesehen habe.«

Er nickte zu den daliegenden Leichnamen, die bereits von ihren zahlreichen Parasiten verlassen wurden. Flöhe und Nissen, die festgestellt hatten, dass ihre Wirte tot waren, krochen und sprangen von Köpfen und Leibern und suchten sich rasch eine neue Unterkunft, bevor sie der Kälte zum Opfer fielen.

Der Junge sah hin und lachte. Das Schauspiel lenkte ihn in dem Augenblick ab, den der Henker brauchte, um sich in Position zu bringen und den tödlichen Schlag zu führen. Der Kopf sprang weg; Wärme ergoss sich auf die Brust des Feldwebels.

Mamoulian sah sich müßig zum Henker um. Er war ein wenig blutbefleckt, ansonsten war ihm sein Beruf nicht anzusehen. Ein konturloses Gesicht mit einem zerzausten Bart, der hätte geschnitten werden müssen, und runden, hervorquellenden Augen. Soll ich von so einem ermordet werden?, überlegte der Feldwebel. Nun gut, ich schäme mich nicht. Er breitete die Hände an beiden Seiten aus, eine universelle Geste der Unterwerfung, und beugte den Kopf. Jemand zupfte an seinem Hemd, um den Nacken freizulegen.

Er wartete. Ein Geräusch wie ein Schuss ertönte in seinem Kopf. Er öffnete die Augen und wartete, den Schnee näher kommen zu sehen, während sein Kopf sich vom Rumpf löste. Aber nein. In der Mitte des Platzes fiel einer der Soldaten nieder, ein Schuss aus einem der oberen Fenster des Klosters hatte ihm die Brust zerfetzt. Mamoulian sah hinter sich. Soldaten schwärmten von allen Seiten auf den Innenhof; Schüsse zerteilten den Schnee. Der wachhabende Offizier fiel, von einem Schuss getroffen, ungeschickt gegen die Kohlenpfanne, sein Pelz fing Feuer. Unter dem Baum gefangen, wurden zwei Soldaten niedergemäht und sanken unter den Zweigen wie Liebende gegeneinander.

»Weg.« Carys flüsterte den Befehl mit seiner Stimme. »Rasch. Weg.«

Er kroch auf dem Bauch über den gefrorenen Stein, während über ihm der Kampf tobte, und konnte kaum glauben, dass er verschont geblieben war. Niemand beachtete ihn. Unbewaffnet und bis zum Skelett abgemagert, stellte er für keinen eine Gefahr dar. Hinaus aus dem Hof und in den hinteren Teil des Klosters. Dort verschnaufte er. Rauch trieb durch die eisigen Flure. Das Gebäude wurde unweigerlich von einer der beiden Parteien in Brand gesteckt, möglicherweise von beiden. Sie waren alle Schwachköpfe, er mochte keinen von ihnen. Er begann, den Weg aus dem Bauwerk hinaus zu suchen, wobei er hoffte, unterwegs nicht auf irgendwelche verstreuten Füsiliere zu treffen.

In einem Flur weit von den Scharmützeln entfernt vernahm er Schritte – Sandalen, keine Stiefel –, die ihm folgten.

Er drehte sich zu seinem Verfolger um. Es war ein Mönch, dessen hagere Züge mit jedem Zoll den Asketen verrieten. Er packte den Feldwebel am zerrissenen Hemdkragen.

»Du bist ein Geschenk Gottes«, sagte er. Er war außer Atem, aber sein Griff war fest.

»Lass mich in Ruhe. Ich will hinaus.«

»Die Kämpfe breiten sich im gesamten Gebäude aus. Es ist nirgendwo sicher.«

»Das Risiko gehe ich ein«, grinste der Feldwebel.

»Du bist auserwählt, Soldat«, sagte der Mönch, der ihn nicht losließ. »Das Schicksal mischte sich zu deinen Gunsten ein. Der unschuldige Knabe an deiner Seite starb, aber *du* hast überlebt. Siehst du denn nicht? Frag dich doch selbst nach dem Grund.«

Er versuchte, seinen Bedränger wegzustoßen; der Gestank nach Weihrauch und altem Schweiß war Übelkeit erregend. Aber der Mann hielt ihn unbarmherzig fest und sprach hastig: »Unter diesen Zellen gibt es geheime Tunnel. Wir können hinausschlüpfen, ohne niedergemetzelt zu werden.«

»Ja?«

»Gewiss. Wenn du mir hilfst.«

»Wie?«

»Ich habe Schriften, die ich retten muss, ein Lebenswerk. Ich brauche deine Muskeln, Soldat. Keine Bange, du bekommst etwas als Gegenleistung.«

»Was kannst du schon haben, das ich möchte?«, fragte der Feldwebel. Was konnte dieser Flagellant mit den aufgerissenen Augen schon besitzen?

»Ich brauche einen Schüler«, sagte der Mönch. »Jemanden, dem ich mein Wissen weitergeben kann.«

»Verschone mich mit deinem geistlichen Beistand.«

»Ich kann dir so vieles beibringen. Wie man ewig leben kann, wenn du das möchtest.« Mamoulian hatte angefangen zu lachen, aber der Mönch hörte nicht auf mit seinen Fantastereien. »Wie man das Leben anderer Menschen nehmen und für sich selbst haben kann. Oder, wenn du möchtest, wie man es den Toten geben kann, um sie wieder zu erwecken.«

»Niemals.«

»Das ist altes Wissen«, sagte der Mönch. »Aber ich habe es wieder gefunden, in griechischer Sprache niedergeschrieben. Geheimnisse, die alt waren, als diese Berge noch jung waren. *Solche* Geheimnisse.«

»Wenn du das alles vollbringen kannst, weshalb bist du dann nicht Zar aller Russen?«, antwortete Mamoulian.

Der Mönch ließ sein Hemd los und betrachtete ihn mit neu erwachtem Missfallen. »Welcher Mann«, sagte er langsam, »welcher Mann mit hohen Zielen würde sich damit zufrieden geben, *nur* Zar zu sein?«

Die Antwort ließ das Lächeln des Soldaten verschwinden. Seltsame Worte, deren Bedeutung – hätte man ihn danach gefragt – er nur unter Schwierigkeiten hätte erklären können. Aber sie beinhalteten ein Versprechen, welches ihnen auch die Verwirrung nicht rauben konnte. Nun, dachte er, vielleicht ist das die Weise, wie man Weisheit erlangt; und das Schwert hat mich nicht enthauptet, oder?

»Zeig mir den Weg«, sagte er.

Carys lächelte: ein kleines, aber strahlendes Lächeln. Innerhalb eines Flügelschlags schmolz der Winter dahin. Der Frühling erblühte, überall war der Boden grün, besonders über den Grabhügeln.

»Wohin gehst du?«, fragte Marty sie. Ihrem entzückten Gesichtsausdruck konnte man entnehmen, dass die Umstände sich drastisch verändert hatten. Sie hatte mehrere Minuten lang Andeutungen des Lebens von sich gegeben, das sie im Kopf des Europäers führte. Marty hatte das Wesentliche dessen, was vor sich ging, kaum begriffen. Er hoffte, sie würde sich später daran erinnern können. Was für ein Land das gewesen war; was für ein Krieg.

Plötzlich sagte sie: »Ich bin fertig.« Ihre Stimme war beschwingt, beinahe verspielt.

»Carys?«

»Wer ist Carys? Nie von ihm gehört. Wahrscheinlich tot. Alle sind tot, außer mir.«

»Womit bist du fertig?«

»Natürlich mit dem Lernen. Ich habe alles gelernt, was er mir beibringen konnte. Und er hatte Recht. Alles, was er versprochen hatte, alles stimmt. Altes Wissen.«

»Was hast du gelernt?«

Sie hob die Hand, die verbrannte, und spreizte sie. »Ich kann Leben stehlen«, sagte sie. »Mühelos. Ich muss nur den Ort finden, und trinken. Leicht zu nehmen; leicht zu geben.«

»Geben?«

»Eine Weile. Solange es mir beliebt.« Sie streckte einen Finger aus. Gott an Adam. »Es werde Licht.« Er begann wieder in ihr zu lachen.

»Und der Mönch?«

»Ist er immer noch bei dir?«

Der Feldwebel schüttelte Carys' Kopf.

»Ich habe ihn getötet, nachdem er mir alles beigebracht hatte, was er konnte.« Ihre Hände wurden ausgestreckt und würgten die Luft. »Ich habe ihn einfach eines Nachts erdrosselt, als er schlief. Natürlich erwachte er, als er meinen Griff um seine Kehle spürte. Aber er wehrte sich nicht; er unternahm nicht den mindesten Versuch, sich zu retten.« Der Feldwebel sabberte, während er die Tat beschrieb. »Er ließ es einfach geschehen, dass ich ihn ermordete. Ich konnte mein Glück kaum fassen; ich hatte die Tat wochenlang geplant und dabei ständig gefürchtet, er könnte meine Gedanken lesen. Und dann ging es so leicht, ich war ekstatisch …« Plötzlich verschwand der lüsterne Ausdruck. »Dumm«, murmelte er in ihrer Kehle. »So *dumm*!«

»Warum?«

»Ich sah die Falle nicht, die er mir gestellt hatte. Ich erkannte nicht, wie er es die ganze Zeit über geplant hatte, er hat mich wie seinen Sohn genährt und wusste die ganze Zeit, dass ich sein Henker werden würde, wenn der Zeitpunkt gekommen war. Ich erkannte nie – nicht ein einziges Mal –, dass ich nur sein Werkzeug war. *Er wollte sterben.* Er wollte mir sein Wissen weitergeben« – das Wort ›Wissen‹ sprach er verächtlich aus – »und dann sollte ich ihm ein Ende machen.«

»Warum wollte er sterben?«

»Ist dir nicht klar, wie schrecklich es ist zu leben, wenn alles um dich herum verschwindet? Und je mehr Jahre vergehen, desto mehr lässt der Gedanke an den Tod deine Eingeweide gefrieren, denn je länger man ihm ausweicht, desto schlimmer stellt man ihn sich vor. Und du fängst an, dich danach zu sehnen – oh, wie sehr man sich danach sehnt –, dass jemand das Elend von einem nimmt, dass jemand dich umarmt und dein Entsetzen teilt. Dass dieser Jemand am Ende mit dir ins Dunkel geht.«

»Und du hast dich für Whitehead entschieden«, sagte Marty kaum hörbar, »so, wie du ausgewählt worden bist: vom Schicksal.«

»Alles ist Schicksal, und nichts«, verkündete der schlafende Mann, dann lachte er wieder auf seine Kosten, aber diesmal verbittert. »Ja, ich habe mich für ihn entschieden, mit einem Kartenspiel. Und dann habe ich einen Handel mit ihm geschlossen.«

»Aber er betrog dich.«

Carys nickte langsam mit dem Kopf, ihre Hand beschrieb einen Kreis in der Luft.

»Immer rund herum«, sagte sie. »Immer rundherum.«

»Was wirst du jetzt tun?«

»Den Pilger finden. Wo immer er ist, ich werde ihn finden! Ich werde ihn mit mir nehmen. Ich schwöre, ich werde ihn nicht entkommen lassen. Ich werde ihn mitnehmen und es ihm zeigen.«

»Ihm was zeigen?«

Er bekam keine Antwort. Stattdessen seufzte sie, streckte sich und bewegte den Kopf von links nach rechts und wieder zurück.

Mit einem Schock erkannte Marty, dass er immer noch verfolgte, wie sie Mamoulians Bewegungen wiederholte:

Die ganze Zeit hatte der Europäer geschlafen, nun waren seine Energien aufgefrischt, und er bereitete sich darauf vor zu erwachen. Er stellte seine letzte Frage noch einmal, da er entschlossen war, eine Antwort auf dieses letzte, bedeutendste Rätsel zu erhalten. »Was wirst du ihm zeigen?«

»Die *Hölle*«, sagte Mamoulian. »Er hat mich betrogen! Hat alle meine Lehren vergeudet, all mein Wissen weggeworfen, weil er voller Gier war, nach Macht, nach dem Leben des Körpers. *Gier!* Alles dahin wegen Gier. All meine wertvolle, kostbare Liebe, vergeudet!« In dieser Litanei konnte Marty die Stimme des Puritaners hören – vielleicht die Stimme eines Mönchs? –, den Zorn eines Geschöpfes, das die Welt reiner haben wollte, als sie war, und das in ständiger Qual lebte, weil es nur Schmutz und Fleisch schwitzen sah, um neues Fleisch zu zeugen, weiteren Schmutz. Welche Hoffnung auf Vernunft gab es an einem solchen Ort? Abgesehen davon, eine Seele zu finden, welche die Qual teilen konnte, einen Liebhaber, der die Welt gleichermaßen hasste? Ein solcher Partner war Whitehead gewesen. Und nun wollte Mamoulian die Seele seines Geliebten. Am Ende wollte er mit dem einzigen Wesen in den Tod gehen, dem er je vertraut hatte.

»Wir gehen ins Nichts …«, sagte er, und das war ein Versprechen. »Wir alle gehen ins Nichts. Hinab! Hinab!«

Er erwachte.

Es blieb keine Zeit mehr für weitere Fragen, so neugierig Marty auch war.

»Carys?«

»Hinab! Hinab!«

»Carys! Kannst du mich hören? Verschwinde aus ihm, rasch!«

Ihr Kopf rollte auf den Nacken.

»Carys!«

Sie knurrte.

»Rasch!«

In Mamoulians Kopf hatten die Muster wieder begonnen, so faszinierend wie zuvor. Lichtblitze, die, wie sie wusste, in einer Weile zu Bildern werden würden. Was würden sie diesmal zeigen? Vögel, Blumen, blühende Bäume. Was für ein Wunderland das war.

»Carys!«

Die Stimme von jemandem, den sie einst gekannt hatte, rief ihr aus weiter Ferne zu. Aber die Lichter ebenfalls. Sie begannen gerade eben, sich wieder zu drehen. Voller Vorfreude wartete sie, aber diesmal waren es keine Erinnerungen, die Gestalt annahmen …

»Carys! Rasch!«

… es war die wirkliche Welt, als Mamoulian die Augen öffnete. Ihr Körper verkrampfte sich. Marty griff nach ihrer Hand und nahm sie. Sie atmete langsam aus, der Atem kam als leises Pfeifen zwischen ihren Zähnen hervor, und plötzlich wurde ihr die schreckliche Gefahr bewusst, in der sie schwebte. Sie schleuderte sich aus dem Kopf des Europäers hinaus und über die vielen Meilen hinweg nach Kilburn. Einen schrecklichen Augenblick spürte sie ihre Willenskraft nachgeben, und sie fiel zurück, zurück in seinen wartenden Kopf. Voller Entsetzen kämpfte sie wie ein Fisch auf dem Trockenen, während sie sich bemühte, den nötigen Schub zu entwickeln.

Marty zog sie in eine stehende Position, aber ihre Beine trugen sie nicht. Er schlang die Arme um sie und hielt sie aufrecht. »Verlass mich nicht«, flüsterte er ihr ins Ohr. »Gütiger Gott, verlass mich nicht.«

Plötzlich schlug sie die Augen auf. »Marty«, murmelte sie. »Marty.«

Sie war es: Er kannte sie so gut, dass der Europäer ihn nicht täuschen konnte. »Du bist zurückgekommen«, sagte er.

Sie sprachen lange nicht, sondern lagen einander einfach in den Armen. Als sie wieder Worte fanden, verspürte sie jedoch keine Lust, das zu erzählen, was sie gerade erlebt hatte. Marty zügelte seine Ungeduld. Es reichte ihm zu wissen, dass sie nicht von einem Teufel verfolgt wurden.

Nur von einem alten Mann, der um seine Liebe betrogen worden und nun bereit war, die Welt auf seinen Kopf herabzuziehen.

63

Vielleicht hatten sie demnach doch eine Chance zu überleben. Mamoulian war, trotz seiner übernatürlichen Fähigkeiten, ein Mensch. Er war vielleicht zweihundert Jahre alt, aber was für eine Rolle spielten schon ein paar Jahre unter Freunden?

Oberstes Gebot war nun, Papa zu finden und ihn vor dem zu warnen, was Mamoulian vorhatte, um dann, so gut es ging, Vorkehrungen gegen die Offensive des Europäers zu treffen. Wenn Whitehead ihnen nicht helfen wollte, so war das seine Sache. Zumindest hatte Marty es dann versucht, um der alten Zeiten willen. Und im Licht der Ermordung von Charmaine und Flynn schrumpften die Verbrechen Whiteheads an Marty zu Unhöflichkeiten zusammen. Er war eindeutig das kleinere von zwei Übeln. Aber um Whitehead zu finden, hatte Marty lediglich den Hinweis der Erdbeeren. Pearl hatte ihm gesagt, dass der alte Mann niemals einen Tag ohne Erdbeeren verstreichen ließ. In zwanzig Jahren nicht einen, hatte sie behauptet. War es demnach nicht möglich, dass er sich weiterhin damit versorgte, selbst in seinem Versteck? Es war ein magerer Aufhänger für eine Suche. Aber Gier – also Appetit – war doch, wie Marty erst vor so kurzer Zeit erfahren hatte, das Wesentliche dieses Rätsels.

Er versuchte Carys davon zu überzeugen, mit ihm zu kommen, aber sie war erschöpft bis zur Grenze des Zusammenbruchs. Ihre Reisen, sagte sie, waren vorbei; für einen Tag hatte sie zu viel gesehen. Sie wollte jetzt nur noch die

Sonnenschein-Insel, und davon ließ sie sich nicht abbringen. Widerstrebend überließ Marty sie dem Schuss und machte sich auf den Weg, um sich mit Mr. Halifax aus Holborn über Erdbeeren zu unterhalten.

Nachdem er sie allein gelassen hatte, fand Carys rasch Vergessen. Die Bilder, die sie in Mamoulians Kopf erblickt hatte, wurden wieder in die ferne Vergangenheit verbannt, aus der sie heraufbeschworen worden waren. Die Zukunft, sofern es eine gab, wurde hier ignoriert, wo es nur Ruhe und Gelassenheit gab. Sie badete unter einer Sonne des Unsinns, während draußen ein leichter Regen zu fallen begann.

XII

Der dicke Mann tanzt

64 Breer machte der Wetterumschwung nichts aus. Es war zu schwül auf den Straßen gewesen; im Regen, mit seiner symbolischen Reinwaschung, fühlte er sich behaglicher. Obwohl es viele Wochen her war, seit er zum letzten Mal Schmerzen empfunden hatte, verspürte er ein Jucken, wenn es so heiß war. Eigentlich nicht einmal ein Jucken, mehr eine grundsätzliche Reizung: ein kribbelndes Gefühl auf oder unter der Haut, das keine Salbe vertreiben konnte. Der Nieselregen jedoch dämpfte es ein wenig, und dafür war er dankbar. Entweder der Regen oder die Tatsache, dass er die Frau sehen würde, die er liebte. Obwohl Carys ihn mehrmals angegriffen hatte (er trug die Verletzungen wie Trophäen zur Schau), verzieh er ihr ihre Übergriffe. Sie verstand ihn besser als alle anderen. Sie war einmalig, eine Göttin, trotz ihres Körperhaares, und er wusste, wenn er sie nur wiedersehen, sich vor ihr entblößen und sie berühren konnte, würde alles gut werden.

Aber zuerst musste er zu dem Haus gelangen. Er brauchte eine Weile, bis er ein Taxi fand, das seinetwegen anhielt, aber der Fahrer fuhr nur einen Teil der Strecke mit ihm, dann befahl er ihm auszusteigen. Denn, so sagte er, der Geruch sei so durchdringend, dass er den ganzen Tag keinen anderen Fahrgast mehr bekommen würde. Beschämt durch diese öffentliche Zurückweisung – der Taxifahrer jagte ihn mit Schimpf und Schande aus seinem Taxi und fuhr weg –, hielt Breer sich an die Seitenstraßen, wo er hoffte, nicht ausgelacht und verhöhnt zu werden.

In einer solchen Seitenstraße, nur wenige Minuten von dem Ort entfernt, wo Carys auf ihn wartete, trat ein junger Mann, der blaue Schwalben auf den Nacken tätowiert hatte, aus einer Toreinfahrt heraus und bot dem Rasierklingenesser seine Hilfe an.

»He, Mann, du siehst verdammt elend aus, weißt du das? Lass mich dir helfen.«

»Nein, nein«, sagte Breer und hoffte, der Samariter würde ihn in Ruhe lassen. »Mir geht es prächtig, wirklich.«

»Aber ich bestehe darauf«, sagte Schwalbe und beschleunigte seine Schritte, um Breer zu überholen, dann stellte er sich dem Rasierklingenesser in den Weg.

Er sah rechts und links die Straße hinab, ob irgendwelche Typen da waren, bevor er Breer in die Toreinfahrt eines Backsteinhauses drängte.

»Halt den Mund, Mann«, sagte er, holte ein Messer heraus und presste es gegen Breers bandagierte Kehle, »dann wird dir nichts geschehen. Räum deine Taschen aus. Schnell! Schnell!«

Breer versuchte nicht, sich zu wehren. Die Plötzlichkeit des Überfalls hatte ihn überrumpelt; die Art, wie der Halbstarke sein gebrochenes Genick angefasst hatte, machte ihn benommen. Schwalbe stieß das Messer ein klein wenig in die Bandage, um sein Anliegen zu verdeutlichen. Das Opfer hatte einen üblen Geruch, und der Dieb wollte die Sache so schnell wie möglich hinter sich bringen.

»Taschen, Mann! Bist du taub?« Er stieß das Messer noch eine Winzigkeit tiefer. Der Mann regte sich nicht. »Ich tue es, Mann. Ich schlitz dir deine verdammte Kehle auf.«

»Oh«, sagte Breer unbeeindruckt. Nicht aus Furcht, sondern um Zeit zu gewinnen, seine Benommenheit abzuschütteln, wühlte der Rasierklingenesser in seinen Taschen und fand eine Hand voll Habseligkeiten. Münzen, Pfefferminzpastillen, die er lutschte, bis sein Speichelvorrat austrocknete, und eine Flasche Aftershave. Er hielt sie dem Burschen mit einem halb entschuldigenden Ausdruck auf dem geschminkten Gesicht hin.

»Mehr hast du nicht?« Schwalbe war wütend. Er riss Breers Mantel auf.

»Nicht«, bat der Rasierklingenesser.

»Bisschen warm für einen Mantel, was?«, sagte der Dieb. »Was versteckst du?«

Die Knöpfe rissen ab, als er an Breers Jackett riss, und nun starrte der Dieb mit offenem Mund auf die Griffe von Messer und Gabel, die immer noch im Unterleib des Rasierklingenessers steckten. Die Flecken getrockneter Flüssigkeit, die aus diesen Wunden herabrannen, waren nur wenig abstoßender als die braune Verwesung, die sich von den Achselhöhlen herab und von den Lenden aufwärts ausbreitete. In seiner Panik presste der Dieb das Messer noch tiefer in Breers Kehle.

»Himmel, Mann ...«

Anthony, der seine Würde verloren hatte, seine Selbstachtung, und, hätte er es gewusst, sein Leben – konnte nur noch die Beherrschung verlieren. Er griff nach oben und hielt das Messer mit seiner schwammigen Hand fest. Der Dieb ließ es einen Augenblick zu spät los. Breer, der schneller war, als es seine unförmige Masse vermuten ließ, drehte Messer und Hand gleichzeitig nach hinten und brach dem Angreifer das Handgelenk.

Schwalbe war siebzehn. Er hatte, glaubte er, für einen Siebzehnjährigen ein erfülltes Leben gehabt. Er hatte zwei gewaltsame Tode miterlebt, er hatte seine Jungfräulichkeit mit vierzehn verloren – an seine Halbschwester –, er hatte Whippets großgezogen, er hatte jede Art von Tabletten geschluckt, die er in die zitternden Finger bekommen konnte. Eine erfüllte Existenz, dachte er, voll erlangter Klugheit.

Aber dies war neu. Er kannte nichts Vergleichbares. Seine Blase schmerzte.

Breer hielt immer noch den nutzlosen Arm des Diebes fest.

»Lass mich los … bitte.«

Breer sah ihn nur an; sein Jackett war immer noch offen, die bizarren Wunden zu sehen.

»Was willst du, Mann? Du tust mir weh.«

Schwalbes Jacke war ebenfalls aufgegangen. In ihrer Innentasche befand sich eine weitere Waffe.

»Messer?«, fragte Breer und betrachtete den Griff.

»Nein, Mann.«

Breer griff danach.

Der Halbstarke, der sich völlig in Breers Gewalt befand, zog mit seiner freien Hand die Waffe heraus und warf sie vor Breers Füße. Es war eine Machete – die Klinge rostig, aber die Schneide makellos.

»Sie gehört dir, Mann. Los, nimm sie. Aber lass meinen Arm los.«

»Heb sie auf. Bück dich und heb sie auf«, sagte Breer und ließ das gebrochene Handgelenk los.

Der Halbstarke bückte sich und hob die Machete auf, die er Breer reichte. Der Rasierklingenesser nahm sie. Dieses Stillleben, er mit der Klinge in der Hand über seinem knienden Opfer, erinnerte ihn an etwas, aber er wusste nicht genau, an was. Möglicherweise ein Bild aus dem Buch über Kriegsverbrechen.

»Ich könnte dich töten«, stellte er teilnahmslos fest.

Das war dem Dieb nicht entgangen. Er schloss die Augen und wartete, aber der Hieb blieb aus. Der Mann sagte einfach »Danke« und ging weiter seines Weges.

In der Toreinfahrt kniend, begann der Dieb zu beten. Er überraschte sich selbst mit dieser Darbietung von Frömmigkeit, als er die Gebete aufsagte, die er und seine Halbschwester Rosanne gesprochen hatten, bevor sie sündigten, und danach.

Zehn Minuten später betete er immer noch, als der Regen heftig zu fallen begann.

65

Breer musste einige Minuten in der Bright Street auf und ab gehen, bevor er das gelbe Haus fand. Nachdem er es gefunden hatte, blieb er mehrere Minuten davor stehen und bereitete sich vor. Sie war hier: seine Erlösung. Er wollte, dass ihre Wiedervereinigung so perfekt wurde wie nur möglich.

Die Eingangstür stand offen. Kinder spielten auf der Schwelle, der Regen hatte sie von der Straße, dem Seilspringen und ihren sonstigen Spielen, vertrieben. Er schlich vorsichtig an ihnen vorbei, darauf bedacht, dass seine unförmigen Füße nicht eine winzige Hand zertraten. Ein besonders reizendes Mädchen bedachte er mit einem Lächeln, aber sie erwiderte es nicht.

Dann stand er im Flur und versuchte sich zu erinnern, wo Carys sich versteckte, wie es der Europäer geschildert hatte. Im zweiten Stock?

Carys hörte, wie sich jemand auf dem Treppenabsatz vor der Tür bewegte, aber dieser Durchgang aus abgenutztem Holz und abblätternden Tapeten befand sich unüberbrückbare Strecken weit entfernt, weit weg von der Insel. Sie war sicher hier.

Dann klopfte jemand von außen an die Tür, ein zaghaftes, höfliches Klopfen.

Sie antwortete zuerst nicht, aber als das Klopfen erneut begann, sagte sie: »Gehen Sie weg.«

Nach mehreren Sekunden des Zögerns wurde die Klinke behutsam niedergedrückt.

»Bitte …«, sagte sie so höflich wie möglich. »*Gehen* Sie. Marty ist nicht hier.«

Wieder wurde die Klinke bewegt, diesmal nachdrücklicher.

Sie hörte, wie sich weiche Finger an dem Holz zu schaffen machten, oder war es das Plätschern der Wellen am Ufer der Insel? Sie konnte keine Spur von Furcht oder Besorgnis in sich feststellen. Es war gutes Heroin, das Marty gebracht hatte. Nicht das beste – das hatte sie nur von Papa bekommen –, aber es nahm jede Faser der Angst.

»Sie können nicht hereinkommen«, sagte sie zu dem Besucher. »Sie müssen gehen und später wiederkommen.«

»Ich bin es«, versuchte der Rasierklingenesser zu sagen. Selbst durch den Dunst des Sonnenscheins erkannte sie diese Stimme. Wie konnte Breer vor der Tür stehen und solche Worte flüstern? Ihr Verstand spielte ihr Streiche, die ihr nicht gefielen.

Sie richtete sich im Bett auf, während sein Drängen vor der Tür lauter wurde. Plötzlich schien er die Sanftmütigkeit satt zu haben und stieß heftig. Das Schloss gab ohne Widerstand nach, und er stolperte ins Zimmer. Es war also doch kein Streich ihres Verstandes, er stand in Lebensgröße vor ihr.

»Ich habe dich gefunden«, sagte er, der perfekte Prinz.

Er schloss die Tür sorgfältig hinter sich und präsentierte sich ihr. Sie sah ihn ungläubig an. Das gebrochene Genick war von einer behelfsmäßigen Schiene aus Holz und Binden gehalten, die Kleidung schäbig. Er zog an einem der ledernen Handschuhe, um ihn abzustreifen, aber er ging nicht ab.

»Ich bin gekommen, um dich zu sehen«, sagte er, die Worte klangen abgehackt.

»Ja.«

Er zog an dem Handschuh. Es gab ein leises, ekelerregendes Geräusch. Sie betrachtete seine Hand. Zusammen mit dem Handschuh hatte er den größten Teil der Haut abgezogen. Er streckte ihr dieses feuchte, klebrige Flickwerk entgegen.

»Du musst mir helfen«, sagte er.

»Bist du allein?«, fragte sie ihn.

»Ja.«

Das war immerhin etwas. Vielleicht wusste der Europäer gar nicht, dass er hier war. Seinem pathetischen Versuch, sich zivilisiert zu geben, konnte sie entnehmen, dass er gekommen war, um sie zu umwerben. Seine Hingabe erinnerte sie an ihre erste Begegnung in der Sauna. Sie hatte nicht geschrien oder sich übergeben, und damit hatte sie seine unsterbliche Loyalität errungen.

»Hilf mir«, stöhnte er.

»Ich kann dir nicht helfen. Das weißt du.«

»Lass mich dich anfassen.«

»Du bist krank.«

Die Hand war immer noch ausgestreckt. Er kam einen Schritt auf sie zu. Glaubte er, sie wäre eine Art Ikone, ein Talisman, welcher – berührte man ihn – alle Krankheiten auf der Stelle heilen konnte?

»Schönste«, sagte er.

Sein Gestank war überwältigend, aber ihr drogenumnebelter Verstand zauderte. Sie wusste, es war wichtig zu fliehen, aber wohin? Vielleicht die Tür, das Fenster? Oder sollte sie ihn einfach bitten, zu gehen und morgen wiederzukommen?

»Würdest du bitte gehen?«

»Nur anfassen.«

Die Hand war nur noch Zentimeter von ihrem Gesicht entfernt. Ekel überkam sie, der stärker war als die Lethargie der Sonnenschein-Insel. Sie stieß den Arm von sich, und selbst dieser kürzeste Kontakt mit seinem faulenden Fleisch stieß sie ab. Er schien beleidigt.

»Du hast versucht, mir wehzutun«, erinnerte er sie. »So viele Male. Ich habe dir niemals wehgetan.«

»Du wolltest es.«

»*Er*, ich niemals. Ich wollte dich bei meinen anderen Freundinnen haben, wo nichts dir wehtun konnte.«

Die Hand, die an seiner Seite herabhing, schnellte plötzlich nach vorn und packte sie im Nacken.

»Du wirst mich niemals verlassen«, sagte er.

»Du tust mir weh, Anthony.«

Er zog sie näher an sich und beugte den Kopf, so gut es der Zustand seines Nackens erlaubte, zu ihr hinab. In einem Fleckchen Haut unter seinem rechten Auge sah sie eine Bewegung. Je näher er kam, desto deutlicher sah sie die fetten, weißen Larven, die als Eier in seine Haut gelegt worden waren und nun reiften und darauf warteten, dass sie Flügel bekamen. Wusste er, dass er eine Heimstatt für Maden war? War es vielleicht eine Frage von Stolz, von Fliegen heimgesucht zu werden? Er wollte sie küssen, daran hatte sie keinen Zweifel. Wenn er mir die Zunge in den Mund schiebt, dachte sie benommen, dann beiße ich sie ihm ab. Ich werde nicht zulassen, dass er das tut. Gnädiger Gott, lieber sterbe ich.

Er presste seine Lippen auf ihre.

»Das ist unverzeihlich«, sagte eine dünne Stimme.

Die Tür stand offen.

»Lass sie los.«

Der Rasierklingenesser gab Carys frei und trat von ihr zurück. Sie spie aus, um den Nachgeschmack des Kusses loszuwerden, und sah auf.

Mamoulian stand in der Tür, hinter ihm standen zwei gut gekleidete junge Männer, einer mit hellblondem Haarschopf, die einnehmend lächelten.

»Unverzeihlich«, sagte der Europäer nochmals und wandte Carys seinen leeren Blick zu. »Siehst du, was geschieht, wenn du aus meiner Obhut fliehst?«, sagte er. »Welche Schrecken das bringen kann?«

Sie antwortete nicht.

»Du bist allein, Carys. Dein bisheriger Beschützer ist tot.«

»Marty? Tot?«

»In seinem Haus. Als er dein Heroin besorgen wollte.«

Sie hatte ihm Sekunden voraus und erkannte seinen Irrtum. Vielleicht verschaffte es Marty einen Vorteil ihnen gegenüber, wenn sie ihn für tot hielten. Aber es wäre unklug, Tränen zu heucheln. Sie war keine Schauspielerin für tragische Rollen. Am besten Ungläubigkeit, bestenfalls Zweifel.

»Ich glaube Ihnen nicht«, sagte sie.

»Mit meinen eigenen Händen«, sagte der blonde Adonis hinter Mamoulians Rücken.

»Nein«, beharrte sie.

»Glaube mir«, sagte der Europäer. »Er wird nicht zurückkommen. Vertraue mir wenigstens so weit.«

»Ihnen vertrauen?«, murmelte sie. Das war beinahe komisch.

»Habe ich nicht gerade verhindert, dass du vergewaltigt wurdest?«

»Er ist Ihr Geschöpf.«

»Ja. Er wird bestraft werden, verlass dich darauf. Und nun denke ich, du wirst meine Gnade, hierher zu kommen, damit belohnen, dass du deinen Vater für mich findest. Ich werde keine Hinhaltemanöver mehr dulden, Carys. Wir werden zur Caliban Street zurückkehren, und du wirst ihn finden, oder ich schwöre dir bei Gott, Carys, ich werde dein Innerstes nach außen kehren. Das ist mein Ernst. St. Thomas hier wird dich zum Auto bringen.«

Der braunhaarige Bursche trat an seinem blonden Begleiter vorbei und streckte Carys die Hand entgegen.

»Ich habe sehr wenig Zeit zu verlieren, Mädchen«, sagte Mamoulian, und der gepresste Tonfall seiner Stimme unterstrich diese Bemerkung. »Also bitte: Bringen wir dieses elende Geschäft hinter uns.«

Tom führte Carys die Treppe hinunter. Nachdem sie gegangen war, wandte der Europäer seine Aufmerksamkeit dem Rasierklingenesser zu.

Breer hatte keine Angst vor ihm; er hatte vor niemandem mehr Angst. Das winzige Zimmer, in dem sie einander gegenüberstanden, war heiß; das konnte er am Schweiß auf Mamoulians Wangen und der Oberlippe erkennen. Er dagegen war kalt; er war der kälteste Mensch der Schöpfung. Nichts konnte ihm Angst machen. Das musste Mamoulian doch sehen.

»Schließ die Tür«, sagte der Europäer zu dem blonden Jungen. »Und suche etwas, womit wir diesen Mann fesseln können.«

Breer grinste.

»Du warst ungehorsam«, sagte der Europäer. »Ich hatte dir befohlen, die Arbeiten in der Caliban Street auszuführen.«

»Ich wollte sie sehen.«

»Sie gehört nicht dir, damit du sie ansehen kannst. Ich habe eine Abmachung mit dir getroffen, und du hast mein Vertrauen missbraucht, wie alle anderen.«

»Ein kleines Spiel«, sagte Breer.

»Kein Spiel ist *klein*, Anthony. Du warst die ganze Zeit bei mir und hast das nicht begriffen? Jede Tat hat eine immense Bedeutung. Ganz besonders ein Spiel.«

»Es ist mir einerlei, was Sie sagen. Worte; nur Worte.«

»Du bist verabscheuungswürdig«, sagte der Europäer.

Breers verschmiertes Gesicht sah ohne Anzeichen von Furcht oder Zerknirschung zu ihm auf. Obwohl der Europäer um seine Überlegenheit wusste, stimmte ihn etwas an Breers Blick unbehaglich. Zuzeiten hatte Mamoulian ungleich elendere Kreaturen als Diener gehabt. Den armen Konstantin, zum Beispiel, dessen Gelüste nach dem Tod weit über Küsse hinausgegangen waren. Warum bereitete ihm dann ausgerechnet Breer Unbehagen?

St. Chad hatte einige Kleidungsstücke in Streifen gerissen, zusammen mit einem Gürtel und einer Krawatte waren sie für Mamoulians Zwecke ausreichend.

»Fessle ihn ans Bett.«

Chad brachte es kaum über sich, Breer anzufassen, aber wenigstens leistete der Mann keinen Widerstand. Er akzeptierte dieses Bestrafungsspiel, ohne das idiotische Grinsen, das immer noch seine Züge teilte, von seinem Gesicht verschwinden zu lassen. Seine Haut fühlte sich – unter Chads Händen – instabil an, als wären die Muskeln und das Fleisch unter der gespannten Oberfläche weich und gallertartig geworden. Der Heilige arbeitete, so zielstrebig er konnte, um die Pflicht hinter sich zu bringen, während der Gefangene sich damit ablenkte, die Fliegen zu betrachten, die um seinen Kopf kreisten.

Innerhalb von wenigen Minuten war Breer sicher mit Händen und Füßen ans Bett gefesselt. Mamoulian nickte befriedigt. »Gut so. Du kannst jetzt zu Tom ins Auto gehen. Ich werde in ein paar Minuten nachkommen.«

»Ich muss jetzt gehen«, sagte der Europäer zu Breer.

»Wann werden Sie zurückkommen?«, fragte der Rasierklingenesser.

»Niemals.«

Breer lächelte. »Also bin ich frei«, sagte er.

»Du bist tot, Anthony«, antwortete Mamoulian.

»Was?« Breers Lächeln begann zu erlöschen.

»Du warst schon seit dem Tag tot, an dem ich dich aufgehängt in deinem Zimmer gefunden habe. Ich denke, du hast irgendwie gespürt, dass ich kommen würde, und du hast dich selbst getötet. Aber ich brauchte dich. Daher gab ich dir ein wenig von meinem Leben, damit ich dich in meinen Diensten behalten konnte.«

Breers Lächeln war völlig verschwunden.

»Darum bist du so unempfindlich gegen Schmerzen. Du bist ein wandelnder Leichnam. Die Verwesung deines Körpers, die in diesen heißen Monaten schnell hätte erfolgen sollen, wurde beachtlich zurückgehalten. Nicht völlig aufgehalten, vermute ich, aber bemerkenswert verlangsamt.«

Breer schüttelte den Kopf. War dies das Wunder, dass er verschont geblieben war?

»Nun brauche ich dich nicht mehr. Ich entziehe dir mein Geschenk …«

»Nein!«

Er versuchte, eine flehende Geste zu machen, aber seine Handgelenke waren zusammengebunden, die Fesseln schnitten ins Fleisch und bewirkten, dass es sich verformte und nachgab wie feuchter Ton.

»Sagen Sie mir, wie ich es wieder gutmachen kann«, bat er. »Was Sie wollen.«

»Das geht nicht mehr.«

»Was Sie verlangen. *Bitte.*«

»Ich verlange von dir, dass du leidest«, erwiderte der Europäer.

»Warum?«

»Wegen deines Verrats. Weil du letztendlich genau wie die anderen warst.«

»... nein ... nur ein kleines Spiel.«

»So lass dies auch ein Spiel sein, wenn es dir beliebt. Sechs Monate Verwesung, in ebenso viele Stunden zusammengedrängt.«

Mamoulian trat ans Bett und presste die Hand auf Breers flehenden Mund, dann machte er so etwas wie eine wegziehende Geste.

»Es ist vorbei, Anthony«, sagte er.

Breer verspürte eine Bewegung im Unterleib, als habe sich gerade ein bibberndes Ding darin geregt und sei verschwunden. Er folgte dem Weggehen des Europäers mit aufgerissenen Augen. Masse, nicht Tränen, sammelte sich an ihren Rändern. »Vergeben Sie mir«, flehte er seinen Erlöser an. »Bitte vergeben Sie mir.« Aber der Europäer war stumm gegangen und hatte die Tür hinter sich geschlossen.

Am Fenstersims vernahm er ein Geräusch. Zwei Tauben hatten sich über ein paar Krümel gezankt und flogen nun davon. Kleine weiße Federn schwebten auf den Sims, wie Schnee im Sommer.

66

»Sie *sind* doch Mr. Halifax, nicht?«

Der Mann, der im windstillen, von Wespen heimgesuchten Innenhof Obstkisten begutachtete, wandte sich Marty zu.

»Ja. Was kann ich für Sie tun?«

Mr. Halifax war draußen beim Sonnenbaden gewesen, und zwar zu lange. An manchen Stellen schälte sich die Gesichtshaut ab und war gerötet. Er war heiß und unnahbar und, vermutete Marty, ein Choleriker. Takt war oberstes Gebot, wenn er das Vertrauen dieses Mannes erlangen wollte.

»Gehen die Geschäfte gut?«, fragte Marty.

Halifax zuckte mit den Achseln. »Es geht«, sagte er, da er sich offenbar nicht auf dieses Thema einlassen wollte. »Um diese Jahreszeit machen eine Menge meiner Stammkunden Urlaub.« Er sah Marty an. »Kenne ich Sie?«

»Ja. Ich war schon einige Male hier«, log Marty. »Wegen Mr. Whiteheads Erdbeeren. Deswegen kam ich her. Die übliche Bestellung.«

Halifax ließ sich nichts anmerken; er stellte die Kiste mit Pfirsichen ab, die er in der Hand hielt. »Tut mir Leid. Ich beliefere keinen Mr. Whitehead.«

»Erdbeeren«, trompetete Marty.

»Ich hatte Sie schon verstanden«, antwortete Halifax zögernd, »aber ich kenne niemanden dieses Namens. Sie müssen sich irren.«

»Sie *erinnern* sich doch an mich?«

»Nein. Wenn Sie etwas kaufen möchten, wird Theresa Sie bedienen.« Er nickte wieder zum Laden hinüber. »Ich würde dies hier gern beenden, bevor ich in der verdammten Hitze brate.«

»Aber ich sollte die Erdbeeren mitbringen.«

»Sie können so viele haben, wie Sie wollen«, sagte Halifax und breitete die Arme aus. »Dort sind genügend. Wenden Sie sich an Theresa.«

Marty sah schon das Ende vor sich aufragen. Der Mann

wollte keinen Zentimeter nachgeben. Er versuchte einen letzten Trick.

»Sie haben kein Päckchen für Mr. Whitehead zusammengestellt? Normalerweise werden Sie immer für ihn verpackt!«

Diese bedeutsame Kleinigkeit schien Halifax' abweisenden Gesichtsausdruck weicher zu machen. Zweifel mischten sich ein.

»Hören Sie ...«, sagte er, »... ich glaube, Sie verstehen nicht ganz ...« Er senkte die Stimme zu einem Flüstern, obwohl niemand sonst auf dem Hof anwesend war. »Joe Whitehead ist tot. Haben Sie das nicht in den Zeitungen gelesen?«

Eine große Wespe landete auf Halifax' Unterarm und kroch unter großen Schwierigkeiten zwischen den Härchen dahin. Halifax ließ sie gewähren, ohne sich um sie zu kümmern.

»Ich glaube nicht alles, was in den Zeitungen steht«, sagte Marty leise. »Sie?«

»Ich weiß nicht, wovon Sie sprechen«, antwortete der andere Mann.

»Seine Erdbeeren«, sagte Marty. »Mehr will ich nicht.«

»Mr. Whitehead ist tot.«

»Nein, Mr. Halifax, Joe ist nicht tot. Das wissen Sie und ich.«

Die Wespe flog von Halifax' Arm weg und schwirrte zwischen ihnen durch die Luft. Marty scheuchte sie weg; sie kam zurück, und diesmal summte sie lauter.

»Wer sind Sie?«, fragte Halifax.

»Mr. Whiteheads Leibwächter. Ich sagte doch, ich war schon früher hier.«

Halifax ging zu den Pfirsichen zurück, einer war angeschlagen, mehrere Wespen tummelten sich darauf. »Tut mir Leid, ich kann Ihnen nicht helfen«, sagte er.

»Sie haben sie bereits abgeliefert, nicht?«, fragte Marty und legte Halifax eine Hand auf die Schulter. »*Nicht wahr?*«

»Es steht mir nicht zu, Ihnen etwas zu sagen.«

»Ich bin ein Freund.«

Halifax drehte sich zu Marty um. »Ich habe es geschworen«, sagte er mit der Endgültigkeit des professionellen Geschäftemachers. Bis zu diesem Punkt hatte Marty das Szenario vorhergesehen. Halifax gestand, dass er etwas wusste, weigerte sich aber, Einzelheiten preiszugeben. Was nun? Sollte er sich den Mann vorknöpfen und es aus ihm herausprügeln?

»Joe ist in großer Gefahr!«

»O ja«, murmelte Halifax. »Denken Sie, das wüsste ich nicht?«

»Ich kann ihm helfen.«

Halifax schüttelte den Kopf. »Mr. Whitehead war viele Jahre lang ein geschätzter Kunde«, sagte er. »Und er kaufte seine Erdbeeren stets bei mir. Ich kannte nie einen Mann, der Erdbeeren so sehr liebte wie er.«

»Präsens«, sagte Marty.

Halifax fuhr fort, als habe er nichts gesagt. »Er kam immer persönlich hierher, bevor seine Frau starb. Danach kam er nicht mehr, aber er kaufte die Früchte immer noch. Ließ jemanden kommen, der sie abholte. Und zu Weihnachten gab es immer einen Scheck für die Kinder. Immer noch, muss ich sagen. Er schickt immer noch Geld für sie.«

Die Wespe hatte sich auf seinem Handrücken niedergelassen, wo der Saft der einen oder anderen Frucht angetrocknet war. Halifax ließ sie gewähren. Marty gefiel der Mann. Wenn er nicht freiwillig redete, Gewalt würde er ihm niemals antun können.

»Und nun kommen Sie daher und erzählen mir, dass Sie ein Freund von ihm sind«, sagte Halifax. »Woher soll ich wissen, dass Sie die Wahrheit sagen? Schon viele Menschen hatten Freunde, die ihnen die Kehle durchgeschnitten hätten!«

»Er mehr als andere.«

»Richtig. So viel Geld. Und so wenige Freunde.« Halifax

sah ihn traurig an. »Ich denke, ich sollte sein Versteck geheim halten, meinen Sie nicht auch? Wem könnte er sonst auf der Welt vertrauen?«

»Ja«, sagte Marty. Was Halifax sagte, war sinnvoll und freundschaftlich, und er konnte nichts tun, um ihn umzustimmen.

»Danke«, sagte er, von dieser Lektion tief beeindruckt. »Tut mir Leid, dass ich Sie von der Arbeit abgehalten habe.« Er war ein paar Schritte auf den Laden zugegangen, als Halifax sagte: »Sie *waren* einer von ihnen.«

Marty blieb ruckartig stehen.

»Was?«

»Sie waren einer derjenigen, die Erdbeeren geholt haben. Ich erinnere mich jetzt. Aber damals haben Sie anders ausgesehen.«

Marty strich mit der Hand über seinen einige Tage alten Bart.

»Nein, nicht das«, sagte Halifax. »Sie waren härter. Deshalb habe ich Sie nicht gleich erkannt.«

Marty wartete etwas ungeduldig darauf, dass Halifax diese Abschiedsrede beenden würde. Er überdachte bereits andere Möglichkeiten. Erst als er Halifax' Worte genauer überdachte, wurde ihm klar, dass der Mann es sich anders überlegt hatte. Er wollte reden und er winkte Marty durch den Hof zurück. »Sie glauben, Sie können ihm helfen?«

»Vielleicht.«

»Ich hoffe, dass es jemand kann.«

»Haben Sie ihn gesehen?«

»Ich will es Ihnen sagen. Er rief mich im Laden an und verlangte nach mir. Komisch, ich erkannte die Stimme sofort, obwohl Jahre vergangen waren. Er bat mich, ihm ein paar Erdbeeren zu bringen. Sagte, er könne nicht selbst kommen. Es war schrecklich.«

»Warum?«

»Er hat solche Angst.« Halifax zögerte und suchte nach den angemessenen Worten. »Ich erinnere mich, dass er groß war, wissen Sie? Eindrucksvoll. Er kam in den Laden, und jeder machte ihm Platz. Und jetzt? Zu einem Nichts zusammengeschrumpft. Das hat die Angst aus ihm gemacht. Ich habe so etwas schon einmal miterlebt. Mit meiner Schwägerin war es dasselbe. Sie hatte Krebs. Die Angst tötete sie Monate vor dem Tumor.«

»Wo ist er?«

»Ich kann Ihnen sagen, ich kam nach Hause und sagte zu keinem ein Wort. Trank eine halbe Flasche Scotch, das habe ich in meinem ganzen Leben noch nicht getan. Ich wollte nur aus meinem Kopf bekommen, wie er aussah. Es machte mich wirklich fertig, ihn so zu hören und zu sehen. Ich meine – wenn seinesgleichen solche Angst hat, was für eine Chance haben wir kleinen Leute dann noch?«

»Sie sind sicher«, sagte Marty und hoffte bei Gott, die Rache des Europäers würde sich nicht bis hin zum Erdbeerlieferanten des alten Mannes erstrecken. Halifax war ein guter Mann. Marty klammerte sich an diese Erkenntnis, während er das runde, rote Gesicht betrachtete. Hier ist Güte. Makel auch, zweifellos. Wahrscheinlich mehr als genügend Sünden. Aber das Gute war es wert, anerkannt zu werden, welche Fehler der Mann auch sonst haben mochte. Marty wollte sich das Datum dieser Erkenntnis auf den Handrücken tätowieren lassen.

»Es gibt ein Hotel«, sagte Halifax. »Man nannte es offenbar das Orpheus. In der Edgware Road; Staple Corner. Ein schrecklich heruntergekommenes Haus. Würde mich nicht überraschen, wenn es auf das Abrisskommando wartet.«

»Ist er allein dort?«

»Ja.« Halifax seufzte und dachte daran, wie tief der Mächtige gefallen war. »Vielleicht«, schlug er nach einem Augenblick vor, »würden Sie ihm auch gern ein paar Pfirsiche mitbringen?«

Halifax ging in seinen Laden und kam mit einer zerfledderten Ausgabe des *London A bis Z Straßen-Atlas* heraus. Er blätterte den Band durch und suchte nach der richtigen Karte, während er die ganze Zeit sein Bedauern über den Gang der Ereignisse zum Ausdruck brachte und hoffte, es könnte doch noch alles gut werden. »Um das Hotel herum wurden nicht selten ganze Straßenzüge abgerissen«, erklärte er. »Ich fürchte, die Karten sind alle veraltet.«

Marty betrachtete die Seite, die Halifax aufgeschlagen hatte. Eine Regenwolke, die bereits Kilburn und nordwestliche Stadtteile überzogen hatte, bedeckte die Sonne, während Halifax' fleckiger Zeigefinger den Weg von den Straßen Holborns zum Hotel Pandämonium nachfuhr.

XIII

Im Hotel Pandämonium

67 Die Hölle wird von jeder Generation in der Fantasie neu gestaltet. Ihr Gebiet wird nach Absurditäten abgesucht und in frischer Form neu erbaut; ihre Schrecken werden unter die Lupe genommen und, wenn nötig, neu erfunden, um dem jeweiligen neuen Klima der Grausamkeit gerecht zu werden; ihre Architektur wird abgewandelt, damit sie dem Auge der modernen Verdammten etwas zu bieten hat. In einem früheren Zeitalter stand Pandämonium – die erste Stadt der Hölle – auf einem Lavaberg, über dem Blitze die Wolken zerrissen und an deren Wänden Fackeln brannten, um die gefallenen Engel anzulocken. Heute gehören solche Spektakel nach Hollywood. Die Hölle ist umgewandelt: keine Blitze, keine Feuergruben.

In einem Ödland, ein paar hundert Meter von einer Autobahnüberführung entfernt, findet sie eine neue Inkarnation: schäbig, heruntergekommen, verlassen. Aber hier, wo Rauch die Atmosphäre verdichtet, nehmen mindere Schrecken eine neue Brutalität an. Nichts anderes als das Hotel Orpheus ist es – nachfolgend Pandämonium genannt.

Einstmals war es ein eindrucksvolles Gebäude gewesen, und das hätte es auch wieder werden können, wäre sein

Besitzer bereit gewesen, etwas zu investieren. Aber das Vorhaben, ein so großes und altmodisches Hotel zu renovieren und neu einzurichten, war wahrscheinlich finanziell unklug. Irgendwann einmal hatte ein Feuer in dem Haus gewütet, welches das Erdgeschoss sowie den ersten und zweiten Stock verwüstet hatte. Der dritte Stock und die weiteren darüber waren rauchbeschmutzt und ließen die einstige Größe des Hotels nur noch erahnen.

Die Vorhaben der Städteplaner hatten die Chancen des Gebäudes auf eine Restaurierung noch weiter vermindert. Wie Halifax gesagt hatte, war das Gebiet rund um das Hotel zum Wiederaufbau dem Erdboden gleichgemacht worden. Dieser war aber bisher nicht erfolgt. Das Hotel stand in würdevoller Abgeschiedenheit inmitten eines Labyrinths von Zubringern und Ausfahrten zur und von der M 1, keine dreihundert Meter von einer der meistbefahrenen Schnellstraßen im Süden Englands entfernt. Tausende Fahrer sahen tagtäglich in seine Richtung, aber seine schäbige Großartigkeit war ihnen mittlerweile schon so vertraut, dass wahrscheinlich die wenigsten es bewusst wahrnahmen. Schlau, dachte Marty, sich an einem Ort zu verstecken, der so deutlich zu sehen war.

Er parkte das Auto so dicht wie möglich beim Hotel, dann schlüpfte er durch ein Loch im verrosteten Drahtzaun um das Gebiet und begann, den Ödstreifen zu überqueren. Die Schilder am Zaun – ›Durchgang verboten‹ und ›Müll abladen verboten‹ – waren gründlich missachtet worden. Schwarze Plastiksäcke, prallvoll mit Abfall, lagen zwischen dem Bauschutt und den Resten alter Feuerstellen; viele der Säcke waren von Kindern oder Hunden aufgerissen worden. Abfälle aus Haushalten und Betrieben ergossen sich daraus: Hunderte Stofffetzen – Reste von Schneiderarbeiten – waren unter seinen Füßen ausgebreitet; verdorbene Lebensmittel; die unvermeidlichen Blechdosen, Kissen, Lampenschirme und Automotoren – alles war auf einem Bett aus Geröll und grauem Gras abgeladen worden.

Ein paar der Hunde – wilde, vermutete Marty – sahen von ihren Plünderungen auf, als Marty näher kam. Ihre hellen Flanken waren schmutzig, die Augen in der Dämmerung gelb. Er dachte an Bella und ihre glänzende Familie. Diese Tiere schienen kaum derselben Rasse anzugehören. Wenn er in ihre Richtung sah, ließen sie die Köpfe hängen und sahen ihn indirekt an, wie Spione. Er ging zum Haupteingang des Hotels; das Wort ORPHEUS stand immer noch deutlich über der Tür geschrieben; zu beiden Seiten der Treppe befanden sich alberne Nachbildungen dorischer Säulen, auf der Schwelle ein ausgefallenes Mosaik. Über die Tür selbst jedoch waren Bretter genagelt, Schilder warnten vor Strafe, sollte jemand eindringen. Dies jedoch schien kaum möglich zu sein, denn die Fenster in den ersten drei Geschossen waren mit derselben Gründlichkeit vernagelt worden wie die Eingangstür; die im Erdgeschoss waren zugemauert worden. An der Rückseite befand sich eine Tür, die nicht vernagelt war, aber die war von innen verriegelt. Hier hatte Halifax wahrscheinlich das Gebäude betreten, aber Whitehead musste ihn eingelassen haben. Ohne die Tür aufzubrechen und gewaltsam einzudringen, konnte er nicht hinein.

Erst bei seiner zweiten Umrundung des Hotels dachte er ernsthaft über die Feuerleiter nach. Sie verlief im Zickzack an der Ostseite des Bauwerks hinauf, eine eindrucksvolle Arbeit aus Eisenstreben, die aber mittlerweile übel verrostet waren. Eine Müllverwertungsfirma hatte sie weiter verstümmelt; sie hatten wohl gedacht, mit dem Altmetall Profit machen zu können, und demzufolge begonnen, die Treppe aus der Mauerverankerung zu lösen, jedoch aufgegeben, als der erste Stock erreicht war. Die erste Treppenflucht fehlte demnach, die Leiter begann erst etwa zweieinhalb Meter über dem Boden. Marty überdachte das Problem. Die Notausgänge der meisten Stockwerke waren ebenfalls zugenagelt worden; aber der im dritten Stock zeigte deutliche Gebrauchsspuren. War der alte Mann dort eingedrungen? Er hatte Hilfe gebraucht; möglicherweise Luther.

Marty betrachtete die Wand unterhalb der Feuerleiter. Sie war von Graffiti übersät, aber glatt. Es war unmöglich, einen Halt zu finden, um die wenigen Meter bis zur ersten Treppe zu überbrücken. Er drehte sich zum Ödstreifen um und suchte nach geeigneten Hilfsmitteln. Nach wenigen Minuten des Suchens in der zunehmenden Dämmerung hatte er einige weggeworfene Möbelstücke gefunden, darunter einen Tisch mit nur drei Beinen, aber hinreichend für seine Zwecke. Er schleppte ihn zur Feuerleiter und stapelte anstelle des fehlenden Beins ein paar Müllsäcke darunter. Es war eine unsichere Plattform, auf die er trat, und selbst auf ihr konnte er mit den Fingern die unterste Stufe nicht erreichen. Er musste springen, um einen Halt zu finden, und beim vierten Versuch gelang es ihm, woraufhin er eine Armeslänge von der ersten intakten Stufe entfernt in der Luft schwang. Ein Regen abblätternden Rostes fiel ihm auf Gesicht und Haare. Die Treppe ächzte. Er nahm alle Willenskraft zusammen und zog sich ein paar wertvolle Zentimeter höher, dann streckte er eine Hand aus, um weiter oben Halt zu suchen. Seine Schultergelenke protestierten, aber er zog sich weiter, Stück für Stück, bis er das Bein hoch genug heben konnte, um den ganzen Körper auf die Stufe zu ziehen.

Nachdem er so die erste Hürde überwunden hatte, stand er auf der Leiter und rang nach Atem, dann ging er weiter hinauf. Die Struktur war keineswegs stabil; die Abbruchfirma war offensichtlich schon an der Arbeit gewesen und hatte die Verankerung in der Wand gelockert. Mit jeder Stufe, die er hinaufging, schien eine knirschende Stufe seinen Rückzug zu fordern.

»Durchhalten«, flüsterte er der Treppe zu und trat, so leicht er nur konnte, auf jede Stufe auf. Auf der Höhe des dritten Stocks wurden seine Bemühungen belohnt. Wie er vermutet hatte, war die Tür hier erst vor kurzem aufgebrochen worden, und er trat mit nicht geringer Erleichterung von der schwankenden Treppe in die relative Sicherheit des Hotels hinein.

Es stank immer noch nach dem Brand, der es besiegt hatte: ein bitterer Geruch nach verbranntem Holz und verkohlten Teppichen. Unter sich konnte er – im spärlichen Licht des offenen Notausgangs – die rußgeschwärzten Böden sehen. Die Wände waren versengt, die Farbe hatte in der Hitze Blasen geworfen. Aber nur ein paar Schritte weiter oben war dem Feuer Einhalt geboten worden.

Marty stieg die Treppe zum vierten Stock hinauf. Vor ihm lag ein langer Korridor mit Zimmern rechts und links. Langsam ging er den Flur entlang und sah dabei in jedes der Zimmer hinein. Die mit Nummern versehenen Türen öffneten sich in leere Räume; alles verwertbare Mobiliar war schon vor Jahren entfernt worden. Vielleicht aufgrund seiner isolierten Lage und der Probleme, die sich einem Eindringling in den Weg stellten, war das Gebäude jedoch nicht verwüstet oder geplündert worden. Die Zimmer waren beinahe absurd sauber, die beigefarbenen Teppiche – offenbar zu mühsam zu entfernen – unter seinen Füßen waren so weich und federnd wie Rasen auf Felsklippen. Er überprüfte jedes Zimmer im vierten Stock, bevor er eine weitere Treppe hinaufging. Hier bot sich fast dieselbe Szenerie, wenngleich die Suiten – die einst vielleicht einen bemerkenswerten Ausblick geboten hatten – weniger, dafür aber geräumiger waren und die Teppiche eher noch weicher. Es war bizarr, von den rußverschmierten, verbrannten Tiefen des Hotels in diese makellosen Höhen emporzusteigen. In den vernagelten Korridoren unten waren wahrscheinlich Menschen umgekommen – verbrannt oder in ihren Schlafanzügen erstickt. Aber hierher war keine Spur der Tragödie vorgedrungen.

Blieb noch ein Stockwerk zu untersuchen. Als er die letzte Treppenflucht hinaufging, wurde das Licht plötzlich stärker, bis es fast taghell war. Die Quelle war die Beleuchtung der Schnellstraße, die ihren Weg durch die Oberlichter und fast hermetisch abgesperrten Fenster fand. Er durchsuchte die labyrinthartige Anordnung der Zimmer so schnell wie möglich und blieb nur einmal stehen, um aus dem Fenster zu sehen. Tief unten konnte er den geparkten Wagen am Zaun sehen; die Hunde waren mit einer Massenvergewaltigung beschäftigt. In der zweiten Suite bemerkte er plötzlich, dass ihn jemand über die gewaltige Distanz des Empfangsraumes hinweg ansah, aber er stellte fest, dass es sein eigenes stoppeliges Gesicht war, welches ihn aus einem wandgroßen Spiegel heraus betrachtete.

Die Tür der dritten Suite auf diesem letzten Stockwerk war verschlossen, die erste verschlossene Suite, die Marty fand. Positiver Beweis, falls überhaupt einer nötig war, dass sie einen Bewohner hatte.

Marty klopfte triumphierend an die Tür. »Hallo? Mr. Whitehead?« Von drinnen kam keine Antwort. Er klopfte fester gegen die Tür und schätzte dabei ab, ob man sie aufbrechen konnte, aber sie machte einen zu soliden Eindruck. Wenn nötig, würde er zum Auto zurückgehen und ein paar Werkzeuge holen müssen.

»Ich bin es, Strauss, Mr. Whitehead. Marty Strauss. Ich weiß, dass Sie dort drinnen sind. Antworten Sie.« Er lauschte. Da keine Antwort kam, klopfte er nochmals an die Tür, aber diesmal mit der Faust, nicht mit den Knöcheln. Und plötzlich kam die Antwort schockierend nahe. Der alte Mann stand direkt auf der anderen Seite der Tür, wo er wahrscheinlich die ganze Zeit über gestanden hatte.

»Gehen Sie zum Teufel«, sagte die Stimme. Sie war ein wenig undeutlich, aber zweifelsohne die von Whitehead.

»Ich muss mit Ihnen reden«, sagte Marty. »Lassen Sie mich ein.«

»Wie, zum Teufel, haben Sie mich gefunden?«, wollte Whitehead wissen. »Sie Mistkerl.«

»Ich habe ein paar Fragen gestellt, mehr nicht. Und wenn ich Sie finden kann, dann können andere das auch.«

»Nicht, wenn Sie Ihren verdammten Mund halten. Wollen Sie Geld, ist es das?«

»Nein.«

»Das können Sie haben. Ich gebe es Ihnen, so viel Sie wollen.«

»Ich will kein Geld!«

»Dann sind Sie ein verfluchter Narr«, sagte Whitehead und kicherte in sich hinein; ein seelenloses, abgehacktes Gackern. Der Mann war betrunken.

»Mamoulian ist hinter Ihnen her«, sagte er. »Er weiß, dass Sie am Leben sind.«

Das Lachen hörte auf.

»Woher?«

»Carys.«

»Haben Sie sie gesehen?«

»Ja. Sie ist in Sicherheit.«

»Nun … ich habe Sie unterschätzt.« Er verstummte; drinnen war ein Geräusch zu hören, als lehne er sich gegen die Tür. Nach einer Weile sprach er weiter; er hörte sich erschöpft an:

»Weswegen sind Sie gekommen, wenn nicht des Geldes wegen? Sie hat ein paar teure Gewohnheiten, wissen Sie?«

»Was nicht zuletzt Ihre Schuld ist.«

»Ich bin sicher, mit der Zeit werden Sie das ebenso schätzen lernen wie ich. Für einen Schuss würde sie alles tun.«

»Sie sind Dreck, wissen Sie das?«

»Und dennoch sind Sie gekommen, um mich zu warnen.« Der alte Mann besann sich blitzschnell auf dieses Paradox; er war so schnell wie immer, die ungedeckte Flanke eines Mannes zu finden. »Armer Marty!« Die undeutlich nuschelnde Stimme verstummte in Selbstmitleid. Dann, rasiermesserscharf: »Wie haben Sie mich gefunden?«

»Die Erdbeeren.«

Eine Art ersticktes Krächzen erklang hinter der Tür, Whitehead lachte wieder, diesmal über sich selbst. Er brauchte ein paar Augenblicke, bis er die Fassung wiedererlangte. »Erdbeeren!«, murmelte er. »Meine Güte! Sie müssen Überzeugungskraft besitzen. Haben Sie ihm die Arme gebrochen?«

»Nein. Er gab mir seine Informationen freiwillig. Er wollte nicht mit ansehen, wie Sie sich in einer Ecke verkriechen und sterben.«

»Ich werde nicht sterben!«, schnappte der alte Mann. »Mamoulian ist derjenige, der sterben wird. Sie werden schon sehen. Ihm wird die Zeit knapp. Ich muss nur warten. Und dazu ist dieser Ort so gut geeignet wie jeder andere. Mir geht es sehr gut hier. Abgesehen von Carys, sie fehlt mir. Warum schicken Sie sie nicht zu mir, Marty? Das würde ich sehr begrüßen.«

»Sie werden sie niemals wieder sehen.«

Whitehead seufzte. »O doch«, sagte er. »Sie wird zurückkommen, wenn sie von Ihnen die Nase voll hat. Wenn sie jemanden braucht, der ihr Herz aus Stein wirklich zu schätzen weiß. Sie werden schon sehen. War schön, dass Sie hier waren, Marty. Gute Nacht.«

»Warten Sie.«

»Ich sagte gute Nacht.«

»... ich habe Fragen ...«, begann Marty.

»Fragen, Fragen ...« Die Stimme entfernte sich bereits. Marty presste sich dichter an die Tür, um seinen letzten und besten Köder auszuwerfen. »Wir haben herausgefunden, wer der Europäer ist, was er ist!« Aber er erhielt keine Antwort. Er hatte Whiteheads Aufmerksamkeit verloren. Aber er wusste, es wäre ohnedies vergebens gewesen. Von ihm konnte er kein Wissen bekommen; er war nur ein betrunkener alter Mann, der seine alten Machtspielchen nachspielte. Irgendwo tief im Inneren der Penthouse-Suite wurde eine Tür geschlossen. Jeder Kontakt zwischen den beiden Männern war abgebrochen.

Marty ging die beiden Treppen hinunter zum offenen Notausgang und verließ das Gebäude so, wie er gekommen war. Nach dem verbrannten Geruch im Inneren roch selbst die abgasverseuchte Luft der Schnellstraße frisch.

Er stand mehrere Minuten auf der Feuerleiter und verfolgte den Verkehr auf der Straße, die Reihen der Pendler lenkten seine Aufmerksamkeit hinreichend ab. Unten kämpften zwei Hunde im Abfall, die die Vergewaltigung offensichtlich satt hatten. Keiner von ihnen, weder Fahrer noch Hunde, scherten sich um den Sturz von Potentaten. Warum sollte *er* es tun? Whitehead war ein aussichtsloser Fall, wie das Hotel ebenfalls. Er hatte sich größte Mühe gegeben, dem alten Mann zu helfen, ohne Erfolg. Nun würden er und Carys ein neues Leben beginnen und den alten Mann seine wie auch immer gearteten Maßnahmen allein treffen lassen. Sollte er sich in einem Anflug von Reue die Pulsadern aufschneiden oder im Schlaf an seinem eigenen Erbrochenen ersticken: Marty war es einerlei.

Er kletterte die Leiter hinunter und sprang auf den Tisch, dann durchquerte er das Ödland zum Auto und sah nur einmal zurück, um festzustellen, ob Whitehead zu ihm heruntersah. Unnötig zu sagen, dass niemand an den oberen Fenstern stand.

68

Als sie wieder in der Caliban Street waren, war das Mädchen immer noch so high, dass es schwer war, durch ihre chemisch erweiterten Sinne zu kommunizieren. Der Europäer befahl den Evangelisten, die Arbeiten zu erledigen, welche er Breer aufgetragen hatte, dann führte er Carys zu dem Zimmer im obersten Stock. Dort machte er sich daran, sie zu überzeugen, ihren Vater zu finden, und zwar möglichst rasch. Anfangs bewirkte die Droge in ihr, dass sie ihn nur anlächelte. Aus seiner Frustration wurde Wut. Als sie anfing, über seine Drohungen zu lachen – dieses langsame, grundlose Lachen, das so sehr das des Pilgers war, als wisse sie einen Scherz über ihn, den sie nicht preisgeben wollte –, verlor er die Beherrschung: Er entfesselte einen Albtraum von so zügelloser Bösartigkeit über ihr, dass seine Grausamkeit ihn fast ebenso abstieß, wie sie Carys erschreckte. Sie sah ungläubig mit an, wie derselbe Schleim, der sich aus der Toilette im Bad ergossen hatte, zuerst tröpfelnd, dann sprudelnd aus ihrem eigenen Körper herausfloss. »Nehmen Sie das weg«, schrie sie, aber er steigerte das Tempo der Illusion nur noch, bis sich allerlei Monstrositäten in ihrem Schoß wanden. Dann zerplatzte die Blase ihrer Droge unvermittelt, ein irrer Ausdruck erfüllte ihre Augen, während sie in einer Ecke des Zimmers kauerte und Kreaturen aus jeder ihrer Körperöffnungen krochen, sich einen Weg ins Freie bahnten und sich dann mit den Gliedmaßen, die er ihnen gegeben hatte, an sie klammerten. Sie stand am Rande des Wahnsinns, aber er war inzwischen zu weit gegangen, um den Angriff zu beenden, so sehr er selbst davon abgestoßen wurde.

»Finde den Pilger«, sagte er zu ihr, »dann wird dies alles verschwinden!«

»Ja, ja, ja«, flehte sie, »was immer Sie wollen.«

Er stand da und sah zu, wie sie seinen Befehlen Folge leistete und sich in denselben tranceähnlichen Zustand versetzte wie damals, als sie Toy gesucht hatte. Aber sie brauchte länger, um den Pilger zu finden, so lange, dass der Europäer beinahe glaubte, sie habe ihren Körper endgültig verlassen und ihn seinen Kreaturen überlassen, anstatt zu ihm zurückzukehren. Aber schließlich kehrte sie zurück. Sie hatte ihn in einem Hotel gefunden, das keine halbe Fahrstunde von der Caliban Street entfernt lag. Mamoulian war wenig überrascht. Es lag nicht in der Natur von Füchsen, sich weit von ihrer natürlichen Umgebung zu entfernen; Whitehead hatte sich einfach nur versteckt.

Ausgelaugt von der Reise und der Angst, die sie ausgelöst hatte, wurde Carys von Chad und Tom die Treppe hinuntergetragen und in das wartende Auto verfrachtet. Der

Europäer ging ein letztes Mal um das Haus herum, um sich zu vergewissern, dass jede Spur ihrer Existenz ausgelöscht worden war. Das Mädchen im Keller und Breers Räumlichkeiten konnten in so kurzer Zeit nicht beseitigt werden, aber das würde immerhin für eine Überraschung sorgen. Sollten diejenigen, die später ins Haus kamen, sich aus den grässlichen Fotos an den Wänden und den Parfümflaschen zusammenreimen, was sie wollten. Wichtig war nur, dass alle Hinweise auf seine, des Europäers, Existenz hier – oder besser, *überall* – beseitigt waren. Bald würde er wieder nur ein Gerücht sein; Klatsch unter ängstlichen Menschen.

»Es wird Zeit zu gehen«, sagte er, während er die Tür abschloss. »Die Sintflut ist fast über uns.«

Während sie fuhren, kam Carys wieder ein wenig zu Kräften. Milde Luft vom vorderen Fenster liebkoste ihr Gesicht. Sie öffnete ab und zu die Augen und warf einen Blick in Richtung des Europäers. Er sah nicht zu ihr; er schaute zum Fenster hinaus, sein aristokratisches Profil sah aufgrund seiner Erschöpfung entrückter denn je aus.

Sie fragte sich, wie ihr Vater bei dem bevorstehenden Endspiel abschneiden würde. Er war alt, aber Mamoulian war ungemein älter; war Alter bei dieser Konfrontation ein Vor- oder Nachteil? Angenommen – dieser Gedanke kam ihr zum ersten Mal –, ihre Kräfte waren gleich? Angenommen, das Spiel, welches sie spielten, endete ohne Sieg oder Niederlage auf einer Seite? Ein dem zwanzigsten Jahrhundert würdiges Ende – nur Zweideutigkeit. Das wollte sie nicht: Sie wollte etwas Endgültiges.

Wie auch immer der Ausgang war, sie wusste, ihre Überlebenschancen in der bevorstehenden Sintflut waren nur gering. Nur Marty hätte das Pendel in ihre Richtung stoßen können, aber wo war er nun? Wenn er nach Kilburn kam und das Zimmer verlassen vorfand, musste er dann nicht denken, sie wäre aus eigenem Antrieb von ihm gegangen? Sie konnte nicht vorhersehen, wie er reagieren würde; seine

Erpressung mit dem Heroin war ein Schock für sie gewesen. Ein verzweifeltes Manöver blieb im Bereich des Möglichen: Sie konnte sich einen Weg zu ihm denken und ihm mitteilen, wo sie war, und warum. Ein solcher Zug brachte freilich Risiken mit sich. Gedanken von ihm zu erhaschen war eines – wenig mehr als ein Taschenspielertrick –, aber ein Versuch, in seinen Kopf vorzustoßen und mit ihm zu kommunizieren, Verstand mit Verstand, war etwas anderes, das mehr geistige Muskelkraft erforderte. Selbst angenommen, sie hätte die Willenskraft, wie wären die Folgen eines solchen Tuns für Marty? Sie dachte in einem angsterfüllten Nebel über dieses Dilemma nach und wusste: Die Minuten verstrichen, und bald würde es für einen Fluchtversuch zu spät sein, so verzweifelt er auch sein mochte.

Marty fuhr in südlicher Richtung nach Cricklewood, als er Schmerzen im Nacken zu spüren begann. Sie breiteten sich rasch in seinem ganzen Schädel aus und wurden zu Kopfschmerzen, wie er sie in seinem ganzen Leben noch nicht gehabt hatte. Sein Instinkt riet ihm, zu beschleunigen und so schnell wie möglich nach Kilburn zurückzufahren, aber in der Finchley Road herrschte dichter Verkehr, und er konnte nichts anderes tun, als sich mit dem Verkehrsstrom treiben zu lassen, wobei die Schmerzen alle paar Meter zunahmen. Sein Bewusstsein – das sich in zunehmendem Maße nur noch mit der wirbelnden Schmerzspirale beschäftigen konnte – konzentrierte sich auf immer kleiner werdende Informationsstückchen, seine Wahrnehmung schrumpfte zu einem Stecknadelkopf zusammen. Die Straße vor dem Citroën verschwamm. Fast geblendet, kam es um ein Haar zu einem Zusammenstoß mit einem Fleischereikühlwagen, der nur durch die Umsicht des anderen Fahrers verhindert wurde. Er sah ein, dass eine Weiterfahrt fatal enden konnte, daher fädelte er sich, so gut er konnte, aus dem Verkehr aus – vor und hinter ihm plärrten Hupen – und parkte polternd am Straßenrand; dann stolperte er aus dem Auto hinaus, um etwas frische Luft zu schnappen. Völlig desorientiert trat er auf die Straße. Die Scheinwerfer der näher kommenden Fahrzeuge glichen Stroboskoplichtern. Er spürte, wie die Knie unter ihm nachgaben, und entkam nur dadurch der Gefahr, vor die vorbeifahrenden Autos zu stürzen, dass er sich an der offenen Tür des Citroën festklammerte und sich von dort zur relativen Sicherheit des Gehwegs rettete. Ein einzelner Regentropfen fiel auf seine Hand. Er starrte ihn an und bemühte sich, seinen Blick zu klären. Er war hellrot. Blut, dachte er. Kein Regen, Blut. Er führte die Hand zum Gesicht. Seine Nase blutete heftig. Warme Nässe rann in seinen Hemdkragen hinein, unter die Achselhöhlen, an den Armen hinab. Er wühlte in der Tasche, holte ein Taschentuch heraus und hielt es sich unter die Nase, dann stolperte er über den Gehweg zu einem Ladenfenster, sah sein Spiegelbild in diesem Fenster. Fische schwammen hinter seinen Augen. Er kämpfte gegen die Illusion, aber sie hielt sich beharrlich. Bunte, exotische Geschöpfe, die Luftblasen in sein Gehirn aufsteigen ließen. Dann trat er von der Scheibe zurück und las die Worte, die darauf geschrieben standen: Cricklewood Aquarium Supplies. Er wandte den Fischen und Zierkarpfen den Rücken zu und nahm auf dem schmalen Sims Platz. Er hatte zu zittern begonnen. Dies war Mamoulians Tun, mehr konnte er nicht denken. Wenn ich ihm nachgebe, dann sterbe ich. Ich muss kämpfen. Koste es, was es wolle, *kämpfen*.

Carys sagte etwas, das Wort kam ihr über die Lippen, bevor sie es verhindern konnte.

»Marty!«

Der Europäer sah sie an. Träumte sie? Schweißperlen standen auf ihren geschwollenen Lippen; ja, sie träumte. Zweifellos von einer Vereinigung mit Strauss. Darum sprach sie seinen Namen so drängend aus.

»Marty!«

Ja, eindeutig, sie träumte von Pfahl und Wunde. Wie sie

zitterte. Wie sie mit den Händen zwischen den Beinen entlangstrich: ein beschämendes Schauspiel.

»Wie weit noch?«, fragte er St. Tom, der die Karte las.

»Fünf Minuten«, antwortete der junge Mann.

»Herrliche Nacht dafür«, sagte Chad.

Marty!

Er sah auf und kniff die Augen zusammen, um deutlicher sehen zu können, aber niemand war vor ihm. Die Stimme erklang in seinem Kopf.

Marty!

Es war Carys' Stimme, schrecklich verzerrt. Wenn sie sprach, dann schien sein Schädel zu knirschen und das Gehirn zur Größe einer Melone anzuschwellen. Die Schmerzen waren unerträglich.

Marty!

Sei still, wollte er ihr sagen, aber sie war ja nicht da. Davon abgesehen war nicht sie es, sondern *er*, der Europäer. Nun wurde die Stimme durch jemandes Atem ersetzt, aber nicht seinen eigenen. Er keuchte unregelmäßig, der andere Atem ging in einem einschläfernden Rhythmus. Der Wirrwarr der Straße verschwand im Dunkel; die Schmerzen in seinem Kopf waren Himmel und Erde geworden. Er wusste, wenn er keine Hilfe bekam, würde er sterben.

Blind stand er auf. Ein Zischen erfüllte seine Ohren, welches den Verkehrslärm nur wenige Schritte entfernt auslöschte. Er stolperte vorwärts. Mehr Blut troff aus seiner Nase.

»Hilft mir denn niemand …«

Eine unbekannte Stimme drang durch das Chaos in seinen Kopf. Die Worte, die sie sprach, waren unverständlich, aber wenigstens war er nicht allein. Eine Hand berührte seine Brust, eine andere hielt seinen Arm. Die Stimme, die er gehört hatte, war von Panik erfüllt. Er war nicht sicher, ob er ihr antwortete, er war nicht einmal sicher, ob er stand oder gestürzt war. Was machte das schon aus?

Blind und taub wartete er darauf, dass eine gütige Person ihm sagen würde, er könne sterben.

Sie parkten auf der Straße, ein kurzes Stück vom Hotel Orpheus entfernt. Mamoulian stieg aus und überließ es den Evangelisten, Carys zu bringen. Sie hatte zu riechen begonnen, war ihm aufgefallen, diesen reifen Geruch, den er stets mit der Menstruation in Verbindung brachte. Er ging voraus, durch eine Lücke im Zaun und durch das Ödland, welches das Hotel umgab. Die Einsamkeit gefiel ihm. Berge von Schutt, Stapel weggeworfener Möbel; im Licht der untergehenden Sonne hatte dieser Ort einen ganz eigentümlichen Reiz. Wenn es galt, letzte Riten zu begehen – konnte man sich einen besseren Ort vorstellen? Der Pilger hatte eine gute Wahl getroffen.

»Ist es das?«, fragte Chad, der ihm gefolgt war.

»Das ist es. Könntest du uns Zutritt verschaffen?«

»Mit Vergnügen.«

»Aber so leise wie möglich!«

Der junge Mann ging über den vernarbten Boden davon und blieb nur einmal stehen, um ein verkrümmtes Stück Metall aufzuheben, mit dem er sich Zutritt ins Hotel verschaffen wollte. Sie waren so erfinderisch, diese Amerikaner, überlegte Mamoulian, während er Chad folgte. Kein Wunder, dass sie die Welt beherrschten. Erfinderisch, aber nicht subtil. Chad riss die Planken vor dem Eingang weg, ohne auch nur im Mindesten an ein leises Eindringen zu denken. Hörst du das?, fragte er den Pilger in Gedanken. Weißt du, dass ich hier unten bin, dir endlich so nahe?

Er richtete den Blick seiner kalten Augen zum obersten Stockwerk des Hotels. Die Aufregung verursachte Sodbrennen in seinem Magen, seine Stirn und die Handflächen waren schweißfeucht. Ich bin wie ein nervöser Liebhaber, dachte er. Seltsam, dass die Romanze so enden muss, ohne einen geistig gesunden Beobachter, der Zeuge der letzten Geschehnisse wird. Wer würde es wissen, wenn alles vorüber war, wer würde es weitererzählen können? Nicht die Amerikaner. Sie würden die kommenden Stunden nicht überleben und dabei ihre geistige Gesundheit behalten. Nicht Carys: Sie würde überhaupt nicht überleben. Keiner würde übrig bleiben, um die Geschichte weiterzugeben, was er – aus einem unerfindlichen Grund – bedauerte. Machte ihn das zu einem Europäer? Dass er seine Geschichte weitererzählt wissen wollte, einem anderen begierigen Zuhörer weitergegeben, der, wenn seine Zeit kam, ihre Lektion in den Wind schlagen und sein eigenes Leid wiederholen würde? Ah, wie sehr er der Tradition verpflichtet war. Die Eingangstür stand jetzt offen. St. Chad betrachtete grinsend seine Leistung, sein Anzug war schweißgetränkt.

»Geh voran«, bat Mamoulian ihn.

Der eifrige junge Mann ging hinein; der Europäer folgte ihm. Carys und St. Tom bildeten den Schluss.

Im Inneren war der Gestank überwältigend. Einer der Flüche des Alters waren Assoziationen. In diesem Fall beschwor der Geruch von verbranntem Holz und Mörtelschutt unter seinen Füßen Erinnerungen an mehr als ein Dutzend Städte herauf, die er gesehen hatte; aber natürlich ganz besonders an eine. War Joseph deshalb hierher gekommen? Weil der Rauchgeruch und die knirschenden Stufen ihn an das Haus am Muranowskiplatz erinnerten?

Das Geschick des Diebes war in jener Nacht seinem eigenen ebenbürtig gewesen, nicht? Der junge Mann mit den strahlenden Augen hatte damals etwas Gesegnetes an sich gehabt; der Fuchs, der so wenig Ehrfurcht gezeigt hatte; der sich einfach an den Tisch gesetzt hatte und bereit gewesen war, sein Leben zu riskieren, um zu spielen. Mamoulian hatte angenommen, der Dieb hätte Warschau vergessen gehabt, während er Zug um Zug sein Vermögen aufbaute; aber diese verbrannte Treppe hier war ein eindeutiger Beweis, dass das nicht so war.

Sie erklommen sie im Dunkeln. St. Chad ging voran, um den Weg auszukundschaften, und er rief ihnen zu, dass an dieser Stelle das Geländer verschwunden war und an einer anderen eine Stufe fehlte. Zwischen dem dritten und vierten Stock, wo das Feuer eingedämmt worden war, befahl Mamoulian eine Pause, damit Carys und Tom aufholen konnten. Als sie da waren, gab er Anweisung, das Mädchen zu ihm zu bringen. Hier oben war es heller. Mamoulian konnte einen schmerzvollen Ausdruck des Verlusts auf dem Gesicht des Mädchens sehen. Er berührte sie; er mochte den Kontakt nicht, hielt ihn aber für angemessen.

»Dein Vater ist hier«, sagte er zu ihr. Sie antwortete nicht, und auch der Ausdruck des Kummers verschwand nicht. »Carys … hörst du mir zu?«

Sie blinzelte. Er vermutete, dass er einen Kontakt mit ihr hergestellt hatte, wenn auch einen primitiven.

»Ich möchte, dass du mit Papa sprichst. Hast du das verstanden? Ich möchte, dass du ihn bittest, mir die Tür zu öffnen.«

Sie schüttelte sanft den Kopf.

»Carys«, mahnte er. »Du solltest es besser wissen, als dich zu weigern.«

»Er ist tot«, sagte sie.

»Nein«, antwortete der Europäer tonlos. »Er ist dort oben, wenige Treppen über uns.«

»Ich habe ihn getötet.«

Was war das für eine Illusion? »Wen?«, fragte er scharf. »Wen getötet?«

»Marty. Er antwortet nicht. Ich habe ihn getötet.«

»Psst … pssst …« Die kalten Finger strichen über ihre Wangen. »Er ist tot, ja? Na und, ist er eben tot. Mehr kann man dazu nicht sagen.«

»… ich habe es getan …«

»Nein, Carys. Du warst es nicht. Es war etwas, das getan werden musste. Mach dir keine Gedanken.«

Er nahm ihr bleiches Gesicht zwischen beide Hände. Als sie noch ein Kind gewesen war, hatte er oft ihren Kopf gestreichelt, stolz darauf, dass sie die Frucht des Pilgers war.

Mit diesen Umarmungen hatte er die Gabe gestärkt, mit der sie aufgewachsen war, weil er spürte, dass eine Zeit kommen konnte, da er sie brauchen würde.

»Du musst nur die Tür öffnen, Carys. Sag ihm, dass du hier bist, dann wird er dir öffnen.«

»Aber ich möchte … ihn nicht sehen.«

»Ich allerdings schon. Du würdest mir einen großen Dienst erweisen. Und wenn es vorüber ist, dann gibt es nichts mehr, wovor du Angst haben musst. Das verspreche ich dir.«

Darin schien sie einen gewissen Sinn zu erkennen.

»Die Tür«, verlangte er.

»Ja.«

Er gab ihr Gesicht frei, und sie wandte sich von ihm ab und ging die Treppe hinauf.

Whitehead, der sich in seiner behaglichen Suite aufhielt und Jazz mit der tragbaren Stereoanlage hörte, die Luther sechs Stockwerke heraufgeschleppt hatte, bekam von alledem nichts mit. Er hatte alles, was er brauchte. Getränke, Bücher, Schallplatten, Erdbeeren. Hier oben konnte ein Mann ausharren, bis die Apokalypse vorüber war, ohne Schaden zu leiden. Er hatte sogar ein paar Bilder mitgebracht: den frühen Matisse aus dem Arbeitszimmer, *Sonnenbadende Nackte am Quai St. Michel;* einen Miró und einen Francis Bacon. Letzteres hatte sich als Fehler erwiesen, denn das Bild war eindeutig zu morbid, voll Andeutungen verwesten Fleisches; er hatte es zur Wand herumgedreht. Aber der Matisse war selbst bei Kerzenlicht ein Vergnügen. Er betrachtete ihn und war niemals weniger entzückt über die beiläufige Kunstfertigkeit als in dem Augenblick, als es klopfte.

Er stand auf. Es war viele Stunden – den genauen Überblick über die Zeit hatte er verloren – her, seit Strauss da gewesen war; war er wiedergekommen?

Benommen vom Wodka, torkelte Whitehead an der Wand entlang und lauschte an der Tür.

»Papa …«

Es war Carys, doch er antwortete nicht; dass sie hier war, kam ihm seltsam vor.

»Ich bin es, Papa. Bist du hier?«

Ihre Stimme war so schüchtern, sie klang wieder wie ein Kind.

War es möglich, dass Strauss ihn beim Wort genommen und sie zu ihm geschickt hatte, oder war sie einfach aus eigenem Antrieb gekommen, so wie Evangeline nach einem heftigen Wortwechsel? Ja, das war es. Sie war gekommen, weil sie, wie ihre Mutter, gar nicht anders konnte. Er begann, die Tür aufzusperren, und seine Finger zitterten vor Vorfreude.

»Papa …«

Schließlich kam er mit Klinke und Schlüssel zurecht und öffnete die Tür. Sie war nicht da. Niemand war da: Das jedenfalls dachte er zuerst. Doch während er in die Diele der Suite zurücktrat, wurde die Tür weit aufgestoßen, und ein junger Mann, dessen Hände ihn an Nacken und Lenden packten und festhielten, schleuderte ihn gegen die Wand. Er ließ die Wodkaflasche, die er in der Hand hielt, fallen und riss die Arme empor, um zu bekunden, dass er sich nicht wehren wolle.

Als er die Wucht des Angriffs abgeschüttelt hatte, sah er dem jungen Mann über die Schultern, und seine blutunterlaufenen Augen erblickten den Mann, der dem Jungen ins Zimmer gefolgt war.

Leise und ohne Vorwarnung begann er zu weinen.

Sie hatten Carys im Ankleidezimmer neben dem Schlafzimmer zurückgelassen. Abgesehen von einem Schrank und auf dem Boden liegenden Vorhängen, die jemand vom Fenster abgenommen und dann aus unerfindlichen Gründen vergessen hatte, war es leer. Sie machte sich aus den Vorhängen ein Nest und legte sich nieder. Ein einziger Gedanke kreiste in ihrem Kopf: *Ich habe ihn getötet.* Sie hatte den Widerstand gespürt, den er ihrem Eindringen entgegengesetzt hatte; hatte die Spannung gespürt, die sich in ihm aufbaute. Und dann nichts mehr.

Von der Suite, die fast ein Viertel des Obergeschosses für sich beanspruchte, hatte man zwei Ausblicke. Einen zur Schnellstraße; eine grelle Kette von Scheinwerfern. Der andere, an der Ostseite des Hotels, war düsterer. Das Fenster des kleinen Ankleidezimmers war ihm zugewendet: ein Streifen Ödland, dann der Zaun, und weit dahinter die Stadt. Aber als sie auf dem Boden lag, war nichts davon zu sehen. Sie konnte lediglich einen Ausschnitt des Himmels erkennen, über den gerade die Positionslichter eines Flugzeugs dahinglitten.

Sie beobachtete, wie es kreisend zur Landung ansetzte, und dabei dachte sie Martys Namen.

Marty.

Sie hoben ihn gerade in den Krankenwagen. Nach allem, was er durchgemacht hatte, fühlte er sich immer noch elend. Er wollte das Bewusstsein nicht wiedererlangen, denn damit kam die Übelkeit. Das Zischen war aus seinen Ohren verschwunden; und sein Sehvermögen war wieder intakt.

»Was ist passiert? Fahrerflucht?«, fragte ihn jemand.

»Er ist einfach hingestürzt«, antwortete ein Zeuge. »Ich habe es gesehen. Fiel mitten auf dem Gehweg hin. Ich kam gerade aus dem Zeitungskiosk heraus, als ich …«

Marty.

»… und da lag er …«

Marty.

Sein Name erklang so klar wie eine Glocke an einem Frühlingsmorgen in seinem Bett. Neues Blut floss aus seiner Nase, aber diesmal nicht von Schmerzen begleitet. Er hob die Hand ans Gesicht, um den Strom zum Versiegen zu bringen, aber es war bereits eine Hand da, die es abwischte.

»Alles wird gut«, sagte eine Männerstimme zu ihm. Irgendwie spürte Marty, dass das zutraf, wenngleich diese Gewissheit nichts mit dem zu tun hatte, was der Mann gemeint hatte. Die Schmerzen waren verschwunden, und mit ihnen die Angst. Es war *Carys*, die in seinem Kopf sprach. Sie war es die ganze Zeit gewesen. Nun war eine Mauer in ihm zum Einsturz gebracht worden – wahrscheinlich gewaltsam und schmerzhaft –, aber das Schlimmste war überstanden; sie dachte seinen Namen in ihrem Kopf, und er fing ihren Gedanken auf wie einen fehlgeschlagenen Tennisball. Seine früheren Zweifel erschienen ihm naiv. Es war ganz einfach, dieses Gedanken-Empfangen, wenn man den Dreh erst einmal heraushatte.

Sie spürte, wie er empfänglich für sie wurde. Mehrere Sekunden lag sie auf dem Bett aus Vorhängen, während der Jet in dem Fensterausschnitt vorüberzog, und wagte kaum zu glauben, was ihre Instinkte ihr verrieten – dass er sie hörte, dass er am Leben war.

Marty?, dachte sie. Diesmal ging das Wort nicht in der Dunkelheit zwischen ihrem und seinem Verstand verloren, sondern wurde bereitwillig akzeptiert. Er hatte nicht das Geschick, eine Antwort zu senden, aber das war nach Lage der Dinge auch nicht nötig. Solange er hören und verstehen konnte, konnte er kommen.

Das Hotel, dachte sie. Kannst du mich verstehen, Marty? Ich bin mit dem Europäer in einem Hotel. Sie versuchte, sich an den Namen zu erinnern, den sie über dem Eingang gesehen hatte. *Orpheus*, das war er. Sie hatte keine Adresse, aber sie gab sich beste Mühe, ihm den Standort zu übermitteln. Sie hoffte, dass er sich seine genaue Lage mit ihren Hinweisen zusammenreimen konnte.

Er richtete sich in dem Krankenwagen auf.

»Keine Bange. Jemand wird sich um das Auto kümmern«, sagte der Arzthelfer und legte ihm eine Hand auf die Schulter, um ihn wieder auf die Bahre zu drücken. Sie hatten eine scharlachrote Decke um ihn geschlungen. Rot, damit man das Blut nicht so deutlich erkennen konnte, wurde ihm klar.

»Sie können nicht aufstehen«, sagte der Arzthelfer zu ihm. »Sie sind in einer schlimmen Verfassung.«

»Mir geht es gut«, beharrte Marty und stieß die fürsorgliche Hand weg. »Sie waren sehr gut zu mir. Aber jetzt habe ich eine wichtige Verabredung.«

Der Fahrer schloss die Doppeltür am Heck des Fahrzeugs. Durch den schmaler werdenden Schlitz konnte Marty einen Ring professioneller Schaulustiger sehen, die sich alle bemühten, einen letzten Blick zu erhaschen. Er strebte der Tür entgegen.

Die Zuschauer waren enttäuscht darüber, Lazarus aufstehen, schlimmer noch, ihn wie einen Irren grinsen zu sehen, während er, sich entschuldigend, aus dem Wageninneren herauskletterte. Hatte der Mann denn gar kein Gespür für den Anlass?

»Mir geht es prächtig«, sagte er dem Fahrer, während er sich durch die Menge drängte. »Muss etwas gewesen sein, das ich gegessen habe.« Der Fahrer starrte ihn verständnislos an. »Sie bluten«, konnte er nur hervorstoßen. »Ich habe mich nie besser gefühlt«, erwiderte Marty darauf, und trotz der Erschöpfung in seinen Knochen stimmte das in gewisser Weise. Sie war *hier*, in seinem Kopf, und es blieb immer noch Zeit, alles recht zu machen, wenn er sich beeilte.

Der Citroën stand ein paar Meter weiter unten an der Straße, Flecken seines Blutes färbten das Pflaster daneben. Der Schlüssel steckte noch im Zündschloss.

»*Warte auf mich, Baby*«, sagte er, dann fuhr er den Weg zurück zum Hotel Pandämonium.

69

Es war nicht das erste Mal, dass Sharon aus dem Haus ausgesperrt wurde, während ihre Mutter einen Mann empfing, den das junge Mädchen noch niemals vorher gesehen hatte und den sie auch niemals wieder zu sehen bekommen würde; aber heute Abend war ihr das Aussperrtwerden besonders unangenehm, denn sie spürte das Herannahen einer Sommererkältung, und sie wollte drinnen im Haus sein und fernsehen, anstatt sich nach Einbruch der Dunkelheit im Freien aufzuhalten und sich neue Seilhüpfspiele auszudenken. Sie ging die Straße entlang und begann ›Himmel und Hölle‹ zu spielen, gab es aber nach der fünften Platte wieder auf. Als sie aufblickte, stellte sie fest, dass sie sich vor Nummer zweiundachtzig befand. Das war ein Haus, vor dem ihre Mutter sie gewarnt hatte. Im Erdgeschoss hauste eine asiatische Familie – zwölf schliefen in einem Bett, das jedenfalls hatte Mrs. Lennox Sharons Mutter erzählt – in unzulässig beengten Verhältnissen. Aber trotz seines Rufs war Nummer zweiundachtzig den ganzen Sommer über eine Enttäuschung gewesen, bis heute. Heute hatte Sharon im Haus ein seltsames Kommen und Gehen festgestellt. Ein paar Leute waren in einem großen Auto gekommen und hatten ein krank aussehendes Mädchen mit sich genommen. Nun, während sie ihr ›Himmel und Hölle‹-Spiel wieder begann, erblickte sie an einem der Fenster im mittleren Geschoss eine riesige, schattenhafte Gestalt, die ihr zuwinkte.

Sharon war zehn. Bis zu ihrer ersten Periode würde noch mindestens ein Jahr vergehen, und sie verfügte zwar über ein andeutungsweises Wissen um die Dinge, die sich zwischen Mann und Frau abspielten, welches ihre Halbschwester ihr beigebracht hatte, aber das hielt sie alles für lächerliches Palaver. Die Jungs, die auf der Straße Football spielten, waren verwahrloste Kreaturen mit üblem Mundgeruch, und sie konnte sich kaum vorstellen, dass sie jemals ihren Zärtlichkeiten hinterherjagen würde.

Aber die lockende Gestalt am Fenster war männlich, und

etwas an ihr erweckte Sharons Aufmerksamkeit; sie deckte einen Stein auf. Darunter waren die ersten zaghaften Ausläufer eines Lebens, welches noch nicht ganz für die Sonne bereit war. Es räkelte sich; es ließ ihre Beine kribbeln. Um dieses Kribbeln zu stoppen, vergaß sie alle Verbote bezüglich Nummer zweiundachtzig, schlüpfte in das Haus hinein, als die Eingangstür das nächste Mal geöffnet wurde, und ging nach oben, wo der Fremde sich befand.

»Hallo?«, sagte sie auf dem Treppenabsatz vor dem Zimmer.

»Du kannst hereinkommen«, sagte der Mann.

Sharon hatte den Tod noch niemals vorher gerochen, aber sie erkannte ihn instinktiv: Es war unnötig, ihn vorzustellen. Sie stand unter der Tür und sah den Mann an. Sie konnte immer noch weglaufen, wenn sie das wollte, auch das wusste sie. Die Tatsache, dass er ans Bett gefesselt war, beruhigte sie. Das konnte sie sehen, obwohl es in dem Zimmer dunkel war. Ihr Verstand sah darin nichts Seltsames; Erwachsene spielten ihre Spiele, so wie Kinder auch.

»Mach das Licht an«, schlug der Mann vor. Sie griff nach dem Lichtschalter neben der Tür und schaltete ein. Die schwache Glühbirne beleuchtete den Mann seltsam; in ihrem Licht sah er kränker aus als alle, die Sharon bisher gesehen hatte. Er hatte das Bett offenbar durch das Zimmer zum Fenster geschleppt; dabei hatten die Fesseln tief in seine graue Haut geschnitten, sodass glitzernde braune Flüssigkeiten – aber kein Blut – seine Hände und Hosen bedeckten und den Boden unter seinen Füßen verschmierten. Schwarze Flecken ließen sein Gesicht, welches glänzte, scheckig aussehen.

»Hallo«, sagte er. Seine Stimme klang undeutlich, als würde er aus einem billigen Radio sprechen.

Sein unheimliches Aussehen erstaunte sie. »Hallo«, erwiderte sie.

Er bedachte sie mit einem schiefen Grinsen, und die Glühbirne beleuchtete seine wässrigen Augen, die so tief in den Höhlen lagen, dass Sharon sie kaum erkennen konnte. Wenn sie sich bewegten, so wie jetzt, schien die Haut um sie herum zu beben.

»Es tut mir Leid, dass ich dich von deinen Spielen wegholen musste«, sagte er.

Sie verweilte auf der Schwelle, da sie nicht sicher war, ob sie gehen oder bleiben sollte. »Ich darf eigentlich nicht hier sein«, meinte sie.

»Oh …«, sagte er und rollte die Augen nach oben, bis nur noch das Weiße zu sehen war. »Bitte geh nicht.«

Sie dachte, dass er komisch aussah, mit seinem fleckigen Jackett und den aufwärts gerollten Augen.

»Wenn Marilyn herausfindet, dass ich hier bin …«

»Ist das deine Schwester?«

»Meine Mutter. Sie würde mich schlagen.«

Der Mann sah zerknirscht drein. »Das sollte sie nicht tun«, sagte er.

»Tut sie aber.«

»Eine Schande«, sagte er traurig.

»Oh, sie wird es nicht herausfinden«, beruhigte Sharon ihn. Ihr Gerede, geschlagen zu werden, hatte den Mann mehr aus der Fassung gebracht, als sie beabsichtigt hatte. »Niemand weiß, dass ich hier bin.«

»Gut«, sagte er. »Ich möchte nicht, dass du meinetwegen leiden musst.«

»Warum sind Sie gefesselt?«, fragte sie. »Ist das ein Spiel?«

»Ja, das ist es. Sag mir, wie heißt du?«

»Sharon.«

»Du hast ganz Recht, Sharon, es ist ein Spiel. Aber ich möchte es nicht mehr spielen. Es fängt an, mir wehzutun. Da, sieh doch selbst.«

Er hob die Hände, so weit er konnte, um ihr zu zeigen, wo die Fesseln ins Fleisch schnitten. Ein Fliegenschwarm, von der Bewegung aufgeschreckt, schwirrte um seinen Kopf.

»Kannst du gut Knoten aufmachen?«, fragte er sie.

»Nicht besonders.«

»Könntest du es versuchen? Für mich?«

»Ich glaube schon«, sagte sie.

»Ich fühle mich sehr müde. Komm herein, Sharon. Schließ die Tür.«

Sie tat, worum er sie gebeten hatte. Hier war keine Gefahr. Nur ein Geheimnis (oder vielleicht zwei: Tod und Männer), und sie wollte mehr wissen. Außerdem war der Mann krank. In seinem derzeitigen Zustand konnte er ihr nichts tun. Je näher sie an ihn herantrat, desto schlimmer sah er aus. Seine Haut war voller Blasen, Tropfen von etwas, das wie schwarzes Öl aussah, quollen aus seiner Gesichtshaut. Unter dem starken Parfümgeruch nahm sie etwas Bitteres wahr. Sie wollte ihn nicht berühren, so Leid er ihr tat.

»Bitte …«, sagte er und reckte ihr die gefesselten Hände entgegen. Die aufgeschreckten Fliegen summten herum. Es waren sehr viele, und sie waren alle an ihm interessiert, an seinen Augen, seinen Ohren.

»Ich sollte einen Arzt holen«, sagte sie. »Ihnen geht es nicht gut.«

»Dazu ist keine Zeit«, beharrte er. »Binde mich einfach los, dann werde ich selbst einen Doktor aufsuchen, und keiner wird erfahren, dass du hier gewesen bist.«

Sie nickte, weil sie die Logik seiner Worte einsah, und näherte sich ihm durch die Fliegenschwärme, um seine Fesseln zu öffnen. Ihre Finger waren nicht kräftig, und die Nägel bis zum Fleisch abgebissen, aber sie arbeitete zielstrebig an den Fesseln, und während sie sich abmühte, hatte sie die glatte Stirn in reizende Falten gelegt. Ihre Bemühungen wurden durch den Strom gallertartiger Flüssigkeit aus seinen Gelenken behindert, die alles verklebte. Manchmal wandte sie ihm ihre Mandelaugen zu; er überlegte, ob sie den Verfall begreifen konnte, der vor ihren Augen stattfand. Wenn ja, dann war sie zu sehr mit den Knoten bemüht, um es sich anmerken zu lassen; entweder das, oder sie band ihn wissentlich los, sich der Macht bewusst, die sie damit freisetzte.

Nur einmal zeigte sie eine Spur von Angst, als etwas in seiner Brust zu versagen schien, als sich ein Stück der inneren Maschinerie in seinen Eingeweiden in Flüssigkeit verwandelte. Er hustete und stieß dabei Atem aus, mit dem verglichen eine Jauchegrube wie Primeln duftete. Sie wandte den Kopf ab und verzog das Gesicht. Er entschuldigte sich höflich, und sie bat ihn, das nicht noch einmal zu tun, dann wandte sie sich wieder ihrem Problem zu. Er wartete geduldig, da er wusste, jeder Versuch, sie zu größerer Eile anzutreiben, würde nur ihre Konzentration stören. Mit der Zeit kam sie dem Rätsel auf die Spur, und die Fesseln begannen sich zu lösen. Sein Fleisch, das mittlerweile die Beschaffenheit weicher Seife angenommen hatte, löste sich vom Knochen der Handgelenke, als er die Hände aus den Schlingen zog.

»Danke«, sagte er. »Danke. Du warst sehr freundlich.«

Er beugte sich hinab, um die Fußfesseln zu lösen; sein Atem, oder was dafür galt, rasselte schleimig in der Brust.

»Ich gehe jetzt«, sagte sie.

»Noch nicht, Sharon«, antwortete er; das Sprechen fiel ihm immer schwerer. »Bitte geh noch nicht.«

»Aber ich muss nach Hause.«

Der Rasierklingenesser betrachtete ihr milchweißes Gesicht: Sie sah so zerbrechlich aus, wie sie da unter der Glühbirne stand. Als die Fesseln gelöst waren, hatte sie sich aus seiner Reichweite entfernt, als regten sich ihre anfänglichen Bedenken wieder. Er versuchte zu lächeln, er wollte ihr versichern, dass alles in Ordnung war, aber sein Gesicht gehorchte ihm nicht mehr. Fett und Muskeln hingen schlaff an seinem Schädel; die Lippen waren gefühllos. Worte, spürte er, würde er bald keine mehr formen können. Künftig würde er sich mit Zeichen verständigen müssen. Er betrat eine reinere Welt – der Symbole und Rituale –, eine Welt, in die die Rasierklingenesser in Wahrheit gehörten.

Er hatte die Füße befreit. Innerhalb eines Augenblicks konnte er das Zimmer zu ihr durchqueren. Selbst wenn sie sich umgedreht hätte und davongelaufen wäre, hätte er sie erwischen können. Niemand war Zeuge; und selbst wenn, welche Strafe hätten sie ihm auferlegen können? Er war tot.

Er ging auf sie zu.

Das kleine lebende Ding stand in seinem Schatten und unternahm keinen Versuch, vor ihm zu fliehen. Hatte auch sie sich ihre Chancen ausgerechnet und eingesehen, wie sinnlos ein Fluchtversuch gewesen wäre? Nein; sie vertraute ihm ganz einfach.

Er streckte eine schmutzige Hand aus, um ihren Kopf zu streicheln. Sie hielt den Atem an, machte aber keinen Versuch, der Berührung auszuweichen. Er sehnte sich nach dem Kontakt, damit er ihre Gestalt fühlen konnte. Sie war so vollkommen; welch ein Segen wäre es gewesen, ein Stück von ihr in sich aufzunehmen, ihr einen Beweis der Liebe an den Pforten des Paradieses zu geben.

Aber ihr Anblick musste genügen. Ihn würde er mit sich nehmen, ja, damit würde er sich zufrieden geben; nur ihre süße Ernsthaftigkeit als Gabe, wie Münzgeld, mit dem er seine Überfahrt bezahlen konnte.

»Leb wohl«, sagte er und ging schwankenden Schrittes zur Tür.

Sie eilte ihm voraus, öffnete die Tür und führte ihn die Treppe hinab. In einem der angrenzenden Zimmer schrie ein Baby, das verzweifelte Heulen eines Babys, das genau weiß, dass niemand kommen wird. Vor der Tür dankte Breer Sharon noch einmal, dann trennten sie sich. Er sah ihr nach, wie sie nach Hause hüpfte. Er für seinen Teil war sich selbst nicht darüber im Klaren – jedenfalls nicht bewusst –, wohin er gehen sollte, oder warum. Aber als er die Treppe hinuntergegangen war und auf dem Gehweg stand, trugen seine Füße ihn in eine Richtung, in der er noch nie gewesen war, und er verirrte sich auch nicht, obwohl er bald durch völlig unbekanntes Gelände ging. Jemand rief ihn. Ihn, seine Machete und sein graues Gesicht. Er ging so schnell, wie seine Anatomie es zuließ, ein von der Geschichte gerufener Mann.

70

Whitehead hatte keine Angst vor dem Sterben; er hatte nur Angst, im Sterben könnte er feststellen, dass er nicht lange genug gelebt hatte. Das war seine Sorge gewesen, als er Mamoulian in der Diele der Penthouse-Suite gegenüberstand, und das quälte ihn immer noch, als er mit ihm im Foyer saß, das Summen des Verkehrslärms im Rücken.

»Keine Flucht mehr, Joe«, sagte Mamoulian.

Whitehead sagte nichts. Er holte eine große Schüssel voll von Halifax' besten Erdbeeren aus der Ecke, dann kehrte er zu seinem Sessel zurück. Mit seinen geübten Fingern strich er über die Erdbeeren in der Schüssel, suchte sich eine besonders appetitanregende Frucht aus und begann, daran zu knabbern.

Der Europäer sah ihm zu, verriet aber mitnichten seine Gedanken. Die Jagd war zu Ende; nun hoffte er, sie würden sich vor dem Ende noch eine Weile über die alten Zeiten unterhalten können. Aber er wusste nicht, wo er beginnen sollte.

»Sag mir«, meinte Whitehead und aß genussvoll eine Erdbeere, »hast du ein Pack mitgebracht?« Mamoulian sah ihn an.

»Karten, keine Hunde«, erklärte der alte Mann.

»Gewiss«, antwortete der Europäer. »Wie immer.«

»Und spielen diese prachtvollen Jungs?«, fragte er weiter und deutete zu Chad und Tom, die am Fenster standen.

»Wir kamen wegen der Sintflut«, sagte Chad.

Der alte Mann runzelte die Stirn. »Was hast du ihnen erzählt?«, fragte er den Europäer.

»Sie haben sich alles selbst ausgedacht«, entgegnete Mamoulian.

»Das Ende der Welt ist nahe«, sagte Chad, der sich sein Haar mit an Besessenheit grenzender Sorgfalt kämmte und zur Schnellstraße hinüberstarrte; den beiden Männern hatte er den Rücken zugekehrt. »Wussten Sie das nicht?«

»Tatsächlich?«, fragte Whitehead.

»Die Sünder werden vernichtet werden.«

Der alte Mann stellte die Schüssel mit den Erdbeeren weg. »Und wer wird richten?«, fragte er.

Chad ließ das Kämmen sein. »Gott im Himmel«, sagte er.

»Können wir nicht darum spielen?«, antwortete Whitehead. Chad drehte sich verwirrt zu ihm um, aber die Frage hatte nicht ihm gegolten, sondern dem Europäer.

»Nein«, sagte Mamoulian.

»Um der alten Zeiten willen«, drängte Whitehead. »Nur ein Spiel.«

»Dein spielerisches Können würde mich beeindrucken, Pilger«, antwortete Mamoulian, »wenn es nicht so offensichtlich ein Hinhaltemanöver wäre.«

»Also möchtest du nicht spielen?«

Mamoulians Augen leuchteten. Er lächelte fast, als er sagte: »Doch. Selbstverständlich werde ich spielen.«

»Nebenan, im Schlafzimmer, steht ein Tisch. Soll einer deiner Lustknaben ihn holen?«

»Keine Lustknaben.«

»Dazu bist du zu alt, nicht?«

»Beide sind gottesfürchtige Männer. Was man von dir nicht sagen kann.«

»Das war immer mein Problem«, sagte Whitehead, der die Zurechtweisung grinsend zur Kenntnis nahm. Wie in alten Zeiten. Ironische Bemerkungen wurden gewechselt, süß-saure Anspielungen eingeflochten; jeder gemeinsame Augenblick war von dem Wissen erfüllt, dass die Worte Gefühlstiefen verbargen, die einen Dichter beschämt hätten.

»Könntest du den Tisch holen?«, bat Mamoulian Chad. Er bewegte sich nicht. Der Kampf zwischen den beiden Männern interessierte ihn zu sehr. Den Großteil seiner Bedeutung verstand er nicht, aber die Spannung im Raum war unmissverständlich. Etwas Ehrfurchtgebietendes lauerte drohend am Horizont; vielleicht eine Flutwelle, vielleicht nicht.

»Geh du«, sagte er zu Tom, da er nicht bereit war, die Kontrahenten einen Augenblick aus den Augen zu lassen. Tom, der froh war, dass er eine Beschäftigung hatte, um seinen Verstand von den Zweifeln abzulenken, gehorchte.

Chad lockerte den Knoten seiner Krawatte, was für ihn etwa so war, als habe er sich nackt ausgezogen. Er grinste Mamoulian an.

»Sie werden ihn töten, richtig?«, fragte er.

»Was meinst du?«, entgegnete Mamoulian.

»Was ist er? Der Antichrist?«

Whitehead gluckste vergnügt über diese absurde Vorstellung. »Du hast ihnen erzählt …«, frotzelte er den Europäer.

»Ist er das?«, drängte Chad. »Sagen Sie es mir. Ich kann die Wahrheit ertragen.«

»Ich bin etwas Schlimmeres als das, Junge«, sagte Whitehead.

»Schlimmer?«

»Möchtest du eine Erdbeere?« Whitehead griff nach der Schüssel und hielt sie dem Jungen hin. Chad warf Mamoulian einen Blick zu.

»Er hat sie nicht vergiftet«, versicherte ihm der Europäer.

»Sie sind frisch. Nimm sie. Geh ins Wohnzimmer und lass uns in Frieden.«

Tom war mit einem kleinen Tisch zurückgekommen, den er in der Mitte des Zimmers abstellte.

»Wenn ihr ins Badezimmer geht«, sagte Whitehead, »findet ihr eine Menge Alkoholika. Hauptsächlich Wodka. Aber ich glaube, auch ein wenig Cognac.«

»Wir trinken nicht«, sagte Tom.

»Macht eine Ausnahme«, antwortete Whitehead.

»Warum nicht?«, sagte Chad, der den Mund voller Erdbeeren hatte. »Verflucht, warum eigentlich nicht? Es ist das Ende der Welt, oder?«

»Richtig«, sagte Whitehead nickend. »Und jetzt geht und esst und trinkt und spielt aneinander herum.«

Tom starrte Whitehead an, der ihn in spöttischer Zerknirschung ansah. »Tut mir Leid, ist euch etwa auch verboten zu masturbieren?«

Tom gab einen angeekelten Laut von sich und verließ das Zimmer.

»Dein Freund ist unglücklich«, sagte Whitehead zu Chad. »Geh, nimm die restlichen Früchte. Führe ihn in Versuchung.«

Chad war nicht sicher, ob er verspottet wurde oder nicht, aber er nahm die Schüssel und folgte Tom zur Tür. »Sie werden sterben«, sagte er als Abschiedswort zu Whitehead. Dann schloss er die Tür.

Mamoulian hatte ein Pack Karten auf den Tisch gelegt. Nicht das pornografische Spiel; das hatte er in der Caliban Street vernichtet, zusammen mit seinen wenigen Büchern. Das Spiel auf dem Tisch war viele Jahrhunderte älter als das andere Spiel. Die Gesichter waren handkoloriert, die Illustrationen auf den Bildkarten linkisch ausgeführt.

»Werde ich?«, fragte Whitehead, der Chads abschließende Bemerkung aufgriff.

»Was?«

»Sterben.«

»Bitte, Pilger …«

»Joseph. Nenn mich Joseph, wie immer.«

»… erspare uns beiden das.«

»Ich möchte leben.«

»Selbstverständlich.«

»Was zwischen uns passiert ist – hat dir doch nicht geschadet, oder?«

Mamoulian hielt Whitehead die Karten hin, damit er mischen und abheben konnte; als das Angebot ausgeschlagen wurde, tat er es selbst und mischte die Karten mit der unverletzten Hand.

»Also. Hat es?«

»Nein«, antwortete der Europäer. »Nein. Eigentlich nicht.«

»Nun denn. Warum möchtest du *mir* schaden?«

»Du hast meine Motive missverstanden, Pilger. Ich kam nicht hierher, um Rache zu nehmen.«

»Warum dann?«

Mamoulian begann, die Karten für Black Jack auszugeben. »Um unseren Handel zu Ende zu bringen natürlich. Ist das so schwer einzusehen?«

»Ich habe keinen Handel getroffen.«

»Du hast mich betrogen, Joseph, um eine Menge Leben. Du hast mich weggeworfen, als ich dir nicht mehr nützlich war, und hast mich verkommen lassen. Das alles verzeihe ich dir, denn es gehört der Vergangenheit an. Aber der Tod, Joseph …«, er hörte auf zu mischen, »… der ist in der Zukunft. Der nahen Zukunft. Und ich werde nicht allein sein, wenn ich gehe.«

»Ich habe mich entschuldigt. Wenn du Taten der Wiedergutmachung möchtest, dann nenne sie mir.«

»Nichts.«

»Möchtest du meine Eier? Meine Augen? Nimm sie dir.«

»Spiel das Spiel, Pilger.«

Whitehead stand auf. »Ich will nicht spielen!«

»Aber du hast mich darum gebeten.«

Whitehead betrachtete die auf dem Tisch ausgebreiteten Karten.

»Damit hast du mich hierher gebracht«, sagte er. »Mit diesem verfluchten Spiel.«

»Setz dich, Pilger.«

»Hast mich die Qualen der Verdammten leiden lassen.«

»Habe ich das?« Aus Mamoulians Stimme klang Besorgnis. »Hast du *wirklich* gelitten? Wenn ja, dann tut es mir aufrichtig Leid. Der Sinn der Versuchung besteht sicher darin, dass einige der Waren den Preis wert sind.«

»Bist du der Teufel?«

»Du weißt, dass ich das nicht bin«, sagte Mamoulian, den diese neue Melodramatik zu verdrießen schien. »Jeder Mensch ist sein eigener Mephistopheles, meinst du nicht auch? Wenn ich nicht dahergekommen wäre, hättest du mit einer anderen Macht einen Pakt abgeschlossen. Und du hättest dein Vermögen bekommen, und deine Frauen, und deine Erdbeeren. All die Qualen, die ich dich leiden ließ.«

Whitehead lauschte der singenden Stimme, die diese ironischen Bemerkungen von sich gab. Selbstverständlich hatte er nicht gelitten. Er hatte ein Leben voller Vergnügen gelebt. Mamoulian las ihm den Gedanken vom Gesicht ab.

»Wenn ich *wirklich* gewollt hätte, dass du leidest«, sagte er mit schlangengleicher Langsamkeit, »dann hätte ich dieses Vergnügen schon vor vielen Jahren haben können, und das weißt du genau.«

Whitehead nickte. Die Kerze, die der Europäer nun auf den kleinen Tisch neben die Karten stellte, flackerte.

»Was ich von dir möchte, ist etwas ungleich Dauerhafteres als Leiden«, sagte Mamoulian. »Und nun spiele. Meine Finger jucken.«

71

Marty stieg aus dem Auto aus und sah mehrere Sekunden zum düster vor ihm aufragenden Hotel Pandämonium empor. Es war nicht vollkommen dunkel. Ein wenn auch winziges Licht leuchtete in einem der Fenster der Penthouse-Suite. Er durchquerte zum zweiten Mal heute zitternd das Ödland. Seit er die Reise hierher begonnen hatte, hatte Carys keinen Kontakt mehr zu ihm hergestellt. Er fragte sich nicht nach dem Grund ihres Schweigens; dafür gab es zu viele Gründe, und keiner war besonders angenehm.

Als er näher kam, sah er, dass die Eingangstür des Hotels aufgebrochen worden war. Immerhin konnte er nun mühelos eindringen und musste nicht wieder die Feuerleiter hinaufklettern. Er stieg über die verstreuten Bretter durch die verzierte Eingangstür ins Innere des Foyers, wo er eine Weile stehen blieb, um seine Augen an das Dunkel zu gewöhnen, bevor er zögernd die Treppen hinaufging. In der Finsternis war jedes Geräusch, das er von sich gab, wie Gewehrfeuer, schockierend laut. So sehr er sich bemühte, leise zu sein – die Treppe hielt so viele Hindernisse bereit, dass ihm das nicht gelang; er war sicher, der Europäer hörte jeden Schritt, den er machte, und bereitete sich darauf vor, die tödliche Leere über ihn zu hauchen.

Als er die Stelle erreicht hatte, wo er von der Feuerleiter aus eingedrungen war, fiel ihm das Vorankommen leichter. Erst als er die Flure mit den unversehrten Teppichböden erreichte, wurde ihm klar – der Gedanke zauberte ein Lächeln auf seine Lippen –, dass er ohne einen Plan und ohne eine noch so primitive Waffe gekommen war. Er hatte keine Ahnung, wie er Carys befreien sollte, konnte also nur hoffen, dass sie für den Rachefeldzug des Europäers kein lohnendes Ziel mehr war, dass er sie ein paar entscheidende Augenblicke lang übersah. Als er die letzte Treppe vor sich sah, erblickte er sich selbst in einem der Spiegel des Flurs: dünn, unrasiert, Blutflecken im Gesicht, dunkle Blutspuren auf dem Hemd – er sah wie ein Wahnsinniger aus. Dieses Ebenbild, das so sehr dem entsprach, wie er sich selbst sah – verzweifelt, barbarisch –, gab ihm Selbstvertrauen. Er und sein Spiegelbild waren sich darin einig: Er hatte den Verstand verloren.

Zum zweiten Mal, seit sie sich kannten, saßen sie einander an einem Tisch gegenüber und spielten Black Jack. Das Spiel war ereignislos; es schien, als seien ihre Kräfte noch ausgeglichener als damals am Muranowskiplatz, vor mehr als vierzig Jahren. Sie unterhielten sich, während sie spielten. Auch die Unterhaltung war ruhig und undramatisch: Evangeline, wie die Marktpreise in jüngster Zeit verfallen waren, Amerika, nach einiger Zeit sogar Warschau. »Warst du jemals wieder dort?«, fragte Whitehead.

Der Europäer schüttelte den Kopf.

»Schrecklich, was sie getan haben.«

»Die Deutschen?«

»Die Städteplaner.«

Sie spielten weiter. Die Karten wurden gemischt und ausgegeben, gemischt und ausgegeben. Der Windhauch ihrer Bewegungen ließ die Kerze flackern. Mal neigte sich das Glück dem einen zu, dann dem anderen. Die Unterhaltung kam zum Erliegen, dann begann sie erneut; fast banaler Klatsch. Es war, als könnten sie in diesen letzten gemeinsamen Minuten – wo es so viel zu besprechen gab – nichts Bedeutendes zueinander sagen, weil sie fürchteten, es könnte Schleusen öffnen. Nur einmal zeigte die Unterhaltung ihren wahren Hintergrund – sie eskalierte binnen Sekunden aus einer schlichten Bemerkung zu metaphysischen Dimensionen: »Ich glaube, du betrügst«, sagte der Europäer amüsiert.

»Das würdest du wissen. Alle Tricks, die ich kenne, habe ich von dir.«

»Ach, komm.«

»Das stimmt. Alles, was ich über das Betrügen lernte, erfuhr ich von dir.«

Der Europäer sah ihn fast geschmeichelt an.

»Selbst jetzt«, sagte Whitehead.

»Was, selbst jetzt?«

»Betrügst du, nicht? Du solltest nicht mehr am Leben sein, nicht in deinem Alter.«

»Das stimmt.«

»Du siehst immer noch so aus wie in Warschau, von ein paar Kratzern einmal abgesehen. Wie alt bist du. Hundert? Hundertfünfzig?«

»Älter.«

»Und was hat es dir gebracht? Du hast nicht weniger Angst als ich. Du brauchst jemanden, der dir die Hand hält, wenn du stirbst, und du hast dich für mich entschieden.«

»Gemeinsam hätten wir *niemals* sterben müssen.«

»Oh?«

»Wir hätten Welten gründen können.«

»Das bezweifle ich.«

Mamoulian seufzte. »Demnach war alles Gier? Von Anfang an?«

»Größtenteils.«

»Du hast dich niemals bemüht, alles zu verstehen.«

»Verstehen? Da gibt es nichts zu verstehen. Das hast du mir beigebracht, gleich in der ersten Lektion: *Alles ist Zufall.*«

Der Europäer warf die Karten hin, da er das Spiel verloren hatte. »… Ja …«, sagte er.

»Noch ein Spiel?«, fragte Whitehead.

»Aber nur eins. Dann müssen wir wirklich gehen.«

Auf der obersten Treppenstufe hielt Marty inne. Die Tür von Whiteheads Suite stand ein wenig offen. Er hatte keine Vorstellung von der Lage der Räumlichkeiten dahinter, deshalb versuchte er, sich an seine frühere Unterredung mit Whitehead zu erinnern. Als sie vorbei gewesen war, hatte er den Eindruck gehabt, als sei Whitehead ein ziemliches Stück gegangen, bevor er eine Tür schloss und damit das Gespräch völlig unterband. Eventuell also ein langer Flur, der einige Möglichkeiten bot, sich zu verstecken. Es hatte keinen Sinn, weiter zu zaudern. Wenn er hier stehen blieb und seine Chancen abschätzte, verstärkte das seine Nervosität nur noch. Er musste handeln.

Vor der Tür selbst blieb er wieder stehen. Drinnen hörte er murmelnde Stimmen, aber gedämpft, als befänden die Sprecher sich hinter verschlossenen Türen. Er legte die Finger an die Tür der Suite und stieß sanft dagegen. Sie öffnete sich ein paar Zentimeter weiter und er spähte ins Innere. Wie er vermutet hatte, führte ein verlassener Flur zur eigentlichen Suite; vier Türen waren zu sehen. Drei waren verschlossen, eine nur angelehnt. Hinter einer der geschlossenen Türen erklangen die Stimmen, die er gehört hatte. Er konzentrierte sich und versuchte, das Murmeln zu verstehen, konnte aber nicht mehr als ab und zu ein Wort hören. Die Gesprächspartner jedoch erkannte er: Einer war Whitehead, der andere Mamoulian. Auch der Ton ihrer Unterhaltung war deutlich: weltmännisch, zivilisiert.

Nicht zum ersten Mal wünschte er sich, so zu Carys gelangen zu können wie sie zu ihm, mit seinen Gedanken allein, um sich mit ihr über die beste Fluchtmöglichkeit zu unterhalten. Wie die Dinge standen, unterlag alles – wie immer – dem Zufall. Oder vielleicht doch dem Schicksal?

Er ging den Flur entlang zur ersten Tür, die er zögernd öffnete. Das Schloss klickte vernehmlich, aber die Stimmen setzten ihre Unterhaltung ungerührt fort und schienen seine Anwesenheit nicht zu bemerken. Das Zimmer, in das er blickte, war eine Garderobe, weiter nichts. Er schloss die Tür und ging ein Stück weiter den mit Teppichboden ausgelegten Flur entlang. Hinter der angelehnten Tür konnte er Bewegungen hören, dann das Klirren von Glas. Ein Kerzenschatten, den jemand im Inneren warf, glitt über die Wand. Er stand vollkommen still und war nicht bereit, nun, da er so weit gekommen war, auch nur einen Schritt zurückzuweichen; aus dem angrenzenden Raum waren Stimmen zu hören.

»Scheiße, Chad«, sagte jemand fast unter Tränen. »Was, verflucht, tun wir hier? Ich kann kaum klar denken!«

Der Einwand wurde mit Gelächter beantwortet. »Du musst auch nicht denken. Wir tun Gottes Arbeit hier, Tommy. Trink aus.«

»Etwas Schreckliches wird geschehen«, sagte Tom.

»Verdammt richtig«, entgegnete Chad. »Was meinst du, weswegen wir hier sind? Und jetzt trink.«

Marty hatte die Identität dieses Paares schnell herausgefunden. Sie taten Gottes Arbeit, Mord inbegriffen. Er hatte gesehen, wie sie im Schein der Nachmittagssonne Eis kauften, die blutigen Messer sicher verwahrt. Aber seine Furcht war stärker als der Wunsch nach Rache. Er hatte auch so nur geringe Chancen, hier lebend herauszukommen.

Nun blieb nur noch eine Tür zu untersuchen, diejenige, die dem Zimmer der jungen Amerikaner direkt gegenüberlag. Wenn er sie erreichen wollte, musste er an der angelehnten Tür vorbei.

Die lässige Stimme erklang wieder.

»Du siehst aus, als müsstest du gleich kotzen.«

»Warum lässt du mich nicht in Ruhe?«, fragte die andere Stimme.

Er schien sich zu entfernen, oder war das nur Wunschdenken? Dann folgten unmissverständliche würgende Laute. Marty hielt den Atem an. Würde der Junge dem anderen zu Hilfe eilen? Er hoffte es.

»Alles klar, Tommy?« Die Stimme veränderte ihr Klangbild, als sich der Sprecher bewegte. Ja, er wich von der Tür zurück. Marty nutzte die Gelegenheit, löste sich von der Wand, huschte zur letzten Tür, öffnete sie und trat ein.

Das Zimmer, das er betrat, war nicht groß, aber dunkel. Im spärlichen Licht konnte er gerade eine Gestalt ausmachen, die zusammengerollt auf dem Fußboden lag. Es war Carys. Sie schlief; ihr Atem ging flach und regelmäßig.

Er trat zu ihr hin. Wie sollte er sie wecken; das war das Problem. Nebenan, durch eine Wand getrennt, befand sich der Europäer. Gab sie auch nur den leisesten Laut von sich, wenn er sie weckte, würde er das ganz sicher hören. Und wenn nicht er, dann mit Sicherheit die beiden Amerikaner.

Er ließ sich auf die Fußballen nieder, legte ihr sanft die Hand auf den Mund und berührte sie an der Schulter. Sie schien nur widerstrebend zu erwachen, runzelte im Schlaf die Stirn und murmelte einen Protest. Er beugte sich weiter zu ihr hinab und ging das Risiko ein, ihr leise ihren Namen ins Ohr zu flüstern. Das funktionierte. Sie riss die Augen auf wie ein erschrockenes Kind; ihr Mund formte einen Schrei an seiner Handfläche. Einen Sekundenbruchteil, bevor sie ihn ausstieß, erkannte sie ihn. Er zog die Hand weg. Kein Willkommenslächeln; ihr Gesicht war bleich und grimmig, aber sie berührte seine Lippen mit den Fingerspitzen. Er stand auf und hielt ihr die Hand hin.

Nebenan hatte plötzlich ein lauter Wortwechsel begonnen. Stimmen ertönten, die sich gegenseitig Vorwürfe machten; Möbel wurden umgeworfen; Mamoulian rief nach Chad. Schritte aus dem Badezimmer erklangen.

»Verdammt!« Es blieb keine Zeit für taktisches Nachdenken. Sie mussten versuchen zu entkommen und alles akzeptieren, was der Augenblick ihnen bringen mochte, gut oder schlecht. Er zog Carys auf die Beine und zerrte sie zur Tür. Während er die Klinke niederdrückte, sah er über die Schulter, ob sie ihm folgen würde, aber ihr Gesicht war vor Entsetzen verzerrt. Er wandte sich wieder der Tür zu – und direkt davor stand St. Thomas, auf dessen Kinn die Spuren von Erbrochenem zu sehen waren. Er war offenbar ebenso verblüfft, Marty zu sehen, wie dieser über seine Anwesenheit. Marty nutzte die Schrecksekunde, trat auf den Flur und stieß den Amerikaner gegen die Brust. Tom fiel nach hinten, das Wort »Chad!« kam ihm über die Lippen, während er durch die Tür ins gegenüberliegende Zimmer stürzte und dabei eine Schüssel mit Erdbeeren umstieß. Die Früchte rollten davon.

Marty kam geduckt aus der Tür des Ankleidezimmers heraus, aber der Amerikaner erlangte das Gleichgewicht schneller als erwartet wieder und packte ihn am Hemd. Dieser Angriff genügte, Martys Flucht zu verlangsamen, und als er sich umdrehte, um die Hand wegzustoßen, sah er, wie der andere Amerikaner aus dem Zimmer kam, in dem sich die alten Männer befanden. Die Augen des jungen Mannes waren von Angst einflößender Gelassenheit erfüllt, während er sich Marty näherte.

»Lauf!«, rief er Carys zu, aber der blonde Gott hielt sie auf, als sie in den Flur stürmte, stieß sie mit einem gehauchten ›Nein‹ wieder zurück, woher sie gekommen war, und näherte sich dann weiter Marty. »Halt sie auf«, befahl er seinem Gefährten, während er sich an Marty hielt. Tom verschwand zu Carys, und er konnte Laute eines Kampfes hören, aber Marty hatte keine Gelegenheit, diese zu analysieren, da Chad ihm einen Schlag in den Magen versetzte. Marty, den die überstürzenden Ereignisse so aus der Fassung gebracht hatten, dass er keine Zeit mehr hatte, sich auf die Schmerzen einzustellen, stöhnte und stürzte gegen die Tür der Suite, die er zuschlug. Der blonde Junge folgte ihm durch den Flur, und durch seine tränenverschleierten Augen konnte Marty gerade noch sehen, wie er zum nächsten Schlag ausholte, bevor er ihn traf. Den dritten und vierten sah er nicht. Zwischen den Schlägen und Tritten hatte er keine Zeit mehr, aufzustehen und Atem zu holen. Der wohl genährte Junge, der ihn bedrängte, war gewandt und kräftig und Marty mehr als ebenbürtig. Er begann sich vergebens zu wehren, er war so verdammt müde und erschöpft. Seine Nase hatte wieder zu bluten begonnen, und diese gelassenen Augen wandten keinen Blick von ihm, während die Fäuste seinen Körper grün und blau prügelten. Die Augen waren so ruhig, als wäre der Junge ins Gebet versunken. Aber es war Marty, der auf den Knien lag, Marty, dessen Kopf gewaltsam zurückgerissen wurde, als der blonde Junge ihn anspuckte; Marty, der sagte »Helft mir« – oder eine verstümmelte Version dieser Worte –, bevor er zusammenbrach.

Mamoulian trat aus dem Spielzimmer und überließ den Pilger seinen Tränen. Er hatte getan, worum der alte Mann ihn gebeten hatte – sie hatten ein paar Spiele gespielt, um der alten Zeiten willen. Aber nun war die Zeit abgelaufen. Und was sollte dieses Chaos im Flur, die verschlungenen Gliedmaßen vor der Eingangstür, das Blut an den Wänden? Ah, es war also Strauss. Irgendwie hatte der Europäer damit gerechnet, dass jemand zu spät zur Feier erscheinen würde, aber wer, das hatte auch er nicht vorhersehen können. Er ging den Flur hinab, um festzustellen, wie viel Schaden angerichtet worden war, und sah seufzend auf das entstellte, von Speichel besudelte Gesicht hinab. St. Chad, dessen Fäuste blutig waren, schwitzte ein wenig; der Geruch, der von diesem jungen Löwen ausging, war süßlich.

»Er wäre fast entkommen«, sagte der Heilige.

»Wahrhaftig«, sagte der Europäer und bedeutete dem Jungen mit einer Geste, ihm Platz zu machen.

Marty sah aus seiner am Boden liegenden Haltung zum Letzten Europäer hinauf. Die Luft zwischen ihnen schien zu kribbeln. Marty wartete. Der tödliche Hieb würde sicher gleich erfolgen. Aber nichts geschah, lediglich die leeren Augen betrachteten ihn ausdruckslos. Selbst in seinem angeschlagenen Zustand konnte Marty die Tragik in Mamoulians Gesicht sehen. Es entsetzte ihn nicht mehr länger, aber es faszinierte ihn. Dieser Mann war der Ursprung des Nichts, welches er in der Caliban Street fast nicht überlebt hatte. Lauerte nicht ein Hauch dieser grauen Luft in seinen Augenhöhlen und quoll aus seinen Nasenlöchern und dem Mund heraus, als würde ein Feuer in seinem Kopf schwelen?

In dem Zimmer, wo er und der Europäer Karten gespielt hatten, huschte Whitehead zu seinem behelfsmäßigen Bett hinüber. Die Geschehnisse im Flur lenkten die Aufmerksamkeit einen nützlichen Augenblick von ihm ab. Er glitt mit der Hand unter das Kissen und holte die Pistole hervor, die er dort versteckt hatte, dann schlüpfte er ins angrenzende Ankleidezimmer und versteckte sich hinter dem Schrank. Von hier aus konnte er St. Thomas und Carys in der Diele stehen sehen, wo sie die Geschehnisse an der Eingangstür verfolgten; beide waren zu sehr darauf konzentriert, um ihn in dem halbdunklen Zimmer zu bemerken.

»Ist er tot?«, fragte Tom aus der Entfernung.

»Wer weiß?«, hörte Whitehead Mamoulian antworten. »Schafft ihn aus dem Weg, ins Badezimmer.«

Whitehead beobachtete, wie Strauss' Gestalt an der Tür vorbeigeschleppt und ins Badezimmer gebracht wurde, wo sie ihn einfach fallen ließen. Mamoulian ging auf Carys zu. »Du hast ihn hierher geholt«, sagte er nur.

Sie antwortete nicht. Whiteheads Hand, die die Waffe hielt, juckte.

Mamoulian hätte ein einfaches Ziel abgegeben, aber Carys stand im Weg. Würde eine Kugel, die er ihr in den Rücken schoss, sie durchdringen und auch noch den Europäer treffen?

Der Gedanke, so abstoßend er war, musste in Erwägung gezogen werden: Überleben war alles. Aber der Augenblick des Zögerns hatte ihn um die Chance gebracht. Der Europäer geleitete Carys zum Spielzimmer, und damit von ihm fort. Einerlei, damit war der Weg freigemacht worden.

Er glitt aus seinem Versteck und eilte zur Tür des Ankleidezimmers. Als er den Flur betrat, hörte er Mamoulian sagen: »Joseph?«

Whitehead rannte die paar Meter zur Eingangstür, er wusste, die Chance, ohne Gewaltanwendung zu entkommen, war praktisch null. Er ergriff die Klinke und drückte sie nieder.

»Joseph«, sagte die Stimme hinter ihm.

Whiteheads Hand erstarrte, als er spürte, wie sich unsichtbare Finger in seinen Nacken bohrten. Er achtete nicht darauf und drückte die Klinke nieder. Sie entglitt seiner schweißnassen Hand. Der Gedanke, der auf seinen Nacken drückte, verstärkte seinen Druck, die Drohung war unmissverständlich. Nun denn, dachte er, die Entscheidung wurde mir aus der Hand genommen. Er gab die Klinke frei, drehte sich ganz um und stellte sich dem Kartenspieler. Whitehead stand am Ende des Flurs, in dem es dunkler zu werden schien; dieser wurde zum Tunnel, der aus Mamoulians Augen zu strömen schien. So überzeugende Illusionen. Aber eben nichts weiter: *Illusionen.* Er konnte ihnen lange genug widerstehen, um ihren Erzeuger schwankend zu machen. Whitehead hob die Pistole und richtete sie auf den Europäer, und ohne dem Kartenspieler noch einen Augenblick Zeit zu geben, ihn umzustimmen, schoss er. Der erste Schuss traf Mamoulian in die Brust, der zweite in den Magen. Verwirrung machte sich auf dem Gesicht des Europäers breit. Blut aus den Wunden färbte sein Hemd rot. Aber er fiel nicht um. Stattdessen sagte er mit einer so unbeteiligten Stimme, als wären die Schüsse gar nicht abgefeuert worden: »Möchtest du hinausgehen, Pilger?«

Die Türklinke hinter Whitehead begann zu klirren. »Ja.«

»Dann geh.«

Whitehead trat von der Tür zurück, die mit solcher Wucht aufgeschleudert wurde, dass die Klinke sich in die Wand bohrte. Der alte Mann wandte sich von Mamoulian ab, um zu fliehen, doch bevor er einen Schritt machen konnte, wurde das Licht im Flur hineingesogen in die undurchdringliche Schwärze jenseits der Tür, und Whitehead musste zu seinem Entsetzen erkennen, dass das Hotel hinter der Tür verschwunden war. Keine Teppiche und Spiegel waren mehr draußen; keine Treppen führten ins Freie. Nur eine Wildnis, die er vor einem halben Jahrhundert durchquert hatte: ein Platz, ein Himmel voll blinkender Sterne.

»Geh hinaus«, sagte der Europäer. »Das hat all die Jahre auf dich gewartet. Geh hinaus! *Geh!*«

Der Boden unter Whiteheads Füßen schien schlüpfrig geworden zu sein; er spürte, wie er der Vergangenheit entgegenrutschte. Frische Luft wehte ihm von draußen ins Gesicht, in den Flur herein. Sie roch nach Frühling, nach der Weichsel, die zehn Minuten Fußmarsch von hier entfernt dem Meer entgegenfloss; und auch nach Blüten roch sie. Was er für Sterne gehalten hatte, waren Blütenblätter, weiße Blütenblätter, die der Wind aufwirbelte und ihm entgegenwehte. Der Anblick der Blüten war so überzeugend, dass er ihn nicht ignorieren konnte, und daher ließ er sich von ihnen zurückführen in diese wunderbare Nacht, als die Welt ihm ein paar Stunden lang ganz allein zu gehören schien. Noch während sich seine Sinne auf die Nacht einstellten, erschien der Baum, so phänomenal, wie er ihn sich immer vorgestellt hatte, sein weißes Haupt zitterte sanft. Jemand lauerte im Schatten unter den überladenen Zweigen; jede kleinste Bewegung löste einen erneuten Schauer aus. Sein verzauberter Verstand unternahm einen letzten Versuch, die Realität des Hotels zu erleben, und er griff nach der Tür der Suite, aber in der Dunkelheit verfehlte er sie. Er hatte keine Zeit mehr, noch einmal hinzuschauen. Der verborgene Zuschauer trat aus dem Schatten unter den Zweigen heraus. Whitehead erlebte das Gefühl des *Déjà vu*, aber als er zum ersten Mal hier gewesen war, hatte er den Mann unter dem Baum nur undeutlich und flüchtig gesehen. Diesmal kam der zögernde Wachtposten aus seiner Deckung hervor. Mit einem Begrüßungslächeln zeigte Leutnant Konstantin Wassiliew ihm, dem Besucher aus der Zukunft, sein verbranntes Gesicht. Heute Nacht verschwand der Leutnant nicht zu einem Stelldichein mit einer toten Frau; heute Nacht würde er den Dieb umarmen, der runzlig und bärtig geworden war, aber auf den er ein ganzes Leben lang gewartet hatte.

»Wir dachten schon, du würdest nie kommen«, sagte Wassiliew. Er stieß einen Zweig beiseite und trat ganz ins tote Licht dieser außergewöhnlichen Nacht. Er war stolz, dass er sich zeigen konnte, wenngleich sein Haar vollkommen weggebrannt, das Gesicht schwarz und rot und der ganze Körper durchlöchert war. Seine Hose war offen, das Glied erigiert. Vielleicht würden sie später gemeinsam zu seiner Geliebten gehen, er und der Dieb. Wodka trinken, wie alte Freunde. Er grinste Whitehead an. »Ich sagte ihnen, dass du wiederkommen würdest. Ich wusste es. Um uns wieder zu sehen.«

Whitehead riss die Pistole hoch, die er immer noch in der Hand hatte, und schoss auf den Leutnant. Durch diesen

Gewaltakt wurde die Illusion nicht unterbrochen, lediglich verändert. Rufe – in Russisch – hallten über den Platz.

»Sieh nur, was du angerichtet hast«, sagte Wassiliew. »Nun werden die Soldaten kommen.«

Der Dieb erkannte seinen Irrtum. Nach Beginn der Sperrstunde hatte er noch nie eine Pistole benutzt: Das war eine Aufforderung, festgenommen zu werden. Er hörte ganz in der Nähe die eiligen Schritte schwerer Stiefel.

»Wir müssen uns beeilen«, drängte der Leutnant und spuckte nebenbei die Kugel aus, die er mit den Zähnen aufgefangen hatte.

»Ich komme nicht mit«, sagte Whitehead.

»Aber wir haben so lange gewartet«, antwortete Wassiliew und schüttelte einen Ast, um den nächsten Akt einzuleiten. Der Baum hob die Glieder wie eine Braut und schüttelte seine überreiche Blütenlast ab. Innerhalb von Augenblicken war die Luft von wirbelnden Blättern erfüllt. Als sie sich senkten und ihre Pracht dem Boden überließen, begann der Dieb vertraute Gesichter zu erkennen, die unter den Zweigen warteten. Menschen, die im Lauf der Jahre in diese Einöde gekommen waren, zu diesem Baum, die sich zusammen mit Wassiliew darunter versammelt hatten, um zu verfaulen und zu weinen. Evangeline war darunter, die Verletzungen – so taktvoll verborgen, als sie im Sarg lag – waren nun eindeutig zu erkennen. Sie lächelte nicht, aber sie streckte die Arme aus, um ihn zu umarmen, und ihr Mund formte seinen Namen – »Jojo« –, während sie auf ihn zukam. Auch Bill Toy war dabei, er trug einen Abendanzug, als wäre er unterwegs zur ›Academy‹. Blut tropfte aus seinen Ohren. Neben ihm stand eine Frau im Nachthemd, deren Gesicht von den Lippen bis zu den Brauen aufgeschlitzt worden war. Daneben waren viele andere dabei, manche kannte er, die meisten nicht. Auch die Frau, die ihn zum Kartenspieler geführt hatte, war da, mit entblößten Brüsten, wie er sie in Erinnerung hatte. Ihr Lächeln war noch so beängstigend wie damals. Auch Soldaten hatten sich eingefunden, die wie Wassiliew mit ihm gespielt und verloren hatten. Einer trug zusätzlich zu den Einschusslöchern noch einen Rock, unter dem nun eine Schnauze zum Vorschein kam. Saul – dessen Kadaver verwüstet war – roch seinen Herrn und knurrte.

»Siehst du, wie lange wir gewartet haben?«, sagte Wassiliew.

Die verlorenen Gesichter sahen Whitehead an; alle hatten die Münder geöffnet, doch kein Ton kam heraus.

»Ich kann euch nicht helfen.«

»Wir wollen aufhören zu existieren«, sagte der Leutnant.

»Dann geht.«

»Nicht ohne dich. Er möchte nicht ohne dich sterben.«

Nun endlich begriff der Dieb. Dieser Ort, den er schon in der Sauna im Asyl gesehen hatte, existierte in dem Europäer. Diese Geister waren Geschöpfe, die er verschlungen hatte. Evangeline! Sogar sie! Sie warteten, ihre verfallenen Überreste, in diesem Niemandsland zwischen Fleisch und Tod, bis Mamoulian seiner Existenz überdrüssig wurde, sich niederlegte und verschied. Dann hatten wahrscheinlich auch sie ihre Freiheit. Und bis dahin würden ihre Münder ihm dieses lautlose ›Oh‹ entgegenschreien, ein melancholisches Flehen.

Der Dieb schüttelte den Kopf.

»Nein«, sagte er.

Er würde seinen Atem nicht aushauchen. Nicht für einen ganzen *Hain* von Bäumen, nicht für eine *Nation* verzweifelter Gesichter. Er kehrte dem Muranowskiplatz und den stummen Geistern den Rücken zu. Ganz in der Nähe riefen die Soldaten, bald würden sie hier sein. Er sah zum Hotel zurück. Der Flur des Penthouse war immer noch da, gleich jenseits der Schwelle eines ausgebombten Hauses: eine surrealistische Nebeneinanderstellung von Verfall und Luxus. Er ging über den Kies darauf zu und achtete nicht auf die Befehle der Soldaten, die ihn zum Stehenbleiben aufforderten. Noch lauter aber waren Wassiliews Rufe. »Mistkerl!«, schrie er. Der Dieb achtete nicht auf die Schreie und trat zurück in die Wärme des Flurs, und während er das tat, hob er die Pistole.

»Schnee von gestern«, sagte er. »Damit machst du mir keine Angst.« Mamoulian stand immer noch am anderen Ende des Flurs; die Minuten, die der Dieb auf dem Platz verbracht hatte, waren hier nicht verstrichen. »Ich habe keine Angst!«, rief Whitehead. »Kannst du mich hören, du seelenloses Miststück? *Ich habe keine Angst!*« Er feuerte nochmals, diesmal auf den Kopf des Europäers. Der Schuss traf eine Wange. Blut spritzte. Bevor Whitehead noch einmal abdrücken konnte, begann Mamoulians Vergeltung.

»Es gibt keine Grenzen«, sagte er mit zitternder Stimme, »für das, was ich tun werde!«

Seine Gedanken packten den alten Mann an der Kehle und drückten. Die Gliedmaßen des alten Mannes zuckten, die Pistole fiel ihm aus der Hand; seine Blase und die Eingeweide entleerten sich. Hinter ihm, auf dem Platz, begannen die Geister zu applaudieren. Der Baum schüttelte sich mit solcher Vehemenz, dass die wenigen Blüten, die er noch hatte, in die Luft geschleudert wurden. Ein paar davon schwebten auf die Tür zu und schmolzen auf der Schwelle zwischen Vergangenheit und Gegenwart wie Schneeflocken. Whitehead fiel gegen die Wand. Aus den Augenwinkeln sah er Evangeline, die Blut nach ihm spuckte. Er glitt an der Wand hinab, sein Körper wurde wie von einem heftigen Anfall geschüttelt.

Er sprach nur ein einziges Wort, mit klappernden Kiefern. Er sagte: *»Nein!«*

Marty, der auf dem Boden des Badezimmers lag, hörte, wie er die Weigerung herausbrüllte. Er versuchte sich aufzurichten, war aber nicht bei klarem Bewusstsein, und sein Körper schmerzte von den Schienbeinen bis zum Schädel. Er hielt den Atem an und richtete sich auf die Knie auf. Ihn hatte man eindeutig vergessen; sein Teil an dem Drama war lediglich der einer komischen Einlage gewesen. Mühsam versuchte er aufzustehen, doch seine Beine gaben unter ihm nach, und er stürzte erneut hin, wobei er jeden einzelnen Bluterguss spürte.

Im Flur war Whitehead auf die Fersen gesunken, sein Mund stand offen. Der Europäer näherte sich ihm für den *coup de grâce*, aber Carys unterbrach ihn. »Lassen Sie ihn«, sagte sie.

Mamoulian wurde abgelenkt und drehte sich zu ihr um. Das Blut auf der Wange bildete ein Rinnsal zum Kinn hinab. »Auch du«, murmelte er. »Keine Grenzen.« Carys wich in das angrenzende Zimmer zurück, das Spielzimmer. Die Kerze auf dem Tisch hatte wieder zu flackern begonnen. In der Suite floss freie Energie und die Flamme war davon weiß und fett geworden. Der Europäer sah Carys mit gierigen Augen an. Er wurde von Hunger geplagt – eine instinktive Reaktion auf seinen Blutverlust –, und er sah nur noch eine Nahrungsquelle in ihr. Wie der Dieb: hungrig nach einer weiteren Erdbeere, obwohl sein Magen voll davon war.

»Ich weiß, was Sie sind«, sagte Carys und schirmte seinen Blick ab. Marty vernahm im Badezimmer ihre Worte. Dummheit, dachte er, ihm das zu sagen.

»Ich weiß, was Sie getan haben.«

Der Europäer riss die rauchigen Augen auf.

»Sie sind ein Niemand«, sagte das Mädchen. »Sie sind nur ein Soldat, der einem Mönch begegnete und diesen im Schlaf erwürgte. Was haben Sie, worauf Sie stolz sein können?« Ihre Wut brandete ihm entgegen. »Sie sind niemand. Niemand und *nichts*.«

Er streckte die Hände aus, um sie zu ergreifen. Sie entwich ihm um den Kartentisch herum, aber er warf ihn um, wobei das Pack auf dem Boden verstreut wurde, und bekam sie zu fassen. Sein Griff fühlte sich wie ein riesiger Egel an, der ihr das Blut absaugte und lediglich Leere dafür gab, nur vergebliches Dunkel. Er war wieder der Architekt ihrer Träume.

»Gott steh mir bei!«, hauchte sie. Ihre Sinne versagten,

das Grau strömte in sie hinein. Er zog sie mit einer einzigen Kraftanstrengung aus ihrem Körper heraus und nahm sie in sich auf, worauf er ihre leblose Hülle neben dem umgestürzten Tisch auf den Boden fallen ließ. Mit dem Handrücken wischte er sich den Mund ab und sah zu den Evangelisten auf. Sie standen unter der Tür und starrten ihn an. Seine Gier erfüllte ihn plötzlich mit Übelkeit, denn auch sie war in ihm – vollständig, mit einem Mal –, und das war zu viel. Und die Heiligen machten alles noch schlimmer, sie betrachteten ihn, als sei er etwas Verabscheuungswürdiges. Der Dunkelhaarige schüttelte den Kopf. »Sie haben sie umgebracht«, sagte er. »Sie haben sie umgebracht.«

Der Europäer kehrte den Anschuldigungen den Rücken und lehnte sich mit den Ellbogen an die Wand, wie ein Betrunkener, der dabei ist, sich zu übergeben; sein Nervensystem kochte über. Ihre Präsenz in ihm war eine Qual. Sie gab keine Ruhe, sie tobte und wütete. Und ihre Turbulenzen brachten so viel mehr zutage: Strauss, der seine Eingeweide durchbohrte; die Hunde auf seinen Fersen, die Blut und Rauch freisetzten; und dann, über diese wenigen schrecklichen Monate hinaus, andere Prüfungen; weite Entfernungen und Schnee und Sternenlicht und Frauen und Gier, immer währende Gier. Und unaufhörlich spürte er die bohrenden Blicke der Christen im Rücken.

Einer von ihnen sagte etwas, der blonde Junge, nach dem es ihn früher gelüstet haben mochte. Nach ihm, nach ihr, nach allem.

»Ist das alles?«, wollte er wissen. »Ist das alles, Sie verdammter Lügner? Sie haben uns die Sintflut versprochen.«

Der Europäer presste eine Hand auf den Mund, damit kein Rauch mehr entweichen konnte, und stellte sich eine Flutwelle vor, die über dem Hotel und der Stadt aufragte und im Begriff war, ganz Europa hinwegzuspülen.

»Führe mich nicht in Versuchung«, sagte er.

Im Flur bekam Whitehead, dessen Genick gebrochen war, am Rande mit, dass es nach Parfüm roch. Dort, wo er lag, konnte er den Treppenabsatz vor der Suite sehen. Der Muranowskiplatz mit dem fatalen Baum war längst verblasst, zurück blieben nur die Teppiche und Spiegel. Nun, während er neben der Tür lag, hörte er, wie jemand die Treppe heraufkam. Er erblickte eine Gestalt, die sich im Schatten bewegte: Der Neuankömmling kam langsam, aber entschlossen näher; er zögerte nur einmal, vor der Schwelle, bevor er über Whiteheads reglosen Körper stieg und sich dem Zimmer näherte, in dem die beiden Männer Karten gespielt hatten. Während sie sich beim Spiel unterhalten hatten, hatte der alte Mann eine Weile tatsächlich geglaubt, einen neuen Pakt mit dem Europäer schließen zu können, der unausweichlichen Katastrophe noch eine Weile entkommen zu können. Aber alles war schief gegangen. Sie hatten sich mit Trivialitäten aufgehalten, wie Liebende, und durch eine unbegreifliche Mathematik war das zu dem eskaliert: Tod.

Er rollte sich herum, sodass er in die andere Richtung sehen konnte, den Flur hinab zum Spielzimmer. Carys lag auf dem Fußboden inmitten der verstreuten Karten, er konnte ihre Leiche durch die offene Tür sehen. Der Europäer hatte sie verschlungen! Nun nahm der Neuankömmling ihm die Sicht, als er auf die Tür zustapfte. Von seinem Standort hatte Whitehead sein Gesicht nicht sehen können. Aber er sah die glänzende Machete. Tom sah den Rasierklingenesser vor Chad. Sein nervöser Magen rebellierte angesichts des Geruchs von Sandelholz und Verwesung, und er übergab sich auf das Bett des alten Mannes, als Breer das Zimmer betrat. Er hatte einen langen Weg hinter sich, und die Meilen waren nicht angenehm gewesen, aber nun war er hier.

Mamoulian stand aufrecht an der Wand und starrte Breer an.

Er war nicht völlig überrascht, das verweste Gesicht zu sehen, war sich aber nicht sicher, warum. Hatte sein Verstand den Rasierklingenesser nicht völlig freigegeben, und war er deshalb zu ihm gekommen? Breer sah Mamoulian durch die klare Luft hinweg an, als erwarte er neue Anweisungen, bevor er wieder handelte. Seine Gesichtsmuskeln waren so verfallen, dass jede Bewegung des Augapfels die Haut der Augenhöhlen reißen zu lassen drohte. Er sah aus, dachte Chad – dessen Verstand vom Cognac umnebelt war –, wie ein Mann, aus dem gleich Schmetterlinge hervorquellen würden. Ihre Flügel schlugen von innen gegen die Hülle, ihre Emsigkeit zerschmetterte seine Knochen. Gleich würde ihr unablässiges Flattern ihn zerplatzen lassen, und dann würden sie die Luft erfüllen.

Der Europäer betrachtete die Machete, die Breer in der Hand hielt.

»Warum bist du gekommen?«, wollte er wissen.

Der Rasierklingenesser versuchte zu antworten, aber seine Zunge versagte ihm den Dienst. Nur ein weiches, genuscheltes Wort kam heraus, das ›gut‹ oder ›Kot‹ oder ›Tod‹ heißen konnte.

»Bist du gekommen, um getötet zu werden? Ist es das?«

Breer schüttelte den Kopf. Diese Absicht hatte er nicht, und das wusste auch Mamoulian. Tod war sein kleinstes Problem. Er hob die Klinge an seiner Seite, um seine Absicht kundzutun.

»Ich kann dich auslöschen«, sagte Mamoulian.

Wieder schüttelte Breer den Kopf. »Not«, sagte er, aber Mamoulian interpretierte es als ›Tod‹.

»Tod …«, überlegte Chad. »Herr im Himmel. Der Mann ist tot?«

Mamoulian murmelte etwas Zustimmendes.

Chad lächelte. Vielleicht wurden sie um die versprochene Sintflut betrogen. Vielleicht waren die Berechnungen des Reverend falsch gewesen, und die Sintflut würde noch ein paar Monate auf sich warten lassen. Doch was spielte das für eine Rolle? Er hatte Geschichten zu erzählen – Geschichten! Nicht einmal Bliss mit seinen Worten über Dämonen in der Seele der Hemisphäre hatte sich solche Szenen vorstellen können. Der Heilige sah zu und leckte sich erwartungsvoll die Lippen.

Im Flur gelang es Whitehead, sich drei oder vier Meter vom Eingang wegzuschleppen, und nun sah er Marty, dem es inzwischen gelungen war, sich zu erheben. Marty, der am Türrahmen des Badezimmereingangs lehnte, spürte den Blick des alten Mannes auf sich. Whitehead hob die Hand und winkte ihm. Marty schleppte sich benommen in den Flur, doch seine Anwesenheit wurde von den Akteuren im Spielzimmer ignoriert. Hier draußen war es dunkel; das Licht im Spielzimmer, das flackernde Kerzenlicht, wurde durch die halb geschlossene Tür fast völlig abgehalten.

Marty kniete sich neben Whitehead nieder. Der alte Mann packte sein Hemd.

»Sie müssen sie holen«, sagte er mit fast tonloser Stimme. Seine Augen traten aus den Höhlen, in seinem Bart klebte Blut, und mit jedem Wort kam weiteres heraus, aber sein Griff war stark. »Holen Sie sie, Marty«, zischte er.

»Wovon reden Sie?«

»Er *hat* sie, Marty«, sagte Whitehead. »In sich. Holen Sie sie, um Himmels willen, sonst wird sie für ewig in ihm sein, wie die anderen.« Seine Augen sahen in Richtung der Tür, als er sich an die Geißel des Muranowskiplatzes erinnerte. War sie bereits dort? Eine Gefangene unter dem Baum, Wasiliews gierige Hände am Körper? Die Lippen des alten Mannes begannen zu beben. »Kann … nicht zulassen, dass er sie bekommt, alter Junge«, sagte er. »Haben Sie mich verstanden. *Darf* sie nicht bekommen.«

Marty hatte Schwierigkeiten, in das alles einen Sinn hineinzubekommen. Schlug Whitehead vor, dass er sich einen Weg in Mamoulian hineinbahnen und Carys herausholen sollte? Das war ja wohl kaum möglich.

»Ich kann nicht«, sagte er.

Der alte Mann zeigte Ekel und ließ Marty los, als habe er festgestellt, dass er Exkremente angefasst hatte. Schmerzerfüllt wandte er den Kopf ab.

Marty sah zum Spielzimmer. Durch den Spalt der Tür konnte er Mamoulian erkennen, der auf die unverwechselbare Gestalt des Rasierklingenessers zuging. Das Gesicht des Europäers wirkte geschwächt. Marty studierte es einen Augenblick, dann sah er nach unten. Dort lag Carys, ihr Gesicht zeigte einen erstaunten Ausdruck, ihre Haut war bleich. Er konnte nichts tun; warum ließ Papa ihn nicht in die Nacht hinauslaufen, wo er seine Wunden lecken konnte? Er konnte *gar nichts* tun.

Aber wenn er weglief, wenn er ein Versteck fand und seine Wunden heilten, würde er jemals den Geruch der Feigheit von sich abbekommen? Würde dieser Augenblick – wo die Wege sich gabelten und nochmals gabelten – nicht auf ewig in seine Träume eingebrannt sein? Er sah zu Papa. Abgesehen von den schwachen Lippenbewegungen hätte er bereits tot sein können. »Holen Sie sie«, sagte er immer noch, ein Katechismus, den er wiederholen würde, bis ihm der Atem ausging. »Holen Sie sie. Holen Sie sie?« Marty hatte etwas Ähnliches von Carys verlangt – hatte sie in den Hort des Wahnsinnigen gehen lassen, damit sie mit einer Geschichte zurückkehren konnte. Wie konnte er sich nun weigern, dasselbe für sie zu tun? *Holen Sie sie. Holen Sie sie.* Papas Worte wurden mit jedem Schlag seines sterbenden Herzens leiser. Vielleicht konnte man sie zurückholen, überlegte er, irgendwie aus dem Strom von Mamoulians Körper herausfischen. Und wenn nicht, würde es so schlimm sein, beim Versuch, sie zu retten, zu sterben – und damit allen sich gabelnden Straßen und zu Asche zerfallenden Entscheidungen ein Ende zu setzen?

Aber wie? Er versuchte sich zu erinnern, wie sie es getan hatte, aber die Vorkehrungen waren zu kompliziert – das Waschen, die Stille –, und er hatte sicher keine Gelegenheit zu dieser Reise mehr, wenn die Situation sich geändert hatte. Seine einzige Hoffnung gründete sich auf sein blutiges Hemd, auf die Erinnerung, die er auf dem Weg hierher spürte, dass Carys eine Barriere in seinem Verstand eingerissen hatte und dass der Schaden, einmal vollbracht, von Dauer war. Vielleicht konnte sein Verstand durch die Wunde, die sie geöffnet hatte, zu ihr gelangen, vielleicht konnte er ihrem Geruch so unablässig nachspüren wie sie seinem. Er schloss die Augen und verdrängte den Anblick von Whitehead und dem Flur und dem auf dem Boden liegenden Leichnam. Das Sehen war eine Falle, das hatte sie einmal gesagt. Auch Anstrengung. Er musste sich gehen lassen, musste sich von Instinkten und Fantasie leiten lassen, wenn Intellekt und Sinne versagten. Mühelos konnte er sie heraufbeschwören, indem er die Gedanken an ihren leblos daliegenden Körper verdrängte und sich stattdessen ihr Lächeln vergegenwärtigte. In Gedanken sprach er ihren Namen aus, und sie kam in einem Dutzend Augenblicken zu ihm: lachend, nackt, verwirrt, zerknirscht … Aber er musste die Nebensächlichkeiten vergessen und sich in seinem schmerzenden Kopf nur auf ihre essenzielle Präsenz konzentrieren.

Dann träumte er sie. Die Wunde war offen, und es bereitete ihm Schmerzen, erneut daran zu rühren. Blut rann ihm in den offenen Mund, aber das war nebensächlich. Es hatte wenig mit seinem derzeitigen Zustand zu tun, der immer entrückter wurde. Er fühlte sich, als würde er seinen Körper abstreifen, weil er überflüssig war, unnütze Materie. Die Leichtigkeit dieser Prozedur erstaunte ihn; seine einzige Angst war, er könnte zu eifrig werden. Also musste er sein Hochgefühl dämpfen, andernfalls konnte er vielleicht zu leichtsinnig werden, alle Vorsicht in den Wind schlagen und vorzeitig entdeckt werden.

Marty konnte nichts sehen, nichts hören. Der Zustand, in dem er sich bewegte – bewegte er sich überhaupt? –, war den Sinnen nicht zugänglich. Nun war er sicher, obwohl er keinen Beweis für diese Wahrnehmung hatte, von seinem Körper losgelöst zu sein. Er war hinter und unter ihm: eine unbewohnte Hülle. Vor ihm war Carys. Er würde sich einen Weg zu ihr erträumen.

Und dann, gerade als er anfing zu glauben, er könne Gefallen an dieser Reise finden, tat sich die Hölle vor ihm auf …

Mamoulian, der sich zu sehr auf den Rasierklingenesser konzentrierte, spürte nichts von Martys Annäherung. Breer machte einen Sprung nach vorn, hob die Machete und führte einen Hieb gegen den Europäer. Dieser trat einen knappen Schritt beiseite, um ihm auszuweichen, aber Breer wirbelte mit verblüffender Schnelligkeit zu einem zweiten Schlag herum, und diesmal sauste die Machete, wenn auch mehr durch Zufall denn durch Zielgenauigkeit, auf Mamoulians Arm herab und schnitt in den Stoff des grauen Anzugs.

»Chad«, sagte der Europäer, ließ aber keinen Blick von Breer.

»Ja?«, antwortete der blonde Junge. Er stand immer noch an der Wand neben der Tür, wo er wie ein unangreifbarer Held posierte; er hatte Whiteheads Zigarrenkiste gefunden, steckte sich mehrere ein und zündete sich eine an. Dann blies er eine Wolke blauen Dunstes aus und verfolgte den Kampf der Gladiatoren durch einen Alkoholnebel hindurch. »Was wollen Sie?«

»Bring mir die Pistole des Pilgers.«

»Warum?«

»Für unseren Besucher.«

»Töten Sie ihn doch selbst«, erwiderte Chad nonchalant, »das können Sie doch.«

Mamoulians Verstand rebellierte angesichts der Vorstellung, diese Verwesung berühren zu müssen; eine Kugel war besser. Auf kurze Entfernung würde sie den Rasierklingenesser vernichten. Ohne Kopf konnte nicht einmal ein Toter wandeln.

»Bring die Pistole!«, verlangte er.

»Nein«, antwortete Chad. Der Reverend hatte gesagt, es sei stets das Beste, offen und einfach zu sprechen.

»Wir haben keine Zeit für Spiele«, sagte Mamoulian und wandte den Blick einen Augenblick von Breer ab, um zu Chad zu sehen. Das war ein Fehler. Der tote Mann schwang die Machete erneut, und diesmal traf der Schlag Mamoulians Schulter und drang unterhalb des Nackens in das Muskelgewebe ein. Der Europäer gab lediglich ein Grunzen von sich, als er den Hieb empfing, und ein zweites, als Breer die Klinge wieder herauszog.

»Aufhören«, befahl er seinem Angreifer.

Breer schüttelte den Kopf. Deswegen war er hergekommen, oder nicht? Dies war das Vorspiel für eine Tat, die er schon so lange begehen wollte.

Mamoulian griff mit der Hand nach der Schulterwunde. Kugeln konnte er überstehen und überleben; aber ein traumatischerer Angriff, der den Zusammenhalt des Fleisches bedrohte, der konnte gefährlich werden. Er musste zuerst Breer wegschaffen, und wenn der Heilige die Pistole nicht holen wollte, dann musste er es halt mit bloßen Händen tun.

Breer schien seine Absicht zu spüren. »Sie können mir nichts tun«, versuchte er zu sagen, aber die Worte kamen ihm nur undeutlich über die Lippen. »Ich bin tot.«

Mamoulian schüttelte den Kopf. »Ein Glied nach dem anderen«, murmelte er. »Wenn es sein muss. Ein Glied nach dem anderen.«

Chad grinste, als er den Schwur des Europäers hörte. Heilige Heerscharen, dachte er, so musste die Welt enden. Eine Zimmerflucht, Autos auf der Straße, die nach Hause fuhren, und die Toten und beinahe Toten lieferten sich bei Kerzenlicht ein Handgemenge. Der Reverend hatte sich geirrt. Die Sintflut war keine Woge. Sie war blinde Männer mit Äxten; sie war die Großen auf den Knien, wie sie beteten, nicht durch die Hände von Narren sterben zu müssen, sie war das Jucken des Irrationalen, welches zur Epidemie geworden war. Er sah zu und überlegte, wie er diese Szene dem Reverend beschreiben sollte, und zum ersten Mal in seinem neunzehnjährigen Leben verspürte sein hübscher Kopf eine Woge reinsten Vergnügens.

Marty hatte nicht erkannt, wie angenehm die Reise gewesen war – ein Passagier reinster Gedanken –, bis er in Mamoulians Körper eindrang. Er fühlte sich wie ein Gehäuteter, der in siedendes Öl getaucht wird. Wild schlug er um sich, seine Essenz schrie nach einem Ende dieser Hölle im Körper eines anderen. Aber Carys war hier. Diesen Gedanken musste er vor allen anderen im Auge behalten – als Anker.

In diesem Wirrwarr hatten seine Gefühle für sie die Reinheit von Mathematik. Ihre Gleichung – komplex, aber in ihrer Beweisführung elegant – enthielt eine Schönheit, die der Wahrheit gleichkam. An diese Erkenntnis musste er sich klammern. Wenn er sie vergaß, war er verloren.

Obwohl er keine Sinne besaß, spürte er doch, wie sein neuer Zustand sich bemühte, ihm eine Vision seiner selbst zu vermitteln. An den Rändern seiner blinden Augen flackerten Lichter – Perspektiven öffneten und schlossen sich binnen eines Augenblicks –, Sonnen drohten über ihm zu entflammen und wurden wieder gelöscht, bevor sie Wärme oder Licht spenden konnten. Er befand sich im Griff einer Reizung: dem Jucken des Wahnsinns. Kratze mich, sagte es, dann wirst du nicht mehr schwitzen müssen. Er begegnete der Versuchung mit Gedanken an Carys.

Sie ist weg, verkündete das Jucken, tiefer, als du zu gehen wagst. So viel tiefer.

Was es behauptete, stimmte wahrscheinlich. Er hatte sie verschlungen und dorthin gebracht, wo er seine Lieblingsdinge aufbewahrte. Zu der Stelle, wo das Nichts, das ihm in der Caliban Street so sehr zugesetzt hatte, seinen Ursprung hatte. Von Angesicht zu Angesicht mit diesem Vakuum würde er zusammenschrumpeln; diesmal gab es keine Rettung. Ein solcher Ort, sagte das Jucken, so ein grässlicher Ort. Möchtest du ihn wirklich sehen?

Nein.

Komm und sieh! Sieh und zittere! Sieh und sterbe! Du wolltest wissen, was er *ist*, nun wirst du es aus erster Hand erfahren.

Ich höre gar nicht zu, dachte Marty. Er drückte weiter,

und obwohl es – wie schon in der Caliban Street – an diesem Ort kein Vorwärts oder Rückwärts, kein Oben oder Unten gab, hatte er den Eindruck, als würde er hinabsteigen. Waren es nur die Metaphern, die er mit sich herumschleppte, dass er sich die Hölle in einer Grube vorstellte?

Oder kroch er durch die Innereien des Europäers bis hin zu dem Gedärm, wo er Carys verbarg?

Natürlich wirst du niemals wieder hinauskönnen, freute sich das Jucken. Nicht, wenn du erst einmal hier unten bist. Dich wird er niemals ausscheißen. Du wirst ein für alle Mal hier bleiben müssen.

Carys ist hinausgelangt, überlegte er.

Sie war in seinem Kopf, erinnerte ihn das Jucken. Sie hat seine Bibliothek durchgeblättert. Du bist im Dunghaufen vergraben, und zwar tief, Mann, *so tief*.

Nein!

Aber sicher.

Nein!

Mamoulian schüttelte den Kopf. Er war schmerzerfüllt und voll seltsamer Stimmen. Oder war es nur die Vergangenheit, die zu ihm sprach? Ja, die Vergangenheit. Sie hatte in den zurückliegenden Wochen immer lauter in seinen Ohren gesummt und gesprochen als in den vergangenen Jahrzehnten. Wann immer sein Verstand müßig gewesen war, hatte die Schwerkraft der Geschichte ihn eingefangen, und er sah sich in den Innenhof des Klosters zurückversetzt, wo der Schnee fiel und der Trommler zu seiner Rechten weinte und die Parasiten auskühlende Körper verließen. Zweihundert Jahre Leben waren aus dieser Verschwörung der Augenblicke entstanden. Wäre der Schuss, der den Henker getötet hatte, nur Sekundenbruchteile verzögert worden, dann wäre die Axt herniedergefallen, sein Kopf wäre gerollt, und die Jahrhunderte, die er gelebt hatte, hätten ihn niemals kennen gelernt – und er sie auch nicht.

Und warum kehrte der Zyklus der Gedanken nun zu

dieser Stelle zurück, während er Anthony betrachtete, der ihm gegenüberstand? Sie waren tausend Meilen und siebzehn Jahrzehnte von diesem Ereignis entfernt. Ich bin nicht in Gefahr, beruhigte er sich, warum also sorge ich mich? Breer befand sich am Rande des völligen Zusammenbruchs; ihn zu zerstören war eine einfache, wenn auch abstoßende Arbeit.

Er bewegte sich unerwartet, und seine gesunde Hand krallte sich in Breers Kehle, bevor der andere zurückweichen konnte. Die schlanken Finger des Europäers drangen durch Fäulnis und schlossen sich um Breers Kehlkopf. Dann zog er heftig. Ein großer Teil von Breers Nacken löste sich, Flüssigkeit und Schleim spritzten. Es gab ein Geräusch, als würde Dampf entweichen.

Chad, die Zigarre im Mund, applaudierte. Tom, der in der Ecke lag, wo er zusammengebrochen war, hatte aufgehört zu wimmern und verfolgte ebenfalls die Verstümmelung. Ein Mann kämpfte um sein Leben, der andere um seinen Tod. Halleluja! Heilige und Sünder vereint.

Mamoulian schleuderte eine Hand voll Fäulnis davon. Trotz seiner ernsten Verletzung stand der Rasierklingenesser noch.

»Muss ich dich in Stücke reißen?«, fragte Mamoulian. Noch während er sprach, regte sich etwas in ihm. Kämpfte das Mädchen immer noch gegen ihre Gefangenschaft an?

»Wer ist da?«, fragte er leise.

Carys antwortete. Nicht Mamoulian, sondern Marty. Hier, sagte sie. Er hörte sie. Nein, er hörte sie nicht; er *fühlte* sie. Sie rief ihn und er folgte ihr.

Das Jucken in Marty war im siebten Himmel. Zu spät, ihr zu helfen, sagte es. Jetzt ist es für *alles* zu spät.

Aber sie war in der Nähe, das wusste er, ihre Anwesenheit kämpfte seine Panik nieder. Ich bin bei dir, sagte sie. Nun sind wir schon zu zweit.

Das Jucken zeigte sich nicht beeindruckt. Es grinste über

die Gedanken an ein Entkommen. Ihr seid für immer eingeschlossen, gewöhnt euch besser daran. Wenn *sie* nicht heraus kann, warum solltest du es können?

Zwei, sagte Carys. *Jetzt sind wir zwei.* Einen winzigen Augenblick wurde ihm die Bedeutung ihrer Worte klar. Sie waren zusammen, und zusammen waren sie mehr als die Summe ihrer Teile. Er dachte an die Verbindungsstelle ihrer Körper – den körperlichen Akt, der eine Metapher für diese andere Verbindung war. Bisher hatte er nichts begriffen gehabt. Sein Verstand jubilierte. Sie war bei ihm, er bei ihr. Sie waren ein unsichtbarer Gedanke und erfüllten einander.

Geht!

Und die Hölle teilte sich, sie hatte keine andere Wahl. Die Provinzen barsten, als sie dem Griff des Europäers entglitten. Sie erlebten ein paar unvergleichliche Augenblicke als ein Verstand, dann forderte die Schwerkraft – oder welches Naturgesetz in diesem Zustand herrschen mochte – ihr Recht. Die Trennung kam – ein großes Herausreißen aus diesem momentanen Eden –, und dann fielen sie, die Vereinigung aufgelöst, ihren eigenen Körpern entgegen.

Mamoulian spürte ihre Flucht als eine Verletzung, traumatischer als alle, die Breer ihm bisher zugefügt hatte. Er legte eine Hand vor den Mund, sein Gesicht hatte einen klagenden Ausdruck des Verlusts angenommen. Seine Tränen flossen ungehindert und verschmierten das Blut auf seinem Gesicht. Breer sah darin ein Zeichen; sein Augenblick war gekommen. Spontan war ein Bild in seinem verfaulenden Gehirn aufgetaucht – wie eines der körnigen Fotos aus dem Buch über Kriegsverbrechen –, aber dieses Bild bewegte sich. Schnee fiel; die Flammen eines Brennofens tanzten.

Die Machete in seiner Hand fühlte sich mit jeder Sekunde schwerer an; mehr wie eine Axt. Er hob sie empor; ihr Schatten fiel über das Gesicht des Europäers.

Mamoulian betrachtete Breers verweste Züge und erkannte sie, sah, wie alles auf diesen einen Augenblick hinausgelaufen war.

Unter der Last der Jahre sank er auf die Knie.

In dem Augenblick, als er das tat, öffnete Carys die Augen. Es war eine heftige, zerschmetternde Rückkehr gewesen, für Marty schlimmer als für sie, da sie an dieses Gefühl gewöhnt war. Aber es war nie angenehm, wenn man spürte, wie sich Muskeln und Fett um den Geist schlossen.

Marty hatte ebenfalls die Augen geöffnet, und er betrachtete den Körper, in dem er sich befand. Er war schwer und verbraucht. So vieles daran – Hautschichten, Haar, Nägel – war tote Materie. Die Substanz selbst stieß ihn ab. In diesem Zustand zu sein war eine Parodie dessen, was er gerade erlebt hatte. Mit einem leisen Aufschrei des Ekels schnellte er aus seiner kauernden Haltung empor, als wäre er erwacht und hätte seinen Körper von Insekten übersät vorgefunden.

Er sah zu Carys hinüber, in der Hoffnung auf Trost, doch deren Aufmerksamkeit war von einem Anblick abgelenkt, den er hinter der halb geschlossenen Tür nicht sehen konnte. Sie beobachtete ein Schauspiel, das sie von irgendwoher kannte. Aber die Lage des Beobachters war anders, und sie brauchte eine Weile, bis sie die Szene zuordnen konnte: Der Mann war auf den Knien, er hatte den Nacken entblößt und die Arme ein wenig vom Körper weggestreckt; die Finger waren gespreizt, eine universelle Geste der Unterwürfigkeit. Der Henker mit dem verfaulten Gesicht hob die Klinge, um sein williges Opfer zu köpfen; in der Nähe lachte jemand.

Als sie diese Szene das letzte Mal gesehen hatte, war sie hinter Mamoulians Augen gewesen, ein Soldat auf einem verschneiten Hof, der auf den Hieb wartete, welcher seinem jungen Leben ein Ende setzen würde. Ein Hieb, der nie erfolgt war; besser gesagt, der bis jetzt verschoben worden war. Hatte der Henker so lange gewartet, hatte er in einem Körper gelebt, den er für einen anderen eintauschte, um Mamoulian Jahrzehnt um Jahrzehnt durch die Zeit zu folgen, bis es endlich zu einer Wiedervereinigung kam? Oder war dies alles das Tun des Europäers? Hatte sein Wille Breer herbeigerufen, um eine Geschichte zu beenden, die vor Generationen unterbrochen worden war?

Sie würde es nie erfahren. Die Tat, die zum zweiten Mal begonnen worden war, würde nicht noch einmal unterbrochen werden. Die Waffe fiel herunter und trennte den Kopf mit nur einem Hieb fast vollständig vom Nacken. Ein paar zähe Sehnen hielten ihn noch – Nase auf der Brust – am Rumpf fest, bis zwei weitere Hiebe sie durchtrennten, woraufhin der Kopf zwischen Mamoulians Beine fiel und vor Toms Füße rollte, der ihn wegkickte. Mamoulian hatte keinen Laut von sich gegeben; aber nun erhob sich der kopflose Rumpf. Zusammen mit dem Blut drangen Geräusche aus der Wunde; aus scheinbar jeder Pore erklang ein Stöhnen. Und mit den Geräuschen kamen die rauchigen Geister ungesehener Bilder, die wie Dampf aus ihm emporstiegen. Bittere Dinge tauchten auf und verschwanden; möglicherweise Träume, möglicherweise Bruchstücke aus der Vergangenheit. Alles war jetzt eins. Tatsächlich war das immer so gewesen. Er war aus Gerüchten entstanden, er, der Legendäre, der Unbesiegbare, dessen Name an sich schon eine Lüge war. Spielte es jetzt noch eine Rolle, dass seine Biografie, die ins Nichts zerstob, als Fiktion angesehen wurde?

Der entfesselte Breer begann die offene Wunde des Torsos mit der Machete zu bearbeiten, wobei er ihn erst oben, dann seitwärts aufschlitzte, um den Feind in immer kleinere Bruchstücke zu zerlegen. Ein Arm wurde abgetrennt. Er hob ihn auf und schlug die Hand vom Unterarm, den Unterarm vom Oberarm. Innerhalb weniger Augenblicke wurde aus dem Zimmer, das bis zur Hinrichtung beinahe heiter gewesen war, ein Schlachthaus.

Marty kam gerade rechtzeitig zur Tür, um zu sehen, wie Breer Mamoulians anderen Arm abtrennte.

»Schaut euch das an!«, rief der blonde Amerikaner und prostete dem Blutbad mit Whiteheads Wodka zu.

Marty betrachtete die Zerstückelung ungerührt. Es war

alles vorbei. Der Europäer war tot. Sein Kopf lag unter dem Fenster auf der Seite; er sah klein und verkümmert aus.

Carys, die sich flach an die Wand neben der Tür presste, nahm Martys Hand.

»Papa?«, sagte sie. »Was ist mit Papa?«

Während sie sprach, fiel Mamoulians Leichnam aus seiner knienden Haltung vornüber. Die Geister und die Bilder, die er verströmt hatte, hatten aufgehört zu fließen, nun quoll nur noch dunkles Blut aus ihm heraus. Breer beugte sich hinab, um weitere Gräueltaten zu begehen. Er öffnete den Unterleib mit zwei Hieben. Urin ergoss sich aus der aufgerissenen Blase.

Carys, die das Schauspiel abstieß, war aus dem Zimmer geschlüpft. Marty verweilte noch eine Weile. Der letzte Anblick, den er sah, war der Rasierklingenesser, wie er den Kopf an den Haaren aufhob, gleich einer exotischen Frucht, und ihm mit der Machete einen Schlag versetzte, der ihn teilte.

Im Flur kauerte Carys an der Seite ihres Vaters; Marty gesellte sich zu ihr. Sie streichelte die Wangen des alten Mannes. »Papa?«, fragte sie. Er war noch nicht ganz tot, sein Puls flackerte, mehr nicht. Die Augen hatte er geschlossen.

»Zwecklos …«, sagte Marty, als sie den alten Mann an der Schulter rüttelte. »Er ist so gut wie tot.«

Im Spielzimmer hatte Chad angefangen, kreischend zu lachen. Anscheinend erreichten die Schlachtszenen neue Höhen absurden Grauens.

»Ich möchte nicht mehr hier sein, wenn ihm das langweilig wird«, sagte Marty. Carys bewegte sich nicht. »Wir können nichts mehr für den alten Mann tun«, sagte er.

Sie sah ihn an; das Dilemma verunsicherte sie.

»Er ist gegangen, Carys. Und wir sollten auch gehen.«

Nebenan war es still geworden. In gewisser Weise war das schlimmer als das Lachen oder die Laute von Breers Arbeit.

»Wir können hier nicht warten«, sagte Marty. Er zog Carys grob auf die Beine und schob sie zur Tür des Penthouse. Sie erhob keinen Einwand, sondern fluchte nur.

Als sie nach unten gingen, begann der blonde Amerikaner irgendwo über ihnen erneut zu applaudieren.

72

Der tote Mann ging noch eine ganze Weile seiner Arbeit nach; mittlerweile war der Verkehr auf der Schnellstraße fast ausgestorben und nur noch Lastwagen dröhnten nach Norden. Breer hörte sie nicht. Seine Ohren funktionierten schon lange nicht mehr, und seine Augen, die einst so scharf gewesen waren, konnten nun kaum noch das Blutbad erkennen, das er angerichtet hatte. Aber wenn seine Sehnerven völlig versagten, konnte er immer noch auf den Tastsinn zurückgreifen. Mit diesem beendete er seine Aufgabe: Er zerstückelte das Fleisch des Europäers so lange, bis man nicht mehr unterscheiden konnte, welches Stück einst gesprochen und welches gepisst hatte.

Chad hatte die Unterhaltung schon lange vor diesem Punkt satt. Er trat die zweite Zigarre mit dem Absatz aus und machte sich auf, um nachzusehen, wie sich die Dinge anderswo entwickelten. Das Mädchen war fort; der Held ebenfalls. Gott liebt sie, dachte er. Aber der alte Mann lag noch im Flur, er hielt die Pistole umklammert, die er sich irgendwann im Verlauf der Ereignisse wieder geholt hatte. Ab und zu zuckten seine Finger, nichts weiter. Chad ging zurück in die blutüberströmte Kammer, wo Breer inmitten der Fleischstücke auf den Knien lag und immer noch weiterhackte und zerstückelte. Er zerrte Tom auf die Beine. Der war in einem schrecklichen Zustand, seine Lippen waren blau angelaufen, und Chad musste ihm gut zureden, um ihn überhaupt dazu zu bringen, irgendwie zu reagieren. Aber Chad war der geborene Prediger, und nachdem er eine Weile auf ihn eingeredet hatte, konnte er einen Teil des alten Enthusiasmus wieder aufleben lassen. »Jetzt gibt es nichts mehr, das wir nicht tun können, weißt du?«, sagte er. »Wir sind getaufte Männer. Wir haben *alles* gesehen, oder nicht? Es gibt auf der ganzen weiten Welt nichts mehr, womit der Teufel uns bekämpfen kann, denn wir sind hier gewesen. Sind wir nicht hier gewesen?«

Chad war high von seiner neu erlangten Freiheit. Er wollte das beweisen, und da hatte er diesen herrlichen Einfall – »Das wird dir gefallen, Tommy« –, dem alten Mann Kot auf die Brust fallen zu lassen. Tom schien das alles einerlei zu sein, und er stand nur da und sah zu, wie Chad die Hose herunterließ, um die schmutzige Sache auszuführen. Aber seine Eingeweide gehorchten ihm nicht. Als er sich gerade wieder aufrichten wollte, riss Whitehead die Augen auf, und ein Schuss löste sich. Die Kugel verfehlte Chads Hoden nur um Haaresbreite, hinterließ aber eine rote Spur an der Innenseite seines milchweißen Schenkels und pfiff dann an seinem Gesicht vorbei. In der Decke blieb sie stecken. Nun gehorchten Chads Eingeweide, doch der alte Mann war tot; er war mit dem Schuss gestorben, der beinahe Chads Männlichkeit weggepustet hätte.

»Knapp«, sagte Tom, dessen Katatonie durch Chads Beinaheverstümmelung durchbrochen worden war.

»Ich glaube, ich hatte einfach Glück«, antwortete der blonde Junge.

Dann gingen sie ihres Weges.

Ich bin der Letzte des Stammes, dachte Breer. Wenn ich dahin bin, gehören die Rasierklingenesser der Vergangenheit an.

Er schleppte sich aus dem Hotel Pandämonium, da er wusste, dass der geringe Zusammenhalt, den sein Körper noch besaß, rapide schwand. Seine Finger konnten kaum noch die Petroleumlampe halten, die er auf dem Weg hierher aus einem Bauwagen gestohlen und im Foyer zurückgelassen hatte, damit er sie für dieses letzte Ritual verwenden konnte. Mit dem Verstand hatte er ähnliche Schwierigkeiten wie mit den Fingern, gab sich aber dennoch größte Mühe. Er konnte die Namen der Dinge nicht sagen, die an seinem Leichnam schnupperten, während er inmitten des Schutts kauerte; er konnte sich nicht einmal mehr daran erinnern, wer er war, nur, dass er einst ein paar herrliche Anblicke gesehen hatte.

Er öffnete den Verschluss der Petroleumlampe und schüttete deren Inhalt, so gut er konnte, über sich. Der Großteil der Flüssigkeit troff in eine Pfütze neben ihm. Dann ließ er die Lampe fallen und tastete blind nach Streichhölzern. Das erste brannte nicht, das zweite auch nicht, das dritte schon. Flammen hüllten ihn auf der Stelle ein. Brennend krümmte sich sein Körper, er nahm die kauernde Haltung ein, die Opfertieren eigen ist, die Gelenke wurden in der Hitze kürzer und zogen Arme und Beine in eine fast defensive Haltung.

Als die Flammen endlich erloschen waren, kamen die Hunde, um sich zu holen, was es noch gab. Aber mehr als einer von ihnen lief jaulend davon, wenn er sich den Rachen an einem Bissen Fleisch aufgeschlitzt hatte, in dem sich, eingebettet wie Perlen in einer Auster, eine Rasierklinge befand, die Breer wie ein Feinschmecker verschluckt hatte.

XIV

Nach der Flut

73

Wind wehte über die Welt.

An diesem Abend wehte er exakt in ost-westlicher Richtung und trug die Wolken, die nach den Regenfällen des Tages federleicht waren, in Richtung der untergehenden Sonne, als eilten sie zu irgendeiner Apokalypse, die gleich hinter dem Horizont stattfand. Oder vielleicht – diese Vorstellung war schlimmer – eilten sie zur Sonne, um sie davon zu überzeugen, noch eine Stunde länger das Vergessen zu meiden, eine Minute, alles, um die Nacht hinauszuzögern. Aber natürlich würde sie das nicht tun, stattdessen würde die Sonne sich ihre kopflose Panik zunutze machen und sich über den Rand der Welt stehlen.

Carys hatte versucht, Marty davon zu überzeugen, dass alles in Ordnung sei, hatte aber damit keinen Erfolg gehabt. Nun, während er noch einmal zum Hotel Orpheus eilte, über sich die selbstmörderischen Wolken und die unaufhaltsam näher kriechende Nacht, spürte er, dass diese Vermutung richtig war. Die gesamte sichtbare Welt trug Anzeichen einer Verschwörung.

Außerdem sprach Carys immer noch im Schlaf. Nicht mit Mamoulians Stimme, dieser bedachten, ironischen Stimme, die er kennen und hassen gelernt hatte. Sie sprach nicht einmal richtige Worte aus, sondern lediglich Geräusche: die Laute von Krabben, von auf einem Dachboden gefangenen Vögeln. Heulen und Krächzen, als versuche sie oder etwas in ihr, ein vergessenes Vokabular neu zu erfinden. Es hatte nichts Menschliches an sich, aber er war sicher, dass sich der Europäer dahinter verbarg. Je länger er zuhörte, desto deutlicher schien er Befehle in dem Murmeln zu vernehmen; und die Laute, die sie im Schlaf von sich gab, klangen immer mehr wie ein Rachen, der die Sprache sucht. Bei dem Gedanken brach ihm der Schweiß aus.

Und dann, in der Nacht vor dieser Nacht wirbelnder Wolken, war er um vier Uhr morgens erwacht. Selbstverständlich hatte er grauenhafte Träume, und er vermutete, dass diese ihn noch auf Jahre hinaus heimsuchen würden. Aber heute Nacht beschränkten sie sich nicht auf seinen Kopf. Sie waren hier. Sie waren jetzt.

Carys lag nicht neben ihm in dem schmalen Bett, sie stand mit geschlossenen Augen in der Mitte des Zimmers, ein kaum wahrnehmbares Zucken ließ ihr Gesicht beben. Sie sprach wieder, oder versuchte es zumindest, und diesmal wusste er ohne jeden Zweifel, dass Mamoulian irgendwie immer noch in ihr war.

Er nannte ihren Namen, aber sie erwachte nicht. Er stand vom Bett auf und durchquerte das Zimmer zu ihr, doch während er das tat, schien die Luft um sie herum Dunkelheit zu bluten. Ihr Murmeln nahm einen drängenderen Tonfall an, und die Dunkelheit schien sich zu vertiefen. Sein Gesicht und seine Brust begannen zu jucken, die Augen schmerzten.

Wieder rief er ihren Namen, diesmal brüllend. Keine Reaktion. Schatten huschten über sie hinweg, aber in dem Zimmer brannte kein Licht, das sie geworfen haben könnte. Er betrachtete ihr schwatzendes Gesicht. Die Schatten erinnerten an die von blütenübersäten Zweigen, als stünde sie im Schatten eines Baumes.

Über ihm seufzte etwas. Er sah nach oben. Die Decke war

verschwunden. Stattdessen breitete sich ein Gewirr von Zweigen dort aus, welches noch, während er hinsah, wuchs. Ihre Worte waren seine Wurzel, da war er ganz sicher, und sie wurde mit jedem ihrer Worte stärker und verzweigter. Während sie wuchsen, reiften die Zweige, sie entwickelten Triebe, die innerhalb von Sekunden überreichlich Blüten trugen. Aber trotz seiner scheinbaren Gesundheit war der Baum in jeder Knospe verdorben. Seine Blätter waren schwarz, nicht Tau glitzerte auf ihnen, sondern die Schwärze von Verwesung. Parasiten huschten über die Äste; embryonale Blüten fielen wie Schnee herab und entblößten die Früchte.

Und welch schreckliche Früchte! Messer, mit bunten Bändern versehen, gleich Geschenken für einen Attentäter. Ein an seinem Haar aufgehängter Kinderkopf. Ein Zweig bog sich unter der Last menschlicher Eingeweide; von einem anderen hing ein Käfig herab, in welchem ein Vogel bei lebendigem Leibe verbrannte. Alles Erinnerungen; Andenken an frühere Scheußlichkeiten. Und war auch der Sammler hier, inmitten seiner Souvenirs?

Etwas bewegte sich in der turbulenten Dunkelheit über Marty, und es war keine Ratte. Er konnte Flüstern hören. Dort oben waren Menschen, die in der Fäulnis ruhten. Und sie kletterten herunter, damit er sich zu ihnen gesellen sollte.

Er griff durch die kochende Luft nach Carys' Arm. Dieser fühlte sich schwammig an, als würde das Fleisch unter seiner Hand abfallen. Unter den Lidern rollte sie die Augen wie eine Irre; ihr Mund formte immer noch die Worte, welche den Baum heraufbeschworen.

»*Aufhören*«, sagte er, aber sie murmelte ungerührt weiter.

Er packte sie mit beiden Händen und brüllte sie an, sie solle aufhören, wobei er sie schüttelte. Über ihnen ächzten die Äste, ein Regen kleiner Zweige fiel auf sie herab.

»Wach auf, verdammt«, sagte er zu ihr. »Carys! Ich bin es, Marty! *Ich, Marty!* Wach auf, um Himmels willen!«

Er spürte etwas in seinem Haar, sah auf und erblickte eine Frau, die ein perlenähnliches Speichelband auf ihn herabspuckte. Es fiel eiskalt auf sein Gesicht. Von Panik erfüllt, schrie er Carys an, dafür zu sorgen, dass das aufhörte, und als sie nicht auf ihn hörte, schlug er ihr mit der Hand ins Gesicht. Einen Augenblick geriet die Illusion ins Wanken. Der Baum und seine Bewohner reagierten mit knurrendem Protest. Er schlug noch einmal zu, fester. Das Fieber hinter ihren Augen begann abzuklingen, das sah er. Er rief nochmals nach ihr und schüttelte sie. Sie öffnete den Mund. Das Zucken und die schreckliche Entschlossenheit ihres Gesichts ließen nach. Der Baum erzitterte.

»Bitte …«, flehte er sie an. »Wach auf.«

Die schwarzen Blätter schrumpften zusammen; die fiebrigen Zweige verlangsamten ihre Bewegungen.

Sie öffnete die Augen.

Die Fäulnis murmelte ihr Bedauern und löste sich in Nichts auf. Das Mal seiner Hand entfaltete sich noch auf ihrer Wange, aber sie hatte von seinen Schlägen offenbar nichts mitbekommen. Schlaf ließ ihre Worte undeutlich klingen, als sie murmelte: »Was ist denn los?«

Er zog sie eng an sich, da ihm keine Antwort einfiel, die auszusprechen er sich tapfer genug fühlte. Er sagte nur: »Du hast geträumt.«

Sie sah ihn verwirrt an. »Ich kann mich nicht erinnern«, sagte sie und dann, als sie seine zitternden Hände bemerkte: »Was ist geschehen?«

»Ein Albtraum«, sagte er.

»Warum bin ich nicht im Bett?«

»Ich habe versucht, dich aufzuwecken.«

Sie starrte ihn an. »Ich möchte nicht aufgeweckt werden«, sagte sie. »Ich bin auch so schon müde genug.« Sie löste sich von ihm. »Ich möchte wieder ins Bett.«

Er ließ sie zu den zerwühlten Laken zurückkehren und sich hinlegen. Sie schlief bereits wieder, als er ans Bett trat. Er legte sich nicht mehr zu ihr, sondern saß bis zum Einbruch der Dämmerung an ihrer Seite, betrachtete sie im Schlaf und versuchte, die Erinnerungen zurückzudrängen.

»Ich gehe noch einmal ins Hotel zurück«, sagte er am nächsten Tag, eben dem heutigen Tag, zu ihr. Er hoffte, sie könnte eine Erklärung für die Ereignisse der vergangenen Nacht haben – vergebliche Hoffnung! –, dass es sich um eine Illusion gehandelt haben könnte, die sie endlich abgeschüttelt hatte. Aber derlei Beruhigungen konnte sie ihm nicht bieten. Als er sie fragte, ob sie sich an die Ereignisse der vergangenen Nacht erinnere, antwortete sie, sie habe in dieser Nacht nichts geträumt, und darüber sei sie froh. *Nichts.* Er sprach das Wort wie ein Todesurteil aus und dachte dabei an das Zimmer in der Caliban Street; wo *Nichts* die Essenz seiner Angst gewesen war.

Sie erkannte seine Besorgnis, streckte die Hand aus und berührte seine Wange. Seine Haut war heiß. Draußen regnete es, aber im Zimmer war es schwül.

»Der Europäer ist tot«, sagte sie zu ihm.

»Das muss ich mit eigenen Augen sehen.«

»Nicht nötig, Baby.«

»Wenn er tot ist, warum sprichst du dann im Schlaf?«

»Tue ich das?«

»Du sprichst; und erzeugst Illusionen.«

»Vielleicht schreibe ich ein Buch«, sagte sie. Ihr Versuch, heiter zu sein, scheiterte. »Wir haben genügend Probleme, auch ohne dorthin zurückzukehren.«

Das stimmte; es waren wichtige Entscheidungen zu treffen. Zum Beispiel, wie er seine Geschichte erzählen sollte, dass man ihm auch noch eine andere glaubte. Wie sie sich selbst in die Hände des Gesetzes geben konnten, ohne für bekannte und unbekannte Morde angeklagt zu werden. Irgendwo wartete ein Vermögen auf Carys; sie war die Alleinerbin ihres Vaters. Auch das war eine Realität, der man sich stellen musste.

»Mamoulian ist tot«, sagte sie ihm. »Können wir ihn

nicht eine Weile vergessen? Wenn sie die Leichen gefunden haben, werden wir die ganze Geschichte erzählen. Aber jetzt noch nicht, denn ich möchte noch ein paar Tage ausruhen.«

»Du hast letzte Nacht etwas erscheinen lassen. Hier, in diesem Zimmer. Ich habe es selbst gesehen.«

»Warum bist du so sicher, dass ich es bin? Weshalb soll *ich* diejenige sein, die noch besessen ist? Bist du sicher, dass nicht *du* es bist, der das alles am Leben hält?«

»Ich?«

»Vielleicht kannst du es nicht ruhen lassen.«

»Nichts würde mich glücklicher machen!«

»Dann vergiss es, verdammt noch mal! Lass es sein, Marty. Er ist tot. Tot und gestorben! Und das ist das Ende!« Sie ließ ihn stehen und die Vorwürfe überdenken. Vielleicht hatte sie Recht; vielleicht lag es an *ihm*, vielleicht hatte er den Baum nur geträumt und beschuldigte sie nun wegen seiner eigenen Paranoia. Aber in ihrer Abwesenheit kehrten die Zweifel zurück. Wie konnte er ihr trauen? *Wenn* der Europäer am Leben war – irgendwie, irgendwo –, konnte er ihr dann nicht diese Argumente in den Mund legen, um zu verhindern, dass Marty sich einmischte?

Er verbrachte die Zeit, die sie unterwegs war, voll Qualen der Unentschlossenheit; und er wusste keinen weiteren Weg, der nicht von Argwohn gezeichnet gewesen wäre, gleichzeitig fehlte ihm aber der Mut, sich nochmals dem Hotel zu stellen und damit zu beweisen, dass es so oder anders war.

Am Spätnachmittag kam sie zurück. Sie redeten kaum miteinander. Nach einer Weile ging sie wieder zu Bett und klagte über Kopfschmerzen. Nachdem er sie eine halbe Stunde betrachtet und nur ihren regelmäßigen Atem vernommen hatte (diesmal kein Murmeln und Krächzen), verließ er die Wohnung; er wollte Whisky und eine Zeitung kaufen, um nach Meldungen über die Entdeckung oder Verfolgung zu suchen. Er fand nichts. Die Ereignisse der

Weltpolitik standen im Vordergrund; Meldungen über Stürme und Kriege, Sportergebnisse und Cartoons. Er kehrte zur Wohnung zurück, um ihr zu sagen, dass er seine Zweifel vergessen würde und sie die ganze Zeit Recht gehabt hatte, aber das Schlafzimmer war verschlossen, und drinnen vernahm er ihre Stimme, die zunehmend verständlicher klang, auch wenn der Schlaf sie noch sanft machte.

Marty brach das Schloss auf und versuchte sie zu wecken, aber diesmal konnten weder Schütteln noch Schläge ihren besessenen Schlummer durchdringen.

74

Nun war er fast dort. Er war nicht passend für die herrschende Kälte angezogen, und er zitterte, während er die Wüste zum Hotel Pandämonium durchquerte. Der Herbst kündigte sich in diesem Jahr früh an, er wartete nicht einmal bis Anfang September, bis er die Luft mit Kälte erfüllte. In den Wochen, seit er zuletzt an dieser Stelle gestanden hatte, war der Sommer Wind und Regen gewichen. Darüber war er nicht unglücklich. Kleine Zimmer voll stickiger Sommerhitze würden nie wieder gnädige Assoziationen in ihm wecken.

Er sah zum Hotel empor. Im sterbenden Licht war es korallenfarbig – die Einzelheiten der Brandspuren und Graffiti sahen fast zu real aus. Ein Bild von einem Besessenen, jedes Detail gestochen scharf. Er betrachtete die Fassade eine Weile, um zu sehen, ob ihm etwas auffallen würde. Vielleicht etwas, das ihn darauf vorbereiten konnte, was ihn im Inneren erwartete. Aber alles blieb ruhig. Nur ein altes Gebäude, dessen Fassade von Ruß und Alter gezeichnet war, welches sich im letzten Licht des Tages sonnte.

Die Eingangstür war vom letzten Besucher geschlossen worden, der das Hotel verlassen hatte, aber niemand hatte sich die Mühe gemacht, die Bretter wieder anzubringen.

Marty stieß sie an, und die Tür öffnete sich knirschend über Mörtel und Schmutz auf dem Boden. Drinnen hatte sich nichts verändert. Der Kronleuchter klirrte, als sich eine Bö von draußen hereinverirrte; ein trockener Staubregen fiel herab.

Als er die beiden ersten Treppen überwunden hatte, begann er, den Geruch wahrzunehmen; etwas Intensiveres als Feuchtigkeit oder Asche. Wahrscheinlich lagen die Leichen immer noch dort, wo er sie zurückgelassen hatte; mittlerweile musste die Verwesung eingesetzt haben. Er wusste nicht, wie lange dieser Prozess dauerte, war aber nach den Erfahrungen der letzten Wochen auf das Schlimmste vorbereitet; nicht einmal der immer stärker werdende Geruch konnte ihm, während er weiter hinaufging, etwas anhaben.

Auf halbem Wege blieb er stehen, nahm die Flasche Scotch heraus, die er gekauft hatte, schraubte den Verschluss auf und führte die Flasche an die Lippen, wobei er die noch verbleibende Treppe hinaufsah. Der Alkohol brannte seinen Mund aus und fraß sich in seine Eingeweide. Er widerstand der Versuchung, noch einen Schluck zu trinken, und steckte die Flasche wieder in die Tasche, bevor er weiterging.

Erinnerungen überfielen ihn. Er hatte gehofft, sie zurückhalten zu können, aber sie kamen ungebeten, und er war nicht stark genug, ihnen Widerstand zu leisten. Keine Bilder, nur Stimmen. Sie hallten in seinem Kopf, als wäre er leer, als wäre er nur ein hirnloser Kretin, der dem Ruf eines überlegenen Geistes folgt. Der Wunsch, sich umzudrehen und wegzulaufen, überkam ihn, aber er wusste, wenn er jetzt aufgab und zu ihr zurückkehrte, würde das Misstrauen nur noch schlimmer werden. Bald würde er argwöhnisch jede ihrer kleinsten Bewegungen beobachten und sich dabei fragen, ob der Europäer sie für einen Mord vorbereiten mochte. Das wäre dann eine andere Art von Gefängnis: die Wände Argwohn, die Gitterstäbe Zweifel, und er müsste den Rest seines Lebens darin verbringen. Und selbst wenn Carys ihn verließ, würde er sich im Lauf der Jahre nicht misstrauisch umdrehen und über die Schulter sehen, um nach jemandem Ausschau zu halten, der ein zweites Gesicht hinter seinem eigenen hatte, und dazu die gnadenlosen Augen des Europäers?

Doch mit jedem Schritt, den er ging, nahm seine Furcht zu. Er umklammerte das schmutzige Geländer und zog sich daran hoch. Ich möchte nicht gehen, klagte das Kind in ihm. Bitte, zwing mich nicht zu gehen. Es ist einfach, umzukehren, einfach, die ganze Sache zu vergessen. Pass auf! Deine Füße werden es tun, du musst ihnen nur den entsprechenden Befehl geben. Kehr um! Mit der Zeit wird sie aufwachen, du musst nur Geduld haben. Kehr um! Und wenn sie nicht aufwacht?, fragte die Stimme der Vernunft. Und das ließ ihn weitergehen.

Als er einen weiteren Schritt gegangen war, bewegte sich etwas auf dem Treppenabsatz über ihm. Das Geräusch eines hüpfenden Flohs, weiter nichts; so leise, dass er es kaum hören konnte. Möglicherweise eine Ratte? Wahrscheinlich. Alle Arten von Aasfressern würden in Erwartung eines Festmahls hierher kommen, oder nicht? Auch diesen Schrecken hatte er vorhergesehen, und er hatte sich gegen den Schock abgehärtet.

Er betrat den Absatz. Keine Ratten wuselten vor ihm davon, wenigstens sah er keine. Aber es war etwas hier. Eine kleine braune Made kroch auf dem Teppich herum, sie wand sich verzweifelt, um irgendwohin zu gelangen. Wahrscheinlich die Treppe hinunter, in die Dunkelheit. Er sah sie sich nicht zu genau an. Was auch immer es war, es war harmlos. Sollte es eine Nische finden, in der es fett werden und mit der Zeit eine Fliege werden konnte, wenn das seine Absicht war.

Er überquerte den letzten Treppenabsatz und wandte sich der obersten Treppe zu. Ein paar Stufen weiter oben wurde der Geruch unvermittelt schlimmer. Der Gestank verfaulten Fleisches überfiel ihn, und nun drehten sich, trotz des Scotch und aller seiner Vorbereitungen, seine Eingeweide um; sie wanden und schlängelten sich, wie die Made auf dem Teppich.

Zwei oder drei Stufen weiter oben blieb er stehen, nahm die Whiskyflasche und trank zwei ordentliche Schlucke so hastig, dass seine Augen tränten. Dann ging er weiter nach oben. Etwas Weiches glitt unter seinem Absatz dahin. Er sah nach unten. Wieder eine Made, der größere Bruder von der weiter unten. Sein Fuß hatte ihren Abstieg unterbrochen, sie war zu einem breiigen Fleck zertrampelt worden. Er betrachtete sie nur eine Sekunde lang, bevor er weitereilte, aber seine Schuhsohle war voller Schleim.

Der Alkohol ließ seinen Kopf singen; die letzten Stufen überwand er beinahe laufend, weil er begierig war, das Schlimmste hinter sich zu bringen. Als er auf der obersten Stufe stand, war er atemlos. Er hatte eine absurde Vision von sich selbst – der Tagtraum eines Betrunkenen –, wie er als Botschafter mit Neuigkeiten – verlorene Schlachten, ermordete Kinder – zum Palast eines legendären Königs kam. Nur war der König ebenfalls ermordet, seine Schlacht verloren.

Er näherte sich der Penthouse-Suite. Der Geruch war unvorstellbar beißend geworden; wie schon zuvor sah Marty sich im Spiegel. Er senkte den Blick, da er sich des angsterfüllten Gesichts schämte, und – Großer Gott! – der Teppich wuselte. Nicht zwei oder drei, sondern mehr als ein Dutzend fette Maden bemühten sich, blind, so schien es, sich einen Weg über den Teppich zu bahnen, der bereits von ihrer bisherigen Reise befleckt war. Sie ähnelten keinen Insekten, die er schon einmal gesehen hatte, ihnen fehlte jede erkennbare Anatomie, und alle waren von unterschiedlicher Größe: manche dünn wie ein Finger, andere fett wie die Hand eines Babys. Ihre formlosen Gestalten waren purpurn, durchzogen mit gelben Streifen. Sie hinterließen Streifen aus Schleim und Blut, wie verwundete Schnecken. Er wich ihnen aus. Sie waren von Fleisch fett geworden, mit dem er einst gesprochen hatte, deshalb wollte er sie nicht zu genau ansehen.

Doch als er behutsam die Tür der Suite aufstieß und vorsichtig in den Flur trat, schlich sich eine abstoßende Möglichkeit in seinen Kopf und blieb dort sitzen, wo sie Obszönitäten flüsterte. Die Geschöpfe waren überall in der Suite. Die ambitionierteren von ihnen krochen an den pastellfarbenen Wänden hinauf, hefteten ihre Leiber mit klebrigen Flüssigkeiten an die Tapete und schoben sich wie Raupen empor. Ihre Richtungen waren willkürlich, manche, schien es, bewegten sich sogar im Kreis.

Im spärlichen Licht des Flurs garten seine schlimmsten Vermutungen lediglich, doch als er an Whiteheads Leichnam vorbeiging und das Schlachthaus betrat, begannen sie überzukochen, denn dort schufen die Scheinwerfer der Schnellstraße einen künstlichen Tag. Hier waren die Geschöpfe in großer Zahl anzutreffen. Sie schwärmten im ganzen Zimmer herum, Stücke von der Größe eines Flohs bis hin zu solchen von der eines Menschenherzen, die zitternde Tentakel auswarfen, um sich zu bewegen.

Aber dies waren keine Insekten oder Larven von Insekten, das sah er nun ganz deutlich. Es waren die Teile vom Fleisch des Europäers. Er war immer noch am Leben. In Einzelteilen, in hunderten von Einzelteilen ohne Sinn und Verstand, aber *am Leben.*

Breer war mit seiner Arbeit gnadenlos gründlich gewesen, er hatte den Europäer, so gut es seine Machete und seine kraftlosen Hände zuließen, ausgelöscht. Aber das hatte nicht genügt. Zu viel gestohlenes Leben summte in Mamoulians Zellen, und das existierte weiter, allen Gesetzen der Vernunft zum Trotz, und war unauslöschbar. Trotz seiner Vehemenz hatte der Rasierklingenesser dem Leben des Europäers kein Ende bereiten können, er hatte es lediglich zerteilt und dazu verdammt, diese sinnlosen Kriechbewegungen auszuführen. Und irgendwo in dieser wahnsinnigen Menagerie war eine Bestie mit einem Willen; ein Teil, das groß genug war und noch ausreichend Verstand besaß, allein zu denken und unverständlich knurrend in Carys' Verstand einzudringen. Vielleicht nicht ein Teil, sondern mehrere, die Summe dieses kriechenden Gewimmels. Marty interessierte sich nicht für die biologischen Sachverhalte. Wie diese Obszönität überleben konnte, war ein Gesprächsthema für die Diskussionsrunde eines Irrenhauses.

Er wich aus dem Zimmer zurück und stand zitternd im Flur. Windböen brandeten gegen die Fenster, das Glas protestierte. Er lauschte dem Heulen, während er überlegte, was als Nächstes zu tun war. Ein Stück weiter unten fiel ein Stück Fäulnis von der Wand. Er beobachtete, wie es sich wand, um sich umzudrehen, um dann seinen langsamen Aufstieg erneut zu beginnen. Kurz hinter der Stelle, wo es sich abmühte, lag Whitehead. Marty ging zu dem Leichnam.

Charmaines Killer hatten sich ihren Spaß gegönnt, bevor sie verschwunden waren. Sie hatten ihm Hose und Unterhose heruntergezogen und mit einem Messer etwas in seine Lenden gekritzelt. Seine Augen waren offen, aber das Gebiss hatten sie ihm herausgenommen. Er sah Marty an, und sein Kiefer hing herab wie der eines pflichtvergessenen Kindes. Fliegen krochen auf ihm herum, sein Gesicht war von Verwesungsflecken entstellt. Aber er war tot, und in dieser Welt war das immerhin etwas. Als letzte Schmähung hatten die Jungs ihm einen Kothaufen auf die Brust gesetzt; auch dort krabbelten Fliegen.

Marty hatte diesen Mann gehasst; er hatte ihn auch geliebt, wenn auch für nur einen Tag; er hatte ihn Papa genannt, er hatte ihn einen Dreckskerl genannt; er hatte mit seiner Tochter geschlafen und sich als Herr der Schöpfung gefühlt. Er hatte den Mann auf der Höhe seiner Macht gesehen: ein Lord. Und er hatte ihn auch gesehen, wie er Angst hatte, wie er wie von Sinnen floh, vergleichbar einer Ratte vor dem Feuer. Er hatte die praktische Anwendung der seltsamen Integrität des Mannes gesehen, und sie hatte funktioniert. Wahrscheinlich ebenso fruchtbar wie die Zuneigungen liebevollerer Männer.

Er streckte die Hand aus, um die Augen zu schließen, aber in ihrem Zorn hatten die Evangelisten Whiteheads Lider abgeschnitten, und so berührten Martys Finger stattdessen die feuchten Augäpfel. Sie waren nicht feucht von Tränen, sondern von Verwesung. Er verzog das Gesicht und zog angeekelt die Finger zurück.

Um Papas starrendes Gesicht abzuwenden, fuhr er mit den Fingern unter die Leiche, um sie auf den Bauch zu legen. Die Körperflüssigkeiten waren ausgetreten, die Unterseite war feucht und stickig. Er biss die Zähne zusammen und drehte den Toten auf die Seite, dann ließ er die Schwerkraft das ihre tun.

Nun musste der alte Mann wenigstens nicht mit ansehen, was folgen würde.

Marty stand auf. Seine Hände stanken. Er taufte sie buchstäblich mit dem restlichen Scotch, um den Gestank loszuwerden. Das diente gleichzeitig einem anderen Zweck: Es verhinderte die Versuchung, die Flasche auszutrinken. Zu leicht wäre es gewesen, sich zu betrinken und das anliegende Problem zu vergessen. Der Feind war hier; mit ihm musste er sich beschäftigen und ihn für immer auslöschen.

Er fing dort an, wo er war, im Flur, er trat mit den Absätzen auf die umherkriechenden Fleischstücke und presste, so gut er konnte, das gestohlene Leben aus ihnen heraus. Natürlich gaben sie keinen Laut von sich, was die Sache einfacher machte. Es waren nur Würmer, redete er sich ein; Teile seelenlosen Lebens. Es wurde immer leichter, während er im Flur auf und ab ging und das Fleisch zu Flecken gelben Fetts und braunen Muskelgewebes zertrampelte. Die Tiere fügten sich ohne Aufbegehren. Er begann zu schwitzen, während er sich mit diesem Menschenabfall beschäftigte und seinen Blick überall hinhuschen ließ, um sicherzustellen, dass er jedes zuckende Teil erwischte. Er spürte ein Kribbeln in den Mundwinkeln, und dann begann er zu lachen, ein leises, humorloses Lachen. Es war eine einfache Dezimierung. Er war wieder ein Junge, der mit dem Daumen Ameisen zerdrückte. Eine! Zwei! Drei! Nur diese Dinge waren langsamer als jede Ameise, und er konnte sie mit größerer Sorgfalt zertreten.

Alle Macht und alles Wissen des Europäers waren zu diesem Schleim verfallen, und er, Marty Strauss – war auserwählt worden, Gott zu spielen und es endgültig zu vernichten. Immerhin hatte er so eine schreckliche Autorität erlangt.

Nichts ist essenziell. Nun ergaben die Worte, welche er in der Caliban Street gehört – und gesprochen – hatte, einen Sinn. Hier war der Europäer, der diese bittere Bedeutung mit seinem eigenen Fleisch, seinen eigenen Knochen bewies.

Als er auf dem Flur fertig war, ging er ins Zimmer und setzte seine Aufgabe dort fort. Sein anfänglicher Widerwille, das Fleisch zu berühren, wurde immer schwächer, bis er mit bloßen Händen Stücke von den Wanden löste, um sie auf den Boden zu werfen und zu zertreten. Als er im Spielzimmer fertig war, kümmerte er sich um den Treppenabsatz und die Treppe. Schließlich, als alles still war, ging er in die Suite zurück und machte mit den Vorhängen ein Feuer, genährt von den Karten und dem Holztisch, an dem der alte Mann sein letztes Spiel gespielt hatte. Dann ging er durch die Räume und warf die größeren Fleischstücke ins Feuer, wo sie zischten und sich krümmten und schließlich verzehrt wurden. Die kleineren Stücke kratzte er ab, und er lachte immer noch, während er sie als kleinen Fleischregen in die Flammen warf. Das Zimmer füllte sich bald mit Hitze und Rauch, da keines von beiden abziehen konnte. Sein Herzschlag dröhnte laut in den Ohren, Schweiß glitzerte auf seinen Armen. Es war eine schwierige Aufgabe, und er musste gründlich sein, oder etwa nicht? Er durfte kein Stückchen, kein lebendes Teil zurücklassen, weil er fürchten musste, dass es wieder zu leben begann, vielleicht wuchs – und ihn verfolgte.

Als das Feuer schwächer wurde, warf er die Kissen hinein, die Taschenbücher und die Schallplatten, bis nichts mehr übrig blieb, das man verbrennen konnte, außer ihm selbst. Es gab Augenblicke, während er verzaubert in die Flammen sah, da erschien ihm der Gedanke, selbst ins Feuer zu treten, nicht unattraktiv. Aber er widerstand. Das war lediglich die Erschöpfung, die ihn in Versuchung führte. Stattdessen kauerte er sich in einer Ecke nieder und sah dem Tanz der Flammen zu. Ihr Muster brachte ihn zum Weinen, und wenn nicht sie, dann etwas anderes.

Als kurz vor der Dämmerung Carys die Treppe heraufkam, um seine Zurückgezogenheit zu stören, sah und hörte er sie nicht. Das Feuer war längst erloschen, nur Knochenteile, die Breers Wüten überstanden hatten, rußgeschwärzt und in den Flammen gebrochen, waren noch zu erkennen. Teile des Schenkelknochens, von Wirbeln, die Schädeldecke des Europäers.

Sie schlich herein, als fürchtete sie, ein schlafendes Kind zu wecken.

Vielleicht *hatte* er geschlafen. In seinem Kopf gewahrte sie flatternde Abbilder, die nur Träume sein konnten. Das Leben war aber nicht gar so schrecklich.

»Ich bin aufgewacht«, sagte sie. »Ich wusste zuerst nicht, dass du hier sein würdest.«

Er konnte sie durch die rußige Luft kaum sehen; sie war Kreide, die auf schwarzem Papier malte: so empfindlich gegenüber Verschmutzung. Als er daran dachte, fing er wieder an zu weinen.

»Wir müssen gehen«, sagte sie, weil sie keine Erklärungen aus ihm herauspressen wollte. Vielleicht würde sie ihn mit der Zeit fragen, wenn seine Augen nicht mehr diesen klagenden Ausdruck hatten; vielleicht würde sie niemals fragen.

Nachdem sie sich einige Minuten lang an ihn geschmiegt und ihm gut zugeredet hatte, erhob er sich aus seiner knienden Meditationshaltung und folgte ihr.

Als sie das Hotel verließen, zerrte der Wind mit unvermittelter Heftigkeit an ihnen.

Marty sah nach oben, um festzustellen, ob der Wind die Sterne aus ihren Bahnen geweht hatte, aber sie waren noch an Ort und Stelle. Alles war an seinem angestammten Platz, trotz des Wahnsinns, der in letzter Zeit ihr Leben durcheinander gebracht hatte; und obwohl sie ihn drängte, zauderte er, legte den Kopf zurück und betrachtete die Sterne. Dort gab es keine Offenbarungen; nichts weiter als Lichtpünktchen in einem kahlen Himmel. Doch zum ersten Mal fiel ihm auf, wie herrlich es war, dass sie in einer Welt voll Zorn und Verlust so weit entfernt waren mit ihrer ganzen Pracht. Während sie ihn über das unbeleuchtete Gelände führte, konnte er nicht anders, als von Zeit zu Zeit den Blick gen Himmel zu richten.